KB062381

너의
의미

너의 의미 2

2018년 10월 31일 초판 1쇄 발행
2018년 11월 16일 초판 2쇄 발행

지은이 틸다킴
발행인 이종주

기획 편집 주종숙 주수지 정시연
경영 지원 배진경
마케팅 김정수

발행처 (주)로크미디어
출판 등록 2003년 3월 24일
주소 서울시 마포구 성암로 330 DMC첨단산업센터 318호
Tel (02)3273-5135 **Fax** (02)3273-5134
홈페이지 rokmedia.blog.me
E-mail queens@rokmedia.com

ⓒ 틸다킴, 2018

값 12,000원

ISBN 979-11-294-9451-1 04810 (2권)
ISBN 979-11-294-9449-8 04810 (세트)

II

틸다킴
장편소설

너의 의미

The Meaning Of You

Queen's
Selection

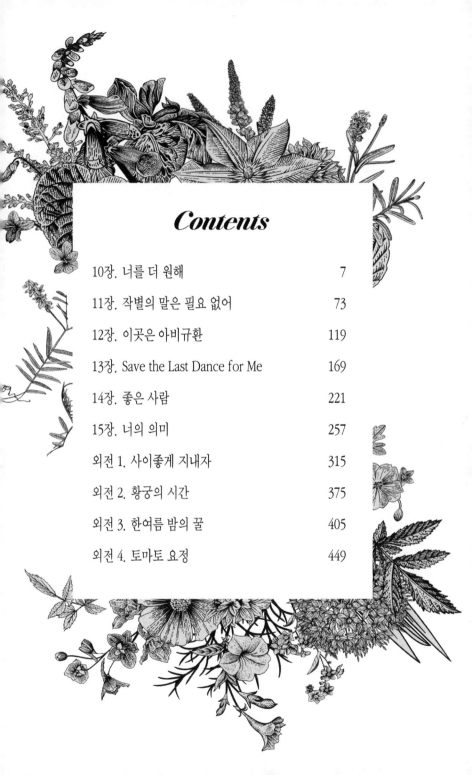

Contents

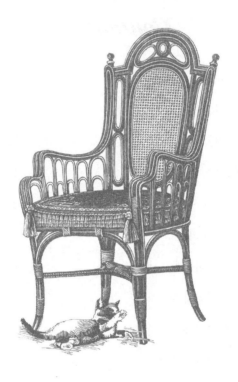

10장.
너를 더 원해

거의 반년 만에 수도에 입성하는 왕자의 감회는 새로웠다.

말을 몰고 대로를 개선하자 지켜보는 사람들의 눈에는 두려움과 경계가 가득했다.

반년 동안 너무 많은 것이 달라졌다. 조용히 흘러가는 대로 살 것이라 생각했던 왕자는 이제 유폐된 부왕에게 양위를 받아 즉위할 것이다. 그러기 위해 해야 할 일들이 많았다.

후환을 제거하기 위해서는 퇴각한 왕세자를 찾아내야 했고 제국에게 도와준 대가를 지불해야 했다. 얼어붙은 민심 또한 수습해야 했다. 그리고 죽은 누이의 장례 또한 제대로 치러 주어야 했다.

잘한 선택일까, 이기심은 없었나, 잘할 수 있을까.

여기까지 왔음에도 왕자의 마음엔 아직도 회한과 머뭇거림이 있었다. 그는 생각에 잠긴 채 왕성을 향해 말을 몰았다.

그리고 그때였다.

"저하."

부관이 너무 놀라 왕자를 불렀다. 왕자 또한 같은 광경을 보고 있었다. 사람들의 얼굴에는 한결같은 놀람과 경악이 있었다. 왕자는 순간 심장이 요동치는 듯한 기분을 느꼈다.

왕자의 부대는 석양을 등진 채 천천히 수도로 입성하고 있었다. 불그스름한 노을빛을 받은 그들의 그림자가 길었다.

수십 마리의 매가 활강하여 날아든 것은 그들이 수도 한복판의 대로에 입성하였을 때였다. 사르만인들이 가장 영험하게 생각하는 이 새들은 마치 왕자군을 비호하는 모양새로 뒤따랐다.

그리고 그들이 천천히 전진함에 따라 수도에 난데없이 들끓었던 쥐 떼와 박쥐들은 동시에 그 모습을 드러내더니 썰물처럼 외성 밖으로 빠져나갔다.

석양과 함께 진입한 왕자의 군대가 흉험한 기운들을 걷어 내는 듯한 광경이었다. 보고도 믿기 어려운 신비롭고 마법 같은 광경에서 사람들은 아무도 눈을 떼지 못했다.

"……."

수도의 사람들은 이 장면을 오래도록 기억하게 될 것이다.

그게 다연이 보내는 선물이었다.

왕자는 어쩐지 마음이 따뜻해졌다.

전쟁이 끝났다고 해도 황제는 알티우스로 바로 귀환하지는 못했다. 쉬지 않고 전투와 이동을 반복해 온 병사들은 휴식이 필요했고 양국 간에는 조율해야 할 사항들이 남아 있었다.

황제는 이 모든 사항들을 간소화하기로 마음먹었다. 굳이 명문화시켜 서로의 인장을 찍어 주고받지도 않았다.

꼼꼼한 평소 성미를 생각하면 있을 수 없는 일이었으나 그는 왕자에게는 굳이 그럴 필요를 느끼지 못했다.

이미 왕자의 대쪽 같은 성정에 몇 번이나 치를 떤 터라 이제는 새끼손톱만큼의 의심도 남아 있지 않았다.

"즉위식은 언제쯤이지?"

차를 한 모금 음미하던 황제가 물었다.

사르만 전통차에서는 우유 맛과 마른 풀 내음이 함께 났다.

왕자 역시 차를 한 모금 마시고는 대답했다.

"글쎄. 바로는 힘들 것 같군. 부왕과도 얘기는 해 봐야 할 것 같고 전후 마무리가 남아 있으니까. 그래도 올해는 넘기지 않으려고 한다."

미하일은 고개를 끄덕였다.

둘은 사르만 왕성의 내전에서 사람들을 물린 채 단독으로 회담을 가지는 중이었다.

그러나 둘의 태도는 나라 간 중요한 회담을 가지는 대표자들의 대화라기보다 친구 사이의 사담을 나누듯 가볍고 일상적이었다.

황제는 사르만의 차가 입맛에 잘 맞는지 고개를 갸웃하면서도 연신 입을 가져다 댔다.

"불필요한 형식은 다 생략하기로 하지. 네가 약속을 지키리란 사실을 잘 안다. 알티우스로 돌아가 약속한 소식을 기다리고 있겠다."

왕자가 의아해하며 물었다.

"바로 돌아갈 건가?"

"전쟁이 끝났으니 돌아가야지. 내가 있는 것을 좋아하지 않는 자들도 많을 테니."

사실이었다. 제국에서 내정 간섭을 해 올까 벌써부터 경계의 눈길을 보내는 사르만인들이 많았다.

인사치레를 모르는 왕자는 황제의 말을 부인하지 않음으로써 긍정했다. 그 한결같음에 황제는 코웃음을 쳤다.

"내일모레 출발하겠다. 내일은 이동 준비를 하느라 바쁠 테니 작별의 말은 지금 하지. 즉위식 무사히 잘 치르도록."

황제의 말을 듣고 있던 왕자는 짧게 고개를 끄덕였다.

그리고 그 순간 무뚝뚝하기 그지없던 왕자의 입에서 믿을 수 없는 제안이 흘러나왔다. 황제는 조금 놀란 눈치였는데 이내 픽 웃어 버렸다. 그리고 아산카의 제안을 흔쾌히 수락했다.

그렇게 두 남자는 가볍게 술 한잔을 했다.

개선은 언제나 영광된 것이다.

황제가 마침내 승전을 하고 알티우스로 귀환 중이라는 소식은 제국 전역에 빠르게 퍼져 나갔다.

저잣거리에는 황실을 칭송하는 소리가 드높았고 사람들은 패배를 모르는 제국군에 뜨겁게 열광했다.

황제는 특별히 격식을 중요하게 생각하지 않는 사람이었고 과시 욕구 또한 별로 없었다. 그는 지난 전쟁에서도 개선식을 생략했고 마찬가지로 이번에도 그러고자 했다.

그러나 이번엔 좀 남다른 이유가 있었다.

한시라도 빨리 애인을 보고 싶은 유난스러운 마음 때문이었다.

그리움이 사무쳐 상사병으로 발전한 황제는 다연을 못 보는 나날들이 이제 지긋지긋했다.

편지와 하늘을 보며 그리움을 달랜 것도 40여 일, 드디어 돌아갈 날을 맞이한 그는 일각도 지체하고 싶지 않았다.

그러나 군 장성과 신료들의 의견은 달랐다.

군의 사기와 황실의 인기 유지를 위해 약식으로라도 개선식을 거행하고 모처럼만의 볼거리를 제공하자는 것이다.

그 충언을 황제는 받아들였다.

일국의 황제로 사는 것도 쉬운 일은 아닌 것이다.

한편, 황제가 알티우스 국경을 넘어 황도로 향하고 있다는 소식은 온 궁 안을 발칵 뒤집어 놨다.

이 시각 가장 위급한 곳은 별궁이었다.

시녀들은 다 집어치우고 일단 청소부터 했다.

황제는 은근 깔끔한 남자였다. 마리가 틈틈이 고군분투하며 정리를 하긴 했지만 한 달이나 방치된 침소와 후원의 상태는 심각했고 이대로라면 이따위로 일했냐며 다들 황제에게 죽은 목숨이었다.

얼마 전부터 출입을 허가받은 시녀들은 하나하나 정리를 하며 비명을 질러 댔다. 다연은 그때마다 민망해하며 황궁 서고로 슬그머니 자리를 피하곤 했다.

한 달간 다연이 쌓아 놓은 종이의 산은 어마어마했다. 그곳에 깨알같이 적힌 글자가 무슨 뜻인지 알아볼 수 있는 사람은 다연을 제외하곤 아무도 없었다.

한때는 버리지 못하게 했으면서 전쟁이 끝나자 그녀는 그 종이 뭉치를 대단히 하찮게 취급했다. 대수롭지 않은 태도로 이제 쓸모가 없으니 내다 버리라는 것이다. 그리고 다연의 말은 아마 사실일 것이다. 정말 필요가 없으니 버리라는 것일 테지.

그런데 마리는 어쩐지 그럴 수가 없었다. 그러면 안 될 것 같았다.

버리려니 다연이 잠도 못 이루고 고생한 흔적들이라는 생각에 심란해하던 마리는 결국 그것들을 우선은 보관하기로 했다.

별궁 사용인들 외에도 난리가 난 사람들은 또 있었다.

접견 요청을 한 궁의는 다연이 응접실에 모습을 드러내자 들고 온 약재를 그만 바닥에 떨어뜨렸다.

11

베른하르트도 옆에서 침울한 표정을 짓고 있었다. 세상이 끝난 듯했다.

궁의가 망연자실해하며 말했다.

"대체 왜 이렇게 살이 빠져 버리신 겁니까?"

"음, 뭐 그다지 많이 빠진 것 같진 않은데요."

다연이 머리를 긁적이며 중얼거리자 그가 말이 되는 소리를 하라는 듯 버럭, 큰 소리를 냈다.

"큰 병을 앓고 난 사람 같지 않습니까!"

"……."

다연은 약간 억울했다. 자신은 그냥 좀 스트레스를 받았을 뿐이다. 애인이 전쟁터에 가 있는데 혼자 심사가 편하고 잘 먹어서 살이 포동포동 찌는 것도 이상하지 않은가?

그러나 사안을 대하는 궁의의 심각성은 남달랐다. 절박한 마음에 그는 자신도 모르게 덥석 다연의 옷소매를 붙잡고 늘어졌다.

"나중에 폐하께서 제 목을 치시겠다 하셔도 꼭 중간에서 말려 주셔야 합니다?"

"아, 아니 뭘 그렇게까지……."

다연이 흠칫 놀라면서도 반사적으로 고개를 끄덕이자 사람들의 눈이 반짝였다. 베른하르트가 가세했다.

"저도요. 저도 구명해 주십시오. 살려만 주시면 앞으로 충성을 다하겠습니다."

이때다 싶었는지 너도나도 다연에게 목숨 구걸을 하기 시작했다. 어린 시녀들마저 폐하께 얘기 좀 잘해 달라고 애교 있게 부탁하자 다연은 어처구니가 없어서 웃었다.

한가롭게 생각했다.

내 애인이 이미지가 되게 안 좋구나.

그리고 며칠 뒤였다.

마침내 황제의 군대가 황도에 입성했다는 소식이 전해졌다.

많은 사람들이 환호하고 또 설레 했다. 가족이 참전한 사람들은 가족을 만날 수 있어서 설렜고 그렇지 않은 사람들에게도 개선식은 흥분되는 볼 거리였다. 그날은 헤어져 있던 많은 연인들이 서로를 볼 생각에 심장이 터질 듯 설렜다.

보통의 연인처럼 다연과 미하일도 그랬다. 한 달여 만이었다.

"폐하께서 드디어 황도에 들어오셨다 합니다. 중심부만을 짧게 돌아 행진하고 곧바로 환궁하실 것 같습니다."

"그래?"

다연은 조금 멋쩍어하며 거울을 봤다.

그녀가 평소답지 않게 매무새를 신경 쓰는 눈치이자 시녀들이 서로의 얼굴을 마주 보고 의미심장하게 웃더니 재빨리 다가왔다.

"저희가 예쁘게 해 드릴게요!"

"응, 고마워."

머리칼을 맡기며 다연이 평소답지 않게 쑥스러워하자 시녀들은 자신들이 얼굴을 더 붉히며 좋아했다.

황성에 들어선 황제는 곧바로 말 머리를 별궁으로 했다.

그의 호위 기사들도 당연하다는 듯 그 뒤를 따랐다.

별궁으로 가는 길, 황제의 시선이 잠시 뾰족하게 솟은 성탑을 향했다. 황궁에서 가장 높은 성탑은 어느 위치에서든 잘 보였다.

"……."

출정식 날, 다연이 저곳에서 자신을 배웅했다.

나오지 말라고 하였는데 어찌나 말도 안 듣고 고집쟁이인지.

그녀는 아마 그때 독수리를 날려 보내고 있었을 것이다.

전승과 자신의 안전을 기원하고 있었을 것이다.

뭐라도 해 주고 싶었던 그 마음, 자신을 명예롭게 해 주고 싶었던 그 마음을 이제는 안다.

눈이 마주쳤을 때 다연은 서럽게 울고 있었다.

대체 뭐가 그렇게 서글펐을까.

그러면서도 자신과 눈이 마주치니 애써 환하게 웃어 보이며 손을 흔들었다. 웃는 모습을 보여 주려고.

바보같이. 그 바보 같은 게.

모퉁이를 돌아 별궁이 보이기 시작할 때쯤, 미하일은 말을 멈추었다. 멀리서 다연이 시녀들과 함께 걸어오는 모습이 보였기 때문이다.

천천히 걸어오다가 황제의 일행을 발견한 그녀 역시 자리에 멈춰선다. 그리고 황제를 빤히 바라본다.

"……."

"……."

한참을 그러고 있던 그녀가 고개를 살짝 한쪽으로 기울이더니 킥 웃었다. 눈이 가늘게 접히고 윗입술이 말려 들어간다.

무표정하던 얼굴이 자신을 보니 한순간에 웃는다.

뭐야.

갑자기 심장이 쿵쾅거리자 황제는 당혹스러워 헛기침을 했다.

몇 번이나 흠흠거리던 황제는 애써 괜찮은 척 말에서 내렸다. 그리고 그녀 보란 듯이 두 팔을 벌렸다. 그러자 그녀가 아까보다 더 많이 웃었다. 그리고 황제를 향해 걸어오다 조금씩 뛰었다.

마지막 보았던 것은 울며 웃는 서글픈 얼굴이었지만 이번에 달려오는 그 얼굴에는 환희와 기쁨만이 가득했다.

그 생동감 있는 표정을 바라만 보는 것으로도 같이 행복해진다.

황제는 웃으면서 달려오는 그녀를 번쩍 안아 들었다.

둘은 그렇게 잠시간 서로를 끌어안고 있었다. 떨어지고 난 뒤에도 서로의 얼굴을 바라보며 말을 잇지 못하고 애틋해했다.

둘은 주변 사람들의 존재는 잊고 둘만의 세계를 구축한 듯했다.

사실 지켜보는 사람들의 코끝도 찡하기는 했다.

황제가 무언가를 발견한 듯 미간을 찌푸린 것은 그로부터 한참이 지난 뒤였다.

조금 떨어져서 다연의 얼굴이며 몸을 찬찬히 살피던 그의 표정이 서서히 굳어졌다. 그는 믿을 수 없는 광경을 목도한 사람처럼 여러 번 확인하더니 마침내 물었다.

"다연. 너 왜 이렇게 야위었느냐?"

어이쿠, 올 게 왔구나.

별궁 사용인들은 물론 황제의 기사들마저 찔끔하여 눈치를 살폈다. 황제가 예상보다 몹시 언짢아진 듯 보였기 때문이다.

그 심상치 않은 반응에 모두가 불안해하는데 다연만 대수롭지 않게 여겼다. 시도 때도 없이 전쟁터에 독수리를 날려 보내던 대찬 성격을 여기서 갑자기 뽐내는 중이었다.

"음, 별로 그렇지도 않은데요."

"그렇지 않다니, 뼈밖에 안 남지 않았느냐?! 전쟁터는 네가 다녀왔느냐?"

"……대체 어디가요."

뼈라니. 과장도 정도가 있지.

다연은 사람들 보기 민망해서 조금 황당해하며 웃었다. 그러나 다연 빼고는 아무도 웃지 못했다.

이제는 살이 좀 빠지는 것도 안 되는구나.

증세가 더 심각해져서 돌아오셨다는 걸 눈치 빠른 궁인들은 단숨에 깨달았다.

황제의 노여움은 쉽사리 가라앉지 않았다. 기사에게 언질을 듣기는 했지만 직접 확인하니 화가 치밀어 오르는 모양이었다.

그의 분노는 당연한 수순으로 아랫사람들을 향했다. 그는 노여움이 새파랗게 어린 시선으로 별궁 시녀들을 바라보았다.

"너희들이 정녕 모두 죽고 싶으냐?"

어, 어이쿠.

황제의 말이 떨어지기가 무섭게 시녀들이 벌벌 떨며 모두 무릎을 꿇었다.

베른하르트를 불러야 하나, 별궁 요리장을 먼저 불러야 하나.

이것들을 어떻게 조져야 잘 조졌다고 소문이 날까.

다연이 조심스럽게 황제의 옷소매를 잡아당긴 것은 그가 이런 섬뜩한 고민에 빠졌을 때다.

만류하듯 옷소매를 살짝 흔드는 그녀는 몹시 난처한 표정이었다.

어떤 말을 해야 괜찮아지는지 그런 것은 잘 모른다.

당혹스러워하던 다연은 결국 솔직하게 부탁을 했다.

"화 안 내시면 안 될까요?"

"……."

목숨이 왔다 갔다 하는 와중에도 이 상황이 너무 흥미진진한 나머지 사람들은 손에 땀을 쥐고 관전 모드로 돌입했다.

시녀들은 생각했다.

후, 꿀잼각이다.

엔딩까지 시청을 허락해 주신다면 제 스스로 관을 짜겠습니다.

다연은 워낙 애교도 없고 그렇다고 부탁을 잘 하는 성미도 아니었기에 황제는 가끔씩 다연이 청을 해 오면 항상 약했다. 어지간하면 모두 들어주었다.

사귀지 않을 때조차 다연이 글을 배우고 싶다는 말에 신관을 궁에 출입하게 한 황제다. 신전이라면 치를 떨면서도 말이다.

16

사귀고 난 뒤로 그 관대함이 더욱 넓어졌음은 두말할 필요조차 없었다.

그가 좀 수그러든 것 같자 다연이 시녀들을 두둔했다. 정말 그녀들의 탓이 아니었던 것이다.

시녀들에게 책임을 물으면 다연이 너무 무안해졌다. 물론 황제의 생각은 달랐다.

"시녀들의 잘못도 아니고요."

"……윗사람을 제대로 살피지 못한 것이 바로 그들의 잘못이다."

이번만큼은 정말 울화가 치밀었는지 황제는 다연의 청에도 쉽사리 넘어가려 하지 않았다. 말하면서도 다연의 얼굴을 보고 황제는 또 한 번 울컥한 표정을 했다.

어떡하지.

화가 쉽사리 풀릴 것 같지 않자 난감함에 목을 긁적긁적하던 다연은 이번에는 조심스럽게 황제의 옷깃을 잡았다. 그리고 천천히 아래로 끌어당겼다.

사람들은 긴장감에 두 주먹을 불끈 쥐었다.

설마!

얼굴을 찌푸리고 있던 황제는 의아해하면서도 선선히 끌려와 주었다. 그리고 순간 그의 눈이 크게 떠졌다.

쪽!

황제가 몸을 숙여 주자 까치발을 든 다연이 그의 입술에 입을 맞추었던 것이다.

다연은 쑥스러워하면서도 애써 덤덤하게 웃었다.

그녀는 오늘따라 웃음이 헤펐다.

"한 달여 만에 만났는데 이제 그만 밥도 같이 먹고 이야기도 하면 안 될까요?"

“……..”

“물론 시간이 되신다면요.”

“……..”

“안 되나요?”

안 될 리가 있나.

황제의 분노는 누가 와서 전원 스위치를 누르기라도 한 듯 바로 푸쉭 식었다.

그만 꿀 먹은 벙어리가 되어 버린 그들의 황제를 보며 모두는 다연을 향해 근엄하게 기립박수라도 치고 싶었다. 할 수 있다면 휘파람도 불고 싶었다.

조련이 수준급이었다.

현재 이 황궁에서 가장 영향력이 있는 사람이 누구인지, 유일한 비빌 언덕이 누구인지를 모두에게 증명하는 순간이었다.

“……..”

한편 불시의 입맞춤에 할 말을 잃고 다연을 바라보던 황제는 곧 정신을 차렸다.

다시금 하던 말을 계속해서 이어가 보려 했지만 한번 맥이 끊긴 분노는 위력이 없었다.

결국 황제는 이마를 매만지더니 한숨을 쉬었다.

이 쪼끄만 것이 나를 들었다 놨다 가지고 노는구나 싶었다.

그런데 그게 좋으니 어쩌겠냐며, 데리고 사는 수밖에.

애인한테는 자존심이 손톱만큼도 없는 이 남자는 오늘도 선뜻 져 주었다.

“알았다. 가자.”

대신 그는 다연을 번쩍 안아 들었다.

헉, 이상한 소리를 내며 순간적으로 황제의 목에 팔을 둘렀던 그녀

18

가 곧 얼굴을 붉히고는 말했다.

"내려 주세요."

"싫다. 너도 네 맘대로 하니 나도 이 정도는 내 맘대로 할 것이다."

"아, 네."

황제가 너무 유치하게 나오자 다연은 킥킥거리며 웃었다.

웃어? 웃냐? 지금 웃음이 나와?

황제가 어처구니가 없어 그녀를 살짝 흘겨봤다. 그리고 폭풍 같은 속도로 꾹 참고 있던 잔소리를 쏟아부었다.

"너 정말 말 이렇게 안 들을 것이냐? 밥 잘 챙겨 먹으라고 신신당부를 하였더니 이 꼴이 다 무엇이냐. 황궁에 먹을 게 없더냐? 내가 너에게 부탁한 건 딱 그거 하나이거늘. 지금 혼자 두었다고 나한테 시위하는 것이니?"

다연은 그만 새어 나오는 미소를 참을 수 없었다. 오랜만에 듣는 잔소리가 참 친숙하고 정겨웠기 때문이다.

정말로 그가 돌아왔구나, 하는 생각이 들어 다연은 황제의 물음과는 전혀 다른 대답을 내어 놓고 말았다.

"폐하. 제가 정말로 많이 보고 싶었어요."

"……."

"너무 그리웠습니다."

그러자 잠시 말이 없던 황제도 조그맣게 대답했다.

"나도."

재회였다.

둘은 다연의 처소에서 오랜만에 식사를 함께했다.

황제는 다연이 떠나기 전보다 마른 것에 어지간히 충격을 받은 듯했다.

19

황제가 음식을 식기 위에 계속 올려 주며 다연의 식사를 챙기는 통에 시녀들은 몸 둘 바를 모르고 안절부절못했다. 본인들이 하는 것이 법도일 텐데 끼어들어도 되는지를 알 수 없었다.

시종들도 당혹스러워하기는 마찬가지였다.

지엄하신 황제 폐하께옵서 애인의 식사 수발을 드느라 정작 본인은 제대로 먹는 둥 마는 둥 했기 때문이다.

주변 사람들의 기색을 눈치챈 다연이 쓴웃음을 지으며 제가 먹을게요, 해 보았지만 황제는 들어주지 않았다.

"아까도 말했지만 나도 내 맘대로 할 것이다."

어딘가 강한 뒤끝이 느껴지는 멘트였다.

하지만 그 행동만큼은 다정하고 눈에서는 꿀이 뚝뚝 떨어져서 주변인들은 점점 두 눈 뜨고 보기가 힘들어졌다.

확실히 증세가 많이 심각해지셨네.

다연이 먹는 것을 지켜보며 먹을 때마다 하나하나 음식을 옮겨 주던 그는 그것으로는 성에 차질 않는지 나중에는 자리를 아예 다연 옆으로 옮겨 앉았다.

그러더니 한 입 한 입 직접 떠먹여 주기 시작했다.

황궁 식사 예절 같은 건 배운 적도 없다는 듯한 훌륭한 식사 매너였다.

식사를 마치고도 황제는 한동안 자리를 뜨지 않았다.

다연은 몰랐지만 이제 막 환궁한 그의 앞에는 처리해야 할 일들이 산재해 있었다.

수많은 보고와 접견의 향연이 그를 기다리고 있었고 대신들은 순번을 정해서 집무실 앞에 대기하고 있는 차였다.

군무대신의 간략한 전후 상황 보고, 내무대신의 개선식 관련 보고, 외무대신의 제국 대 사르만 간 외교 재개에 대한 보고.

그러나 황제는 이 모든 것을 잠시만 무시하기로 했다.

그리고 한동안 연인의 얼굴만을 하염없이 바라보았다.

그는 하고 싶은 말이 많았다. 궁금한 것도 묻고 싶은 것도 많았다. 혼자 있는 동안 그 말들을 하나하나 마음속에 새겨 놓았다.

너 언제부터 그런 능력을 갖게 되었느냐고, 그런데 왜 말하지 않았냐고.

혹시 혼자 애태웠냐고, 힘들진 않았느냐고. 그런데도 나를 지켜 주려고 해서 고맙다고.

그런데 얼굴을 보니까 쌓아 왔던 말들은 모두 허공으로 사라지고 이 순간만으로 충분해서.

재회는 상상보다 훨씬 일상적이었다.

그런데 따뜻했다.

황제는 아무 말도 없이 넋 놓고 다연을 바라만 보았다.

그리고 이 무뚝뚝한 토마토는 황제에 비하면 훨씬 낭만적 감성이 부족했다.

"피곤하진 않으세요? 오늘은 일찍 들어가셔서 쉬세요."

다연은 먼 길을 왔을 그에 대해 순수하게 걱정을 한 것뿐이었지만.

어차피 쉴 생각도 없고 단지 정무를 미뤄 놓은 채 여기 와 있는 황제는 생각했다.

이것이 또 산통을 다 깨네. 내가 저를 얼마나 보고 싶어했는지 알기는 하나?

이쯤 만났으면 황제가 어떨 때 심사가 비틀리는지 알 법도 하건만 다연도 참 한결같은 사람이었다.

황제는 금세 섭섭한 표정을 하고서는 말했다.

"너 어디 앞으로도 계속 해 보거라."

"네?"

"내일은 또 어떤 핑계를 대어서 나를 쫓아낼 수 있는지 내가 계속 지켜볼 것이다."

"……."

잠시 말문이 막혔던 다연이 웃으면서 고개를 저었다.

그리고 강하게 부인했다.

"제가 또 언제 쫓아냈다고 그러세요? 멀리서 오셨으니까요. 계속 타지에서 고생하셨잖아요. 전 걱정이 되어서 그러는 거예요."

"걱정해 준다니 고맙구나. 그런데 네 걱정부터 하거라. 얼굴이 너무 안 좋다. 너 정말로 어디 아팠던 것은 아니니?"

황제의 계속되는 걱정에 시녀들은 생각했다.

아프셨던 것은 아니고 잠시 술 쓰레기가 되셨었습니다.

제국 역사상 이런 술고래는 다신 없을 듯합니다!

너도나도 하고 싶은 말이 많아 입이 간지러웠지만 목숨은 하나이기에 다들 답답해하며 입을 다물었다.

아니라며 부드럽게 고개를 젓던 다연은 곧 뭔가가 생각났는지 웃으며 물었다.

평소답지 않게 조금 장난스러운 얼굴이었다.

"다리는 안 아프세요?"

황제가 무슨 소리인가 싶어 고개를 갸웃했다.

"아프시면 제가 주물러 드릴까요?"

그 언젠가 치료소에 다녀왔을 때 황제가 했던 물음을 그대로 되돌려 준 것이었다.

황제가 너 참 귀엽게 논다는 표정으로 다연을 바라보았다.

실은 내심으로 좋아 죽을 것 같으면서도 황제는 튕겼다.

"두어라, 병약한 애인한테 그런 거 시킬 만큼 못나지 않았다. 내가 해 주었으면 모를까."

주변 사람들은 점점 듣기가 괴로웠다.

오랜만에 들으니 부쩍 힘이 듭니다. 왜 안 그러셨던 다연 님마저도 가세하신 걸까요?

근위대장이 시종장에게 속삭였다.

같은 심정이었던 시종장은 그저 쓰게 웃을 뿐이었다.

황제가 정말로 손을 다리 쪽으로 뻗어 오자 다연이 으악 비명을 지르면서도 웃으며 황제를 밀어냈다.

왜 이러냐고 흘겨보자 황제가 너야말로 왜 이러냐고, 먼저 시작해 놓고 왜 빼냐고 물었다.

너는 되는데 나는 안 되는 법도라도 있는 것이냐.

보는 이들을 고통스럽게 하는 연애질은 기다리다 못한 대신들이 보고를 내일로 미뤄야 할지 시종 편에 기별을 보낼 때까지 계속되었다.

방해받은 황제가 무척이나 짜증스러운 얼굴을 하면서 몸을 일으켰다. 그렇지만 이내 웃는 얼굴로 그는 다연에게 입을 맞추며 인사를 했다.

"이만 가 보겠다. 내일부터는 매일 보자."

정무에 복귀한 황제는 바빴다. 마찬가지로 각 행정 부처의 관료들도 바빠졌다.

상사가 출정으로 인해 자리를 비운 한 달은 그들에게 때아닌 달콤한 휴가와 같았다.

상관의 부재하에 그들은 한동안 정말로 행복했다! 자고로 직장인들에게 상사가 없는 날이란 어린이날과 같은 것이다.

그러나 꿀을 빨던 관료들은 연합군의 수도 입성이 임박했다는 소식이 들렸을 때부터는 전력을 다해 업무 공백을 메우기 시작했다.

제국 최고의 엘리트들이 일주일간 매일같이 밤을 지새우는 진풍경이 펼쳐졌다.

물론 황제는 그런 잔꾀를 귀신같이 알아봤다.

요즘 황제의 하루 일과는 돌아가며 관료들을 소환해서 먼지가 날 때까지 탈탈 터는 것이었다.

바로 이전 순번의 재무부 관리가 개박살이 난 채 나가는 것을 본 외무대신은 상당히 몸을 낮춘 자세로 들어왔다.

마침 시종장이 황제가 집어 던진 펜을 주워 책상 위에 올려놓는 중이었다.

"그대는 무슨 일인가?"

황제가 여전히 짜증이 가시지 않은 표정을 하고 물었다.

"갑자기 보고드릴 사안이 생겨서 왔습니다."

"그러니까 그게 뭔데."

황제가 다소 까칠하게 대구하자 외무대신이 슬쩍 시종장의 눈치를 봤다. 황제의 심기를 묻는 것이다.

시종장이 연신 고개를 끄덕이며 괜찮다는 신호를 보냈다.

외무대신은 살짝 안도하며 운을 뗐다.

"폐하, 믿을 만한 정보에 의하면 아산카 왕자가 다시 전쟁을 준비 중이랍니다. 케시크 정벌에 나설 것 같습니다."

흥미가 생긴 듯 황제가 오호, 하며 감탄사를 내뱉었다.

케시크는 대륙의 동쪽 끝에 위치한 토착민들의 땅이었다.

사르만과는 거리가 멀고 지리적으로 고립되어 교통이 좋지 않았으나 비옥한 땅은 물자가 풍부하고 자급자족이 가능했다.

왕자는 내전으로 권력을 잡기가 무섭게 즉위식 전에 정복 전쟁을 꾀하고 있는 것이다.

"원래 내부 기반이 취약하고 민심을 잡기 어려울 때는 전쟁으로 눈을 돌리는 법이지. 그에겐 최선일 것이다."

팔짱을 낀 채 몸을 세운 황제는 곰곰이 무언가를 생각하더니 고개를 끄덕였다.

그런 그에게 외무대신이 조심스럽게 말했다.

"그래서 말씀이온데 폐하, 사르만이 길을 터 달라고 요청해 오지 않겠습니까?"

"음."

"만약 요청이 없더라도 저희 쪽에서 먼저 제안할 수도 있을 것입니다. 그 대가로 제국에서도 사르만에 무언가를 요구할 수 있지 않을까 하는 생각이 듭니다."

외무대신은 사실 사르만에 무언가를 받아 내고 싶었다.

그는 황제가 내전을 도운 대가로 왕자에게 받기로 한 것이 있다는 사실을 전혀 몰랐다. 그 사실은 황제의 최측근 몇만이 알고 있는 극비였다.

그렇기에 외무대신은 황제가 오랜 적대 국가에 고분고분한 정권을 세우고자 하는 목적, 그리고 아산카 왕자에 대한 알 수 없는 호의로 내전을 도운 것이라 여겼다.

그것은 나이 든 외무대신의 균형 잡힌 외교적 저울추로 보았을 때는 제국에 대단히 손해였던 것이다.

황제는 신하의 그 모든 생각을 고스란히 읽었다. 그리고 내심 반겼다.

"좋은 생각이다. 그런데 그대도 잘 알겠지만 아산카 왕자가 호락호락한 인물은 아니니까. 이쪽에서 뭔가를 얻어 내려 하면 도리어 더 많은 것을 요구해 올 수도 있다. 보급에 대한 도움을 요청하지 않을까 생각되는군. 너무 무리가 되지 않는 선이라면 다 인가할 테니 잘 협상해 봐. 그대를 믿고 전적으로 맡기겠다."

황제의 긍정적인 반응에 외무대신은 크게 안도하며 고개를 조아렸다.

"그대가 사르만의 차기 왕과 왕자 시절부터 직접 협상을 해 왔다는 것이 앞으로 양국 간의 외교 관계에 큰 도움이 되리라 기대되는군."

황제는 모처럼 신하의 공로를 치하했다.

외무대신이 나가고도 황제는 한동안 꽤 흡족해 보였다.

그런 황제의 눈치를 보다가 시종장은 조심스럽게 무언가를 가져왔다. 어제 별궁 시녀가 머뭇거리다 전한 것이었다.

"이게 무언가?"

자신의 책상에 쌓여 있는 서류의 산 못지않은 종이 더미의 높이에 황제가 의아해하며 물었다.

그것은 다연이 하나하나 직접 기록한 전황과 정보들이었다.

마리는 결국 그것을 버리지 못했다. 보관해 두었다가 시종장을 통해 황제에게 보이고자 한 것이다.

결과적으로 다연의 의사를 반한 것이 되었기에 보여도 되는지 확신이 없는 것은 마리도 시종장도 마찬가지였다.

시종장은 고민하다 어렵게 입을 뗐다.

"별궁 시녀 아이가 제게 전한 것인데 다연 님이 쓰신 것이라 합니다. 아이 말로는 버리라고 하셨다 합니다. 그런데 그간 잠도 못 이루고 식사도 제때 못하시며 고생스럽게 하신 일이라 버리기 전에 꼭 보여 드리고 싶었답니다. 하온데 이게 신계의 문자인지 도통 알아볼 수가 없어서……."

거기까지 듣고 황제는 되었다고 고개를 끄덕이며 종이를 넘겨 봤다.

그의 얼굴은 심각했다.

종이는 온통 새카맸다. 얼마나 많은 시간을 투자했는지 짐작할 수도 없을 정도의 압도적인 분량이었다.

그리고 어떤 방식으로 이것을 수집했는지 어렴풋이 알고 있는 황제는 숙연해질 수밖에 없었다.

시종장의 말처럼 종이에 적힌 것은 온통 알아볼 수 없는 문자들의 향연이었다. 그런데 굉장히 가지런하게 모여 있는 것이 꼭 쓴 사람의 성격 같았다.

황제는 잠시 혀를 찼다.

사실 다연의 제국어 필체는 아무리 좋게 평가해 줘도 어린아이 수준이 최선이었다.

정직하게 갈겨 쓴 글자는 성의마저 없어 보일 때가 많아 황제는 그저 귀엽게만 보았다.

그런데 그녀가 본래 쓰던 문자의 필치는 굉장히 다른 느낌을 전하고 있었다.

이게 진짜 네 필체구나.

황제는 갑자기 깨달았다.

본래의 필체조차 유지할 수 없는 낯선 세상에 와서 새로운 글자를 배우며 너는 많이 힘들었을까?

황제는 전장에서도 계속 서신을 주고받았기에 이게 무엇인지를 어렵지 않게 알아차렸다.

사르만의 지도가 여러 장 나왔을 때는 의심의 여지조차 없었다.

이것은 전황이었다.

그녀는 본인이 부리는 동물들로 알게 된 정보들을 하나하나 조각조각 기록한 것이다.

그리고 그것을 모아 비로소 확신할 수 있는 하나의 사실이 되었을 때마다 황제에게 새를 날려 보낸 것이다.

황제가 다연에게 받은 서신의 정보들은 다양했다.

적의 위치, 습격 일시, 그리고 야습을 알릴 때도 있었다.

적의 이동 방향, 보급 부대의 위치, 예상되는 전술에 대한 정보도 있었다.

원정은 원래 불리한 점을 안고 시작할 수밖에 없는 것이다.

남의 땅이기 때문이다.

지리적 이점을 내어 주어야 하기 때문이다.

적군의 눈이 곳곳에 도사리는 곳에서 치르는 전쟁은 그 자체로 위험 요소를 안고 있었다.

그러나 황제의 군대는 이번에 그런 영향을 최소화했다. 다연 덕분이다.

전쟁이 올해를 넘기지 않은 것은 모두 그녀의 공이었다.

시간을 들여 종이 더미를 훑어본 황제는 한숨을 쉬었다. 그리고 시종장에게 그것들을 다시 내밀었다.

"보관하거라."

"……알겠사옵니다."

아직 봐야 할 서류들이 남아 있었다. 그렇지만 황제는 문득 다연이 보고 싶어졌다.

그래서 자리에서 일어섰다. 사실은 그녀에게 물어봐야 할 것들이 있었다.

이제 와서 둘 사이에 그게 중요하다고 생각하는 건 아니었다.

그렇지만 다연에 대한 것이니 알아야 했다.

내궁에서 별궁은 그 거리가 꽤 멀었다.

황제는 언제부턴가 그 사실에 불만을 가졌다. 그리고 그 불만은 점점 커져만 갔다.

열심히 걷던 그는 마침내 한 가지 생각에 이르게 된다.

내궁 옆에 새로 궁을 하나 지어야겠다.

그는 원래가 문제의 해결을 중시하는 결과지향적 사고방식의 사람이었던 것이다.

내궁 바로 옆에 아주 예쁘고 사랑스러운 궁을 하나 짓겠다. 그걸 다연에게 황후궁으로 선물해야겠다.

어차피 내궁에 들어앉힐 생각이었지만 그래도 처소는 있어야만 했다. 위신의 문제였다.

보통의 사람들이라면 생각이 여기에서 그쳤겠지만 황제의 사고는 그보다 훨씬 구체적이고 앞서 나갔다.

건물 하나를 짓는 데는 보통 반년의 시간이 소요된다. 아무리 많은 인력을 투입한다 해도 3개월은 필요할 것 같았다.

그렇다면 당장에라도 시작하게 하고 싶었지만 곧 겨울이었다. 큰 공사에 우기와 눈은 피하는 것이 상식이었다.

황제의 고민은 깊어졌다.

한편 그 무렵 다연은 별궁 후원에서 노니는 중이었다.

시녀들이 완곡히 애원하여 풀밭에 누워 있지는 않았다.

양탄자 위에 누워 뒹굴거리며 그녀는 손가락 위에 새를 불러왔다 날려 보내기를 반복했다.

멀리서 걸어오던 황제는 그 광경이 탐탁지 않았다.

전쟁이 끝났지만 음식을 얻어먹던 버릇이 남은 새들은 자주 날아왔다. 본 것을 말해 주면 다연은 항상 음식을 챙겨 줬다.

새들은 매우 쓸데없는 사실들을 전하며 다연에게 일용할 양식을 뜯어내고 있었다.

그리고 다연은 인심 좋게도 그들을 다 거둬 먹였다.

동물원이 따로 없었다.

완벽주의자인 황제는 원래 다소 깔끔한 성향의 남자였다.

그는 사실 동물들에 대해 거리감을 좀 갖고 있었다.

다연이 아무렇지 않게 개와 땅바닥에서 뒹굴거릴 때마다 조금 뜨악하게 되는 것이다.

거의 철새 도래지가 된 후원을 보며 그는 혀를 찼다.

제일 마음에 들지 않는 것은 저 음침한 까마귀였다. 거만한 눈빛의 몸집이 큰 독수리도 마음에 들지 않기는 매한가지였다. 다연을 한번 문 전력이 있는 털북숭이 개도 영 탐탁지 않았다.

"다연."

황제가 부르자 이상한 노래를 흥얼거리며 한가롭게 누워 있던 다연이 반가운 표정을 하며 일어났다.

무척이나 불안한 나날을 보내던 그녀는 애인이 안전을 보장받자 빠른 속도로 심사가 편해졌다.

그녀가 웃으며 황제를 돌아보자 황제의 얼굴에도 반사적으로 웃음이 어렸다.

다연은 요즘따라 잘 웃었다.

"식사는 했니?"

하지 않았다는 것을 이미 보고받았으면서도 황제는 굳이 또 한 번 물었다.

"아니요, 아직이에요. 폐하는요?"

"나도 아직. 같이 먹을래?"

"네네."

자리를 툭툭 털고 일어나는 그 모습을 바라보는 황제의 눈에서는 꿀이 뚝뚝 떨어졌다.

누가 보아도 사랑에 빠져 있음이 역력한 남자의 시선이었다.

한 걸음 뒤에 물러서 있던 시종장이 조심스럽게 나서서 황제의 의중을 물었다.

"이곳으로 준비해 올릴까요?"

"……."

그 말에 황제는 후원을 한번 둘러봤다.

별궁 후원은 마치 하나의 거대한 새장 같았다.

나뭇가지에 앉아 있는 가지각색의 새들의 부리부리한 눈빛을 바라보던 황제는 영 꺼림칙한지 고개를 절레절레 내저었다.

황제는 다연에게 솔직하게 말했다.

"차마 이곳에선 못 먹겠다."

그 솔직한 표정이 너무 웃겨서 다연은 킥킥거리며 웃었다.

전쟁터의 먼지 구덩이에서는 식사를 해도 날짐승 옆에서는 안 되는 황제 나름의 깔끔함의 기준이 있는 모양이었다.

고민하던 황제는 다연의 손을 잡고 이끌었다.

"좀 걸을 겸 오늘은 내궁에서 먹자."

다연은 웃으며 고개를 끄덕였다.

식사를 마친 그들은 차를 마시며 모처럼 한가로운 시간을 가졌다.

황제는 괜히 그녀의 손을 만지작거리고 볼을 쿡쿡 찌르며 치근덕거렸다. 시도 때도 없이 볼에 입을 맞추었다.

어깨며 팔뚝을 만지며 너무 야위었다고 잔소리와 타박을 하기도 했다.

그러다 갑자기 네가 너무 좋다며 껴안고 있기도 했다.

이랬다저랬다 어지간히 귀찮게 하는데도 다연은 그냥 허허실실 웃으며 대인배처럼 다 받아 주었다.

정말 대단한 인내심이라며 시종들은 숙연히 생각했다.

문득 생각이 난 황제가 말했다.

"사르만의 차가 그 향이 매우 좋더구나."

"그래요?"

"응, 왕실에서 대접을 받는데 조만간 황궁에 들여오도록 해 봐야겠다. 너에게도 그 향을 알려 주고 싶다."

다연은 자신도 궁금하다고 대답하며 웃었다. 그리고 문득 생각이 났는지 물었다.

"사르만에는 정말로 별이 많이 뜨나요?"

"그렇더구나."

"그렇구나."

그게 뭐라고 좋아하며 웃는 얼굴을 물끄러미 바라보던 황제가 주변을 둘러봤다. 그리고 말했다.

"나가 있거라. 둘이 있겠다."

시종들과 기사들은 황제의 명에 어떠한 동요도 없이 물러났다.

주변 사람들을 물리자 의아해한 것은 다연이었다.

궁금해하는 그녀의 얼굴을 잠자코 바라보던 황제가 마침내 물었다.

"너, 동물들을 부릴 수 있는 것이니?"

답이 정해져 있는 물음이었다.

잠시 생각하던 그녀가 덤덤하게 대답했다.

"음, 말을 알아듣고 전할 수 있어요. 원한다면 부릴 수도 있습니다."

"그 능력은 언제부터 생긴 것이냐?"

황제가 물었다. 그러나 다연은 이번에는 바로 대답하지 못했다.

사실 그녀도 잘 기억이 나지 않았던 것이다.

희미한 기억을 더듬으며 다연이 미간을 찌푸렸다.

"처음부터는 아니었어요. 처음에는 정말 아무 능력도 없었던 것이 맞고요. 거짓말했던 것은 아닙니다. 사실 알게 된 뒤로도 별로 능력이라고 생각하진 않았어요."

"……."

"음, 정확한 시점이 기억나진 않는데 어느 날부턴가 그들이 말하는 소리가 들리기 시작했어요. 들릴 때도 있고 들리지 않을 때도 있었는데, 그러다 어느 순간부터는 제 스스로 자유롭게 그 능력을 조절할 수 있었어요. 이제는 원한다면 언제든지 말을 알아들을 수 있고 또 전할 수 있어요. 불러올 수도 있고 완전하진 않지만 행동을 조금은 강제할 수도 있고요."

그런데 왜 자신에게 말하지 않았느냐고 황제는 평소처럼 나무라지는 못했다.

무슨 답변이 나올지 조금 자신이 없었던 까닭이다.

자신이 과거에 그 부분으로 다연에게 상처를 주었다는 사실을 안다.

그는 안타까움과 미안함에 다연의 머리를 쓰다듬었다. 그러자 다연이 티 없는 얼굴로 웃어 주었다.

조금 침울해하던 황제가 물었다.

"네 능력을 사람들에게 밝혀야 할까?"

다연은 그 물음이 조금 의외라고 생각했다. 황제가 이런 중대한 의사 결정을 자신에게 물어 오는 상황이 낯설었던 것이다.

그녀는 웃으며 되물었다.

"어떻게 하고 싶으세요?"

"……."

"저도 생각해 보긴 했는데요. 밝히지 않으면 후일을 도모할 수는 있겠지만, 신녀의 능력이 있다는 것을 알리는 편이 지금의 폐하와 황실에는 더 도움이 되지 않을까요?"

그녀는 변했다.

더 이상 무기력하지도 의욕 없는 사람처럼 굴지도 않았다.

그녀의 내면에서 어떠한 변화가 일어났다는 사실을 황제는 전장의 한복판에서부터 어렴풋이 느끼고 있었다.

그러나 눈앞에서 그것을 다시 한 번 확인하는 순간 어떤 말을 해야 할지 알 수가 없었다.

이 변화는 옳았다.

황제가 원하는 이해관계와도 일치하는 것이었다. 황실이 추구하는 방향과도 정확히 맥을 같이하고 있었다.

그녀가 황실에게 힘을 실어 주겠다고 한다.

적극적으로, 주도적으로, 본인이 앞장서서.

그런데 황제 또한 변했다.

중대한 변화는 황제의 마음 안에서도 일어났다.

언제부터 이렇게 되었을까?

황제는 그녀의 말에 찬성할 수가 없었던 것이다.

순전히 감정적이고 이성적이지 못한 개인적 이유들 때문에.

나는 네가 편하게 살았으면 좋겠어. 다른 사람들이 너를 욕심내면 어떡해. 신전에서 널 또 데려가려고 하면 어떡해.

선뜻 대답하지 못하고 묵묵히 다연을 바라만 보고 있는 황제를 다연은 의아하게 바라보았다.

황제는 꼭 울 것 같은 표정이었다.

마침내 결심한 그가 말했다.

"밝히지 않았으면 좋겠다."

의외의 대답에 다연은 오묘한 표정으로 미하일을 바라보았다.

황제는 절박했다.

"너를 신전 놈들이 빼앗아 가면 어떡하느냐. 나는 이제 너 없이는 살 수 없는데."

아…… 그 솔직한 말에 다연이 순간적으로 울컥한 표정을 지었다.

그의 절박한 마음이 고스란히 느껴져서 다연은 한동안 그 물결에 휩쓸렸다.

그리고 마침내 마음이 진정이 되었을 때 분명하게 말했다.

"저는 절대로 가지 않을 것입니다."

"……."

"저도 이제 폐하 없이는 살 수가 없으니까요."

둘은 그 뒤로 한참 묻어 놓았던 이야기들을 했다.

어떻게 적의 보급 경로를 알려 줄 수 있었는지, 왜 독수리를 선택하게 되었는지, 왕세자군이 타미르 수성을 포기한 사실을 어떻게 알게 되었는지.

"그래서 말인데요, 폐하. 제가 그 대가로 까마귀한테 제 맘대로 별궁 나무를 줬어요. 사실 발티온 영지의 사과나무도 그래서 얻은 것이에요."

죄책감 어린 다연의 숙연한 표정을 보며 황제는 어이가 없어서 웃었다.

아이고, 이 귀여운 것 좀 보게.

"몇 그루나 주었느냐."

황제가 구체적인 수치를 묻자 다연은 매우 침통해했다.

도박을 한번 잘못해서 전 재산을 홀라당 날린 것 같은 망연자실한 표정이었다.

다연의 표정과 이 상황이 너무 우스워서 황제는 결국 이마를 짚고 큭큭거리며 웃었다.

"음, 스물세 그루였나. 과실이 열리는 나무란 나무는 다 주었습니다. ……죄송해요."

안 봐도 훤했다. 저 맹한 것은 몇 그루를 갖다 바쳤는지도 기억을 못했다.

그런 상대와 흥정을 하는 것이 영물에게는 얼마나 쉬웠겠는가.

황제는 순진해 빠진 애인을 보며 혀를 찼다.

저것이 이 험한 세상을 어떻게 살까 걱정이다. 그러니 내가 옆에서 잘 보살피며 데리고 살아야지.

"까마귀에게 별궁 나무 대신 몇 그루를 더 얹어서 아르제니아의 나무를 주겠다고 이야기하거라. 까마귀가 죄 헤집어 놓으면 미관상 좋지 않을 것 아니냐. 나는 상관이 없지만 열심히 일하는 정원사는 그때마다 낙심할 테니."

고민이 해결된 다연이 금세 안도하고는 밝은 표정으로 연신 고개를 끄덕였다.

어휴, 애인이 부유해서 참 다행이다.

다 필요 없어, 부자가 최고야! 짜릿해!

그 해맑은 표정이 참으로 귀여워서 황제는 웃음을 터뜨렸다.

밤이 깊었다.

다연이 이제 그만 처소로 돌아가 보겠다 했지만 황제는 그 손목을 부여잡고 놓아주지 않았다.

그녀는 의아하게 여기는 눈치였지만 더는 돌아가겠다는 말을 하지 않았다.

황제는 그런 그녀를 자신의 침소로 데리고 갔다.

프로페셔널한 시종들과 시녀들은 표정 관리를 했다. 그렇지만 내심 동요하는 마음을 감추느라 최선을 다하는 중이었다.

아니, 언질도 없이!

누구보다 당황스러워한 것은 시녀들이었다.

아니, 폐하도 참, 아무리 급해도 여성분께는 준비를 할 시간을 주셔야지!

한편 처음 와 보는 황제의 침소를 구경하며 다연은 오묘한 표정을 지었다.

그저 신기해하며 내부를 구경하는 그녀의 태도는 오히려 태연해 보였다.

제국 최고 권력자의 침소는 예상처럼 화려하지는 않았다. 무척이나 깔끔하고 정결했다.

그의 성격이 고스란히 반영된 것 같았다.

황족의 침실다운 고아하고 엄격한 분위기가 있다.

그렇지만 불필요한 장식품은 배제한 채 최대한 휴식에만 초점을 맞춘 듯한 모양새였다.

그녀가 한가롭게 침소의 인테리어나 구경하고 있자 도리어 초조해 진 것은 황제였다.

알고 있는 거야, 모르는 거야.

황제는 구경에 정신이 팔린 다연의 손을 붙잡고 본인의 넓은 침대에 앉혔다.

그리고 다소 긴장된 기색으로 물었다.

"뭘 하려는지 알아?"

그녀가 조금 갸웃하다가 가만히 고개를 끄덕이자 황제는 생각했다.

오호, 용감하네.

역시 마냥 곰은 아니었다고 그는 다시 한 번 확인했다.

조용히 앉아 있던 다연이 말했다.

"그 전에 씻고 싶은데요."

황제는 고개를 끄덕였다.

"이곳에서 씻어. 내가 다른 방에서 씻고 오겠다. 원한다면 같이 씻어도 좋고."

다연은 들을 가치도 없는 말을 들었다는 듯 대꾸도 하지 않고 시녀들을 부르러 갔다.

그렇지만 돌아선 목덜미는 살짝 빨개서 그게 황제의 마음을 설레게 했다.

이 시간 바빠진 것은 황제의 침소에서 목욕 시중을 들게 된 시녀들이었다.

장소가 황제의 처소인지라 평소처럼 비명을 지르지는 못하고 그녀들은 발만 동동 굴렀다.

시녀 중 일부는 별궁까지 가서 다연이 사용하는 향료와 침의, 단장을 위한 물품들을 가져오느라 야밤에 달음박질을 했다.

이 순간 모든 황궁의 사용인들은 긴장된 기색을 감추지 못했다.

태연해 보이는 것은 오로지 다연 한 명뿐이었다.

시녀들은 솔직한 심정으로 욕조에서 멍을 때리고 있는 다연이 매우 걱정됐다.

그녀는 오늘도 알아들을 수 없는 괴상한 곡조나 흥얼거리고 있었다.

설마 다연 님이 이 상황이 뭔지 인지를 못 하는 것은 아니겠지?

그녀들은 매우 의심스럽게 자신들이 모시는 주인을 바라봤다.

이런 부분에 있어 다연에 대한 사람들의 신뢰는 바닥이었다.

그녀가 황제와 연애를 하며 눈치 없는 짓을 좀 많이 했어야지.

그러나 모른다 해도 이제는 어쩔 수 없는 일이었다.

그들은 감히 조언을 해 줄 위치도 못 됐다. 상황은 돌이키기에는 너무 늦었다.

다연이 몸을 씻고 마침내 침의 차림으로 황제의 침대에 앉았을 때 황제 역시 씻는 것을 마치고 침소에 들어섰다.

그녀는 고개를 들었다.

"……."

대충 걸친 침의와 평소와 달리 앞으로 흘러내린 머리가 이상하게 외설적으로 느껴져서 다연은 황제를 잠깐 바라보다가 시선을 돌려 외면했다.

그것을 또 귀신같이 눈치챈 황제가 씨익 웃었다. 그리고 얼른 다가와 그녀 옆에 앉았다.

한참을 나 좀 봐 달라고 그녀의 얼굴을 빤히 바라봤지만 그녀는 몇 번이나 시선을 피했다.

하지만 미하일은 집요했다.

하도 열심히 눈을 마주쳐 오는 탓에 다연이 한숨을 쉬며 결국 황제의 초록 눈을 바라봤다.

황제의 웃는 얼굴은 사내답고 시원스러웠다.

그가 말했다.

"이런 말 해도 될지 모르겠지만 이 순간을 늘 기다리고 바라 왔다."

"……."

그녀는 콧잔등을 조금 찌푸리며 황제를 바라봤다.

왜 그런 소리를 하냐는 듯한 표정이었다.

황제는 뻔뻔했다.

"그냥 네가 알아줬음 좋겠다고. 많이 참았거든."

기가 막혀서 얼굴이 빨개지자 황제가 쿡쿡 웃었다.

연인의 밤이 시작됐다.

다연은 그날 결국 별궁으로 돌아가지 못했다. 그리고 황제는 앞으로도 돌려보낼 생각이 없었다.

황제는 다음 날 새벽녘에야 문밖으로 나섰고, 그가 나온 것은 매일같이 해 온 새벽 수련 때문이었다.

어딘가 나른하고 배부른 표정으로 나온 황제에게 시종들이 얼른 달라붙어 푸른 침의를 걸쳐 주었다.

다연이 내궁 황제의 침소에 머물자 다연의 시녀들도 별궁으로 돌아가지 못하고 꼼짝 없이 침소 밖에서 대기하고 있었다.

황제는 고개를 조아리고 있는 그녀들의 면면을 곰곰이 바라보았다.

그리고 그중에 한 명을 손가락으로 가리켰다.

마리였다.

"너."

"예, 폐하."

황제는 그 손가락으로 이번에는 침소 문을 가리켰다.

"보살펴라."

출입을 허가받은 것은 마리 한 명뿐이었다.

황제 딴에는 다연을 배려한 것이었다.

시종, 시녀들을 일종의 공기 취급하는 황제와 달리 다연은 가끔 그들을 의식하고 불편해했다.

내성적이고 고지식한 그녀가 흐트러진 모습을 많은 이들에게 보이고 싶어 할 것 같지 않았다.

황제가 검술 수련을 위해 자리를 뜨자 마리는 눈치를 보며 조심스럽게 침소 문을 열었다.

그리고 안을 확인한 순간 입을 벌렸다.

"……세상에."

방 안의 야릇한 공기와 지쳐 잠든 다연의 모습을 보며 마리는 자신의 얼굴이 다 빨개지는 것을 느꼈다.

누워 있는 다연은 요즘따라 야위어서는 더욱 처연한 분위기를 풍겼다.

안쓰러우면서도 괜히 심장이 두근거려서 마리는 잠깐 발을 동동 굴렀다.

그녀는 마음을 진정시키며 수건을 따뜻한 물에 적셔 왔다. 그리고 다연의 몸을 조심스럽게 닦기 시작했다.

황제가 처소로 다시 돌아온 것은 집무실에서 밀린 정무를 본 뒤 점심 무렵이 다 되어서였다.

황제는 본디 새벽에 침소를 나서면 수면이 목적이 아니고서는 다시 돌아오는 일이 극히 드물었다.

그만큼 바빴기 때문이다.

짧은 휴식이라도 전부 본인의 집무실에서 취했다.

그런 그가 오늘 다시 침소로 돌아온 것은 순전히 그 안에 있는 다연 때문이었다.

어젯밤의 기억은 자꾸만 그의 머릿속을 휘저으며 그를 괴롭혔다.

자신의 방 안에 다연이 있다고 생각하니 들뜸을 참을 수가 없었다.

그래서 식사를 핑계 삼아 중간에 다시 와 본 것이다.

대기하고 있는 시녀들에게 황제가 물었다.

"일어났느냐?"

"예, 방금 전에 일어나셔서 몸단장도 하셨습니다. 그런데 피곤하신지 또 누워 계십니다."

황제는 고개를 끄덕이며 문을 열었다. 그리고 시종, 시녀들에게 말했다.

"부를 때까지 들어오지 말거라."

황제의 명에 그들은 고개를 조아렸다.

일어났다던 그녀는 다시 잠이 들었는지 이불에 파묻혀 있었다. 가까이 다가가서 보니 눈을 뜨고 있긴 한데 엄청나게 졸린 모양이었다.

그녀는 몹시 게으른 표정으로 현실과 수면의 경계를 헤매고 있었다.

황제가 쿡쿡 웃자 다연이 소리가 나는 곳을 바라보았다.

"미하일."

그 부름에 황제가 기꺼워하며 침대맡에 앉았다. 그리고 부드러운 손길로 그녀의 검은 머리칼을 쓸어 넘겼다.

"밥 먹어야지."

미하일이 밤새 못살게 군 귓가에 대고 속닥거리자 다연이 몸을 움찔하며 몹시 졸린 표정으로 황제를 바라봤다.

"……안 먹으면 안 될까요?"

물음은 애원에 더 가까웠다.

평소 같으면 씨알도 안 먹힐 소리였다. 그러나 그녀의 피곤에 일조한 바 있는 황제는 팔짱을 끼고 고민에 빠졌다. 그러나 그는 역시 몸관리를 중요시하는 본연의 건강한 가치관을 잃지 않았다.

"조금만."

황제가 나름의 타협안을 제시하자 피해 갈 수 없음을 깨달은 다연이 한숨을 쉬며 몸을 일으켰다.

그녀는 의자에 앉아 잠시 잠을 쫓았다.

곧 식사가 올려진 트레이를 마리가 끌고 들어왔다.

이제껏 황제의 침소에 여인이 머물렀던 적은 없었다. 그래서 시종과 시녀들은 누가 언제 들어가야 할지를 정하느라 여념이 없었다.

황제의 침소는 원래 아무에게나 허락되는 곳이 아니었다.

시종들 중에도 황제가 측근으로 여기는 이들만 출입할 수 있었다.

그런데 여인이 침대에 있으니 남자인 시종들은 들어갈 수가 없고, 그렇다고 다연의 시녀들이 들어가자니 시종들 입장에서는 외부인이었던 것이다.

결국에는 황제가 직접 출입을 허가한 마리가 계속 독박을 쓰고 있었다.

　식사가 들어오자 황제는 다연을 달랑 들어 올렸다. 그리고 자신의 무릎 위에 어린아이 앉히듯 앉혔다.

　그 모습을 보고 마리는 얼굴을 붉혔지만 피곤에 절은 다연은 무념무상한 표정이었다.

　마리는 고개를 조아리며 조심스럽게 뒷걸음질로 침소를 빠져나왔다. 눈을 반짝이던 시녀들이 안에서 무슨 일이 있었는지를 궁금해했다.

　어쩌고 계셔? 빨리 불어! 중계하란 말이야, 이것아!

　음식을 먹이신다고 지금 막 무릎 위에 앉히셨어.

　끄아아아아아!

　그게 뭐라고 발을 동동거리고 서로를 때리며 좋아하는 시녀들을 보며 시종들은 기가 막힌 얼굴을 했다.

　한편 졸음과 사투 중인 다연은 눈을 거의 감고 있었다.

　음식을 입에 가져가려다 말고 그 얼굴을 본 황제가 웃음을 터뜨렸다. 황제는 다연의 콧잔등을 살짝 깨물었다가 입을 맞추었다.

　다연이 몹시 귀찮아하며 고개를 흔들었다.

　"그렇게 졸리느냐?"

　뭐 이렇게 당연한 질문을 하나 싶어서 다연은 원망이 일었다.

　지금 이상한 사람은 자신이 아니라 그였다.

　사실 다연은 그에게 감탄을 넘어 좀 기가 질린 상태였다.

　체력도 체력이었지만 그 이상으로 놀라운 것은 그의 성실성과 정신력이었다.

　"폐하는 어떻게 이 와중에 검술 수련까지 하실 수 있으세요? 그 새벽에?"

"나는 무장인데 나와 네 체력이 같아서 쓰겠느냐?"

그건 그렇지만, 말끝을 흐리며 다연이 울상을 지었다.

한숨을 내쉬던 그녀가 말했다.

"진짜 안 먹으면 안 될까요? 저녁은 꼭 먹을게요."

어쩐지 입안이 까끌거리고 영 입맛이 없었다.

"그래도 한 입만 먹거라. 너를 살찌우는 것이 내 새로운 목표이니 앞으론 한 끼도 걸러선 안 된다."

"……."

황제가 크림색 수프를 조금 떠서 그녀의 입가에 가져다 댔다.

다연은 잠시 말을 잃었다.

정말이지 무서운 소리였다.

새로운 목표가 자신의 살을 찌우는 것이라니, 그렇다면 백의 확률로 자신은 곧 살이 찌게 될 것이다.

그가 뭐 한 가지를 목표하면 이루기 전까지는 결코 포기하는 법이 없다는 것을 이제는 다연도 알았다.

보통은 성실함과 집념에도 정도가 있는 법이었다. 그런데 이 사람은 정도가 없었다.

내가 정말 무서운 남자랑 사귀고 있구나. 잘못 걸린 것 같아.

다연은 체념한 얼굴로 순순히 입을 벌렸다.

다연이 수프를 삼키자 그 모습이 흡족해 황제는 얼굴 여기저기에 입을 맞추며 쪽쪽거렸다.

밥을 먹이는 것인지 뽀뽀를 하려는 것인지 우선순위가 무엇인지 도무지 알 수 없는 태도였다.

정신이 없었던 다연이 아, 좀, 하며 벌레를 쫓듯 고개를 저었지만 무릎 위에 앉아서야 도망갈 곳이 없었다.

당연한 말이지만 한 입만 먹으라는 것은 그냥 해 본 소리였다.

황제는 계속해서 수프를 다연의 입으로 날랐다.

마침내 작은 그릇이 바닥을 드러냈을 때 황제는 비로소 흡족한 표정으로 식기를 내려놓았다.

그렇지만 그녀를 놓아주지는 않았다.

무릎 위에 앉혀 놓고 뒤에서 감싸 안은 채 계속 여기저기 입을 맞추며 치근덕거렸다.

그리고 다연은 매우 뒤늦게야 어떤 사실 하나를 깨달았다.

"미하일은 밥 안 먹어요?"

"신경 쓰지 말거라. 알아서 챙겨 먹겠다."

갑자기 엄청난 죄책감이 들어서 다연은 당황한 표정을 했다.

어떻게 나는 주는 대로 받아먹으면서 그의 식사는 잊을 수 있지?

그 자책감 어린 표정이 귀여워서 황제는 볼을 쿡쿡 찌르며 다연을 건드렸다.

너무 좋았다. 하는 짓도 예뻐서 미칠 것 같았다.

지금 너무 행복해서 길 가는 아무나 붙잡고 자신이 얼마나 행복한지에 대해 구체적으로 몇 시간 동안 설명하고 싶었다.

다연을 물끄러미 바라보던 황제가 말했다.

"너를 집무실에 데려가서 내 무릎 위에 앉혀 놓고 정무를 보고 싶은 심정이다."

그는 오늘따라 무서운 소리만 했다.

그런데 왠지 머지않은 미래에 실현될 것 같아서 더 무서운 이야기였다.

"……남들이 욕해요."

"누가 나를 욕할 수 있겠느냐?"

다연은 기가 막혀서 헛웃음을 지었다. 참으로 오만한 남자였다.

그런데 모르시나 봅니다.

아랫사람의 입장이 돼 본 적이 없어서 그러시나 본데 부하 직원들은 원래 늘 상사가 없는 데서는 상사 욕을 한다고요.

그러나 황제의 측근들의 안락한 하루를 위하여 그녀는 현명하게도 입을 다물었다.

황제는 사실 이제 그만 가야 했다. 그렇지만 다연을 보니 또 떨어지기가 싫어서 갈등에 휩싸였다.

뭉개고 있을 핑곗거리를 찾던 미하일이 물었다.

"차라도 한 잔 마시겠느냐?"

다연은 고개를 절레절레 저었다.

여전히 피로에 맥을 못 추는 얼굴이었다.

황제는 결국 그녀를 그대로 안아 들어 침대 위에 눕혔다. 그러더니 자신도 침대 안으로 슬쩍 비집고 들어왔다.

어어?

다연이 경계심 가득한 표정으로 황제를 바라봤다.

그녀가 약간 흘겨보며 구석으로 몸을 피하려 하자 황제가 매우 억울한 표정으로 본인의 결백함을 주장했다.

"안 해, 안 해."

그러나 다연은 의심 어린 표정을 풀지 않았다.

아니, 폐하는 어제도 이제 안 한다고 해 놓고 몇 번이나…….

다연의 불신은 근거가 있는 것이어서 미하일은 좀 염치가 없었다.

"그냥 좀 안고만 있게 해다오."

다연이 몸에 긴장을 풀자 미하일은 냉큼 그녀를 품 안에 끌어안고 누웠다.

팔베개를 해 주니 웃으며 눈을 감는다.

요새 왜 이렇게 잘 웃어.

그녀가 웃을 때마다 같이 행복해진다.

46

이러고만 있어도 좋구나.

다연을 끌어안은 황제는 세상을 다 가진 기분이었다.

그렇게 게으른 연인과 침대 위에서 뒹굴거리던 황제는 잠시 뒤 몸을 일으켰다.

일어나고 싶지 않았지만 이러고 있자니 한도 끝도 없을 것 같았고, 차라리 일을 빨리 해치워 버리고 저녁 시간을 함께 보내는 게 낫겠다 싶었던 것이다.

그리고 무엇보다 몸을 맞대고 있으니 슬슬 음심이 피어나려 했다.

"나머지 정무를 보고 올 것이다. 그때까지 여기에서 쉬고 있어."

"음, 저는 그럼 별궁에 가서……."

그녀는 하려던 말을 끝맺지 못했다.

다연이 듣기 싫은 소리를 하려 하자 황제가 입을 맞추어서 막아 버렸기 때문이다.

"돌아왔을 때 네가 꼭 여기에 있었으면 좋겠다."

다연은 잠시 고민하던 눈치였으나 딱히 반대할 이유를 찾지 못했는지 알았다고 고개를 끄덕였다.

하루 이틀 정도야 뭐, 하고 대수롭지 않게 생각했던 것이다.

그러나 그것은 대단한 착각이었다.

미하일은 한번 자신의 영역에 들어온 그녀를 보내 줄 생각이 눈곱만큼도 없었고, 그는 원래 집념이 대단한 남자였다.

다연은 조만간 내궁의 장기투숙객이 될 운명이었다.

✤

"폐하, 아산카 왕자의 추적대가 도스야 왕세자를 찾아냈고 그 자리에서 즉결 처형했다는 소식입니다."

외무대신의 짤막한 보고에 대신들이 신음성을 흘렸다.

"민심의 동요를 생각해서인지 아직 공개하고 있진 않습니다만 믿을 만한 정보망을 통해 사실임을 확인했습니다."

"그렇다면 이제 바로 즉위인가."

"확신할 순 없지만 즉위식 전에 케시크 정벌을 먼저 할 생각인 것도 같습니다."

"뭐, 장자가 죽었다면 왕위를 이을 건 그뿐이니 급할 건 없겠지. 공적을 쌓고 여론을 등에 업는 게 나은 선택일 수도."

진지한 표정으로 생각에 잠긴 황제의 얼굴에서는 광이 났다.

대신들은 평소와 다른 기색의 황제를 계속해서 힐끔거렸다.

미하일은 요 며칠 주책맞게도 행복의 기운을 너무나 선연하게 뿜어내는 중이었다.

물론 본인은 표를 내려고 한 것이 아니었는데 그런 행복감은 쉽사리 감춰지지 않았다. 원래도 잘난 미모마저 더욱 아름다움을 발산하는 중이었다.

대신들이 쉬는 시간을 틈 타 시종장에게 물어 왔을 정도였다.

– 아니, 폐하께 무슨 좋은 일이라도 있으시오?

– 저리 잘 웃는 분이 아니신데…… 농담이 아니라 이젠 막 후광이 비치는 것 같소.

– 저렇게까지 기분이 좋으신 것도 내 모신 이래 처음 보네만.

입이 무거운 시종장은 끝내 말을 아꼈지만 황궁은 원래 비밀이 없는 곳이었고 황제는 사생활이 있을 수 없는 사람이었다.

조만간 황제가 요즘 왜 저렇게 입이 귀에 걸렸는지 알 만한 사람은 모두 다 알게 될 것이다.

"당분간은 동향을 긴밀히 파악해 봐. 정벌 전에 접촉이 있을 테니 지난번에 이야기한 대로 준비하고."

"예, 폐하."

전에 없이 좋은 황제의 기분에 힘입어 국무회의는 탈 없이 마무리됐다.

회의를 마치고 황제의 발걸음이 향한 곳은 내궁이었다. 그의 발걸음이 빠르고 가벼웠다.

황제가 본인 침소에 이렇게까지 자주 들락날락한 것도 유례가 없는 일이었다. 마치 꿀단지를 숨겨 놓은 사람 같았다.

다연은 요즘 거의 내궁에서 살다시피 했다.

별궁 시녀들은 내궁에서 별궁으로 출퇴근을 한 지가 오래였다.

다연은 둘이 한 처소를 쓰고 있는 이 상황이 남사스러워서 참을 수 없었지만 이제는 약간 체념한 참이었다.

상대방의 청에 약한 것은 황제뿐만이 아니었다.

난색을 표하는 다연을 설득하기 위해 황제는 갖은 처연한 척은 다 해 가며 전쟁 중 상사병을 앓았던 사실까지 팔았다.

내가 매일같이 네 서신만을 기다렸다는 사실을 아느냐? 이제는 네가 눈앞에 없으면 불안하다, 아침에도 밤에도 함께 있을 순 없겠느냐, 남들의 시선이 뭐가 중요하느냐? 우리만 좋으면 됐지. 설마 나만 좋은 것이냐?

그리고 이 상냥한 애인은 황제의 부탁을 결국 들어주었다.

덕분에 소망을 이룬 황제의 기분은 요즘따라 최고조였다.

그러나 하늘 위로 날아갈 것 같았던 그 기분은 자신의 처소에 들어서자마자 푸쉭 하며 꺼졌다.

"어디 갔어?"

황제가 몹시 허무한 얼굴로 물었다.

시종 하나가 난처한 낯빛으로 고해 왔다.

"황궁 서고에 가신다고 나가셨습니다. 책만 가지고 바로 오실 것이라 하셔서 따로 기별하진 않았사온데……."

그런데 예상 밖으로 아직 오고 있지 않다는 소리였다.

충분히 그럴 수도 있는 일인데, 어쩐지 김이 샌 황제는 약간 기분이 안 좋아졌다.

자신도 말이 안 된다는 것은 알았다.

그런데 어찌 이렇게 유치한 소유의 욕구가 생겨나는지 알 수 없는 일이었다.

황제가 어지간한 심술을 부려도 다 받아 주고 마는 고지식한 애인도 문제가 있었다.

황제는 결국 작은 한숨을 쉬고는 발걸음을 서고로 옮겼다.

처음에는 글자를 배우기도 싫어했는데, 다연은 의외로 독서에 취미가 있는 모양이었다.

글자를 모를 때도 그림책을 읽는 모습을 보고 알아봤어야 했나?

그녀의 독서량은 생각보다 엄청났다.

정무를 마치고 오면 보고 있는 책이 아침에 들고 있던 책과 달랐다.

머지않아 서고에 도달한 황제는 문을 열었다.

시종들과 기사들은 눈치껏 따라 들어오지 않고 문 앞에 도열했다.

황제는 남의 시선을 전혀 신경 쓰지 않았지만 다연이 신경 쓰고 의식했기에 언제부턴가는 황제도 주변 사람들을 자주 물렸다.

서고 안에 들어가자 오래된 책 특유의 냄새가 훅 끼쳐 왔다.

황궁 서고는 제국 내에서는 가장 많은 책을 보유하고 있었다.

그만큼 공간 또한 넓었으며 공을 들여 관리되고 있었다.

"……."

그녀의 자취를 찾던 황제는 한구석 소파에 길게 누워 잠든 다연을 발견했다. 가슴팍엔 《제국사 3백 년》이라는 제목의 두꺼운 책을 올려놓고 있다.

역사에 관심이 생겼나 보네. 하지만 그 책은 별로 재미가 없을 텐데.

황제는 잠든 애인의 얼굴을 물끄러미 바라보았다. 평화로운 표정이었다.

그는 곧이어 생각했다.

너 진짜 잠 많다.

미하일은 다연을 구태여 깨울 생각은 없었다.

그러나 깊게 잠든 것은 아니었는지 작은 기척에도 다연이 얼굴을 찡그리더니 곧이어 눈을 뜨며 일어났다.

"……미하일."

검은 눈동자가 자신을 주시하니 또 반가워서 황제가 빙긋 웃었다.

다연이 몸을 일으키려 하자 황제가 손을 잡아 주며 냉큼 그 옆에 앉았다.

"제가 잠들었나 봐요."

"그래. 불편하게 뭐 이런 곳에서 잠드느냐. 시녀들에게 시켜서 반출해 오게 하면 되잖니. 가져와서 침소에서 편하게 읽으면 될 것을."

나가지 말라는 완곡한 표현이었다.

네가 내 침대에 콕 박혀 있는 게 얼마나 보기 좋은지 알아?

게으른 사람이라면 질색을 하였으면서…… 어느새 황제는 정체성과 취향을 잃은 모양이었다.

다연이 다연의 침대에만 처박혀 있는 것은 안 되는데 자신의 침대에는 종일 처박혀 있어도 되는 황제의 기준은 어딘가 무척 이상했다.

다연은 황제의 음험한 의중을 알아듣지 못하고 대꾸했다.

"조용하고 좋은데요, 왜. 폐하가 출정하셨을 때도 저 이곳에 와서 책을 읽다가 종종 여기서 잤어요."

그런 그녀가 귀여워서 미하일은 다연의 코끝을 깨물었다.

손이 불건전하게 움직이기 시작한 건 순식간이었다.

다연이 화들짝 놀라 미쳤느냔 표정으로 황제를 바라봤다. 그래서 황제는 좀 서운하고 쭈굴쭈굴해졌다.

"여기가 어디라고 이러시는 거예요."

"아무도 없지 않느냐."

다연은 매우 충격받은 표정으로 황제를 바라봤다.

"아무도 없으면 아무 데서나 해도 돼요?"

"……안 될 건 무엇이냐?"

"……미쳤나 봐, 진짜."

다연이 대단한 변태를 보았다는 듯 몸서리를 치며 황제에게서 멀어졌다.

그 모습을 보며 황제는 또 남다른 포인트에서 감상에 빠졌다.

세상에, 뭐 저렇게까지 귀여운 게 다 있지.

다연의 표현이 옳았다. 황제는 정말로 객관성을 잃고 점점 미쳐 가고 있는 것 같았다. 증세는 끝을 모르고 깊어졌다.

그가 불쑥 물었다.

"넌 언제부터 이렇게 귀여웠느냐?"

뭐야, 이건 또 무슨 소리야.

정말 듣는 사람이 없어서 천만다행이라고 생각하며 다연은 기가 차서 웃었다.

"설마 날 때부터 이렇게 귀엽게 태어났느냐?"

"……아, 제발 좀."

"뭘 먹고 뭘 보고 어떻게 커야 이렇게 귀엽게 클 수 있는 것이지?"

"…… ."

"눈, 코, 입 다 똑같이 달린 사람일진데 왜 다른 사람들은 그렇지 않고 너만 이렇게 귀엽단 말이냐?"

황제는 이제 거의 찬가를 쓰는 중이었다.

으아아, 다연은 참지 못하고 귀를 막고 괴로워했다.

그 모습이 더 귀여워만 보이는 중증의 환자는 다연을 와락 껴안았다. 그리고 소리를 지르고 있는 입을 입으로 틀어막았다.

다연은 버둥거렸으나 곧 잠잠해졌다.

그들은 한참을 키득거리며 서로가 서로에게 장난을 쳤다.

다연을 가만히 끌어안고 있던 황제가 넌지시 물었다.

"다연. 내 처소에만 있기 답답해?"

자기가 요즘 그녀를 좀 귀찮게 하고 있다는 자각은 있었다.

매번 달라붙어서 치근덕거리고 처소로도 돌아가지 못하게 하면 누구라도 귀찮을 것이다.

무던한 애인은 모든 것을 다 받아 주었지만 내심 불편해할지도 모른다.

그녀는 잘 참고 삭이는 편이니까.

그러나 다연은 별소리를 다한다는 듯 웃어넘겼다.

"아니요, 저 그런 거 모르는 거 아시잖아요."

"그런가."

"전 원래 아무것도 안 하고도 잘 있어요. 아, 맞다. 그런데 폐하."

"응?"

"이제 사제님은 앞으로도 계속 황궁에 올 수 없나요? 절 가르쳐 주시던 분이요."

그가 가르쳐 주던 제국어 교재는 여전히 마지막 몇 장을 끝마치지 못한 채 남겨져 있었다.

물론 이제 그 남은 글자들까지 다 읽고 쓸 수 있었지만 이렇게 인사도 없이 끝인 건가?

그녀는 의아했다.

원래도 곱상한 얼굴의 사제가 마음에 들지 않았던 황제는 조금 질투가 났다. 그렇지만 쪼잔한 남자처럼 보이지 않기 위해 애써 괜찮은 척하며 물었다.

"그가 신경 쓰이느냐?"

"그렇다기보단, 음, 그래도 계속 가르쳐 주던 분인데 마지막이라면 제대로 인사를 못 한 것 같고요. 수업이 없으니 요즘 제가 딱히 하는 일도 없는 것 같고."

"하는 일이 없긴. 요즘은 책 많이 읽잖아. 근데 그 책 재밌어?"

미하일이 떨떠름한 표정으로 《제국사 3백 년》이란 제목의 책을 바라봤다.

황제의 말 돌리는 기술은 다연보다 훨씬 능숙하고 교묘했다.

"재밌어요."

"……재밌어?"

"음, 사실 책 자체는 재미없는데 여기 끝 부분에 미하일 얘기 조금 나와요. 근데 제가 아는 사람이 아닌 것 같아요. 그래서 재밌어요."

그녀는 키득거렸다.

재미있다는 이유가 지극히 개인적이고 이상했다.

그녀도 객관을 많이 상실한 와중이었다.

"갑자기 제국 역사에 관심이 생긴 거야?"

미하일은 의아해하며 물었다.

한동안 신학 서적에 빠져 있던 다연은 요즘 제국의 생활상과 관련된 책이라면 문학, 비문학, 종목을 가리지 않고 독파하기 시작했다.

"음음, 그렇다기보단……."

그녀가 말끝을 흐리자 황제가 눈빛으로 답을 재촉했다.

다연은 조금 멋쩍어 하며 말을 이었다.

"제가 제국에 도움이 될 수 있는 건 없을까 해서요. 그러려면 일단 좀 배워야 하니까요."

다연은 황제의 출정을 경험한 뒤 확실히 변모했다.

아무것도 하지 않겠다고 생각했었다. 그렇지만 지금은 황제의 편이 되어 황제를 돕고 싶었다.

가능하다면 황제 치세에 기여하여 그를 명예롭게 하고 싶다.

그를 편하게 해 주고 짐을 나누어 지고 싶었다.

그녀의 마음에 황제는 감동을 받았지만 황제 생각에는 사실 다 쓸데없는 고민이었다.

새빨갛게 익을 대로 익은 토마토가 필사적으로 전 더 빨개지고 싶어요, 하는 것 같았다.

극강의 귀여움을 가진 새끼 강아지가 전 꼭 더 귀여워지고 싶어요! 하는 것 같았단 뜻이다.

"애쓸 필요 없다. 너는 이미 존재 자체가 이 세상에 도움이다."

황제의 증세는 오늘도 끝을 모르고 깊어지는 중이었다.

집무실에서 서류를 보던 황제는 문득 혼잣말을 하듯이 측근들에게 물었다.

"올겨울에 눈이 올까?"

황제의 의중을 알 수 없었던 시종장과 기사들은 서로의 눈치를 봤다.

결국 실질적으로는 서열이 가장 높은 시종장이 대답을 올렸다.

"그래도 한두 번은 오지 않겠습니까? 매해 그래 왔으니 말입니다."

제국의 여름은 그다지 덥지 않았고 마찬가지로 겨울 또한 그다지 춥지 않았다.

눈이 자주는 오지 않는 것이다.

적설량 또한 많지 않았다.

의아해하던 시종장이 모두를 대신해 여쭈었다.

"송구하온데 그건 어찌 물으시옵니까?"

"내궁 가까이에 궁을 하나 지으려고. 큰 건물을 지을 때 우기와 겨울은 피하는 게 상식이 아닌가."

"건물이라 하오시면……."

"다연에게 궁을 선물하려고. 황후가 본인 소유의 궁도 없이 별궁에 손님처럼 기거할 순 없지 않겠느냐."

좌중은 할 말을 잃었다.

호, 혼인을 하시는구나.

황제가 너무 아무렇지 않게 중간 과정을 건너뛴 발언을 하니 다들 당혹해했다.

막내 기사가 옆에 있던 선배 기사에게 속삭였다.

그런데 우리 폐하 청혼했다가 한번 차이지 않으셨……?

선임은 곧바로 머리를 후려쳤다.

언제 적 얘기를 하는 거냐.

옆에서 고스란히 지켜보면서도 시시각각 급변하는 감정의 흐름을 쫓아가지 못하는 막내는 연애 고자가 틀림없었다. 그러니 저 나이 먹도록 동생 바라기로 살고 있는 것이라며 선임을 혀를 찼다.

모두가 이 사안을 가십거리로만 생각할 때 나 홀로 근무를 하는 중인 시종장은 황제에게 말씀을 올렸다.

"눈이 오더라도 결함이 없이 짓는 것이 그들의 책무 아니겠습니까? 폐하께서 그것까지 신경 쓰실 일이 아닌 듯하옵니다."

시종장의 조언은 옳았다.

눈이 오든 비가 오든 죽고 싶은 게 아니고서야 황궁 건물을 부실하게 지을 업자는 없는 것이다.

그러나 황제는 요즘따라 애인 일에는 좀 많이 팔불출이었다.

"음, 그렇지만 제일 좋은 상태로 안겨 주고 싶으니까 그렇지."

그는 황후궁을 지어 선물하며 청혼을 하고 싶었던 것이다.

선대가 서거하고 방계는 모두 출궁하여 먼 지방으로 내려갔다. 황궁에 기거하는 황족은 미하일 한 명뿐이었다.

남아도는 궁들은 많았고 역대 황후들은 대부분 서궁을 사용해 왔지만 황제는 남이 사용하던 궁을 다연에게 주고 싶지 않았다.

그리고 무엇보다 그 궁들은 내궁에서 너무나 멀었다.

대륙에서 가장 아름다운 궁을 다연의 소유로 해 주고 싶었다.

그녀의 순수한 마음을 닮은 눈부시게 하얀 궁을 지어 매일같이 그 안을 보랏빛 꽃으로 채워 주고 싶다.

다른 세계에서 온 이에게 궁을 선물하며 이 황궁이 너의 집인 거라고, 이 세계에서 살아 달라고, 이곳을 네 세상으로 생각해 달라 말하고 싶었다.

황제가 그리고 있는 미래는 낭만적이고 장밋빛이었다.

그러나 시종장은 이 시점에서 한 가지 의문이 생겼다.

아니, 그래서 궁을 지으면 다연 님이 그 궁에 기거하게는 해 주실 겁니까?

황제는 몰랐지만 황궁에는 현재 무서운 소문이 하나 도는 중이었다.

황제가 애인을 본인 침소에 감금했다는 것이다.

그래 놓고 하루 종일 떨어지려 하질 않는다고.

완전 맞는 말은 아니었지만 또 완전히 틀린 말도 아니었다.

황제의 측근들은 요즘 다연이 감금됐다는 소문의 진위를 묻는 궁인들에게 해명하기 바빴다.

그리고 시종장의 의문은 정확했다.

황제는 황후궁을 신축한다고 해서 다연을 그곳에 기거하게 할 생각은 없었다.

황제는 지금 상태가 마음에 들었다.

그러니 황후궁은 순전히 황후의 위신과 과시를 위한 선물용이었던 것이다. 일종의 상징이었다.

그 얄팍한 생각을 알면서도 성실한 측근인 시종장은 모범적인 답변을 올렸다.

"규모에 따라 달라지겠지만 인원과 비용을 투입하면 완공 시점은 앞당길 수 있을 것입니다. 눈은 보통 1월 말에나 내리니 명하시면 그전에 완공이 되도록 최선을 다해 보겠나이다. 설령 그렇지 못하더라도 반드시 문제없는 상태로 완공하게 하겠습니다."

역시 황제의 복심, 측근 중의 최측근인 충신다웠다.

만족할 만한 답변을 얻은 황제는 고개를 끄덕였다.

그러나 황도의 소문난 사랑꾼 황제는 여기에서 멈추지 않았다.

그는 또 혼잣말을 하듯이 사람들에게 중얼거리며 물었다.

"제국의 야시장을 보여 주면 다연이 좋아할까?"

이쯤 되면 황제도 참 잔인한 사람이었다.

모태솔로가 반 수 이상인 측근들에게 이런 상담을 참 거리낌 없이 하는 것이다.

그러나 측근들은 이미 이 염장질에 익숙해진 상태였다.

기존에 리리를 선물하게 한 전력이 있는 기사가 해맑게 여쭈었다.

"외출하시게요?"

"음, 일단 물어보고."

사람들은 잠시 생각했다. 다연은 긍정적으로 반응할 것 같았다.

그녀는 원래 다른 사람이 제시하는 계획에 딱히 반대하는 일 없이 대부분 따랐다.

물론 그게 전부 좋아하거나 동의해서는 아닐 것이다.

그렇지만 이건 좋아할 것도 같았다.

그녀는 원래 대단히 소박한 성품이었다.

시끄러운 것을 싫어하긴 했지만 사람 냄새 나는 자잘한 것들은 좋아하는 것 같았다.

"괜찮을 것 같은데요? 좋아하실 것 같습니다."

황제는 고개를 끄덕였다.

그러나 소문을 들은 근위대장은 당장 그 날 찾아와서는 게거품을 물며 반대했다.

"폐하, 야시장이라니요! 잠행하실 겁니까? 변복하셔도 그 고귀한 태를 감추기 힘드실 것입니다. 이건 너무 위험합니다."

황제는 심드렁했다.

이미 점심을 먹으며 다연에게 이야기를 했고 동의를 받은 참이었던 것이다.

심지어 다연은 눈을 빛내며 호기심을 보였다.

어제 무슨 책을 읽었는지 꼭 야시장에서 소설 주인공과 같은 음식들을 먹어 보겠다고 대답한 것이다.

"위험하겠지."

"예?"

그 한가로운 대답에 근위대장은 혈압이 마구 오르는 기분이었다.

시종장은 다혈질인 근위대장을 진정시켜 주고 싶었다.

달변의 폐하를 이기지도 못하면서 꼭 저렇게 매번 대들고 매번 무참하게 깨졌다.

"그러니 그대가 멀리서 따라오며 다연과 나를 지켜 주게."

"예?"

황제는 태연하게 서류철을 넘기며 인장을 찍었다.

근위대장의 명청한 표정을 보며 황제가 혀를 쯧쯧 찼다.

"어차피 내가 당할 정도면 너희도 제압은 못 해."

물론 개개인의 역량으로 따졌을 때는 그러했다. 그러나 이것은 일대일의 결투를 이야기하고 있는 것이 아니었다.

근위대장이 반박하려고 입을 열자 황제가 먼저 타협안을 제시했다.

"서른 명 정도. 눈에 안 띄게 따라오면서 호위해라."

"……."

"다시 한 번 말하지만 눈에 띄지 않았으면 좋겠군. 방해하지 말라고."

"……."

"걸리적거리다 분위기 깨면 저잣거리에서 너에게 결투를 신청할 테니 그리 알거라."

근위대장은 꿀 먹은 벙어리가 되어 퇴실했다.

비틀거리는 그를 보는 시종장의 시선이 안쓰러웠다.

황도의 밤거리는 불야성이었다. 거리에는 온갖 사람들이 쏟아져 나왔다. 그들의 복장과 행색은 가지각색이었지만 그중에서도 두 남녀는 단연 눈에 띄었다.

미하일과 다연은 커다란 후드를 뒤집어쓰고 얼굴을 가린 뒤 손을 꼭 잡고 야시장을 구경하는 중이었다.

얼굴을 가린 행색이 누가 봐도 수상해 보였다.

그러나 어쩔 수 없는 일이었다.

황제의 얼굴은 이미 황도 내에 꽤 알려져 있었고 치료소 방문 이후로는 신녀의 얼굴을 아는 자들 또한 생겨났기 때문이다.

부유하고 고귀한 집안의 신혼부부가 나들이를 나왔나 보다, 사람들은 미하일과 다연을 저마다 조금씩 힐긋거렸다.

그러나 두 남녀는 남들의 시선을 개의치 않고 둘만의 데이트를 만끽하는 중이었다.

손을 잡고 걸으며 쉬지 않고 귀엣말을 속삭이는 그들은 퍽 다정해 보였다.

서로를 대하는 시선에서는 꿀이 뚝뚝 떨어졌다.

둘은 행복했지만 눈에 띄지 않게 따라오며 주변을 경계 중인 기사들은 죽을 맛이었다.

사람이 많은 곳에서 한정적인 인원으로 호위하려니 다들 온 신경이 곤두서 있었다.

근위대장의 우려는 사실 옳았다.

불특정 다수가 오가는 야시장은 황제의 안위를 최우선으로 하는 근위대로서는 당연히 반대할 수밖에 없는 장소였던 것이다.

그런데도 황제가 이곳에 나온 이유는 단 한 가지였다.

다연에게 언젠가 개인적인 일정으로 밖에 나오자고 약속했기 때문이었다.

그녀는 요즘따라 부쩍 제국의 생활상을 궁금해했다.

이런저런 책을 도장 깨기 하듯 독파하고 있으니 눈으로 확인시켜 주면 좋아하지 않을까?

황제는 그런 생각을 했다.

그리고 다연은 황제의 생각보다 훨씬 더 좋아라 했다.

다연은 평소 성정이 조용한 편이라서 진심으로 좋아하는 반응은 오히려 티가 많이 났다.

황도의 야시장은 없는 것이 없다는 표현이 과장이 아닐 정도로 다양한 것들로 가득했고 그녀는 몇 번이나 멈춰 서서는 연신 우와, 우와 거렸다.

눈마저 초롱초롱 빛내는 걸 보니 황제는 진작 나올 걸 그랬다고 자신을 책망했다.

"뭐 먹고 싶은 건 없니?"

황제가 다정히 물었다.

"음음, 일단 한번 쭉 둘러보고요."

"그래, 천천히 보렴. 보다 갖고 싶은 게 있으면 말하고."

다연은 킥 웃으며 귀엽게 물었다.

"사 주실 거예요?"

"그럼."

"근데 돈 있으세요?"

물론 다연은 지불할 것을 가지고 나왔느냐는 의미로 말한 것이었지만 황제는 참 귀엽게도 논다고 생각하며 다연을 물끄러미 바라보았다.

지금 그것을 농담이라고 한 것이니? 하는 표정이었다.

"말만 하거라. 시장을 통째로 사 달라고 해도 사 주마."

다연이 킥킥대며 웃었다.

그녀는 신나 하면서 미하일을 여기저기로 이끌었다. 다리가 아프지도 않은 모양이었다.

쬐끄만 게 생각보다 잘 걷네?

평소와 달리 활발하고 부산스러운 모습이 황제 눈에는 조금 웃겼다.

한참을 배회하다가 다연이 고른 것은 노점에서 팔고 있는 꼬치구이였다.

황제는 큼지막한 채소들을 끼워 구워 낸 모둠꼬치를 보며 고개를 갸웃했다. 사용된 채소들이 향이 비교적 강한 개성적인 재료라 과연 다연의 입맛에 맞을까 싶었던 것이다.

그의 생각에 다연은 평상시 향이 강한 요리들은 선호하지 않았다.

게다가 노점상의 위생 상태는 깔끔한 남자인 황제의 기준에는 한참 못 미쳤다.

다른 데서, 기왕이면 노점 말고 건물에서 먹자고 하고 싶은 마음이 굴뚝같았지만 또 그 정도로 눈치 없진 않았다.

저 기대하는 얼굴에 대고 어떻게 반대 의견을 제시한단 말인가.

결국 애인을 위해 황제는 꾹 참고 꺼림칙한 길거리 음식을 먹었다.

색 배합을 신경 써서 꽂아 놓은 것이 뭐, 보기에 예쁘기는 했다.

"맛있어?"

값을 치르고 조금 걷던 황제가 슬쩍 물었다.

고민하던 다연이 침울한 표정으로 고개를 저었다.

망했다, 하는 얼굴에 황제가 웃음을 터뜨리며 다연의 것을 건네받아 대신 먹어 주었다.

다연은 평소보다 많은 에너지를 뿜어냈다.

사람들의 소음 때문에 서로의 소리가 잘 들리지 않자 황제에게 말을 거는 목소리마저 커졌다. 확실히 평소보다 신이 나 있었다.

그녀가 얼마나 신이 나 있었냐 하면 황제의 만류에도 불구하고 기어코 술을 한 잔 마실 정도였다.

노점에서는 간단한 안주와 함께 술을 잔 단위로 판매하고 있었다.

다연은 황궁의 고급스러운 술 말고 알티우스의 대중적 술 맛이 궁금하다며 그 자리에서 술을 한 잔 벌컥벌컥 마셨다.

어쩐지 그 모습에서 알 수 없는 박력을 느낀 행인들이 그들을 힐끗 거리자 황제가 이마를 손으로 짚으며 한숨을 쉬었다.

아는지 모르는지 다연은 해맑게 황제에게 지껄였다.

"오오, 오오. 부드러워요."

"……."

아주 이 구역 주당이 따로 없었다.

그 후 한참을 신나게 여기저기 걷던 다연은 갑자기 기념할 만한 물건을 갖고 싶다는 생각을 했다.

기분 탓일지 모르지만 이런 날이 앞으로 많을 것 같지는 않았다.

다연은 황제가 한 달여의 업무 공백을 메우기 위해 최근 얼마나 바쁜 나날을 보내고 있는지 잘 알았다.

또한 이렇게 호위도 없이 길거리를 돌아다니는 것이 그에게는 자연스럽지 못한 일이라는 것도 알았다.

자유로이 사람들 틈에 섞여서 하는 데이트 같은 데이트.

자주 오는 일상이 아니라면 기억할 만한 물건이 있었으면 좋겠다고 여겼다.

"미하일."

"응?"

"저 뭐 하나만 사 주면 안 돼요?"

이미 갖고 싶은 것은 모두 말하라고 하였는데, 이 염치를 아는 토마토는 굳이 고지식하게 허락을 구했다.

그리고 그 말은 또 미하일의 심장을 직격했다.

애인이 뭘 사 달라고 조르니까 그게 또 쓸데없이 이 남자의 과시 욕구와 허세를 충족시켜 주었던 것이다.

애인에게는 언제나 잘나 보이고 싶어 시도 때도 없이 선물을 해 왔던 황제는 정신적으로 고양감을 느꼈다.

더구나 다연은 원래 저런 이야기를 잘 하는 성격이 아니었다.

드문 상황에 기분이 좋아진 황제는 알았으니 내 돈을 좀 써 달라고 하고 싶은 심정이었다.

지갑은 준비되었으니 내 재산을 좀 탕진해 달라고 무릎 꿇고 애원하고 싶었다.

"뭐가 갖고 싶으니?"

"음."

고민하던 그녀가 의문형으로 대답했다.

"장신구 같은 거?"

"장신구?"

"음, 목걸이는 하고 다니는 게 있으니까 팔찌나 발찌가 좋을 것 같아요."

황제는 잠시 고민에 빠졌다.

이 시간에 문을 연 괜찮은 보석상이 있을까 싶었던 것이다.

그러나 다연은 황제의 예상과는 전혀 다르게 움직였다.

그를 근처의 가판대로 신나게 이끌었던 것이다. 그리고 그 앞에 쭈그리고 앉았다.

"……."

가판대 위에는 색색의 실을 꼬아 만든 실 팔찌, 균일하지 않은 크기의 조개껍데기를 연결한 목걸이, 짐승의 털인지 모조인지 의아한 장신구 등이 있었다. 보석은 당연히 없었고 보석의 흉내를 낸 색유리들도 그 빛이 탁했다.

황제는 난생처음 보는 그 조악한 품질에 말을 잃고 말았다.

영 탐탁지가 않은 것들이라서.

그러나 고르는 다연의 태도는 다이아를 살지 루비를 살지 일생의 거래를 앞두고 고민하는 사람마냥 너무 진지한 것이다.

황제는 순간적으로 의심이 일었다.

애 진짜 뭘 볼 줄 모르는 거 아니야?

물론 그것도 맞았다.

그리고 그런 둘을 지켜보는 행상은 조심스러운 기색이 역력했다.

평소라면 벌써 상술을 발휘해서 이것저것 물건을 권했을 것이다. 아가씨가 참 고우시다며 입바른 소리도 잊지 않았을 것이다.

그러나 이번 손님에게만큼은 공손한 자세로 물러서서 섣불리 끼어들지 않았다.

아무리 배운 것 없는 저잣거리 상인이어도 상인은 상인이었다.

사람들만 상대하며 평생을 살아온 그녀는 한눈에 이 남녀가 평범한 사람들이 아니라는 것을 알아차렸다.

보통 신분이 아니었다. 특히나 남자 쪽은 쉽게 말을 붙이기도 어려운 냉엄하고 오만한 태생적 분위기가 있었다.

괜히 호들갑을 떨었다가 심기를 상하게 하면 장사를 접어야 할 상황이 올지도 몰랐기에 상인은 잠자코 침묵을 지키고 있었다.

황제는 고민에 빠진 다연을 잠시 일으켜 세웠다.

그는 다소 떨떠름한 표정으로 물었다.

"여기서 살 거야?"

"네, 왜요?"

"……장신구가 갖고 싶은 거라면 내일 일찍 보석상을 불러오라 이르겠다."

"음."

그런데 그녀는 황제의 제안이 그다지 내키지 않는 모양이었다.

혹시라도 행상의 기분이 상할까 싶어 귀엣말을 하려고 까치발을 들자 황제가 고개를 기울여 주었다.

"저거 되게 야시장 느낌 나지 않나요?"

"……."

물론이었다.

누가 봐도 길바닥에서 팔 법한 조악한 품질이었다.

"……그래야 하느냐?"

얘도 정말 이상한 스타일을 추구하네.

황제가 도무지 이해가 안 가서 얼굴을 찌푸리며 물었다. 다연이 당연하다는 듯이 대답했다.

"그래야 볼 때마다 우리가 야시장에 왔던 게 생각날 것 아니에요."

드디어 그녀의 의도를 알게 된 황제가 잠시 침묵했다.

그는 어쩐지 조금 우울해졌다.

황제는 자신이 그간 저지른 선물의 흑역사를 삭제하고 싶었다.

이런 사람한테 값비싼 것 위주로 보석을 사다 바쳤으니 좋아할 턱이 있나.

결국 황제는 입을 다물고 다연의 옆에 같이 쭈그리고 앉아서 그녀가 팔찌를 고르는 것을 지켜보았다. 한참 뒤 다연이 고른 것은 염색된 가죽을 여러 개 꼬아 만든 팔찌였다.

이 혼란하기 짝이 없는 가판대에서 용케도 그런 걸 찾았네, 생각하며 황제는 값을 치렀다.

그리고 그녀의 손목에 손수 팔찌를 채워 주었다.

돌아가기 전, 그들은 인파에서 떨어져 나와 한적한 공터에 와 잠시 쉬었다.

다연은 그제야 근위대장이 저 먼 곳에서 안도의 한숨을 내쉬었다는 사실을 몰랐다. 아직도 설렘과 흥분이 가라앉지 않은 얼굴은 발갛게 상기되어 있었다.

"폐하, 오늘 너무 즐거웠어요. 잊지 못할 것 같아요."

다연의 솔직한 표현에 황제는 미소 지었다.

그러다 문득 궁금해졌다.

"이런 곳에 와 보는 건 처음이야?"

"아아, 음. 전에 살던 곳에도 비슷한 건 있었어요. 완전히 같은 느낌은 아니고요. 어렸을 땐 종종 갔어요."

대답하던 다연은 무엇을 떠올리는지 먼 곳을 바라보았다.

그 눈동자는 저 어딘가의 나무에 고정되어 있었다.

그러나 그녀가 정말로 바라보고 있을 곳은 이 세상의 것이 아니어서 황제는 안쓰러우면서도 내심 불안했다.

그렇지만 다연은 언젠가 말했었다.

그녀 역시도 황제가 없으면 살 수 없다고, 그러니 다른 곳에 가지 않을 것이라고.

그것은 진심일 것이다.

그녀는 사람의 마음을 두고는 거짓을 말할 사람이 아니니.

그 과거의 말에 기대어 황제는 물었다.

"고향이 그립진 않니?"

그 물음에 다연은 곰곰이 생각하는 얼굴이 됐다.

단순한 물음이지만 참 어려운 이야기다.

자책일 수도 있고 핑계일 수도 있다. 어떠한 입장을 취하는 것이 옳은지 아직도 고민한다. 여전히 남들의 시선을 눈치 보고 타인의 평가에 상처받는 마음이 있기 때문이다.

그렇지만 사람들이 타인에 대해서는 너무도 쉽게 말한다는 이야기를 하고도 싶어진다.

이렇게 회상을 하면 그것은 못난 자괴감이라고 비난받을까 봐 걱정이 된다. 그러나 저렇게 회상을 하면 그건 세상을 탓하고 원망하는데 일그러진 마음이라고 평가 받을까 봐 망설이게 된다.

같은 사람을 두고도 그녀는 늘 서로 다른 평가에 시달려 왔다.

그래서 언제부턴가 그녀는 점점 말을 아끼게 됐다.

주어진 현실을 참을 수 없어서 솔직하고 싶을 때 그녀는 가끔 예기치 않은 주변의 비난에 공격 받았다.

넌 너무 많은 생각을 한다고.

그들은 걱정을 했다는 것을 안다. 그러나 사실은 그 말이 못내 서러울 때가 있었다.

그녀가 가지고 있는 손톱만 한 찻잔.

밖에서 보기에는 한없이 고요한 그 찻잔 안은 늘 태풍이 휘몰아치고 있었다.

"별로 그렇진 않은 것 같아요."

황제의 물음 앞에 지극히 사실만을 서술하고자 노력하되, 그러나 다시금 용기 내어 자신의 마음에 솔직해 보고자 노력하면서.

다연은 지나간 시간들을 떠올려보았다.

주변 사람들과 환경, 그리고 본인의 기질이 잘 맞지 않을 때 사람은 마음에 내상을 입게 된다.

누군가는 참고 견딜 수도 있지만 누군가는 그러지 못하고 떠나기도 한다.

그런데 한번 상처를 입어 버린 마음은 떠난다고 해서 바로 괜찮아지는 것은 아니다.

한번 그런 일을 겪게 되면 그 뒤로도 내상을 회복할 충분한 시간이 필요한 것이다.

상처가 회복되기 전에는 그곳을 회상하는 것만으로도 괴롭다.

아팠던 기억이 다가 아닌데도 너무 힘들었던 기억이 많으면 그곳을 아주 약간만 떠올리는 것으로도 고통스럽다.

현실을 직시하고 싶지 않다.

그것은 당신이 최선을 다했기 때문이다.

혹은 진심이었는데 결과가 좋지 않았기 때문이다.

마음을 다하였던 그 상처가 치유되고 난 다음에야 비로소 좋았던 면과 그리움도 생겨날 수 있는 것이다.

그러나 그립다는 감정보다는 여전히 직시하고 싶지 않은 자신을 느끼며 나는 많이 지치고 괴로웠구나, 다연은 그런 생각을 했다.

그래서 웃으며 황제에게 간단한 소회를 말했다.

"지금이 좋아요."

황제는 그녀의 말에 솔직하게 기뻐하고 안도했다.

과거를 회상하는 다연의 태도는 예전보다 훨씬 안정적이었다. 여전히 바로 보고 싶지 않다고 생각하면서도 그녀는 본인의 솔직한 마음을 예전보다 편안한 기분으로 구체화했다.

"별로 그립다는 생각은 안 들고요, 솔직히 말하면 저는 예전에도 현실이 지긋지긋해서 항상 떠나고 싶은 마음이 있었거든요. 그래서 사실 이곳에 왔을 때 처음에는 굉장히 좋았어요. 그런데 점점 예전과 다를 게 없구나, 하는 생각이 드니까 좌절하게 되고 원망하게 되고 자신감도 없어지더라고요?"

황제가 조금 무안한 표정을 해서 이야기를 하던 그녀는 조금 웃었다.

그와 자신을 둘 다 위로하려고 다연은 황제의 손을 꼭 붙잡고 말했다.

"그런데 꼭 그건 아니었던 것 같아요. 제 마음이 전과 똑같아서 어딜 가도 같은 마음이었던 거예요. 중요한 건 마음이었어요."

과연 이 세계가 냉혹하지 않았던들 저는 행복했을까요.

그녀는 예전보다 밝았다. 그렇지만 여전히 생각이 많고 그 마음속은 여전히 혼란했다.

하지만 이 혼란한 마음 또한 아름답지 않은가?

"저는 지금이 좋아요. 이 세계가 좋다기보단 그냥 지금 이 순간이 좋아요."

그녀는 언변이 그다지 좋지 않았다.

황제가 본인의 마음을 펜으로 종이 위에 서두부터 말미까지 소상히 써 내려가는 사람이라면, 다연은 본인의 마음을 물감 묻힌 붓으로 캔버스에 여기저기 찍어 대는 사람이었다.

그래서 그녀의 말은 가끔 무슨 말인지 정확하게 알아듣기 어려웠다.

하지만 미하일은 언제나처럼 듣고 싶은 대로 듣고 자기 좋을 대로 해석했다.

그가 말했다.

"나도 지금이 좋아. 나도 너만 있으면 된다."

물론 그런 뜻으로 한 말은 아니었다.

마음가짐이 달라졌다는 이야기를 하고 있었다.

그러나 틀린 말 또한 아니었다.

다연은 황제의 말에 웃으면서 긍정했다.

결국 이 마음은 당신이 내게 준 것이니까.

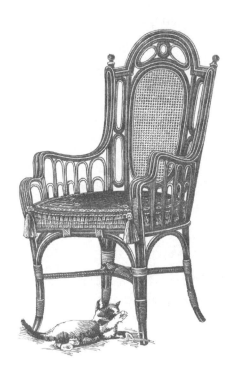

11장.
작별의 말은 필요 없어

황제가 명한 황후궁 건설이 드디어 시작되었다. 물론 그게 황후궁이라는 사실을 황제의 입으로 직접 들은 사람들은 몇몇 측근들뿐이었다.

그렇지만 다들 눈치라는 게 있었다. 황제의 처소 저렇게 가까이에 지을 건물이 황후궁 말고 무엇이 또 있겠는가?

건물의 위치를 가지고도 한동안 말이 많았다. 설계도와 초안을 가져갈 때마다 황제가 계속 반려를 해서 측근들은 조금 당혹스러워했다. 몇 차례 옥신각신한 끝에 선정된 새 건물의 위치는 결국 내궁에서 엎어지면 코 닿을 거리였다.

그들은 묻고 싶었다. 아니, 대체 어느 나라의 황제궁과 황후궁이 이렇게 가깝답니까? 옆방 지으십니까?

이럴 거면 신축을 할 필요 없이 그냥 내궁에 증축 공사를 하는 게 낫지 않았겠느냐고 모두가 생각했지만, 황제가 까다롭게 참견한 황후궁의 설계는 아름다웠다. 완공이 기대되는 설계였다.

요즘따라 황제의 심기는 극도로 평온했다.

행복이 정점에 달한 듯 모든 일에 관대하고 너그러웠다.

다연과 연애를 하며 황제는 한때 무척 심한 감정의 기복을 보였었다. 다연의 행동 또한 종잡을 수 없었던 것은 마찬가지였다.

그들 관계의 사이클에 따라 황제의 심리 상태는 요동치곤 했다.

그때마다 아랫사람들이 큰 피해를 입은 것은 두말할 필요가 없다. 혹여라도 둘 사이에 종말이 올까 봐 모두는 가끔 불안했었다.

그러나 한때 사람들을 불안하게 했던 연인 사이는 전쟁을 기점으로 안정기에 접어든 듯 보였다. 이유는 알 수 없지만 서로에게 굳건한 신뢰가 생긴 듯했다. 물론 황제는 요즘도 변함없이 다연 때문에 그렁그렁할 때도 있었고, 다연 때문에 행복해하기도 했다.

그렇지만 예전처럼 극심한 기복을 보이진 않았다.

대신 그는 이제 시도 때도 없이 찬가를 쓰기 시작했다.

어지간히 좋고 틈만 나면 애인에 대해 자랑하고 싶은 모양이었다.

시종들은 이 증세의 병명을 붙였고, 그 병명은 황궁에 널리 퍼져 나갔다. 일명 다연앓이라고 일컬어졌다.

레퍼토리는 다양했다.

다연이 참 생각하는 게 기특하지 않느냐?

너희는 모르겠지만 고것이 낯간지럽게 표 내는 것을 못해서 그렇지 나를 생각해 주는 마음이 대단히 깊다.

말주변이 없는 것 같지만 잘 보면 또 하고 싶은 말은 얼마나 야무지게 하는지 아느냐?

글자가 손에 안 익어서 그렇지 사실 문장을 굉장히 문학적으로 아름답게 잘 쓴다. 작문에 소질이 있는 것 같다.

느리고 게으른 것처럼 보이지만 그게 아니라 솔직하고 성품이 대단히 신중한 것이다.

그는 집무실에서 잠시 쉴 때, 혹은 한참 일을 하다가도 시도 때도 없이 측근들에게 다연에 대해 자랑했다. 3분의 2가 현재 짝이 없고 절반이 모태솔로인 황제의 측근들은 고통스러웠다.

외무대신이 집무실을 찾아온 것은 황제가 지방에서 진상된 토산물에 관한 서류를 보고 있을 때였다.

황제는 서류를 보다 말고 문득 생각났다는 듯 측근들에게 그런데 다연이 말이야, 하며 찬가를 또 하나 쓰려고 하고 있었다.

"폐하. 외무대신이 뵙기를 청하옵니다."

나갔다 온 시종장이 조심스럽게 외무대신의 방문을 알렸다.

"외무대신이? 들어오라고 해."

내심 오늘도 귀가 썩을 준비를 하고 있었던 측근들은 깊은 안도의 한숨을 내쉬었다. 외무대신은 긴장된 낯빛으로 들어왔다.

"무슨 일인가?"

"폐하, 아산카 왕자 쪽에서 제국 방문에 대한 허락을 요청해 왔습니다."

"아산카 왕자가? 무슨 일로?"

"측근이 보내온 서한에 그런 내용은 없었습니다만 짐작하건대 케시크 정벌 건이 아니겠습니까? 허가가 있으면 곧바로 출발할 것이라 적혀 있었습니다."

"직접 올 것이라 하던가?"

"예, 그런 것 같습니다."

대답을 하고 외무대신은 자신이 받은 서한을 올렸다.

황제는 그것을 시종장을 통해 건네받아 열어 보았다.

왕자의 부관이 위임 받아 외무대신 앞으로 쓴 것이었다.

서한을 훑어본 황제는 말없이 고개를 끄덕였다.

아산카 왕자가 황성에 도착한 것은 그로부터 사흘 후였다.

그가 제국에 머물렀던 것이 불과 두 달 전이었다.

다시금 이 장소에 온 왕자의 감회는 남달랐다. 그사이 많은 것이 변했기 때문이다.

왕자의 방문은 비밀스럽게 이루어졌다.

왕세자는 처형되었으나 왕세자의 잔존 세력들은 여전히 비판적인 시각을 유지하고 있었다. 왕세자가 그러려 했듯 모두 숙청해 버리자는 의견이 있었지만 왕자는 그 의견을 받아들이지 않았다. 그랬다가는 민심을 더 잃게 될지도 몰랐다.

왕자는 아직 민의와 권력을 완벽하게 손아귀에 넣지 못한 상태였다. 그에 대한 돌파구로 정복 전쟁을 생각하고 있는 것이다. 식량 기근은 사르만이 안고 있는 만성적인 문제였고 그는 이 기회에 그것을 근본적으로 해결하고자 했다.

왕자는 친위대 몇 명만을 이끌고 비밀스럽게 국경을 넘어왔다. 본국에서도 왕자의 제국 방문을 알고 있는 이들은 왕자의 최측근 몇뿐이었다.

접견실로 들어선 대여섯 명의 남자들은 하나같이 얼굴을 가릴 수 있는 커다란 후드가 달린 망토를 뒤집어쓰고 있었다. 무장은 해제한 채 입실했지만 그 기운이 위협적이었다.

얼굴을 가린 여러 명의 사내 중에서 황제는 한눈에 아산카 왕자가 누구인지를 알아보았다. 건장한 체격과 그가 풍기는 기운은 쉽게 감춰지지 않았다.

마침내 스스로 복면과 후드를 걷어 내고 왕자가 얼굴을 드러내자 황제는 빙긋 웃었다. 짧은 머리에 구릿빛 피부를 한 왕자 역시 웃는 낯이었다. 어쩐지 묘하게 예전보다 우호적인 분위기에 외무대신이 호기심 어린 얼굴로 둘을 바라보았다.

"제국에 어쩐 일이지? 물론 예상은 하고 있지만."

황제가 용건을 묻자 왕자가 답했다.

"케시크 정벌 건으로 제국에 거래를 요청하려고 왔다. 그리고 전에 약속한 것을 가지고 왔다."

"……."

황제의 눈썹이 크게 휘었다. 왕자는 부왕과 신전의 거래 증거를 가져왔다는 이야기를 하고 있는 것이었다.

드디어 원하던 것을 손에 넣게 된 황제는 잠시 말이 없었다.

그가 목표로 삼았던 순간이 목전에 와 있다. 그 사실은 황제를 잠시 흥분하게 했다. 그러나 그는 감정의 동요를 전혀 표출하지 않은 채 짧게 말했다.

"무척 기대되는군."

황제는 자리에서 일어섰다.

"해야 할 이야기가 많은 것 같지만 자세한 이야기는 내일 하도록 하지. 먼 길 왔을 테니 우선 오늘은 쉬도록 해."

왕자는 고개를 끄덕였다.

황제가 시종장에게 물었다.

"이들은 어디에 묵게 할 예정이지?"

"이전에 쓰시던 동궁 별관을 다시 준비해 두었습니다."

"잘 안내해 줘. 마사도 배정해 주고."

왕자의 일행과 황제의 일행은 모두 함께 접견장을 빠져나왔다.

둘의 우호적인 분위기가 각자의 측근들에게도 영향을 미쳐 양측은 상당 부분 경계를 푼 상태였다.

간단한 근황을 주고받으며 건물 계단을 내려온 황제는 습관적으로 시종들에게 물었다.

"다연은 지금 어디 있지?"

"말이 타고 싶으시다고 마사에 가 계신다는 기별을 받았습니다."

시종 하나가 답변을 고해 올렸다.

황제가 종종 다연의 행방을 물었기에 황제의 시종들은 틈틈이 시녀들로부터 다연의 위치를 공유받았다.

"그래?"

짧은 틈을 타서 황제는 다연을 보러 갈 생각이었다. 그리고 옆에서 대화를 들은 왕자는 행선지를 황제와 함께하기로 했다.

그는 다연에게 인사를 하고 싶었던 것이다.

아무런 대가 없이 큰 도움을 받았다. 고맙다는 말을 전하고 싶었다.

마사는 집무실에서 금방이었다.

다연은 마사 근처에서 리리에게 콧바람을 쐬어 주는 참이었다.

그녀는 말을 타고 주변을 몇 바퀴 돌다가 자기 버릇 개 못 준다고 또 바닥에 널브러졌다. 그러다가 주변에 핀 꽃 구경을 하며 한가롭게 세금 루팡 짓을 했다.

황제와 왕자의 일행이 도착한 건 그녀가 새빨갛게 핀 시클라멘 꽃 냄새를 킁킁거리며 맡고 있을 때였다. 갑자기 나타난 엄청난 수의 사람과 말들에 다연은 눈을 동그랗게 떴다.

그리고 거기서 누군가를 발견한 순간 그 눈은 훨씬 더 동그래졌다.

이게 꿈인가? 하는 표정으로 왕자와 루리를, 특히 루리를 바라보던 그녀가 마침내 웃으며 벌떡 일어섰다. 그러더니 무슨 발에 날개가 달린 사람처럼 달리기 시작했다.

황제가 문득 얼굴을 찌푸리며 외쳤다.

"뛰지 마!"

그녀는 걷다가 아무 장애물이 없어도 자기 발에 자기가 걸려서 넘어질 수 있는 극악의 운동신경의 소유자였다.

그 위태롭게 뛰는 모양새에 모두가 불안해했지만 그녀는 용케도 넘어지지 않고 일행의 앞까지 도착했다.

다연은 여기 있는 그 어떤 사람보다 말을 더 반겼다.

"우와아아아, 루리다!"

왕자의 흑마는 푸르릉거리며 다연에게 다가왔다. 얼굴을 내밀어 다연에게 가져다 대며 그녀 못지않게 반가움을 표해서 왕자의 친위대를 놀라게 했다.

다연은 즐거움을 어쩌지 못하고 그 감정을 공유하려 들었다.

"우와! 미하일! 루리예요!"

오냐, 그래.

말보다 못한 취급을 받은 황제는 기가 막혀서 웃었다.

한참을 말을 쓰다듬고 말의 귀에 뭐라고 속삭이기도 하던 그녀는 굉장히 뒤늦게 왕자에게도 재회의 인사를 건넸다.

"아산카, 오랜만이에요. 이렇게 빨리 다시 볼 수 있을지 몰랐어요."

그녀가 상냥하게 인사를 해 오자 왕자는 피식 웃으며 다연을 바라봤다. 다연이 반가움을 한껏 표출했기에 분위기는 접견실에서보다 훈훈하고 좋았다.

그러나 이국 왕자가 그 뒤에 꺼낸 말은 일동에게 극도의 혼란을 안겨 주기에 충분했다.

"예뻐졌네."

당황한 것은 황제의 측근들뿐이 아니었다. 왕자의 친위대도 굉장히 당혹스러운 얼굴을 하고 있었다.

무뚝뚝한 자신들 주군의 입에서 나올 것 같은 얘기가 전혀 아니었던 것이다. 심지어 다연을 바라보는 왕자의 표정은 평소와 다른 어떤 따사로운 기운을 머금고 있었다.

그러나 왕자는 특별한 의도는 없었다. 오랜만에 보니 정말로 예뻐졌길래 예뻐졌다는 말이 자연스럽게 나왔을 뿐이었다.

정작 당사자인 다연도 별로 당황하지 않고 그냥 아하하 웃고 말았다. 못생겨졌네, 했더라도 아마 그녀는 그냥 웃어넘겼을 것이었다.

다연은 대수롭지 않게 받아들이고 다시 루리에게로 신경을 쏟았다. 웃지 못하는 것은 주변 사람들뿐이었다.

이런 쪽에 비상한 경계심을 가지고 있는 황제는 약간의 불쾌감을 느끼고 왕자를 바라보았다. 아니, 이 새끼가? 하는 얼굴이었다.

그 얼굴을 본 어떤 측근들은 몹시 불안해했다.

얘들아, 이 상황을 어떻게 좀 해 봐.

그러나 막장 드라마를 즐기는 변태적 측근들은 다시 한 번 열광했다.

끝날 때까지 끝난 것이 아니다!

와 씨, 외쳐! 갓 다연!

팝콘 튀겨! 다 부숴! 이 드라마 반전 갑니다!

이국 왕자 말 치정 사건에서 '말'을 뺀 이국 왕자 치정 사건의 발발이었다.

창밖은 아직 어두웠다. 늦가을 공기가 제법 쌀쌀했다. 미하일은 침대에서 몸을 일으키며 다연의 어깨까지 이불을 다시 덮어 주었다.

검을 들고 문밖을 나서기 전 그는 잠들어 있는 다연을 물끄러미 바라보았다. 지쳐서 잠들었기 때문이기도 하지만 본래도 그녀는 잠귀가 어둡다.

처음엔 낯설었는지 미하일이 새벽에 나갈 때마다 졸린 눈을 뜨곤 했는데 이젠 그런 것도 없었다. 달콤한 꿈나라로 가 있는 연인의 관자놀이에 입을 한번 맞추고 그는 조용히 방을 빠져나갔다.

황제가 수련을 마치고 다시 돌아왔을 때 다연은 잠이 덕지덕지 붙은 얼굴로 일어나 앉아 있었다.

그녀는 아침이 되면 유독 안색이 창백했고, 맥을 못 추는 사람처럼 침대에 앉아 멍하니 있기 일쑤였다. 황제는 그 시체 같은 모습을 볼 때마다 자신도 모르게 흠칫 놀라곤 했다.

식사를 규칙적으로 챙겨 먹이겠다는 그의 원대한 계획은 안타깝지만 대부분 이루어지지 못했다. 일단 일어는 나야 밥을 먹일 것이 아닌가?

그녀는 심한 날은 점심때가 다 되어야 일어나기도 했다. 그리고 요즘 들어 그녀의 수면 부족에 일조하고 있는 황제는 당연히 깨우지 못했다. 귀찮아할 정도로 치근덕거리고 있으니 그 정도 염치는 있어야 했다.

"연무장 갔다 오셨어요?"

"그래. 어쩐 일로 일어나 있어?"

황제가 의아해하며 물었다. 그는 연무장을 다녀온 것은 물론 이미 땀 흘린 몸을 씻고 의복까지 싹 갖춰 입은 참이었다.

"밥 같이 먹으려고요."

다연은 말은 그렇게 하면서도 여전히 이불을 꼭 부여잡고 있었다. 일어나는 게 몹시 괴로운 표정이라 황제는 그만 헛웃음을 터뜨렸다.

"더 자도 된다."

그러나 말은 그렇게 하면서도 황제는 다연의 손을 붙잡고 침대 밖으로 끌어내고 있었다. 사실은 그도 오랜만에 아침을 함께 먹고 싶었다.

다연은 고개를 몇 번 흔들고 눈을 비비며 잠을 쫓다가 황제를 뚱하게 쳐다보았다.

새벽녘 눈이 떠졌다. 도로 잠들고 싶었지만 그녀는 억지로 일어났다. 어쩐지 그가 어제 기분이 좀 안 좋아 보였던 게 생각났기 때문이다. 그런데 아침에 보니 별로 그런 기색은 없어 그녀는 고개를 갸웃거렸다. 착각을 했나 보다.

그렇게 미하일의 얼굴을 조금 살피던 다연이 일어서며 말했다.

"금방 갈게요. 같이 먹어요."

그리고 시녀들을 부르러 나갔다.

식탁 위에는 양송이 수프와 아스파라거스가 들어간 프리타타, 버터로 윤기 나게 구워 낸 연어, 보기만 해도 입에 침이 도는 빨간 석류가 차례차례 올라왔다. 알알이 떼어 낸 석류는 투명한 유리그릇에 가득 담겨 있었다.

먹음직스러워 보였지만 안 먹던 아침을 먹으려니 입안이 껄끄러웠다. 다연은 수프를 몇 숟가락 떠먹다가 나중에는 석류 알갱이만 몇 번 깨작거리며 식사를 하는 둥 마는 둥 마쳤다.

반면 여전히 식사 중인 황제는 산뜻한 얼굴이었다. 많이 먹진 않았지만 우아한 자세로 이것저것 음미하고 있었다. 이미 2시간 전에 기상하여 아침 운동을 마친 자의 위엄이었다. 황제의 그 각 잡힌 자세와 상쾌한 표정을 보며 다연은 생각했다.

뭐야, 여기 병영 캠프야?

농담이 아니라 황제의 일과는 정말 깨알같이 빼곡하고 군인만큼이나 규칙적이었다. 항상 같은 시간에 일어나서 연무장에 나가 검술 훈련을 한다. 마치고 나면 식사를 한 뒤 곧바로 집무실에 가서 정무를 본다. 오전 시간엔 어김없이 집무실에 있기 때문에 따로 보고할 것이 있는 대신들도 이 시간을 틈타곤 했다.

점심엔 거의 반반의 확률로 대신, 중앙 귀족들과의 오찬이 있었다. 그렇지 않을 때 그는 꼭 다연과 함께 식사를 했다. 그리고 오후 일정은 회의와 접견의 연속이었다.

황제를 만나고자 하는 자들은 많았기에 황제는 식사 시간마저도 중요한 정치의 장으로 활용했고, 어쩌다 접견이 일찍 끝난다 해도 그의 집무실에는 여전히 처리해야 할 서류의 산이 산재해 있었다.

때문에 그는 일어나면 대부분 처소, 연무장, 집무실, 회의실, 접견장, 집무실, 처소의 동선으로 움직였다. 정해진 시간에 정해진 장소에 있었다. 예외는 드물었다.

그리고 다연이 알기로 이 규칙성은 그녀가 알티우스에 온 이래 전시와 외부 시찰 일정이 있을 때를 제외하면 깨지지 않았다.

아마 제위에 올랐을 때부터 그래 왔을 것이다. 혹은 훨씬 전부터 그랬을 수도 있다.

"……."

뭐야, 칸트야? 왜 항상 같은 시간에 같은 곳에 있어요? 대체 왜 이러는 거야?

갑자기 그녀가 키득거리면서 웃자 황제가 먹다 말고 의아한 표정으로 바라봤다. 다연은 아무것도 아니라며 연신 손을 내저었다. 그렇지만 자꾸 새어 나오는 웃음을 참을 수 없는지 계속 킥킥댔다. 그리고 그 모습을 물끄러미 바라보며 황제는 어제의 일을 생각했다.

그래, 얘가 예쁘긴 하지.

어제까지는 왕자의 발언으로 다소 부들부들했지만 황제는 의외로 굉장히 쉽게 납득했다.

사람이 눈이 달렸으니 어쩔 수 없는 일 아닌가, 예쁜 건 맞잖아? 그렇다고 사람들 눈알을 다 뽑을 수도 없는 노릇이고.

이렇게 생각하며 그는 고개를 끄덕였다. 권력자가 관대해지자 평화는 쉽게 찾아왔다. 이 전제도 저 전제도 죄다 엉망진창이었지만 지적해 줄 사람이 없었다.

식사를 마치고 다연은 다시 침소로 돌아가려 했다. 그러나 더 대화를 하고 싶어 따라 들어온 황제가 물었다.

"오늘은 뭐 할 거야?"

"책이나 보려고요."

그렇게 말하며 다연은 책 한 권을 들어 보였다.

《제국의 법률제도》

다연의 독서량은 나날이 발전해 갔다. 수준도 그러했다. 재미로 보는 줄 알았는데 나중에는 막 앞 글자를 따서 혼자 암기하고 있는 것 같았다. 시녀 아이한테 질문을 해 달라고 하더니만 틀리면 땅을 파고 자책하고 있는 모습도 보았다.

적당히 흐름만 알면 되는 게 아닌가? 가끔은 무슨 연도와 발의한 사람까지 외우고 있는 것 같았다. 처음엔 귀엽게만 보았던 황제도 이제는 얘가 왜 이러나 싶을 정도였다.

"얼마 전까진 경제제도를 보고 있지 않았느냐?"

"아, 그건 어제 다 봤어요. 오늘부터는 법률제도. 다 끝나면 이다음엔 사회제도, 그다음엔 종교, 문화……."

대답하다가 다연이 머리를 감싸 쥐고 으아아아아 절규했다.

아니, 진짜 얘 왜 이러는지 누가 알려 줄 사람? 시험 봐? 수험생이야?

이번엔 황제가 좀 큭큭거리며 웃었다. 잠시 후 웃음을 멈춘 그는 여전히 미소가 묻은 얼굴을 하고는 좀 충동적으로 물었다.

"집무실 가져와서 읽을래?"

"같이요? 남들이 욕해요."

다연이 이런 식으로 말할 때 황제의 반응은 보통 둘 중에 하나였다.

누가 너를 욕한단 말이냐? 혹은 그런 걸 왜 신경 쓰느냐.

오늘은 둘 다였다.

"누가 그런 걸로 욕을 한단 말이냐, 감히. 본인 목숨을 아끼지 않는 자의 말은 신경 쓰지 말거라."

황제는 핀잔을 주고는 다연의 손을 잡고 이끌었다. 충동적으로 말한 것이지만 그는 본인의 생각이 무척이나 마음에 든 듯했다. 다연을 집무실에 데리고 가서 보고 싶을 때마다 볼 생각을 하니 기분이 좋아졌다.

그러나 이건 좀 아닌 것 같아, 생각한 다연이 끌려가지 않고 버티자 그가 눈을 가늘게 떴다. 약간 장난기가 어린 얼굴이었다. 불안감을 느낀 다연이 먼저 말하려 했다.

"미하일, 무슨 생각을 하는지 잘 모르겠지만……."

"그래? 그럼 이제 알게 될 것이다."

다연이 말을 끝내기도 전에 대꾸한 황제는 눈 깜짝할 사이에 다연을 어깨에 들쳐 멨다. 우왁, 하는 괴상한 비명 소리에 웃음을 흘리며 황제가 천연덕스럽게 말했다.

"평범하게 가면 너도 나도 좀 좋으냐?"

"아, 진짜. 내려 줘요."

"싫다."

황제는 다연이 떨어뜨린 책까지 여유롭게 집어 들더니 문을 열었다.

황제 커플이 파격적인 모양새로 나오더니, 나와서도 계속 투닥거리자 도열해 있던 시종과 기사들은 매우 당황했다. 그들은 눈이 휘둥그레져서 서로의 눈치만 봤다.

이건 또 아침부터 무슨 난리야.

다연이 내려 달라고 아까보다 훨씬 작은 목소리로 속삭여 보았지만 그는 웃을 뿐이었다. 황제는 남들의 시선은 아랑곳하지 않고 성큼성큼 집무실로 향했다.

다연이 뒤따르는 그들을 차마 볼 수 없어 두 손으로 얼굴을 가렸고 같이 민망해진 측근들이 눈을 내리깔았다. 집무실에 도착해서 황제가 내려 주었을 때는 다연이 이미 새빨간 토마토로 화하고 난 뒤였다.

황제를 한번 살짝 흘겨보고는 다연이 큰 소파에 가서 웅크리고 자리를 잡았다. 집무실은 침묵에 젖어 들었다.

아침에 근무 교대를 하기 위해 온 시종은 쉬러 가는 시종에게 물었다.

오늘도 다연앓이 중이셔?

응, 오늘도 앓고 계셔. 심지어 같이 계셔.

평소에도 황제의 집무실은 조용한 곳이었다. 황제가 국정에 고뇌하고 서류 업무를 보는데 시끄럽게 할 사람은 없었던 것이다. 그러나 오늘따라 사람들은 숨소리 하나 제대로 낼 수 없었고 집무실은 숨 막히는 적막으로 가득 찼다.

다연은 그 전에도 종종 집무실을 방문하긴 했다. 그러나 오늘처럼 황제와 함께 나와 언제 갈지 기약도 없이 앉아 있었던 적은 없었다. 상관 애인이 머물고 있으니 극도로 조심스러워진 사람들은 숨을 죽이고 서로의 눈치만 봤다.

그리고 책장을 넘기던 다연은 그들의 기색을 정확하게 읽었다. 그들도 다연도 서로가 신경이 쓰여서 집중을 할 수 없었다. 나보고 지금 책을 읽으라는 거야, 말라는 거야?

그녀는 처음부터 소파에 웅크리고 앉아 있었다. 그러나 그 몸은 시간이 지남에 따라 점점 더 움츠러들기 시작했다. 소파 위로 솟아 있던 뒤통수는 내무대신이 들어왔을 때쯤엔 거의 땅으로 꺼지다시피 했다. 그렇다고 집무실 소파에 숨기 위해 드러누울 수도 없고 그녀는 안절부절못했다.

86

보고할 것이 있어 아침부터 황제의 집무실을 찾았던 내무대신은 순간 멈칫했다. 집무실 안에 있어서는 안 될 사람을 본 것 같았다.

내무대신이 뒤통수를 힐끔거리자 그 뒤통수는 소파 등받이 아래로 점점 내려가는 것 같더니 이내 사라졌지만, 잘못 봤을 리 없었다. 검은 머리칼은 황궁은 물론 제국에서도 흔하지 않았다.

그런 내무대신을 보며 시종장은 침통하게 생각했다. 입이 가볍고 호들갑스럽기가 그지없는 내무대신이 목격했으니 오늘 중에 온 황궁이 이 사실을 다 알게 되겠구나.

실제였다. 내무대신은 나가면서부터 복도를 지키고 서 있는 근위병에게 물었다. 지금 저 안에 계신 것이 다연 님이 맞냐고. 그러더니 두 분의 사이가 더할 나위 없이 좋다며 후사를 볼 날도 멀지 않았다고 혼자 감격해하며 사라졌다.

한편 서류의 산을 격파하며 나 홀로 집중하며 열일하던 황제는 문득 다연을 바라보고 실소했다. 목과 어깨가 거북이처럼 잔뜩 움츠러들어 있었다. 저러다 곧 소멸되어 집무실 바닥으로 사라질 것 같았다.

"다들 나가 있거라."

황제가 사람들을 물리자 다연은 주춤주춤 몸을 세웠다. 그녀가 황제를 원망 섞인 눈으로 바라보자 황제가 웃으며 물었다.

"계속 그렇게 숨어 있을 거야?"

그녀가 한숨을 쉬며 황제가 앉아 있는 책상으로 다가왔다. 하소연을 할 생각으로 왔던 다연은 황제의 앞에 쌓여 있는 서류의 산을 보고 인상을 찌푸렸다. 한동안 말을 잃고 그 높이를 바라보던 다연이 황제에게 시선을 돌렸다.

"이게 뭐예요, 진짜."

황제는 애인의 물음에 또 곧이곧대로 성실하게 답변했다.

"각 영지에서 올라온 토산물의 내역들이다."

특산물을 수취하는 별공 같은 것인 모양이다. 다연은 으이크 눈살을 찌푸리며 종이 더미를 꺼림칙하게 바라보았다. 나, 너, 정말 극도로 혐오함 표정이었다.

그 표정을 다른 사람의 얼굴에서 난생처음으로 목도한 황제는 이마를 감싸 쥐고 큭큭거리며 웃었다. 저게 뭐야?

본인이 평상시에 남들을 저런 표정으로 곧잘 바라본다는 사실을 전혀 모르는 것 같았다.

그녀는 탄식하며 고개를 절레절레 저었다. 자신은 억만금을 준다 해도 이렇게는 못 살 것 같았다. 이 압도적인 높이라니, 이게 진짜 무슨 일이에요?

그러나 한참 눈살을 찌푸리며 서류 더미를 바라보던 그녀는 좀 의아한 점이 생겼다.

황제인 그가 이런 것까지 다 검토하는 게 원래 당연한 걸까?

그녀는 생각이 다른 데 팔려 황제가 자신을 무릎 위에 앉히는데도 선선히 따라 앉았다. 그리고 무언가에 이끌리듯 종이를 넘겨 보려다가 그런 스스로에 흠칫 놀랐다.

그 사안의 비밀스러움에 접근한 것에 놀란 것이 아니다. 이 업무량의 방대함에 다시 한 번 치가 떨려 놀란 것이다.

그러나 그녀의 반응을 뭐라고 생각했는지 황제는 다정하게 웃으며 말했다.

"궁금하면 봐도 좋다. 비밀스러운 것이 아니다."

"……."

한참이나 서류를 노려보던 다연은 머지않아 조심스럽게 그것들을 넘기기 시작했다. 처음에 장난스럽게 생각했던 황제는 그녀의 표정이 하도 진지하여 말을 붙이지 못했다. 너무 집중한 나머지 자신의 무릎 위에 앉아 있는 것도 잊은 듯했다. 또는 정말 자신을 의자로 여기거나.

다연은 빠져들었다.

지방에서 올라온 보고서들은 엄청 상세했다. 최종 수신인의 성격을 모두가 알기에 그 꼼꼼함은 당연한 것이었다. 트집 하나라도 잡힐세라 모두가 묻지 않은 정보들까지 소상히 서술하고 있었다. 이건 무슨 자백서 수준이었다.

그중엔 발티온 영지에서 올라온 것도 있었다. 사과를 수확하고 올려 보낸 모양이었다. 얼마나 보고의 내용이 상세했냐 하면 그녀에게 선물한 나무 세 그루에 대한 서술도 있었다.

작황을 보고하며 고사한 나무와 함께 그 부분에 대한 가감까지 비고란에 적혀 있어 다연은 그만 웃고 말았다.

서류는 다연이 처음에 의아하게 생각한 것과는 달리 중간 관리들의 손길이 닿아 있긴 했다. 총괄장은 물론 군데군데 장표가 있긴 있었다는 뜻이다.

그러나 구매 지원팀에서 회사 생활을 시작한 다연은 황제가 왜 이 수많은 자료들을 다시 보고 있는지를 금세 깨달았다. 심지어 황제는 지난 분기의 공납 서류까지 대조하고 있었다.

재무부의 보고서는 정확했다. 굉장히 압축적이고 군더더기가 없었다. 왠지 저기도 요약 기술자와 페이퍼 업무의 장인이 한 분 계신 것 같았다. 그런데 그 보고서의 내용이 자료를 재가공하지 않고 현황을 보여 주는 것에 그치기 때문에 황제는 로우 데이터를 다시 훑어보고 있는 것이었다.

황제에게 필요한 것은 단순히 이번 분기에 무엇이 얼마만큼 올라 왔는지가 아니라 지난 분기에, 또는 전년에 비해 증감이 어떠한지였다. 다른 영지들과 비교했을 때 상대적으로 어떠한지, 증감한 원인은 무엇인지 추세와 문제점을 알고 싶은 것이다.

그러니 재무부의 보고서를 확인한 뒤로도 여전히 해소되지 않는 궁금증들이 있었던 것이다.

다연은 서류들을 보다 말고 갑자기 고개를 뒤로 젖히며 천장을 바라봤다. 그 표정이 여느 때와 다르게 너무 심각하고 회한에 젖은 듯 보여 황제는 당혹스러워했다.

"왜 그래?"

내가 또 뭘 잘못했나. 황제는 난처해하며 목을 긁었다.

그러나 그녀는 지금 그의 생각과는 매우 다른 고민에 빠져 있었다. 갑작스러운 충동과 그로 인한 내면의 갈등으로 고통스러워하고 있었다.

아, 일하기 싫다. 그런데 만들어 주고 싶다.

상사가 로우 데이터를 굳이 들여다볼 필요가 없는 한 장의 장표, 내가 만들어 주고 싶다. 꺾은선그래프의 향연, 삼각형과 역삼각형이 난무하며 파랑과 빨강으로 범벅이 된 그 자본주의의 역사가 녹아 있는 잔혹한 양식을 작성해 주고 싶다. 그럼 그가 자료를 검토하는 데 소모하는 시간을 좀 줄여 줄 수 있지 않을까.

그런데 참견을 해도 될까?

심각한 표정으로 황제를 바라보던 다연이 마침내 물었다.

"이거 급한 거예요?"

"응?"

"빠른 시일 내에 다 보시고 검토하셔야 하는 거냐고요."

황제는 당황스러워하면서도 순순히 대답했다.

"그렇진 않다. 훨씬 전에 보았어야 하는데 전쟁 때문에 뒤늦게 검토 중인 것이다. 이미 한참 늦었는데 더 급할 것도 없다."

다연은 그의 말을 듣고 고개를 끄덕였다.

그리고 한차례 한숨을 쉬더니 비장하게 말했다.

"그럼 저에게 한 일주일 정도만 시간을 주실 수 있을까요?"

"……."

황제는 당연히 의아해할 수밖에 없었다. 그런데도 애인의 결연한 표정에 압도되어 홀린 듯이 고개를 끄덕이고 말았다.

그녀는 곧바로 황제의 책상에서 서류의 산을 뭉텅이로 깎았다. 그리고 어이쿠, 하면서 한숨을 쉬었다.

이 수많은 공납 서류를 제외하고서도 황제가 봐야 할 서류는 많았다. 그 사실에 또 스트레스를 받으며 그녀는 진저리를 쳤다. 아오, 지겨워라. 대체 어떻게 매일 이러고 사시는 거예요? 황제는 애인의 반응에 그저 무안해하며 웃을 뿐이었다.

한참 뒤 시종장이 차를 내올까요, 문을 두드리고 말문을 열었다. 그제야 출입을 허락받은 측근들이 본 것은 굉장한 광경이었다. 다연은 소파에 앉지 않고 그 앞 러그에 주저앉아 있었다. 그리고 황제의 한 십 분의 일쯤 되는 서류의 산을 뒤적거리고 있었다.

그런데 주저앉은 그녀의 머리 스타일은 좀 이상했다. 다연의 평상시 머리 모양은 시녀들이 단장했기에 알티우스의 풍습을 따랐다. 그냥 길게 풀어 늘어뜨리거나 반 정도 묶을 때도 있었고 주변을 땋아서 예쁘게 모양을 내기도 했다.

그런데 지금은 사뭇 달랐다. 그녀는 머리를 위로 높이 틀어 올리고 있었다. 한 점의 잔머리 없이 동그랗게 틀어 올리는 머리는 낯설었지만 기시감을 불러일으켰다. 남방의 오랑캐들이 저런 머리를 하고 다니는 것을 본 것도 같았다.

아니, 저것이 신계의 스타일인가?

시종들과 기사들은 매우 당혹스러웠다. 여신의 징표다운 아름답고 우아한 느낌은 전혀 모르겠다. 그렇지만 나 지금 집중하고 있으니 건

드리지 말라는 느낌은 매우 알겠다.

하늘을 향해 우뚝 솟은 머리끝에선 묘하게 말을 시키지 말라는 위압감이 느껴졌다. 오늘도 호방하기가 대장군 같으시구나. 황제가 하도 망나니, 망나니 하니까 이제 정말 가끔 하는 짓도 망나니 같았다.

역시 폐하의 표현력은 정확하고 뛰어나셔!

근데 정말 왜 저러시는 거야?

도무지 알 수 없었던 측근들은 이번엔 황제를 바라봤지만 황제 또한 헛웃음을 흘리고 있었다.

다연은 진지하였다.

새 종이를 펼쳐 놓았지만 그 위에는 함부로 무엇도 적지 않았다. 일생일대의 고민에 직면한 자 같았다.

마침내 그녀는 황제에게 이것저것 묻기 시작했다. 그리고 황제가 답변을 내놓을 때마다 흠칫흠칫 놀라기 시작했다.

마침내 그녀가 물었다.

"아니, 왜 이걸 다 알아요?"

"몰라야 하는 것이니?"

그렇게 반문하니 또 할 말이 없었다.

황제는 정말로 충실한 정보 제공자였다. 뭘 물어봐도 막히는 부분이 없었다. 다연은 확신했다. 아마 재무부 관리들보다도 황제가 현황에 대하여 훨씬 더 아는 것이 많을 것이다.

이렇게까지 유능한 상사는 모셔 본 적이 없는 그녀는 내심 계속 감탄하면서도 재무부 관리들을 안쓰럽게 여겼다. 자고로 아는 게 많은 상사는 피곤한 법이다.

상사란 모름지기 매너리즘에 빠져서 아무것도 시도하지 않고 해, 하지 마, 만 빨리 결정해 주면 그게 최고의 상사지. 실무자보다 아는 게 많은 상사라니. 상사가 이러면 보고를 올 때마다 얼마나 심장이 쪼그라들 것 같은 기분일까.

고개를 설레설레 젓던 다연은 일단 보고서를 올린 영지들을 동부, 서부, 남부, 북부로 분류했다. 그리고 종이 위에 그릴 차트를 구상하기 시작했다.

황제와 측근들은 그 본격적인 모습을 아연하게 바라보았다.

✤

오후에 황제는 외무부 관료들과 함께 협상 테이블에 앉았다.

외무대신과 실무자들은 물론 군무대신에 근위대장까지 동석한 제국 측과는 달리 왕자 측 인원은 단출했다.

왕자는 여전히 무뚝뚝한 얼굴로 황제에게 말했다.

언제나 그랬듯 용건만 간단히의 표본이었다.

"케시크를 정벌함에 있어 제국에 협조를 구하고 싶다. 길을 좀 터 주었으면 하는데."

제국을 통하지 않고도 케시크로 가는 길은 있었다. 그러나 크게 돌아가야 했고 그때 지나야 하는 산세가 험준했다. 많은 수의 군사를 이끌고 그 길을 통하는 것이 사실상 불가능해 정벌 계획은 매번 좌절되었다. 그러나 왕자가 정권을 장악한 이후, 알티우스와 사르만은 더 이상 적대 관계가 아니었다.

황제는 삐딱한 시선으로 왕자 측 사람들을 한번 둘러보았다. 그리고 외무대신의 얼굴을 봤다. 황제의 시큰둥한 시선을 받은 외무대신이 흠흠 헛기침을 하더니 먼저 운을 띄웠다.

"길을 열어 드리는 것은 물론 제국이 보급 문제를 일부 도울 수 있습니다. 왕국에서 출발하는 것보다는 훨씬 용이하겠지요. 그런데 사르만은 그에 대한 대가로 무엇을 생각하고 계신지요?"

거래는 외무대신이 제안했지만 왕자는 황제를 바라보았다.

왕자는 겉도는 대화를 좋아하지 않았고 밀고 당기는 협상도 성미에 맞지 않았다. 저 딱딱한 성품이 장점이자 동시에 단점인 자였다.

그냥 원하는 것을 말해 달란 조용한 시선에 황제가 별수 없다는 듯 어깨를 으쓱였다.

"광산."

"……"

"다른 것은 일체 요구하지 않겠다. 식량 자원 때문에 벌이는 전쟁이니 그 부분은 특히 더 건드리지 않겠다. 케시크 탄광과 금광에 대한 채굴권만 넘겨다오."

왕자는 고민에 빠졌다. 그렇지만 그 고민은 짧았다.

어차피 가로막고 있는 제국이 길을 내어 주지 않는다면 전쟁은 시작조차 할 수 없었고, 그가 실권을 잡는 데 이 전쟁은 반드시 필요했다. 식량난을 해결해야 민심과 귀족의 지지를 얻을 수 있다.

왕자가 심각한 얼굴로 고개를 끄덕이자 황제가 장난스럽게 말했다.

"아, 나는 물론 그대에게 아무것도 요구하고 싶지 않지만 우리 외무대신께서 워낙에 공평한 외교 감각의 소유자셔서 말이지. 내가 조금이라도 손해 보는 조약을 체결하면 사람들 없는 데서 나를 막 들볶는단 말이야. 조만간 계급장 떼고 붙자고 할 기세라서. 이 건은 나도 어쩔 수 없었다는 것을 이해해 주기 바라네."

갑자기 언급된 외무대신이 어이쿠, 몸을 움찔했다.

칭찬인데 도무지 칭찬 같지 않아 그의 낯빛은 흙빛이 되었다.

그러나 황제는 정말로 나름의 호평을 한 것이었다.

이 순간 아무도 그렇게 느끼지 못했다는 것이 문제였지만 말이다.

서면화를 마치고 인장을 찍은 황제는 곧이어 근위대장을 제외하고 다른 관리들을 모두 내보냈다.

그러고는 의미심장한 얼굴로 웃으며 왕자에게 말했다.

"자, 그럼 이제 우리 다른 이야기를 해 볼까?"

황제의 본론은 따로 있었다.

그는 왕자에게 받을 것이 있었다.

신전과의 지리한 싸움에 종지부를 찍을 때였다.

✤

왕자는 왕국에서 출발할 군대를 기다리고 있었다. 사람을 보냈으니 며칠 내로 군이 출발하여 당도할 것이다. 군이 도착하면 곧바로 케시크로 출정할 예정이었다.

귀국할 때 다시 한 번 제국을 지나겠지만 황성을 들르지는 않을 것이다. 그리고 그 뒤로 왕자가 다시 제국 땅을 밟을 일은 아마 요원할 것이다.

본인의 흑마와 함께 가슴이 뻥 뚫릴 때까지 달린 그는 문득 알티우스의 하늘을 바라보았다. 알티우스의 하늘은 고국의 것보다 흐리고 구름이 많아 도리어 고국을 떠올리게 했다.

죽어 버린 누이와 친우, 잃은 것과 얻은 것들에 대해 가만히 생각할 때면 왕자는 가슴이 답답했다.

분명 얻은 것이 있었다. 그렇지만 하나를 얻기 위해 반드시 하나를 잃어야 하는 것이 세상의 이치라면 그는 잃지도 않고 얻지도 않는 것을 택했을 것이다. 선택권이 있었다면 말이다.

말이 없는 왕자는 보기보다는 생각이 깊고 많은 편이었다. 그리고 상념이 많아질 때면 그는 무인답게 수련을 하거나 말을 타고 달리며 생각을 말끔히 비워 냈다.

한참을 정신없이 달리고 돌아왔을 때는 해 질 무렵이었다.

오늘도 가볍고 단조로운 옷차림에 검만 한 자루 매고 있는 왕자의 이마엔 어느덧 땀이 맺혀 있었다.

그리고 그는 마사에서 우연히도 다연을 마주쳤다. 다연 또한 본인의 말인 리리와 함께였다. 그녀는 멀리 가지 않고 마사 주변만을 맴돌며 심심한 속도로 말을 타고 있었다.

처음의 그 답도 없던 자세에서 많이 발전해 있었지만 왕자의 눈엔 여전히 사태가 심각해 보였다. 말을 타고 있는 것인지 말에 실려 다니고 있는 것인지 영 구분이 어려웠다.

대체 저 몸은 뭐가 문제인 거지?

눈살을 찌푸리던 왕자는 일단 그녀에게 짧게 인사를 건넸다.

"안녕."

한편 아산카 왕자가 등장하자 시녀들은 술렁거렸다. 모두가 얼마 전 왕자의 예뻐졌네 발언이 몰고 온 파란에 대해 알고 있었다. 신녀가 이 세계에 온 뒤 황궁은 하루도 조용할 날이 없었다.

"안녕하세요? 루리, 안녕?"

다연이 반갑게 인사를 하더니 엉거주춤 말에서 내려왔다.

그런 다연을 내려다보던 왕자는 유려한 자세로 말 머리를 돌리더니 훌쩍 말에서 뛰어내렸다. 그 연결성 있는 동작을 바라보며 다연이 감탄했다.

"전생에 정말 말이셨나 봐요."

그녀가 또 썩은 개그를 시전하자 시녀들과 기사들은 고개를 절레절레 저었다. 무뚝뚝하기 짝이 없는 왕자는 대꾸조차 없었다.

다연은 침묵에 별로 무안해하는 기색도 없다. 그녀는 곧장 루리에게 다가가서 그 부드러운 갈기를 쓰다듬었다.

순한 암말 또한 이틀 만에 만난 다연에게 주둥이를 비비며 흔치 않은 애교를 보였다. 다연은 하하, 웃음을 터뜨렸다.

그 모습은 그녀를 왕자와 견주어도 손색없는 애마가처럼 보이게 했다. 사실 이제 모두는 다연이 꽤 높은 수준의 애견가이자 애마가라고 생각하고 있었다.

그러나 여신의 은총으로 동물과 소통하는 능력을 얻었을 뿐, 그녀는 딱히 동물 애호가는 아니었다.

살면서 개를 길러 본 경험은 없다. 그런데 그냥 삼식이가 좋았다. 그러다 보니 세상의 모든 개들이 예전보다 친근하고 귀엽게 느껴졌다.

대형견은 심지어 조금 무서워하는 편이었다. 그런데 삼식이를 알게 되고 마음을 내어 주었더니 어느 순간 삼식이가 대형견이 되었을 뿐이다.

말을 가까이서 본 일도 드물었는데 말에 대한 기호가 성립될 수는 있었겠는가? 그녀는 이전의 세계에서는 말을 좋아하지 않았다.

그런데 이 현명하고 참을성 깊은 말과는 친구가 되고 싶었던 것이다. 그러다 보니 리리도, 다른 말들까지도 좋아하게 됐다.

때로는 한 객체가 집단 전체에 대한 생각의 전환을 가져올 수 있다. 좋은 사람을 만나면 인간애가 되살아나고 좋은 경험 하나로 세상이 아름답고 가치 있게 느껴지는 것처럼.

혐오가 혐오를 낳고 마음속에 어둠과 분노가 가득 찰 때 포기하지 않고 다양한 사람을 만나고 다양한 경험을 하는 것은 그래서 중요했다. 누군가가 나의 생각을 바꿔 줄 수 있지만 나 또한 다른 사람에게 그런 사람이 될 수 있는 일말의 가능성.

루리와 오늘도 깊은 신뢰 관계를 구축하던 다연이 그에게 앞으로의 일정을 물었다.

"제국엔 언제까지 계실 예정이세요?"

"음. 며칠 내로는 떠날 것 같군."

"아, 그러시구나."

말을 하고 다연은 목을 벅벅 긁었다.

오랜만에 만나서 그런가. 전에는 안 이랬던 것 같은데 이상하게 오늘따라 자꾸 대화가 끊어지는 느낌이었다.

왜 이렇게 어색하지?

그러나 그것은 전적으로 왕자 탓이었다.

무언가 할 말이 있어 생각하는 사람처럼 그는 평소와 좀 다른 기색이었다.

기사들은 약간의 경계가 섞인 표정으로 그런 왕자를 힐끔거렸다.

황제의 심기가 일상의 평화와 직결되는 기사단은 이 순간 전적으로 황제의 편이었다. 그에 비해 약간의 갈등 요소를 추구하는 어린 시녀들은 갓 다연을 외치며 꽤나 흥미롭게 이 상황을 주시했다.

그런 두 집단이 보여 주는 온도 차이는 극명했다.

그렇지만 왕자가 대체 무슨 생각으로 황제의 앞에서 그런 말을 하였는지가 궁금한 것은 모두 마찬가지였다.

그때 왕자는 뜬금없는 근황 토크를 던졌다.

"황제와 결혼한다고 했었나?"

시녀들은 눈을 빛냈다. 그리고 제멋대로 그 의도를 진단했다.

이국 왕자가 은근슬쩍 연애 전선의 이상 유무를 떠보고 있습니다!

질문은 과거를 반복했으나 답변을 하는 다연의 태도는 그때와 사뭇 달랐다.

"음, 언제가 될지는 아직 잘 모르겠지만 혼약한 사이인 것은 맞아요."

다연 님이 역대급 파워 철벽을 시전하였습니다!

왕자는 그녀의 말에도 무심한 표정으로 고개를 끄덕였을 뿐이다.

그리고 그 발언은 왕자가 아닌 궁인들에게 파장을 불러일으켰다.

뭐야, 두 분이 서로 혼인을 약조하셨어? 언제 또 그런 일이 있었어? 너희들 알고 있었어?

전시에 둘 사이 오간 서신의 내용을 알 리가 만무한 시녀 집단은 몹시 분개했다.

와 씨, 관객이 없을 때 둘이서만 드라마를 찍지 말아 달라고요! 이건 반칙입니다. 이게 바로 애청자를 배신하는 기만적 행위라고요!

주변의 어수선한 분위기에는 아랑곳없이 왕자는 다연을 물끄러미 바라봤다.

다연은 오늘도 빨간 시클라멘 꽃에 시선을 빼앗기고 있었다.

그 꽃이 어지간히 마음에 드는 모양이라고 왕자는 생각했다.

그는 제국에 오기 전부터 다연에게 쭉 묻고 싶은 것이 있었다. 아니, 기대치 않은 도움을 받았을 때부터 그는 사실 궁금했다.

"너, 왜 나를 도와줬지?"

전쟁 기간 동안 다연이 왕자의 군대를 도운 것을 말하는 것이다.

다연은 고개를 갸웃했다.

당연한 일이라고 생각했고 그러고 싶었을 뿐이다.

그런데 그렇게 또 대단한 일인 것마냥 왜 그랬냐고 물어 오면 대답할 말이 없어진다.

고민하던 다연은 조금 궁색하게 말했다.

"음, 아산카가 이겨야 폐하도 이기시는 것이니까요."

그러나 단순히 황제의 승리를 위해서 한 행동이라고 하기엔 조금 더 나아간 감이 있었다. 그녀는 왕자의 진영에 매를 날려 보냈고 박쥐와 쥐 떼를 부려 영광의 개선을 선물했었다.

개선식의 동화 같은 장면은 아직도 왕자의 측근들과 왕국민들 사이에 회자되곤 했다.

그러니 그녀가 왕자에게 주려 한 것은 단순한 물리적 승리가 아니었다. 승전이라는 정책적 계산보다는 인간적인 신뢰와 호의에 기반해 있는 조금 더 따뜻한 것이었다.

왕자가 그 답변에 납득하지 못하는 것 같자 다연은 다시 고민에 빠졌다. 그러다 나름의 이유를 찾은 듯 물었다.

"그래도 우리 이제 나름 친구이지 않나요?"

"……."

"아닌가?"

왕자는 다연의 말에 긍정도 부정도 하지 않았다. 그냥 조금 피식 웃었을 뿐이다. 그러나 그 웃음을 긍정으로 받아들인 다연은 같이 따라서 웃었다. 그리고 갑자기 생각이 났는지 물었다.

"아산카는 그럼 이제 곧 왕이 되나요?"

왕자는 담담한 표정으로 고개를 끄덕였다.

"아마도. 올해가 가기 전엔 즉위의 절차를 밟을 것 같다."

"축하해요. 축하드려도 되는 거지요?"

왕자는 흠, 하더니 팔짱을 끼고 조금 생각에 잠겼다.

"글쎄. 축하받을 일인가?"

마냥 축하할 일은 아닌가?

왕자가 반문하자 그녀도 고민에 빠졌다.

조금은 이해할 것 같았다. 아무리 그가 왕족이라도 가족이 둘이나 죽었으니 개운하기만 한 즉위는 아닐 것이다.

그렇지만 다연은 솔직한 감상을 그에게 표현하는 데 초점을 뒀다.

"아산카 그 자리에 무척 잘 어울려요."

그를 여태껏 왕위에 옹립하고자 애쓴 사람들은 많았다. 그런데도 왕자는 다연의 말에 굉장히 의외라는 반응을 했다.

다연은 도리어 의아했다.

이런 말을 해 준 사람이 아무도 없었나?

"내가?"

"네. 이런 말은 좀 그렇지만…… 잘하실 것 같아요."

한술 더 뜬 대답에 그의 표정은 점점 기묘해졌다. 해괴한 소리를 들은 것처럼 불편한 얼굴을 하던 그가 마침내 묻고야 말았다.

"……어째서?"

"아산카, 사르만을 정말로 좋아하잖아요."

"……."

왕자는 굳은 얼굴로 한참 동안이나 다연을 바라봤다.

그 시간이 점점 길어지자 다연은 내가 또 뭘 잘못 말했나? 머리를 긁적였다.

기사들은 몹시 낭패한 표정으로 서로의 얼굴을 바라보았다.

폐하 말고 저 화법에 치이는 사람이 또 나오면 곤란한데.

그런데 아무래도 저 반응은 치였지 말입니다.

한동안 그녀를 굳은 얼굴로 바라보던 왕자는 불현듯 깊은 한숨을 내쉬었다. 자기 자신이 바보 같았다.

그는 사실 알고 있었다. 그녀는 순수한 선의로 자신을 도운 것이다. 잠깐의 인연을 소중히 생각한 마음, 능력을 알고도 비밀을 지켜 준 것에 대한 보답, 그의 처지를 연민하는 마음, 사람을 안쓰럽게 여길 줄 아는 동정심.

그 순수한 선의에서 우러나온 도움에 다른 의미를 부여하고 싶었던 것은 자기 자신이었다.

설익게 피어나 결국엔 만개하지 못하고 사라질 자신의 마음이 초라하여 왕자는 쓸쓸하게 웃었다.

왕자가 말이 없자 역시 할 말이 없어진 다연은 입을 다물었다.

턱을 괴고 꽃을 바라보며 버릇처럼 노래를 흥얼거렸다.

월루, 월루, 세루, 세루.

시간이 늦었다. 이제 그만 리리를 마사로 보내 주고 자신도 들어가야겠다고 생각했다. 그렇지만 생각과는 달리 여전히 주저앉아 게으름을 부리고 있는 그녀 위로 석양이 지고 있었다.

그리고 노을이 내려앉은 다연을 바라보던 왕자는 손을 뻗어 그녀가 쳐다보고 있는 붉은 꽃을 한 송이 꺾었다.

"……."

충동적인 마음이었다. 문득 그 꽃을 머리에 꽂아 주고 싶다는 생각이 들었다. 검은 머리카락과 빨간 꽃은 잘 어울릴 것 같다. 생각이 먼저였는지 행동이 먼저였는지 모른다.

그리고 왕자가 다연의 귓가에 꽃을 꽂자 그녀는 갑작스러운 행동에 놀란 표정이었다.

왕자는 그 동요하는 얼굴을 보면서도 담담하게 물었다.

"내일도 볼 수 있을까?"

모두를 놀라게 한 행동을 한 사람답지 않게 태연하기만 한 기색이었다. 그리고 이 차분한 데이트 신청에 주변인들은 소리 없이 서로의 눈치만을 살폈다.

시녀들은 비명을 지르고 싶은 마음을 참으며 눈을 빛냈다.

기사들은 이 참사를 앞으로 어떻게 수습해야 할 것인가에 대해 깊은 고뇌에 빠졌다.

한동안 평화롭다 했지. 인생이 이렇게 순조로울 리 없지. 그래서 이번에 보고는 누가 할 건데.

서로의 얼굴을 바라보던 기사들은 조용히 가위바위보를 했다.

이른바 제2차 이국 왕자 치정 사건의 전개였다.

✣

　다연과 미하일은 말없이 조용한 분위기에서 점심 식사를 하고 있었다. 그들은 평소와 같은 분위기였지만 황제의 기사들과 시종들은 무척이나 불안해했다.

　그 사건이 황제의 귀에 들어간 것은 황제가 외무부 관리들을 치하하는 의미로 석찬을 함께한 후였다. 황제는 다소 언짢고 떨떠름한 표정이었으나 모두의 예상처럼 크게 분노하지는 않았다.

　대신 한숨을 한번 쉬더니 황후궁 공사 책임자를 불러오게 했다. 그러더니 자네는 건물을 대체 몇 년 동안 지을 셈이냐고 닦달을 하는 것이었다. 뜬금없이 밤중에 끌려온 공사 책임자는 까칠한 황제의 물음에 답변을 하느라 진땀을 흘려야 했다.

　사람들은 황제의 생각이 흘러가는 방향을 쫓아가기 어려웠다.

　갑자기 공사 책임자는 왜 소환한 것일까?

　그들의 생각과는 달리 황제는 분노하지 않은 것이 아니었다. 도리어 무척 짜증이 났다.

　다만 그는 제국의 지엄한 황제이자 제국법의 수호자였다.

　시정잡배처럼 불법적인 일들을 저지르는 대신 하루빨리 부부가 되어 남의 아내에게 껄떡거리는 오만 잡것들을 합법적으로 조지기로 한 것이다.

　하루라도 **빨리** 혼인하고 싶었던 그는 황후궁이 다 지어질 때까지 기다리는 게 싫었다.

　참 창의적이고 남다른 발상이었다.

　"맛있어?"

　물끄러미 다연을 바라보던 황제가 물었다.

토마토소스를 듬뿍 사용한 라자냐를 우물우물 먹으며 다연이 고개를 끄덕끄덕했다. 그 입가에 또 소스가 묻어 있었다.

어이구, 얘 또 묻히고 먹네, 쯧쯧 혀를 차며 황제가 손을 뻗어 입가를 훔쳐 냈다.

익숙한 광경에 시종들은 이제 송구스러워하지도 않았다.

황제 커플이 식사를 함께하면 두 번 중 한 번은 저런 일이 일어나곤 했던 것이다.

황제는 본인의 식사를 멈추고 다연을 빤히 바라보았다.

그의 안에서는 어김없이 양가적인 감정이 일어났다.

잘 먹으니 예쁘고, 이 와중에 밥이 넘어가니? 야속하고.

그런데 그는 이제 이 양가적인 감정이 사실은 하나라는 것을 안다.

근원은 다 사랑이었다.

황제가 식사도 하지 않고 자신이 먹는 양을 바라보자 다연이 의아해하며 웃었다.

"⋯⋯."

그 얼굴을 보며 황제는 생각했다.

예전보다 훨씬 잘 웃게 된 얼굴은 어김없이 예쁘다. 저러니 자꾸 잡것들이 꼬이지.

아니, 그런데 이것들은 각이 안 나오나?

다연은 임자가 있는 몸이었다. 둘은 조만간 혼인할 예정이고 침대도 함께 썼다. 심지어 애인인 자신은 제국의 최고 권력자였다.

이것들이 정말 단체로 실성을 했나.

황제는 이 순간 왕자와 함께 다연에게 글을 가르치던 사제의 반반한 얼굴도 떠올렸다.

얘네들을 내가 정말 어떻게 조져야 돼?

보고를 올린 기사가 마지막에 다연이 내일은 바쁘다며 타미르 성급 철벽을 쳤다는 말을 덧붙이지 않았다면 못 참고 죄다 엎어 버릴 뻔했다.

바쁘실 일이 하나도 없는데 바쁘다고 하신 걸 보니 이게 다 폐하를 생각하는 마음 때문에 그런 것 아니겠냐며 기사는 인류 평화를 기원하는 약을 팔았다.

아무리 거절을 했다지만 애인이 어디 가서 데이트 신청을 받았다는데 기분이 복잡하지 않을 남자가 어디 있겠는가.

생각하면 성질이 나서 울컥하는데 다연이 자신을 보고 무해하게 웃으면 또 화가 풀리고 납득하고 마는 것이다.

애가 예쁘고 잘나긴 했지. 반할 만하지.

오락가락하는 자신이 어이가 없어서 황제는 실없이 웃다가 오늘따라 맹렬히 식사 중인 다연에게 말했다.

"너 적당히 하거라."

"뭘 적당히 하라는 거예요."

"……그만 예쁘라고."

불시에 공격당한 시종들과 기사들이 매우 메스꺼운 표정을 지었다. 심지어 다연도 그랬다.

이제 익숙해질 만도 하건만 병세의 깊음이 주변인들의 면역력보다 빠른 속도로 진화하니 그들은 매번 정신적 데미지를 입었다.

그러거나 말거나 황제는 오늘도 다연앓이에 여념이 없었다. 찬가는 매일같이 새롭게 쓰여지고 있었다.

아니, 근데 애 좀 보게. 얘기를 안 하네? 다른 남자한테 데이트 신청을 받아 놓고.

문득 생각이 거기에 미친 황제가 팔짱을 끼고 인상을 찌푸렸다.

그러나 그는 결국 다연에게는 아무 소리도, 어떠한 내색도 하지 않았다. 그에게도 이제 그 정도의 믿음은 있었다.

마침내 식사를 마친 다연은 황제에게 오후 일정을 물었다.

"오후에 회의 가세요?"

"아니, 오늘은 회의 일정이 없다. 접견만 두어 개 있어 그때까진 집무실에 있을 예정이다."

"음음, 그럼 저도 같이 가도 될까요?"

다연이 조심스럽게 청해 오자 황제는 선뜻 고개를 끄덕였다. 오히려 좋아했다.

황제에게 보고를 올렸던 기사는 다연이 바쁠 일이 전혀 없다고 말하였지만 그것은 모르는 소리였다. 다연은 요즘 재무부에서 사용할 새로운 양식을 만드는 데 여념이 없었다. 그리고 오늘쯤엔 초안을 황제에게 보여 줄 수도 있을 것 같았다.

황제의 집무실에 도착하자마자 다연은 익숙하게 소파 앞에 자리를 잡았다. 황제 커플의 동시 출근은 이제 특별한 일이 아니게 됐다.

처음에는 익숙하지 않은 상황에 숨소리도 제대로 못 내던 황제의 측근들은 이제 그녀의 존재를 공기처럼 자연스럽게 받아들였다.

제국어 수업에 종종 동석하며 안면을 익힌 기사들은 친근감 표현이 과했다. 쓸데없이 그녀에게 농담을 걸다가 그게 거슬린 황제의 남모를 갈굼을 당하기도 했다.

중년의 시종장은 그녀가 집무실에 오면 다정하게 음료나 주전부리를 챙겨 줬으며, 나중에는 보고를 위해 들락날락하는 대신들마저 그런 광경에 익숙해졌다.

다만 그들이 여전히 익숙해지지 않는 것이 한 가지 있었다.

다연은 자리에 앉자마자 본인의 머리칼을 하나로 모으더니 또 위로 틀어 올리기 시작했다. 전쟁에 나가는 장수가 치르는 하나의 의식 같았다.

사람들은 그 광경을 힐끔거렸다. 심지어 황제마저 바라보고 있었다. 그녀는 오늘도 어김없이 남방 오랑캐 머리를 완성하고 나서야 눈앞의 자료에 집중하기 시작했다.

측근들은 수군거렸다.

대체 저 머리는 왜 꼭 저래야 하는 거야? 하늘에 뭔가를 기원하는 건가?

몰라, 저 오랑캐 머리가 집중력을 강화시키나 봐.

맞는 추측일지 몰랐다. 다연에게 시답잖게 잡담을 걸다가도 그녀가 저 머리를 하고 있을 때면 어쩐지 말을 붙이기 어려웠다.

마침내 몇 시간 뒤, 그녀는 며칠간 공을 들인 양식의 초안을 완성했다.

다연은 매우 의욕적으로 이 작업을 시작했지만 사실 이 양식은 몇 가지 한계를 품고 있었다.

알티우스는 다양한 방식으로 세수를 확보했다.

연말에는 영지의 재정수입에 비례하여 금전적인 세금을 거두었다.

봄, 가을에는 그것과 별도로 영지의 토산물을 진상 받았다.

다연이 보고 있는 것은 이 토산물의 장부였다.

토산물이 옷감, 보석과 같은 것으로, 그 항목이 일정할 때는 수치화하여 추세를 비교하기 쉬웠지만 과일이나 작물로 봄, 가을의 진상품이 다르거나 작황이 나빠 항목에 변동이 있을 때에는 양식에 포함시키기가 까다로웠다.

다연은 완벽을 기하는 것을 포기하고 그냥 적당히 초안을 완성했다. 이 총괄장은 아마 연말에 금전적으로 거두는 세수를 정리할 때 훨씬 유용할 것이다. 황제에게 그냥 이런 식으로 정리해도 좋을 것 같다는 걸 보여 주고 싶었다.

그리고 마침내 이 남방의 오랑캐가 황제의 자리로 가 보고서를 몇

장 내밀었을 때 황제는 의아한 표정을 감추지 못했다. 다연은 몹시 부끄러워하다가 문득 또 황제의 책상 위 서류의 산을 보며 몸서리를 쳤다.

"이게 다 무엇이냐?"

"며칠 전에 공납 서류 보고 계셨잖아요. 그걸 정리해 본 것입니다. 자료는 작년 봄부터 올가을까지 넣었고요, 양식만 확정되면 한 삼사 년 치까지는 한 장에 비교할 수 있을 것 같아요. 제가 생각한 것보다 영지의 수가 너무 많아서 동부, 북부, 서부, 남부 나눴고요. 필요하면 네 개 지방을 아울러서 또 한 장을 만들 수 있겠지만 하나의 행정 단위가 아닌데 굳이 그럴 필요가 있을까요?"

확신이 없는지 얼굴을 찌푸리던 그녀는 황제가 대답 없이 종이를 쳐다보고만 있자 이해를 돕기 위해 부연했다.

"이게 추세선이고요, 이 밑의 표는 생산량과 황도에 보낸 현황, 그 밑은 반기 대비 증감, 그 밑은 전년 대비 증감이에요. 증가는 빨간색으로 표시하고 감소는 파란색으로 표시하게 하시면 더 눈에 잘 들어올 거예요. 처음에 정리하는 사람이 두드러지게 증감이 심한 곳을 표시하고 지방에서 올라온 보고서에서 그 사유를 확인해서 제일 끝의 비고란에 요약해 놓는 거예요. 그럼 나중에 폐하가 바쁘실 땐 그런 곳들의 최초 보고서만 눈여겨보셔도 될 것 같아요. 한 가지 문제점은 납부하는 토산물의 항목이 바뀌어 버리면 추세선과 증감이 의미가 없다는 건데, 뭐 그래도 이렇게 정리해 놓는 게 진상 품목이 바뀐 영지들과 사유를 한눈에 볼 수 있으니까 저는 나쁘지 않다고 생각해요. 보시면 아시겠지만 사실 이건 연말에 정기적으로 거두는 화폐 조세를 정리할 때 더 적합한 양식이에요."

듣고 있던 사람들은 당혹스러워했다.

다연이 황궁에 온 이래 가장 길게 말하는 것을 본 것 같았다.

아니, 저렇게 길게 말할 수 있는 분이셨어?

"……."

황제는 한참의 시간을 들여 그 양식을 들여다봤다. 그리고 사람들은 점점 그 표정이 변화해 가는 것을 읽을 수 있었다.

시종들은 속삭였다.

얘들아, 지금 눈이 하트로 바뀌신 것 같지 않냐?

그런데 다연 님을 그렇게 바라보시는 거야, 아님 장표를 그렇게 바라보시는 거야?

종이를 저렇게 바라보신다고 생각하면 좀 무섭지 않니?

"괜찮은 것 같으세요?"

"응. 몹시."

괜찮다 못해 무척 들떠서 황제는 그녀의 볼에 감사의 의미로 입을 맞추었다.

양식을 모두 파악한 황제는 감탄하면서도 한편으로는 의아하게 생각했다.

어째서 재무부 관리들보다 그녀가 자신의 머릿속을 더 잘 알고 있는지 모르겠다고.

그러나 그것은 당연한 일이었다. 그녀는 한때 자본주의의 꽃이자 실적이 곧 인격인 사조직의 소방수, 일하는 월급 노예였다.

어느 조직이든 상사들이 관심 있어 하는 것은 대부분 같다. 일차적으로 뭐가 올랐고 뭐가 떨어졌는가. 그다음은 떨어진 건 왜 떨어졌느냐였다.

그렇다고 절대 왜 떨어졌느냐에만 힘을 주어 보고서를 작성하면 안 된다. 그다음 관심사는 그래서 어떻게 올릴 건데? 이기 때문이다.

상사의 시간을 절약해 줄 수 있는 양식을 하나 만들기 위해 반대로 그녀는 얼마나 시간을 낭비하여야 했는가.

사실 취향들도 다 달라서 직속 상사가 바뀔 때마다 직원들은 양식을 뒤집어엎어야 했다.

간혹 어떤 상사들은 능력은 쥐뿔 없으면서 남이 만든 자료를 트집 잡는 것으로 본인의 유능함을 증명하려 했다. 무능한 상사들 비위 맞추느라 고통받던 과거를 생각하던 다연은 솔직하게 좋아하는 황제의 반응에 흐뭇해했다.

잘한 것은 잘했다고 말할 줄 아니 내 애인은 그에 비하면 얼마나 합리적 상관이야?

그녀는 알티우스 관리들이 알면 울컥할 만한 매우 팔불출 같은 생각을 했다.

엑셀만 있었더라면 1시간 만에도 더 기깔나게 만들어 주었을 텐데.

다연은 자신이 만든 표와 추세선을 바라보며 몹시 아쉬워했다.

늦은 시각 집무실에서 일하던 황제는 조용히 근위대장을 불렀다.

"신전은 아직도 잠잠한가?"

"예, 별다른 움직임은 없습니다. 저희 쪽에서 심어 둔 자들과 접촉해 보았지만 특별히 확인할 수 있는 건 없었습니다."

"대신관은?"

"거의 매일같이 기도실에서 시간을 보낸답니다."

황제는 얼굴을 찌푸리고 생각에 잠겼다.

그는 사실 사르만 내전에 출정하기 전부터 신전 주변에 사람을 심어 두고 주시 중이었다. 대신관을 비롯한 고위 신관들이 도주할 가능성이 있다고 생각했기 때문이다. 심한 경우 그들이 양성 중인 성기사로 황실에 반기를 들지도 몰랐다.

그런데 황제의 예상과 달리 신전은 잠잠하기만 했다. 그것이 못내 의심스러웠다.

그들이 정말로 왕자와 자신의 거래에 대해 눈치를 못 챘을까?

그럴 리 없다. 아산카 왕자가 제국과의 전쟁을 반대해 왔다는 것은 비단 황실만 아는 정보가 아니었다. 그들이 왕실과 거래 중이었다면 더더욱 몰랐을 리 없다.

그런데 황실이 그런 왕자와 손을 잡고 왕세자를 쳤다. 그렇다면 둘 사이에 모종의 거래가 있었음을 의심하는 것이 합리적 추론이었다.

그들은 포기한 것일까?

몰락을 앞두고 이렇게 아무 행동도 하지 않는 것은 3백 년간 질긴 생명력을 이어 온 신전답지 않았다.

"하여간 의뭉스러운 것들 같으니라고."

어딘가 찜찜함을 느끼며 황제가 혀를 찼다.

그리고 그런 황제에게 근위대장은 다른 보고를 올렸다.

"폐하, 왕자의 부대가 사르만에서 출발했다는 정보입니다."

"그래?"

"예, 며칠 내로 국경을 넘어 황도에 도달할 것 같습니다."

"그래. 군무대신에게도 언질을 주도록."

"예, 폐하."

"그리고 왕자의 군대가 케시크로 출정을 한 뒤……."

"……."

"황실은 신전을 친다."

"명을 받듭니다."

근위대장이 결연한 얼굴로 눈을 빛냈다.

일정을 마치고 처소로 돌아왔을 때 황제는 뜻밖의 인생의 암초를 만났다.

다연은 침대 위에서 또 '제국의'로 시작하는 재미없는 책을 읽으며 뒹굴거리고 있었다. 그녀는 요즘 인생의 목표가 황제를 돕는 것인 듯 놀라울 정도로 열심이었다.

그 모습을 물끄러미 바라보다가 허리춤의 검과 무장을 대충 집어 던지며 황제는 말했다.

"조만간 아산카 왕자가 떠난다는구나."

"아, 정말요?"

"그래. 사르만에서 군이 출발했으니 곧 합류하여 케시크로 출정할 것이다."

그렇구나, 고개를 끄덕이던 그녀가 황제에게 물었다.

"출정할 때 폐하도 나가 보시나요?"

"아니. 내가 왜 그래야 하느냐?"

자신이 먼저 얘기를 꺼냈으면서 황제는 어딘가 퉁명스러웠다.

그러나 그 기색을 아는지 모르는지 다연은 해맑게 폭탄을 던졌다.

"음음, 제가 그날 나가서 배웅을 해도 될까요?"

"……뭐?"

순간적으로 울컥할 뻔한 황제가 간신히 마음을 다스리고 말했다.

"뭘 또 그렇게까지 하느냐?"

"전쟁을 하러 가는 거잖아요. 그리고 앞으로 또 언제 볼지도 모르고. 친군데 잘 가라는 인사는 하고 싶어요."

황제는 그 말에 헛웃음이 나왔다.

아이고, 너무 어이가 없으니 웃음이 나오는구나.

그는 삐딱한 본연의 말본새로 따져 물었다.

"그치도 너를 친구로 생각한다더냐?"

그 자식은 널 친구로 생각 안 한다고. 너한테 흑심이 있다고, 이 답답하고 맹탕 같은 것아.

황제의 말이 내재한 의도는 그것이었다.

그러나 다연은 전혀 다른 의도로 받아들인 것 같았다.

"아, 그런가."

그녀는 나만 그렇게 생각하나 싶어 조금 시무룩해했다.

다연의 낯빛이 순식간에 어두워지자 아차 싶었던 황제는 멈칫했다. 순간적으로 나간 날카로운 말을 후회했다. 이러지도 못하고 저러지도 못하고 갈팡질팡하다가 그는 혀를 쯧쯧 찼다.

"꼭 그래야겠느냐?"

다연이 힐끔 황제의 눈치를 보더니 고개를 끄덕였다.

황제는 깊은 한숨을 내쉬었다.

사랑은 정말 인내의 연속이구나.

서른이 넘어서 뒤늦은 인격 수양을 시작하려니 죽을 맛이었다. 이러다 곧 성인의 반열에 오를 것 같다고 황제는 성인을 모독하는 생각을 했다.

치열하게 고민하던 그는 결국 또 애인에게 져 주고 말았다.

"너 하고 싶은 대로 하거라."

사실 다연의 마음인데 자신이 허락하고 말고 하는 것도 이치에 맞지 않았다. 그럼에도 못마땅한 것은 어쩔 수 없어서, 황제는 뾰로통한 얼굴로 다연을 바라보다가 이 요망한 것, 하며 와락 덮쳤다.

"으악. 저 아직 안 씻었어요."

"모른다. 너도 네 맘대로 하니 나도 내 맘대로 하는 것이다."

나 오늘 삐뚤어졌으니 그냥 좀 내버려 두라며 그녀를 간지럽히던 황제는 다연이 웃음을 터뜨리자 결국 같이 웃고 말았다.

✤

　출정의 날은 성큼 다가왔다.

　하늘은 쾌청하고 새벽 공기는 산뜻했다. 평화로운 아침이었다.

　아르제니아에는 사르만 전사들이 질서정연하게 도열해 있고 그 앞에서 왕자와 왕자의 친위대, 부관들이 무언가를 의논하고 있었다.

　황제의 일행과 다연은 몇 발자국 떨어진 곳에서 그 광경을 지켜보는 중이었다. 여기까지 오는 동안 황제의 심기가 몹시 저조하여 측근들은 전전긍긍 눈치만 보는 중이었다.

　애인의 부탁을 거절하지 못하여 배웅을 허락하고 또 혼자 나가는 꼴은 볼 수 없어서 집착을 불태우며 따라왔지만 황제는 이 상황이 몹시 못마땅했다.

　예전에는 적대국의 왕족이니 거리를 두라고 말했다. 그런데 이제 적대국 관계도 아니니 뭐라고 핑계를 댈 수도 없었다.

　쟤는 너한테 마음이 있어, 라고 말하자니 괜히 알려 줘서 남 좋은 일 하고 싶지 않았고, 네가 딴 남자랑 가깝게 지내는 게 맘에 안 들어, 라고 말하자니 자신이 영 쪼잔해 보였다.

　다연은 이 세계에 친구라고 부를 만한 사람이 없었다. 황제는 몰랐지만 사실 이전의 세계에서도 그랬다. 야근에 주말 출근을 반복하다 보니 회사 인맥을 제외하고는 죄다 떨어져 나갔던 것이다.

　물론 사적인 친구가 없는 것은 황제도 마찬가지였지만, 그는 혹여 외로워하고 있을지도 모르는 그녀의 인간관계를 방해할 수 없었다.

　다연은 사람들 틈에 숨어서 왕자의 군대를 바라보았다.

　하나같이 구릿빛 피부를 가진 사르만 전사들은 잘 벼려진 검처럼 날이 서 있었다. 그 기세에 눌린 그녀는 조금 소심해졌다.

　그렇지만 떠나기 전 무리를 벗어나 자신에게 다가온 왕자가 빙긋,

흔치 않은 미소를 보이자 마음이 편안해졌다.

황제는 그 옆에서 뚱한 표정을 짓고 있었다.

다 엎어 버리고 싶었다. 이것들이 정말.

황제는 참다 참다 이제는 화병이 날 것 같았다. 그리고 그 모습을 보는 측근들만 심장이 쪼그라들 것 같았다.

제발 빨리 가라. 시종장은 품 안에서 위장약을 찾으며 기원했다.

그리고 작별의 시간이었다. 다연은 루리에게 먼저 인사를 했다.

"잘 가. 보고 싶을 거야."

「저도 보고 싶을 거예요.」

"······."

정말 안녕이구나, 갑자기 울컥하여 다연은 또 와락 흑마를 껴안았다. 왕자는 훌쩍 본인의 말에서 내렸다.

루리와 이별의 시간을 갖던 다연은 이번에는 아산카 왕자를 봤다.

"몸 건강하게 꼭 원하는 것들을 다 이루시길 바랄게요."

"그래. 너도 건강해라."

전쟁을 앞둔 사람답지 않게 왕자는 평온한 얼굴이었다.

그녀는 우울한 기색으로 왕자에게 물었다.

"전쟁이 끝나면 다시 또 황성에 오나요?"

왕자는 고개를 저었다.

물론 그렇게 할 수도 있었다. 승전하고 케시크에서 거둘 조공이 정해지면 채굴권을 넘겨받기로 한 황실과도 다시 조율할 사항이 있을 것이다.

그렇지만 왕자는 그러지 않고 다른 사람을 위임하여 보내기로 정했다. 지금 당장은 다연을 또 보아서는 안 될 것 같았다.

다연은 고개를 끄덕였다.

그 친근한 대화들을 보며 황제는 빈정이 상했다. 그리고 그녀가 왕자를 염려하며 '다치지 마세요. 알았죠?' 했을 때 황제의 부들거림은 극에 달했다.

이것들이 진짜!

눈앞에서 펼쳐지는 치정극에 지켜보던 사람들의 불안은 점점 심화됐다. 그러나 그것은 주변인의 사정일 뿐 다연은 물론 왕자 또한 덤덤한 기색으로 긍정했다.

"그래."

다연은 조금 웃으며 왕자에게 물었다.

"이제 앞으로는 또 만나기 힘들겠지요?"

그렇다면 영원한 작별이었다. 이별의 인사를 준비하는 다연을 보며 왕자는 쓴웃음을 지었다. 문득 초라한 책망이 일었다.

도와주지 말지 그랬어. 왜 그런 따뜻한 마음을 나눠 주었냐고 묻고 싶었다.

왜 자신의 처지에 같이 슬퍼하고 사람들의 흉험한 시선에 아파하며 내 입지를 걱정해 주었냐고 마음을 터놓고 이야기하고 싶었다.

그렇지만 돌아오는 대답은 친구니까요, 일 것이다.

비굴한 인생이지만 비겁하고 싶지는 않다고 생각했다. 그러니 그 비굴한 삶 또한 자신이 택한 것이라고 애써 생각했었다. 그러나 그러면서도 그의 안에는 운명을 비관하는 마음이 늘 있었는지 모른다.

그의 인생의 전환은 제국에 와서 시작됐다. 제국의 도움을 받아 늘 엎드렸던 형님에게 대항했고, 전쟁을 치르면서는 여신의 징표가 주는 예기치 못한 도움을 받았다.

한 번도 자신의 편이었던 적이 없던 운명이 이제는 조금씩 자신을 돕고 있다고 느꼈다. 그러나 그는 결국 안심하다 그 운명에 다시 한 번 발이 걸려 넘어졌다.

그렇지만 이제 정말로 비관하거나 원망하고 싶지 않았다. 괜찮았다. 늘 그래 왔기 때문이다. 운명 따위 알 게 무엇인가. 그냥 최선을 다해 살아갈 뿐이지.

왕자가 문득 미소 지었다. 그녀의 따뜻한 마음을 부정한 마음으로 갚고 싶지 않았다. 그저 행복하기만을 기원해 주고 싶었다.

"초원의 사람들은 작별의 말을 하지 않는다. 그게 우리의 전통이지."

그녀가 의아한 표정을 하자 왕자가 그 소리 없는 의문에 답을 들려주었다.

"우리는 원래 떠도는 삶을 살았고 떠돌다 보면 언젠가는 다시 만나기 마련이거든."

왕자의 말에 몇 발자국 뒤에서 그를 호위하고 있던 사르만 친위대의 얼굴에도 미미한 미소가 떠올랐다.

왕자는 담담한 목소리로 다연을 위로했다.

"그러니 반드시 다시 만날 날이 있을 것이다."

다연은 웃으며 고개를 끄덕였다.

그녀가 자신에게 가지고 있는 호의, 그 마음의 따뜻하고 아련한 색채가 왕자의 눈에는 보였다.

그 아름다운 색채로 가득 찬 얼굴을 보며 왕자는 생각했다. 이 혼란한 마음은 모두 내가 끌어안고 간다. 너는 행복하라고.

그렇다 하더라도 이쯤은 괜찮겠지.

왕자가 한 걸음 더 앞으로 다가왔다. 그의 표정엔 평소에는 찾아볼 수 없던 약간의 장난기마저 떠올라 있었다. 황제가 심상치 않은 기색을 느끼고 불쾌감에 뭐라 말하려고 했을 때였다.

사건은 순식간에 벌어졌다.

왕자는 다연의 검은 머리칼을 투박한 손으로 가만히 그러쥐었다. 그리고 그 머리칼 끝에 살짝 입을 맞추었다.

"간다."

뭐라 말할 새도 없이 그는 훌쩍 말에 올라타더니 웃으며 사라졌다. 당황하던 친위대는 허둥지둥하다가 황급히 말에 올라 왕자를 따랐다. 그리고 마침내 부대까지 모두 출발했을 때 아르제니아에는 황제 일행만이 남았다.

"……."

어쩌지?

황제의 측근들은 인생이 망한 기념으로 폭죽을 터뜨리고 싶었다.

갑자기 벌어진 상황에 멍하니 있던 다연이 문득 정신을 차린 듯 애인의 안색을 살폈다.

황제의 입가는 호선을 그리며 웃고 있었다.

그래서 더 무서웠다.

멀어져 가는 왕자를 바라보는 그의 눈에는 새파란 분노가 활활 타오르고 있었다. 시선만으로도 사람을 몇이나 죽일 수 있을 듯했다.

그 싸늘한 표정을 보며 어지간히 눈치 없는 그녀마저도 어이쿠, 하며 뒷걸음질을 쳤다.

이른바 제3차 이국 왕자 치정 사건의 화려한 피날레였다.

12장.
이곳은 아비규환

　황제는 국무회의를 열었다. 특별한 안건이 없어도 회의는 정기적으로 열렸다. 대신들은 그때마다 업무의 진척 사항을 보고했고 중요한 사항들은 부서 간에 공유하고는 했다.

　그러나 황제는 오늘만큼은 뚜렷한 안건이 있었다.

　보고는 다음으로 미루자며 손을 내젓는 황제를 대신들은 의아해하며 바라보았다. 그런 그들의 한가운데로 황제가 서류 뭉치를 툭 던져 놓았다.

　"폐하, 이게 무엇입니까?"

　"확인해 봐."

　어안이 벙벙한 대신들 중 가장 먼저 손을 뻗은 것은 역시 성격이 급한 내무대신이었다.

　서류가 무슨 내용을 담고 있는지를 알고 있는 근위대장 외에는 모두 상황을 파악하느라 여념이 없었다.

　내용을 가장 먼저 확인한 내무대신이 경악하여 입을 벌렸다.

그는 무언가를 말하려 애쓰다가 말문이 막혀 몇 번 실패를 한 뒤에야 그냥 말하는 것을 포기했다.

그 광경은 몹시 우스웠지만 서류를 돌아가며 확인한 대신들의 반응도 거기에서 크게 벗어나지는 못했다. 머지않아 모두가 내용을 확인하자 좌중은 극도의 침묵에 휩싸였다.

"폐하. 어떻게 이것이……."

서류는 신전이 사르만 왕실에 보낸 서신과 그들의 거래 내역을 담은 것들이었다. 이렇게까지 다 갖다 줄 필요는 없었는데 왕자는 꼼꼼하게도 쓸어 왔다. 왕세자의 잔존 세력을 대비하여 일부만 남겨 두었다고 했다. 덕분에 쓸데없이 많은 내용들을 확인하며 황제는 신전에 대해 더 적개심을 불태워야 했다.

"사르만 왕자가 내전을 도운 대가로 제공한 것이다."

문득 어디선가 탄식이 들려와서 황제는 피식 웃었다.

"왜. 그럼 내가 왕자랑 우정이나 쌓자고 피 같은 국고를 써 가며 남의 나라 전쟁을 도운 줄 알았나?"

정말로 우정이나 쌓자고 그런 줄 알았던 대신들은 몹시 찔려 했다. 그중에 외무대신은 너무 민망한 나머지 땅을 파고 들어가 숨고 싶었다. 저런 황제의 의중도 모르고 사르만에서 무언가를 얻어 내야 한다고 주장한 자신의 과거를 지우고 싶었다.

외무대신의 공평한 외교 감각 운운하던 황제는 속으로 무슨 생각을 하고 있었을까. 외무대신은 고개를 떨구었다.

그러나 듣고 있던 시종장은 내심 생각했다. 왕자가 정말로 마음에 들지 않았더라면 황제는 애초에 이런 계획을 세우지 않았을 것이다. 황제는 언제나 능력 있는 자들에게 관대했고 왕자의 능력과 사람됨을 알아본 것은 황제 본인이었다. 필요한 사람을 적재적소에 활용하는 것이야말로 황제가 가장 잘하는 일이었던 것이다.

침묵에 젖은 대신들을 향해 황제는 농이라며 웃으면서 손을 내저었다.

"나는 그동안 이 일을 비밀스럽게 진행해 왔다. 그럴 수밖에 없었다는 것은 그대들도 잘 아리라 믿는다. 신전은 항상 우리가 짠 판을 교묘하게 엎어 왔으니까."

고개를 끄덕이는 대신들을 응시하며 황제가 말을 이었다.

"그러나 지금 이 시각 이후 나는 그러지 않을 생각이다. 신전을 칠 것이다."

죄목이 차고도 넘치지 않냐며 황제는 인상을 찌푸렸다.

"이대로 각 부로 돌아가서 신전을 치기 위해 그대들이 할 일을 정리해 와라. 시급을 다투는 일이니 보고는 오늘이 가기 전에 이루어져야 한다. 근위대장."

"예, 폐하."

"지금까지도 그래 왔지만 그들이 몸을 피할 수 없게 중앙 신전을 감시하고 만약의 상황을 대비하여 근위대를 더 파견해. 군무부에서도 중앙군을 움직여야 할 것이다."

"알겠습니다."

군무대신이 고개를 조아리며 대답했다.

"내무대신은 이 건을 어떻게 하면 더 빠르고 효과적으로 제국민들이 알게 할지 고민을 해 봐. 원래대로라면 죄를 적시한 후에 그 신병을 구속하는 것이 합법한 일이겠지만 이번만큼은 순서를 바꾼다. 그들이 빠져나갈 틈을 주지 않겠다. 제국민들이 이 사실을 알게 되는 것은 연루된 신관들이 모조리 투옥된 후가 될 것이다."

고개를 끄덕이는 대신들 사이에서 연로한 법무대신이 물었다.

"폐하, 신전을 폐쇄하실 생각이십니까?"

대신들이 움찔하여 황제를 바라보았다. 원래대로라면 제국민들의 정서상 전혀 납득할 수 없는 일이겠지만 이 사안은 심각했다. 황권에 대한 도전이자 반란이었다. 신전을 폐쇄하고 신관들의 목을 다 친다 해도 아무도 반론을 제기할 수 없을 것이었다.

그러나 의외로 황제는 고개를 저었다.

"그럴 수야 있겠는가? 헤르니야는 알티우스를 지탱해 온 정신적 근간이나 다름없다. 기도할 곳이 없어지면 제국민들은 어떡하란 말인가?"

대신들을 살피며 이견이 없음을 확인한 황제가 말을 이었다.

"쓸데없는 보복은 하지 않겠다. 문제가 있는 것들은 처벌하고 신전은 신전 본연의 기능에만 충실하게 놓아두면 되는 것이다. 연루된 신관들의 자리는 황실에서 포섭해 온 하급 신관들이 채울 것이다. 대신 성기사단은 해체해야겠지. 오갈 곳이 없어진 성기사들을 어떻게 해야할지 고민해 보아야 하겠지만 그건 한참 나중의 일이다. 다른 모든 것은 일단 신전을 무력화한 뒤에 결정하겠다."

말을 마친 황제는 알아들었으면 빨리 나가서 일들 하라고 대신들을 내쫓았다. 그는 주춤주춤 일어나는 대신들에게 마지막으로 경고성 멘트를 날렸다.

"세게 때릴 준비하라고. 이번 기회를 놓치면 이다음은 언제가 될지 몰라. 그러니 다들 잘할 수 있지?"

너네 다 내 성격 알지? 오늘내일하는 대신관 노인네보다 빨리 죽고 싶지 않으면 일 제대로 하라며 황제는 사납고 음흉하게 웃었다. 그 천하의 악당 같은 표정을 보고 대신들은 창백해진 낯빛으로 서둘러 회의장을 빠져나갔다.

한편 대신들이 모두 나간 뒤에도 근위대장은 회의실에 남았다. 따로 보고할 것이 있었기 때문이다. 황제는 사람들이 빠져나가 조용해진 회의장 안에서 턱을 괸 채 깊은 생각에 빠져 있었다. 대신들이 나간 뒤 회의실에 홀로 남아 회의를 복기하고 생각을 정리하는 것은 황제의 오랜 버릇이었다.

근위대장이 조심스럽게 그런 황제의 상념을 깼다.

"폐하."

"그대 아직 안 갔나?"

"예, 보고드릴 것이 있어서 남아 있었습니다."

"무언가?"

"그 다연 님께 글을 가르치던 견습사제 말입니다. 어젯밤 중앙 신전을 떠났습니다."

황제가 인상을 찌푸리자 근위대장이 서둘러 말을 덧붙였다.

"사람은 붙여 두었습니다. 신변은 계속 확보하고 있습니다."

"어디로 간다 하던가?"

"신전에 심어 둔 저희 쪽 인사에게 확인하기로는 글을 가르치고 포교를 할 목적으로 북부 지방으로 떠나는 것이라 합니다."

황제는 고개를 끄덕였다.

"알았으니까 나가 봐. 위치는 계속 확보하고."

지시를 하면서도 사실은 그럴 필요가 있나 싶었다. 테오 사제는 황실이 확보하고 있는 신전 내부의 권력지도에 전혀 포함되지 않은 자였다. 신관들의 발언권은 신성력에 비례하기 때문이다.

그가 황궁에 드나들고 다연과 접점이 생긴 뒤 근위대는 꾸준히 사제의 뒷조사를 해 왔다. 그렇지만 그는 신전의 핵심 권력층과는 이렇다 할 연관이 없었고 황실은 그에게서 혐의점을 찾지 못했다.

그런데도 황제는 내심 그 견습사제를 이 일에 엮어서 투옥해 버리고 싶은 사악한 마음을 느꼈다. 다연에게 시도 때도 없이 껄떡대던 것이 영 거슬렸기 때문이다.

그 반반한 얼굴을 떠올리니 더욱 마음에 들지 않았다. 그러니까 이

123

고약한 생각은 결국 다연 때문이었다. 그런데 선뜻 그럴 수가 없는 것도 다연 때문이었다.

황제는 혼잣말을 하듯 측근들에게 물었다.

"그 사제를 투옥하면 다연이 속상해할까?"

황제의 속마음을 알 듯했던 측근들은 서로의 눈치만 봤다. 때아닌 눈치 게임을 하던 중 가장 먼저 입을 연 이는 다연이 사제와 수업을 할 때 자주 배석했던 선임 기사였다.

"다연 님이 그렇게 감정적인 분으로는 안 보이는데요."

"그래?"

의외의 평가에 황제가 고개를 갸웃하며 반문했다. 기사는 고개를 끄덕이며 말을 이었다.

"예, 나름 이성적이고 판단력이 뛰어나신 분입니다. 감정에 치우쳐서 일을 그르칠 분은 아닙니다."

그러자 선임 기사에 이어 함께 배석했던 막내 기사도 덧붙였다.

"충분한 설명을 들으시면 분명히 납득하실 겁니다. 성품이 워낙 다정하시긴 하지만 사사로운 감정 때문에 이런 중대사에 본인 고집을 세우고 그럴 분은 절대 아니십니다."

"맞습니다. 그렇게 꽉 막힌 분은 아닙니다."

고개를 끄덕이던 황제는 문득 무언가 이상한 점을 깨달았다. 그리고 실소했다.

이것들이 이제 자신 앞에서 다연을 열심히 변호하고 편을 들고 있었다.

사실이었다. 황제가 모르는 사이 기사단 내에서 다연의 인기는 엄청 높아져 있었다. 다연은 일단 이 황궁에서 가장 까다롭지 않은 축에 속한 사람이었던 것이다.

황제의 총애란 원래 그 자체로 무기이고 권력이다. 그녀가 그 총애를 등에 업고 까탈을 부리거나 좀 못되게 굴면서 권력을 휘둘러도 아랫사람들은 그저 참을 수밖에 없는 입장이었다.

그런데 다연은 정말로 그런 것에는 전혀 관심이 없는 사람 같았다. 도리어 그런 부분에 결벽증이 있어 보였다.

그녀는 황제와 연인 사이가 되기 전에도, 연인이 된 후에도, 또 황후로 거론되는 지금도 한결같았다. 때로 자신감이 없어 보였지만 그만큼 겸손했고 사람을 대할 때 조심스러웠다. 말수가 없는 편이었지만 기사들의 격 없는 농담을 불쾌해하지 않고 잘 받아 주었다.

또한 이 남방 오랑캐가 가끔씩 보여 주는 호방한 모습은 기사들의 취향을 정확히 저격하고는 했던 것이다.

아무 때나 땅바닥에 주저앉는 게 참 멋있으셔. 저것이야말로 사사로운 일엔 신경을 안 쓰겠다는 대장군 같은 태도지. 대체 어느 나라 황후가 저러겠어?

가끔은 흙먼지를 뒤집어쓰고 수련하는 데 익숙한 자신들보다 힘들면 땅에 누워 버리는 다연 쪽이 훨씬 더 털털한 것 같았다.

기사들 중 황제의 최측근으로 다연의 능력을 아는 경우에는 그 충성도가 더욱 높았다. 그들은 다연이 본인의 숨겨 둔 능력을 활용하여 제국의 승전에 기여하였음을 알고 있었다.

낭만과 무를 숭상하는 이 제국 최고의 검술 엘리트들은 시도 때도 없이 독수리를 날려 보내던 그 호방함에 취하고 말았다. 다연에 대해 얘기할 때면 그들은 어김없이 엄지 척을 남발했다.

크으, 의리 있어! 멋짐이 폭발하시었다!

우리 예비 황후 폐하 사나이시다!

"……."

선임과 막내 기사는 이제 눈을 반짝반짝 빛내고 있었다. 그들은 입이 간질간질하여 황제를 간절하게 바라보았다.

제발 더 물어봐 주세요! 더 칭송하고 싶지 말입니다!

찬가를 쓰고 싶어 하는 사람은 비단 황제뿐이 아니었던 것이다. 전염병이었는지 황궁에는 환자들이 속출하고 있었다.

그런 수컷 무리를 바라보며 황제는 매우 떨떠름한 표정을 했다. 그는 고개를 절레절레 저으며 생각했다.

어휴, 이 잡것들.

여기도 잡것들, 저기도 잡것들. 온통 잡것들 천지네.

아니, 그러니까 걔는 왜 이렇게 매력을 흘리고 다니는 거야? 빨리 다연과 결혼이나 해야겠다. 그래서 이놈이고 저놈이고 껄떡대면 다 합법적으로 조져야지.

황후궁 공사 책임자는 오늘도 그렇게 호출당했다.

근위대와 중앙군은 대신관을 비롯한 고위 신관을 모조리 포박하여 투옥시켰다.

모든 일은 황제가 국무회의를 열었던 다음 날 새벽녘에 번개 같은 속도로 이루어졌다. 그 과정에서 성기사들의 거센 저항이 있었고, 그들을 진압하며 유혈 사태가 발생했다.

진압 과정에서 발생한 충돌을 제외하면 그 뒤로는 모든 것이 비교적 순조로웠다. 황제는 대신관에 한하여 친국을 했고 대신관은 며칠째 시인도 부인도 하지 않은 채 입을 다물고 있는 중이었다.

물론 자백이 없어도 증거는 차고 넘쳤다. 황제가 자백을 받아 내고 싶은 것은 그냥 대신관이 괘씸해서였다.

신도들의 반발이 일어날 때쯤 내무부는 중앙 신전 앞에 보란 듯이 증거물을 적시하였고, 각 영지에 협조를 요청하는 서한을 보냈다.

신전의 죄상을 널리 알리는 것은 물론 여론을 우호적으로 만드는 데 지방 귀족들의 도움을 요청한 것이다.

그리고 이 초유의 사건에 제국민들은 충격에 휩싸였다.

"우리 측에서 포섭했던 하급 신관들 있지."

"예, 폐하."

황제가 운을 띄우자 근위대장이 대답했다. 신전을 초토화시키고 요 며칠 황제는 백년 묵은 체증이 내려간 것마냥 상쾌한 얼굴이었다. 과장이 아니었다. 3백 년의 적을 무력화시켰다.

"그들을 중심으로 신전 요직을 재편해 봐."

"알겠습니다."

"우리 쪽에 협조적이었던 것도 중요하긴 하지만 너무 그런 쪽만 보진 말고 자리를 맡을 만한 능력이 되는지를 고려하고."

"예, 알겠습니다."

"그리고 적어도 일주일 내에는 신도들이 평상시처럼 신전을 이용할 수 있게 정상화해."

"일주일…… 말입니까?"

근위대장이 난처한 얼굴로 반문했다. 무력 사태가 일어난 중앙 신전은 아직 신께 경건하게 기도를 올릴 만한 환경은 아니었다. 여기저기 파손이 됐고 최근에는 분노한 제국민들마저 신전에 대한 항의의 의미로 오물을 투척하곤 했던 것이다.

그러나 황제는 고개를 끄덕였다.

"제국민을 설득하는 것은 이 정도로 충분하다. 오히려 증오를 너무 부추기면 좋지 않아. 신관들에 대한 분노가 헤르니야에 대한 분노와 혼동되어서는 안 된다. 그럼 황실에도 좋을 것이 없어. 이제 그만 수습하고 일상으로 돌아가게 해야지."

근위대장은 끄응, 하는 소리를 내며 고개를 끄덕였다.

"성기사단과 사병들의 신변은 어떻게 하고 있지?"

"일단 모두를 구속해 두었습니다만 끝까지 저항한 자들과 투항한 자들은 분리하여 구금했습니다."

"잘했군. 기사단 요직을 맡았거나 저항의 정도가 심했던 자들은 법무부 소관으로 넘기고 투항한 자들은 풀어 주어라."

"예, 알겠습니다."

"투항한 자들 중에 전향 의사가 있는 자들을 확인해 봐."

"그 말씀은……."

"과거 전력이 있으니 황궁 기사단이나 중앙군은 안 되겠지만 지방군 정도는 괜찮겠지. 물론 본인이 원하고 신상이 확실한 자들에 한해서. 그리고 그들에 대해서는 각 대대장 소관하에 향후 몇 년 정도는 특별히 관리하고 정기적으로 황궁에 보고서를 보내게 해."

근위대장은 반대 의견을 제시하고 싶었다. 실제 그 진압의 현장에 있었던 그는 아직 적개심이 남아 있었던 것이다.

"번거롭게 꼭 그렇게 해야 합니까? 어쨌든 그들은 신전의 소속이었습니다. 그리고 그날 저희 쪽 사상자도 많이 나왔습니다. 더 죄를 묻지 않고 그냥 풀어 주는 것만으로도 폐하의 넓으신 아량에 평생 감사해야 할 일입니다."

"아, 그러니까 투항한 자들에 한하라고 했지 않나. 성기사는 몰라도 병사들은 대부분 그 부모가 가난하여 어릴 적에 신전에 보내진 자들이다. 그 사정을 모르지 않는데 일단 먹고살 길은 열어 주어야지. 이 일에 연루되었다는 꼬리표가 붙어 다른 일을 하는 것도 쉽지 않을 것이다. 어쨌든 그들도 내가 건사해야 하는 제국민 아닌가?"

근위대장은 이번에도 끄응, 불만 섞인 소리를 내며 고개를 끄덕였다. 그런 근위대장을 바라보며 시종장은 한가롭게 생각했다.

늘 한 번을 못 이기면서 꼭 저렇게 폐하께 말대꾸를 한단 말이지. 그러나 황제가 근위대장의 그런 면을 꽤 좋아한다는 것은 시종장도 모르는 사실이었다.

신전 사태 이후 제국의 모든 행정 부서들이 정신없이 바빴다. 원래 온갖 잡다한 일은 다 하는 내무부가 뒷수습 때문에 가장 바빴고, 간신히 한숨을 돌린 군무부 역시 전향한 성기사들과 병사들의 신병 문제로 다시 바빠졌다. 법무대신은 제국 역사상 처음 있는 신관들의 반역 사건을 판례로 남기기 위해 노년에 열정을 불태우고 있었다.

이 순간 신전 사태와 가장 관련이 없는 재무부는 한가해야 할 것 같지만 그렇지가 못했다. 어느덧 연말이었던 것이다. 이 시기의 재무부는 각 영지에서 올라온 세금을 정리하고 연간 사용된 예산의 마감을 하느라 눈코 뜰 새 없이 바빴다.

그리고 그들 앞에는 뜻밖의 과제가 놓여 있었다. 다연이 작성한 양식 때문이었다.

황제는 재무대신을 따로 불러 다연이 만든 양식을 보였다. 그리고 무척이나 자랑스럽게 말했다.

"내 애인이 만든 거야. 어때. 대단하지?"

"……예."

그 팔불출스러움에 시종장을 비롯한 측근들이 더 부끄러워했다.

재무대신도 나랏밥을 공으로 먹은 자는 아니라서 그 양식을 가져가서 실무에 맞게 조금 손을 봤다. 그 과정에서 재무대신은 몇 차례나 질문을 하기 위해 다연을 찾아왔다. 재무대신이 황제의 집무실에 와서 황제가 아닌 다연과 이야기하는 진풍경이 몇 번이나 펼쳐졌다.

그리고 재무대신은 무심코 재무부 관료들이 시름에 빠져 있음을 호소했다. 거기까지는 미처 생각하지 못했던 다연은 뒤늦게 미안함과 난처함을 느꼈다.

다연은 그들을 이해했다. 당연한 일이다. 새로운 시도는 반발을 가져온다. 특히 공무원 사회나 마찬가지인 관료들에게는 더욱 그러할 것이다. 더구나 새로운 양식을 하나 만들고 나면 그 처음이 가장 힘들다. 익숙하지 않고 양식을 채우기 위해 몇 년 치 자료를 다시 정리해야 하니까. 하지만 한번 완성하고 나면 그다음부터는 계속 새로운 내용만을 누적하면 되었다.

며칠간 고민하던 다연은 마침내 황제에게 물었다.

"제가 재무부에 가서 자료 정리하는 걸 조금 도와도 될까요?"

황제는 고개를 끄덕였다.

"그렇다면야 그들에게는 고마운 일이겠지만 정말 괜찮겠느냐?"

"뭐가요?"

"몸도 약한데 무리하는 것이 아니냔 말이다. 더군다나 연말의 재무부 청사는 사람 소굴이 아니다."

무슨 뜻인지 이해한 다연은 웃음을 터뜨렸다. 안 봐도 상상이 됐다. 마감 지옥을 말하는 것이다. 그녀도 구매 지원팀에 있을 때 월말이면 늘 그랬다. 평소에 하는 것이 야근이라면 월말에 하는 것은 개야근이었다.

"괜찮아요. 무리하지 않고 조금만 도울게요."

그녀가 걱정하는 것은 오히려 다른 것이었다.

"제가 도리어 방해가 되면 어떡하죠?"

황제가 웃으며 부정했다.

"또 걱정부터 하느냐? 네가 방해가 되면 어떡하나 걱정하지 말고 그들이 네 인생에 방해가 되면 어떡하나 그런 걱정부터 하거라. 남들은 다 그러고 산다."

다연은 황제의 말에 킥킥거리며 웃었다. 정말 남들이 다 그러고 살까? 아마 아닐 것이다. 그러나 한없이 이기적이고 자기중심적인 황제의 말은 언제나 다연의 마음을 한결 편하게 했다.

황제가 자신의 고민을 들어 주자 다연은 무심결에 마음에 걸렸던 것을 털어놓았다.

"제가 괜한 짓을 해서 사람들을 힘들게 한 것 같아요. 전 그냥 당신이 좀 편했으면 해서. 물론 미하일은 좋아하니까 다행인데요."

"그게 어째서 괜한 짓이라는 것이냐? 그 모든 것이 그들이 당연히 해야 하는 일이고 나라의 녹을 먹는 자들의 의무다. 오히려 제국민이 아닌 네가 고안해 낸 것을 이제껏 그들은 하지 못했으니 그게 다 관성에 젖었고 업무가 태만했다는 증거다."

그녀는 고개를 저었다.

그녀가 남들이 하지 않은 방식으로 자료를 정리한 건 그들이 태만해서가 아니라 그녀가 자본주의 체제에 익숙한 인간이기 때문이다. 그건 그녀가 만든 게 아니라 인간의 욕망이 끊임없이 진화하며 쌓아 온 산물이었다.

황제는 고민에 빠져 있는 다연을 따뜻한 시선으로 바라보았다.

그녀는 여전히 생각이 많다. 그리고 미하일은 그런 그녀를 독려하고 힘을 주고 싶었다. 열 번이고 스무 번이고 같은 말을 반복해 줄 수 있다. 백 번을 불안해한다면 백한 번을 위로해 줄 수 있었다. 그러니까 항상 내 옆에 있어. 내가 언제나 너의 편이 되어 줄게.

그는 따스하게 웃으며 그녀에게 말했다.

"신경 쓰지 말고 네가 하고 싶은 일은 무엇이든 하거라. 반면에 네가 하고 싶지 않다면 어떤 일도 하지 않아도 된다. 넌 그저 네 자신만 생각해. 내가 언제나 너를 지지할 것이다."

코끝이 시큰해서 다연은 대답 대신 고개만 끄덕였다.

그리하여 그녀는 재무부 건물에 왕림한 것이었다. 덩달아 그녀를 호위하기 위해 기사들도 두어 명 재무부 건물로 출근하였다. 황제의 애인이자 헤르니야의 신녀가 친히 왕림하자 재무부 실무 관료들은 술렁였으나 이내 그 관심을 잃었다. 이 엄청난 사건에 신경을 쏟을 수 없을 정도로 그들은 바빴던 것이다.

연말 결산과 새로 확보한 세수의 정리만으로도 정신이 없는데 어제 황실은 신전 재산의 일부를 몰수했다. 그걸 또 정리해야 하는 재무부는 지금 폭탄을 맞은 격이었다.

다연은 물끄러미 그 초토화된 현장을 둘러보았다.

한쪽에서는 비교적 젊어 보이는 실무자들이 새로운 양식에 깨알같이 숫자를 채워 넣고 있었다. 원래 잡일은 막내들이 하는 법이었다. 그리고 나면 그 위의 선임들이 비고란에 특이 사항을 채우겠지. 그럼 최고참이 검토 후 재무대신의 결재를 받고 재무대신은 그걸 가지고 황제에게 가는 것이다.

다연은 그 젊은 관료들 옆에 자리를 잡고 앉았다. 그리고 별다른 말 없이 또 한 명의 말단이 되어 같이 보고서를 정리하기 시작했다. 아니, 그 전에 일단 머리부터 틀어 올렸다. 경건하게 머리를 틀어 올리는 모습이 오늘도 전쟁에 임하기 전의 장수 같았다.

문득 그녀는 황제의 표현이 매우 적절했다고 느꼈다. 여기는 사람 소굴이 아니었다. 그러나 전혀 낯설지 않았다. 오히려 묘한 익숙함마저 느껴졌다.

반면 이 공간이 무척이나 낯설었던 것은 활동적인 기사들이었다. 막내가 선임에게 솔직한 감상을 말했다.

"어쩐지 여기 몹시 기분이 나쁜데요."

선임은 말없이 고개를 끄덕이며 동의했다.

재무부 관리들은 눈이 충혈되어 주술에 걸린 사람처럼 생기 없이 움직이고 있었다. 그 모습은 귀기마저 느껴져 오싹했다. 저게 정말 제국 최고 엘리트들이 일하는 모습이란 말인가?

바닥에 널브러져 새우잠을 자고 있는 사람도 있었으나 아무도 그를 신경 쓰지 않았다. 심지어 몇 번 밟혔는데도 그는 깨어나지 않는 것은 물론 미동도 하지 않았다. 마침내 막내가 외쳤다. 이봐요, 저기 사람이 죽어 있는 것 같아요!

주변에는 이게 중요한 서류인지 그냥 쓰레기인지 도통 알 수 없게 종이들이 널려 있었다. 몹시 놀라운 것은 그 쓰레기들의 배치에 나름 규칙성이 있는지 사람들이 잘도 그 틈 사이를 돌아다니며 필요한 종이를 쏙쏙 뽑아낸다는 것이었다.

바닥에는 대체 언제 먹은 것인지 알 수 없는 야참의 잔해가 널려 있었다. 겨울인데도 이상한 냄새가 나는 것이 조만간 썩을 것 같았다. 그 모든 것을 꺼림칙하게 바라보던 기사들은 서로의 얼굴을 쳐다보았다.

뭐야, 엄마, 여기 무서워.

처음 며칠간 다연은 자료 분류와 기입 정도를 도와주었다. 날이 저물면 내궁으로 돌아가 저녁을 먹고 쉬었다. 물론 그녀를 제외한 재무부 관료는 아무도 그 시간에 퇴궁하지 않았다. 사실 몇 명 정도는 그곳에서 살다시피 하는 것 같았다. 거의 지박령 수준이었다.

자연스럽게 다연의 퇴근 시간도 조금씩 늦어지기 시작했다. 몇 년간의 세수를 깨알같이 정리하는 작업은 거의 마무리 단계였지만 재무부는 그 업무만 하는 것이 아니었다. 그녀는 곧이어 다른 일에도 손을 뻗기 시작했다.

다연은 외부인인 본인의 한계를 잘 알았다. 주제 파악이 수준급이었다. 쭈굴거리며 눈치 보는 것이, 막내만 평생 한 사람 같았다. 당연한 일이다. 어느 나라와 비교해도 뒤지지 않을 업무 강도와 수직적이기가 히말라야 같은 조직 문화를 경험하며 살아왔다. 쓸데없는 의견 제시나 고급 업무는 할 필요도 없었고 할 생각도 없었다.

대신 그녀는 자질구레하고 손이 많이 가는 잡일들만을 정확하게 골라서 거들었다. 별로 중요하진 않지만 안 할 순 없고 해도 표가 잘 안 나며 누가 했는지에 아무도 관심이 없는 일들. 어느 업무에나 있는 그 루틴하고 짜증 나는 잡일을 거들며 그녀 또한 점점 폐인화가 되어 갔다.

신경 쓰지 않는 척하면서도 관료들은 처음엔 황제의 애인을 낯설고 어렵게 여겼다. 황제가 다연을 얼마나 싸고도는지 모르는 사람은 황궁 안에 없었다. 괜히 처신을 잘못하면 인생을 조질지도 모른다는 불안감은 그들을 데면데면하게 만들었다.

그러나 머지않아 그들은 달라졌다. 저녁이 없는 삶, 일과 삶의 균형 파괴신 야근이란 이름 아래 하나가 된 것이다. 사람들은 처음보다는 부쩍 살가워진 태도로 다연을 대했다.

신녀님은 털털하기가 이루 말할 수 없었다. 한 번 틀어 올린 머리는 일이 끝나기 전까지는 푸는 법이 없다. 오히려 밤이 깊어 감에 따라 더 짱짱해졌고 빛도 나는 것 같았다. 일한 시간과 업무 강도에 비례하여 머리도 함께 떡이 지는 모양이었다. 어떤 날은 야참을 먹고 소파에 누워 눈을 붙이더니 반 시간 만에 띵띵 부은 얼굴로 일어나 모두를 놀라게 했다.

이거 야식 한두 번 먹어 본 솜씨가 아닌데?

처음부터 안 먹으면 될 걸, 굳이 먹고 나서 먹었더니 졸리다고 하고 눕는 거 봤지?

아주 자연스러웠어. 정확하게 폐인 같았어.

제국 최고의 벼락치기 집단, 이 마감 중독자들은 머지않아 그녀를 알아봤다. 동류다.

한편 황제의 명에 따라 다연을 호위하고 있는 기사들은 이 분위기가 무서웠다. 처음 그들이 이곳으로 출근했을 때부터 상태가 좋지 못했던 재무부 관료들은 날이 갈수록 점점 미쳐 가는 것 같았다. 빨갛게 충혈된 눈과 하나같이 퀭한 낯빛이 공포스러웠다. 그런데 다연도 그들과 함께 미쳐 가는 것 같았다.

숫자가 계속 맞지 않아 인상을 쓰며 계산을 거듭하던 다연은 마침내 지방 영지에서 올라온 최초 보고서의 숫자 하나가 잘못되었음을 발견했다. 그리고 약간 광기에 젖어 외쳤다.

"뭐야, 이거 틀렸잖아! 미친 거야?"

아니, 근데 어째 말투가 점점 폐하를 닮아 가는 것 같…….

옆에서 같이 마무리 중이던 관료들이 뭔지도 모르면서 여기저기서 맞장구를 쳤다.

"맞습니다! 미친 겁니다!"

"제 말이 그 말입니다! 지금 이게 장난이냐고요!"

"정신을 놓았나 봅니다! 히히. 아, 저 말고 그 틀린 사람이요."

"우리가 월초에 놀았던 것은 월말의 추진력을 얻기 위함이었다!"

그 광기 어린 아무 말 대잔치의 현장을 보며 막내는 바들바들 떨다가 나중에는 신을 찾으며 기도했다. 그리고 그 옆에서 무리를 몹시 꺼림칙하게 바라보던 선임 기사는 다연에게 걱정스럽게 물었다.

"다연 님, 이제 그만 처소로 돌아가셔야 하지 않을까요?"

아무리 대충 요기를 하였다지만 저녁 시간이 한참 지나 있었다. 처음엔 대수롭지 않게 생각하던 황제는 다연이 재무부 청사에 머무는 시간이 점점 길어지자 혀를 차곤 했다.

"음."

다연은 어둑한 창밖과 본인 앞에 놓인 서류를 보며 고민에 빠졌다. 아주 조금만 더 하면 자신이 벌인 일은 얼추 마무리가 될 것 같았다. 그렇다 해도 이곳은 여전히 다른 마감이 절정이었다. 그녀는 적어도 본인이 얹어 준 일 이상은 도움이 되고 싶었다. 다연은 마침내 밤샘을 결심했다.

그녀는 종이에 또박또박 몇 글자를 적었다. 그리고 잠시 고민에 빠졌다. 이제 막 활동을 시작한 올빼미에게 부탁을 해 볼까 싶었지만 사람들의 눈을 피하기가 어려울 듯했다. 그녀는 결국 그 종이를 접어 기사에게 건넸다.

"정말 죄송한데요. 이거 폐하한테 좀 갖다 주시겠어요?"

"……설마 오늘 안 들어가십니까?"

기사가 곤혹스러운 표정으로 물었다. 그러자 남방 오랑캐는 틀어 올린 머리를 긁적이더니 계면쩍게 웃었다.

황제 또한 그 시각 처소가 아닌 집무실에 있었다. 일을 하는 것은 아니었다. 그는 지금 색다른 쇼핑에 몰두해 있었다.

다연이 재무부 청사에서 시간을 보내는 사이 황제는 유명한 보석상들을 매일같이 황궁으로 소환하기 시작했다. 처음 목적은 분명 청혼 반지를 고르기 위함이었다.

그런데 쇼핑의 목적은 어느새 심각히 변질되어 있었다. 청혼 반지를 선택하고 난 뒤에도 그는 돈지랄을 멈추지 못했다. 벌써 몇 개째인지 몰랐다. 자신의 초록 눈동자와 유사한 빛깔의 에메랄드 목걸이를 집어 드는 황제는 분명 신이 나 있었다.

"이 목걸이도 주문하지."

"이미 늘 소중하게 지니고 다니시는 목걸이가 있지 않습니까?"

기사 하나가 참견을 하자 황제가 참으로 한심하다는 표정을 했다.

"너는 늘 똑같은 옷만 입느냐?"

네가 그래서 여자가 없는 것이다, 그는 팩트 폭력을 때렸다. 너무 참담하고 잔인한 현장이었다. 뼈를 맞은 기사가 회복 불능의 상태에 빠졌으나 황제는 개의치 않았다.

"이것도 다연에게 너무 잘 어울릴 것 같지 않느냐?"

황제가 아쿠아마린 귀걸이를 집어 들며 말했다.

아이고, 뭔들.

맞장구를 치는 데 지친 기사들은 괴로워하며 생각했다.

이렇게 쓸어 담을 것이면 적당히라도 고르면 좋으련만 황제의 심미안은 까탈스럽기가 이루 말할 수 없었다.

"뭔가 좀 허전하다. 주변에 다이아가 더 있었으면 좋겠는데?"

그러자 보석상이 연신 고개를 조아리며 답했다.

"역시 보는 안목이 있으시옵니다. 폐하께옵서 말씀하신 것이 바로 요즘 황도의 유행입니다. 제게 시간을 조금만 주시면 가장 상등의 것으로만 아름답게 세공해 올리겠습니다."

황제는 고개를 끄덕였다.

반지에 목걸이에 귀걸이까지 몇 개씩 주문했으니 이제 드디어 끝난 건가, 측근들은 안도의 한숨을 내쉬려 했다. 그러나 황제는 그들을 놀리듯 마지막으로 발찌를 보기 시작했다.

내년에 날이 좋아지면 그녀 또한 발목이 드러나는 옷을 입을 것이 아니냐? 내가 미처 그 생각을 못하였다, 그때 다연의 발목만 허전하면 쓰겠느냐고 말하는 황제는 쇼핑을 처음부터 새로 시작할 기세였다.

물론 황제도 다연이 보석에 크게 관심이 없다는 것 정도는 알았다. 잘 볼 줄 모른다는 것도 알았다. 그런데 어떤 선물은 받는 사람의 기쁨보다는 주는 사람의 만족을 위한 것도 있는 법이다.

황제는 순전히 이것들을 다연이 하고 있는 모습을 두 눈으로 보고 싶었던 것이다. 기왕이면 하고 웃어 주었으면 더 좋겠고.

그리고 황제 못지않게 일과 검밖에 모르는 이 모노톤의 남자 집단들은 끝이 보이지 않는 쇼핑이 힘들었다. 오늘만 해도 이 보석상이 무려 세 번째 순서였다.

죄송한데 이제 저희는 모든 장신구의 디자인이 다 비슷해 보입니다. 대체 첫 번째 보석상과 두 번째 보석상과 지금의 보석상이 가져온 물건의 다른 점은 무엇입니까? 정말로 차이가 있기는 한 것입니까?!

그들이 몹시 고통스러워 흐린 눈을 할 때쯤 다연이 보낸 쪽지를 들고 기사가 집무실에 들어섰다.

그를 알아본 황제가 의아하게 물었다. 손에는 여전히 발찌를 든 채였다.

"다연은 어쩌고 그대가 여기에 와 있어? 처소에 가 있나?"

"그…… 저, 다연 님께서 이걸 폐하께 전해 드리라고 말씀하셔서."

황제는 마침내 손에서 장신구를 내려놓았다. 그러자 사람들이 남모를 안도의 한숨을 내쉬었다.

황제는 의아해하며 기사가 들고 있는 쪽지를 건네받았다. 그리고 그것을 펼쳐 보았을 때 그의 눈썹이 크게 휘었다.

"허어."

내용을 확인한 그는 다소 황당하단 눈빛이었다. 사람들의 의문 섞인 시선이 따라붙었다. 종이에는 이렇게 적혀 있었다.

「미하일, 오늘은 혼자 자요.
저는 여기에서 남은 걸 마무리해야 할 것 같아요.
그럼 잘 자고 내일 봐요.」

뭐야, 이건 또 무슨 상황이야? 지금 외박하겠다고 얘기하는 거야? 이렇게 당당하게? 얘가 어떻게 나한테 이럴 수 있어?

황제는 몹시 큰 충격에 빠졌다. 화가 났다기보다는 허무한 표정이었다. 그가 계속 말을 잇지 못하고 종이만 하염없이 보고 있자 결국엔 궁금함을 참지 못한 시종장이 여쭈었다.

"폐하, 어찌 그러시옵니까?"

황제는 대답하지 않고 그냥 쪽지를 중년의 시종장에게 건네었다. 그리고 내용을 확인한 시종장이 으음, 본인도 모르게 탄식하다가 찔끔하여 황제의 눈치를 보았다.

이쯤 되자 다른 시종들과 기사들도 보고 싶었다. 황제의 앞이라 말은 못 하였지만 다들 목을 빼고 힐끔거리며 궁금한 티를 냈다.

황제가 시종장에게 턱짓으로 보여 줄 것을 허락했다. 그리고 종이에 적힌 내용을 돌려 본 측근들의 표정은 기묘해졌다. 황제가 물었다.

"이러면 내가 데리러 가면 안 되는 것이냐?"

황제가 의견을 구하자 다들 망설였다. 아무래도 그렇지 않을까? 환영 받지는 못할 것 같았다. 그러나 황제에게 감히 안 된다는 이야기를 할 수 없어 그들은 고개만 조아렸다. 그게 결국 대답이었다. 황제가 혀를 찼다.

"얘가 지금 날 독수공방시키는 거야?"

"아니, 그, 폐하 독수공방은 보통 혼인한 사이에나 쓰는……."

"이건 해도 너무하는 것 아니냐?"

"……."

"나보다 일이 더 중요하다는 거야 뭐야?"

황제는 또 남의 말이 잘 안 들리는 듯했다. 그 구시렁대는 모습을 바라보며 다들 웃지도, 울지도 못하고 해괴한 표정을 했다.

오래 살고 볼 일이었다. 그 게으르던 헤르니야의 징표가 일을 한다고 황제를 바람맞히다니. 숨 쉬는 것도 귀찮아하는 사람 아니었나? 밤샘은 일중독자인 황제도 안 하는 짓이었다.

헌데 황제의 변화도 극적인 건 마찬가지였다. 매정하고 자기중심적이던 황제는 전쟁 중에 그 심약하다던 애인도 안 걸린 상사병에 혼자 걸렸다. 제국에 귀환한 후 빠른 속도로 안정을 찾았지만 난데없이 만개한 감수성은 여전한 것 같았다. 요즘도 가끔 다연 생각을 하며 글썽글썽할 때가 있었다.

깊이 사랑하니 둘이 닮아 가다 못해 이제는 서로의 정체성마저 혼동하는 모양이었다.

다음 날 아침 재무부 청사로 간 기사들은 눈앞에 펼쳐진 현장에 말을 잃었다. 야간 근무를 섰던 기사는 당혹스러워하는 그들과 교대를 하며 고개를 절레절레 저어 보였다. 몸서리치던 막내는 복도 밖으로 외쳤다.

"이곳은 아비규환의 현장입니다!"

말 그대로였다. 사실 문제가 너무 많아서 이 중에 제일 문제는 무엇인지 꼽기가 어려웠다. 그들은 일단 창문부터 열어 환기를 시켰다. 대기가 순환하자 그때부터는 숨을 좀 편하게 쉴 수 있었다. 12월의 찬 공기가 들어오자 바닥에 즐비했던 시체 중 한 구는 아직 살아 있었는지 몸을 꼼지락거렸다.

널브러져 있는 사람들과는 전혀 다른 풍경을 연출하고 있는 사람들도 많았다. 어떤 이들은 숨도 쉬지 않고 미친 듯이 일에 몰두해 있었다. 체력과 함께 영혼을 갈아 넣고 있는 느낌이었다.

그리고 다연은 그 천태만상의 한복판에서 얌전하게 앉아 있었다. 폭풍의 한가운데에 있는 그녀의 자그마한 등과 위로 우뚝 솟은 머리를 보고 기사들은 서둘러 발걸음을 옮겼다.

"오셨어요?"

다연은 이 아수라장 속에서도 매우 평온한 태도로 기사들을 맞이했다. 거지 소굴의 한복판에서 상냥히 웃는 그녀의 모습을 보고 선임 기사는 흠흠, 헛기침을 했다.

상냥하게 맞이해 주신 건 감사하지만…… 왜 전혀 위화감이 없으신 거죠?

다연은 어제보다 확실히 초췌해 보였다. 피곤해 보였고 안색도 별로였다. 눈 밑이 조금 어두웠다. 주변에는 어디서 났는지 황도 유명 베이커리의 쿠키 포장지가 여러 개 굴러다녔다. 막내 기사는 그 포장지를 한눈에 알아보고 눈을 빛냈다.

사실 가장 독보적으로 시선을 모으는 것은 그 집중력을 강화하는 머리였다. 그녀의 정수리는 어제보다 한층 빛나 보였다.

어쩐지 머리끈을 풀어내도 머리가 흐트러지지 않고 저 모양을 유지한 채 굳어 있을 것 같았다. 그리고 그 모습은 그녀가 황궁에 처음 왔을 무렵의 노숙자 시절을 연상시켰다.

선임 기사가 하고 싶었지만 할 수 없었던 말은 뇌도 마음도 해맑은 막내 기사가 대신 해 주었다.

"그런데 머리는 안 감으세요?"

그러나 그들은 미처 생각하지 못했다. 그때는 황궁 노숙자가 다연 하나였지만 이곳에는 여럿이 있다는 것을. 이상한 애들도 원래 뭉쳐 있으면 자신들이 이상한 걸 모르는 법이다.

막내 기사의 말이 끝나기가 무섭게 깨어 있던 사람들이 일제히 시선을 돌려 기사를 노려봤다. 거의 신들린 속도로 잔업을 격파하고 있던 그들은 지금 초조해서 손끝을 물어뜯을 지경이었다.

오전 중에는 재무대신에게 최종 보고가 올라가야 했고 그들의 계획대로라면 일은 지금쯤 끝나 있어야 했다. 빨리 마무리하고 앞서 전사한 다른 동료들처럼 장렬한 최후를 맞이하고 싶었다.

그런데 뭐어? 머어리? 지금 분위기 파악 안 돼? 해 뜬 거 안 보여? 우리 지금 화장실도 큰 거 작은 거 모아서 가는 거 몰라? 눈치 없어? 죽고 싶어?!

사람들이 하나같이 세모눈을 하고 자신을 바라보자 말을 꺼냈던 막내 기사는 찔끔하여 작아졌다. 주춤주춤 뒷걸음질을 치다가 마침내 사각지대에 숨어 다연에게 울먹거렸다.

"아니, 저는 그게 아니라, 오늘 왠지 폐하가 오시지 싶어서…… 갑자기 발걸음하시면 곤란하실까 봐 그랬지 말입니다. 제가 잘못했어요."

정작 당사자인 다연은 별로 기분 나빠하지 않고 킥킥 웃었다. 그리고 대수롭지 않게 대답했다.

"안 그래도 마리가 똑같은 말을 하고 물품을 좀 챙겨 오겠다고 갔어요. 서궁이 제일 가까우니 그곳에서 씻고 옷도 갈아입고 하려고요."

그리고 보니 어제까지 옆에 붙어 있던 시녀 아이가 보이질 않았다. 막내 기사가 사람들의 시선을 피해 다연에게 속삭였다.

"……그런 건 좀 일찍 말씀해 주세요. 여기 저랑 유독 안 맞는 것 같아요."

다연은 그저 킥킥거리며 웃을 뿐이었다.

사실 다연은 다른 사람들은 며칠을 안 씻고도 잘 있는데 왜 자신만이 유난을 떨어야 하나 싶었다. 하지만 황제는 가끔 다연이 생각도 하지 못한 일을 가지고 시녀들에게 성을 냈다.

살이 좀 빠졌다고 한차례 난리 법석이 있은 뒤로 다연은 마리가 부탁하는 것은 어지간하면 다 들어주었다. 시간이 지나고 보면 시녀들의 말이 다 맞았던 것이다.

다연이 마지막으로 검토한 종이들을 한곳에 철하며 물었다.

"근데 폐하께서 여기 오신다고 하셨어요?"

그 물음에는 옆에 있던 선임 기사가 대신 답변하였다.

"그런 것은 아닙니다만 아무래도 오시지 않겠습니까?"

황제는 쪽지를 받고 처음에는 황당해했다. 그러다가 나중에는 연인에게 배신을 당한 사람처럼 가련한 얼굴을 했다.

이게 소박과 다를 것이 무엇이냐며 내가 저한테 어떻게 하였는데, 인생이 이토록 허망한 것이다, 중얼거리는 황제를 보며 측근들은 그런 표정 짓지 말아 달라고 부탁하고 싶었다. 하루 안 오는 거잖습니까! 그 아름다운 얼굴을 고작 그런 용도로 사용하지 말아 주십시오!

"음, 이런 말씀 드려도 될지 모르겠지만 사실 좀 섭섭해하시긴 하셨습니다."

어젯밤 황제가 농담 반 진담 반 했던 말들과 반응을 떠올리며 기사가 슬쩍 운을 띄웠다. 다연이 의아한 표정을 짓자 그는 머리를 긁적이며 부연했다.

"다른 이유 때문은 아니고 워낙 다연 님과 같이 계시고 싶어 하시니까요. 참전하셨던 이후로는 늘 그러시지 않습니까. 요즘따라 두 분다 워낙 바쁘셨고요."

그런데 이렇게만 말하면 자신들의 상관이 너무 중증의 스토커처럼 보일까 봐 그는 그럴듯한 변명도 한 문장 덧붙였다.

"원래도 때 되면 각 부처를 종종 돌아보시기는 합니다."

측근들의 충성심은 너 나 할 것 없이 눈물겨웠다.

다연이 깔끔히 씻고 환복까지 하고 돌아왔을 때 재무부 분위기는 한결 여유로웠다. 그것만 봐도 일이 얼추 마무리 단계라는 걸 알 수 있었다.

닥쳐 있는 굵직한 보고들만 여러 개였다. 이번 년도 세출의 마감과 금년을 포함한 최근 몇 년간 세입의 추세, 내년도 예산안 초안, 거기에 보태 신전에서 몰수한 재산의 분류 건이 있었다. 영혼을 불태운 실무진 이군은 선발 주자들을 따라 바닥에 드러누웠다.

그리고 다연은 그 시체들의 틈 사이를 요리조리 잘 걸어 다녔다. 감아서 잘 말린 머리칼은 날이 건조해서인지 유독 부슬거렸다. 그녀는 감은 보람도 없이 다시 머리를 틀어 올려 정수리 부근에서 동그랗게 매듭지었다.

그러자 아침 무렵보다 훨씬 풍성하고 커다란 사과가 완성되어 머리 위에 얹어졌다.

황제가 재무부 청사에 발걸음 한 것은 점심 무렵이었다. 그는 소리소문 없이 일행들을 달고 나타나 폭풍이 휩쓸고 간 자리를 찬찬히 바라보는 중이었다.

이곳에 오기 바로 전까지도 그는 행선지에 대해 일언반구가 없었으나 황제의 측근들은 모두 오늘 중에는 황제가 재무부로 향할 것을 예측하고 있었다. 어제도 다연이 그렇게 딱 잘라 쪽지를 보내지만 않았더라면 사람을 보내 재촉하거나 직접 데리러 갔을 것이었다.

새삼스럽지도 않았다. 그는 이제 다연을 주머니 속에 넣어서 다니고 싶다는 말도 서슴지 않고 했다.

애정 표현의 정도는 나날이 과해졌다. 날카롭고 깐깐하던 성정이 예전보다 유해지면서 신하들을 향한 언어폭력은 좀 줄어든 것 같았지만 애정 표현도 신하들에겐 넓은 의미의 언어폭력이었다. 실은 더 괴로웠다.

먼발치서 물끄러미 다연을 바라보던 황제는 마침내 발걸음을 옮겼다. 다연은 사람들을 건드리지 않기 위해 사이의 틈만 요리조리 잘도 골라 돌아다녔지만 황제는 그런 거 몰랐다. 밟지 않으면 다행이었다. 그는 걸리적거리는 사람들은 발로 걷어 내면서 이것들은 대체 왜 거

144

지처럼 통로에서 자느냐? 짜증을 냈다.

막 잠에 들려다가 수면을 방해받은 관료 하나는 짜증 섞인 얼굴로 눈을 떴다.

한 소리 해 주려고 했다. 뭐 하는 거야, 마감 하루 이틀 해?

그러다가 황제의 얼굴을 알아보고 일할 때보다 빠른 속도로 죽은 척을 했다.

황제가 때 되면 각 부처를 돌아본다는 기사의 말은 지어낸 것이 아니었다. 그는 이전에도 재무부 청사는 물론 모든 행정 부처를 종종 방문했고 각 부의 업무 스타일을 대략적으로 알고 있었다. 월말, 연말의 재무부 청사가 사람 소굴이 아니라는 것도 그래서 아는 것이다. 간혹 참지 못하고 잔소리를 퍼부을 때가 있었던 것이다.

잔소리의 내용은 일국의 통치자가 주요 예산을 다루는 관료들에게 하는 것치고는 너무 평범하고 직설적이라서 소문을 내기에는 조금 부끄러웠다.

– 이것들아, 제발 좀 치워 놓고 살거라. 이 쓰레기장에서 그래도 살고 싶어서 숨은 쉬어지느냐? 아니, 내가 너희들한테 이런 것까지 일일이 얘기해야 한단 말이냐? 이 거지 소굴에서 제국의 한 해 살림을 좌우하는 예산안이 나온다니 제국민들에게 부끄러운 줄이나 알거라. 그 꼴을 하고 어디 가서 제국 관료라고 말하고 다니지 말거라. 시험의 응시율이 다 떨어지고 말 것이다.

황제는 업무 서류도 반듯하게 쌓아 놓는 남자였다.

재무부 관료들보다는 적은 양을 보지만 그들보다는 훨씬 다양한 범주의 서류를 보는 그의 집무실에는 서류가 높이 쌓여 있을지언정 분명한 질서가 흐르고 있었다.

그런 황제는 재무부 건물에 올 때마다 이것들은 월초에 내내 놀다가 꼭 월말에만 이 난리라는 둥, 꼭 평상시에 일 안 하는 것들이 누가 보고 있을 때만 유난이라는 둥, 여기는 사람 소굴이 아니라 짐승 우리라는 둥 매우 팩트에 근접한 폭격을 멈추지 않았다.

그는 오늘도 바닥에 굴러다니는 음식물 쓰레기와 규칙성을 상실한 종이 더미를 매우 혐오스럽게 바라보았다.

그러나 오늘만큼은 이 깔끔한 남자도 딱히 짜증을 내진 못했다. 이 아비규환의 한가운데에 두목처럼 앉아 있는 저 귀여운 남방 오랑캐가 다름 아닌 그의 애인이기 때문이었다.

다연은 황제가 등 뒤에 온 것도 모르고 구부정하게 앉아서 무언가를 골똘히 보고 있었다.

"……."

웅크려 앉은 모양새와 동그란 귓바퀴가 귀여웠다. 뒤통수는 무언가를 생각하느라 한쪽으로 기울어졌다.

그 모습을 물끄러미 바라보던 황제가 겨드랑이 사이로 손을 넣어 그녀를 훌쩍 일으켜 세웠다. 놀라서 눈을 크게 뜬 건 잠깐이었다.

다연은 황제를 보고 금세 반가운 얼굴을 했다.

"미하일!"

분명히 조금 심통이 나 있었는데 끝이 가늘어질 만큼 크게 웃는 눈을 보니 순간적으로 황제도 입가를 약간 무너뜨리고 말았다. 간신히 웃음을 참은 그가 살짝 노려보며 물었다.

"잘 놀았느냐?"

이건 말이야, 똥이야. 저게 지금 밤새도록 한 땀 한 땀 숫자 따고 꺾은선 따고 있던 가내수공업 장인한테 할 소리인가?

다연이 얼마나 고생했는지를 아는 재무부 관료들은 울컥했다. 그러나 이 당고머리 토마토는 황제를 다룰 줄 알았다.

"네, 잘 놀았습니다."

다연이 아무렇지 않게 웃으며 대답하자 황제도 결국 활짝 웃었다.

황제와 다연이 둘만의 세계에 빠져 있는 동안 막내 기사는 근위대장과 최근 부대장으로 임명된 베른하르트에게 달려갔다. 그는 일단 근위대장을 부여잡고 징징거렸다.

"대장님, 여기 너무 무서워요. 이 사람들 다 이상해요. 저 나가고 싶어요."

"……."

근위대장이 착잡한 시선으로 기사단 막내를 바라봤다. 공부는 잘했는데 철이 덜 든 백수 아들을 바라보는 아버지의 눈빛이었다. 그러자 곧이어 선임이 다가왔다.

그는 근위대장과 부대장에게 각각 예의 바르고 각 잡힌 인사를 올렸다. 그리고 막내의 뒤통수를 거세게 후려친 뒤 연행했다.

아, 왜요!

귀가 잡혀 질질 끌려가는 그 모습을 보며 근위대장이 중얼거렸다.

"애가 참 착한 것 같긴 한데……."

그가 끝내 뒷말을 잇지 못하자 베른하르트가 다른 곳을 보며 흠흠, 헛기침을 했다.

황제는 폐허가 된 재무부 청사를 여전히 꺼림칙한 눈으로 바라보고 있었다. 그렇지만 다연에게만큼은 무척이나 다정하게 물었다.

"뭘 제대로 먹기는 한 것이니?"

"네네. 대충 챙겨 먹었어요."

고개를 기울여 가며 자상한 태도로 대답을 듣던 황제가 대충이라는 말에 스윽 몸을 바로 했다. 그리고 물끄러미 기사들과 마리를 바라

147

봤다. 아무 말도 하지 않았지만 무척 할 말이 많은 표정이었다. 그 서늘한 시선을 받은 사람들은 모두 딴청을 피웠다.

기사들은 나중에 다연에게 읍소할 생각이었다. 제발 본인의 언행에 누군가의 목숨이 왔다 갔다 한다는 사실을 유념해 주십시오!!

황제는 시선을 돌려 이번에는 다연을 나무랐다.

"제대로 챙겨 먹으라고 늘 말하지 않니, 이 말 안 듣는 것아."

그렇게 말하는 황제는 기사와 시녀를 볼 때와는 달리 귀여워 미치겠다는 시선이었다. 차별이 만연하는 더러운 세상이었다.

이어 황제는 폐인 몰골을 하고 있는 관료들에게도 다소 삐딱한 시선을 보냈다.

"다 부려 먹었으면 이제 내 애인은 그만 돌려받아도 되겠느냐?"

"네, 네? ······아, 예. 물론입니다."

황급히 고개를 조아리면서도 제국 최고의 수재들은 약간 의심스럽게 생각했다.

야, 지금 건 어감이 너무 이상한데? 다연 님은 분명 본인 발로 직접 걸어오셨지 않아? 물 만난 고기처럼 편안히 계시지 않으셨어? 저렇게 말하면 마치 우리가 억류하고 있었던 것 같잖아. 그러나 정말로 그렇게 생각하신다면 다음 마감 때도 저희가 억류하겠습니다.

황제의 머릿속에서는 이미 기정사실이었다. 그는 이 먼지와 쓰레기가 난무하는 거지 소굴에서 다연을 빨리 데리고 나가야겠다는 생각뿐이었다. 그러나 다연은 구원의 손길을 무시하고 꾸물거리더니 그사이 안면을 익힌 사람들과 인사를 나누기 시작했다.

"전 먼저 갈게요. 식사 맛있게 하세요. 오늘은 집에 꼭 들어가시고요."

"예! 다연 님도 식사 맛있게 하세요!"

사람들은 아련한 눈빛으로 작별 인사를 했다. 헤르니야의 징표를 만나 뵈어서 영광이었다느니, 도와주셔서 감사하다느니 매우 교양 있고 보수적인 관료 사회의 인사말들이 오갔다.

그러나 그녀가 황제가 듣지 않는 곳까지 다다르자 우르르 몰려와서는 다들 아무 말을 신나게 지껄여 대기 시작했다.

"신녀님, 다음 마감 때도 또 오세요."

"두 번 오세요. 세 번 오세요."

"잘 가요, 당신은 훌륭한 가내 수공업자이셨습니다."

"제가 또 파라베티에서 맛있는 쿠키 잔뜩 사 올게요!"

다연은 하하 크게 웃으며 고개를 끄덕였다.

인사를 다 마치고 돌아왔을 때 황제는 팔짱을 끼고 어딘가 퉁한 표정을 하고 있었다. 순간 그가 '여기도 웬 잡것들이……'라고 중얼거리는 것 같았지만 착각이겠지.

심사가 틀어진 황제가 시큰둥하게 물었다.

"이제 하고 싶은 거 다 하였느냐?"

"네."

"……."

"이만 갈까요?"

"……."

"왜요?"

그는 말을 잇지 못하고 서 있다가 이내 작게 한숨을 내쉬었다. 그리고 아무것도 아니라고 고개를 저었다.

"됐다. 이만 가자. 내궁에 가서 너에게 제대로 된 걸 먹여야겠다."

다연은 고개를 끄덕였다. 그러나 나가는 길은 또다시 험난한 여정이었다. 바닥에는 밤을 하얗게 지새우고 빛을 보자마자 스러진 좀비들이 즐비했던 것이다.

사실 궁중 법도에는 몹시 어긋나는 일이었다. 황제가 낮 시간에 청사를 내방하였는데 아무리 밤을 지새웠기로서니 관료들이 저 모양으로 있어서는 안 될 일이었다. 단순하게 생각하여도 황족 앞에서는 저러고 있는 것 자체가 무례였다.

그러나 같은 상황을 자주 경험한 사람들은 아무도 잠든 이들을 깨우지 않았다. 현 알티우스 황제는 이런 부분에 있어 대단히 관대하고 어떤 의미로는 탈권위적인 사람이었다. 널브러진 사람을 밟고 다니거나 몹시 혐오스럽게 볼지언정 이 행태가 무례하다며 노여워하진 않았기 때문이다. 처음에야 측근들이 대경실색했지만 황제는 별로 신경 쓰지 않았다.

– 놔둬라, 내가 저 이불도 없는 거지들을 깨워서 인사 받은들 누구에게 자랑이나 하겠느냐?

황제의 생각은 그랬다. 낮에 일하든 밤에 일하든 일만 잘하면 그만이었다. 결과물만 가지고 따져 물을 것이다. 황제가 이 꼴을 몇 년째 보아주고 있다는 것 자체가 그들이 나름 잘해 왔다는 증거였다.

다연은 무척이나 고심하며 잠든 사람들을 바라보았다. 그러더니 까치발을 하고 사람들 틈으로 한 발짝 내디뎠다. 실수로라도 밟지 않기 위해 조심하는 기색이 역력했다.

황제는 뒤에서 그런 그녀를 바라보았다. 참 애쓴다, 하는 시선이었다. 왜 네가 피하느냐? 저것들이 비켜야지.

그는 다연의 무릎 뒤로 손을 넣어 그대로 안아 들었다. 그러더니 발로 무신경하게 주변을 차 내며 성큼성큼 걸어가는 것이었다.

밟히거나 채인 사람 중엔 곯아떨어져 미동도 안 하는 사람들이 태반이었다. 잠깐 깨어 눈을 떴더라도 황제의 얼굴을 확인하고 목숨을 부지하려는 순발력으로 눈을 감았다.

그가 자꾸만 사람들의 잠을 깨우자 매달려 있던 다연이 뜨악했다.

"으악, 밟겠어요. 조심 좀 해요."

"……."

관대하고 탈권위적인 현 황제는 처음으로 이것들을 다 깨워서 집합시키고 싶은 비뚤어진 권력욕을 느꼈다. 이미 한참 전부터 빈정이 상해 있던 황제가 구시렁댔다.

"아니, 너는 왜 맨날 네 맘대로 하면서 나는 이제 걷는 것도 내 맘대로 못 하게 하느냐?"

"……뭐라고요?"

"내 참, 기가 차고 더럽고 서러워서."

"뭔진 모르겠지만 더러울 것까진……."

"너는 한두 번 만난 사람들에게도 다정하면서 정작 애인인 나에게만 차갑기가 얼음장 같다. 이런 역차별이 세상에 어디 있느냐? 너 정말 어제부터 나한테 왜 그러느냐?"

"……."

결국 불만은 기승전 외박이었다. 다연은 어버버 하다가 말을 잇지 못하고 침묵했다. 언변이 유려한 황제와 대화하다 보면 가해자와 피해자가 바뀌는 것은 순식간이었다. 황제는 자기 잘못도 남에게 곧잘 뒤집어씌웠다. 이치에 맞지 않는다는 것을 알면서도 말로 이길 수 없으니 당하게 되는 것이다.

한편 측근들은 초월한 표정이었다.

폐하의 다연앓이가 또 시작되셨구나. 네가 좋아 미치겠다는 얘기를 왜 매번 저렇게 새로운 방식으로 하시는 걸까?

창의력을 뽐내는 중이신가 봐. 그나저나 얼굴 좀 저런 데다 쓰시지 말라니깐 또 가련한 척을 하시네.

기사와 시종들은 다소 메스꺼운 표정이었으나 이런 상황이 익숙한 듯 아무도 놀라는 기색이 없었다.

그러나 덤덤하게 따르는 그들과 달리 실상을 처음 목격하는 재무부 관료들은 무척 놀란 상태였다. 그들은 멀어져 가는 황제 일행을 멍하니 쳐다봤다. 황제의 칼 같은 혀끝은 쉬지 않고 잔소리를 퍼부었다. 그렇지만 동시에 그는 안고 있는 애인에게 무척이나 다감했다. 한참을 투덜거리다가도 이내 사랑스러워하며 뺨이며 어깨를 어루만졌고 쪽쪽거렸다.

황제가 신녀에게 자상하다는 것은 이미 소문으로 익히 알려진 바다. 황궁이 몇 차례나 떠들썩했던 것이다. 소문은 전혀 과장되지 않았다. 오히려 실제보다 한참 부족한 감이 있었다.

그러나 사람들이 놀란 이유는 황제가 소문처럼 누군가를 다정히 대했기 때문이 아니었다. 그들이 놀란 것은 황제가 지금 무척이나 행복해 보였기 때문이었다.

너무나 좋아하는 것을 손 안에 쥐고 있는 사람 같다. 그리하여 손 안의 것을 계속해서 바라보고 자꾸만 말을 건다. 말을 걸고 장난을 치는 이유는 그가 돌아올 반응을 기대하고 있기 때문이다.

어떤 말이 흘러나올 것인지 기다린다. 돌려받는 말 한 마디, 한 마디에 설레 하고 그 표정에 집중한다. 그가 이 모든 것을 소년처럼 재미있어 하고 깊은 충족감을 느끼고 있다는 사실이 모두에게는 여실하게 느껴졌다.

황제는 강렬한 행복감에 도취된 한 명의 인간 같았다. 그리고 그를 둘러싼 선연하고 농도 짙은 행복의 기운을 바라보며 관료들은 조금씩 의아해지기 시작했다. 다연이 황제를 저렇게까지 만들었다고?

헤르니야의 징표는 그다지 미인은 아니었다. 그렇다고 못난 얼굴도 아니었지만 희미하고 평범한 인상이었다. 일하는 센스는 있었다. 인상적인 아이디어를 내서가 아니라 손이 많이 가는 하찮은 일들만 골라서 할 수 있다는 것 자체가 높은 업무 이해도와 배려심을 증명하는 것이었다.

성품 또한 다정하고 상냥했다. 사람들을 무시하지 않았다. 오만하지 않았지만 그렇다고 딱히 비굴한 행동을 하지도 않았다.

하지만 나름의 덕성과 장점이 있기로서니 그녀가 까다롭고 기준치 높은 황제를 행복하게 만들 수 있는 대단한 사람처럼 보이지는 않았다는 것이다.

그런데도 다연을 바라보는 황제의 시선은 너무나 찬란한 보물을 눈앞에 둔 사람 같아서, 세상 가장 가치 있는 것을 만났을 때만 사람이 저런 눈을 할 수 있을 것 같았다. 경이와 기쁨을 담은 초록 눈은 쉴 새 없이 반짝였다.

표현이 직설적인 황제보다는 훨씬 은근했지만 다연의 시선도 비슷했다. 다소 어두운 인상이라 생각했던 그녀는 황제를 보자마자 허물어지듯 웃었다. 좋아하는 것을 바라보는 쑥스럽고 솔직한 얼굴이다.

교제한 시간이 길지 않음에도 그들의 시선은 많은 것을 담아내고 있었다. 어떠한 감정의 교류가 있어야 서로를 저런 시선으로 바라볼 수 있게 될까.

좋은 사람을 바라볼 때 나오는 신뢰감, 상대에게 기대는 마음, 호의, 유대, 애정, 서로에 대한 확신, 온갖 따뜻한 감정이 그들에게서 끊임없이 흘러나왔다.

마침내 황제의 일행이 사라지고 한참이나 멍하니 있던 관료들은 정신을 차렸다.

그들은 예기치 못한 사이 마음속에 무언가가 훅 치고 들어왔다 빠져나갔음을 깨달았다. 분홍빛 간질간질한 공기였다. 그 낯선 공기는 퇴화되어 소멸 직전이던 그들의 연애 세포를 간지럽히며 일깨웠다.

"……."

그리고 그들은 심각한 시선으로 자신들의 주변을 바라보았다. 마감이 지나간 자리는 온통 쓰레기와 폐허였다.

뭐, 뭐야, 슬프잖아.

아 씨, 졌어. 퇴근하고 싶다. 연애하고 싶다.

그들은 무릎을 꿇고 오열했다.

"미하일, 저 걸어갈래요."

그 과정에서 약간의 실랑이가 있었지만 황제와 다연은 사이좋게 걸어서 내궁으로 향했다. 싸늘하고 건조한 겨울의 공기가 제법 매서웠다. 다연의 약간 상기된 뺨을 보며 황제가 물었다.

"추워?"

다연은 고개를 설레설레 저었다. 그녀는 이곳보다도 혹독한 겨울을 경험해 보았다. 그에 비해 알티우스는 초겨울까지도 꽃이 핀다. 그것이 신기하여 가끔은 넋을 잃고 바라볼 정도였다.

그러나 사정을 모르는 황제는 걱정이 되는지 상기된 뺨을 살살 쓸어 보았다.

"알티우스의 겨울이 너에게 많이 춥지 않았으면 좋겠다."

너는 앞으로 계속 이곳에서 살 거니까. 그는 뒷말은 속으로 삼켰다.

황제와 다연이 내궁에 도착했을 때 음식은 모두 준비되어 있었다. 식탁을 사이에 두고 앉아 그들은 조용하게 식사를 시작했다.

어딘가 피곤해 보이는 다연의 안색을 살핀 황제가 다시 한 번 강한 불만을 제기했다.

"너 아무리 그래도 잠은 집에서 자야 될 거 아니야."

그 표현에 다연은 조금 웃었다. 너무 아무렇지 않게 집이라고 표현하는 게 웃겼기 때문이다. 엄밀히 말하면 여기도 다연의 집은 아니었다. 그렇지만 그 부분을 지적하면 서운해하겠지?

"다음부터는 안 그러겠습니다아."

그녀가 장난스럽게 말하자 미하일도 더는 뭐라고 하지 못했다. 그러면서도 그녀의 안색이 좋지 않은 게 계속 신경이 쓰이는 눈치였다.

무언가에 흥미를 갖기를 바라긴 했지만 무리하기를 바랐던 것은 아니다. 사실 황제는 생각할수록 황당했다.

아니 나라의 녹을 받는 관료도 아닌데 왜 저가 거기까지 가서 밤을 지새운단 말인가?

무언가를 열심히 하는 것은 참 좋은 것이지만.

음, 근데 왜 좋지 않지?

황제는 얼굴을 찌푸리며 생각했다. 답은 간단했다. 그녀가 고생하는 것이 싫은 것이다.

일 잘하고 열정적인 사람을 선호하던 황제는 그렇게 또 자기모순에 빠졌다. 제발 뭐라도 좀 하라고 했던 건 다름 아닌 과거의 자신이었다. 지금은 후회한다. 과거의 자신에게 찾아가 제발 그 입을 좀 다물라고 하고 싶었다.

더 이전으로 가는 것도 가능하다면 아예 첫 만남으로 돌아가서 그녀를 환영하고 다시 맞아 주고 싶었다. 매일매일이 미하일 대 미하일의 싸움이었다.

그러나 바꿀 수 없어서 과거였다. 또한 지나간 일에는 미련을 두지 않는 것이 그의 장점이었다. 잠깐 한숨을 쉰 황제는 다시 현재에 충실하기로 했다.

"왜 갑자기 제국에 도움이 되고 싶어진 거야?"

부드럽게 구워 낸 소고기를 썰던 다연은 그게 무슨 소리냐는 듯 의아하게 바라보았다.

"전에 그렇게 말하지 않았느냐. 제국에 도움이 될 건 없을까 하는데 그러려면 좀 알아야 할 것 같아 이것저것 보는 것이라고."

"아, 제가 그렇게 말했나요?"

다연은 잘 기억이 나지 않아 고개를 갸웃했지만 황제는 정확하게 기억하고 있었다.

"그래, 서고에서 그렇게 말했다."

다연은 조금 생각에 빠졌다. 정말로 저렇게 말했다면 순간 쑥스러워서 그랬을 것이다. 제국에 도움이 되고 싶었던 것도 맞지만 그런 건 결국 다 부수적인 목적이었다.

"음. 엄밀히 말하면 제국에 도움이 되고 싶다기보단 저는 미하일한테 도움이 되고 싶은 거죠."

그의 치세가 더욱 명예로워지기를 바라는 것이다. 사실 그렇게 거창하게 이야기할 필요도 없었다. 그녀는 그저 그가 일하는 시간이 좀 줄었으면 했다. 그런데 그게 생각처럼 쉬운 일이 아니었다.

이 세계의 발전 방향은 다연 세계의 발전 방향과 유사했다. 완전히 같진 않지만 알티우스는 그녀의 세계가 거쳐 온 과거의 부분부분을 조금씩 닮아 있었다.

그렇다면 자신이 도와줄 수 있는 게 분명 더 있을 텐데. 나는 왜 이렇게 무식한 거지? 다연은 자책했다.

"뭐라도 거들어 주고 싶은데 별로 도움이 안 되네요."

그녀가 쓰게 웃으며 말하자 비로소 다연의 의도를 완벽히 이해하게 된 황제가 강하게 부정했다.

"아니다. 무척 도움이 되었다."

"정말요?"

음, 아닌 것 같은데.

그녀가 몹시 의심스럽게 황제를 바라보았으나 황제의 태도는 확고했다.

"정말이다."

처소로 돌아오지 않아 투덜거렸건만 자신에게 도움이 되고 싶다고 하니 마음이 한없이 너그러워진다. 너그러워지다 못해 날아갈 것 같았다. 이런 거 하지 않아도 충분히 예쁜데 예쁜 짓만 한다. 황제는 그때까지만 해도 몹시 기분이 좋았다.

황제가 눈을 뜬 것은 새벽 수련을 나가는 평소보다 훨씬 이른 시간이었다. 다연의 얕게 앓는 소리가 그의 잠을 깨운 것이다. 손을 뻗어 동그란 이마를 짚어 보는 순간 그는 혀를 차고 말았다.

"……영 불안하더라니."

조금만 무리를 하거나 마음 쓰는 일이 있으면 백 프로였다. 황제는 이제 조금은 알 것 같았다. 다연은 몸도 썩 강건한 편이 아니긴 했지만 그보다는 정신적인 압박감에 매우 취약했다. 제국에 와서 아팠던 몇 번은 모두 그런 연유였다. 이번에도 자신이 사람들에게 폐가 되었을까 봐 전전긍긍하고 그것을 만회하고자 무리한 것이다. 내심 마음고생을 한 것이 분명했다.

바보 같으니. 그럴 필요가 전혀 없는데.

황제는 연신 혀를 차며 침대에서 몸을 일으켰다. 황제가 나와서는 안 될 시간에 처소 문을 열고 나오자 불침번을 서고 있던 기사들과 시종들의 눈이 동그래졌다.

황제는 아연해하는 그들에게 가라앉은 목소리로 명했다.

"지금 바로 가서 궁의를 불러와라."

시종장이 한 발 나서서 여쭈었다.

157

"어디 편찮으십니까?"

황제는 고개를 저었다.

"내가 아니라 다연이 아프다."

그는 시녀들 틈에서 누군가를 찾았다. 다연이 제일 편하게 생각하는 시녀가 없었다. 그는 별수 없이 가장 가까이에 있는 시녀를 너, 가리키고는 말없이 침의의 옷깃을 들어 보였다. 궁의가 오기 전에 가서 옷매무새를 정돈해 주라는 뜻이었다. 시녀 아이가 알아듣고 얼른 침소 안으로 들어갔다.

아침이 채 오기도 전에 일어난 소란은 궁의가 와서도 계속됐다. 본인이 아픈지도 모르고 자면서 끙끙거리던 다연은 주변이 부산스러워 눈을 떴다.

"괜찮아요."

식은땀에 젖은 얼굴은 어떤 말을 해도 신뢰를 주지 못했다. 황제는 듣기 싫다는 듯 손을 휘휘 저었다. 그리고 당사자를 쏙 빼놓고 궁의하고만 이야기했다. 오밤중에 자다가 끌려온 궁의의 얼굴이 환자인 다연의 얼굴보다 더 초췌했다.

"저 허술하기 그지없는 몸은 정말 어떻게 안 되는 것이냐?"

"지어 올린 약재를 꾸준히 드시고 계속 관리하시는 것밖에는……."

황제가 극도의 스트레스가 올라오는지 이마를 매만지자 궁의가 눈치를 보며 덧붙였다.

"단순히 무리하셔서 그런 것이니 열만 좀 내리면 별 탈 없으실 것이옵니다. 약을 드셨으니 일단은 수건을 적셔서 열을 좀 가라앉히고 푹 주무시게 하십시오."

"알았다. 그만 가 보거라."

황제가 손을 휘휘 저으며 궁의를 내보냈다. 그리고 다른 이들에게도 물러갈 것을 명했다.

"내가 있을 테니 다들 나가 보거라."

"그렇지만……."

소란했던 틈을 타 날이 밝아 오고 있었다. 보살필 사람이 있어야 했다. 시녀 아이가 말을 다하지 못하고 머뭇거렸다. 시종장 또한 의아해하며 여쭈었다.

"연무장에 안 가십니까?"

황제는 고개를 절레절레 저었다.

"이 와중에 수련이 되겠느냐. 회의에 가기 전까진 내가 보살필 테니 부를 때까진 아무도 들어오지 말거라."

사람들은 모두 말을 잃어버렸다. 황제가 새벽에 하는 검술 수련을 거른다고 하였기 때문이다.

그가 수련을 거른 것은 25년의 긴 시간 동안 선황제와 선황후의 서거 시와 전시가 유일했다. 국장 중에는 예를 다하기 위해서였고 전시에는 때를 가리지 않고 일어나는 전투 때문이었다. 그러나 그마저도 새벽에 전투가 없다면 그는 꼬박꼬박 수련을 하기 위해 노력했던 것이다.

그런 황제가 애인의 병수발을 든다고 수련을 거르겠다니.

사람들은 잠시 놀라긴 하였으나 이내 다들 수긍했다. 요즘 황제가 다연에게 하는 행동들을 보면 크게 이상할 것도 없었다.

반발은 오히려 환자에게서 나왔다. 자신 때문에 황제가 해야 할 일도 못 하는 상황이 오자 그녀의 자책감은 말도 못 하게 심했다. 제발 저러지 말아 줬으면 했다.

"미하일, 그러지 말아요."

"알아서 하겠다. 신경 쓰지 마라."

"아, 미하일."

"말 많이 하지 말고 쉬거라. 그냥 차라리 다시 자. 잠이 안 오니?"

다연이 만류했으나 사람들은 이미 모두 침소 밖으로 나갔고 황제도 다시 침대 안으로 들어오는 참이었다. 결국 포기한 그녀가 눈을 감으며 무심결에 중얼거렸다.

"제가 뭐라고 그렇게까지 하세요."

그리고 그 말은 무방비 상태로 있던 황제의 기분을 바닥으로 떨어뜨렸다.

"……."

황제가 누우려다 말고 멈칫했다. 그리고 다연을 빤히 내려다봤다. 그가 이불을 들추었다가 다시 내려놓자 다연이 그제야 눈을 뜨고 황제를 올려다봤다.

"……왜 그래요?"

황제는 이상한 표정을 하고 있었다. 미소가 없는 얼굴은 그가 태생적으로 지니고 있는 오만함과 차가움을 돋보이게 했다. 얼핏 냉정해 보였으나 자세히 들여다보면 그렇지 않았다. 초록의 눈동자와 아름다운 얼굴은 여러 가지 감정들에 얼룩져 있었다.

화가 난 것 같기도 하고 슬픈 것 같기도 했다. 그녀를 비난하는 것 같기도 하고 원망하는 것 같기도 했다. 실제로 미하일은 조금 상처를 받았다. 한참을 복잡한 심경으로 다연을 바라보던 그가 그녀의 이름을 불렀다.

"다연."

대체 무슨 말을 해야 할까?

"……아무것도 아니다. 어서 쉬어라."

"……."

이 논리적인 사내는 잠시 고민을 했지만 결국 아무 말도 하지 않기로 했다. 기분이 괜찮아져서가 아니다. 그녀가 환자라는 사실에 생각이 미쳤기 때문이다. 아픈 사람을 붙잡고 언쟁을 할 수는 없었다.

다연은 몹시 의아하게 생각했지만 그가 이불 안으로 들어와 평소처럼 팔베개를 해 주며 자신을 끌어안자 습관적으로 눈을 감았다. 그리고 머지않아 그녀는 약과 열에 취해 색색거리는 숨을 쉬며 잠에 빠져들었다.

그녀가 고른 숨을 내뱉자 반대로 황제는 눈을 떴다. 그는 잠이 오지 않았다. 이미 일어났을 시간이기도 했지만 그것보다는 어지럽고 복잡한 심사 때문이었다.

아스라이 밝아 오는 창밖을 혼란한 마음으로 바라보던 그가 깊은 한숨을 쉬었다. 그리고 이미 잠에 빠져 버린 그녀에게 한참 늦은 책망의 말을 뱉었다.

"네가 뭐냐니. 너 정말 모른단 말이냐."

왜 가끔 저런 말을 하는 것일까?

아직도 스스로가 가치 없다 생각하고 자기 비관에 빠져 있는 것일까.

그렇다 하더라도 자신의 면전에 대고 그런 말을 해 버리면 자신은 어떡하란 말인가.

참 원망스럽다. 너 참 잔인하다.

"나는 이제 네가 세상에서 제일 소중하단 말이야."

깊은 잠에 빠져 있는 그녀가 알아들을 리도 없는데 황제는 다연의 귓가에 대고 진심을 다해 속삭였다.

별 탈은 없을 거라던 궁의의 말대로 다연은 바로 다음 날 말끔히 나았다. 황제는 이게 다 돼지우리에 갔다가 병을 얻어 온 것이라며 애먼 사람을 탓했다.

다연은 괜찮다 했지만 황제는 그녀가 며칠간 침대 밖으로 나가는 것조차 질색했다. 참으로 골골대는 몸뚱어리라는 것이다. 다연이 리리가 보고 싶어 다시 병이 날 지경이라고 말해 겨우 누그러진 것이 어제였다.

황제는 언제나처럼 집무실에서 정무에 몰두해 있었다. 그가 보고 있는 것은 근위대장이 올린 신전 재편에 대한 보고서였다. 명단에 오른 신관들 대부분이 황실이 공을 들여 포섭해 온 자들이다.

신전은 아직도 제국민에 개방되지 못한 상태였다. 신께 기원하고 마음의 안정을 찾는 곳이지만 신전은 거대한 조직이었다. 제국 전역에 퍼져 있었다. 고위 신관들과 행정직 인사들이 다수 투옥된 만큼 그 운영에 공백과 혼란이 생기는 것은 당연했다. 개방하기 전 그 혼란을 수습하기 위해 신전 내부의 세력도를 재편하는 것이다.

황실과 꾸준히 반대 입장을 내온 고위 신관 대부분은 이번 반역에 연루되었다. 그 자리를 친황실적인 신관들로 대체하면 신전은 당분간 황실에 반기를 들 수 없을 것이다. 그러나 세대가 바뀌면 또 다른 인물이 등장하기 마련이다. 세력도는 영원하지 않을 것이다.

미하일은 신전을 황실의 발아래 두고 그들이 절대로 정권에 도전할 수 없는 구도를 확립하고 싶었다. 재산의 일부를 몰수한 것도 그런 차원이었다. 그리고 그는 가능하다면 신전이 병사를 양성할 수 없게 명문화하고 싶었다. 가장 중요한 것은 과세를 하는 것이었다. 지난번엔 시기상조라는 반응이 대다수였지만 반역 사건의 충격이 가시지 않은 지금이라면 반드시 실현되겠지.

황제는 머릿속으로 다음 국무회의에서 논할 의제들을 정리하기 시작했다. 보고서를 들여다보며 한참이나 고뇌에 빠져 있었다. 그리고 잠시 고개를 들었다가 시종장이 무언가를 들고 있는 것을 발견했다.

언제쯤 끼어들까 눈치를 보던 시종장은 황제의 시선에 서둘러 한

걸음 앞으로 나왔다.

"주문하셨던 장신구와 보석들이 모두 도착하였습니다."

시종장이 들고 있는 것은 보통의 것보다 훨씬 큰 보석함이었다. 보석함 또한 이번에 새로이 주문 제작한 것이었다.

"이리 가져오거라."

황제가 손짓하자 시종장이 황제의 앞에 보석함을 올려 두었다.

"반지도 안에 함께 있습니다."

조금 기대하는 마음으로 보석함을 열었던 황제는 자신도 모르게 흠칫 놀랐다. 생각보다 너무 많았기 때문이다. 모아 놓고 보니 이제 와서야 자신이 엄청난 양을 쓸어 담았다는 것을 깨달았다.

그 얼굴을 보고 있던 시종장은 조금 웃음이 나올 것 같았다. 황제는 그날 보석상을 통째로 매수할 기세였다. 들고 오는데 어찌나 무거웠는지 모른다. 원래 대단히 이성적이고 합리적인 편인 황제는 다연의 일이라면 저렇게 한 번씩 비이성적인 행동을 하곤 했다.

흠칫 놀란 것도 잠시 황제의 얼굴에는 조금씩 미소가 번져 나갔다. 그것들을 다연이 한 모습을 상상했기 때문이다. 작은 상자를 열어 반지를 확인하자 그 미소는 조금 더 진해졌다.

"……."

그리고 그는 얼마 전 다연이 무심결에 흘렸던 말을 떠올렸다.

― 제가 뭐라고 그렇게까지 하세요.

그 자기 비하는 고질적인 습관인 모양이었다. 그녀는 다른 사람은 실수로라도 비난하지 않으려고 애쓰면서 자기 자신에 대한 비하는 눈 하나 깜박하지 않고 잘도 했다. 그리고 황제는 그때마다 몹시 기분이 나빠졌다. 시간이 한참 지난 뒤에도 떠올리는 것만으로 쓸쓸해졌다.

그녀는 예전보다 잘 웃는다. 속마음을 더 잘 드러내고 편안한 얼굴을 한다. 처음 제국에 왔을 때와 같은 사람이라고는 생각할 수 없을 정도로 밝아졌다. 그렇지만 그녀가 저렇게 아무렇지 않게 자기 자신을 미워하는 말을 할 때마다 그녀 마음속에 있는 어둠을 확인하게 된다.

황제도 알았다. 다연은 그를 걱정하고 배려한 것이다. 그녀 때문에 황제가 중요하게 생각해 온 원칙을 깨는 것이 싫었던 것이다. 황제가 검술을 중요하게 생각해 왔고 극복하기 위해 부단히 노력해 왔음을 알기 때문에 나온 말이다.

그 모든 것을 머리로는 알았다. 그렇지만 그는 이상하게도 언제부턴가 다연을 생각하면 부쩍 감정적이 됐다.

반지를 손 위에 올려놓고 들여다보면서 황제는 생각했다.

네 유일한 소망이 먼지처럼 사는 거라면서. 그거 네가 한 말 아니었니. 나서고 싶지 않다면서. 그것도 네가 한 말이었다.

능력을 감추었던 것은 결국 그렇게 나서지 않고 흘러가는 대로 살고 싶었던 본인 소망과 가치관에 따른 판단이었을 것이다.

그런데 너는 결국 너의 능력을 드러냈잖아. 나 때문에 너의 방식을 부순 거잖아.

나를 편하게 해 주겠다고 감췄던 능력을 써 가며 전쟁에 뛰어들었으면서, 다른 사람이 된 것마냥 지금도 나를 돕겠다는 말을 서슴없이 하면서. 너는 나를 위해 고수하던 방식을 버리고 그렇게나 헌신하면서 너는 되고 나는 안 되는 법이라도 있다는 말이야?

그래서 결국 나는 그럴 가치가 있지만 너는 그런 가치가 없는 사람이란 말이 하고 싶은 거야?

정말로 어떻게 매번 이렇게 남의 마음을 아프게 하냐고 묻고 싶다. 그녀가 그런 말을 할 때마다 자신의 마음이 쓸쓸해진다는 것을 알아

주었으면 했다.

웃고 있어도 사실은 울고 있는 게 아닐까 생각하게 된다.

환한 표정으로 있어도 사실 마음속에는 해소되지 않는 고민이 있는 게 아닐까.

그녀 마음속에 있는 어둠을 몰아내고 싶다. 그런 자기 비하에 가까운 생각을 그만하게 해 주고 싶었다. 그렇다면 내가 반드시 그렇게 해 주어야지. 그는 다시 한 번 결심했다.

한 사람이 한 사람을 바꾸는 것은 사실 쉬운 일이 아니다. 그런 생각은 자만에 가깝다. 사람이 쉽게 변하지 않기 때문이 아니라, 누군가를 변화시킬 만큼의 많은 양의 에너지를 한 사람에게 꾸준히 쏟는다는 것이 불가능에 가깝기 때문이다.

그러나 황제는 자만심으로 그런 생각을 하는 것은 아니었다. 자신을 변하게 한 것은 그녀가 먼저였다. 다연이 자신에게 새로운 우주를 가져다주고 새로운 시야를 열어 주었다.

자신을 변화하게 했다. 자신도 그녀에게 그런 사람이 되어 주고 싶었다. 계속 옆에 있으면서 행복하게 해 주고 싶었다.

황후궁은 완공이 되려면 아직도 한참이나 남아 있었다. 그렇지만 정말 중요한 것은 그런 게 아니라는 걸 황제도 알았다. 사실 이제는 그때까지 기다리지 못할 것 같았다.

황제는 반지만을 꺼내고 보석함을 다시 닫았다. 그리고 시종장에게 턱짓으로 보석함을 가리키며 말했다.

"잘 보관해 두거라. 궁이 다 지어지면 내부를 채우며 함께 선물할 것이다."

"……."

시종장은 잠시 침묵했다. 남다른 스케일 때문이었다. 예를 들자면 지갑을 선물할 때 돈을 같이 넣어서 선물하는 것의 황제 버전이었다.

이 엄청난 보석들을 궁을 지은 후 안을 채워 넣는 소품 정도로 사용하겠다는 것이다. 황후궁이 완성되면 또 무서울 정도의 쇼핑이 시작되겠구나, 누구나 예측할 수 있는 미래였다.

"다연은 어디 있느냐. 또 마사에 가 있느냐?"

황제가 묻자 다른 시종 하나가 얼른 답변을 올렸다.

"아까 시녀에게서 서고에 가셨다는 기별을 받았습니다."

황제가 고개를 끄덕였다.

"그리로 가겠다."

황제가 집무실을 나서자 기사들과 시종들이 그 뒤를 따랐다.

황궁 서고로 발걸음을 옮긴 황제는 오래된 서고의 문을 조심스럽게 열었다. 기사들과 시종들은 따라 들어가지 않고 바깥에서 대기했다. 그들도 눈치라는 것이 있었다. 황제의 측근들은 죄다 상을 받아 마땅했다.

한편 서고에 들어와 다연을 찾던 황제는 또 기가 막힌 웃음을 흘려야 했다. 다연은 이제 소파도 아니고 바닥에 드러누워 책으로 얼굴을 가리고 자고 있었다. 왜 편한 침대를 놔두고 번번이 여기에 와서 자는지 모르겠지만 아무튼 서고가 마음에 들긴 하는 모양이었다.

보고 있던 책에는 《농업 기술의 발달》이라는 제목이 쓰여 있다.

무리하지 말라고 단단히 일렀는데 또 무슨 생각을 하는 걸까? 도움이 되고 싶다는 그 마음에는 변함이 없나 보다.

그는 조심스럽게 다연의 얼굴에서 책을 치웠다. 그러자 티 없이 편안한 표정으로 잠든 얼굴이 드러난다.

왜 그것만으로도 설레는지. 아이같이 고요하게 잠든 모습에 보는 사람도 같이 평온해졌다.

바닥이 영 꺼림칙했지만 같이 눕고 싶어진 황제는 결국 그녀의 옆에 모로 몸을 누였다. 그리고 다연의 머리를 자신의 팔 위에 올려놓고 조심스럽게 끌어안았다.

"……미하일?"

결국 깨워 버렸다. 사실 일어나길 바랐던 마음도 있어서 황제는 조금 반가워하며 말을 걸었다.

"왜 또 이런 데서 자?"

"……언제 왔어요?"

"지금."

"아아."

그녀는 다시 자고 싶은 듯 대충 대답을 하고는 눈을 감았다.

"다연."

"……응."

잠결에 그녀가 중얼거리듯 대답한다. 쉽게 들을 수 없는 반말에 조금 쿡쿡거리다가 황제는 다연의 손을 찾아 쥐었다. 그리고 그 손가락에 조심스럽게 가지고 온 반지를 끼웠다. 가슴이 두근거렸다.

"……"

잠들려던 다연은 눈을 떴다. 그리고 자신의 손에 끼워진 반지를 물끄러미 바라봤다. 황제는 그런 다연에게 말했다.

"널 위해 궁을 짓고 있다."

그녀도 알고 있었다. 물론 황제는 그녀에게 일언반구도 없었지만 그녀도 눈이 있고 듣는 귀가 있었다. 황제가 황후궁을 지어 다연에게 선물할 것이라는 사실을 모르는 사람은 황궁 내에 없었다.

"다 지어지면 받아 줄래?"

다연은 조금 모호한 얼굴을 했다. 그가 정말로 하려는 말이 무엇인지 몰랐기 때문이다. 황제는 조금 민망하게 웃었다. 그리고 변명하듯 말했다.

"사실은 다 지어지면 얘기하려고 했지만 마음이 급해서. 왜 너도 전에 서신으로 그런 말을 한 적이 있지 않느냐. 나중에도 할 수 있겠지만 지금 당장 얘기하고 싶은 마음을 참을 수가 없다고. 나도 말하지 않고는 참을 수가 없었다."

말을 하다 보니 여기까지 오면서 느꼈던 간절함과 조급함이 되살아났다. 잠이 든 아이 같은 얼굴을 보며 평온해졌던 미하일의 마음은 어느덧 다시 뜨거운 것으로 가득 찼다. 용암처럼 마음이 들끓는다. 다연은 그 타는 듯한 녹안을 들여다보았다.

문득 그가 물었다.

"왜 궁을 지어 선물하는지 아느냐?"

다연이 말없이 고개를 젓자 그가 이유를 말했다.

"이곳에서 살아 달라는 뜻이다."

"……."

이 세계에서. 행복하게, 나와 함께.

다연의 손을 잡고 손등에, 반지에 차례로 입을 맞춘 그가 말했다.

"내 옆에서 살아 줘. 그리고 내가 남은 인생을 너의 남자로 살 수 있게 허락해다오."

청혼이었다.

13장.
Save the Last Dance for Me

신전 세력을 와해한 이후 국무회의는 늘 새로운 안건들이 넘쳐 났다.

황제는 근위대장이 올린 보고서를 내무대신에게 넘겼다.

"근위대에서 올린 신전의 새로운 조직도야. 내무부에서도 검토해 보도록. 별문제가 없으면 나는 이대로 인가할 거야."

"예, 폐하. 확인하겠습니다."

내무대신은 보고서를 챙겼다.

이번에는 재무대신이 가지고 온 두툼한 서류를 황제에게 올리며 말했다.

"폐하, 이번에 신전에서 몰수한 재산 내역을 정리한 것입니다."

황제는 고개를 끄덕였다.

보고서를 넘기는 그의 표정이 별로 좋지 않았다.

신전이 부유한 것이야 두말할 필요도 없었다.

그러나 그들이 황실과 대립각을 세우면서부터 정확한 재산 규모는 늘 베일에 싸여 있었다.

이번 사태 후에야 비로소 윤곽이 드러났는데 사람들은 모두 말을 잃었다.

그들이 3백 년간 축적하고 불려 온 재산이 드나르 황가를 넘어서는 것은 물론 어지간한 작은 국가를 운영할 규모 정도는 되었던 것이다.

이러니 쓸데없는 생각을 하는 것이라며 황제는 혀를 찼다.

황제는 그중 성기사단과 사병을 양성하는 데 배정된 부지와 예산부터 몰수했다.

다른 것도 그대로 놓아둘 생각은 없었다.

법무부의 의견을 참고하여 명목만 생기면 죄에 대한 과징금 형식으로 몰수할 예정이었다.

보고서를 훑던 그가 대신들에게 말했다.

"아직 생각 중이긴 하지만 신전에서 몰수한 재산을 치료소를 증설하고 운영하는 예산으로 쓸까 한다."

"치료소를 증설하실 겁니까?"

내무대신의 물음에 황제가 고개를 끄덕였다.

"구휼의 용도로 쓰이는 것이 제국민들의 마음을 위로하는 데 좋겠지. 안 그래도 치료소에 사람 손이 부족하지 않나. 이번 일로 치유신관을 많이 잃었으니 나름의 보완책도 될 테고. 그리고 재무대신."

"예, 폐하."

"지난번에 추진하려 했던 조세 개정안. 다시 추진해 봐."

"……알겠사옵니다."

한번 좌절된 조세 개정안은 다양한 개혁적인 내용을 담고 있었다. 그렇지만 골자는 결국 신전에 대한 과세였다.

겨우 마감이 끝났나 했더니 재무부는 다시 폭탄을 맞았다.

재무대신의 낯빛은 어두워졌다.

"혹시 일을 더 키우는 것이 아닌가 소신은 우려스럽습니다."

법무대신이 약한 소리를 했다.

증오를 더 이상 부추기는 것은 좋지 않다는 황제의 판단은 옳았다. 분노의 대상이 점점 확대되는 기미가 있었던 것이다.

신전의 배신은 사람들에게 염세주의를 불러왔다.

일부에서는 황실에 대한 불만의 목소리까지 터져 나왔던 것이다.

무의미한 전쟁으로 가족을 잃은 사람들과 오랜 세월 수탈에 시달려 온 국경 지방은 특히 분노가 거셌다.

황실은 민심을 수습하기 위해 서둘러 예산을 풀었다.

사르만 내전에서 전사한 병사의 집에 보상금을 보내고, 겨울을 대비해 빈민가에 구호품을 풀었다. 변방에 병력의 증원 및 치료소 등의 구휼 시설을 약속했다.

그러나 그것만으로 치유되지 않는 상처받은 마음들이 있었다.

황제는 조용히 고개를 끄덕이며 법무대신의 의견에도 동의를 표했다.

"시기가 적절한가에 대한 의문은 늘 있어 왔다. 나 또한 지금은 사태를 봉합해야 할 때라고 생각하지만, 반대로 지금이 아니라면 기회가 없을 수도 있겠지. 최대한 신속히 진행한다. 지금만큼은 지방 귀족들도 모두 침묵할 것이다. 내무대신은 발티온 영주에게 협조를 구하는 서한을 미리 보내 두고."

"그리하겠습니다, 폐하."

내무대신의 답을 끝으로 회의장은 침묵이 내려앉았다.

연말연시이건만…… 평소라면 축제였을 제국의 분위기는 다소 뒤숭숭했다.

모든 것이 신전 사태의 여파였다.

피지배계층은 이 일로 권력과 지배계층에게 실망한 것이다.

신관 개개인의 도덕적 해이 때문에 신을 부정하는 사람도 생겨났다.

어찌 보면 당연한 일이었다. 신전 자체가 신과 신을 모시는 자를 동일시하는 무지에 가까운 순수를 이용하여 세력을 키워 왔으니까.

내무대신은 약간 불만스럽게 생각했다.

이런 암울한 분위기에서 두 분이 혼인을 하신다면 분위기가 급반전될 텐데.

신전과 황실 모두에게 상처를 받은 제국민들에게 나름의 이벤트가 될 것이었다.

역사적으로 황제의 혼인만큼 나라에 큰 축제는 없었다.

결국 내무대신은 한 소리 들을 각오를 하고 이번에도 용감하게 혼인 문제를 거론하고 말았다.

황제의 혼인에 이다지도 열을 올리는 내무대신이 대신들 중 유일한 독신이라는 것은 아이러니였다.

"이럴 때일수록 두 분이 혼인을 하신다면 좋을 텐데요. 제국민들에게도 큰 위로가 될 겁니다."

대신들이 찔끔하여 눈치를 보면서도 속으로는 동조했다.

두 분이 이미 살림도 합치셨다면서요! 저희도 다 들었습니다!

이렇게 앞서 나가신다고 저희가 좋아할 줄 알았다면…… 맞습니다! 좋습니다!

황제는 대신들이 혼인 문제를 거론하여 압박하면 보이는 일관된 반응이 있었다.

내가 알아서 할게, 라든지. 무슨 말인지 알아들었으니까 이만 다른 얘기로 넘어가지, 라든지.

황제는 그들의 아들뻘이었다.

정말 그들의 아들이었다면 그 정도에 수긍하지는 않았을 것이다.

등짝을 후려치며 알긴 뭘 알아들어! 하면서 억지로 결혼을 시켰겠지만 상대는 제국의 황제였다.

대신들은 느린 진척에 내심 불만스러워하면서도 젊은 황제를 재촉할 수 없었던 것이다.

또한 황제만큼이나 자신의 일을 알아서 하는 사람도 없었다.

그러나 황제는 이번만큼은 조금 다른 반응을 보였다.

황제는 피식, 웃었다. 그리고 깔끔하게 대답했다.

"그래, 알았어."

"……."

뭐, 뭐야, 이 반응은?

대신들은 일제히 시종장을 바라보았으나 시종장은 딴청을 피우며 모른 척을 했다.

국무회의는 그 뒤로도 한참을 이어져 저녁때까지도 계속됐다.

신전 사태를 매듭짓는 것 외에도 다른 현안들이 넘쳐났다.

모든 부처의 관료들과 최고 대신들은 극도의 피로에 시달리고 있었다.

"폐하, 아산카 왕자가 케시크 정벌을 완수하고 귀환한다 합니다. 길을 빌려 달라는 전갈을 그의 부관이 보내왔습니다."

"그래."

황제가 고개를 끄덕이자 외무대신이 덧붙였다.

"그리고 채굴권 문제는 변경 사항 없이 조인한 그대로 이행될 것이라 하였습니다."

"즉위는 언제라고 하던가?"

"그런 말은 달리 없었습니다."

"확인해 보고 시기에 맞춰서 축하 사절을 보낼 수 있도록 해. 동맹이라 생각하고 격에 맞추어 꾸려라."

173

"그리하겠습니다."

황제는 회의장을 둘러보았다.

다들 이제 끝났나 싶어 조금 숨을 돌리고 있을 때였다.

황제가 회의의 종료를 선언하려 할 때 내무대신이 다시 발언권을 얻었다.

"폐하, 이번에도 신년 축하연을 여십니까?"

"음, 그래야겠지."

신년파티는 황제의 탄신연을 제외하고 황실이 주체가 되어 여는 거의 유일한 연회였다.

알티우스 사교계는 사실 좀 보수적이고 재미가 없었다.

황도의 유일한 황족이 찔러도 피 한 방울 안 나오는 일중독자이기 때문이다.

귀족들이야 자신들끼리 모여 사교 모임을 갖고는 했지만 그래도 그들 모두는 내심 규모가 크고 화려한 황실 파티를 기대하곤 했다.

그러나 황제는 술도 향락도 그다지 추구하지 않는 남자였다.

매일같이 수련하는 기사로서의 삶을 살아온 황제에게 연회를 기대하는 것은 무리였다. 정신을 흐리고 신체를 망가뜨린다며 술은 약간 혐오하는 경향마저 있었던 것이다.

그는 귀족들이 손꼽아 기다린 신년 축하연이나 본인의 탄신연마저도 약식으로 진행해 버리곤 했다.

내무대신은 그 점을 지적하고 싶었다.

"이번엔 좀 크게 하시는 게 어떻겠습니까?"

다들 길어진 회의 때문에 지친 찰나였다.

끝난 줄 알았다가 내무대신이 입을 열자 약간 짜증이 났으나 대신들은 의외의 화제에 솔깃하여 바라봤다.

"그간 유력한 중앙 귀족들만 초청하여 짧게 끝내시지 않았습니까.

174

이참에 규모를 좀 크게 하시어 신전의 뒷배가 되었던 지방 귀족들은 물론 한미한 귀족 가문까지 모두 불러 모으시는 건 어떨지요. 한 번쯤은 그런 것도 필요하지 않겠습니까. 큰일이 있고 난 참이니 세를 다시 규합하는 측면도 있고 황권을 강화하는 의미도 있을 것입니다."

일리가 있는 말이었다.

황제는 고개를 끄덕였다.

긴 회의의 끝이었다.

부쩍 길어진 회의 탓에 일정은 조금씩 뒤로 밀렸고 황제가 처소로 돌아온 것은 자정이 다 된 시각이었다.

이미 잠들어 있을 거라고 생각했는데 다연은 침대에 모로 누워서는 책을 보고 있었다.

황제가 의아하게 물었다.

"아직 안 잤어?"

"낮잠을 잤더니 잠이 안 와요."

그렇지만 몹시 자고 싶다며 다연은 괴로운 표정을 했다.

황제는 그 얼굴을 보며 잠시 큭큭거리며 웃었다. 그리고 다연이 들고 있던 책을 빼어 침대 협탁에 내려놨다.

요즘 한창 농업 기술서를 독파 중이었다.

이젠 농지를 선물해야 할 차례인가, 쓸데없는 생각을 하며 황제가 물었다.

"잠이 안 와? 내가 잠 오게 해 줄까."

"어떻게요?"

다연이 의아하게 묻자 황제가 표정으로 그 대답을 대신했다.

음흉한 얼굴을 다연이 새침하게 노려봤다. 그리고 제법 단호하게 말했다.

"진짜로, 진짜로 피곤하고 자고 싶어요."

"누가 뭐랬느냐."

황제는 물러설 때를 아는 현명한 남자였다.

침의를 대충 걸친 채 침대 안으로 들어온 황제는 다연을 끌어안았다. 그리고 눈을 가려 주면서 관자놀이에 입을 맞추었다.

"피곤하면 얼른 자거라."

그렇지만 다연은 바로 잠들지 못했다.

얼떨결에 나눈 대화가 그녀에게 점점 큰 파장을 몰고 왔기 때문이다.

"근데 오늘 많이 늦으셨네요. 신전 일 때문에 아직도 바쁜가 봐요."

"응. 그런 것도 있고, 연말이지 않느냐. 연말에 부지런히 일해 놓아야 내년에 고생을 덜 할 테니까."

"아아, 네에."

그렇지만 그가 언제는 부지런히 일하지 않은 적이 있었나.

연초에는 연초라, 여름이면 장마 때문에, 가을이면 수확철이라 열심히 일을 할 테지.

탕약을 먹고 몸을 보양해야 할 것은 자신이 아니라 황제였다.

그녀가 몹시 안쓰럽게 생각하고 있을 때 황제가 문득 생각난 듯 말했다.

"아, 오늘 회의에서 연초에 열리는 신년 연회 이야기가 있었다."

"신년회도 있구나."

"그래. 그런데 너 춤 배운 적 있느냐?"

"……."

순간 이상한 불안감에 휩싸인 다연은 자신의 눈을 가리고 있던 황제의 손을 슬그머니 치웠다.

그리고 설마, 아니겠지 하는 눈으로 황제를 바라보며 물었다.

"아니죠?"

"뭐가?"

"그러지 마요. 진짜 아니죠?"

"그러니까 뭐가."

"······제가 거길 왜 나가요?"

황제는 태연했다.

"신년 연회의 첫 춤은 황제가 시작하는 것이다. 그리고 내 짝은 당연히 네가 되어야 하지 않겠느냐?"

다연은 침대에서 벌떡 일어났다. 그리고 울컥하여 외쳤다.

"아 씨, 그걸 왜 이제 말해요! 저 완전 몸치인 거 몰라요?"

격렬한 반응에 얼떨떨해하던 황제는 그만 피식, 웃고 말았다.

참 자랑이었다.

황제의 측근들과 다연의 시녀들은 조마조마한 기분으로 분위기를 살폈다. 황제 커플이 며칠째 같은 주제로 언쟁 중이었다.

둘은 원래 한 가지 일을 가지고 오래 싸우는 편은 아니었다. 어지간한 일들은 다연이 무던하게 넘어갔고 결정적인 일에선 항상 황제가 접어 주었다. 다른 커플들에 비교하면 거의 싸우지 않는 편이라 봐도 좋았다.

그런데 유독 이 문제에 대해서는 둘 다 양보가 없었던 것이다.

발단은 신년 연회였다. 정확히 말하면 신년 연회를 여는 첫 춤이었다.

"전 태어나서 한 번도 제대로 춤을 춰 본 적이 없다고요."

다연이 무척이나 심란한 표정을 했다. 샐러드를 뒤적거리는 손길이 우울해 보였다. 반면 황제는 전혀 문제 될 게 없다는 반응이었다.

"그거야 배우면 되지 않느냐. 어렵지 않다. 너는 검도 다뤄 본 적이 없었지만 베른하르트에게 배우지 않았느냐?"

배웠지만 전혀 늘지 않았다는 불리한 사실은 언급하지 않는 점이 황제다웠다. 그도 최선을 다해 설득 중인 것이다. 황제는 꼭 다연과 함께 신년 연회에 참석하고 싶었다.

"그건 베른 경한테만 창피하면 그만이니까요. 그런데 이건 연회라면서요. 온갖 사람들이 다 보고 있을 거 아녜요."

"아니, 남들 앞에서 춤 솜씨 뽐낼 일 있느냐? 적당히 하면 될 일이지, 뭘 그런 걸 신경 쓰느냐. 너 무슨 황립학교 입학하느냐? 교양 시험 보러 가느냐 말이다."

"그 적당히도 안 되니까 하는 말 아녜요. 저 몸치인 거 모르세요?"

듣고 있던 모두는 생각했다. 알아.

"아, 그리고 일단 다른 걸 다 떠나서 창피하다고요!"

다연은 어지간히 하기가 싫은지 다른 때보다 꽤나 필사적이었다. 이미 둘 다 식사는 안중에도 없었다. 시종들은 이제 그만 음식을 치우고 디저트를 내와야 하는지 저대로 내버려 둬야 하는지 우왕좌왕하기 시작했다.

마침내 황제가 식기를 내려놓으며 한숨을 쉬었다.

"그럼 어떻게 했으면 좋겠는데."

다연이 이때다 싶어서 말했다.

"그래서 말인데요. 저는 그냥 참석을 안 하면 안 될까요?"

그러나 황제는 단호한 얼굴로 고개를 저었다.

"첫 춤은 꼭 춰야 해. 황제가 신년사 후 첫 춤으로 연회를 여는 것이 관례다. 그때까지는 아무도 연회를 즐길 수 없다고."

다연은 머뭇거렸다. 비록 그녀가 황제의 복장을 뒤집는 짓을 종종 해 오긴 했으나 눈치가 소멸한 것은 아니었다. 이 말을 했을 때 그가 어떤 반응을 보일지는 불을 보듯 뻔했다.

그러나 인생 최악의 흑역사를 갱신하고 싶지 않은 그녀의 노력 또한 눈물겨웠다. 다연은 마침내 입안을 맴돌던 말을 꺼냈다.

"……폐하는 추시면 되잖아요."

황제는 처음에는 그게 무슨 뜻인지 알아듣지 못했다. 그러나 머지 않아 그녀의 의도를 이해하고는 충격을 받아 입을 벌렸다.

"지금 나보고 신년 파티에서 다른 여자와 첫 춤을 추란 말이냐?"

뭐, 이런 게 다 있어? 다들 들었지. 이러니 내가 화가 나, 안 나.

황제가 주변을 돌아보며 동조를 구하려 했다. 측근들은 편을 들지도 못하고 안 들지도 못하고 쩔쩔매며 고개를 숙였다.

"그러지 마. 딱 한 곡이잖아. 내가 다른 여자랑 연회를 시작하게 하지 말라고."

황제는 다시 한 번 설득조로 말을 했으나 다연은 이번만큼은 좀처럼 설득되지 않았다. 그녀는 미간을 조금 찌푸리고 불평하듯 말했다.

"아, 그냥 좀 추시면 안 돼요? 춤인데 뭐 어때요?"

황제는 몹시 상처받은 표정을 했다. 아주 오래전 다연을 나, 너, 극도로 혐오함 표정으로 바라보곤 했던 황제는 요즘따라 부쩍 가련한 표정을 하곤 했다. 미모를 십분 활용하는 전술이었다. 그러나 전혀 먹히지 않는 것 같았다. 다연은 날카로운 잽을 날렸다.

"그럼 작년엔 누구랑 추셨는데요?"

황제는 그만 꿀 먹은 벙어리가 됐다. 황제의 측근들은 이 놀라운 상황을 역사서에 기록하고 싶었다. 야, 지금 폐하가 말싸움에서 밀린 거 실화냐.

"……그냥 적당한 대귀족 집안의 아무나와 췄다."

머뭇거리던 황제가 부쩍 어두워진 표정으로 대답했다.

사실이었다. 작년 연회에서 황제는 법무대신의 딸과 첫 춤을 추었다. 그리고 그전 해에는 아마 발티온 영주의 누이동생에게 청했을 것이다.

황후가 공석이니 공신 가문이나 유력한 중앙 귀족, 방계 혈족 중에 돌아가며 상대를 고르는 건 당연한 일이었다. 정치적으로 편중되지 않게 신경을 썼고 거기에 의미를 부여하는 사람은 아무도 없었다.

그런데 황제가 순간적으로 말을 잇지 못한 이유는 그런 식으로 과거를 거슬러 올라가다 보면 당시 교제하던 여성과 첫 춤을 춘 적도 있었기 때문이다.

물론 다연이 그런 걸 가지고 세모눈을 뜰 성격이 아닌 것은 잘 알았다. 오히려 알게 되면 그 핑계로 연회를 빠져나가려 들 것이다. 그러나 미치지 않고서야 결혼할 여자 앞에서 과거 이야기를 하는 바보가 있을까. 자세히 이야기하면 말리는 싸움이었고 황제는 불리한 상황에서의 싸움은 시작도 안 하는 성격이었다.

그의 낭패감을 모르는 다연은 거봐요, 하며 말했다.

"이번에도 그냥 다른 사람이랑 추세요."

황제는 몹시 억울한 표정으로 말했다.

"그때와 지금이 어떻게 같을 수 있느냐. 그때 나에겐 네가 없었고 지금은 네가 있지 않느냐?"

황제는 오늘따라 좀 질척거렸지만 돌아오는 답변은 간결했다.

너무 간결하고 쿨한 나머지 듣는 사람들의 등골이 다 오싹했다.

"그럼 그날도 그냥 없다고 생각해 주시면 안 될까요?"

"……."

측근들은 감탄했다. 설득력이…… 있어!!!

황제는 결국 완전히 삐쳐 버리고 말았다.

황제가 식사 후, 접견 일정을 소화하러 가자 다연은 자리에 남아 깊은 한숨을 쉬었다.

심사가 틀어진 황제는 설득은 포기한 듯하였으나 툴툴거리는 것을 멈추지 않았다. 다연은 모처럼 황제의 신하들이 어떤 기분인지 체험해 볼 수 있었다. 필터를 제거하고 내키는 대로 지껄이는 황제는 화술의 마법사, 언어의 폭력배 수준이었다.

– 있는 연인을 없다고 생각하라니 이런 억울한 경우는 세상 어디에도 없는 것이다.

– ……

– 하늘 아래 어찌 이런 불운한 사랑이 다 있느냐? 내가 슬프고 비통하여 일이 손에 잡힐 것 같지 않다.

– 아니, 뭘 또 그렇게까지……

– 있는 연인을 없는 척하라니 그런 부도덕한 짓이 어디 있겠느냐. 나보고 애인이 버젓이 있는데 다른 여인에게 첫 춤을 신청하는 무뢰한이 되란 말이냐?

– 그, 그냥 춤이잖……

– 그건 올바르게 교제하는 남녀가 할 짓이 아니다. 한순간도 내 마음을 잊어 본 적이 없거늘 나는 차마 그런 쓰레기 같은 짓은 못 하겠다. 시정잡배들이나 할 짓이다. 그렇지 않느냐? 아, 다연 너에게 물은 것이 결코 아니다.

– ……

– 시종장, 너는 그런 허섭스레기 같은 짓을 할 수 있느냐? 설마 너도 그런 쓰레기인 것이냐?

난데없이 불똥이 튀자 시종장은 몹시 괴로운 표정을 했다.

저는 그저 열심히 일한 죄밖에 없사온데, 제, 제발 살려 주시옵소서.

독백을 빙자한 황제의 언어폭력은 약 반 시간가량 계속됐다. 몰이의 기술이 아주 수준급이었다. 어찌나 현란하게 말로 때려 팼는지 황제가 나가고 난 뒤에 다연은 만신창이가 되어 있었다. 천하의 대역 죄인이 된 기분이었다. 황제도 없는데 무릎을 꿇고 석고대죄를 하고 있어야 할 것 같았다.

어딘가 넋이 나간 다연을 힐끔거리며 시녀들이 부지런히 접시를 치우기 시작했다. 다연은 주변 사람들에게 물었다. 평상시 사용인들을 보기 부끄러워하던 그녀였지만 이번만큼은 무척 신경이 쓰이는 모양이었다.

"내가 그렇게 잘못한 거야?"

호위 기사들과 시녀들은 난감한 얼굴을 했다.

아니, 그런 어려운 질문은 제발 저희들에게 안 하시면 안 될까요? 이걸 네, 라고 할 수도 없고 아니요, 라고 할 수도 없고.

모두가 눈치만 보던 와중에 기사단의 막내가 용감하게 답변했다.

"음…… 일단 다른 여성분이랑 추라는 말씀은 안 하시는 편이 더 좋았을 것 같……."

선임이 뒤늦게 발을 밟았다. 막내는 입을 다물었지만 이미 다연의 표정은 한층 침울해진 후였다. 자책하는 표정이었다.

그리고 그 얼굴을 바라보는 사람들의 얼굴에는 부드러운 미소들이 떠올랐다. 쓴웃음, 안쓰러움, 장난기, 저마다의 감정은 달랐지만 대부분 따뜻한 색을 띠고 있었다.

지켜보던 마리가 안쓰럽기도 하고 안타깝기도 해 다연에게 물었다.

"그렇게 싫으셔요?"

사실 다연을 가까이서 오랜 시간 지켜봐 온 이들은 다연의 반응을 이해했다. 주목받기 싫어하는 것은 그녀의 일관된 성향이었고 사람 성격이란 건 쉽게 고쳐지지 않는 모양이었다. 더군다나 잘 못하는 걸 남들 앞에서 해야 한다니 더더욱 움츠러드는 듯했다.

그러나 사람들은 동시에 황제의 기분 또한 짐작할 수 있었다. 남들보다 늦은 나이에 참사랑을 만난 황제는 종종 자랑하고 싶어 했다. 다연과 파트너가 되어 연회에 참석하고 또 공식적으로 소개하고 싶은 것이다.

첫 춤, 관례, 황실 예법 운운하지만 기저에 깔려 있는 마음이 사실은 애인을 자랑하고 과시하고 싶은 욕구라는 것은 불 보듯 뻔했다.

확실히 다연은 산통을 잘 깨는 경향이 있었다. 좋아 죽는 사람한테 찬물을 끼얹을 때가 종종 있었는데 이번에도 황제는 그게 서운했던 것이다.

"싫은 것도 싫은 거지만, 음, 안 해 봐서 별로 잘할 자신 없는데. 나 때문에 폐하까지 비웃음 당할까 봐."

그녀의 말에 사람들은 오묘한 표정을 지었다. 본인 때문에 아니라 황제 때문이었구나. 황제가 이 말을 듣지 못해서 다행이었다. 잘은 모르겠지만 좋은 반응은 안 나올 것 같았다.

사람들은 왜 황제가 종종 다연이 쓸데없는 걱정을 한다고 얘기하는지 알 것 같았다.

대체 누가 감히 당신 애인을 비웃겠어요.

아까 말로 호되게 쥐어박히고도 그런 걱정이 드냐고 묻고 싶었다. 그래도 그건 애인한테 하는 말이라고 애정을 엄청 섞어 말해 그 정도인 거였다.

어지간히 날고 기는 귀족들도 황제의 앞에서는 어려워했다. 신분도 언변도 그를 그렇게 만들었지만 황제가 정무를 해 나가는 방식과 본인 삶을 대하는 태도야말로 그를 어려운 존재로 만드는 원인이었다. 적으로 돌리기가 굉장히 꺼림칙한 유형인 것이다.

그러니 참으로 부질없는 걱정이었다.

하지만 모시는 이에게 이러쿵저러쿵 조언을 할 수도 없는 것이 아랫사람들의 입장이라 그들은 난감해졌다. 결국 마리가 최선의 말을 했다.

"잘 못하셔도 귀여우셔요."

그러나 다연은 고개를 저었다.

"넌 나를 좋게 생각해 주니까. 그래서 그렇게 봐 주는 거고 보통은 안 그래. 흠을 잡고 깎아내릴걸."

소름 끼치는 자아비판이었다. 요즘따라 객관적이기가 황제보다 심했다. 다연은 한동안 머리를 감싸 쥐고 고뇌에 잠겨 있었다. 그러더니 깊은 한숨을 내쉬고는 말했다.

"누구한테 배워야 할지 모르겠어."

"……하시게요?"

"어떡하겠어. 될 대로 되겠지 뭐."

"제가 시종장님께 여쭤볼게요. 잘 생각하셨어요."

결국 다연이 고집을 꺾었다. 사람들은 저마다 안도의 한숨을 내쉬었다. 다연에게는 안 된 일이지만 누구 하나가 양보하여 윗사람들의 평화가 유지된다면 그들에게는 반길 일이었다.

황제는 집무실에서 근위대장에게 보고를 받는 중이었다.

"내일 새 대신관이 취임한답니다."

"해야겠지. 오래 비워 놓을 수도 없는 일 아닌가."

억류되었던 이전 대의 대신관은 얼마 전 반역죄로 직위가 박탈된 상태에서 처형되었다. 반역은 그 죄를 널리 알리고 공개적으로 처형한 뒤 효시하는 것이 보통이었다.

그러나 그가 가지고 있던 상징성을 고려했을 때 극도의 파장이 우려되었기에 처형은 비공개로 이루어졌다.

근위대장은 집행 전 그에게 마지막으로 남길 말을 물었다. 한때 여신과 가장 가까웠던 자에서 사형수가 된 노인은 몹시 고단하고 주름진 얼굴로 말했다.

– 황제는 이것으로 끝이라고 생각하겠지만 아직 끝나지 않았소.

왜 정치범들은 죽기 전에 다 똑같은 말을 하는지 모르겠다며 황제의 밑에서 온갖 더러운 일을 도맡아 해 온 근위대장은 조금 짜증스럽게 생각했다.

원래대로라면 역사서에 기록되어야 했을 신전 수장의 마지막은 그렇게 근위대의 비밀보고서로만 남게 되었다. 그의 유언 또한 간략한 한 줄로 남았다.

말없이 읽어 내려가던 황제는 이내 보고서를 덮으며 알 수 없는 표정으로 생각에 잠겼다. 황권과 신권이 양립하고 두 개의 태양이 뜨던 시대의 쓸쓸한 종말이었다.

"헤르고니아에서 한다던가?"

"예, 민심이 흉흉하여 되도록 조용히 끝낸다 하였습니다."

"그렇군."

"취임식에 참석은 안 하실 거죠?"

근위대장의 물음에 황제는 인상을 찌푸렸다.

"가서 칼 맞을 일 있나? 내가 거기 가면 분위기가 퍽이나 좋겠군."

혼란을 틈타 친황실과 신관들을 대거 득세시켰지만 신전과 황실의 적대감은 뿌리 깊은 것이었다. 이 취임식의 원인은 황실이 대신관을 처형한 것이었다. 물론 그 이전에 대신관의 반역죄가 있었다.

그러나 이런 식으로 원인을 타고 올라가다 보면 결국 누가 먼저였는지 알 수가 없게 되는 것이다. 아직도 반감을 가진 신관과 지방 귀족들이 태반일 터였다.

"축하 서한 정도만 보내서 대독하게 해."

그 말에는 시종장이 대신하여 대답했다.

"그리하겠습니다, 폐하."

"신전 건은 그럼 이 정도에서 마무리 짓는 걸로 하지. 지긋지긋하군."

근위대장은 몹시 피로한 표정으로 무언의 동의를 표하며 물러갔다.

잠시간 휴식을 취하던 황제는 문득 생각이 난 듯 시종들을 향하여 물었다.

"다연은 뭘 하고 있지?"

"……춤 연습을 하고 계시답니다."

황제는 그만 피식, 웃고 말았다. 다른 이들은 황제처럼 웃지는 못했지만 웃음을 참느라 해괴한 얼굴을 하고 있었다.

사람들은 아무도, 정말 아무도 다연에게 기대하지 않았다. 이미 검술 수련과 승마 연습을 할 때 바닥을 보았기 때문이다. 그러나 다연은 모두에게 바닥은 조금 더 아래에 있었다는 것을 확인시켜 주었다.

알티우스에도 춤은 여러 종류로 세분화되어 있었다. 그러나 황실 무도연에서 지체 높은 분들이 추는 사교댄스는 뻔했다. 절제되고 느린 곡조에 경망스럽지 않을 정도로만 달라붙어서 정해진 패턴대로 발을 옮기면 되는 것이다.

그걸 며칠째 연습씩이나 하고 있다는 게 황제의 눈에는 몹시 사랑스러웠다.

갠 진짜 뭘 먹고 그렇게 귀여운 걸까?

황제는 또 한참 측근들을 괴롭게 하더니만 응원이나 하러 가야겠다며 자리에서 일어섰다.

한편 내궁 상황은 심각했다.

다연의 연습 상대는 막내 기사가 하게 되었다. 혹여 황제에게 횡액을 당할세라 아무도 하고 싶어 하지 않았기 때문이다. 그리고 남이 기피하는 일은 어딜 가나 자연히 막내가 하는 법이었다.

막내는 오늘도 외치고 싶었다. 이곳도 아비규환입니다!

극도의 뻣뻣함으로 모두를 놀라게 한 다연은 암기는 곧잘 했다. 손의 위치나 기본 매너, 스텝, 경로 등은 머지않아 금방 익혔다. 모두의 노력과 벼락치기에 특화된 본인 암기력의 힘이었다. 그런데 거기까지가 끝이었다.

정해진 자세를 하고 정해진 경로로 이동하는 것을 가리켜 춤이라 칭하지는 않을 터였다. 디테일이 심각하게 부재되어 있었다.

무엇보다 다연은 본인이 우아해 보여야 한다는 사실을 소름 끼쳐 했다. 춤을 춘다는 것 자체가 괴로운 것 같았다.

나 정말 춤추고 싶은 기분 아니야, 라는 말만 수없이 중얼거렸다. 원래 그런 성격이었다.

그러나 모두는 이것만으로도 만족했다. 며칠간 다연을 지켜보며 황궁 사람들의 까다로운 심미안은 그 기준치가 한참 낮아졌다.

물론 무도의 정수와는 한참 거리가 멀었지만 누구 말처럼 교양 시험 보러 갈 것도 아니고 전문 무용수도 아닌데 다 알 게 무언가. 그냥 황제의 발만 밟지 않기를 바랄 뿐이었다. 설령 밟는다 하여도 황제는 개의치 않겠지만.

그리고 사실 문제는 따로 있었다. 마침내 계속 상대가 되어 주던 막내 기사가 말하고 말았다.

"다연 님, 얼굴 좀 피시면 안 될까요."

"춤출 기분이 아니야……."

"저도 딱히 기분이 좋아서 하는 건 아닌데요."

다연은 넋이 나간 사람처럼 중얼거렸다. 여긴 어디, 나는 누구? 하는 얼굴이었다. 정말 싫은 모양이었다.

안쓰러웠지만 솔직하게 말하여 그 모습은 웃겼다. 세상이 무너져 내린 것 같은 표정으로 성실하게 스텝을 수행하는 모습이 마치 고행길을 걷는 수도자 같았다. 우아하고 아름다운 춤곡이 음울한 장송곡으로 탈바꿈하는 순간이었다.

사람들은 생각했다.

솔직히 말해 봐요. 이거 개그죠?

신계에서 유행하는 고도의 개그인가?

결국 기사들은 조금씩 키득거리기 시작했다.

시녀들은 모시는 주인에 대한 의리로 최선을 다해 참고 있었지만 옷자락을 꽉 쥐고 있는 손이 새하얬다. 그리고 오늘따라 예민한 다연은 금세 사람들의 웃는 기색을 알아차렸다.

"뭐야, 왜 웃어요!"

사람들이 대답을 하지 못하고 웃기만 하자 다연이 얼굴이 새빨개져서는 외쳤다.

"그렇게 이상해? 다들 미쳤어?!"

그 마지막 말이 또 누구를 너무 연상시키는 바람에 기사들은 결국 참지 못하고 폭소를 터뜨리고 말았다. 사랑하는 건 좋은데 그런 것까지 닮지 말라고!

다연은 결국 완전히 시무룩해지고 말았다. 울상이 된 토마토를 달래는 일은 어려웠다. 시녀들은 사태의 주범인 기사들을 향해 눈을 흘겼다. 지금 가뜩이나 신경 쓰고 계신 거 몰라요?!

어, 어이쿠.

표독스러운 비난의 시선이 쇄도하자 기사들은 허둥댔다.

"표정이 너무 울적하셔서 그게 상황과 어울리지 않아서 웃은 겁니다."

"정말로 다른 것 때문에 웃은 것이 아닙니다."

"그렇지만 기분이 나쁘셨다면 진심으로 사죄드립니다."

울상이 된 토마토는 완전히 기운을 잃어버렸지만 그래도 착했다. 무릎까지 꿇을 기세인 기사들에게 실의에 빠진 얼굴을 하면서도 괜찮다고 말해 주었던 것이다.

"아녜요. 웃겨서 웃는데 어떡하겠어요."

"……."

그게 사람을 더욱 미안하게 했다. 기사들은 눈치 없이 웃음을 흘린 자신의 입을 찢어 버리고 싶었다. 그들은 다연의 기운을 북돋워 주기 위해 되도 않는 위로를 하기 시작했다.

"아까보다 훨씬 나아지신 것 같습니다!"

"재능이 있으신데요?"

"이 정도면 연회 때도 전혀 문제없으실 것 같습니다!"

여기저기서 토마토에게 용기를 주기 시작했다. 힘내! 넌 춤신춤왕이 될 수 있어!

그러나 같은 상황은 황제가 방문하였을 때도 반복됐다. 슬그머니 나타난 황제는 소리 없이 다연이 하는 양을 지켜보고 있었다.

몸을 움직이는 데 재능이 없는 것은 익히 아는 바라서 놀라울 것도 없었다. 황제 또한 저 정도면 만족했다. 물론 어딜 가나 황후의 자질 운운하며 입방아를 찧어 대는 것들은 존재하겠지만 죽고 싶지 않으면 알아서 처신하겠지.

그러나 황제도 결국에는 기사들과 같은 이유로 웃고 말았다.

다연은 아까보다 한층 더 어두워진 얼굴로 위령제를 지내고 있었다. 연주자는 그녀의 놀라운 곡 해석에 연주 인생 최대의 위기를 맞은 표정이었다.

황제가 시종장을 향해 물었다.

"내가 지금 장례식장에 온 것이냐?"

본인도 모르게 동의할 뻔한 시종장이 깜짝 놀라 고개를 숙였다.

뒤에 있던 황제의 시종들이 속닥거렸다.

시녀들한테 들었는데 다연 님이 음치시래.

다연 님도 뭔가 잘하는 게 있으시겠지?

간이 튼튼하시잖아.

아, 맞다. 그랬지, 간이 튼튼하셨지.

시종들은 다행이라며 안도한 얼굴로 고개를 끄덕였다.

한편 어디선가 웃음소리가 들려오자 다연은 당황하여 그곳을 돌아보았다. 그리고 황제가 웃고 있는 것을 알고는 급속도로 얼굴이 시뻘게졌다. 수치심과 배신감이 가득한 얼굴이었다. 황제는 이전의 것까지 더해진 분노를 받아야 했다.

"진짜 너무한 거 아니에요? 제가 누구 때문에 이 고생을 하고 있는데 미하일 지금 저 비웃는 거예요?"

이거 진짜 실화……?

다연이 뾰로통한 얼굴을 하다가 나중엔 울먹울먹하는 것 같자 황제가 깜짝 놀라서 다가왔다. 황제가 팔을 잡아 오자 다연은 그것을 뿌리치려 했다.

"……."

다연이 이렇게 뿌리치는 것은 또 처음이었다. 황제는 사태의 심각성을 인지하고 주변을 돌아보았다.

기사들은 망했다는 표정이었다. 혼신의 거짓말로 간신히 뒷수습을 하였는데 황제가 와서 모든 것이 무위로 돌아갔다. 여기저기서 원망과 비난의 표정들이 속출했다.

측근들은 차마 그 불경한 표정을 감추기 어려워 차라리 고개를 숙였다.

황제는 난감한 표정으로 다시 다연을 돌아보았다.

"아니, 다연. 내 말 좀 들어 보거라."

"저 지금 진짜로 좀 화났어요. 기분 나빠요."

"······미안해."

"······."

"······우는 거 아니지?"

그런 말 하면 진짜 눈물 나오는 거 모르나?

다연은 잠깐 황제를 흘겨보았다가 다시 고개를 모로 돌렸다. 너무 화가 나고 억울해서 어쩔 줄 모르는 표정이었다. 황제는 그야말로 쩔쩔맸다. 그는 다연의 어깨를 잡고 눈을 마주하려 애쓰며 말했다.

"오해다. 내가 왜 널 비웃어. 나처럼 널 좋아하는 사람이 어디 있다고."

"비웃었잖아요."

"아니라니까."

"제가 못하니까 비웃었잖아요."

"대체 왜 그렇게 꼬아서 받아들이느냐? 비웃은 게 아니라 그냥 웃은 거다. 널 보니까 좋아서 웃은 거야."

다연이 대답이 없자 황제는 초조해하며 눈치를 살폈다. 좀 누그러진 것 같긴 한데 그래도 마음이 많이 상했는지 자꾸만 눈을 피했다. 애인에게 외면당한 황제는 안절부절못하다가 나중엔 점점 횡설수설하기 시작했다.

"내가 널 어떻게 비웃어. 내가 사랑하는 여자를 비웃을 정도로 형편없는 이 같으냐? 그런 말 하지 마라. 나는 네가 보고 싶어서 일하다 말고 틈을 내서 왔는데."

"……."

"정말로 귀여워서 그랬어. 화내지 마."

황제가 계속해서 눈을 마주 보려 애쓰며 말했다.

고집스럽게 외면하던 다연이 마침내 한숨을 쉬며 고개를 끄덕였다. 기분이 나아졌다기보단 자신이 하고 있는 짓이 꼴사납다는 생각이 들었기 때문이다.

남한테 괜한 화풀이를 하고 있는 것 같았다. 다른 사람들 보기 부끄러운 짓이었고 나중에 이불을 찰 게 분명했다.

"알았어요. 그만 말하세요."

"……화 안 풀렸잖아."

"아니에요. 제가 괜히 자격지심 때문에 예민해서 그래요. 신경 쓰지 마세요."

"……."

황제는 기사들의 전철을 그대로 밟았다. 다연이 자신을 탓하니 그게 사람을 더욱 미안하게 했던 것이다. 황제는 눈치도 없이 웃음을 흘린 자신의 입을 찢어 버리고 싶었다.

그는 급기야 다연보다 더 침울한 표정이 됐다. 황제는 내가 다 잘못했다는 말로 몇 번이고 사과의 뜻을 전했다. 그리고 그 사과는 지긋지긋해진 다연이 이제 그만해 달라고 애원할 때까지 계속됐다.

다연은 이곳에도 새로운 해를 축하하고 격려하는 관습이 있다는 것을 기이하게 여겼다.

날짜라는 개념을 부여하는 순간 모두는 같은 생각을 하게 되는 것일까? 어딜 가나 사람 사는 곳은 다 똑같은 것 같았다.

사람은 개개인으로 보았을 때는 모두가 다른 존재였다. 모두가 각기 다른 꿈을 꾸고 생각하는 것이 다르며 함부로 단정 지을 수 없다.

그런데 인류라는 집단으로 바라봤을 때 인간은 인간성이라고 특정할 만한 고유의 사고방식을 가지고 있는 것 같다.

전혀 다른 세계에서도 인간의 역사와 문화가 유사한 방향으로 뻗어 나간다는 것이 놀라웠다.

집단 지성이 지향하고 도출하는 미래는 결국 정해져 있는 걸까? 인간은 결국 모두 같은 것을 추구하는 존재일까?

이 세계의 미래가 다연이 살아온 세계를 향해 간다고 생각하면 그것이 신기하기도, 재미있기도, 또 슬프기도 했다.

다연이 가끔은 공상에 빠졌다. 그리고 또 가끔은 현실 속에서 치를 떨며 춤 연습을 했다.

그사이 연회 준비는 물밑에서 꽤나 분주하게 이루어졌다.

제일 고생하는 건 역시 시종장이었다. 일은 잘하는 사람에게 몰리는 법이었고 그는 오랜 시간 황궁의 안살림을 도맡다시피 해 왔다. 연회 준비는 보통 황후궁에서 하는 것이 일반적이었으나 황후의 자리는 오랫동안 공석이었다.

그는 언젠가는 업무를 분장할 수 있으리라는 실낱같은 희망으로 버텨 왔다. 그러나 최근 들어 그러한 희망마저 사라져 버렸다. 그냥 팔자려니 하고 살고 있었다.

"꼭 같이 들어가야 해요?"

다연은 거울에 비친 황제를 보며 물었다.

진작에 착장을 마치고 앉아 있는 황제와는 달리 그녀는 치장이 한창이었다. 그리고 그 과정을 구경하느라 황제는 순간 다연의 말을 놓치고 말았다.

"응?"

시녀들은 죽을 맛이었다. 지금쯤 비명이 난무하고 이 옷 저 옷 대보며 개판 5분 전의 상황이 펼쳐져야 했는데 황제의 앞에서는 그럴 수 없었던 것이다. 더군다나 황제는 까다롭기로 이름난 심미안의 소유자였다. 그런 사람이 전 과정을 지켜보고 있으니 무척이나 감시받는 기분이었다.

이것은 법도가 아니었다. 치장의 과정은 묘하게 전투적이었다. 내밀한 부부 사이일지라도 고귀한 신분일수록 그런 모습을 상대에게 보이는 것은 꺼렸다. 시종장은 예의가 아니라며 간곡히 만류해 보았으나 황제는 코웃음도 안 쳤다. 예의는 너희들이나 차리거라.

시녀들은 내심 다연이 말려 주기를 바랐으나 다연은 중요한 일정을 앞두면 초조한 나머지 황제에게 급격히 관심을 잃는 경향이 있었다.

결국 황제는 전투의 현장을 유유히 활보하다가 다연이 입을 옷까지 제 손으로 직접 골랐다. 그런데 또 그가 골라낸 드레스가 다연과 무척이나 잘 어울리는 것은 물론 황도의 최신 유행을 제대로 반영하고 있어서 시녀들은 말을 잃었다.

불경스럽지만 시녀들은 생각했다. 참으로 피곤한 남편감이시다. 그런데 또 다연의 성격을 생각해 보면 저 정도는 되어야 서로가 서로를 사람 구실시키면서 데리고 살 것 같았다.

"꼭 같이 들어가야 할 필요는 없지 않아요? 차라리 제가 먼저 가 있는 게 나을 것 같아요."

황제가 되묻자 다연은 재차 말했다.

이런, 안 듣느니만 못한 말이었네. 황제는 심드렁하게 생각했다. 황제의 생각에 다연은 산통을 깨는 특기가 있는 것 같았다. 그는 다연의 물음에 대답 대신 싱긋 미소만 지어 주고 시녀에게 물었다.

"다 되었느냐?"

시녀들이 조그마한 목소리로 대답하자 그는 우아한 태도로 다연에게 손을 내밀었다.

"가자."

다연은 한숨을 내쉬고는 그 위에 손을 올려놓았다. 다정하게 팔짱을 낀 그들은 연회장으로 향했다. 그 뒤를 황제의 기사들이, 또 그 뒤를 시종들과 시녀들이 길게 따랐다.

이번 연회는 황제가 즉위하고 이듬해에 열렸던 신년 연회를 제외하고는 가장 큰 규모였다.

그간 꾸준히 참석해 온 중앙 귀족과 공신 가문은 물론 세력 있는 지방 귀족들이 다수 초청되었다. 하나같이 기품 있고 여유로운 태도였지만 그들의 속내는 모두 제각각이었다.

사실 황실 연회는 황권이 불안할수록 자주 열렸다. 지지 세력을 모으거나 반대파를 단속하고 정보를 수집하는 수단이 되기 때문이다.

그러나 25대 황제에 이르러 알티우스의 황권은 정점에 달해 있었다. 황제의 편이 되고 싶어 안달하는 사람들은 언제나 넘쳐 났다.

그래서인지 현 황제는 역대 황제들과는 무척 다른 행보를 보여 왔다. 연회를 극도로 자제하는 것은 물론 가끔 열리는 연회마저도 매우 보수적인 숫자만을 불러 모아 약식으로 해치워 버리곤 했던 것이다.

그것은 일종의 자신감이었다. 현 황제는 즉위 후 10년간 꾸준히 신전을 약화시켰고 신전과 결탁하여 황실과 대립각을 세워 온 지방 귀족들은 자연스럽게 흔들렸다.

안정된 황권하에 아쉬운 것은 황제가 아닌 지방 귀족들이었다. 이제 와서 못 이긴 척 황제 쪽으로 돌아서거나 자연스럽게 줄타기를 시도하려 해도 연회는 열리지 않았고 있다 해도 소수에게만 기회가 돌아간다.

황제는 지방 귀족들을 구슬리기 위한 많은 정책을 내어 놓으면서도 만남의 통로는 오로지 공식적인 접견을 통해서만 열어 놓았다. 공적인 업무가 있거나 태도를 분명히 정한 이들만 만났다.

그것이 의미하는 바는 뚜렷했다. 반대파를 포용할 의사를 분명히 하되 주도권 싸움에서는 우위에 있겠다는 것이었다. 분명하게 숙이고 들어오지 않으면 황실에서 반기를 들었던 자들에게 먼저 손을 내밀 일은 없으리란 경고였다.

그리하여 현재 알티우스의 지방 귀족들은 세 부류로 분열되어 있었다. 공신 집안인 발티온 영주를 구심점으로 처음부터 황실에 충성한 자들, 황제의 회유정책과 신전의 약화에 태도를 달리한 자들, 여전히 신전과 결탁하여 황제에게 대립각을 세우거나 슬슬 본인들의 입지에 위기감을 느끼는 자들.

그리고 얼마 전 갑작스럽게 일어난 일부 신관들의 반역과 진압, 처형이라는 일련의 과정들은 지방 귀족 사회를 다시 한 번 거세게 흔들어 놓았다. 충격과 불안이 극에 달한 이때에 갑작스럽게 열린 대규모 연회는 그들을 모두 혼란스럽게 했다.

황제는 마지막으로 기회를 주려는 것일까?

사람들은 황제의 속내가 무엇인지에 대해 추측하기 바빴다.

한편 복도를 지나 연회장의 문이 보이자 황제는 다연을 힐긋 쳐다보았다.

창백한 얼굴은 또 생각이 많아 보인다. 그는 좀 오묘한 얼굴을 했다.

"긴장되느냐?"

그러자 눈을 굴리며 생각하는 눈치이던 다연은 고개를 끄덕이며 긍정했다.

"음음, 네."

"그럴 필요 없다. 늘 말하지만 긴장을 해야 하는 것은 네가 아니라 저 문 너머에 있는 사람들이다. 사람들이 신녀를 너무 어려워할 수도 있으니 아주 조금은 웃어 줘도 이번만큼은 질투하지 않겠다."

뻔뻔스러운 말에 다연은 조금 웃었다. 그녀가 웃자 그냥 기분이 좋은 듯 황제도 따라 웃었다. 다연을 응시하고 있는 초록 눈동자는 온기를 품은 채 반짝거렸다.

"재밌을 거야. 나도 연회는 별로 좋아하지 않지만, 너와 함께 가니 기대가 된다. 원래 장소보다 중요한 것은 누구랑 함께 가느냐가 아니겠니?"

언젠가 다연이 한 말을 그대로 되돌려 준 황제는 무척이나 여유로운 태도였다. 그 얼굴은 자신감으로 가득 차 있었고 약간의 즐거움마저 있었다.

그런 황제를 보면서 다연은 약간 의문에 빠졌다.

사람들은 현실주의자로 평가받는 황제가 사실은 굉장히 긍정적인 사람이라는 것을 알까?

연인인 그녀조차도 그를 이해하지 못하는 순간이 분명히 있다. 방식의 차이가 너무 크게 느껴져 서로가 불가해지는 다툼의 순간은 존재한다. 그러나 동시에 아, 그는 정말로 좋은 사람이구나, 나보다 더 나은 사람이구나 인정할 수밖에 없게 되는 순간들이 있었다.

어려운 일을 어렵지 않게 만드는 사유의 방식, 상황을 받아들이는 인간적인 성숙함. 그가 가지고 있는 삶에 대한 긍정적인 온도는 언제나 다연을 가슴 떨리게 만들곤 했다.

"맞아요."

작은 목소리로 대답하며 그녀는 고개를 떨궜다. 힐끔 눈을 들자 계속 바라보고 있던 황제와 눈이 마주쳐 그녀는 킥 웃었다.

눈앞에는 커다란 문이 있다. 그리고 그 문을 여는 일은 대단히 신비롭고 멋진 일처럼 느껴진다. 재밌을 거야. 좋은 일이 있을 것 같아. 그렇지만 설령 그렇지 않더라도 뭐 어때?

다연은 웃으면서 고개를 끄덕였다. 황제가 고갯짓을 하자 마침내 근위병이 커다란 문을 열었다.

어디선가 황제 폐하의 등장을 알리는 외침이 들리고 사람들의 웅성거리는 소리가 울려 퍼졌다. 다연의 눈이 동그래졌다. 황제는 그런 다연을 내려다보며 피식, 피식 웃고 있었다.

그에 따라 황제에게 몰렸던 귀족들의 시선 또한 자연스럽게 다연을 향했다.

연회장 안에는 각 부처의 최고 대신들은 물론 실무 관료 일부도 와 있었다. 그들 또한 중앙 귀족이었기 때문이다.

관직에 올라 있는 자들 대부분은 황성을 오가며 신녀를 볼 기회가 많았다. 황제 커플의 유난한 애정 행각 또한 접할 기회가 많았다.

그들은 처음에는 풋사랑 같은 연애를 시작하며 부끄러워하는 것 같더니 어느 시점 이후로는 남들 눈은 그다지 신경 쓰지 않았다. 덕분에 황궁에 드나드는 많은 이들은 청각과 시신경에 불시의 테러를 당해야만 했던 것이다.

반면 가문이 한미하거나 지방 귀족인 자들 중에는 신녀의 얼굴을 오늘에서야 처음 보는 이들도 많았다. 당연한 수순으로 둘의 애정 행각 또한 처음 보는 것이었다.

그들은 처음엔 신녀의 평범함에 한 번 놀라고 그다음으로는 황제의 이상 행동에 또 한 번 놀랐다.

그들 모두는 표정 관리에 능한 귀족 사회의 일원들이었으나 이 순간 당황한 기색이 역력했다. 누군가가 작게 속삭이는 목소리가 들렸다.

"지금 저기서 시종일관 웃고 계시는 분이 정말 폐하가 맞으시오?"

대답하는 이는 없었지만 모두는 내심 같은 생각이었다. 오랜만에 알현하는 황제는 어딘가 분위기가 변해 있었다.

젊은 황제는 원래도 고루하고 딱딱한 사람은 아니었다. 직설적인 화법에 농담도 곧잘 했고 위트가 있었다. 그렇다고 저렇게 잘 웃는 사람도 아니었다.

대부분의 황족들이 그랬지만 그 또한 오만하고 냉엄한 지배자 특유의 분위기가 있었다. 자신이 제일 잘났고 자신밖에 몰랐으며, 솔직히 말하면 재수가 없었다.

그런데 저기서 헤프게 웃고 있는 폐하를 닮은 사람은 대체 누구야.

입장하자마자 귀족들은 안중에도 없는 싸가지를 보면 우리 황제가 맞는 것 같은데 신녀를 바라보는 인간적인 표정은 또 황제의 것이 아니었다.

연단으로 이동하는 동안에도 황제는 다연을 부드럽게 이끌며 시선을 떼지 않았다. 눈이 계속 웃고 있는 것이 거의 세상은 아름답다는 수준의 표정이었다.

우리 폐하는 심장이 없지 않으셨나?

군중들은 황제가 등장할 때보다 더욱 웅성거리기 시작했다.

한편 다연은 품평하는 시선을 예민하게 느꼈다. 그래도 황궁에 왔던 처음보다는 나았다.

황제가 보여 주는 보호하는 듯한 행동 때문이었지만 다른 사유도 있었다. 황궁에 머무는 시간이 길어지면서 연회장 안에는 다연과 안면을 익힌 사람들도 꽤 있었던 것이다.

마감의 동지들이 그때보다 훨씬 사람 같아진 몰골로 알은척을 하고 싶어서 눈을 빛내고 있었다. 명백한 호의의 시선이었다.

다연은 그들을 바라보며 개구쟁이처럼 킥킥 웃었다.

연회장 안은 화려했다. 이래서 황실 연회, 황실 연회 노래를 부르는구나 싶었다.

순백과 아이보리로 꾸며진 테이블 위에는 음식도 음료도 풍성했다. 유리잔 안에 담긴 금빛의 투명한 술, 초콜릿과 생크림의 분수, 금가루를 뿌린 캐비아, 이국의 열대 과일들은 식욕을 자극함과 동시에 화려함을 뽐내고 있었다.

어디에서 공수해 왔는지 모를 생화들로 회장 안은 짙은 꽃향기가 가득했다. 한편에서는 차분하고 은은한 선율의 음악이 흘러나와 사람들의 마음을 편안하게 했다. 연주자들 사이에는 며칠 동안 다연의 앞에서 같은 곡만 주구장창 연주해야 했던 연주자도 보였다.

사치스러움의 끝이었지만 호화로움 이상으로 정결하고 아름다운 분위기가 있었다. 그리고 그 연회장 안 모든 사람들의 시선을 받으며 황제는 연단까지 걸어갔다.

"여기서 잠시만 기다리렴."

부드럽게 말한 황제는 마치 인계를 하듯 호위 기사에게 눈짓을 했다. 그러자 두엇이 다가와서는 보호하듯 다연 곁에 섰다.

황제는 두 계단 위에 있는 연단 위로 올라섰다. 귀족들의 시선은 그제야 신녀에게서 떨어져 황제를 향했다. 올해로 제위 10년째를 맞은 황제는 아직도 젊었다.

그의 얼굴에서는 어느새 그 인간적인 미소가 사라져 있었다. 진지하면서도 약간 냉정해 보이는 것이 평상시 귀족들이 익히 알고 있는 표정이었다. 마침내 그가 입을 열었다.

"짐이 그간 정무에 바빠 이런 자리를 만드는 데 소홀하다 보니 오랜만에 보는 얼굴들이 많군. 다 바빠서 그런 것이니 너무 섭섭하게 생각하지는 말길 바라네. 그럼 이것으로 쓸데없는 말은 다 집어치우고."

서두가 저따위인 걸 보면 모두가 익히 알고 있던 황제가 맞았다.

어쩐지 사람들은 안도의 한숨을 쉬었다. 폐하가 맞으셨어.

"일단 연회를 열게 된 이유는 제국력 328년을 다 함께 맞이하기 위함이네. 건강하게 새해를 맞이할 수 있음을 헤르니야께 진심으로 감사드리네. 그리고 또 그대들도 알다시피 얼마 전 나라에 큰 변고가 있을 뻔하지 않았는가. 한 번쯤은 다들 얼굴을 보면서 이야기하는 게 좋을 듯싶어서."

황제가 신전 사태를 에둘러 말하자 사람들의 낯빛이 굳었다. 황제는 별로 개의치 않고 천연덕스럽게 구시렁댔다.

"아, 그리고 또 내무대신이 올해가 내가 즉위한 지 10년이 되는 해라며 꼭 성대한 연회를 열어야 한다고 하지 무언가. 거참, 애인이랑 기념일 챙기는 것도 아니고 그걸 왜 손꼽아 세고 있는지 모르겠지만, 저이가 워낙 충신이라서."

저게 칭찬이야, 디스야.

언급된 내무대신은 자라목처럼 움츠러들었다. 그렇지만 오래 일한 자들은 물론 내무대신 본인도 저게 황제 나름의 애정 표현이라는 것을 알았다. 은근슬쩍 내무대신이 황제와의 친분을 과시할 수 있게 띄워 주는 것이다.

호들갑스럽게 놀라는 내무대신을 보고 한 차례 피식 웃은 황제가 다시 입을 열었다. 본론이었다.

"10년이라는 시간이 지났으니 이제는 알겠지. 나는 그대들의 이권을 탐하거나 갈취하는 데 관심이 없다. 그대들이 가지고 있는 것은 정당한 그대들의 것이며 온전히 누려도 좋다. 황실은 그것을 빼앗지 않을 것이며 능력을 보이는 자에겐 언제든 더 많은 권리와 더 많은 명예를 줄 것이다."

황제는 천천히 지방 귀족들의 면면을 훑었다. 그의 눈은 차갑고 날카롭게 빛났다.

20대 초반의 젊은 나이에 즉위한 황제의 정치는 제위 기간 동안 흔들림이 없었다. 그는 알티우스를 위해 생애를 헌신한 사람 같았다. 언제나 전쟁에서 승리했고 원하는 바를 향해 꾸준히 나아가더니 마침내 정적마저 제거했다.

　제국은 역사상 가장 넓은 영토를 지배하고 있었고 가장 중앙 집권화에 가까워져 있었다. 모든 황제들이 꿈꿔 온 이상적인 통치 형태였다.

　"알티우스가 부강해지는 것이 곧 그대들의 이권을 지키는 일이다. 그리고 그 알티우스를 부강하게 만들어 온 것이 어느 쪽이었는지, 황실이었는지 신전이었는지 이번 일로 확실하게 알았으리라 믿는다. 앞으로의 처신에 대해 고민해 보고 아무쪼록 좋은 결론을 내주어 줬으면 좋겠군. 새해에는 부디 자주 보길 바라네."

　회유이자 경고였다. 그리고 모두는 이것이 마지막임을 알았다. 신전이라는 최후의 벽을 허물어뜨린 황제는 더 이상 참지 않을 것이다. 황실에 미지근한 태도를 보이는 귀족들을 두고 보지 않을 것이다.

　"하례는 천천히 받겠다. 그럼 다들 연회를 즐기길. 아, 그리고."

　연단 아래로 내려가려던 황제가 문득 생각이 났다는 듯 말했다. 사람들이 모두 의아해하며 황제를 바라봤다. 황제는 그 시선을 즐기듯 어깨를 으쓱하며 다연을 바라보았다. 그러자 사람들의 눈이 이번에는 모두 신녀를 향했다. 갑작스럽게 시선이 자신을 향하자 다연은 약간 움찔했다.

　"오며 가며 본 이들도 많겠지만 헤르니야의 신녀이네. 나와는 다정한 사이이지."

　측근들의 표정이 썩어 들어갔다. 황제의 애인 자랑을 처음 겪는 귀족들은 약간 당혹스러워했을 뿐이다. 사람들의 반응을 개의치 않고 다연을 세상 따스하게 바라보던 황제는 조그맣게 덧붙였다.

"그리고 조만간 내 처가 될 예정이네."

그 한마디가 불러온 파장은 어마어마했다. 측근들은 입을 떡 벌렸다. 연회장 안은 잠시 침묵에 젖어 들었다가 점점 술렁이기 시작했다.

그중에는 갑자기 말을 꺼낸 황제의 의도가 뭘까, 가늠하려는 자들도 있었다. 물론 이 자리는 정치적인 자리였다. 그렇지만 황제는 딱히 특별한 정치적 목적을 가지고 이야기한 것은 아니었다. 그냥 자랑이 하고 싶었을 뿐이다.

황제는 천연덕스럽게 덧붙였다.

"자주 볼 일이 없어 오늘 기회로 그녀와 이야기를 나누고 싶은 마음은 이해하지만 조용한 성품이니 너무 괴롭히지는 말게."

황제의 갑작스러운 발언에 다연의 낯빛도 약간 창백했으나 그녀는 이내 부끄러워졌다. 황제가 너무 팔불출처럼 싸고돌았기 때문이다.

이내 연단 아래로 내려온 황제는 다연의 손을 잡고 회장 한가운데로 이끌었다. 다연은 약간 투덜거렸다.

"뭐예요, 괴롭히지 말라니. 저 사회부적응자 같잖아요."

물론 그런 면이 없는 것은 아니었지만 원래 사실 적시는 가끔 묵직한 폭력이 된다. 황제는 큭큭거리며 웃었다.

둘은 마주 보고 섰다.

중단되었던 연주는 어느새 다시 시작되어 있었다. 익숙한 음악이었다. 다연이 며칠간 지겹게 들었던 춤곡이었다. 여러 악기들과 어우러진 선율은 훨씬 풍성하고 아름다웠다.

황제 커플이 곡에 맞추어 춤을 추기 시작하자 다른 몇몇 사람들도 합류했다. 그렇지 않은 사람들은 음식을 즐기거나 이야기를 나누며 연회는 시작되었다.

황제는 물끄러미 다연을 내려다보았다. 정말 죽도록 연습한 모양이다. 자세가 몰라보게 자연스러워져 있었다. 황제는 솔직하게 감탄했다. 그가 피식 웃으며 말했다.

"잘하는데? 아, 미리 말해 두지만 비웃은 것이 아니라 그냥 웃은 것이다. 정말이다."

"……솔직히 말해 봐요. 저 놀리는 게 재밌어요?"

황제는 조금 난감해졌다. 아니라고 대답하자니 무척이나 재미있는 것도 사실이었다. 곧 달변의 그는 보다 나은 현명한 대답을 찾아냈다.

"그냥 너와 대화하는 게 재미있을 뿐이야. 다른 어떤 일보다 즐겁다."

진정이었다. 언젠가 다연은 황제에게 취미가 무엇이냐고 질문한 적이 있었다. 그때 그는 수련하고 성취하는 것이라고 답하였으나 이제는 그것이 전부가 아님을 안다.

그녀를 만나기 전까지는 진정한 행복이 무엇인지 알지 못했다. 다연과 시간을 보내고 대화를 나누고 사랑을 하는 이 모든 행위가 그에게 즐거움이었다. 그녀라는 사람이 황제에게는 휴식이었다.

황제가 공격을 놀랍도록 잘 피해 가자 다연은 그를 새침하게 노려봤다. 그러더니 이내 웃으며 물었다.

"결혼 얘기 하려고 연회에 같이 참석해 달라고 한 거예요?"

어렴풋이 자신을 사람들 앞에 보이고 싶어 하는구나 짐작은 했지만 연인이라 이야기하고 혼인을 발표할지는 몰랐다. 조금 당황스러웠지만 사람들은 자신보다 더 당황스러워했다. 멍하니 입을 벌린 사람들의 표정을 보는 것이 어쩐지 유쾌했다.

황제의 말이 옳았다. 함께 오니 재미있었다.

황제가 당연하지 않냐는 듯 대꾸했다.

"그럼 내가 너랑 춤이나 추자고 데리고 온 줄 알았느냐?"

물론 그것도 맞았다. 그러나 황제는 오로지 그 이유 때문이라는 양 사기를 쳤다.

"귀족들이 황후의 얼굴을 혼인 예식에서 처음 보는 것도 좀 웃기지 않겠느냐. 마침 연회가 있으니 이참에 얼굴을 보이는 것도 좋을 것 같아서. 물론 너에겐 고생스러웠다는 것을 안다."

처음 추어 보는 춤을 배운다고 무척이나 애쓴 일을 언급하자 다연이 웃으며 고개를 저었다. 굉장히 스트레스 받았으면서 별일 아니라는 듯 넘어가는 토마토는 대인배가 분명했다. 그게 또 사랑스러워서 황제는 하염없이 그녀를 바라보며 감상에 빠졌다.

그의 연인은 이해심이 많다. 잘 이해가 되지 않는 일도 설명을 하면 이해하기 위해 일단 노력한다. 마음에 선의가 있는 것이다.

황제는 자신이 그녀 없이 이 지루하고 재미없는 연회를 어떻게 매번 버텨 왔는지 모르겠다고 생각했다. 사실 인생 전체가 그랬다. 다연 없이 어떻게 살아왔는지 모르겠다.

나는 이제 매번 너와 함께 입장하고 너와 나란히 앉고 너하고만 춤을 출 거야. 너와 함께 살 거야. 너도 그래야 해?

그는 자신이 어떤 얼굴로, 어떤 시선으로 다연을 바라보고 있는지 알지 못했다. 연회장 안의 많은 귀족들만 굉장히 기괴한 것을 바라보듯 황제의 얼굴을 힐끔거리고 있을 뿐이다.

행복감에 도취된 황제는 다연과 함께 또 둘만의 세계를 구축하고 있었다. 그리고 이럴 때의 둘은 남들의 시선은 신경 쓰지 않았다.

기행은 멈추지 않았다. 춤을 추다 말고 갑자기 멈춰 선 황제는 의아해하는 다연을 꼭 끌어안았다. 그러자 다연도 머뭇거리다 가만히 그의 등에 팔을 둘렀다. 이제 사람들은 힐끔거리는 것도 아니고 대놓고 입을 벌린 채 충격에 젖어 그 모양을 보고 있었다. 황제의 시종 및 기사들은 괜히 본인들이 부끄러워서 고개를 숙였다.

오랜만에 영지를 떠나 황도에 온 한 지방 귀족이 아직도 믿지 못하며 물었다.

"폐하가 정말로 사랑에 빠지셨단 말이오?"

그러자 중앙 정계에 진출해 있는 귀족들이 엄숙한 표정으로 고개를 끄덕였다.

군무대신이 답변했다.

"이미 저리되신 지 한참 되셨소."

그리고 그 충격을 안다는 듯 질문한 이의 어깨를 두드려 주었다.

음악이 끝나자 다연이 징글징글해하며 먼저 발걸음을 옮겼다. 어휴, 내가 남들 앞에서 춤을 추다니.

황제는 멋쩍게 웃으며 그 뒤를 따랐다. 그는 사실 다연과 이 연회를 더 즐기고 싶었으나 그녀의 의사를 존중하기로 했다.

"나는 이제부터 하례를 받을 것인데, 옆에 같이 있을래?"

황제의 옆에는 그녀의 자리 또한 준비되어 있었다. 그러나 다연은 고개를 저었다. 옆에 있으면 자신은 물론 인사를 오는 귀족들도 불편해질 것 같았다.

"그래, 그럼 금방 끝내고 갈게."

황제는 기사들에게 눈짓했다. 날파리들이 접근하지 못하게 잘하라는 뜻이었다.

측근들은 사실 불필요한 경계라고 느꼈다. 다연은 정치나 알력에 관심이 없었다. 외척이 없는 유일한 황후 후보였으며 귀족들과도 친분 관계가 없었다. 오히려 너무 심심해하지는 않을까 그것이 걱정이었다.

다연은 연회장의 조금 구석으로 자리를 옮겼다. 천천히 음식이나 즐기면서 사람들을 구경할 생각이었다. 그리고 황제는 하례를 받기 위해 회장의 가장 상석으로 발걸음을 옮겼다.

하례 인사는 뜻밖에도 카이온 영주가 가장 먼저 했다. 유력한 지방 귀족이었으며 북부 지방의 영주였다. 그는 황제와는 꽤 오랫동안 미묘한 대립각을 세워 왔다. 친황실적인 지방 귀족에 발티온 영주가 있다면 그 반대편에는 카이온 영주가 있었다. 황제는 신전 사태가 있은 후 북부 국경의 혼란에 그 또한 연관이 있지 않을까 의심해 왔다.

"폐하, 인사를 올리옵니다. 불러 주셔서 영광이옵고 또 이 자리에서 좋은 소식을 접하게 되어 기쁠 따름입니다.

"⋯⋯."

황제는 반황실 세력의 대표격인 카이온 영주를 바라보았다. 침묵이 길어지자 많은 사람들이 긴장하였으나 황제는 곧이어 입을 열었다.

"건강한 얼굴을 보니 기쁘군. 부디 연회를 즐기길 바라네."

독설가의 대표 주자인 황제가 무난하게 인사를 받자 꽤나 많은 사람들이 안도의 한숨을 쉬었다. 그 뒤로 오랜만에 황실 연회에 참석하는 지방 귀족들의 인사가 줄을 이었다.

중앙 귀족들은 감히 무례하게도 하례는 미뤄 놓고 연회를 즐기는 중이었으나 그게 바로 황제의 뜻이었다. 본인들을 위한 자리가 아닌 것이다. 또 황제가 인사를 좀 늦게 받았다고 마음에 앙금을 남길 사람은 아니었다.

황제는 그 와중에도 틈틈이 다연 쪽을 바라보았다.

다연은 화려하고 예쁘게 꾸며진 음식에 정신이 빠져 있었다. 사람이 많아서 자제하려고 노력하면서도 자기도 모르게 우와, 우와아 하는 것이 엄청 귀여웠다. 그러나 은은한 미소를 띠고 있던 황제의 얼굴이 순간 찌푸려졌다. 사람들은 다들 의아해하며 다연 쪽으로 시선을 돌렸다.

다연은 많고 많은 음식 중에 굳이 투명한 술잔을 가장 먼저 집어 들었다. 그리고 냄새를 한 번 맡더니 오호, 기대감이 어린 표정으로 술잔을 입에 가져다 댔다.

그녀가 꿀딱꿀딱 넘기는 술의 양이 많아질수록 사람들의 표정도 점점 황제와 비슷해졌다. 어후, 신녀님 술 엄청 잘 드시네.

마침내 다연은 무척이나 만족스러운 표정으로 빈 잔을 테이블 위에 내려놓았다. 멀리서도 헤헤 웃음소리가 들리는 듯했다. 황제는 갑자기 피곤한 듯 이마를 짚었다. 그는 자책했다. 내가 술 먹지 말라는 말을 빼먹었구나.

황제는 시종장을 불렀다. 그리고 고갯짓으로 다연을 가리키며 말했다.

"조금만 마시라고 해."

시종장은 흠칫 놀라더니 다연에게 다가가서 황제의 말을 전했다. 그러고는 다연이 뭐라고 답하자 또다시 흠칫 놀랐다. 어딘가 몹시 곤란하고 난처한 표정으로 걸어오는 시종장을 황제는 의아하게 바라보았다. 황제가 눈빛으로 재촉하자 머뭇거리던 시종장이 말을 전했다.

"조금만 마시고 있으시답니다."

"……."

뭐라는 거야, 진짜. 황제는 고개를 절레절레 저었다.

그러나 그는 머지않아 다른 이유로 얼굴을 또 한 번 크게 찌푸려야 했다. 다연에게 사람들이 접근한 것이다. 저 잡것들, 그가 무심코 중얼거렸다. 호위 기사들이 한번 저지하려 하였으나 그들은 다연이 무척이나 반기는 사람들이었다.

"다연 님, 안녕하세요!"

마감 지옥을 함께 넘나든 재무부 관료들이었다. 실무 관료 중에는 이 자리에 참석할 만큼의 신분을 가지지 못한 이들도 많았다. 몇몇 얼굴이 눈에 띄지 않는 것이 아쉬웠지만 다연은 반가이 웃으며 그들을 맞이했다. 몰라보게 사람 같아진 얼굴들이 폭소를 자아냈다.

"안녕하세요? 요즘은 급한 일은 다 끝나셨나 봐요?"

그러나 그들은 다연의 물음에 몸서리를 치며 고개를 저었다.

"어휴, 말도 마세요."

"간신히 좀 한가해지나 했더니 다시 조세 개정안 때문에 정신이 없습니다."

"폐하는 대체 언제까지 일만 하실 거래요?"

그들 중 하나는 다연에게 조금 더 가까이 다가오더니 그녀만 알아들을 수 있게 목소리를 낮추었다.

"제발 폐하를 좀 어떻게 해 주세요."

오늘도 아무 말이 난무했다. 곧이어 그들이 월말 마감 때 청사에 놀러 오라고 다연을 열심히 꼬드기기 시작했다. 다연은 장담을 할 수가 없어 애매하게 웃기만 했다. 사실 정말 도움이 되는지도 의아했고 한 번 앓아누운 전적이 있는지라 황제를 설득할 자신도 없었다. 그렇지만 와서 이렇게 알은척을 해 주는 것이 내심 고마웠다.

황제가 그 모습을 멀리서 상당히 못마땅하게 바라보는 사이 발티온 영주가 황제에게 하례를 올리기 위해 다가왔다.

"폐하, 오랜만에 뵙사옵니다. 건강하신 모습을 뵈니 기쁩니다."

공신 가문의 후예인 영주는 황제에게 유독 잘했다. 황제와 연배가 비슷한 그는 중앙 정계를 떠난 뒤로 가문의 영지에 내려가 황제의 눈이 되었으며 지방 세력의 구심점 역할을 했다. 공손하게 인사를 올리는 충신에게 황제는 덕담은 못 해 줄망정 이상한 소리를 꺼냈다. 아무도 예상치 못한 화두 제시였다.

"다연에게 사과나무를 선물했다고."

횡액을 피하려고 나무를 선물했다가 더 큰 횡액을 당하게 생긴 영주는 얼굴이 약간 창백해졌다. 어이쿠, 선물한 것이라기보다 저도 갈취당한 것이옵니다.

발티온 영주는 난처해하더니 머뭇거리며 답했다.

"예, 어쩌다 보니 그리되었습니다."

"다연을 대신해서 내가 감사를 표하겠네."

"예, 예? ……예."

"이제 내 처이니까."

그거 아직 아니잖아요……?

사람들의 황당함도 모르고 황제는 뚱한 얼굴로 발티온 영주를 바라보는 것이었다. 발티온 영주가 어린 딸이 있는 무척이나 가정적인 유부남이라는 것은 홀라당 잊은 듯한 얼굴이었다. 영주는 억울한 점이 없지는 않았으나 대를 이어 온 공신 가문의 일원이었다. 이럴 때 자신이 해야 할 말은 하나였다.

"혼인을 축하드립니다. 두 분이 무척이나 잘 어울리십니다."

발티온 영주의 흠잡을 데 없이 훌륭한 처세에 황제의 표정이 조금 풀어졌다. 측근들은 안도의 한숨을 내쉬면서도 상관이 무척 부끄러웠다. 이로써 폐하의 다연앓이가 제국 전역의 귀족들에게 알려지겠군.

지방 귀족들이 차례로 신년 인사를 올리고 가자 이제는 슬슬 대신들과 중앙 귀족들이 인사를 올리기 시작했다. 그들 대부분은 황제와 지겹도록 자주 보는 사이였다.

황제는 또 너네냐? 좀 귀찮은 얼굴을 했다.

귀족들은 매년 돌아오는 새해에 대한 축하보다는 황제의 혼인을 축하한다는 인사말을 더 중점적으로 올리기 시작했다. 그 이야기를 했을 때 황제의 기분이 좋아 보였던 것이다.

이럴 바엔 둘이 나란히 앉아서 인사를 받았으면 좋았을 것이라고 황제는 내심 아쉽게 생각했다.

그 잡것 무리들은 어디로 갔는지 다연은 어느새 혼자 앉아 음식을 즐기고 있었다. 그녀는 음식을 보며 설렘 가득한 표정을 짓고 있었다. 그런 다연을 황제는 흐뭇하게 바라보았다.

"폐하, 좋은 소식을 경하드립니다."

"고맙군."

사르만 내전에 황제와 함께 참전하였던 대장군이었다. 대장군은 특유의 호전적이고 카랑카랑한 목소리로 고했다.

"건강한 아드님을 낳으셔서 제국의 대계가 이어지기를 고대하옵니다."

"아직 식도 올리지 않았는데 뭐가 그리 급한가."

"너무 감격스러운 소식이라 노신이 다 들뜨지 무업니까."

황제는 그냥 피식 웃어 넘겼다.

그 뒤로도 귀족들의 관심은 끊이지 않았다. 사실 그들은 정말로 황제와 지겹게 보는 사이였고 황제는 원래 예식이나 인사 받는 것은 귀찮아했다. 그래서 대부분의 연회도 약식으로 치르곤 하는 것이다. 그런 황제의 성향을 익히 아는 귀족들에게 혼인은 무난하고도 괜찮은 대화 주제였다.

"혼인 예식은 언제쯤 올리실 생각입니까?"

한 귀족의 물음에 황제가 음, 하며 생각에 빠졌다.

"우선은 신전 측에 택일 의뢰를 넣어야겠지. 나머지는……."

말을 하던 황제가 잠시 인상을 찌푸리며 말끝을 흐렸다.

"잠시 실례하지."

그는 결국 하례를 중단하고 자리에서 일어나 다연 쪽으로 걸어갔다. 황제의 등장을 먼저 눈치챈 것은 다연이 아니라 기사들이었다. 기사들이 망했다는 얼굴을 했다. 황제는 짜증이 난 표정으로 기사들을 노려보았다. 너희들 안 말리고 뭐 하느냐? 하는 시선이었다.

토끼 눈을 뜨고 있는 다연을 바라보며 깊은 한숨을 쉰 황제는 그 손에서 술잔을 뺏었다. 자신이 본 것만 벌써 석 잔째였다.

"그만 마셔. 그러다 진짜 큰일 난다?"

황제는 본래 술을 혐오하는 경향이 약간 있긴 했다. 그는 완벽주의

자였고 본인이 본인의 정신과 신체를 통제하지 못하는 상황에 대해 거부감이 있는 것이다.

그러나 시립해 있던 마리는 쓴웃음을 지었다. 마리는 다연의 주량을 대충 알고 있었다. 마리가 알기로 세 잔이면 다연에게는 아직 시작도 하지 않은 거였다.

다연이 약간 황당해하면서 손을 뻗었으나 황제는 술잔을 뒤따르던 측근에게 넘겨 버렸다.

"끝났어요? 여긴 왜 왔어요?"

"내가 못 올 곳에 왔느냐? 이 망나니 술고래야."

황제가 퉁명스럽게 말하며 다연 옆에 앉았다. 다연은 그런 황제에게 꽤 확고한 어조로 말했다.

"전 마실 거니까 방해하지 마세요."

그러더니 다른 테이블에 가서는 금빛 액체가 담긴 길쭉한 잔을 다시 가져왔다. 황제가 심란한 표정으로 바라보자 그녀가 웃으며 말했다.

"긴장도 풀고 제 나름대로 이 분위기를 즐기고 싶어서 그러는 거예요. 그러니 절 좀 내버려 두세요."

그래, 좀 내버려 둬라! 구질구질하게 왜 이러세요!

기사들은 오늘도 다연이 너무나 멋이 있었다. 그들은 생각했다.

다연 님은 뭔가 본인만 아는 풍류가 있으신 것 같아. 정말 본인만 아셔서 문제지만!

약간 할 말이 없어진 황제는 한숨을 쉬고 테이블 위를 한번 둘러보더니 연어를 포크로 집어 다연에게 내밀었다.

"그럼 뭐라도 먹으면서 마시거라. 너무 급하게 마시는 것 같아 걱정이 돼서 그래."

다연은 익숙하게 황제가 내민 것을 받아먹었다. 작전을 바꾼 황제는 계속해서 이것저것 그녀의 입가로 내밀었다. 쉬지 않고 음식을 먹여서 술을 못 마시게 할 심산이었다.

그리고 황제가 손발이 멀쩡한 애인의 식사 수발을 드는 신기한 광경은 다시 한 번 귀족 사회에 큰 파문을 안겨 주었다. 측근들은 이번에도 황제 대신 몹시 부끄러워하며 고개를 숙였다.

황제의 머릿속에서 신년 하례는 이제 완전히 뒷전이 되었다. 다연 옆에 앉으니 굳이 저쪽으로 다시 가기 싫어졌던 것이다. 매년 하는 신년 하례, 급하면 지들이 오겠지. 그는 태평하게 생각했다. 그리고 눈치가 있는 귀족들은 방해하면 안 된다는 것을 금방 깨달았다. 황제와 다연은 이 평화가 무척이나 만족스러웠다.

그러나 둘만의 평화는 오래가지 못했다. 중년의 남녀가 회장을 가로지르자 귀족들은 안 보는 척하면서도 그들을 힐끔거렸다. 두 남녀는 명백하게 황제를 향하고 있었다. 다연 또한 몹시 의아하게 바라보았으나 황제는 아, 하며 무언가를 깨달은 얼굴이었다. 황제는 자리에서 일어섰다. 부드러운 인상을 가진 남자가 먼저 인사를 올렸다.

"폐하, 강녕하셨습니까. 이렇게 늠름하신 모습을 다시 뵈니 기쁠 따름입니다."

"건강하신 모습을 뵈니 저 또한 기쁩니다."

황제가 난데없이 경어를 쓰자 다연의 의아함은 더 깊어졌다. 아리송해하는 다연에게 뒤에 있던 시종장이 얼른 다가와 속삭였다.

"폐하의 숙부님 되십니다."

선황의 동생 내외이자 황실 가족이라는 뜻이었다. 다연은 용수철이 튀어 오르듯 벌떡 일어섰다. 이제 보니 황제와 어딘가 비슷하게 생긴 중년의 남자는 다연에게도 인사를 건넸다.

"신녀님께는 처음으로 인사를 드리는군요. 만나 뵙게 되어 영광입니다. 제가 폐하의 숙부 되는 사람입니다."

"안녕하세요!"

다연은 당황하여 본인도 모르게 우렁찬 인사를 내뱉고는 바로 토마토로 화했다. 그런 그녀를 보는 내외의 얼굴에 웃음이 어렸다.

"두 분께서 좋은 시간을 보내고 계신 듯하여 방해가 되고 싶지 않았으나 이참에 인사를 드리지 않으면 앞으로 뵐 기회가 많지 않을 것 같았습니다."

계승권이 있는 황족은 황위에 오르지 못하면 황도 밖에 거주하는 것이 제국의 오랜 전통이었다. 통치의 안정을 위함이었다. 국가적인 행사나 우환이 있을 때가 아니면 잠시 출입하는 일조차 드물었다. 실제 몇 년 만에 황도에 올라온 남자는 어딘가 흐뭇한 얼굴로 자신의 조카에게 말했다.

"제가 사실은 노파심에 늘 폐하 걱정을 하였습니다. 그런데 이제 보니 괜한 걱정을 하였군요. 좋은 짝을 만나신 것 같아 정말로 안심이 됩니다. 형님께서도 보셨더라면 참 좋아하셨을 것 같습니다."

그는 황제와 그동안의 안부와 앞으로의 일정에 대해 잠시 사담을 나누더니 다연에게도 축하 인사를 건넸다.

"혼약하신 것을 진심으로 축하드립니다."

"네…… 축하해 주셔서 감사합니다."

"제가 촌구석에 있습니다만, 도움이 필요하신 일이 있으시면 언제라도 어려워 마시고 저나 제 아내에게 연통을 주십시오."

"네, 그러겠습니다. 정말로 감사드려요. 저도 만나 뵙게 되어서 영광이고요."

황제의 작은아버지, 작은어머니이면 다연에게도 웃어른이라는 뜻이었다. 잘 보여야 한다는 극도의 부담감은 그녀를 힘들게 했다. 황제가 그런 것을 따지지 않는 사람이라 망정이지 그녀는 황실 예법의 무식자였던 것이다. 섣불리 생각하는 바를 표현했다가 그게 무례가 될까 봐 말 한 마디도 함부로 하기가 어려웠다.

그러나 그녀가 더 이상의 말을 할 기회는 없었다. 그들은 올 때와 마찬가지로 깍듯한 인사를 올렸으며 뒤도 돌아보지 않고 재빠르게 사라졌다. 다연은 모호한 표정으로 그 뒷모습을 바라보았다.

"안 앉고 뭐 하느냐?"

"……."

황제가 우두커니 서서 멍을 때리고 있는 다연에게 핀잔을 주었다. 그러나 다연은 앉지 않고 이번에는 황제를 멍하게 바라보았다.

"왜 그러느냐?"

"……우와. 신기해."

"뭐?"

"닮았다."

"……."

황제는 순간 말문이 막혔다. 다연은 순수하게 감탄했다.

"와아. 유전자 무섭다, 진짜."

"이게 진짜, 취했느냐?"

황제는 어이가 없어서 헛웃음을 지으며 그녀를 끌어 앉혔다. 두 사람이 사라지자 겨우 긴장이 풀어진 다연은 그제야 웃음을 흘렸다.

"정말로 닮으셨어요."

"뭐, 혈족이니 남들보단 닮았겠지."

그는 대수롭지 않게 말했지만 다연은 정말로 신기했다.

금발 녹안과 기다란 눈매는 유전인 모양이었다. 그러나 나이 든 중년의 남자에게는 지금의 젊은 황제에게는 없는 부드럽고 온화한 인상이 있었다. 한 번도 그런 상상을 해 본 적이 없는데 다연은 처음으로 황제의 10년 후, 20년 후가 궁금해졌다.

그는 아마 나이가 들어도 멋질 것 같았다. 방금 훌륭한 선례를 보았지 않은가. 황실 유전자 최고다, 진짜.

다연이 킥킥거리며 웃는 것을 황제는 황당해하며 바라보았다.

그 뒤로 괜히 마음이 즐거워진 다연은 두 손으로 턱을 괴고 사람들을 구경했다. 연회를 즐기는 사람들의 모양새는 가지각색이었다.

남녀가 춤을 추는 모습은 남의 일이 되고 보니 오붓하고 보기 좋았다. 삼삼오오 모여서 심각한 이야기를 나누거나 깔깔거리는 사람들, 아름답고 개성적인 귀부인의 드레스. 사람들은 화려하고 저마다의 멋이 있었다.

다연은 술을 홀짝거리기도 하고 음악에 고개를 까딱거리기도 하며 그 모습을 구경했다. 그리고 연회가 충분히 무르익은 듯하자 황제는 다연에게 슬쩍 권했다.

"우리는 이제 그만 돌아갈까?"

"지금요? 아직 안 끝난 거 아니에요?"

"원래 끝까지 있을 필요는 없다. 오히려 빠져 주는 것을 좋아하지 않겠느냐? 물론 네가 더 있고 싶다면 얼마든지 그래도 좋지만."

"아아."

다연은 신기해하며 고개를 끄덕였다. 윗사람은 계산만 하고 빠지는 것이 도리인 건 만고불변인가 보다.

다연은 잠시 앞에 놓인 술잔들을 미련이 뚝뚝 떨어지는 눈으로 바라보았다. 그러나 곧 마음을 정한 듯 자리를 털고 일어섰다. 황제는 남몰래 안도의 한숨을 내쉬었다.

황제 커플이 자리를 뜨자 그들의 일거수일투족을 주시하고 있던 귀족들은 몹시 소란해졌다. 연회장은 경악과 본인의 시력을 의심하는 자들로 가득했다.

사람들은 그 뒤로 연회가 파할 때까지 황제와 신녀의 이야기로 꽃을 피웠다.

겨울 공기는 싸늘했다. 그러나 살짝 달아올랐던 몸이 느끼기에는 기분 좋을 정도로 시원했다.

다연은 몹시 기분이 좋은 듯했다. 어느새 또 타령 같은 곡조를 흥얼거리며 걷고 있었다. 그 모습이 황제의 눈에는 무척 웃겼지만 그는 웃지 않기 위해 안간힘을 쓰며 최선을 다했다.

반면 다연은 지금의 좋은 기분을 계속 이어 가고 싶었다. 내궁이 보일 때쯤 그녀가 좋은 생각이 났다는 듯 황제에게 말했다.

"음음, 미하일. 괜찮으면 저랑 따로 술 한잔 더 하지 않을래요?"

"……뭐?"

황제는 유심히 다연을 바라봤다. 얘가 진짜 취했나 싶었다. 기분이 평소보다 몹시 좋은 걸 보면, 또 그 기분이 이렇게까지 드러나는 걸 보면 맞는 것 같았다. 그런데 멀쩡한 걸음걸이와 또렷한 발음을 보면 전혀 아닌 것도 같았다. 왜 헷갈리게 안 하던 짓을 하는 것일까?

황제가 갈팡질팡하는 눈치이자 뒤따르던 사람들은 몹시 흥미진진해하며 그 광경을 바라보았다. 평소 성정을 생각하면 씨알도 안 먹힐 청이었으나 황제는 애인에게 물렀다. 다연이 말하는 건 어지간하면 다 들어주곤 했던 것이다.

그리고 황제가 대답을 하는 대신 뒤를 돌아보자 관전 모드였던 사람들은 움찔 놀랐다.

황제는 이 순간 남의 판단에 의존하고 싶었다. 그가 소리 내어 묻지는 못하고 입 모양으로만 물었다.

'얘가 지금 취한 것이냐?'

대부분은 황제처럼 답을 몰랐다. 마리만이 조심스럽게 고개를 저으며 그녀가 다연의 최측근임을 증명했다. 그러나 황제는 여전히 확신이 안 서는 눈치였다.

결국 내궁 처소에는 한밤중에 술상이 차려졌다.

처음에는 의심스러워했던 황제도 머지않아 인정할 수밖에 없었다. 와, 얘 진짜 술고래구나. 심지어 그녀는 같이 마시자고 할 때는 언제고 술상이 차려지자 황제에게는 권하지도 않았다. 방해받으면 안 되는 본인만의 속도와 분위기가 있는 모양이었다.

이쯤 되자 황제는 감탄과 한탄을 동시에 했다.

"이 쬐끄만한 몸땡이에 무슨 술이 이리 많이 들어가는 게냐?"

황제는 어이가 없어서 한 말이었지만 측근 모두는 동의할 수밖에 없었다. 인체의 신비였다. 이 정도면 정말로 장점이 튼튼한 간이라고 해도 괜찮을 것 같았다. 그들은 생각했다. 누군가가 예비 황후 폐하의 장점을 묻거든 우리는 간이 튼튼하시다고 말해 주자. 우리라도 편이 되어 드리자!

애인은 기분이 좋은 듯 자작을 하고 황제는 애매한 표정으로 그 모습을 바라본다. 아직까지도 저걸 말려야 하나 내버려 두어야 하나 고민하고 있는 눈치였다. 그 모습이 거침없는 다연과 대조되어 다소곳해 보이기까지 했다. 참으로 좋은 구경거리였지만 모두는 이만 나가 주기로 했다. 밤이 깊었고 연인에게는 둘만의 시간이 필요했다.

그 뒤로 몇 잔을 연거푸 마시던 그녀는 마침내 술기운이 알딸딸하게 올라오는 듯했다. 다연은 눈을 내리깔고 중얼거리듯 말했다.

"오늘 괜찮았어요. 사실 걱정을 좀 했는데 생각보다 재미있었어요. 미하일 친척들도 보고."

"그래?"

"네네."

그게 그녀의 성격이었다. 많은 사람들 앞에 나서는 것을 꺼리고 사실 새로운 경험에 대한 열망 같은 것은 없다. 하고 싶지 않은 일, 성격과 맞지 않는 일을 할 때는 걱정과 우울함이 앞선다. 그렇지만 하고 싶은 일보다 해야 하는 일이 주가 되는 삶을 살아왔기에 참고 하는 것에도 익숙하다.

사람은 누구든지 하고 싶은 일만 하며 살 수는 없어, 그 명제를 받아들이는 것이 어른의 삶이라 생각했다. 그런데 언제부턴가 의문이 든다. 정말 그런 거였나?

막상 지나고 나면 걱정은 걱정일 뿐이었다는 것을 알게 된다. 가끔은 오늘처럼 근사한 경험, 좋은 사람을 만나는 기회가 되기도 한다. 그러면 이렇게 또 술 한잔 하면서 생각보다 괜찮았지, 곱씹고 힘낼 수 있겠지만 다음번에도 또다시 망설이고 걱정하게 될 것이다. 그게 그녀의 성격이니까.

이런 자신을 황제에게 설명할 수는 없을 것 같았다. 모두에게는 자신만의 방식이 있다고 생각을 하면서도 이게 제 방식이에요, 이게 바로 저라는 사람이에요, 말하는 것은 어쩐지 어렵다.

그녀는 생각했다. 있지, 이 마음은 못생겼어.

굉장히 즐거운 생각과 굉장히 울적한 생각이 혼재되는 것을 보면 취했는지도 모르겠다. 그에게는 그냥 고맙다고 말하면 될 텐데. 당신 참 좋은 사람이에요, 라고.

"폐하."

"이젠 또 갑자기 폐하라고 부르느냐? 하던 대로 하거라. 아니면 정말 취했느냐?"

"응응, 아니."

테이블을 새초롬히 바라보고 있던 다연이 마침내 반말을 하자 황제는 기가 막혀 웃었다. 그는 결국 몇 시간째, 아니 몇 달째 참고 있던 잔소리를 취객을 향해 폭발시키고 말았다.

"너 술 앞으로도 이렇게 마실 것이냐? 너는 어찌 몸을 건강히 하는 일은 하나도 안 하면서 건강을 깎아 먹는 짓만 이리 살뜰하게 골라 하느냐? 그런 것만 연구하느냐? 궁의가 약을 갖다 바쳐 봐야 식사 거르고 밤새우고 술 마시면 아무 소용 없는 것 아니겠느냐? 혹시 궁의를 맥일려고 하는 행동이라면 무척이나 제대로 하고 있다."

다연은 그만 웃음을 터뜨리고 말았다. 황제의 잔소리를 듣고 기분이 유쾌해지다니 그녀는 정상이 아니거나 취한 것이 분명했다.

황망해하는 황제를 앞에 두고 한참을 킥킥대며 웃던 다연은 술을 한 잔 더 경쾌하게 마셨다. 그리고 머지않아 수면 욕구를 느꼈다.

잠에 빠지기 직전 그녀는 황제에게 말했다.

"좋아해요."

"……뭐?"

"좋아해요…… 좋아해요…….."

"…….."

"미하일, 좋아해요."

그 말을 끝으로 술 쓰레기는 장렬히 전사했다.

"……아니, 이걸 진짜."

한참을 멍하게 있던 황제가 마침내 정신을 차리고는 엎어져 있는 다연을 노려보았다. 그는 이내 한숨을 내쉬고는 자리에서 일어섰다.

"갖고 놀아라, 그냥."

다연을 침대로 옮기는 그의 귓가가 놀랄 만큼 붉었다.

14장.
좋은 사람

황실은 신전에 택일 의뢰서를 보냈다. 하나의 서신이었지만 상징성이 엄청난 업무였을 것이다. 대신관은 임기 초에 영광스럽고도 골치 아픈 업무를 떠맡게 됐다.

"신전에서는 뭐라고 하더냐?"

황제는 근위대장에게 물었다.

근위대장은 신전 사태 이후로는 반공식적인 연락책이 됐다. 물론 그가 원한 바는 아니었을 것이다. 근위대장은 그냥 주변에서 재능이 있다 하고 본인이 검을 좋아하니 입단 시험을 보았을 뿐이다.

보는 눈이 있는 황제는 그를 발탁했지만 복지는 책임져 주지 않고 마구 부려 먹었다. 그는 어느새 황실의 온갖 비화에 다 관여되어 죽고 싶어도 곱게 죽을 수 없는 황제의 사람이 되어 있었다.

"진심으로 경하드리고 조만간 좋은 소식을 전해 드리겠다고 하였습니다."

그리고 그 상투적이고 애매모호한 대답에 황제는 짜증이 났다.

결재를 하던 황제의 유려한 서체가 멈칫하며 잉크를 흩뿌리자 시종장은 고개를 절레절레 저었다.

어휴, 진짜 검 쓰는 양반들은 왜 저렇게 눈치가 없고 쓸데없이 정직할까.

시종장이 아는 칼잡이들 중에 유일하게 눈치가 있는 자는 황제뿐이었다. 그리고 그 칼잡이들의 수장은 기한이 부재되어 있는 보고를 무척이나 싫어했다.

"그래서 조만간이 언젠데."

이미 미간이 찌푸려진 황제가 한 번은 꾹 눌러 참으며 물었다. 당연히 준비한 대답이 없는 근위대장은 머뭇거렸다.

그런데 사실은 그게 신전 권력의 특성이자 힘이었다. 대신관이 언제가 길일인지 아직 모른다고 하면 모르는 것이었다. 알티우스 황실이 신전을 무너뜨리는 데 3백 년이 걸린 이유는 신탁이라는 그들 고유의 권한과 신성력이라는 규정이 불가한 힘 때문이었다. 인간이 신을 조감할 수 없는 것과 마찬가지였다.

신성력은 이렇게도 저렇게도 발현될 수 있는 힘이었으며 그 한계가 어디인지 확인할 수 없다. 정확히 어떤 힘인지에 대해서는 신관들도 단언하지 못했다. 그 힘은 한때 제국에 크게 영향을 떨치기도 했지만 어떤 시대에는 희미해져 명맥만을 유지하기도 했다. 그러나 이 땅에서 사라질 듯 사라지지 않았다.

황족의 혼인은 최악을 자랑하는 신전과 황실의 관계에서 신전이 그들의 권위를 내세울 수 있는 유일한 분야였다.

다만 현 알티우스 황제는 그들이 권위를 회복하는 일에 도움을 줄 생각이 없었으며 자비를 베풀고 싶은 마음도 없었다. 동시에 혼인은 참 하고 싶었다.

잉크가 번진 서류를 찌푸린 얼굴로 바라보던 황제가 말했다.

"그는 제국의 대신관으로서 사안의 엄중함을 인지하고 있다 하더냐? 제국민들이 신전의 부정으로 얼마나 실의에 빠져 있는지 알고 있냐는 말이다. 제국민들에게 좋은 소식을 전해 위로를 줄 생각은 못할망정 이것들이 조만간 같은 한가한 소리를 하고 나자빠져 있네. 그래서 그는 신전의 수장으로서 앞으로 제국을 위해 무엇을 할 계획인지 내가 무척이나 궁금해한다고 전하거라."

황제가 오랜만에 펜을 집어 던질 기세이자 어린 시종들은 밖으로 나가 오피셜을 뿌릴 준비를 했다. 여러분! 보고를! 멈춰 주세요!

"신전에 다시 전해라. 짐은 신전의 행태에 대해 아직 분노가 가라앉지 않았으나 무척이나 참고 있으며 앞으로도 신전과 잘 지내고 싶다고."

택일을 재촉하는 우아한 협박이었다.

✤

가을 무렵 공사에 들어간 황후궁은 계절이 바뀌고 해가 바뀌어서야 완공이 됐다.

황궁 건물의 신축은 역사적인 일이었다. 제국 최고의 건축 기술자는 본인 이력에 빛나는 한 줄을 남기기 위해 이 공사에 과감히 도전하였고 그 결과 역대급 진상의 건축주를 만났다.

이 건축주는 돈도 권력도 제국 최고였지만 말본새와 깐깐한 성질머리도 제국 최고였다. 심지어 그는 신축하는 건물 바로 옆에 살았다. 매일같이 공사 현장을 오가며 진행 상황을 체크하는 등 최악의 건축주가 할 수 있는 모든 행태를 유감없이 보여 주었다.

건축 기술자가 정말로 짜증이 나는 것은 의외로 황제가 건축 지식에 해박하다는 것이었다. 처음 궁에 들어올 때 시종장이 각별히 주의를 주었으나 모시는 자의 호들갑일 거라 생각했다.

의뢰인들은 까다롭기 마련이었고 높으신 분들일수록 그 까다로움으로 본인의 고상함과 지위를 과시하려는 경향이 강했다.

그렇지만 전문 분야가 아니기 때문에 공사가 진행될수록 그들 또한 기술자의 판단에 의존하게 된다. 비위만 잘 맞춰 주면 오히려 크게 한몫 챙길 수 있는 고객들인 것이다.

그러나 황제가 천막 가설과 외부 보양에 대해 이야기하고 겨울이 오자 내부에 난로를 피우라고 했을 때 그는 얼마나 놀랐던가. 황제는 정말로 순전히 아는 게 많아서 기준치가 높고 까다로운 사람이었다.

든든한 물주를 만나서 인생 역전을 꿈꾸어 보려 했으나 이것이 그의 인생의 지뢰였다. 그는 공사가 끝날 때까지 눈이 오지 않게 해 달라고 기도했으며, 얼마 전에는 중앙 신전에 거액의 기부금까지 냈다.

그의 기도가 통하였을까. 아니면 헤르니야가 그녀가 선택한 신녀를 사랑한 탓일까.

알티우스의 겨울은 예년보다 따뜻했고 아직까지도 눈은 내리지 않고 있었다. 이례적인 일이었다.

완공된 황후궁은 눈부시게 아름다웠다. 그 옆의 내궁과 구조적인 통일성을 주어 짝을 이루었지만 황후궁만의 아기자기하고 순수한 분위기가 있었다. 청사에 오가는 콧대 높은 귀족들마저 한 번씩 기웃거릴 정도의 우아함이 건물에는 묻어났다.

그리하여 건축 기술자는 그가 바라던 대로 빛나는 이력 한 줄을 얻으며 명예롭게 퇴궁하였으나 위장병 또한 함께 얻었으니 앞으로는 인생을 더욱 신중하게 살 것이었다.

한편 부지런하기 그지없는 황제는 황후궁이 완공되자 바로 다음 관심사로 눈을 돌렸다.

황제는 아침부터 오후까지 제국의 이름난 상인들과 가구 공예를 하는 자들을 만나고 있었다. 황후궁에 물건을 납품하기 위한 그들의 노력은 눈물겨웠다. 작은 모형을 제작해 와 전체적인 콘셉트를 설명하는 업자가 있었고, 본인의 역작을 짊어지고 와 예술성과 장인정신을 뽐내는 자도 있었다.

그러나 심미안이 까다로운 황제는 오늘따라 별로 만족스러운 게 없는 모양이었다. 시녀들에 이어 기사들과 시종들도 생각했다. 참으로 피곤한 남편감이다.

모두는 이쯤 되자 한 번쯤 짚고 넘어갈 필요를 느꼈다. 시종장이 대표로 물었다.

"황후궁이 정비되면 다연 님은 거처를 옮기십니까?"

"아니."

황제는 고개를 저었다.

"기거는 예전처럼 내궁에서 할 것이다."

그럼 대체 왜 이러시는 거냐고 모두는 묻고 싶었다. 제발 돈지랄을 멈춰 주세요!

재력이 있으니 그 돈으로 무슨 짓을 하든 그것은 황제의 자유이지만 목적이 참으로 불분명한 소비였다. 사람이 살지 않을 집을 왜 저렇게 열심히 짓고 꾸민단 말인가? 시종들이 명랑한 표정으로 속삭였다.

폐하가 모델하우스를 짓고 계셨어! 거기서 가구 박람회를 여시려나 봐!

마침내 황제가 화장대나 침구, 식기, 경대 같은 자잘한 물품들에도 관심을 갖기 시작하자 기사 하나가 궁금함을 참지 못하고 여쭈었다.

"그런데 보통 이런 건 부인이 하게 두셔야 하지 않습니까?"

기사의 생각에 궁을 선물하는 것은 황제라 할지라도 그것을 어떻게 꾸밀지는 받는 자의 몫인 것 같았다.

더군다나 황제는 개인의 취향이 무척이나 중요하게 관여할 만한 부분들까지 손대고 있었다. 당연히 황실 역사상 이런 일은 없었고 황실 족보에 이런 사랑꾼도 없었다.

필부들에게마저 흔한 일은 아니었고 세심한 남자라 할지라도 이렇게까지 하지는 않았다. 여염집에서는 아내에게 전적으로 맡기는 것이 일반적이었고 혹여 취향이 팽팽하게 갈린다 하여도 이런 부분은 아내의 의견을 따라 주는 것이 풍토였던 것이다.

화병 하나를 유심하게 들여다보던 황제가 간단히 답변했다.

"하고 싶어 할 것 같냐?"

머리 묶는 거 보면 각 안 나와? 오랑캐 머리 보고도 그런 소리가 나와? 너 아직 분위기 파악 안 돼?

모두는 깨달음을 얻은 표정을 했다. 황제는 잊지 않고 한마디를 덧붙였다.

"네가 그러니까 부인이 없는 것이다."

"……폐하, 제발 자비를."

폐하도 아직은 없으시잖아요, 라고 해 보았자 나는 곧 생기지 않느냐, 하며 의기양양해하시겠지.

기사는 오늘도 회복이 불가한 내상을 입었다. 측근들은 민망한 웃음을 지으면서도 내심 황제의 봄을 축하했다.

황후궁 정비가 다 끝나고 나서야 다연은 비로소 내부 구경을 할 수 있었다. 다연 또한 오며 가며 공사 현장을 지켜보았으나 가까이서 보니 생각지 못한 섬세한 것들이 많았다.

황제는 본래 무언가를 배우고 완성하는 일을 좋아했다. 취미가 성취하는 것이라던 말은 허언이 아닌 것이다.

황제가 궁을 착공하기 전 무수한 서책을 보고 수많은 전문가들을 만나 보았음은 측근들만 아는 것이었다.

황제는 무언가를 탐구하고 고민하는 순간 자체에 가치를 느끼지는 않았다. 다만 그것을 대가로 치러야만 가치 있는 무언가를 얻을 수 있다는 것을 알았다. 건축물은 실물이 명확한 것이었고 황제는 그것이 완성되어 가는 과정에 오묘한 재미와 나름의 보람을 느꼈던 것이다. 원래가 바쁘게 살 수밖에 없는 성격의 사람이었다.

다연은 먼저 외벽과 후원을 세세하게 둘러보았다. 황제는 설계와 인테리어는 물론 자잘한 소품까지 많은 부분에 까다롭게 관여했다고 들었다. 이런 완벽주의는 어지간한 장인에게도 기대하기 힘들었다.

다연은 솔직하게 이럴 때마다 애인이 조금은 무섭고 당혹스러웠다. 섣불리 평을 하기가 어려워 다연은 약간 헛기침을 했다.

"음음, 예술가가 되셨어도 잘하셨을 것 같아요."

그리고 측근들 모두는 그 평가에 동의했다. 황족들과 지체 높으신 분들은 모두 하나씩은 유난한 취미가 있었다. 황제 또한 사치스러운 사람은 분명 아니었으나 남들보다 까다로운 심미안이 있었다.

그런데 사람이 미의식이 극도로 고도화되면 범인들과 다른 것을 추구한다고 하던가? 그 말은 맞는 것 같았다. 황제가 다연을 이토록 사랑하는 것을 보면 분명히 그랬다. 그녀는 운동신경 외에도 여러 가지 부분들이 이 세상의 것이 아니었다.

후원에는 나무 하나, 화초 하나도 허투루 심어진 것이 없었다. 정원사는 황후궁엔 유독 꽃나무를 많이 심었다. 계절마다 많은 꽃이 피게 하라는 황제의 입김 때문이었다.

그리고 잘 정돈된 나무들을 천천히 둘러보던 다연은 문득 흠칫 놀라고 말았다. 어디서 많이 본 까마귀가 황후궁 후원의 나뭇가지에 앉아 있었다.

「난 오늘부터 별궁 까마귀가 아니라 황후궁의 까마귀가 되기로 했어.」

까악거리는 까마귀를 다연은 무척이나 떨떠름한 눈으로 바라보았다. 마침내 까마귀가 탐욕이 가득한 얼굴로 주변의 나무들을 바라보았을 때 다연은 뭐라 말을 할 듯 말 듯 하다가 뒤돌아섰다.

황제와 측근들이 그런 그녀를 아리송한 얼굴로 바라보았다.

황제는 물론 뒤따르는 모든 이들은 다연의 반응을 살폈다. 황제는 처음부터 다연의 의사는 확인하지 않고 궁을 꾸몄다. 별로 확인할 필요도 없다는 듯이 굴었다. 그녀가 그런 쪽에 취미가 없다는 것이다.

그러나 이제부터 이 궁의 주인은 다연이었다. 모두는 그녀가 황후궁을 마음에 들어 할지 내심 궁금했다.

다연은 겉으로 표를 내진 않았으나 연신 감탄하며 내부를 둘러보고 있었다. 사실 그녀는 곳곳에서 황제의 의도를 읽었다.

후원에는 개가 머무를 수 있는 공간이 있었다. 그가 어떤 그림을 그리고 있었는지 알 것 같았다. 분명 따뜻하고 평화로운 그림이었을 것이다.

황후궁 2층의 햇살이 잘 드는 자리에는 개인 서고가 마련되어 있었다. 다연이 황궁 서고를 좋아하는 것 같으니 아예 처소 안에 그런 공간을 만들어 준 것이다. 책장은 높지 않았는데 다연의 키를 아주 약간 넘는 높이로 그녀도 손을 뻗으면 가장 위 칸의 책을 빼낼 수 있었다. 그리고 그 안에는 '제국의'로 시작하는 제목의 책들이 빼곡했다. 독서 취향에 대한 파악까지 완벽했다.

"마음에 들어?"

"그럼요."

원래 좋은 공간이라는 것은 막연히 예쁘고 멋지다는 개념이 아니라 사용하는 사람에 대한 이해였다. 아무리 작은 선반이라도 누구를 생각하느냐에 따라 높이가 달라지기 마련인 것이다.

이게 이 시대에 나올 수 있는 개념인가?

다연은 애인의 완벽에 가까운 섬세함에 말을 잃고 숙연해졌다.

한편 측근들은 몹시 불만이었다. 이거 거의 다 우리 폐하께서 한 땀 한 땀 꾸미신 건데요!

황제는 별로 생색을 낼 생각이 없어 보였고 다연의 반응 또한 모두의 기대보다 건조했기 때문이다. 그러나 다연은 몰라서 그런 것도 아니었고 감동을 받지 않은 것도 아니었다. 다만 섣불리 표현하기가 무척이나 어려웠던 것이다.

바보가 아니고서야 어떻게 모를 수 있을까? 흰색을 베이스로 두고 연보랏빛으로 포인트를 준 침실을 보았을 때 다연은 결국 조금 웃고 말았다. 곳곳에서 정체성이 느껴졌다. 황제의 손길이 닿은 것들은 하나같이 강하게 자기주장을 하고 있었다.

측근들은 참지 못하고 시녀들에게 소문을 내기 시작했다.

이거 다 저희 폐하께서 공사 책임자를 요렇게 들볶고 저렇게 들볶고, 설계도 직접 참여하신 거거든요! 특히 침소 안 가구는 거의 전부를 본인께서 고르다시피 하셨거든요?! 아무튼 그 결과 현재 모든 관련자들은 한 명도 빠짐없이 피골이 상접해져서 퇴궁하였습니다. 우리 폐하 덕에 아주 인생의 쓴맛을 보았지 말입니다. 처음엔 호구 하나 제대로 잡은 줄 알았겠지만 또 우리 폐하가 그렇게 호락호락하신 분이 아니시거든요?! 보통 진상이 아니시란 말입니다!

이야기는 점점 칭찬인지 욕인지 알 수 없는 방향으로 흘러갔다.

한때 별궁 소속의 시녀였다가 다연의 내궁 장기 투숙으로 인해 소속이 불분명해진 시녀들은 황후궁을 보고 다연보다 더 설렌 눈치였다. 황후를 모신다는 건 시녀로서 올라갈 수 있는 최고의 자리였고 영광이었다. 그것만으로도 시녀들에게는 인생 역전이었는데 황제와 황후의 사이가 더할 나위 없이 좋다.

황후를 맞이한다고 궁을 지어 선물한 황제는 이제껏 없었다. 측근들은 이게 무슨 돈지랄이냐고 생각했지만 시녀들의 생각은 달랐다. 그녀들은 다연의 위신을 세워 주려는 황제에게 진심으로 감사했다.

그런데 뭐어? 침구까지 직접 고르셨어? 편히 주무셔야 된다고?

어머어머, 웬일이니, 웬일이야. 뭐 이런 남자가 다 있다니.

신년 파티 이후 시녀들에게 피곤한 남편감으로 낙인찍혀 주가가 하락했던 황제는 금세 재평가됐다. 참으로 좋은 남편감이시다. 이런 피곤함, 사랑합니다. 환영합니다.

알 수 없는 표정으로 침소를 돌아보던 다연은 문득 협탁 위에 화병을 발견하고는 황제에게 물었다.

"이거 미하일이 골랐죠."

"응, 어떻게 알았어?"

물론 이 안에서 황제가 고른 것은 한두 가지가 아니었지만, 그는 다연이 특히 이 화병에 관심을 가진 이유가 궁금했다.

"비밀이에요."

그러나 그녀는 대답해 주지 않고 웃기만 하는 것이었다.

다연은 황제의 생각의 흐름을 알 것만 같았다. 그는 꽃을 꺾어 주고 싶었던 것이다. 그래서 아기자기한 화병이 생각난 것이다. 눈 뜨면 볼 수 있는 곳에 놓아주고 싶었을 것이다.

고맙다는 말로 부족할 것 같아서 그녀는 아무 말도 하지 못하고 황제를 바라만 보았다. 해 줄 수 있는 것이 많지 않아 여전히 미안하다. 이런 사랑을 받을 수 있다는 것에 진심으로 감사하고 싶었다.

신전에 택일 의뢰를 보낸 뒤 혼인 준비는 조금씩 진행됐다. 전례에

의하면 길일은 의뢰 후 아무리 늦어도 6개월 이내로 정해졌다. 그리고 황제는 그 정도의 시간도 기다릴 생각이 없었다.

시종장은 예식에 초대할 인원의 명단을 추렸으며 근위대장은 황성에서 헤르고니아로 가는 여러 경로를 두고 고민 중이었다.

시녀들은 다연에게 예복 취향을 묻기 시작했다. 다연은 딱히 코멘트할 것이 없었다. 알티우스의 복식과 유행은 다연이 살던 세계의 것과 너무 달랐고 그녀는 이전 세계에서도 멋쟁이는 아니었다. 사람들은 신부의 의견을 최대한 존중해 주고 싶었으나 다연은 깝치지 말자고 생각했다. 소름 돋는 자아비판이었다.

그리고 황제는 그 언젠가 자신이 했던 약속을 지켰다. 다연이 이혼인으로 인해 준비해야 할 것은 아무것도 없었던 것이다. 어지간한 준비는 아래 사람들이 도맡아 했고 신랑, 신부의 의사 결정이 필요한 일에는 황제가 나섰다. 다연의 예복을 고르는 것 또한 당연하게 황제의 몫이 됐다.

다연은 정말로 평소처럼 아무것도 하지 않을 수 있었다. 그런데 그게 더 불안한 모양이었다. 갑자기 다연이 집무실 문을 밀고 들어오자 황제는 의아하게 쳐다봤다. 다연은 어쩐지 시름에 잠긴 표정이었다. 서고에 있다 오는 길인지 손에는 〈제국의 조세 제도〉라는 제목의 책이 들려 있었다.

한참 농법서에 몰두해 있던 다연은 본인이 바보라는 사실을 깨달았다. 지방 영지에서 올라온 서류들을 보며 그녀가 생각한 것은 예상보다 생산량이 좋지 못하다는 것이었다. 무언가 개선점을 발견할 수 있지 않을까 의욕적으로 달려들었지만 누군가에게 조언할 수 있을 정도의 지식은 없었다. 역시 학교에서 배운 지식은 다 죽은 지식이구나, 이상한 포인트에서 깨달음을 얻고 그녀는 슬퍼졌다.

기술적으로 진보해 있는 세계를 살았다고 해서 다연이 제국인들보다 진보한 인간인 것이 아니었다. 세계는 개인이 이뤄 낸 것이 아니라 지나간 사람들이 이뤄 낸 것의 총량이기 때문이다. 그녀는 현시대의 농업기술을 이해하기에도 버거웠다.

배운 게 도둑질이라고, 차라리 월말에 재무부 청사에 가서 마감이나 하자, 그녀는 매우 현실적인 생각을 했다.

"미하일, 바빠요?"

"괜찮다. 왜 그러느냐?"

물론 황제는 무척이나 바빴다. 그의 인생에서 바쁘지 않은 날이 있기는 할까. 그런데 약혼자의 시름에 찬 얼굴을 외면할 수는 없었던 것이다. 혼인을 앞두고 부쩍 걱정이 많아진 다연은 우중충한 얼굴로 황제에게 물었다.

"갑자기 든 생각인데요. 제가 황실 예법을 배워야 하지 않을까요."

이건 또 무슨 말이야. 얘 왜 이러는지 누가 알려 줄 사람? 황제는 주변을 둘러보았으나 다른 사람들도 의아한 표정인 건 마찬가지였다.

결국 황제가 다연에게 물었다.

"이제 와서 나한테 예의 차릴 일 있느냐? 그러기엔 한참 늦었다고 생각하지 않아?"

"그건 아니지만요."

"그럼 왜 갑자기 그런 생각을 하는 건데."

"제가 예법을 모르는데 나중에 애도 낳고 하면 누가 가르치죠?"

그는 순간 말을 잃고 말았다. 황제 기준에서 그녀의 쓸데없는 걱정은 극에 달해 있었다. 아직 생기지도 않은 아이 걱정을 하다니 얘는 대체 어쩌다가 생각이 거기까지 흘러간 거야? 이제 내일모레쯤 되면 손자 걱정을 하고 있을 것 같았다. 그렇지만 그는 그녀의 고민을 성심껏 들어 주려 노력하며 답변했다.

"시종장 있지 않느냐."

"예⋯⋯?"

가만히 있다가 날벼락을 맞은 시종장은 황제를 망연히 바라봤다. 업무 분장의 실낱같은 희망을 포기한 지도 얼마 되지 않는데 미래는 지금보다 더 암울하다는 것을 알게 된 그의 얼굴은 흙빛이었다. 시종장은 이 순간 결심했다.

저는 반드시 그 전에 은퇴를 할 것이옵니다.

꿈을 꾸는 것은 모든 자의 자유였다. 그렇지만 결재는 황제가 하는 것이었다.

남이 은퇴를 결심하든 말든 둘의 만담은 계속되었다. 다연은 다시 물었다.

"근데 제가 이 모양인데 절 보고 배우면 어떡하죠?"

나름 성의껏 대답하려던 황제는 이제 어이가 없는 모양이었다. 그는 결국 답변을 포기하고 이마를 짚고 말았다.

"다연."

"네."

"여기까진 대체 어떻게 걸어왔느냐? 바닥이 무너질지도 모르는데 그것은 걱정 안 되었느냐?"

"지금 절 비웃는 거예요?"

그러나 황제는 엄격한 어조로 말했다. 본인의 결백을 증명하려는 확고한 태도였다.

"분명히 말해 두지만 나는 비웃지 않았고 심지어 이번에는 웃지도 않았다."

"⋯⋯."

기사들은 생각했다.

크으, 살아 있네! 우리 폐하 말발 살아 있어!

인정할 수밖에 없는 사실에 다연은 침울한 표정으로 고개를 끄덕였다. 그녀는 힘없이 중얼거리며 퇴실을 알렸다.

"전 이만 가 볼게요. 이따 봐요."

"……그래."

"바쁘시겠지만 힘내요."

"……어, 그래."

다연은 한숨을 한번 폭 내쉬었다. 그리고 다시 세상 온갖 시름을 어깨에 짊어지고는 천천히 집무실을 걸어 나갔다. 그 모습을 바라보는 황제의 눈에는 어떤 환영이 보이는 듯했다. 다연이 본인 몸보다 훨씬 더 커다란 걱정 보따리들을 질질 끌고 가고 있었다.

마침내 조용히 문이 닫혔을 때 황제는 표정을 무너뜨리고 웃고 말았다. 이마를 짚은 채 얼굴을 반쯤 가린 그는 얼굴을 찡그리면서도 웃고 있었다. 어이가 없고 황당한 모양이었다.

"어이고, 저게 진짜 쓸데없이 고지식해 가지고는. 오늘도 위령제를 지내고 있네."

뭔가 귀여운데 딱하기도 하고 아무튼 종합적으로 웃겼다. 잠시 큭큭거리던 황제는 곧 웃음을 멈추고 다연의 상태에 대해 곰곰이 생각하더니 머지않아 진단을 내렸다.

"아무래도 결혼을 앞두고 예민해진 것 같아."

왜 그러는 걸까? 설마 이제 와서 결혼이 부담스럽거나 그런 건 아니겠지? 황제는 다소 쭈굴한 고민에 빠졌다. 그런 황제를 보며 시종장은 이쯤에서 끼어들 필요성을 느꼈다.

"외람된 말씀입니다만……."

"말해 보거라."

황제가 고개를 끄덕이자 머뭇거리던 시종장이 말했다.

"예식을 앞둔 신부가 저 정도면 무척이나 덤덤하신 편이십니다. 사실은 거의 영향을 안 받으시는 축에 속하옵니다. 훨씬 더한 분도 많으십니다."

"……그래?"

의심스러운 듯 황제가 주변을 바라보자 측근들은 하나같이 고개를 끄덕이며 시종장의 말에 동의했다. 그들의 동의는 여러 가지 뜻을 내포하고 있었다. 좋게 말하면 네 아내는 양반이란 뜻이었고 나쁘게 말하면 네 아내는 둔한 편이란 뜻이었다.

다연은 황후궁 침소에서 눈을 떴다.

황제의 바람과는 달리 황후궁이 완공된 뒤 그녀는 상당 시간을 그곳에서 보내곤 했다. 다연은 원래 혼자 있는 것을 좋아하는 사람이었다. 누구에게나 개인의 영역과 시간이 필요하다면 다연은 그 시간이 남들보다는 조금 더 많이 필요한 사람이었다.

황제는 자신이 연인이라도 혹은 남편이 되더라도 그것을 빼앗을 수 없다는 것을 인정했다. 그리고 요즘따라 생각이 많은 듯한 그녀는 자연스럽게 황후궁 침소나 서고에 틀어박히곤 했다.

그녀는 언제나처럼 아침이 훨씬 지나 기상했고 그런 뒤에도 한참을 침대에서 뒹굴거렸다. 그녀가 오늘 눈을 뜨고 처음으로 시선을 준 것은 연보랏빛 커튼이었다. 하늘하늘한 소재의 커튼을 물끄러미 바라보던 그녀는 손을 뻗어 만져 보고 싶은 충동을 느꼈다. 그렇지만 몸을 일으키기가 귀찮아서 금세 포기했다.

세금 루팡 만세!

다연은 몹시 게으른 표정을 지으며 침대에서 데굴데굴 굴렀다. 그리고 우연히 협탁 위 화병에 시선이 닿았을 때 그녀의 눈이 동그래졌다.

화병 안에는 메마른 나뭇가지가 꽂혀 있었다. 그녀가 자는데 들어

와서 이런 짓을 하고 갈 사람은 한 사람뿐이었다. 한겨울에 꽃이 피질 않으니 나뭇가지를 꽂아 놓고 간 모양이었다.

"우와."

전혀 예쁜 구석 없는 바싹 마른 나뭇가지인데도 다연은 감탄사를 내뱉었다. 신기해. 향기가 날 리 없는데 방 안에서 향기가 나는 것 같다. 역시 참 멋진 남자야. 다연은 아무렇지 않게 팔불출 같은 생각을 했다.

다연은 서둘러 옷매무새를 정돈하고는 침소 문을 열어 고개만 빼꼼 내밀었다. 대기하고 있던 시녀들과 호위 기사들의 시선이 다연을 향했다. 다연은 그들 중 마리를 발견하고는 물었다.

"폐하께서 왔다 가셨어?"

"예, 수련을 마치시고는 잠깐 다녀가셨습니다. 주무신다 하였는데 그럼 자는 모습이라도 보고 가신다고 하셔서……."

마리는 약간 난처해하며 말끝을 흐렸다.

물론 다연이 그런 것으로 불쾌해하거나 나무랄 성격이 아닌 것은 알지만 보필하는 시녀로서는 떳떳하지 못한 상황이었던 것이다.

당연히 다연은 전혀 괘념치 않았다. 오히려 빙긋 웃으며 재미있어 했다.

"음, 그렇구나."

그녀가 무언가를 고민하는 듯하자 상황을 지켜보고 있던 선임 기사가 눈치 있게 물었다.

"뭐 하명하실 게 있으십니까?"

"음음, 네. 혹시 폐하께 점심 같이 먹을 수 있는지 여쭤봐 주실 수 있을까요?"

"예, 물론입니다. 일정을 확인하고 오겠습니다."

"네, 시간 되시면 제가 폐하 계시는 곳으로 간다고 전해 주세요."

황제는 오찬 약속이 없었고 원래도 다연과 식사를 함께할 생각이 있었기 때문에 흔쾌히 응했다. 그녀가 먼저 일정을 물어 오는 게 흔한 일이 아니라서 기분까지 좋아진 상태였다.

다연이 내궁으로 갔을 때 황제는 일을 마무리하고 마중 나와 있었다. 그는 다연에게 가볍게 입을 맞추고는 손을 잡고 식사 장소로 이끌었다.

한겨울인데 둘은 봄이로구나.

다정하기 짝이 없는 연인을 보며 주변 사람들은 시선을 주고받았다. 그러나 마음과는 다르게 황제는 자리에 앉자마자 타박부터 했다.

"너, 자꾸 날 이렇게 독수공방시킬 것이냐?"

"음. 그러게요. 어쩌다 보니 잠들었어요."

지치면 바로 눕고 머리를 대면 바로 잠이 들며 잠이 들면 업어 가도 모른다는 사실을 잘 안다. 그렇지만 왜 나만 이렇게 섭섭해야 하는 거야. 하도 얄미워서 황제는 눈을 곱게 흘겼다.

조금 무안하여 다연은 하하 웃었다. 사실 화가 났던 것도 아닌지라 황제도 금세 따라 웃었다.

우아하게 식사를 하던 황제는 식기를 잠시 내려놓고는 말했다.

"아마 며칠 내로 혼인 예복을 입어 볼 수 있을 것이다."

"아, 벌써요?"

"그래. 아직 완성된 것은 아니지만 세부적인 치수를 조정해야 하니 시착해 달라고 하더군. 기왕이면 같이 했으면 좋겠다. 옷 입은 거 보고 싶어."

신전은 아직 혼례 날짜를 내어놓지 않고 있는데도 황실의 혼인 준비는 막힘이 없었다.

무언가를 해야 하지 않을까, 초조해하던 다연은 그녀가 할 수 있는 일이 정말로 아무것도 없자 이제는 포기한 상태였다. 방해나 되지 말자, 그녀는 모든 것을 내려놓고 무념무상해졌다.

다연은 가끔 체념한 표정으로 염불을 외듯 중얼거렸다.

나는 아무 생각이 없다. 어제도 아무 생각이 없었지만 오늘은 더 아무 생각이 없다.

그 모습을 보고 황제가 웃음을 참지 못했음은 당연한 일이었다.

"여행은 어디로 가고 싶니?"

갑자기 황제가 묻자 다연은 조금 놀랐다.

"저희 여행도 가나요?"

제국에도 혼인 후 짧게 여행을 가는 풍습은 있었다. 다연도 그간 읽은 책들을 통해 그 사실을 알고 있었다. 다만 황제는 예외일 거라고 생각했다. 그는 어쩌다 나가는 영지 시찰 때도 그 짧은 일정에 넣을 수 있는 모든 공무를 쑤셔 넣었고 다녀온 뒤에는 어김없이 격무에 시달렸던 것이다.

다연의 의문을 뭐라고 생각했는지 황제는 약간 눈치를 보더니 미리 사과했다.

"정말 미안한 일이지만, 내가 오래 비울 수가 없다."

"얼마나 가실 건데요?"

"음, 나흘."

힐끔 다연의 얼굴을 살핀 황제는 다시 덧붙였다.

"길어도 일주일 이상은 힘들지 싶은데."

어휴, 그 정도면 충분하지 뭘. 다연은 웃으며 고개를 저었다.

"됐어요, 아르제니아에서 무박으로 밥 한 끼만 먹고 와도 괜찮으니 그런 거에 신경 쓰지 마세요."

"넌 어찌 이렇게 이해심이 많은 것이냐?"

"그런 건 아닌데요. 저 속 좁아요. 모르셨어요?"

황제가 긍정도 부정도 하지 못하고 애매한 표정을 하자 다연은 킥킥거리며 웃었다.

소심한 토마토는 가끔 이상한 부분에서 호탕했다. 실제로 그랬다. 그녀는 어떠한 부분에서는 답답할 정도로 예민하게 굴다가도 또 어떠한 부분에서는 놀라우리만치 너그러웠다. 그리고 30년에 가까운 시간 동안 그녀와 모르는 사이로 살아온 황제는 여전히 그 지점을 알지 못해 헤매곤 했다.

하지만 괜찮았다. 앞으로 평생에 가까운 시간 동안 대화를 나눌 수 있을 테니까. 사소한 차이에 좌절하지 않고 서로가 서로의 이야기를 들어 주리란 믿음이 있다. 쉽게 실망하고 등을 돌려 버리기보단 노력해 줄 것이란 유대감이 있다. 그만큼 좋은 사람을 선택하고 선택받았다는 감사함이 있었다.

"여행은 즐겁자고 가는 건데요. 그리고 전 굳이 어딜 가지 않아도 미하일이랑 있으면 즐거워요."

"……"

다연은 오늘도 예고 없이 훅 들어왔다. 그녀가 별다른 의도 없이 자신은 그렇다는 솔직한 기분을 전하고 있다는 것을 안다. 그런데도 황제는 혼자 부끄러워하며 머리를 긁적였다. 멋쩍었던 그는 흠흠 헛기침을 하며 괜히 말을 돌렸다.

"바다는 본 적 있느냐?"

제국은 바다를 가지고 있었지만 넓은 땅이었다. 촌부들 중에는 일생 동안 바다를 보지 못하는 사람들도 부지기수였다. 어쩐지 잘 돌아다니지 않는 그녀라면 바다를 본 적이 없을 것 같아 꺼낸 말이었으나 당연히 그렇지는 않았다.

"음, 네. 그렇지만 알티우스의 바다는 본 적이 없으니까요. 사실 어디든 좋아요."

황제는 고개를 끄덕이며 다시 고민에 빠졌다.

사실 그 외에도 생각나는 후보지가 한 군데 있긴 했다. 다연이 예전에 사르만에는 별이 많이 뜨냐고 물었던 것을 황제는 기억했다. 평소와 달리 무척 호기심 어린 표정이었다.

그러나 일정이 여유롭지 않았고 이국의 영토엔 위험이 도사리고 있었다. 무엇보다 그에게는 사르만에 가고 싶지 않은 중대한 사유가 있었다. 남들이 쪼잔하다 해도 좋았다. 아직도 그 일을 생각하면 황제는 이가 갈렸다.

"뭐 아직 시간이 있으니 조금 더 고민해 보자."

"네네."

다연은 어찌 되어도 좋다는 태도로 대충 고개를 끄덕였다. 그리고 식사에 계속 몰두했다. 황제는 그녀가 마지막 남은 고기 한 조각까지 깨끗이 비워 내는 모습을 물끄러미 바라보았다.

이번에는 그가 훅 들어왔다.

"다연."

"네?"

"넌 아들이 좋아, 딸이 좋아."

대화가 갑자기 내밀해지자 괜히 부끄러워진 주변 사람들은 이제 그만 자리를 피하고 싶었다.

아니, 저기요. 둘만의 2세 계획은 두 분만 계실 때 세워 주시면 안 될까요? 그리고 무엇보다 아직 혼인 날짜도 안 나왔거든요!

그러나 황제는 궁금하니 물었을 뿐이다. 그 부끄러움 많은 다연마저 별로 쑥스러워하는 기색이 없었다. 한참을 진지하게 생각에 잠겼던 그녀가 답했다.

"음음, 미하일 닮은 아들? 미하일은요?"

"그래? 난 너 닮은 딸이었으면 좋겠는데."

뭐가 그렇게 웃긴지 둘은 동시에 웃음을 터뜨렸다. 다연의 경우는 고개까지 숙이며 웃었다. 뭘 상상하고 있는지 모르겠지만 생각만 해도 좋아 죽겠는 모양이었다.

그렇지만 메마른 표정으로 듣고 있던 측근들은 몸서리쳤다. 그들의 판단은 달랐다.

지금 저희랑 같은 상상하고 있는 거 맞으세요? 제발 둘 다 안 닮았으면 좋겠는데요. 둘 다 너무 극단적이야. 그러나 꼭 닮아야 한다면 차라리 반씩 섞어 주세요…….

사실 먼 미래의 일처럼 별로 와닿지는 않았던 다연은 웃으며 대수롭지 않게 말했다.

"둘 다 낳으면 되죠, 뭐. 그렇지만 아들이든 딸이든 외모는 미하일을 닮아야 예쁠 것 같네요."

어차피 지금 이야기한다고 그대로 되는 것도 아니니 그녀 생각에 이것들은 다 그냥 하는 소리일 뿐이었다. 그러나 그 발언이 무척이나 용감하게만 들렸던 황제는 어쩐지 심각해졌다.

"넌 무섭지도 않느냐?"

"또 뭐가요."

황제는 선뜻 대답을 못 했다.

점점 그런 일은 줄어 가고 있었지만 아직도 여인이 아이를 낳다 잘못되는 일은 왕왕 있었다. 신관들의 도움을 받기 힘든 평민들일수록 그런 일은 잦았다.

갑자기 오늘따라 체구가 작아 보이는 다연을 바라보던 황제는 생각하기도 싫다는 듯 고개를 젓더니 아무 말을 시작했다.

"어찌 이 허약하고 작은 몸으로 산고를 치러 내야 한단 말이냐? 할 수만 있다면 내가 대신 낳아 주고 싶은 심정이다. 이제 보니 신의 섭리가 참으로 잔인한 게 아니냐. 왜 아이는 여인이 낳아야 하고 남편이 낳을 수는 없단 말이냐?"

또 불시에 고막에 테러를 당한 황제의 시종들과 기사들은 표정을 일그러뜨렸다. 왜 저렇게 벌써 비통해?

남편이 아내를 너무 사랑하면 입덧도 아내 대신 한다더니 왠지 황제는 다연 대신 입덧도 할 것 같았다. 그리고 일단 두 분이 혼인이나 하신 뒤에 그런 얘기를 나누시면 안 될까요?

다연 또한 황당한지 허허 웃고 있었으나 시녀들은 두 손을 모아 쥐고 얼굴을 붉히고 있었다.

있지, 우리 폐하, 사실은 정말 좋은 남편감이실지 몰라. 좀 피곤할 정도로 꼼꼼하면 어때. 저렇게나 자상하신데.

한편 그 자리에 있던 시종장은 혼자 남다른 고민에 빠져 있었다. 너무나 무서운 미래가 다가오고 있었다.

황제의 꼬장꼬장함을 그대로 빼다 박은 황자와 다연의 인생 다 산 우중충함을 그대로 빼다 박은 황녀가 있다니…… 그런데 지금 저보고 황실 예절을 담당하라는 말씀이십니까? 뭐야, 진짜 무섭잖아?

시종장은 오십이 넘어 드리운 인생의 암운에 다시 한 번 은퇴를 굳게 결심했다.

얼마 전 신전에서는 길일을 채택하여 황실의 의뢰서에 답을 보내 왔다. 6월의 여덟 번째 날이었다.

근위대장은 밝은 표정으로 서신을 내밀었다. 6월은 따뜻하고 볕이 좋을 때였다. 5개월도 채 남지 않아 그간의 전례에도 어긋남이 없었다. 국혼과 같은 국가의 중대사는 급하게 치르기보다는 일정 시일을 두고 만방에 알리는 것이 보통이었다.

그러나 황제는 서신을 받아 보고는 다시 그대로 반듯하게 접었다.

"근위대장. 잘못 보낸 것이 아닌가 물어보거라."

"……."

242

황제가 멀끔한 얼굴로 서신을 되돌려 주자 근위대장은 표정 관리를 할 수 없었다. 눈물이 앞을 가렸다. 더 당겨 오라는 뜻이었다.

신전은 4월 보름으로 기존보다 두 달을 앞당긴 날짜를 회신했다. 황제의 요구는 다소 강압적이었으나 신전은 순순한 태도로 응했다. 물론 별거 아닌 문제일 수 있었다. 허나 예전 같으면 팽팽하게 대립하며 자존심 싸움이 일어났을 것이다.

하지만 현재 신전은 황실에 뻗댈 수 있는 상황이 아니었다. 지난 신전 사태 때 황제는 신전을 완전히 재기 불능의 상태로 만들 수도 있었다. 신전의 행태에 대해 아직 분노가 가라앉지 않았다는 황제의 말은 허언이 아니었다. 그런데도 그가 처벌을 최소화하고 신전이 제 기능을 할 수 있도록 조직력을 살려 둔 이유는 하나였다. 그편이 국익에 도움이 된다고 판단했기 때문이다.

현 신전의 수장 또한 그 사실을 잘 알고 있었다. 택일은 신전의 고유한 권한이었다. 황제가 하고 있는 행동은 엄밀히 말하면 월권이었다. 아니꼬웠지만 황제의 심기를 거스르고 싶지는 않아 자존심을 굽히고 최대한 빠른 답신을 보낸 차였다.

근위대장은 서신에 적힌 날짜를 보고 생각에 잠긴 황제의 안색을 살폈다. 황제는 별로 기분이 나쁜 기색은 아니었다. 오히려 몹시 태연해 보였다. 그렇다고 그 태도를 긍정으로 받아들여서는 안 된다는 것을 측근들은 익히 알았다.

"이번 대신관이 어떤 자였지?"

이미 몇 차례나 현 대신관에 대해 자세한 보고를 받은 황제가 난데없이 묻자 근위대장은 당황했다. 근위대는 대신관은 물론 새롭게 신전 요직에 오른 신관들의 명세에 관한 자세한 보고를 올린 바 있었다.

한편 당황스러워하는 근위대장과는 달리 시종장은 황제의 말이 떨어지기가 무섭게 침통한 얼굴로 고개를 저었다. 근위대장을 바라보는 그의 시선이 무척 안쓰러웠다.

"굉장히 중립적인 성향의 자입니다. 사태가 있기 전 저희 쪽에 회유되지도 않았지만 일부 신관들의 정치 개입이나 신전의 병사 양성에 대해서도 강하게 비판했습니다. 그 처세 때문에 사태 후 그 자리에 오를 수 있었지만 한편으론 그렇기 때문에 신전 내에 세력이 없고 아직도 지지 기반이 취약합니다."

황제는 근위대장의 성실한 대답에 고개를 끄덕였다. 그리고 우아한 태도로 서신을 다시 반듯하게 접었다. 그 행동이 의미하는 바를 알아챈 근위대장의 얼굴이 불쌍해졌다. 그는 본의 아니게 똥개 훈련을 하고 있었으나 원래 황제의 수족이었고 그것에 불만은 없었다.

그를 불편하게 하는 것은 그가 나타날 때마다 흡사 악의 사자를 보는 것처럼 경기를 해 대는 신관들이었다. 그는 억울했다. 엄밀히 말하면 자신은 황제가 시키는 대로 하고 있을 뿐이었다.

그런데도 자신이 또 나타난다면 이번에야말로 심약한 누군가는 혼절을 할 것 같았다.

"말이 잘 통하지 않는 자인 것 같아서 안타깝군."

황제는 서신을 되돌려 주며 말했다. 근위대장은 끄응, 하는 소리를 내더니 나름의 해결책을 제시했다.

"차라리 답을 정해 주시면 그대로 적게 어떻게든 하겠습니다."

"그럴 수야 없지. 택일은 신전 고유의 권한이 아닌가."

"……."

그걸 아는 사람이 이래?

이쯤 되니 정말 나쁜 놈이 누구인지 알 수가 없어진다.

"……다녀오겠습니다."

근위대장은 서신을 받아 들고 부쩍 어두워진 표정으로 다시 퇴궁

했다. 터덜터덜 걷는 뒷모습이 몹시 처량했다.

황제가 피식 웃으며 다시 서류를 뒤적거리자 시종장은 그 틈에 따뜻한 차를 올렸다. 얼마 전 아산카 왕의 즉위식에 갔던 축하 사절이 선물로 받아 온 사르만 전통차였다. 황제는 시종장만 들리게 작은 목소리로 중얼거렸다.

"근위대장은 다 좋은데 사람이 약지가 않고 강직하니 권모술수나 정치적 역량은 부족한 것 같아."

시종장은 조금 웃으며 답변했다. 황제는 지나치게 기준이 높았다. 물론 그만큼 인재와 측근들에 대한 애정도 있었다. 받는 사람들이 아무도 그게 애정인지 모르며, 안다 해도 받고 싶지 않을 것이라는 부분에 맹점이 있었다.

"그는 근위대장이니까요. 그리고 아직 젊지 않습니까. 나이가 들면 그도 바뀔 겁니다."

황제는 고개를 끄덕이며 차를 한 모금 음미했다. 따뜻한 차에서는 우유 맛과 마른 풀 내음이 났다.

신전은 내달 열두 번째 날을 길일로 채택했다. 약 한 달이 남은 시점이었다.

황제의 혼인과 같은 큰 행사에는 준비가 필요했다. 그 이상은 신전에게도 무리였지만 차근히 준비해 온 황실로서도 무리였다.

황제는 신전의 택일을 받아들였으며 다연에게도 이후의 일정에 대해 알려 주었다.

"다음 달이요?"

"그래. 너무 빨라?"

"아니요, 그렇다기보다는…… 음, 네. 생각보단 빠르네요?"

그녀는 본인의 생각보다 빠른 진행에 조금 놀랐다. 황제는 처음부터 다연에게 최대한 빠른 시일 내에 예식을 거행하고 싶다고 이야기해 왔다. 그렇게 되도록 신전과 협의할 것이라는 이야기도 했다.

그렇지만 개인의 결혼이 아니라 황제의 혼인이었고, 신전과 황실의 소통은 이제껏 그렇게 긴밀하지 않았다. 때문에 다연은 자신에게 적어도 두세 달의 여유는 주어지리라 생각했다.

만약 그 생각을 황제의 측근들이 알았다면 아직도 폐하를 그렇게 모르시냐고 혀를 찼을 것이다.

결혼이란 인생의 중대사는 그렇게 갑자기 한 달 후로 다가왔다.

황제 또한 다연이 다소 놀랐다는 것을 알았다. 그러나 그는 신전에서 보내온 날짜가 내심 마음에 들었다. 그 날에 하고 싶었다.

작년 2월은 올해보다 추웠다. 사르만 족은 거칠었고 우호 관계가 되기 전의 그들은 국경에서 제국민을 수탈하며 몹시 기승을 부렸다. 그 무렵 황제는 사르만을 토벌하기 위해 직접 제국군을 이끌고 출정했었다.

그가 신전에서 황성으로 거처를 옮긴 다연을 만날 수 있었던 것은 승전을 한 다음이었다. 다연은 모르는 것 같았지만 예식일로 내정된 날짜는 둘이 처음 만난 날로부터 꼭 1년째 되는 날이었던 것이다.

그 뒤로 예식 준비는 정신없이 이루어졌다. 시종장은 미리 추려 둔 명단을 바탕으로 귀족들에게 초대장을 작성했고 황제는 그 초대장에 일일이 황제의 인장을 찍었다. 각 부처의 대신들 또한 바빠진 것은 마찬가지였다. 외무대신은 우호 관계에 있는 주변국에 사절을 보냈다. 황제의 혼인을 알리기 위함이었다.

내궁에서 일하는 황궁 요리장은 그 날의 식사를 선정하여 황제의 인가를 받았고 근위대장은 호위 인력과 동선을 고민하는 중이었다. 제국은 승전이나 국장, 새 황제의 즉위 등 국가의 대소사가 있을 때 제국민 앞을 행렬한다. 황제의 혼인 또한 그중에 하나였다.

그날 황제와 다연은 아르제니아에서 예식을 치른 뒤 황도를 가로질러 헤르고니아로 향할 예정이었다. 인파가 어느 정도 몰려들지 알 수 없어 근위대장의 고민은 깊어졌다.

"아직 멀었느냐?"

한편 황제와 다연은 예식에서 입을 의상을 가봉 중이었다.

여염집에서 신부는 밝은 색채의 의상을 입었지만 다연은 혼인과 함께 황후의 자리에 오를 예정이었다. 황실은 그들을 상징하는 색채로 짙은 붉은색을 자주 사용하곤 했다.

"대신 대답 좀 해 주시어요."

시녀들이 난처해하며 부탁하자 다연이 민망하게 웃었다.

"거의 다 되어 가니까 조금만 기다려 주세요. 아니, 바쁘시면 먼저 하고 가셔도 돼요."

결국 다연이 쫓아내 버릴 심산으로 말하자 바깥은 조용해졌다. 그제야 안심한 사람들이 한숨을 내쉬며 마무리를 했다.

황제는 옷을 갈아입는 현장에까지 따라 들어오려고 했다. 이런 것은 듣도 보도 못 한 의상실 사람들이 기겁하지 않았더라면 끝내 관철하였을 것이다.

시녀들 사이에서 황제의 평가는 다시 수직 하강하는 중이었다. 아휴, 피곤하시다. 참으로 피곤한 남편감이시다.

시녀들은 물론 의상실에서 나온 이들에게마저 황제의 평가는 하락했다.

"보석의 위치가 여기보다는 이쪽에 있는 게 낫지 않겠느냐? 여긴 좀 너무 파인 것 같은데. 예쁘긴 하지만 너무 야하잖아."

신랑의 역할이란 무릇 그냥 예쁘다고 해 주는 것이었다. 물론 황제는 다연이 예뻤다. 언제는 안 예쁜 적이 있었을까. 그런데 그는 드레스를 입고 나온 다연을 보고 감탄하는 대신 의상실 디자이너에게 또 시시콜콜 의견을 코멘트하고 있었다. 말의 형식은 의견 제시였지만 황제의 입에서 나온 이상 황명이었다.

의상실에서 나온 사람들은 구원을 기도하는 눈빛으로 다연을 바라보았지만 다연은 그러려니 하는 눈치였다. 뭘 알아야 끼어들 텐데 끼어들 만큼의 확고한 취향도 없고 그냥 무기력한 얼굴이었다.

시녀들만 고개를 절레절레 저었다. 아휴, 피곤해. 야, 남편이 피곤해도 너무 피곤하잖아.

황제는 다연의 드레스를 보고 난 뒤에야 예복으로 갈아입기 위해 자리를 떴다. 남자의 것은 여자의 것보다 훨씬 간단했고 갈아입는 것도 금방이었다. 마침내 황제가 모습을 드러냈을 때 지쳐서 비스듬히 앉아 있던 다연은 눈을 동그랗게 떴다.

"와."

그녀는 몸을 일으켜 세웠다.

와, 미쳤다. 정말 미쳤냐고 물어보고 싶었다.

황제는 다연의 예복에 대해 까다롭게 코멘트한 것과는 달리 본인의 옷에는 별로 관심이 없어 보였다. 다연은 그런 그에게 가까이 다가갔다.

예복은 아름다웠고 그 옷을 입은 황제는 멋졌다. 분명 아름답게 디자인된 옷이었지만 저 옷을 다른 사람들이 입는다고 해서 황제처럼 멋있지는 않을 것 같았다. 황제가 예복을 입은 것이 아니라 예복이 황제의 인물 덕 보는 것 같다.

다연이 가까이 다가오더니 무척이나 하고 싶은 말이 있는 얼굴을 하자 황제는 의아해했다.

"제가 사실 외모를 따지는 편은 아니거든요."

248

"안다. 다른 것을 더 까다롭게 보지 않느냐?"

"……제가요? 그런가요?"

"그래. 대체 무슨 말을 하고 싶은 것이냐?"

다연은 지극히 낯을 가렸다. 왜 그러는지는 아무도 모른다. 그냥 성격인가 보다 할 뿐이지. 그런데 그녀가 주변 사람들을 편하게 여길 때와 그렇지 않을 때가 너무 다른 사람이라는 것을 황제와 다연의 측근들은 다 알았다.

갑자기 다연이 배꼽인사를 하며 말했다.

"정말 잘생겨 주셔서 감사합니다."

그 말에 황제는 물론이고 배석해 있던 모든 사람들이 크게 웃었다.

시간은 빠르게 흘러갔다.

사람들에게 무척이나 미안했지만 다연이 준비할 것은 없었다.

신부가 할 일은 건강하게 몸 관리를 하여 입장을 하는 것뿐이었다. 그런데 이 허술한 신부는 그것마저 잘 못하는지 자꾸만 야위고 있었다. 황제는 물론이고 주변 사람들은 걱정이 이만저만이 아니었다. 누가 딱히 스트레스를 주는 사람이 없는데도 심란한 모양이었다.

"전 오늘 황후궁에서 잘까 해요."

식사를 마친 다연이 말했다.

예식이 내일이었다. 쓸데없이 감수성이 도진 것일까. 결혼 전야라고 생각하니 어쩐지 혼자 있고 싶었던 것이다. 혼자 차분히 생각을 정리하고 싶었다.

만일 황제가 그 속마음을 알았더라면 얘는 왜 매일 혼자 생각을 정리하면서 아직도 정리할 생각이 남아 있나 했을 것이다.

황제가 시종장에게 말했다.

"침수는 황후궁에서 함께 들 것이다."

멈칫한 시종장이 다연의 눈치를 보다가 예, 짧게 답변하고 퇴실했다.

황제도 혼자 자겠다는 뜻임은 알아들었다. 그렇지만 함께 있고 싶었기에 모르는 척을 한 것이다. 얘는 가끔 보면 참 쌀쌀맞단 말이야, 황제는 내심 속으로 투덜거렸다. 뭔가 말하려던 다연은 괜히 황제가 기분이 상할까 입을 다물었다.

"차 마실까?"

황제가 다정히 물었다. 다연은 조금 웃으며 고개를 끄덕였다. 침소가 정돈될 때까지 기다리며 그들은 마른 풀 내음이 나는 차를 마셨다.

황후궁에서 기별이 오자 그들은 나란히 이동했다. 그 짧은 거리를 가면서도 황제는 다연에게 계속 장난을 치며 질척거렸다. 뺨을 꼬집기도 했고 어깨를 만지작거리기도 하다가 뒤에서 껴안더니 한번 슬쩍 추어올렸다.

어후, 엄청 꽁냥거리시네.

사람들은 일찌감치 자리를 피해 주었고 황제는 그대로 다연을 침소로 끌고 들어갔다.

황제가 먼저 침대 위로 올라가 옆자리를 툭툭 두드리자 다연은 눈을 흘기면서도 옆에 앉았다. 그는 그대로 다연을 밀어 눕혔다. 그리고 입을 맞추었다. 반사적으로 밀어내려던 다연이 으응, 하는 불분명한 소리를 흘리자 황제의 초록 눈동자가 더욱 짙어졌다.

그녀가 황제의 품을 벗어난 것은 밤이 한없이 깊었을 때였다. 다연은 등을 돌려 몸을 웅크리고 가쁜 숨을 몰아쉬었다. 황제가 몸을 반쯤 일으켜 그녀의 심장께를 쓸었다.

"괜찮아?"

"응응……."

그렇지만 그녀는 그 뒤로도 약간 몸을 떨며 한참을 숨을 몰아쉬었다. 초록 눈동자가 걱정과 염려로 물든다. 황제는 다시 자리에 누워서는 그녀를 등 뒤에서 살며시 끌어안았다.

한편 다연은 조금 갑갑했다. 가뜩이나 숨이 차고 몸도 끈적거리는데 황제가 달라붙으니 무거웠던 것이다. 그녀가 꾸물거리면서 벗어나려 했다. 조금씩 몸을 움직이며 침대 끝으로 멀어지려 하자 황제가 허리를 붙잡아 다시 쭉 끌어당겼다.

"왜 자꾸 가."

"아니……."

"응?"

"숨이 안 쉬어져서……."

무겁거나 갑갑하다고 한다는 것이 말이 헛 나오고 말았다. 황제가 깜짝 놀라 다시 몸을 일으켜 세웠다. 초록의 눈동자는 다시금 걱정으로 물들었다. 다연은 스스로의 입을 두어 번 때렸다. 그러더니 누우라고 황제의 어깨를 밀며 말했다.

"말이 잘못 나왔어. 괜찮아요."

"그렇게 거칠게 안 한 것 같은데."

황제가 머리를 긁적이며 말하자 다연은 잠시 멈칫했다. 그녀가 손을 뻗어 황제의 입을 한번 틀어막았다가 내려놓았다. 황제가 큭큭 웃으며 눕더니 다연의 목 밑으로 팔을 집어넣어 팔베개를 해 주었다.

"잘 거야?"

"조금 이따가요."

그러나 말과는 달리 그녀는 다소 지친 기색으로 눈을 감았다. 다연이 다시 경어를 쓰기 시작하자 황제는 어쩐지 조금 아쉬워했다. 황제가 손등으로 다연의 뺨을 살살 쓸다가 어깨를 만지작거렸다.

그리고 속상해하며 물었다.

"왜 이렇게 살이 안 붙지?"

"많이 찐 것 같은데."

다연은 중얼거렸지만 황제는 고개를 저었다.

"전혀 그렇지 않다."

사르만 내전 이후 야위었던 그녀는 황제가 돌아오고 다시 살이 붙나 싶더니 결국 제자리걸음이었다. 어쩐지 속상해서 황제는 어깨며 팔뚝을 여기저기 만져 보았다.

마침내 그녀가 감았던 눈을 뜨고 황제를 바라보았다. 그가 잠을 잘 생각이 없는 것 같다.

"잠이 안 와요?"

"글쎄. 잘 모르겠다. 다연 넌 어때. 긴장은 안 돼?"

"음, 괜찮아요."

사실 처음에는 다소 초조했는데 한 달여를 그렇게 지내다 보니 나중에는 심적으로 지친 나머지 점점 아무렇지 않아졌던 것이다. 도리어 예식에 대한 긴장감은 황제가 가지고 있는 것 같았다. 어쩐지 귀여워서 다연은 킥킥거리며 웃었다. 갑자기 궁금해진 그녀가 물었다.

"그만 자야 하지 않아요? 아침에 수련하러 가실 거죠?"

"해야지."

참 성실하고 부지런한 사람이었다. 대체 어느 나라의 왕이 이렇게까지 부지런하단 말인가. 감탄과 찬사는 매번 해도 지나치지 않았다.

"미하일은 진짜 좋은 황제인 것 같아요. 제국 사람들이 더 알았으면 좋을 텐데요. 미하일이 이렇게 좋은 황제라는 것을요."

그러나 황제는 약간 머쓱해하더니 의외의 말을 했다.

"별로 그렇진 않은데. 좋은 황제가 되고 싶은 생각 같은 건 없다. 그러니 누가 알아주길 바라지도 않는다."

"……정말로요?"

"그래."

그런 것치고는 너무 열심히 하는 거 아니야?

다연이 깜짝 놀라 그의 위로 올라와서 묻자 황제가 부끄러운 듯이 얼굴을 돌렸다. 그녀가 웃음을 흘렸다. 아니, 아까 별짓을 다 한 사람이 왜 이런 것에는 부끄러워하는 거야?

황제는 잠시 생각에 잠겼다. 그는 좋은 통치자가 되겠다는 목표를 가지고 살아온 것은 아니었다. 그런 이상적인 생각은 품고 있지 않았다. 주어진 일을 해내는 것이 그의 성격이었고 그에게 주어진 자리가 이 자리였을 뿐이다. 할 수 있는 일에는 최선을 다했고 그러다 보니 여기까지 왔다.

잠시 시선을 피했던 황제가 다시 고개를 바로 해 다연의 검은 눈동자를 올려다보며 말했다. 그녀의 뺨을 쓰다듬는 마디 굵은 손이 다정했다.

"그렇지만 너한테는 좋은 남자였으면 좋겠다."

다연은 그의 말에서 진심을 느꼈다. 이 순간에도 수많은 연인들이 그들의 진심을 다해 사랑을 하고 있겠지만 다연은 자신했다. 황제는 누구보다 훌륭한 연인이었다. 항상 다연에게 최선을 다했고 본인의 마음이 전해지든 전해지지 않든 진정성을 가지고 그녀를 대했다. 다연에게는 그 누구와도 바꿀 수 없는 사람이었다.

그녀가 자신의 뺨 위에 있는 그의 손을 잡으며 말했다.

"좋은 남자예요. 그리고 좋은 황제예요."

"……."

"당신 정말 좋은 사람이라고요."

그는 또 쑥스러워했다. 귓가를 붉힌 그가 말했다.

"넌 항상 사람의 좋은 점만 보는 것 같아."

그녀가 하하, 웃었다. 절대로 아니었다. 다연도 자기 자신을 잘 알

앗다. 본인 앞에 호를 하나 붙인다면 부정 정도가 아닐까. 부정 이다연이라고.

"저 누구한테나 그런 건 아니에요."

그러나 황제는 고개를 저었다.

그는 하고 싶은 말이 더 있는 듯했다.

"나는 딱히 좋은 황제가 될 생각으로 열심히 한 건 아니야. 어쩌면 그냥 자기만족인지도 모르지. 좋은 사람이 될 생각도 없었다. 개인적으로 좋은 인간일지라도 그런 인간이 반드시 통치에 적합한 것은 아니라고 생각하거든."

잠시 말을 멈추었던 황제는 진지한 표정으로 그녀를 바라보다가 고백했다.

"그런데 네가 나를 그렇게 바라봐 주는 게 가끔은 날 좋은 사람으로 살고 싶게 하는 것 같아."

이런 생각을 하고 있었구나.

다연은 그의 머리칼을 부드럽게 쓰다듬었다.

흔들림 없이 살아왔지만 그 역시 한 명의 인간인 것이다. 그가 내보인 솔직한 마음이 어쩐지 애잔하게 느껴졌다.

황제는 다연의 표정과 시선에 부드럽고 따뜻한 감정이 퍼져 나가는 과정을 오롯이 바라보고 있었다. 그녀는 예전부터 종종 황제를 저러한 시선으로 바라보곤 했다.

그를 가엾게 여기고 안쓰러워하는 얼굴이었다. 처음에 황제는 그런 시선을 재미있게 여겼던 것 같다.

그런데 언제부턴가 그는 다연이 그런 표정을 지을 때마다 마음이 일렁거렸다. 그녀가 저 마음을 바탕으로 자신을 지키려 했다는 것을 알기 때문이었다.

황제는 다짐하듯 말했다.

"잘해 줄 것이다. 평생을 다해 반드시. 네가 나를 선택한 것을 후회하지 않도록."

"……."

그의 말은 무거웠다. 그가 마음먹은 것을 얼마나 훌륭하게 수행하는 사람인지 다연은 안다. 다짐을 지키리라는 것을 알고 있었으며 조금의 의심도 들지 않았다. 그렇지만 다연은 그럴 필요가 없다고 말해 주고 싶었다.

"절 위해 무언가를 하려 하지 않아도 괜찮아요."

그가 의아한 표정을 짓자 다연은 조금 웃었다.

"만약 무언가를 해야 한다면 그건 제가 해 줄 거예요."

내가 어떤 마음으로 당신을 사랑하는지는 당신 또한 모르겠지. 당신을 볼 때마다 내가 어떤 기분에 빠지는지 아마 모르겠지. 사람에게서도 빛이 난다는 사실을 처음으로 알게 됐다. 나는 부족한 사람이지만 그럼에도 당신을 항상 지켜 주고 싶어.

다연은 그가 이 결혼으로 인해 아무런 부담과 의무를 지지 않기를 바랐다. 아무것도 잃지 않고 포기하지 않을 수 있도록 그렇게 해 주고 싶었다.

때로 사람들은 결혼에 과도한 의미를 부여한다. 행복한 결혼에 대한 기대는 누구에게나 있다. 결혼을 앞두고 아름답지 않은 미래를 그리는 사람은 없을 것이다. 그런데 그 그림의 주인공은 이제 혼자가 아니었다. 둘이었다.

본인이 꿈꾸는 아름다운 미래가 본인도 모르는 사이 상대의 희생과 의무를 전제한 것은 없는지 끊임없이 의심해 보아야 한다. 그림을 그리며 상대의 의사와는 상관없이 역할을 부여한 부분은 없었는지를 생각해야 했다. 비현실적인 그림은 실제를 확인한 순간 실망을 안겨 줄 것이고 과도한 기대는 자신과 상대를 짓누를 뿐이었다.

다연은 그런 것이 싫었다. 그녀의 인생은 1년 전과 너무나도 달라졌다. 그런데도 인생이 한순간에 달라진다고 상상하기는 너무나 어려웠다.

부정적인 생각인 걸까? 그녀는 사람이 쉽게 변하지 않는다고 믿었다. 사람은 결국 살아온 궤적을 따라 미래를 살기 마련이었다.

그리고 자신은 그가 그려 온 삶의 궤적을 신뢰했다. 그라는 사람이 쌓아 온 역사를 믿었다. 현재의, 있는 그대로의 그를 선택한 것이었다.

다연이 이 결혼을 하는 것은 앞으로 어떤 남편이 되어 주길 기대해서가 아니었다. 그가 그 사실을 알아주었으면 했다. 어떠한 부담도 책임감도 느끼지 않았으면 했다.

그녀는 황제의 위에 그대로 엎드려서 그를 껴안았다. 그리고 귓가에 속삭였다.

"억지로 노력하지 않아도 돼요. 지금 그대로를 좋아하니까요."

그녀를 마주 안아 온 황제가 대답했다.

"나도 그래."

우리가 연애를 함으로써 서로를 허물었다면. 서로가 서로를 파괴함으로 인해 넓어졌다면.

앞으로는 서로의 세계를 지켜 주고 싶었다. 이 사람이 온전히 이 사람일 수 있도록 온 힘을 다해 지켜 주고 싶었다.

연인으로서의 마지막 밤은 그렇게 다정하게도 깊어 갔다.

15장.
너의 의미

올겨울은 이렇게 지나가나 보다 생각했던 것이 무색하게 혼인 의식 당일은 한파였다. 어제까지만 해도 비교적 푸근한 날씨였는데 모두는 예상 밖의 추위에 당혹스러워했다.

일찌감치 수련을 마치고 날씨를 체감한 황제는 다연을 걱정스럽게 바라보았다. 그야 강골이었지만 다연은 아니었으며 예식용 드레스에는 계절감이 없었다.

"역시 너무 많이 파 났다."

황제가 다연의 목덜미를 바라보며 퉁명스럽게 말했다.

드레스를 디자인한 것은 시녀들이 아니었다. 그럼에도 그녀들은 자신들이 혼나는 것 같은 기분을 느꼈다.

공인된 피곤한 신랑감 황제는 오늘도 어김없이 들이닥쳐 모두를 불편하게 하고 있었다. 다연이 대수롭지 않게 웃으면서 그를 자제시켰다.

"어차피 나갈 땐 위에 뭐 입을 거잖아요. 괜찮아요."

드레스는 노출이 있고 추위를 막아 주는 재질도 아니었지만 성혼이 선언되면 그 위에 황실을 상징하는 붉은색 겉옷을 입을 예정이었다. 그 또한 얇은 재질이었지만 도포처럼 긴 옷이라 없는 것보다는 훨씬 나을 것 같았다.

황제는 여전히 마음이 안 놓이는 눈치였지만 다연의 말에는 고개를 끄덕였다. 그사이 시녀들은 분주하게 움직이며 신부를 아름답게 꾸몄다. 단장을 마무리하며 마지막으로 그녀의 입술을 빨갛게 발라 준 마리는 다연에게 당부했다.

"지워지니까 말씀 많이 하지 마시어요."

"응응, 고마워."

그러나 대연회장으로 이동하기 위해 내궁을 나섰을 때 다연은 본인의 예상보다 심각한 추위에 당황하고 말았다. 손가락이 뻣뻣하게 곱아들었다. 그녀가 얼이 빠진 표정으로 황제를 바라봤다. 황제가 그럴 줄 알았다는 듯 혀를 차며 근위대장을 바라봤다.

"대신관 그것이 돌팔이가 아니냐. 대체 이 날씨의 어디가 길일이란 것이냐."

"……."

본인이 신전의 택일을 두 번이나 퇴짜 놓았다는 사실은 까맣게 잊어버린 모양이었다. 근위대장은 입에 거품을 물 것 같았다. 이 억울함을 어디에 하소연해야 할지 몰라 시종장을 바라보았으나 시종장은 안됐단 표정을 지으면서도 그를 외면했다.

드레스 자락은 평소보다 풍성했다. 다연은 불편하게 걸음을 옮기며 울렁증이 도지는 기분을 느꼈다. 몸이 추위 때문에 뻣뻣한 것인지 긴장감 때문에 뻣뻣한 것인지 모호했다. 왜 이 나라에는 청심환이 없는 것일까? 그녀는 몹시 안타까웠다.

그런데 그들이 대연회장으로 이동하는 그 잠깐의 순간 이상한 일은 일어났다. 가장 먼저 눈치를 챈 사람은 다연이었다.

"……."

다연이 우뚝 서자 황제는 걸음을 멈추고 다연을 바라보았다. 그녀가 하늘을 바라보고 있었다. 미간을 몹시 찌푸린 채였다. 황제와 측근들도 자연스럽게 하늘을 봤다. 그리고 모두는 말을 잃었다. 당혹스러운 마음은 황제가 대표로 표현했다.

"이건 또 무슨 난장판이란 말이냐."

아르제니아에서 새 떼가 대재앙급으로 날아오고 있었다. 모르는 사람들이 보면 나라의 흉조 수준이었으나 다연에게는 익숙한 새들이었다. 그녀가 전시에 크고 작은 도움을 받았던 새들이었다. 그리고 그 선두에는 최근에 황후궁으로 이사한 까마귀가 있었다.

날아든 새들은 창 너머로 연회장이 보이는 나뭇가지와 건너편 건물의 지붕에 하나둘씩 자리를 잡았다. 까마귀가 몹시 자랑스럽게 으스대며 말했다.

「내가 다 데려왔어!」

"……축하해 줄 필요는 없었는데."

「걱정하지 마! 축하하러 온 게 아니라 놀리러 왔어!」

그녀가 바닥에 떨어진 돌멩이를 찾기 시작하자 까마귀가 푸드덕 날아 더 높은 나뭇가지로 자리를 옮겼다. 까악거리는 소리는 그녀에게만큼은 깔깔거리는 소리로 들렸다.

그리고 곧이어 저 멀리서 잿빛의 커다란 털 뭉치가 맹렬하게 달려왔다. 개는 활기차게 꼬리를 흔들며 멍멍 짖었다.

「나도 왔어어! 나 엄청 빨리 왔어! 다연이 오늘 예쁘다!」

그 해맑은 말에 다연은 깊은 한숨을 쉬었다.

어휴, 이 애물단지들을 어째.

삼식이는 오늘도 흙투성이였다. 황제는 지저분한 개를 몹시 꺼림

259

칙하게 바라보았으나 별다른 말이 없었고 다연은 눈치를 보면서도 삼식이의 목덜미를 벅벅 긁어 주었다. 손이 닿자 거의 자동인 듯 삼식이는 누워서 배를 보였다. 그리고 갈수록 동물 난장판이 되어 가는 현장을 황제는 메마른 눈으로 바라보았다.

이쯤 되니 다연은 리리가 생각났다. 자기만 오지 못했다고 토라질 것 같았다. 리리는 소심해서 풀어 주려면 오래 걸리는데.

그녀의 분노는 결국 사태의 원흉을 향했다.

"어휴, 저걸 진짜."

너 나중에 보자. 다연이 까악거리는 까마귀를 째려보고는 일어나 발걸음을 옮겼다.

황제는 매우 떨떠름한 얼굴로 새들을 바라보다가 그녀를 따랐다. 대충 사정을 아는 측근들은 어색한 얼굴로, 사정을 전혀 모르는 이들은 어리둥절한 얼굴로 그 뒤를 쫓았다.

한편 초청받은 귀족들과 외국의 사절들은 이미 연회장 안에 자리해 있었다. 그 인원은 올 초 열린 신년 연회보다도 적었다. 중앙 귀족들은 거의 모두가 초청을 받았으나 지방 귀족들은 소수만이 참석할 수 있었다.

공신 가문의 대표격인 발티온 영주가 와 있었고 지방 세력의 거두 카이온 영주가 참석했다. 그 외 신년 연회를 기점으로 새롭게 황실 세력으로 돌아선 중소 귀족들이 초청장을 받을 수 있었다.

황제는 그들 모두를 믿지는 않았다. 단지 기회를 주고 관찰할 뿐이었다. 그러나 이토록 출신 성분과 정치적 입장이 다른 사람들이 모였음에도 연회장 안은 몹시 들뜬 분위기였다.

어찌 되었건 황제의 즉위 이래 최대의 국가적 행사인 것이다. 하객들 중 상당수는 신랑 신부보다 이 결혼을 고대해 왔다.

마침내 커다란 연회장의 문이 열렸을 때 사람들은 조용해졌다. 황제 커플이 등장했기 때문이었다. 그들 대부분보다 한참은 젊었으나 조금 후면 황제 부처가 될 남녀였다. 좌중은 자연스럽게 기립했다.

드레스 자락을 들고 연단 앞으로 천천히 걸어 나가던 다연은 신기한 광경을 보았다. 꽤 많은 수의 노신들이 글썽거리고 있었던 것이다. 그중엔 황제에게 유독 많은 타박을 당했던 내무대신도 있었다.

모두가 조금씩 차이는 있겠지만 대체로 애틋한 마음에서 우러나온 눈물은 아니었다. 저 인간도 장가를 가긴 가는구나 하는 회한의 눈물이었다.

붉게 깔린 길의 끝까지 다다른 다연과 황제는 멈춰 섰다. 이 순간 모두가 두 사람을 주시하고 있었다.

드나르 황가는 손꼽히는 무가의 명문이었다. 그들은 혼란의 시대에 빼어난 검술을 바탕으로 세력을 모아 왕조를 세웠다.

3백 년이라는 세월이 흘러 나라는 거대해졌고 군주에게 요구되는 역량 또한 다양해졌지만 알티우스는 여전히 무를 중시하는 국가였다. 그리고 그 근간에는 기사 중의 기사 드나르 황가에 대한 제국민의 자부심이 있었다.

황제가 초대 황제의 갑주와 명검에 손을 올렸다. 세월의 흐름을 간직한 흉갑에는 황가를 상징하는 독수리가 새겨져 있다. 그것을 바라보는 황제의 얼굴은 냉엄했다. 그는 그 위에 한 손을 얹은 채로 혼인의 맹세를 시작했다.

"나 미하일 드나르 알티우스는 아내를 맞이하며 위대한 건국 황제와 여신 헤르니야 앞에 맹세한다. 나는 황후를 항상 사랑과 존경으로 대할 것이며 우리 앞의 모든 고난으로부터 보호할 것이다. 삶의 모든 순간을 내 아내와 함께할 것이며 신뢰와 결속은 굳건할 것이다. 신과 자연의 섭리가 허락하는 순간까지 이 서약은 변치 않을 것임을 여신 앞에 황가와 기사의 이름으로 맹세한다."

황제는 흉갑에서 손을 떼고 다연을 바라보았다. 그는 미소 짓고 있었지만 평소보다는 무겁고 진지한 표정이었다. 다연은 아마 자신의 표정도 비슷할 것이라 생각했다.

애써 웃어 보인 그녀가 황제가 했듯이 황가의 가보에 손을 올려놓았다. 그녀는 혼인을 맹세하고 이어 황후로서 서약문을 외웠다. 다연의 목소리는 황제의 것보다 작았으나 실수를 할까 봐 수백 번을 되뇐 맹세는 막힘없이 매끄러웠다.

"……저는 황제 폐하와 뜻을 함께해 황가의 위업을 영광스럽게 이어받을 것이며 제국과 황실의 번영을 위해 제국민의 창과 방패가 될 것을 맹세합니다."

성혼의 선언은 경우에 따라 달랐으나 이번에는 황실의 가장 연장자가 했다. 선황의 동생이자 현 황제의 숙부였다. 그가 연단 위로 올라오자 다연은 자신도 모르게 익숙한 얼굴을 빤히 바라보았다. 그러자 황제와 닮은 얼굴이 옅은 주름을 만들며 잔잔하게 미소 지었다.

"먼저 이 뜻깊은 자리에 참석할 영광을 주신 두 분께 감사드립니다."

그는 젊은 황제와 황후를 향해 허리를 숙여 보였다. 그러자 엉겁결에 귀족들도 따라서 허리를 숙였다. 다연은 조금 당혹스러워했으나 그것이 의도된 일임을 모르는 사람은 다연뿐이었다.

몸을 세운 그가 엄숙한 어조로 말을 이었다.

"황실의 일원이자 이 자리를 함께한 증인의 자격으로 선언합니다. 두 분의 혼인이 완전하게 성립하였으며 이 신성한 결합은 영원할 것입니다."

이어 다연은 시녀들의 도움을 받아 붉은 로브를 위에 입었다. 그녀가 황실의 사람이 되었음을 의미하는 것이었다. 성혼이 선언되고 황후가 탄생하는 순간이었다.

어디선가 시작된 박수는 회장 안에 퍼져 나갔다. 그리고 내무대신은 아까보다 조금 더 많은 눈물을 흘리기 시작했다. 쏟아지는 박수갈채 속에서 황제의 숙부는 웃음기 어린 얼굴로 둘에게 말했다.

"이제 입 맞추셔도 됩니다."

다연은 입술만 가볍게 부딪히고 떨어지려 했다. 엄숙한 순간이었고 분위기는 경건하기까지 했다. 그런데 그 엄숙함은 다연에게만 느껴지는 모양이었다. 황제는 아까의 진지한 표정은 온데간데없고 어느새 싱글벙글 웃고 있었다. 그야말로 새신랑이었다.

황제는 다연을 부둥켜안고는 그 회장의 한가운데에서 혀를 얽었다. 혈기왕성한 신랑의 행태는 회장 곳곳에서 민망한 웃음을 자아냈다.

다연은 처음에는 밀어내려다가 황제의 체면을 생각해서 참았다. 혹시라도 우세스러워 보일까 봐 걱정이 일었던 것이다.

그런데 아무리 기다려도 황제는 멈출 생각을 하지 않았고 입맞춤은 점점 깊어지려 했다. 그녀는 결국 그의 옆구리를 살짝 비틀어 꼬집었다. 그러자 황제가 웃음소리를 흘리며 떨어졌다.

다연은 고개를 숙인 채 눈만 힐끔 들어 신경질을 냈다. 그 와중에 다른 사람은 듣지 못하게 속삭이는 것이 그녀다웠다.

"미쳤나 봐! 뭐 하는 거예요, 진짜."

"너무 좋아서."

환하게 웃는 황제의 입가는 다연의 입술에 바른 것이 그대로 옮겨가 엉망이었다. 다연은 그 대참사의 현장을 황망하게 바라보다가 마지못해 손을 뻗었다. 그리고 민망해하면서도 조심스럽게 황제의 입가를 닦아 냈다.

그 모습을 지켜보던 황제의 측근들은 메마른 눈으로 생각했다.

아니, 남의 입술이 그렇게 됐으면 본인 입술이 어떻게 됐을지도 좀 생각해 봐요.

시녀들이 재빨리 다가와 다연의 입가를 닦아 주자 다연은 비로소 상황을 인지하고 고개를 숙였다.

정리해 주는 시녀들의 얼굴은 아주 약간 상기된 정도였지만 고개를 든 신부의 얼굴은 불타는 정열의 토마토로 화해 있었다.

다연은 터지기 일보 직전의 얼굴을 귀족 사회에 유감없이 뽐냈다. 신부는 얼굴도 모자라서 목까지 새빨개져 있는데 신랑은 입이 귀에 걸려서 내려올 줄 모른다. 그 모습은 사실 보기 좋고 흐뭇하긴 했다. 그런데도 여전히 적응이 되질 않아서 귀족들은 어색하게 웃었다.

신년 파티는 오늘 보고 놀라지 말라는 폐하의 예고편 같은 것이었구나. 참 배려심이 많기도 하시지.

황제는 오늘도 표정 하나로 이 세상이 아름답다고 끊임없이 전달하고 있었다. 거의 성직자 수준이었다. 그 얼굴을 보고 있던 귀족 하나가 도통 이해할 수 없다는 듯 중얼거렸다.

"유부남이 되시는 게 저렇게 좋으실까요?"

그러자 같은 생각을 하고 있던 유부남 집단이 저마다 말을 받았다.

"폐하는 원체 성실하시니까요."

"원래도 스스로가 자기 인생을 구속하는 걸 좋아하시는 독특한 분 아닙니까."

황제의 살인적인 스케줄을 알고 있는 귀족들이 그럴듯하다며 고개를 끄덕였다. 누가 그렇게 살라고 시킨 적도 없는데 황제의 성실성은 변태적일 정도였던 것이다.

"그나저나 폐하는 이제 다 가지셨네요."

사람들이 의아하게 바라보자 말을 꺼낸 귀족이 덧붙였다.

"돈도 명예도 권력도 다 가지셨었는데 부인만 안 계셨잖습니까. 이제 황후 폐하가 계시니 다 가지셨죠, 뭐."

그러자 사람들은 고개를 끄덕였다.

다 가진 남자, 황제는 한참을 다연과 시시덕거리더니 연단 위로 올라섰다. 원래는 귀족들과 사절들에게 하례를 받을 차례였다. 황제는 신년 파티 때 미리 받은 축하 인사를 굳이 또 받을 생각은 없었다.

"인사는 멀리서 온 사절들에게만 받겠네. 우리는 어차피 자주 보는 사이가 아닌가. 참석으로 받은 셈 치지. 식사와 연회를 즐기게."

귀족들은 그럴 줄 알았다면서도 김이 샌 얼굴을 했다.

그들은 못내 아쉬웠다. 황제야 그런 것을 워낙 불필요하게 생각하는 사람이고 자주 보는 사이인 것도 맞지만 그들이 관심이 있는 것은 황제가 아니라 다연이었다.

황후가 된 그녀와 이야기를 나눌 기회는 흔치 않았다. 그리고 황제가 싸고도는 것을 보니 앞으로도 계속 흔치 않을 것 같다.

그들의 사고는 무척이나 귀족적이고 당연한 것이었다. 황제가 황후를 총애하니 황후와 남다른 친분 관계를 쌓으면 좀 더 유리한 입지에 올라설 수 있지 않을까 기대하는 것이다.

그러나 그것은 다연을 잘 모르기 때문에 할 수 있는 생각이었다. 토마토는 일단 기본적으로 굉장히 낯을 가렸다. 누가 이유 없이 잘해 주면 불편해했다. 고지식한 데다 이상한 선비 정신마저 가지고 있어서 뇌물과도 상극이었다.

기사들이 괜히 타미르 성급 철벽이란 별칭을 지어 준 게 아니었다. 황제와는 좀 다른 의미로 피곤한 유형의 사람이었던 것이다.

한편 연회장의 가장 상석에 황제와 나란히 앉은 다연은 조금 어색한 얼굴이었다. 입이 여전히 귀에 걸린 황제는 그런 다연을 보고 실실 웃었다. 이 자리에 나란히 앉게 되니 부부가 된 걸 실감한 것이다. 측근들은 그런 상관이 오늘도 무척이나 부끄러웠다.

얘들아, 사절을 접견하기 전에 누가 폐하께 표정 관리를 좀 하시라고 진언드려야 하지 않을까?

국격이 떨어지는 소리가 들리지 말입니다!

그러나 머지않아 황제는 표정을 관리할 수 있게 됐다. 그는 웃음을 거두다 못해 똥 씹은 얼굴이 됐다.

문제는 사르만에서 온 사절이었다. 한없이 불편한 얼굴로 앉아 있던 다연은 사르만 사절단의 대표가 다가오자 호기심 어린 표정을 지었다.

그녀는 사르만에 대해 알지 못했고 가 보지도 못했다. 어떠한 문화를 가졌는지도 모르고 어떤 사람들이 사는지도 모른다. 그런데 한 사람과 한 마리 말로 인해 사르만은 그녀에게 아름다운 나라가 됐다.

사절단들은 저마다 축하 선물을 잔뜩 싣고 왔다. 제국은 대륙 최고의 강대국이었기 때문에 대부분이 선물을 빙자한 조공이었다.

사르만에서 가져왔을 선물이야 뻔했다. 모두의 예상처럼 그들은 초원에서 자라난 발 빠른 말들을 보내왔다. 그러나 사소한 선물이 하나 더 있었다.

사신이 황제가 아닌 자신에게 무언가를 내밀자 다연은 의아한 표정을 지었다. 물건은 호위 기사가 먼저 받아 확인을 한 뒤 다연에게 넘어왔다. 다연은 받아 들며 물었다.

"이게 뭔지 알 수 있을까요?"

그런데 사신이 대답을 하기도 전에 다연은 그게 무엇인지 알아 버렸다.

"우와아아, 루리다……."

그건 진짜 루리는 아니었고, 천으로 만든 작은 가방이었다. 소녀들이 하고 다닐 것 같은 수수하고 아기자기한 모양이었다. 다소 조악하기까지 했다.

그런데 앞면에 그려진 그림이 굉장히 정교했다. 꽤나 실력 있는 사람의 솜씨였고 다연은 그 그림을 한눈에 알아봤다. 루리를 보고 그려 넣은 것이었다.

"이미 부군께 받으신 말이 있으실 테니 황후 폐하께는 말 대신 그림을 드린다고 하셨습니다. 마음에 드셨으면 좋겠다고 하셨습니다. 혼인 진심으로 축하한다고도 하셨고요."

"맘에 들어요! 아산카, 아이고, 왕자 저하한테, 아이코…… 아무튼 감사하다고 전해 주세요."

사실 제국의 황후에게 주기에는 너무 하잘것없는 물건이었다. 아무리 그림으로 의미를 담았다고 한들 저런 천 가방은 사르만에서도 주로 저잣거리의 아이들이 소지하는 것이었다.

그런데도 다연은 무척이나 기뻐 보였다. 몇 번이고 들여다보고 또 들여다보면서 손에서 놓질 못했다.

시종들은 벌레를 씹은 것 같은 황제의 표정을 보며 난감하게 생각했다.

어떡하지 얘들아. 폐하의 선물 센스에 문제가 있는 걸까, 아니면 황후 폐하의 취향에 문제가 있는 걸까.

"미하일! 루리예요!"

다연은 결국 신나 하며 황제에게까지 가방 겉면의 그림을 보여 주었다.

"어, 그래."

대답을 하며 기시감이 느껴져 황제는 미간을 찌푸렸다. 아니, 근데 이 잡것들은 혼인을 해도 껄떡대네. 갑자기 짜증이 확 났던 황제는 다연의 의자를 가까이로 끌어왔다. 그리고 사신 보란 듯이 다연에게 입을 맞추었다.

새신랑과 새신부가 맥락 없이 불타오르자 당혹한 사신은 헛기침을 마구 하며 시선을 피했다. 측근들은 포기한 지 오래로 그냥 이 시간이 빨리 지나가기만을 바랐다.

267

외국 사절들과의 접견이 끝나고 가볍게 식사를 한 그들은 아르제니아로 향했다. 황성 정문을 통하지 않고 아르제니아를 경유하여 나가는 것은 오직 한 가지 이유에서였다. 너무 많은 인파로 인해 발생할 위험을 경계한 것이다. 행렬은 미리 정해 놓은 거리만을 지날 예정이었고 그곳에는 이미 근위대와 중앙군이 포진해 있었다.

퍼레이드용으로 제작된 마차는 지붕은 있었지만 얼굴을 보이고 인사를 건네기 위해 사방이 반쯤 개방되어 있었다. 기존에 타던 것보다 사치스러웠지만 예식용으로는 용인될 수준이었고 신랑 신부가 황제 부처라는 점을 고려했을 때는 오히려 수수한 감마저 있었다.

마차에 올라탄 다연은 옆에 앉은 황제에게 물었다. 그 얼굴에는 온통 의구심이 가득했다.

"이렇게 추운데 사람들이 나와 있을까요?"

"나중에 보고 놀라지나 말거라."

그는 코웃음을 쳤다.

황제가 예식을 앞당긴 이유는 단순히 혼인이 빨리 하고 싶어서만은 아니었다. 역사적으로 황족의 혼인이 있을 때마다 사람들은 구름 떼처럼 몰려들었다. 황가도 그 기간에는 국고를 풀어 축제 분위기에 아낌없이 기여했고 황실의 인기가 높아짐에 따라 모여드는 군중의 수는 점점 늘어나는 추세였다. 즉, 황실은 국가적인 행사를 통하여 얼어붙은 사람들의 마음을 달래려는 목적이 있었다.

그리고 그 결과 신부가 이렇게 추위에 떨게 된 것이다.

"시종장, 모포를 더 가져와라."

숲을 우회하는 동안 다연은 두꺼운 모포를 뒤집어쓰고 있었다. 황제는 그 위에 몇 장의 모포를 더 덮어 그녀를 꽁꽁 싸맸다. 두 팔이 구속된 그녀는 성질이 온순한 애벌레 같았다. 황제는 그러고도 마음이 놓이지 않는지 다연을 다리 사이에 앉히고 등 뒤에서 꼭 끌어안았다.

"미하일은 안 추워요?"

"추워. 그래서 껴안고 있잖아."

황제는 그녀를 더 바싹 끌어안으며 말했지만 무뚝뚝한 대답엔 영혼이 없었다. 그는 사실 별로 춥지 않았다. 원래 추위를 안 타는 체질이기도 했지만 눈이 오면 눈을 맞고 비가 오면 비를 맞으며 매일같이 몸을 단련한 자의 위엄이었다.

그 뒤로 한참을 달려 마차가 숲길을 벗어났을 때 다연은 누가 말하지 않아도 알아서 모포를 벗었다. 황제는 얇은 드레스에 황가의 문장이 새겨진 로브만을 걸치고 있는 그녀를 딱하게 바라보았다. 뾰족한 수가 없어 위로할 뿐이었다.

"빨리 달리라 이르겠다. 제국민들에게 황후로서는 처음 모습을 보이는 것이니 추워도 아주 잠시만 견뎌다오."

"아니아니, 안 돼요. 천천히 가요. 한 번이고 잠깐이잖아요. 잘하고 싶어요."

황제는 자신도 모르게 다연의 머리를 쓰다듬었다. 현명한 생각이었다. 앞으로 그녀가 제국을 위해 어떠한 헌신을 한다 하더라도 사람들은 대부분 오늘의 모습을 먼저 기억할 것이다. 그게 대중 정치의 속성이었다.

"긴장은 안 돼?"

다연은 좀처럼 깨닫지 못했지만 황제는 많이 변했다.

그는 한때 치료소를 순방하던 다연이 긴장하고 초조해하는 것을 이해하지 못했다. 지금도 그녀의 심리를 공감하는 것은 아니었다. 그렇지만 다연이 특정 상황에 자신과 다른 반응을 보인다는 것 정도는 학습하고 받아들이게 된 것이다.

그러나 다연은 살짝 질린 얼굴로 실실 웃었다.

"음음, 그건 잘 모르겠고…… 일단 얼어 죽을 것 같은데요."

말하면서도 어처구니가 없어서 그녀는 허허 웃었다. 그녀는 알티우스의 겨울을 만만하게 보았다. 그도 그럴 것이 그녀가 제국에 온 이래 제일 추운 날씨가 오늘이었던 것이다.

다연이 배신당한 얼굴로 말했다.

"원래도 이렇게 추울 때가 있어요?"

"음, 아주 없진 않지만 기록적인 일이라고 할 수 있지."

"지금 웃으면 웃는 얼굴로 얼어붙을 수 있을 것 같아요. 그럼 전 행렬이 끝날 때까지 웃을 수 있을 거예요. 모두에게 웃는 얼굴로 기억되겠죠."

반쯤 정신이 나가 또 이상한 소리를 중얼거리던 그녀는 군중이 몰려 있는 거리로 접어들자 평온해졌다. 의연해 보이기 위해 애쓴 것이다.

환호하는 사람들에게 손을 흔들며 화답하는 그녀는 끝까지 미소를 잃지 않았으나 새파래지는 입술까지 감출 수는 없었다.

결국 행렬의 도중에 황제는 외투를 벗었다. 군중은 웅성거렸으나 황제는 묵묵하게 자신의 외투를 황후에게 걸쳐 주고 손수 앞섶을 여며 주었다.

황가의 문장과 붉은색을 사용한 의복은 모두 상징하는 바가 있었다. 황후의 것과 짝을 이루게 맞춰 입은 것이었으나 사람들은 완벽한 황제 부처의 모습보다 지금의 모습을 더 좋아했다.

황가는 위엄과 권위가 있었고 그들의 황제는 냉철했다. 사람들은 강한 황실에 열광했다. 그렇지만 말없이 아내를 위하는 자상한 모습 또한 사람들의 마음을 움직이는 부분이 있었던 것이다.

군중들은 그 어느 때보다 크게 환호하며 황제의 혼인과 황후의 등장을 축하했다.

행렬을 마친 일행은 다시 황도 외곽으로 나가 숲길을 우회했다. 황제는 거절하였으나 다연은 고집스럽게 황제에게 외투를 돌려주었고 본인은 다시 모포를 휘감은 애벌레가 되었다.

 겨울이라 해는 일찍 졌다. 시간이 지날수록 기온은 떨어져만 갔다. 그리고 그들이 신전에 도착했을 때 급기야는 눈이 내리기 시작했다.

 이제는 황제도 기가 차서 웃었다. 황제는 근위대장을 바라보며 물었다.

 "이번 대 대신관 정말로 괜찮은 것이냐?"

 "⋯⋯예?"

 "지금 이따위 날씨를 나한테 길일이라고 내밀다니, 이것들이 날 맥일려는 게 아니냔 말이다."

 황제의 끝을 모르는 뻔뻔함과 자기중심적 사고에 측근들은 숙연해졌다. 근위대장은 더 이상 입에 거품을 물지 않았다. 대신 약간 신전에 귀의하고 싶어졌다. 성직자가 되고 싶었다기보단 그 정도 결심이 아니면 이런 상관한테서 평생 벗어날 수 없을 것 같았다. 그의 눈은 좀 슬펐다.

 중앙 신전 앞에도 많은 사람들이 몰려 있었다. 대부분이 신전의 신도들이었다. 다연은 좋은 표정을 지으려고 애쓰며 사람들에게 웃어 보였다. 그리고 그때 그녀가 눈을 동그랗게 떴다.

 "⋯⋯."

 사람들 사이에서 낯익은 얼굴을 본 것 같았다. 갈색 머리에 다정하고도 묘한 느낌의 남자, 테오 사제였다. 그런데 그는 북부에 가 있다고 하지 않았나?

 알은척을 할 생각에 마차에서 내렸으나 그사이 사제는 군중 속으로 사라졌다.

 사람들은 모두 마차와 말에서 내렸다. 신전 안에서는 말에 올라타지 않는다. 두 발을 땅에 디디고 스스로의 힘으로 걸어야 한다. 신을 공경하는 의미다. 그런데 다연은 정작 헤르니야는 별로 신경 쓰지 않을 것 같다고 생각했다. 영악한 까마귀를 총애하는 여신은 의외로 괄괄한 성격일지 몰랐다. 본인부터가 맹수를 타고 다녔다.

황제의 일행은 말을 끌고 천천히 걸었다. 대신관과 일부 고위 신관들은 일찌감치 밖에 나와 눈을 맞으며 그들을 기다리고 있었다.

이전과 부쩍 달라진 태도였다. 황제와 다연이 발티온 영지에 시찰을 가며 신전을 지났을 당시 고위 신관들은 문이라도 걸어 잠근 듯 아무도 나와 보지 않았었다. 그리고 그때 당시 고위 신관직을 지내던 자들은 이제는 다른 이유로 볼 수 없었다. 형장의 이슬이 되어 버린 것이다.

그러나 분위기는 여전히 데면데면하고 좋지 못했다. 신전은 황제에게 빚진 것이 있었고 황제는 신전에 호감이 없었다. 원래도 남을 봐주는 게 없는 황제는 신전을 바라보는 시선이 여전히 곱지 못했다.

어색한 분위기 속에 신관들과 황제의 일행이 걸음을 옮겼다. 헤르고니아로 향하는 것이다. 신탁의 그곳, 신전의 사유지이자 여신의 땅을 상징하는 이름. 다연은 그곳에서 발견되었고 이번에는 그곳에서 축복을 받을 것이다.

어쩐지 감회가 새로웠다. 점점 날이 저물고 있었다. 바닥에 조금씩 쌓이기 시작하는 싸라기눈이 그녀의 기분을 더 감성적이게 만들었다.

침묵을 깬 것은 황제였다.

"춥지 않느냐?"

다연은 당연히 자신에게 묻는 말이라 생각해 대답하려 했다. 그런데 황제는 그녀를 보고 있지 않았다. 그녀는 의아한 얼굴로 입을 다물었다.

다연이 대답이 없자 이번에는 측근들과 신관들이 황제 부처를 바

272

라봤다. 그리고 그들은 놀랍게도 황제가 대신관을 바라보고 있다는 사실을 깨달았다.

황제가 신전에 대해 가지고 있는 감정의 온도를 아는 측근들은 당혹을 금치 못했다.

지금 설마 우리 폐하께서 대신관에게 추운지, 뭐 그런 안부 같은 걸 물으신 거야? 춥다고 하면 그럼 따뜻하게 해 주마, 하고 불을 지르실 생각인가 봐.

당황한 것은 대신관도 마찬가지였다.

그가 대답이 없자 황제가 재차 물었다.

"춥지 않냐고."

"……예?"

마침내 황제는 몹시 짜증을 냈다.

"귀가 잘 안 들리느냐? 얼어 뒈질 것 같지 않느냔 말이다."

"……예, 오늘따라 날씨가 갑작스럽게 추워졌습니다."

황제의 교양 있는 말투에 대신관은 크게 당황하며 헛기침을 했다. 그리고 황제는 짧게 본론을 전했다.

"알면 빨리 하고 끝내거라."

"……."

황제가 구사하는 독특한 화법에 대신관은 물론 새롭게 요직에 오른 다른 신관들도 말문을 닫았다.

측근들은 황제를 말리고 싶었다. 잘 지내고 싶으시다면서요…….

그런데 대신관도 한 고집 하는 이였다. 혼란의 시대에 중립을 유지하는 것은 어쩌면 극렬한 이념을 가지는 것보다 어려운 일이었다.

신전이 원래의 기득권 세력과 황실파로 나뉘어 대립할 때 여기도 까고 저기도 까는 모두 까기 인형을 자처했으니 그 성격은 알 만했다. 꼬장꼬장하고 고지식한 자일 것이다.

아니나 다를까, 정신을 차린 그는 반박하기 시작했다.

"하오나 폐하, 혼인의 의례 뒤에 여신의 축복을 받는 것은 매우 중요한 혼례의 절차이옵니다."

황제는 새로운 대신관을 물끄러미 바라봤다. 그 얼굴이 긍정인지 부정인지 황제와 처음으로 대면하는 대신관이 알기는 어려웠다. 물론 부정이었어도 멈추지는 않았을 것이다.

"물론 두 분이 예식을 마치신 것은 아니옵니다. 그렇지만 축복을 받기 전까지는 혼인 절차가 끝난 것이 아닙니다. 이것은 폐하의 부친 되시는 선황께서는 물론이시고 역대 제국의 모든 황제들께서 준수하신 절차로 그 역사가 자그마치……."

말이 길어지자 시종장은 안타까운 눈으로 대신관을 바라봤다.

한 번은 당해 봐야 저 성질을 알지.

아니나 다를까 황제가 가만히 말을 끊었다.

"이봐, 대신관."

"예……."

"내 아내가 누구냐."

"예?"

맥락 없는 질문에 대신관은 얼떨떨한 표정을 했지만 황제는 막힘이 없었다.

"내 아내가 누구의 신탁을 받아 제국에 왔느냐."

"……."

"30여 년 만에 헤르니야의 신탁을 받고 온 여신의 징표가 아니더냐? 지금 제국에 내 아내만큼 여신의 축복과 사랑을 듬뿍 받은 이가 어디 또 있겠느냐? 네가 그 알량한 신력이 있다고 여신의 징표만큼 여신과 가깝다고 자부하느냐? 이미 축복과 사랑을 듬뿍 받고 있는 판국에 무슨 축복을 더 내리겠다고 이 한파에 유난인 것이냐? 그리고 내가 언제 아예 안 하겠다고 하였느냐? 최대한 빨리 하고 끝내라는 말이다, 빨리. 내가 결혼 첫날에 내 아내가 오들오들 떠는 모습을 봐야겠느냐?"

본인의 예상보다 훨씬 강퍅한 황제의 성격에 새로운 대신관은 얼이 빠졌다. 황제는 허리춤에 초대 황제의 명검을 지니고 있었지만 대부분의 경우 그는 검을 뽑을 필요가 없었다. 그의 혀가 더 강력한 칼날이었기 때문이다.

황제는 다시 입을 열었다.

"네가 잘 모르나 본데 잘 들어 보거라. 내 아내로 말할 것 같으면…….'

이상한 곳으로 빠지려던 황제의 말을 막은 것은 다연이었다. 듣다 못한 다연은 제발 그만하라며 황제의 입을 틀어막았다. 그러자 표정 하나 안 변하고 독설과 부인 자랑을 오가던 황제는 피식 웃으며 다연의 손을 떼어 내는 것이었다.

그는 주변 상황은 아랑곳 않고 그녀와 손을 잡고 먼저 걸어가 버렸다. 측근들에게는 모두 익숙한 모습이었다.

한편 이 추위에 땀을 흘리기 시작한 대신관의 모습은 신전과 감정이 좋지 못한 황궁 사람들에게도 가여워 보였다. 오며 가며 안면을 튼 근위대장이 결국 깊은 한숨을 쉬며 그에게 다가갔다.

"두 분이 원래 저러고 자주 노시니 너무 괘념치 마십시오."

"……."

"반쯤은 농담이셨을 겁니다. 물론 나머지 반은 진담이셨겠지만요."

다소 무엄하고 많이 정확한 표현이었다. 대신관의 눈동자가 갈 곳을 잃고 하염없이 방황했다.

중앙 신전은 굉장히 넓었다. 한때 황가와 비등한 권력을 행사했음을 입증하듯 황성과 비교해도 결코 뒤지지 않았다.

황실이 그러하듯 그들 또한 많은 부지를 소유하고 있었고 헤르고니아는 그 부지의 가장 중심부에 있었다. 잘 정비된 길을 지나니 머지 않아 숲의 도입부가 모습을 드러냈다.

그리고 거기까지 오는 동안 다연은 자신을 힐끔거리며 관찰하는 대신관의 시선을 느꼈다.

왜 저러지? 황제의 유난한 태도 때문인 건가?

처음에 그녀는 그 시선의 의미를 알아채지 못했다. 그도 그럴 것이 저런 눈빛을 받아 본 게 너무 오랜만이었던 것이다.

마침내 시선의 의미를 깨달았을 때 다연은 쓴웃음을 짓고 말았다. 돌이켜 보면 1년 전 많은 사람들은 그녀를 저런 눈으로 바라봤었다. 기대가 의구심으로 바뀌고 그 의구심이 실망으로 이어지는 데는 약간의 시간이 걸렸다.

그녀는 신탁의 주인공이었다. 그러나 사람들이 느낄 수 있을 만한 신력이 없었으며 그 당시에는 어떠한 신성도 증명할 수 없었다. 현실주의자인 데다가 별다른 신앙심이 없는 황제는 굉장히 빠르게 그 사실을 받아들였지만 신관들은 그러지 못했다.

그들은 다연을 두고 의심과 맹신을 격렬하게 오갔다. 신탁 때문이었고 그들이 신관이기 때문이었다. 그녀가 신의 징표임을 인정하자니 한 줌의 신력은커녕 아무런 특별함이 없고, 그렇다고 의심하자니 그게 바로 신탁에 대한 부정이었던 것이다.

신앙은 믿기 어려운 것을 믿게 만드는 힘이다. 그런데 인간은 분석적인 사고를 하고 의구심을 품는 존재이다. 끊임없이 신의 길을 추구하지만 스스로의 인간됨에 좌절한다. 그 모순 속에서 치열하게 번민하고 괴로워하며 구도하는 것이 그들이 걷는 길이었다.

신이 선물한 푸르고 고귀한 힘. 대신관은 지금 신전의 다른 신관들이 그러했듯 다연에게서 정말로 아무런 신성력을 느낄 수 없자 의아해하고, 또 관찰하고 있는 것이었다. 그런데 그녀는 조금 다른 힘을 가지고 있었고 남들과 다른 사실을 알고 있었다.

다연이 고개를 돌려 대신관을 바라보자 그는 뜨끔하며 시선을 피했다. 곧이어 황제가 의아하게 내려다보았으나 그녀는 고개를 저을 뿐이었다.

그 뒤로 그들이 얼마나 더 걸었을까. 다연은 작게 흩날리던 눈발이 점점 더 굵어진다고 생각했다. 그리고 그때 대신관이 말했다.

"다 왔습니다. 여기서부터가 헤르고니아입니다."

어찌 보면 평범한 숲이었다. 그렇지만 신께 귀의한 자들이라면 모두가 신성하게 여기는 곳이었다. 동행한 신관들은 헤르고니아에 온 것만으로도 경건함을 느끼는지 두 손을 모아 기도하기 시작했다.

기사들은 그 틈을 타 재빨리 말을 먹이면서 쉬게 하거나 검집에 손을 올려놓은 채 경계 태세에 들어갔다. 그리고 그들을 뒤로한 채 대신관과 황제, 다연 세 사람은 조금 더 걸었다.

의식의 장소는 평범했다. 제국의 역대 황제, 황후들이 이곳에서 축복을 받았다고 하기에는 놀랄 만큼 초라한 모습이었다. 그 한가운데에는 돌로 쌓아 올린 제단이 있었다. 초대 황제의 명검만큼이나 오래된 것이었다. 인적 드문 숲에서 세월을 견디고 있는 그 풍경이 투박하고 쓸쓸해 보였다.

대신관은 제단 앞에 무릎을 꿇었다. 여신께 기도를 올리는 것이다. 그의 목소리가 숲속에 울려 퍼지자 다연은 저도 모르게 공손히 손을 모았다.

깐깐하고 재미없는 사람이라 생각했지만 대신관은 대신관인 모양이었다. 그의 기도에는 어딘가 울림이 있었다. 황제와 다연은 그 뒤에 나란히 서서 대신관의 기도가 끝나기를 기다렸다.

다연은 처음에는 공수 자세로 가만히 집중하고 있으려고 했다. 그러나 기도는 그녀의 생각보다 훨씬 길어지고 있었다. 그녀는 곧 멍청하게 서 있는 것이 뻘쭘해졌다.

결국 다연은 집중력을 잃고 옆에 있는 황제를 힐끔 바라보았다. 황제는 다연보다도 훨씬 일찍 의식에 흥미를 잃은 상태였다.

시선이 마주치자 둘은 키득거리며 웃었다. 신랑도 신부도 태도가 몹시 불량했다. 그렇지만 특히 더 불량한 사람은 신랑이었다. 황제가 뺨에 쪽 입을 맞추자 다연은 움찔하고는 반사적으로 대신관을 바라보았다. 그는 여전히 등을 보인 채 기도에 집중하고 있었다.

'뭐 하는 거예요!'

그녀는 입 모양으로 성을 냈지만 황제는 그것이 더 재미있는 모양이었다. 그는 또 허리를 숙였다. 다연이 기겁하며 몸을 뒤로 빼려 하자 아예 양 볼을 틀어쥐었다. 침묵 속에 꽤나 격렬한 몸싸움이 오갔다. 그리고 황제는 마침내 그녀의 머리통에 입술을 부딪치는 데 성공했다. 그 의기양양한 표정에 다연은 참지 못하고 주먹을 불끈 쥐었으나 불운하게도 대신관의 기도는 어느새 끝나 있었다.

대신관은 몹시 힐난하는 표정으로 그들을 보고 있었다. 황제는 전혀 아무렇지 않아 했지만 다연은 땅을 파고 숨고 싶었다. 부끄러움은 언제나 황제 주변 사람들의 몫이었다.

"왜."

황제가 묻자 대신관이 몇 번 헛기침을 하더니 말했다.

"가까이 오십시오. 이제 여신의 힘을 빌려 두 분을 축복하겠습니다."

황제와 다연은 그에게 한 걸음 다가섰다.

대신관은 가만히 손을 들어 올렸고 곧이어 그의 손에서는 푸른 힘이 쏟아져 나왔다. 신랑과 신부의 미래를 축복하는 기원의 빛이었다. 대신관은 고지식한 자가 분명했다.

그는 땀까지 흘리며 최선을 다하고 있었다. 푸르른 힘은 점점 넓게 퍼져 나갔고 새하얀 눈에 덮인 헤르고니아는 신비로웠다.

풍부한 축복의 힘에 감싸여 시야마저 흐려졌을 때였다. 두 사람은 거의 동시에 위험을 감지했다.

「피해!」

거칠게 날갯짓을 하던 새 한 마리가 다연에게 경고했다.

황제는 기사다운 반사 신경으로 그녀를 재빨리 등 뒤로 숨겼다. 그러나 그녀는 눈앞의 광경을 목격하고 말았다.

대신관은 더 이상 신성력이 흘러나오지 않는 자신의 손을 의아하게 바라보았다. 그리고 그대로 머리에서부터 두 쪽으로 갈라졌다.

피가 콸콸 뿜어져 나오는 시신을 걷어차며 걸어 나온 이는 갈색 머리의 그 남자였다. 다연은 그의 이름을 불렀다.

"테오……."

동시에 숲의 저편에서도 칼이 부딪치는 금속성이 들려왔다. 대기하고 있던 기사들과 신관들에게도 무슨 일이 생긴 것이 분명했다.

황제는 굳은 표정으로 사제에게 물었다.

"너는…… 신성력이 없는 견습사제의 신분 아니었나."

황제의 목소리는 침착했다. 그렇지만 의구심이 담겨 있었다.

사제가 손에 들고 있는 것은 검이 아니었다. 검의 형상을 한 짙고 검은 기운이었다. 그 기운은 너무나 강렬해서 검의 형상을 만들어 내고도 그의 손을 휘감으며 팔목까지 넘실거렸다.

"……."

다연은 그 모습을 불안한 눈초리로 응시했다. 의심할 수 없는 비범함이었다. 인간적 능력으로 도달할 수 있는 것도 아니었다.

"당신한테 중요한 것은 지금 그게 아니지 않습니까?"

그의 어조는 온화했다. 그러나 사제는 더 이상 황제를 폐하라 칭하지 않았다. 평온한 어조 뒤에 숨어 있는 것은 적대감이었다.

황제가 말없이 그를 계속 노려보자 사제가 어쩔 수 없다는 듯 어깨를 으쓱하며 말했다.

"그렇다고도 아니라고도 해 두죠."

그는 언제나처럼 모호한 답변을 했다. 이 모호함은 그의 습관이었다. 숨기는 것이 많기 때문일 것이다.

그런데 다연은 그가 말해 주지 않은 답을 알 것 같았다. 사제는 힘을 가졌고 그 힘의 원류 또한 신성력일 것이다. 그녀 또한 그러했기 때문이다.

그리고 그녀가 생각한 것이 사실이었다.

이 세계의 사람들은 신성력에 대해 가지고 있는 고정적인 관념이 있었다. 신관들이 사용하는 푸른 힘.

아무도 신녀가 비범한 힘을 가진 것을 알지 못했다. 그녀가 신탁의 주인공임에도, 여신의 징표임에도 말이다. 그것은 그녀가 그 푸르고 고귀한 힘을 가지지 않았기 때문이다.

그런데 신의 권능은 사람들이 생각하는 것처럼 평면적이지 않았다.

얼마나 많은 사람들이 어떠한 힘을 가지고 있는지는 알 수 없다. 그렇지만 사람들은 저마다 다른 힘을 가지고 태어나기 마련이었다.

그런데 왜 모두 같은 힘을 가진 자들만이 신관이 되고 권력을 잡느냐 하면 대부분의 경우 그 힘만이 발현되고 살아남기 때문이다. 가장 쉽게 발견되기 때문이다. 다른 가능성을 배제하기 때문이다. 이미 주류를 이루었기 때문이다.

그런데 어떤 꽃은 다르게 핀다.

다른 계절에, 다른 향기로, 다른 아름다움으로.

그리고 이것은 재능과도 같았다. 어떤 소질은 두각을 드러내지만 어떤 소질은 좀처럼 드러나지 않는 것처럼, 알아봐 주는 사람이 없는 재능은 본인마저 부정할 때는 퇴화되고 사라져 버리는 것이다.

"······신성력일 거예요."

그녀가 황제의 뒤에서 속삭였다. 그녀의 생각은 경험에서 우러나온 것이지만 저게 인간의 힘일 리 없으니 당연한 것이기도 했다.

다연이 입을 열자 사제의 눈길은 황제의 뒤를 향했다. 황제는 경계하며 다시 한 번 그녀를 가리고 섰으나 사제는 개의치 않고 말을 건넸다.

"다연 님이 올 거란 신탁은 사실 제가 받았습니다."

"······."

갑작스런 말에 다연은 주춤거리다가 황제 옆으로 나왔다. 그러면서도 다연은 땅바닥의 시신을 보지 않으려고 몹시 애를 썼다. 그런 그녀를 보며 사제는 뜻밖에도 따뜻한 얼굴로 웃고 있었다. 하지만 다연은 이제 그 얼굴을 믿지 않았다.

"아시는 것처럼 짧은 예언이었지만 참 감격스러운 순간이었죠. 신의 목소리를 듣는 것은 처음이었으니까요. 그래서 저희의 편이 되어 줄 거라는 기대가 있었나 봅니다."

그는 여전히 아쉽고 안타까운 듯했다. 온화한 표정과 어조 속에 다연이 종종 느끼곤 했던 위화감이 있었다. 다정함 속의 광기, 맹목, 분노.

"그랬더라면 제가 힘에 대해 많은 것을 알려 드릴 수 있었을 텐데요. 무시받지 않고 신녀로서 빛나게 해 드릴 수도 있었을 텐데요."

"······."

"당신이 그런 수모를 겪고도 황제에게 마음을 열 거라고는 생각하지 못했습니다."

다연이 황궁에 오게 된 것은 권력 싸움의 결과였다. 신전은 이미 황실을 상대로 무언가를 해 보기에는 세력이 급격히 약화되어 있었다. 하지만 사제에게는 기약할 수 있는 다음이 있었다.

무능한 신녀에 대한 회의의 시선은 신관 사회에도 존재했다. 그럴 때마다 사제는 속으로 그들을 얼마나 비웃었던가.

신관들이 그러할진대 황제의 반응이야 더욱 뻔했다. 현 황제는 실리적이기로 유명한 남자였다. 불필요한 일에는 시간을 소모하지 않았다. 황궁으로 보내진 신녀의 미래는 뻔했다. 쓸모를 찾고 쓸모가 없으면 유폐하거나 경멸하겠지.

그런 황제와 신녀가 이토록 쉽게, 이토록 깊게 사랑에 빠지리라는 것은 아무도 예상하지 못한 결과였다. 사제는 자조했다. 이것은 헤르니야의 뜻인가, 아니면 이것이야말로 인간인가.

다연은 비난을 쏟아 내는 그에게 반박하고 싶었다.

힘을 일깨워 준 것은 황제였으며 나는 신녀로 빛나고 싶었던 게 아니라고. 오직 그만이 있는 그대로의 나를 보아 주었다고.

그러나 황제는 사제가 다연에게 말을 거는 것이 몹시 거슬린 듯했다. 그는 다시 한 번 다연을 등 뒤로 밀어 넣었다.

"하아, 남의 아내에게 무슨 고해성사를 그리도 길게 하는지."

차갑게 말을 내뱉은 황제의 눈은 점점 날카롭게 빛났다. 그는 이제서야 이전 대 대신관의 유언을 이해했다. 아직 끝나지 않았다는 말과 그리 대단치 않던 신력, 마지막 순간까지 해소되지 않던 의문들.

신탁을 대신관이 아닌 사제가 받았다면 사제가 숨겨진 실권자였던 것이다. 신전에 황제의 무수한 눈과 귀가 있음에도 그 비밀이 끝내 알려지지 않았다는 것은 신전 내에서도 아는 자가 몇 없었다는 뜻이다. 그리고 그 비밀을 알고 있던 자들은 지난 사태에서 모두 처형을 당했다. 테오 사제를 제외하고는.

황제는 질린 얼굴로 말했다. 그 목소리에는 노기가 가득했다.

"너희들은 늘 그래 왔다. 권력을 쟁탈하기 위해서만 일을 꾸밀 뿐 진정 신전이 해야 할 일을 하지 않았다. 아니라고 말하겠느냐? 네가 앞에 나서지 않고 대신관의 뒤에 숨어 신력을 숨기고 있었다는 것 자체가 너희들이 다른 꿍꿍이가 있었다는 증거다."

그러나 테오는 수긍하지 않았다. 그의 얼굴에도 분노가 서려 있었다.

"그럼 어떻게 했어야 할까요? 당신은 계속 신전의 숨통을 조여 왔습니다. 신전에 무거운 세금을 부과해 경제적으로 압박하고 신관들의 뒷조사를 하지 않았습니까. 그리고 결국에는 신전을 완전히 무너뜨렸죠. 우린 언젠가는 그렇게 될 거라는 것을 알고 있었습니다. 그러니 대비가 필요했을 뿐입니다."

"이야기가 겨우 거기까지밖에 가질 않는 것이냐? 나는 조금 더 거슬러 올라갈 줄 알았지. 신전이 사르만과 거래를 한 역사가 몇 년인지 모른다고 할 셈인가? 신전에서 선대 황제를 암살하려 했던 것을 황실이 몰랐기에 덮었다고 생각하느냐?"

그들은 언쟁을 하며 서로를 지독한 혐오의 시선으로 바라보았다. 한참의 대치 끝에 어깨를 으쓱하며 대화를 종결한 것은 테오였다.

"피차간에 쓸데없는 이야기군요. 어차피 원인을 타고 올라가면 끝이 없는 싸움 아닙니까."

그의 손에서 검은 기운은 더욱 맹렬하게 쏟아져 나왔다. 그 기운은 황제를 겨누었다. 황제 또한 검을 뽑아 들었다. 황제가 나직하게 경고했다.

"제국민 모두가 황제의 행선지를 아는 혼인식 날에 신전 소유지인 헤르고니아에서 황제를 시해할 생각을 하다니 머리가 있는 것인가?"

"어차피 신전은 끝이 났습니다. 신관들이 다 황실의 개인데 무슨 의미가 있겠습니까? 당신이 신전을 쳤으니 저도 돌려줄 뿐입니다. 원망은 마십시오."

황제와 사제가 첫 합을 겨루는 사이 근위대장과 기사 몇이 달려왔다.

"폐하!"

그러나 그들은 다시 한 번 괴한들에게 가로막혔다. 오히려 그들 중
일부가 근위대에게 등을 내보이는 위험을 감수하고 황제에게 달려들
었다.

황제는 정말로 뛰어난 기사였다. 사제와 대치하면서도 괴한의 복
부에 검을 찔러 넣었고 다연을 세게 밀어서 멀찌감치 떨어뜨렸다. 그
사이 사제의 검이 다시 한 번 황제를 향했고 사제와 검을 맞댄 황제가
한 발자국 뒤로 밀렸다. 자연법칙을 벗어난 힘 앞에 검날이 사정없이
진동했다.

황제는 뛰어난 실력에도 불구하고 불리한 싸움을 하고 있었다. 그
에게는 보호해야 하는 사람이 있었고 상대는 여럿이었으며 그중 하나
는 인간 한계를 넘어선 힘을 가지고 있다.

다연은 흔들리는 눈으로 그 광경을 바라보았다. 그녀는 선택을 해
야 했다.

그녀가 사제를 바라봤다.

그것이었구나. 너의 비밀. 너도 힘을 가지고 있었구나.

그렇지만 힘은 너만 감추고 있었던 것이 아니야.

다연은 몇십 보 떨어진 거리에 있는 말들을 불러 모았다. 신녀가
도움을 청하자 말들은 주저 없이 달려왔다. 그러나 난전이 펼쳐지는
중이었다. 말들은 바로 앞에까지 와서는 두려움에 주춤거렸다.

이미 여러 군데 자상을 입은 근위대장이 몸을 던지다시피 하여 황
제의 앞을 가로막고 섰다.

"가십시오!"

황제가 괴한의 복부에 찔러 넣었던 검을 뽑자 피가 솟구쳤다. 황제
는 그 시체를 사제 쪽으로 밀며 말고삐를 재빠르게 낚아챘다. 그는 기
마술이 미숙한 다연을 먼저 태우고 그 뒤에 올라탔다.

다연은 혼란스러워하며 남아 있는 이들을 바라보았다. 모두가 크고 작은 부상을 입고 있었다. 그들의 목숨도 보장할 수 없는 상황이었다. 그러나 여기에서 황제가 죽으면 모든 것이 끝이 난다. 이 자리를 벗어나야 했다.

사제가 자신 앞을 가로막는 기사를 쓰러뜨리고 달려오자 그녀는 눈을 질끈 감고 새들을 불러 모았다. 사제의 시야를 가로막아 볼 심산이었다. 수십 마리의 새들이 날갯짓을 하며 사제의 앞으로 재빠르게 모여들었다.

그러나 순식간의 일이었다. 사제가 휘두르는 검은 기운 한 번에 몇 마리의 새들이 사체가 되어 우수수 바닥으로 떨어졌다. 능력을 사용하던 중이었다. 죽기 전 새들이 느낀 고통스러운 감정은 그녀에게 여과 없이 전달되고 말았다. 그녀는 아악! 날카로운 비명을 질렀다.

「싫어!! 죽고 싶지 않단 말이야!」

다연은 얼굴을 감싸 쥐며 부들부들 떨었다. 미안해, 정말 미안해.

"당신……."

쫓아오던 사제는 멈칫했다. 그는 주변을 나는 새들과 다연을 보고 무언가 깨달은 눈을 했다.

"폐하, 어서 가십시오!"

뒤늦게 달려온 다른 기사들이 사제를 가로막으며 다시 한 번 외쳤고 황제는 그사이 고삐를 내려쳐 말을 달렸다. 잠시 멈칫했던 사제는 자신을 막아서는 사람들을 뚫고 손에 쥐고 있는 검의 형상을 그대로 집어 던졌다. 마르지 않는 샘물과 같이 그의 손에서 계속해서 검은 기운이 일렁이며 피어올랐다. 무섭도록 강대한 힘이었다.

그는 멀어져 가는 황제를 향해 검을 던졌다. 몇 번이고 반복해서, 황제가 죽기를 간절히 염원하면서. 하나만 맞아라, 하나만. 속으로 되뇌는 그의 눈이 점점 초조해졌다.

황궁 기사들은 적들에게 등을 내어 주는 위험을 감수하며 사제에게 몸을 던졌다. 그들은 사제를 넘어뜨렸고 마침내 사제의 어깨에 검을 찔러 넣었지만 그 어두운 기운 하나는 황제에게 닿고 말았다.

"윽……!"

황제는 옆구리가 불에 타는 듯한 통증을 느꼈다. 견디기 어려운 고통이었다. 그렇지만 복면을 쓴 괴한들 또한 하나둘씩 말에 올라타고 있었다. 그는 이를 악물고 다시 한 번 말고삐를 내리쳤다. 그리고 부들부들 떨고 있는 다연을 위험으로부터 숨기듯이 품에 안았다.

얼마나 달렸는지 알 수 없다. 휘몰아치는 눈이 이동을 어렵게 하고 있었다.

도주했을 때 황제는 예민한 신경으로 다수의 추적이 붙었음을 느꼈다. 실제로 둘은 처치하기도 했다. 그렇지만 그 뒤로는 무서울 정도의 적막이었다.

나머지는 뒤처진 것일까, 아니면 자신의 기감이 둔해진 탓일까. 확실한 것은 아무것도 없었다. 어둑해진 신의 숲 한가운데 다연과 자신, 둘만이 남은 것 같았다.

조금 숨을 돌리고 나자 문득 걱정이 된 황제는 품 안의 생명체에게 물었다.

"다연, 괜찮아?"

"……."

"정신 좀 차려 봐. 응?"

"……괜찮아요."

충격을 받은 것인지, 추위 때문인지 오들오들 떨던 그녀는 이제 좀 안정을 찾은 듯했다. 그렇지만 여전히 훌쩍이는 코끝과 볼이 새빨갰다.

"춥지."

그는 다연의 로브를 여미며 말을 몰았다.

"미하일은 괜찮아요?"

"나는 괜찮아."

사실은 괜찮지 않았다. 달아날 때 공격당한 상처가 생각보다 심각한 것 같았다. 부상을 입은 채로 추적자들을 해치웠다. 상처가 벌어졌을 것이 분명했다. 황제는 점점 감각이 마비되고 정신이 혼곤해지는 것을 느꼈다.

망할 놈의 사제 새끼. 어쩐지 처음부터 생긴 게 마음에 들지 않더라니.

이를 갈던 그는 필사적으로 정신을 붙잡으며 이성적인 판단을 내리려고 애썼다. 황실은 이미 오래전 신전에 접근하여 헤르고니아의 지형도를 입수한 바가 있었다. 미하일도 아주 여러 번 그것을 보았다. 그렇지만 날은 저물었고 부상을 당했는데 과연 자신이 기억을 더듬어 길을 찾을 수 있을까?

생각하기가 무섭게 말이 휘청거리며 다리를 꺾었다. 입에 거품을 물고 있었다. 두 사람을 태우고 숲속을 전력 질주하다 탈진한 것이다. 아마 다신 눈을 뜨지 못할 것이다. 다연은 안타까이 여기며 말의 긴 얼굴을 쓰다듬었다.

말에서 내린 황제는 심각한 얼굴로 주변을 둘러봤다. 그들이 거쳐 온 길에는 핏자국과 말발굽이 길게 남아 있었다. 너무 많은 흔적이었다. 추적이 있다면 반드시 발각될 것이다. 더 갈 수 없다면 그저 눈이 더 많이 내려 이 모든 것을 가려 주길 바랄 뿐이다.

헤르니야여, 제 목숨을 내어 놓겠습니다. 당신의 딸을, 제 아내를 지켜 주십시오.

신전을 적으로 삼아 왔으나 이 순간 신께 구걸한다.

눈을 감고 짧은 기도를 올린 황제는 다연을 안아 들고 짐승의 거처
처럼 보이는 동굴로 발을 옮겼다.

"이곳에서 잠시만 눈을 피하자."

동굴 내부는 생각보다 컸다. 황제는 들어서자마자 쓰러지듯 주저
앉아 벽에 몸을 기댔다.

여기까지 황제에게 안겨 왔던 다연은 그만 놀라고 말았다. 그의 얼
굴에 핏기가 하나도 없고 입술이 새파래져 있었던 것이다.

그녀는 설마 하며 물었다.

"……미하일, 다쳤어요?"

황제는 대답하지 않았다. 그냥 웃기만 했다. 그런데 그 웃음 또한
몹시 아파 보였다.

"세상에…… 세상에…….."

그녀는 버럭 소리를 질렀다.

"왜 말 안 했어요?! 대체 얼마나 참았어요!"

화를 내다가 어쩔 줄 몰라 하다가 마침내 그녀는 눈물을 흘리기 시
작했다. 그도 그럴 것이 황제의 얼굴이 너무나 창백했던 것이다. 위
독한 사람 같았다. 그리고 그녀가 울기 시작하자 황제는 몹시 난처해
했다. 그는 평소처럼 농담으로 분위기를 전환해 보고자 했다.

"울지 마라. 결혼식 날 신부가 울면 사람들이 두고두고 놀린다."

"……지금 농담이 나와요?"

"……음."

그는 애매한 소리로 대답을 대신했다. 왜냐하면 그 이상은 말할 기
운이 없었기 때문이다.

황제는 사실 졸렸다. 피를 너무나 많이 흘린 까닭이었다. 보랏빛
입술을 보며 다연의 눈에는 다시 눈물이 그렁그렁 차올랐다.

왜 이렇게 될 때까지 말하지 않은 거야, 왜 나는 모른 거야?

그녀가 비통함을 참지 못하고 엉엉 울기 시작했다.

동굴 안은 어두웠다. 조금의 빛도 들어오지 않았고 사방은 너무나 고요하여 눈이 사락사락 쌓이는 소리마저 들릴 듯했다. 다연은 황제에게 바싹 붙어 앉아 그의 얼굴과 머리를 정신 나간 사람처럼 여기저기 쓰다듬었다. 자책은 끝도 없이 이어졌다.

황제가 자신을 앞에 태운 것은 자신이 승마술에 능숙하지 못하기 때문이었다. 내가 다른 말을 탔어야 했어. 모두가 절박했던 그 순간 내가 조금만 더 정신을 차렸더라면. 내가 조금만 더 나은 판단을 내렸더라면. 차라리 거기서 도망치지 않았더라면 숙달된 기사들은 결국엔 적들을 제압했을지도 모른다. 그러면 황제는 다치지 않았을 것이다. 다 자신 때문이었다. 내가 못났기 때문에. 내가 안일했기 때문에.

그렇다고 그 찰나의 순간 때문에, 당신이? 정말로? 그런데 왜 내가 아닌 당신이.

왜 나 때문에…….

"말도 안 돼…… 왜 나 같은 것 때문에 당신이…….."

그 말은 정신을 잃어 가는 황제의 귓가에도 들렸다. 지친 얼굴로 눈을 감고 있던 그가 쓰게 웃었다. 다연의 말은 황제를 더욱 지치게 했다. 이 바보 같은 게 정말.

그는 눈을 떴다. 만감이 교차하는 초록 눈동자는 오직 다연만을 응시하고 있었다. 생과 사의 결정권을 신에게 맡길 수밖에 없는 엄정한 순간. 죽음 앞에서 그는 깊은 한숨을 쉬며 웃었다.

"다연…… 아직도 그런 생각을 해?"

"……."

그녀의 혼란스러운 눈동자를 보며 그는 말했다.

"그런 말은 나를 슬프게 만든다."

황제는 자신의 뺨을 어루만지는 그녀의 손을 더듬었다.

그는 언젠가부터 다연에게 하고 싶은 말이 있었다. 그렇지만 말로 하기보다는 옆에 머물면서 행동으로 보여 주고 싶었다. 평생을 다해 알려 주고 싶었다. 그럴 수 있으리라 생각했다. 앞으로 우리에겐 더 많은 시간이 남았으리라 생각했었으니까.

그런데 정말로 여기서 죽을지도 모르겠다는 생각이 들었다. 몸이 그렇다는 것을 의식은 알고 있는지도 모른다. 이 말이 하고 싶어지는 걸 보면.

그가 고개를 떨구며 중얼거리듯 말했다.

"내가 너를 얼마나 사랑하는지 혹시 알아?"

너의 마음속에 드리운 어둠. 행복하다 안심한 순간에도 불쑥 고개를 내미는 너의 뿌리 깊은 비관적 생각들. 그 어둠을 내가 거두어 주고 싶었는데. 그럴 수 있을 줄 알았는데.

"다연."

죽는 것보다 앞으로 함께할 날이 없을 수도 있다는 생각에 회한이 든다. 그러나 이것이 마지막이라면 이 말을 꼭 해야 했다.

그는 다연의 손을 잡으며 간절하게 말했다.

"이제 너를 그만 미워해."

눈물을 쏟아 내는 그녀의 얼굴을 황제는 떨리는 손으로 더듬었다.

어두운 밤. 아무것도 남은 것 없이 저물어 가는 하루.

오늘도 공허한 기분으로 골목길을 터덜터덜 걸어가고 있을 너에게. 내가 없는 그 무수한 시간 동안 혼자였을 너에게.

오늘도 힘들었지, 너 외로웠지. 알아.

무언가를 반드시 이루어 내는 삶을 살 필요는 없어. 왜 꼭 그래야 해? 그럴 필요 없어. 아무것도 하지 않아도 돼.

그렇지만 너를 이해해 주지 않는 세상 때문에 너 자신을 미워하다가 네가 아무것도 할 수 없는 사람이라고 생각해 버리지는 않았으면 좋겠어.

황제는 그녀의 머리칼을 쓰다듬었다.

"웃어."

"……."

"너 웃는 얼굴이 예뻐."

눈물에 찬 눈동자가 부정이라고 생각한 것일까, 황제는 몹시 졸렸으나 고개를 저으며 다시 한 번 분명하게 말했다.

"정말로 예쁘다."

너의 침착한 눈동자가. 웃는 얼굴이, 여린 마음이.

너의 영혼이.

"내 말…… 알았지?"

그녀가 대답하지 못하고 고개를 떨구자 황제는 응? 채근하듯 되물었으나 그게 마지막이었는지 그대로 정신을 잃고 말았다.

"미하일!"

다연은 깜짝 놀라 그를 부르며 어깨를 흔들었다. 그렇지만 그는 깨어나지 못했다. 아무리 불러도 황제가 눈을 뜨지 못하자 그녀는 그대로 바닥에 엎드렸다. 그리고 짐승처럼 흐느꼈다. 손톱으로 가슴을 할퀴는 것처럼 비통함이 밀려온다. 바닥을 치며 그녀는 한동안 계속 울부짖었다.

지금 그런 말을 해 버리면 어떡해. 왜 이런 순간까지 남을 탓하지 않아. 나를 탓하지 않아. 왜 세상을 탓하지 않아. 왜 당신은 그래. 당신을 잃으면 나에게는 나를 원망하고 탓하는 미래밖에 남은 게 없는데 그러지도 못하게 하면 어떡하냐고.

다연은 울면서도 조심스럽게 그를 안았다. 그리고 상처가 바닥에 닿지 않게 옆으로 누였다. 얼마나 피를 많이 흘렸는지 옆구리가 검붉고 딱딱했다. 상처를 확인하기 위해 다연은 그 부분을 들추었다.

환부를 확인하자 가슴에서 무언가가 울컥하고 치밀어 올랐다. 그렇지만 그녀는 입술을 깨물고 황제의 허리춤에서 검을 뽑아 들었다. 그리고 자신의 로브를 잘라 그의 복부를 동여맸다.

주저앉은 그녀는 아까보다 훨씬 많은 양의 눈물을 흘렸다.

그런데…… 끝없이 눈물을 흘리면서도 그녀의 눈은 점점 불타올랐다. 손등으로 눈물을 닦으며 다연은 황제를 바라보았다.

"……."

형편없어졌을 때도 외면하지 않은 사람이 있었다.

내 자신조차 돌아보기 싫을 정도로 일상이 망가진 순간. 나도 나를 버린 그 순간, 옆에 있어 준 사람이 있었다.

열망으로 가득한 눈은 비탄을 덮었다. 살리고 싶다는 열망, 해내고 싶다는 열망, 그를 다시 빛나는 자리에 올려놓겠다는 열망.

누군가가 보았다면 분명히 아름다운 눈이라 여겼을 것이다.

메인 목소리로 그녀가 말했다.

"나는 그런 거 몰라……."

그러니 그런 얘기는 나중에 해요. 당신을 반드시 살릴 거예요. 여길 나가요.

그래서 당신을 다시 빛나는 자리에 올리고…….

나는 꼭 행복해질 거예요.

⚜

주변에 있는 가장 커다란 포식자를 부르겠다고 생각했지만 정말로 거대한 흑곰이 나타났을 때 다연은 어색하게 웃어야 했다.

곰은 몸을 세우면 2미터는 족히 넘을 것 같았고 풍성한 털에 뒤덮인 앞발은 어린아이만 했다. 그녀는 주눅이 들고 말았다.

"……아, 안녕."

커다란 몸집의 흑곰은 다연을 가만히 바라보다가 킁킁거리며 동굴 이곳저곳의 냄새를 맡았다. 피 냄새 때문일까, 마침내 흑곰의 시선이 사경을 헤매는 황제 쪽을 향했을 때 다연은 깜짝 놀라 황제의 앞을 가로막았다.

그러나 곰은 다연을 그대로 지나쳐 정신을 잃은 황제의 몸에 코를 대고 냄새를 맡았다. 육중한 몸은 의외로 날렵하고 매끄럽게 움직였다. 곰이 커다란 앞발로 황제의 몸 여기저기를 들쑤셔 보자 다연은 다시 한 번 그 사이를 가로막았다. 그녀의 얼굴이 꼭 울 것 같았다.

"그러지 마……. 다쳤단 말이야……."

곰은 대답이 없었다. 다연은 점점 초조해졌다.

"저기…… 혹시 내 말이 안 들리니?"

윤기 있는 검은 털의 포식자는 앞발을 내려놓고 그녀를 가만히 바라보기만 했다. 신의 숲에서 오랜 시간 살아온 짐승의 눈동자는 현명해 보였다. 그러나 한편으로 그 눈동자는 먹이를 앞에 두고 언제 제압할지를 가늠하고 있는 맹수의 것처럼 보이기도 했다.

다연은 간절하게 애원했다.

"도와줘……."

돌아오는 대답이 없자 그녀의 눈엔 다시 눈물이 그렁그렁해졌다.

안 되는 것이었는지도 모른다. 그렇지만 황제는 위독했으며 빨리 황성으로 돌아가 치료를 받게 해야 했다.

한시가 급했다. 지체되는 1분 때문에 그는 죽을지도 몰랐다.

"부탁이야, 제발 도와줘."

그녀가 주룩주룩 눈물을 흘리며 흐느끼자 물끄러미 바라보던 흑곰이 커다란 등을 보였다. 그리고 말했다.

「울지 마. 도와줄게.」

"……."

다연은 낑낑거리며 황제를 질질 끌어 곰의 등에 태웠다. 황제의 몸은 뜨거웠고 이마에는 식은땀이 맺혀 있었다. 잘 모르지만 그게 회복하기 위해 몸이 싸우고 있는 증거라고 믿고 싶었다. 다연 역시 곰의 등에 올라탔다.

신녀가 부르자 동물들은 하나둘씩 명랑하게 동굴 안으로 들어왔다. 그러고는 이 숲의 최대 포식자 흑곰을 마주치고 다들 깨갱 했다. 동물들의 사정 같은 건 잘 모르는 다연은 저 구석에서 오들오들 떨고 있는 붉은 여우들에게 말했다.

"있지, 우리가 여기 있었던 흔적을 좀 지워 줄래? 혹시 눈 덮이지 않는 발자국이 있으면 그것도 좀 부탁하고 싶어."

다음으로 그녀는 수십 마리의 새들에게 다정한 목소리로 부탁했다.

"누가 우리를 쫓아오면 알려 줘. 나는 이대로 아르제니아로 갈 거야. 꼭 쫓아오지 않더라도 근처에 인적이 있으면 알려 주라."

「알았어!」

새들이 날갯짓을 하며 요란스럽게 동굴 밖으로 빠져나갔다. 다연은 마지막으로 황제가 허리춤에 차고 있던 검을 검집째로 풀어 품 안에 안았다.

곰이 조용히 물었다.

「이제 가도 될까.」

"응. 나가자."

다연은 고개를 끄덕였다. 그리고 엎드려 있는 황제의 몸을 감싸 안듯 자신의 몸을 그대로 위에 겹쳤다.

덩치가 커다란 곰은 다연이 예상한 것보다도 훨씬 민첩하고 빠르게 움직였다. 곰은 지능이 좋았으며 숲의 지리에 밝았다. 다연의 의

294

도를 이해하고 있는 듯이 움직였다.

다연은 헤르고니아를 나갈 생각이었다.

황도는 숲으로 둘러싸인 도시다. 때문에 황실은 이동할 때마다 남들의 눈에 띄지 않기 위해, 또는 안전상의 이유로 숲을 경유하곤 했다. 헤르고니아를 나가 숲을 경유하면 아르제니아까지는 도달할 수 있을 것이다. 아무리 길어도 반나절의 시간이면 가능할 것 같았다.

물론 그대로 기다린다면 황실에서는 수색대를 파견할 것이고 그렇다면 도움을 받을 수도 있겠지만 헤르고니아는 신전 소유지였다. 동굴 안에 들어오는 게 적이 먼저일지 아군이 먼저일지는 장담할 수 없었다.

그리고 그때까지 이 남자가 버티지 못하면 어떡해.

다연은 황제가 차가운 바람을 맞지 않도록 꼭 끌어안았다. 본인 또한 온몸의 감각을 잃을 정도로 추웠지만 황제가 조금이라도 눈을 덜 맞게 하려고 로브로 그의 얼굴 쪽을 감쌌다.

다연의 부탁을 받은 새들은 시시각각 날아와 다연에게 숲의 상황에 대해 재잘거렸다.

「숲에 엄청나게 많은 수의 인간들이 들어왔어!」

「인간들끼리 싸움이 벌어졌어! 굉장해!」

「얼굴을 가린 사람들이 동굴을 발견했는데 너희가 없으니 그냥 나갔어.」

「사람들은 아직 모두 헤르고니아에 있어.」

확실한 것은 아니었지만 다연은 대략적인 상황을 짐작할 수 있었다. 황실에서 이상을 감지하고 군을 투입한 것이 분명했다. 그들은 조만간 남아 있는 적들을 모두 제압하겠지만 동굴 안에 있었더라면 황제와 다연의 목숨은 무사하지 못했을 것이다.

다연은 깊은 한숨을 쉬었다. 아직 아르제니아까지 반절도 오지 못한 것 같았다. 돌아가는 길은 처음부터 멀었지만 눈이 그들의 이동을 더욱 힘들게 했다. 손끝과 얼굴에는 감각이 없다. 이대로 눈을 감으면 영원히 쉴 수 있을 것 같았다.

다연은 문득 깨달았다. 자신이 사용하고 있는 것은 힘이었다. 무리해서 사용하면 기력이 깎이는구나. 이렇게 오랜 시간 지속하여 능력을 사용한 적이 없었던 다연은 처음으로 알게 됐다. 그렇지만 몸을 생각해 가며 움직일 수는 없는 상황이었다.

한참을 내달리던 흑곰이 천천히 속력을 줄이더니 마침내 완전히 멈추었을 때 다연은 의아해하며 허리를 세웠다. 목이 말랐는지 곰은 앞발로 바닥의 눈을 한 줌 주워 먹었다. 잠깐 쉬고 싶은 모양이었다.

다연이 먼저 내리고 그녀가 끙끙거리며 황제를 끌어내자 곰은 나무 밑으로 어슬렁어슬렁 기어가 그 커다란 엉덩이를 바닥에 붙이고 앉았다. 그 육중하고도 귀여운 엉덩이를 물끄러미 바라보던 다연이 염치없어하며 물었다.

"저기 미안한데…… 한 가지만 더 부탁해도 될까?"

「……」

"쉬는 동안 잠시만 이 사람을 끌어안고 있어 주면 안 돼? 몸이 아파서 체온이 떨어질까 봐 걱정이 돼."

그러나 그렇게 말하는 다연 또한 오들오들 떨고 있었으며, 그녀의 얼굴이 황제의 얼굴보다 훨씬 더 새파랬다.

곰은 말없이 그 커다란 품 안에 황제를 넣었다. 그리고 앞발로 조심스럽게 감싸 안았다.

다연은 그들에게서 조금 떨어진 바위 위에 자리를 잡았다. 눈을 털어 내고 다리를 모으고 앉아 무릎 위에 턱을 괴었다.

하염없이 내리던 눈은 점점 가늘어지더니 어느새 완전히 멎어 있었다. 아직 보름달이 되지 못한 이지러진 달이 구름을 뚫고 모습을 드러냈다. 다연이 숨을 쉴 때마다 입 밖으로는 새하얀 입김이 쏟아졌다.

“…….”

새벽이 오기 전에는 도착할 수 있을까.

한 치 앞도 보이지 않는 칠흑 같은 어둠이 마치 자신의 미래 같았다. 그가 없이 혼자 남는 미래. 그렇지만 그런 불안한 생각에 사로잡힐 때마다 다연은 자신을 다독였다.

— 너를 그만 미워해.

할 수 있어. 나는 할 수 있어.

다연은 몇 번이고 쉬지 않고 자기 자신에게 말해 주었다.

나는 반드시 해낼 수 있어. 이 남자를 살릴 수 있어.

웅크리고 앉아 달을 바라보고 있는 다연에게 흑곰이 말했다.

「너도 이리 와.」

다연은 깜짝 놀라 고개를 돌렸다.

곰은 한 팔을 들어 올려 품 안의 공간을 보여 주었다.

「겨울은 추워. 나는 추울 때면 동굴에 들어가 잠시 쉬거나 잠을 자곤 해.」

“…….”

「그렇지만 정말로 추울 때는 누군가와 함께 있어야 해.」

다연은 천천히 걸어 곰의 품 안으로 들어갔다. 그리고 푹신푹신한 털에 고개를 파묻으며 불규칙한 숨을 내쉬고 있는 황제를 로브로 감싸 안았다.

얼마나 쉬었을까, 실제로는 10분도 채 되지 않는 매우 짧은 시간이었지만 깜빡 잠에 빠져든 것 같기도 했다.

미쳤지, 내가 미쳤어. 다연은 자신의 뺨을 세게 때렸다. 그리고 한 마리의 까만 새가 날아든 것은 그때였다.

「괜찮아?」

익숙한 새였다. 다연은 그만 곰의 품 안에서 벌떡 일어났다.

황후궁의 까마귀는 바닥에 내려와 총총거리면서도 흑곰 때문에 가까이 오지는 못하고 있었다.

"너 어떻게 여기까지 왔어?!"

「황궁이 난리가 났길래. 그런데 넌 어쩌다 여기에 있는 거야? 그것도 재랑?」

성질이 더럽기로 둘째가라면 서러운 까마귀는 그래도 곰은 무서운지 제법 눈치를 봤다.

「사람들은 너희를 찾겠다고 지금 모두 헤르고니아에 가 있다고!」

"그럴 만한 사정이 있었어. 그런데 너…… 날 찾아서 여기까지 온 거야?"

다연이 의심스럽게 물어보자 까마귀는 쳇, 하면서 대답하지 않았다. 그 모습이 놀랍게도 쑥스러워하는 것처럼 보여 다연은 말을 잃고 말았다. 까마귀는 까악, 까악 소리를 내며 의미 없는 날갯짓을 하더니 물었다.

「내가 뭐 도와줄 건 없어?」

"있어! 있어! 나 좀 도와줘."

말하면서도 감동스럽고 고마워서 다연은 그만 눈물을 글썽글썽하고 말았다.

"아르제니아로 가고 싶은데 지금 제대로 가고 있는지 모르겠어."

「제대로 가고 있어. 시간은 좀 더 걸리겠지만. 그런데 황제는 다친 거야?」

까마귀가 곰의 품 안에 있는 황제를 힐끔거리며 물었다.

"응…… 어서 가서 치료를 받아야 해."

훌쩍이며 눈물을 닦던 다연은 무언가 생각이 났는지 주변을 두리번거리기 시작했다. 그녀는 여전히 푸름을 간직하고 있는 사철나무를 발견해 그 넓은 잎을 몇 장 꺾었다.

그녀가 돌멩이를 집어 들자 까마귀는 습관적으로 흠칫하며 날아올랐지만 다연은 그걸 던지려는 것이 아니었다. 그녀는 돌멩이로 나뭇잎을 찍어 그 위에 무언가를 쓰려 했다. 그렇지만 나뭇잎에 흠집만 날 뿐 원하는 대로 정교하게 새길 수 없자 잠시 고민에 빠졌다.

"아!"

무언가가 번뜩 생각났는지 다연은 검집에서 황제의 검을 빼 들어 검지손가락 끝을 망설임 없이 그었다. 미숙한 솜씨는 필요 이상으로 깊은 상처를 만들어 냈다. 그러나 다연은 개의치 않았다. 이 순간 제국어를 적을 수 있음에 감사하고 또 감사할 뿐이었다.

미간을 찌푸리면서 그녀가 나뭇잎 위에 적어 낸 글자는 '아르제니아, 다연'이었다.

「뭐 하는 거야? 안 아파?」

"안 아파. 괜찮아."

다연은 그 나뭇잎을 들고 까마귀 앞에 다가갔다. 그리고 무릎을 꿇고 고개를 조아렸다.

"나를 한 번만 도와줘. 내가 황후궁의 모든 나무를 너에게 줄게."

「……」

"이 나뭇잎을 마리, 내 시녀 알지? 음음, 아니면 나에게 검술을 가르치던 베른하르트 경에게 전해 줘. 둘 중 누구든 괜찮아. 빨리 전해 줄 수 있는 사람에게 보여 줘."

그녀가 눈치를 보며 까마귀의 부리 쪽에 나뭇잎을 갖다 대었지만 까마귀는 그것을 물지 않았다. 대신 다연에게 말했다.

「있잖아. 나무 말고……」

다른 원하는 게 있는 눈치이자 다연은 얼른 응했다.

"뭐든 줄게. 어떻게든 줄게."

그러나 까마귀의 요구는 예상 밖의 것이었다.

「나도 이름을 지어 줘.」

"······응, 그럴게."

까마귀는 울먹이며 대답하는 다연의 손에서 조심조심 나뭇잎을 뺏어 물었다. 그리고 힘찬 날갯짓을 하며 어스름한 달빛을 품은 밤하늘로 사라졌다.

"저기 누가 옵니다."

여명이 밝아 오기 전의 아르제니아에는 수많은 사람들이 대기하고 있었다. 무장을 한 전투 인원들이 대부분이었으나 그중에는 다연의 시녀들과 각 부처의 최고 대신들도 포함되어 있었다.

다연이 피로 써낸 단어는 근위대 부대장인 베른하르트에게 전달되었다. 근위대장이 뒤늦게 지원을 온 근위대와 중앙군을 지휘하며 헤르고니아의 적들을 제압하는 사이 베른하르트는 황궁을 통제하고 있었다.

그는 황제의 측근이자 다연의 검술 스승이었고 다연의 능력을 알고 있는 몇 안 되는 사람이었다. 베른하르트는 까마귀가 물고 온 나뭇잎 위의 글자가 다연이 쓴 것임을 직감했다. 그리고 그 서체가 다연의 것임은 마리가 다시 한 번 확인했다.

간밤에 벌어진 건국 이래 초유의 비상사태에 모두의 얼굴은 어둡고 꺼칠했다. 그중 나이 든 최고 대신들은 눈물이라도 쏟아 낼 기세였다. 모두가 발을 동동 구르며 아르제니아를 수색하던 찰나였다. 마침내 저 멀리서 누군가가 모습을 드러내자 베른하르트는 눈을 가늘게 뜨며 그 형체를 확인하기 위해 애썼다.

사람들의 얼굴은 저마다의 불안과 걱정, 희망과 기대감으로 가득차 있었다. 그리고 그 표정은 묵직한 형체가 가까이 다가올수록 점점 이상해지기 시작했다. 사람들의 입이 천천히 벌어졌다.

"······."

그것은 무척이나 위협적인 크기의 흑곰이었다. 그 옆에는 까마귀를 비롯해 몇 마리의 새들도 날고 있었다.

아르제니아에는 원래 다양한 짐승들이 서식하므로 그것만으로 크게 이상한 일이라 볼 순 없었다. 문제는 그 흑곰 위에 모두가 아는 사람이 올라타 있었다는 것이다.

베른하르트가 눈앞의 광경에 차마 말을 잇지 못하자 그의 부관이 확인차 보고했다.

"황후 폐하이신 것 같습니다."

"……."

그토록 애가 타게 찾았던 황후이건만 사람들은 섣불리 다가서지 못했다. 곰의 모습이 너무 위압적이었기 때문이다. 그렇지만 저 사나운 곰을 타고 있는 우리 황후 폐하는 대체 무엇……?

그런데 그 모습은 제국민들이 어릴 때부터 보고 자란 신화 속 헤르니야의 모습과 비슷했다. 짐승 위에 올라타 새들을 주렁주렁 매달고 숲을 누비는 것은 전형적인 헤르니야에 대한 묘사였던 것이다.

그때 누군가가 소리쳤다.

"앞에 황제 폐하도 함께 계십니다!"

곰은 눈앞에 무장을 한 사람들이 몰려와 있자 더는 움직이지 않고 멈춰 섰다. 애가 타는 건 다연이었다. 다연은 곰에서 훌쩍 뛰어 내려 버럭 소리를 질렀다. 엄청난 박력이었다.

"다들 안 오고 뭐 해요!"

그제야 정신을 차린 베른하르트가 자리를 박차고 뛰어나갔다. 다연은 끙끙거리며 곰의 등 위에 엎어져 있는 황제를 끌어 내렸다. 베른하르트와 기사들은 다연에게서 황제를 건네받아 들쳐 업었다.

"폐하가 다쳤어요, 피를 많이 흘렸단 말이에요. 빨리 궁의를 불러요!"

"어서 궁의를 불러! 폐하를 가장 가까운 곳으로, 일단 서궁으로 모신다!"

그리고 다연은 황제를 기사들에게 넘기자마자 그대로 뒤로 넘어져 혼절했다. 시녀들이 비명을 지르며 뛰어왔다.

사람들에게서 몇 발자국 떨어져 있던 곰은 한동안 그녀를 걱정스럽게 바라보았다. 그리고 모두가 분주한 틈을 타 숲속으로 사라졌다.

황제가 허리춤에 입은 상처는 검으로 인한 자상과 유사했다. 그렇지만 그 무기는 검이 아니었다. 급소를 피하였음에도 환부가 깊었고 많은 양의 출혈이 있었다. 생명이 위중할 만큼의 큰 부상이었으나 황제 역시 신이 선물한 푸른 힘을 가진 남자였다.

그는 평상시 그 힘을 대수롭게 여기지 않았다. 일반인들보다 아주 조금 빠를 뿐인 치유 능력이었고 그 위력 또한 미약했기 때문이다. 그러나 바로 그 힘으로 인해 황제는 생과 사의 갈림길에서 살아났다. 상처는 오랜 시간 방치되었으나 서서히 아물었고 그에 따라 출혈 또한 자연스레 멈추었던 것이다. 더 많은 피를 흘렸다면 틀림없이 목숨을 보장하기는 어려웠을 것이었다.

궁의는 하루 종일 황제의 곁에 붙어서 치료를 했다. 그리고 신전에서 끌려온 치유 신관들은 목에 칼이 들이대진 채 황제에게 신성력을 불어넣어야 했다. 그렇다 해도 황제가 하루 만에 눈을 뜨고 이틀 만에 자리를 털고 일어난 것은 모두의 예상을 뛰어넘는 일이었다.

황제는 신성력이 흐르는 황족의 피와 제국 내 손꼽히는 기사로서의 체력을 증명하듯 괴물 같은 회복력을 보였다.

사람들은 안도하면서도 혀를 내둘렀다. 오히려 문제는 손끝 하나만 다치고 곰을 타고 온 다연이었다. 탈진과 함께 저체온증이 온 그녀는 며칠째 무의식 속에서 헤매는 중이었다.

– 정신을 잃었단 말이냐?

황제는 눈을 뜨기가 무섭게 다연의 안위부터 물었었다.

그는 다연이 무사하다는 말에 몹시 안도하면서도 기절하였다는 말에는 화들짝 놀랐다.

– 많이 놀라시고 또 무리하신 탓인 듯합니다. 그러나 달리 다치신 곳은 없습니다. 곧 회복하실 것입니다.

처음에 사람들은 다연의 상태를 그렇게까지 심각하게 생각하지는 않았다. 다친 것도 피를 흘린 것도 황제였지 다연이 아니었으니까. 그런데 황제가 자리를 털고 일어날 때까지도 다연은 정신을 차리지 못했다. 압도적인 체력의 차이였다.

"다연은?"

며칠이 지나 황제는 최소한의 정무를 보기 시작했다. 그러나 여전히 대부분의 시간을 다연의 침소에서 보냈다. 짧은 회의를 마치고 대신들이 모두 나가자 황제는 시종장과 기사들에게 물었다. 어두운 얼굴에는 그래도 혹시나 하는 기대가 서려 있었다.

시종장은 이제는 답변을 하는 것도 송구스러워 고개를 숙였다. 그러자 황제는 침울한 얼굴로 한숨을 쉬며 발걸음을 옮겼다. 다연에게로 가는 것이었다. 본인 또한 완전히 회복된 것이 아님에도 황제는 하루 종일 다연 옆을 떠나지 못했다.

그는 처음에는 주변에 있는 모두에게 화를 냈다. 왜 이러는 것이냐고, 어딘가 잘못된 것이 아니냐고 길길이 날뛰었다. 그러나 사실 그화는 자기 자신에게 내는 것이었다. 그걸 아는 측근 모두는 황제의 비이성적인 분노에도 불구하고 아무 말도 할 수 없었다.

그리고 어느 순간부터 황제는 더 이상 화를 내지 않았다. 그저 하염없이 슬픈 눈으로 다연을 바라볼 뿐이었다. 그게 벌써 열흘이었다.

다연의 창백하고도 평온한 얼굴을 묵묵히 내려다보던 황제가 입을 열었다.

"궁의."

"……예, 폐하."

"황후는 언제쯤 눈을 뜨겠는가."

"……송구합니다."

궁의도 괴로웠다. 그리고 의아했다. 호흡도 맥박도 정상이었다. 다친 곳도 없었다. 기력이 아무리 쇠한 것이라도 이쯤 되면 일어나야 했다. 그런데도 다연은 쉽사리 눈을 뜨지 못했다. 시녀들이 입안으로 물을 흘려 넣고 신관들이 수시로 신성력을 불어넣고 있었지만 이 이상 음식을 섭취하지 못한다면 정말로 위험할지 몰랐다. 궁의의 표정이 눈에 띄게 어두워졌다.

"나가 보거라."

궁의는 고개를 들지 못하고 물러났다.

황제는 다연을 물끄러미 바라보았다. 허리를 숙여 사랑스럽고 안타까운 생명체의 얼굴을 조심스럽게 쓰다듬었다. 그리고 입을 맞추었다.

"……."

황제는 알았다. 그녀는 무리를 한 것이다. 자신을 살리고자 그 어두운 밤, 추위와 생명의 위협을 무릅쓰고 적막한 숲을 달려온 것이다. 추적을 피해 도망치고 사람들에게 우리가 여기에 있다고 알려 결국에는 자신을 구해 낸 것이다. 그녀의 행동은 용감했으며 현명했다.

그렇지만 이렇게 약한 몸을 가졌으면서, 그렇게 여린 마음을 가졌으면서.

많이 무서웠지, 너 겁이 많잖아. 왜 그랬어, 대체.

"제발 일어나 줘……."

그녀가 눈을 뜨지 못한 열흘. 그 짧다면 짧은 시간 동안 황제는 완전히 무너져 내렸다.

황제는 살면서 많은 사람들의 목숨을 앗아 왔다. 그리고 자신을 지키기 위해 많은 사람들은 목숨을 바쳤다. 수많은 사람의 생사여탈권을 쥐고 있는 인생을 살아오며 그가 누군가를 위해 자신의 목숨을 내놓을 수 있다고 생각한 것은 처음이었다.

함께할 수 없다는 비통함은 있었으나 너무나 사랑하기에 후회가 없었다. 그런데 정반대로 자신은 살아남았고 목숨을 바치려 했던 이가 자신 때문에 눈을 뜨지 못한다.

늘 계획하고 성취하며 책임지는 삶을 살아온 그에게 인생이 이렇게까지 의도한 것과 다른 방향으로 흘러간 것은 처음이었다.

인생은 원래 이런 것이란 말인가? 이렇게까지 마음대로 되지 않는 것이란 말인가? 원래가 이렇게 엄정한 것이었던가?

난생처음 겪는 무력감과 혼자 남게 될지 모른다는 사실은 그를 완전하게 무너뜨렸다. 황제는 결국 쓰러지듯 바닥에 주저앉고 말았다. 얼굴을 감싸 쥐고 너무도 고통스러워하는 황제의 모습에 측근들은 무릎을 꿇고 말았다.

시종장은 황제의 옆에 무릎을 꿇고 고개를 조아렸다.

"폐하, 제발, 제발 진정하시옵소서. 황후 폐하는 그냥 회복을 하고 계시는 것입니다. 반드시 일어나실 것입니다. 그러니 제발……."

그러나 황제의 괴로운 얼굴은 나아질 줄 몰랐다.

그리고 평온하게 숨을 색색거리던 그녀가 얼굴을 찌푸린 것은 그때였다. 주저앉았던 황제도 엎드려서 호소하던 측근들도 모두 굳었다.

찌푸렸던 다연의 눈가와 입가가 경련하듯 조금씩 달싹였다.

"……."

미하일은 숨도 쉬지 못하고 그 광경을 바라보았다. 그가 간절히 바라던 순간이 눈앞에 펼쳐지고 있었다.

그녀가 천천히 눈을 뜨는 순간. 오랜만에 보는 빛이 너무나 눈부셨는지 몇 번이고 눈을 찌푸리는 순간. 마침내 검은 동공에 상이 맺히는 그 순간.

황제는 마치 심장이 멎는 것 같은 감정을 느꼈다. 사랑하는 사람이 깨어나는 그 경이로운 장면을 그는 하나하나 심장에 아로새겼다.

그리고 천장과 주변을 둘러보던 그녀가 고개를 돌려 그를 바라보았을 때, 얼굴을 일그러뜨린 황제는 결국 눈물을 흘리고 말았다.

"신이시여, 감사합니다. 제 기도를 들어주셔서 감사합니다."

주저앉은 그는 손으로 얼굴을 가리며 흐느꼈다.

한편 눈을 뜨자마자 펼쳐진 기이한 광경에 다연은 당황했다. 저 남자가 울다니 헛것을 보나 싶었던 것이다. 어쩌면 여기가 저세상일지 몰라. 결국 그녀가 몹시 의심스러운 표정을 지으며 물었다. 열흘 만에 입을 여는 그 목소리는 완벽하게 잠겨 있었다.

"……미하일, 울어요?"

황제는 한동안 대답하지 못하고 계속 흐느끼기만 했다.

다연의 얼굴이 몹시 심각해졌다. 안쓰러워하며 그녀는 황제의 얼굴로 손을 뻗으려 했다. 그렇지만 아무런 기력이 없는지 끝까지 가지도 못하고 손을 떨궜다. 손가락 끝에 붕대를 감고 있는 그 손은 결국 황제가 쥐어 자신의 뺨에 갖다 대었다.

"왜 울어요. 울지 마."

"고마워……. 다연……. 일어나 줘서 고마워……."

황제는 눈물을 주룩주룩 흘렸다.

황제에게 호소하느라 무릎을 꿇고 있던 측근들은 이번에는 황제의 눈물을 보는 무엄한 행동을 할 수 없어 넙죽 엎드렸다.

그녀가 깨어난 기쁨도 잠시, 오랜 시간 불안에 떨던 황제는 참지 못하고 다연에게 원망의 말을 쏟아 내기 시작했다.

"너 정말 왜 그랬어."

"뭘요."

"사람들이 올 때까지 기다리지 누가 너보고 그러래. 이 나쁜 것 아…… 이 야속한 것아……."

그 원망에는 그간의 불안감과 다연에 대한 절절한 사랑이 녹아 있었다. 그의 초록 눈동자에서는 계속해서 눈물이 쏟아져 내렸다.

"네가 잘못될까 봐 내가 얼마나 불안했는지 알아? 네가 없이 나만 남을까 봐…… 너 없이 살아야 할까 봐 얼마나 무서웠는지 아느냐 말이다……."

황제의 눈물을 닦아 주며 다연은 아픈 표정을 지었다. 그녀는 그 마음을 잘 알았다. 자신의 마음도 그랬기 때문이다.

다연은 솔직하게 고백했다.

"나도 당신이 잘못될까 봐. 그래서 그랬어."

"……."

"손 놓고 당신을 잃을 수가 없었어."

곧이어 그녀는 희미하게 웃었다.

"그렇지만 전 괜찮을 줄 알았어요. 내가 할 수 있을 줄 알았어요. 맞죠?"

황제는 아무런 대답도 하지 못했다. 그저 그녀의 작고 여린 손에 얼굴을 파묻고 계속해서 입을 맞출 뿐이었다. 황제는 이성을 잃은 것이 분명했다.

다연의 얼굴은 지친 기색이 역력했다. 오랜만에 깨어난 몸은 완전히 회복되지 않아 잠깐의 대화로도 피곤해했다. 측근들 모두의 눈에는 그게 보이는데 황제는 지금 그게 눈에 보이지 않는 모양이었다.

계속해서 다연에게 말을 걸고 불안해하며 그녀가 또 정신을 잃을까 봐 전전긍긍했다. 그리고 다연은 인내심을 가지고 대화를 나누며 황제를 안심시켜 주었다.

정말 늘 느끼지만 대단한 인내심이셔. 황후 폐하는 쉬셔야 할 것 같은데. 이번엔 폐하를 달래다가 탈진하실지도 몰라.

결국 눈치를 보다 나선 것은 황제의 측근들이었다.

"궁의를 불러오겠습니다."

허겁지겁 달려온 궁의는 진심으로 다연이 깨어난 것에 감사하며 여신께 기도를 올렸다. 한참 다연의 상태를 살핀 그는 몸을 보하는 약을 달여 올렸다.

"한동안 음식을 드시지 못해서 바로 예전처럼 드시는 데에는 무리가 있으실 것입니다. 액체나 묽은 것 위주로 드시고 약은 거르지 말고 드시옵소서. 무조건적으로 충분히 주무시고 쉬셔야 합니다."

절대 안정과 충분한 수면이라는 궁의의 처방은 무척이나 상투적이었다. 평소의 황제 같으면 이것이 돌팔이가 아니냐며 멱살을 쥐며 짤짤 흔들었을 것이다. 그러나 전문가의 그 상투적인 처방에 날아가 버렸던 황제의 이성은 조금이나마 돌아온 듯했다.

다연이 약을 끝까지 들이켜고 나자 황제는 조심스럽게 그녀를 침상에 눕혔다.

"많이 힘드니? 쉬어라. 말 시키지 않겠다."

그러나 다연의 머리칼을 쓸어 올리며 황제는 다시 한 번 당부하듯 말했다.

"얼른 털고 일어나. 빨리 회복해야 한다."

말 시키지 않으시겠다면서요. 측근들이 몹시 메마른 눈빛으로 황제를 바라보았다. 다연은 그저 웃으며 황제를 바라볼 뿐이었다.

이미 한번 눈을 떴고 궁의도 이제부터는 괜찮아질 것이라고 말하였는데 황제는 여전히 안심하지 못했다. 혹시라도 그녀가 다시 일어나지 못할까 봐 그는 불안했다. 그래서 다짐을 받듯 다연에게 약속을 상기시켰다.

"우리 아직 여행 가지 못했잖아."

"네, 몸이 괜찮아지면 가요. 미하일이랑 함께면 어디든 갈게요."

애틋해서, 황제는 그 말에 또 울컥한 표정을 지으며 아내의 작은 손을 붙잡았다.

다연은 점점 수마가 자신을 덮쳐 오는 것을 느꼈다. 더 얘기해 주고 싶은 게 많은데 몹시 졸렸다. 우리에게는 이제 다음이 있으니까 괜찮아. 그렇지만 이 말은 꼭 해 주어야지.

잠에 빠져들기 전 그녀가 황제를 바라보았다. 여전히 울 것 같은 그 불안에 찬 얼굴에 대고 다연은 말했다.

"웃어요. 미하일."

"……."

"웃는 얼굴이 좋다면서요."

다연의 얼굴은 지쳐 있었지만 입가는 멋진 미소를 그려 내고 있었다. 마음속에는 스스로에 대한 신뢰가 있으며 눈앞에는 아직 가 보지 못한 멋진 미래가 있다. 다연은 환하게 웃으며 눈을 감았다.

웃을 이유는 충분했다. 이것이 행복이라는 것을 이제 그녀는 알았다.

✽

"신전에서 새로운 대신관을 선출한 모양입니다."

두 번의 사건 이후 신전에서는 결단을 내렸다. 신성력의 크기에 상관없이 신관들이 차례로 돌아가며 일정 기간씩 수장직을 역임하기로 한 것이다. 고위직의 부정으로 인해 신전 전체의 존망이 몇 차례나 위협받자 그들 나름의 방법을 강구한 것이었다. 명예를 회복하기 위한 몸부림이었으나 쉽지는 않을 전망이었다.

연루된 신관은 공식적으로는 견습사제 신분인 테오 한 명뿐이었다. 그러나 제국민들은 황제의 혼인식이라는 국가적 행사에 신전 소유지에서 벌어진 끔찍한 사건을 용납하지 않았다.

신도 수는 급감하였고 매일매일이 비난 일색이었다. 신전은 쇠퇴 일변도의 길을 걷고 있었다.

"신전 측에서 폐하 내외께서 취임식에 참석해 주셔서 자리를 빛내 주십사 간곡히 청하고 있습니다."

"음."

내무대신의 말에 황제는 턱을 매만지며 생각에 빠졌다.

말은 저렇게 하지만 화해의 제스처를 취해서 여론을 좀 무마시켜 달라는 청일 것이다. 뻔뻔하다면 뻔뻔하지만 신전은 그만큼 큰 위기에 봉착해 있었다.

다만 황실에서는 신전에 대한 입장을 어떻게 취해야 할지 아직 정하지 못하고 있었다. 사건은 본질적으로 신전의 잘못이 분명했다. 그러나 연루된 자 중 신관 신분은 하나였으며 황궁 기사단에 의해 현장에서 즉결 처분당했다.

근위대장은 그날 열이 받은 나머지 군을 이끌고 헤르고니아를 온통 쑥대밭으로 만들어 놨다. 당시 중앙 신전에 있던 영문도 모르는 신관들을 전원 포박해 황궁으로 압송한 것은 물론 잘못이 없는 신전 건물을 죄다 때려 부숴 놨다. 어찌나 모질게 때려 부숴 놨는지 신전 행정직들은 이제 근위대장이 나타만 나도 기절을 한다는 것이다.

310

그런데 문제는 아무도 그를 탓하지 않는다는 것이었다. 그 고루한 법무대신마저도 근위대장에게 가서 잘했다고 격려했다는 보고를 듣고 황제는 헛웃음을 흘렸다.

너희들이 그러고도 제국법을 집행하고 수호하는 관리냐?

황제는 핀잔을 주었으나 근위대장과 대신들의 마음을 알기에 더 나무라지는 않았다. 결국 황제는 근신을 빙자하여 근위대장에게 어디 가서 한두 달 쉬고 오라며 휴가를 준 참이었다.

황제는 고심 끝에 답변했다.

"참석은 하지 않는다. 축하 서한도 생략하지. 그러나 답신은 황실의 입장을 설명하며 최대한 정중하게 보내라. 여지를 남기도록."

"예, 폐하."

내무대신이 고개를 조아리자 이어서 법무대신이 여쭈었다.

"폐하, 카이온 영주의 처벌은 어떻게 하실 것이온지."

"반역은 멸문 아닌가. 법대로 하게."

황제의 대답은 냉정했다.

카이온 영주는 혐의를 부인하고 있었으나 완전히 빠져나가긴 힘들 것이다. 그날 현장에서 생포된 복면인들은 이미 영주와의 연관성을 실토한 상태였다. 그는 처형당할 것이고 세력의 구심점이 제거된 지방 귀족 사회는 재편될 수밖에 없을 것이다.

이로써 황제는 즉위 10년이 되던 해에 제국을 괴롭히던 세 가지 문제를 모두 해결했다. 국경 지방을 수탈하던 사르만 족과는 우호 관계를 성립했고 3백 년의 적, 신전에게서는 정치력을 빼앗았다. 신전과 결탁하여 사사건건 반기를 들던 지방 귀족들에겐 황실에 충성을 맹세하는 선택지밖에는 남지 않았다.

바야흐로 평화와 번영의 시대였다.

물론 문제는 늘 산재해 있고 제국은 언제나 역사의 중심에 있었다.

세상은 영원히 평화롭지는 않을 것이다.

하지만 다음 10년은 이제까지와는 다른 새로운 시대의 바람이 불 겠지.

황제는 기분 좋은 얼굴로 일어섰다.

"오늘 회의는 여기까지만 하지."

회의가 끝나고도 혼자 남아 생각을 정리하는 습관이 있는 황제가 먼저 일어서자 대신들은 의아한 얼굴을 했다. 황제는 그런 대신들을 향해 빙긋 웃어 보였다.

"나는 내 처와 저녁 약속이 있거든."

대신들은 황제의 잘생긴 얼굴을 그저 감탄하며 바라보았다. 황제의 얼굴에 떠오른 표정이 뭐라 말할 수 없을 정도로 따뜻했다.

황제는 소망한 것처럼 바로 여행을 떠나지는 못했다. 다연이 자리를 털고 일어나는 데 꽤 오랜 시간이 걸렸기 때문이다. 그렇지만 그는 요즘 더할 나위 없이 기분이 좋았다.

다연은 매일같이 조금씩 더 건강해졌고 아침마다 자신에게 사랑한다고 말해 주었다. 가끔씩 얼마나 행복한지에 대해 조곤조곤 얘기하곤 했다. 매일매일이 기대되고 설렌다는 이야기를 하며 웃었다. 그리고 그녀가 행복하다는 말을 할 때마다 황제는 마음속에 무언가가 몽글거리며 피어나는 기분이 들었다.

다연은 오늘도 황후궁 후원에 앉아 동물들에 둘러싸여 있었다. 이번 대 황후는 제국 역사상 전무후무하게도 황궁을 점점 동물원화하고 있었다. 측근들은 황후 폐하께서 어느 날 갑자기 황후궁에서 흑곰을 기르겠다고 할까 봐 두려움에 떨고 있었다.

그러나 황제는 저 멀리 보이는 다연의 모습에 그저 피식하며 행복한 미소를 지었다. 봄을 맞아 아르제니아에서 온 나비들이 다연 옆을 날고 있었다.

사람에 대한 평가는 언제나 늘 엇갈릴 것이다. 황제 또한 완벽한 사람은 아니었다. 그렇지만 그에게는 예전부터 범인들이 범접하기 어렵고 측근들이 따르고 싶은 무언가가 있었다. 그는 그 자체로 이미 충분한 인간이며 절대자였다.

그런데도 황제는 어느 순간부터 무언가를 깨달은 사람처럼 더욱 단단하고 굳건해지기 시작했다. 이전보다 더한 무게를 가지고 훨씬 더 따뜻한 미소를 짓는 법을 배웠다. 세상에 대해 온화한 태도를 가진 사람으로 거듭나기 시작했다.

자리에서 벌떡 일어난 다연이 마침내 개와 새들과 어울려 뛰기 시작하자 황제가 외쳤다.

"다연! 뛰지 마!"

그러나 다연은 망아지처럼 풀밭을 뛰다가 휘청거리며 주저앉았다.

"앉지 마!"

혀를 끌끌 차면서도 황제는 웃었다. 눈앞의 풍경은 너무나 따뜻했고 자신의 아내는 사랑스러웠다.

황제가 세상을 다 가진 표정으로 하하, 웃음소리를 내자 측근들도 웃음을 흘리며 황제를 바라보았다. 그녀 역시 주저앉아 헤헤 웃다가 황제를 발견하고 입꼬리가 더욱 올라갔다.

"미하일!"

다연이 황제를 향해 달려오자 황제는 쿡쿡거리며 웃다가 팔을 활짝 뻗었다. 그리고 그 순간 황제는 눈앞에서 일렁이는 무언가를 보았다.

사람이 만약 저마다의 고유한 빛깔을 가지고 있다면. 그래서 그 색채를 볼 수만 있다면. 다연이 가지고 있는 색은 너무나 찬란하고 눈이 부셔서 고개를 들고 바라볼 수조차 없을 것 같았다.

늦게 피어나는 꽃. 그 꽃이 누구보다 많은 계절을 이겨 내고 결국에는 향기를 피워 내고 마는 것처럼. 그녀가 세상을 살아가는 방식, 그 고집, 인내.

남들과 같은 방향을 걷지 않을지라도, 남들보다 한참 늦게 도달할지라도, 어쩌면 끝내 도달하지 못해 괴로워할지라도, 계산하지 않고 타협하지 않고 훼손하지 않는 너의 그 고결한 방식.

황제는 그 모든 빛깔들에 압도당하고 또 매료되는 기분을 느꼈다.

이제 눈앞에 그녀가 온다.

존재 그 자체로 의미 있는 사람.

미하일은 손을 뻗어 반짝이는 행복을 끌어안았다.

외전 1.
사이좋게 지내자

꽃이 하나둘 피어나는 3월, 그들은 미뤄 둔 여행을 떠났다. 다연이 몸을 추스르고도 한참이 지난 시점이었다.

한동안 황실은 정신없이 바빴다. 혼인 의식 당일 벌어진 일의 사후 처리 때문이었다. 카이온 영주에 대한 처벌 문제가 있었고, 근위대장이 모질게 다 때려 부순 신전 건물의 복구 문제도 있었다. 신관들에 대한 조사도 아예 처음부터 다시 이루어졌다.

그러나 황제는 이 모든 업무를 열정적인 태도로 격파해 냈다. 그는 마치 여행에 한이 맺힌 사람 같았다. 아내와 함께 신혼여행을 가고야 말겠다는 강한 집념은 모두에게 느껴졌다.

그런데 황제만큼이나 다연 또한 무언가에 한이 맺힌 듯했다. 그녀는 몸이 회복되자마자 뜻밖에도 승마에 매진하기 시작했다. 그 의외의 행동에 궁인들 모두는 의아해했다. 다연은 평상시 본인의 말을 어여뻐하면서도 승마 자체는 그다지 즐기지 않았기 때문이다.

오로지 황제만이 짚이는 곳이 있는 듯했다.

그는 종종 혀를 차며 다연을 딱하게 바라보곤 했다. 그리고 황제를 제외한 모든 사람들은 다연이 아니라 말을 딱하게 바라보곤 했다.

저 예쁜 말은 무슨 죄가 있어서 늘 저렇게 엇박자로 달려야 하나요?

베른하르트는 다시금 소환당했고 한동안 황후궁 후원에서는 황후가 말에 실려 다니는 진풍경이 펼쳐지곤 했다. 사르만 왕이 교정해 주었을 때보다 빠르게 퇴보해 버린 실력을 보며 모두는 다연에게 하고 싶은 말이 있었다.

왜, 곰도 타시는 분이 말은 그렇게밖에 못 타시는 거예요?

그러나 마침내 그녀는 노력의 위대함을 증명해 냈다. 실제로 기사들 몇은 엄숙하게 박수를 치기도 했다.

역시 폐하의 짝이 맞아. 부부가 쌍으로 능력의 한계를 극복하잖아?

이제는 제법 안정된 자세로 말을 달리는 다연의 모습은 그만큼 모두에게 깊은 감동을 선사했다.

그러나 문제는 언제나 예상치 못한 곳에서 발생하기 마련이었다. 출발하기 전 아르제니아에서는 뜻밖의 실랑이가 펼쳐지고 있었다. 발단은 황제였다.

황제는 영 떨떠름한 표정으로 말에 올라타려는 다연을 바라보고 있었다.

"다연. 너 그냥 나와 함께 타면 안 되겠느냐?"

그간 매일같이 승마술을 갈고닦아 온 다연은 잠시 멈칫하더니 금방 서운한 얼굴을 했다. 열심히 했지만 그의 눈에는 여전히 엉성하구나 싶었던 것이다.

"……저 이제 잘 탈 수 있는데요."

"나도 안다. 너 말 잘 타는 거."

황제가 긍정하자 다연은 고개를 갸웃했다.

측근들의 표정에도 물음표가 떠다녔다.

"근데 왜요?"

"그냥 싫다."

심하게 성의 없는 대답에 마침내 다연이 인상을 쓰기 시작하자 황제는 한숨을 쉬었다. 그리고 솔직하게 덧붙였다.

"따로 가는 것이 불안하고 싫어서 그래."

전시에 상사병을 앓았던 황제는 혼례 이후로는 약간의 불안 증세마저 얻은 듯했다. 아내가 바람이 불면 날아갈까 봐 전전긍긍하는 사람 같았다. 심한 날은 다연이 눈에 보이는 곳에 없는 것조차 힘겨워했다.

다연은 그런 황제를 무척이나 복잡한 표정으로 바라보았다. 저 남자를 어떻게 하면 좋지? 하는 얼굴이었다.

동물과 유독 심리적 거리가 가까운 헤르니야의 징표는 이번에는 조금 다른 이유를 내세워 항변했다.

"미하일은 말이 불쌍하지도 않아요? 얘는 두 명이나 태우면 얼마나 무겁겠어요."

황제도 항변했다.

"넌 말은 불쌍하고 나는 불쌍하지 않느냐?"

"……."

역시 이길 수가 없는 기적의 논리력이었다. 다연은 결국 아무 소리 못 하고 황제 앞에 올라탈 수밖에 없었다.

사이좋은 황제 부처 뒤를 따르며 측근들은 소리 없이 웃었다. 절대 입 밖으로 꺼낼 수 없는 무엄한 소리지만 황제 부처는 함께 있을 때면 유독 둘 다 귀여워지곤 했다.

그들의 목적지는 황가 소유의 사저가 있는 제국 서남부 해안이었다. 한나절을 꼬박 달려야 도착할 수 있는 거리였다.

산등성이에 가려 여전히 바다는 보이지 않았으나 기사들은 조금씩 비릿한 바다 냄새가 나는 것을 느꼈다. 감각이 예민한 황제 역시 마찬가지였다.

"이제 거의 다 온 것 같다."

"그래요?"

"그래, 바다 냄새가 난다."

다연은 한참 킁킁거렸으나 전혀 느껴지지 않는 모양이었다. 한쪽으로 기울어진 뒤통수가 의심을 한가득 품고 있었다. 그 모습을 보며 쿡쿡거리던 황제가 다정하게 물었다.

"피곤하진 않아?"

다연은 뒤를 힐끔 보더니 미소 지으며 고개를 저었다.

"음, 괜찮아요."

"몸이 힘들면 말하거라. 언제든 쉬었다 가면 되니까. 응?"

황제가 몹시도 애지중지하며 황후의 뒤통수에 입을 맞추자 측근들은 다시 한 번 소리 없는 시선을 교환했다. 모두의 예상대로 황제는 하루하루 역사에 길이 남을 애처가로 거듭나는 중이었다.

아르제니아에서 밥 한 끼만 먹고 와도 충분하다고 털털하게 말했던 다연은 막상 바다가 보이기 시작하자 탄성을 내뱉었다. 반짝이는 눈에는 흥분한 기색이 역력했다.

평소 잘 나다니지 않는 성향임에도 다연은 꽃과 나무 같은 자연물은 모두 좋아했다. 황제도 그것을 알았다. 그래서 제국에서 가장 아름답기로 이름난 서남부 해안을 보여 주고 싶었던 것이다.

사저 쪽으로 말을 몰려던 황제는 다연의 들뜬 기색을 알아채고는 물었다.

"들어가기 전에 먼저 좀 걸을까?"

"네네, 그래요."

다연이 고개를 열심히 끄덕이자 그는 피식 웃으며 말에서 내렸다. 그리고 다연을 훌쩍 들어 내려 주었다.

"……."

다연은 조금 멋쩍은 기색으로 주변을 바라보았다. 황제가 출발하면서부터 어찌나 극성맞게 구는지 눈치가 보였기 때문이다.

그러나 사람들은 딴청을 피우며 어느새 그들에게서 슬금슬금 멀어지고 있었다. 신혼부부를 방해하지 않으려는 배려와 황제 밑에서 오랜 시간 다져진 눈치의 산물이었다. 방해하면 다 죽은 목숨이었다.

시종에게 말고삐를 건넨 황제는 손수건으로 자신의 손바닥을 한번 닦더니 다연의 손을 잡았다. 그리고 그녀를 바다 가까이로 이끌었다.

다연은 주변 사람들은 잊고 금세 눈앞의 풍경에 빠져들었다. 신기해하며 발밑을 골똘히 바라보던 그녀가 황제에게 말했다.

"미하일, 저 이렇게 하얀 모래 처음 봐요."

"그래?"

"네네. 바다가 이렇게 투명한 것도 처음 봐요. 근데 여기 들어가도 되나요?"

"……그 옷으로?"

황제가 다소 치렁치렁한 다연의 옷차림을 훑어보며 물었다. 물을 머금으면 오그라드는 것은 둘째 치고 한없이 무거워져 그대로 바닥으로 가라앉을 것 같은 옷감이었다.

"아, 그런가?"

황제가 또 그녀와 달리 몹시 세심한 부분을 신경 쓰기 시작하자 다연은 키득거리며 웃었다. 옷감의 가치를 알았더라면 조금 달라졌을 수도 있겠지만 다연은 원래 옷이 더러워지는 것 자체는 그다지 신경 쓰지 않았다. 그래서 그녀는 물에 들어가는 대신 모래사장 위에 철푸덕 주저앉았다.

황제는 질색하며 고개를 절레절레 저었다.

"넌 대체 바닥에 뭐가 있을 줄 알고 맨날 아무 데나 막 앉는 거야."

그러나 그렇게 말하는 황제 역시도 그녀의 옆에 나란히 앉았기 때문에 다연은 조금 웃었다.

햇빛을 받은 바다는 보석을 품은 듯 곳곳에서 어지러이 반짝거렸다. 에메랄드 빛깔이 너무나 투명했다. 인내심을 가지고 들여다본다면 마침내 그 안에 어떤 생명이 살고 있는지를 알게 될 것 같았다.

자연 앞에 압도되고 한없이 겸허해지는 순간. 다연은 그 기분을 가만히 느끼고 있었다. 한편 말없이 바다를 바라보고 있는 다연을 황제는 물끄러미 바라보았다.

"마음에 드니?"

"엄청. 엄청 예쁜데요."

"이번엔 묵을 곳도 제법 괜찮을 것이다. 사저 중엔 그래도 관리가 제일 잘된 편이거든."

"그래요?"

"응, 사실 나도 황실이 소유한 곳을 다 가 보진 못했어."

"아아."

그녀가 바다에 정신이 팔려 건성으로 대답하자 황제가 웃으며 머리를 쓰다듬었다.

바람이 없어 파도는 잔잔했다. 진퇴를 반복했지만 황제와 다연의 발끝까지는 단 한 번도 미치지 못했다. 그리고 그 물결과 하얀 모래를 보고 있던 다연은 불현듯 어떠한 충동에 휩싸였다.

"……."

다연이 갑자기 자신을 바라보자 황제가 입 모양만으로 왜, 물었다.

다연은 그 물음에 대답하진 않았다. 대신 하얀 모래 위에 손가락으로 무언가를 써 내려가기 시작했다. 그녀가 의욕적으로 쓰고 있는 것은 바로 고국의 글자였다.

「미하일 바보.」

간결하게 점까지 찍고 다시금 황제를 바라보자 그는 무척이나 궁금한 기색이었다.

"이게 뭐라고 쓴 것이냐?"

"궁금하죠?"

그녀가 상냥하게 웃자 황제도 따라 웃으며 고개를 끄덕였다. 그 웃는 얼굴에 대고 다연이 말했다.

"근데 안 알려 줄 거예요."

황제는 헛소리를 들었다는 표정이었다.

"……뭐?"

"안 알려 줄 거야."

그러고는 자기 혼자 막 웃기 시작하는 다연을 황제는 어이없어하며 바라보았다. 그러나 그녀는 거기에서 멈추지 않았다. 간만에 고국의 글자를 적으니 필력과 영감이 폭발했던 것이다.

그 거침없는 손길을 측근들이 보았다면 황후 폐하께옵선 오늘도 참으로 호방하시다고 하였을 것이다.

「잔소리쟁이」

「나는 망나니」

「근데 울보는 너야」

「나는 악필이 아냐!」

허리까지 접어 가며 웃던 다연은 겨우 웃음을 갈무리하더니 몇 글자를 더 적었다.

「네가 더 귀여워」
「엄청 사랑해」

정신이 많이 나가 있는 사랑시였다.

시를 완결 짓고 다연은 몹시 뿌듯해했다. 어찌나 뿌듯했던지 황제가 묻지도 않았는데 굳이 다시 한 번 강조하는 것이었다.

"물어봐도 절대 안 알려 줄 거예요."

"……"

멍한 표정을 짓던 황제의 얼굴이 점점 떨떠름해졌다. 황제 인생에 이런 모욕감은 또 처음이었다. 그에겐 남이 아는 걸 본인이 모르는 상황 자체가 드물었다. 그리고 다연의 표정을 미루어 보건대 저건 욕이 분명했다.

황제는 그 신난 얼굴을 가만히 바라보았다.

얘가 또 까부네.

그는 바로 보복에 들어갔다.

다연의 겨드랑이와 무릎 아래로 손을 넣은 황제는 그대로 자리에서 일어났다. 다연이 괴상한 비명을 지르며 황제의 어깨를 부여잡았으나 그는 아랑곳하지 않았다. 그리고 성큼성큼 바닷물 안으로 들어가기 시작했다.

"왜 이래요? 미쳤어요? 이거 놔요!"

마침내 수위가 황제의 허리를 넘어가기 시작하자 다연은 버둥거렸지만 그는 피식 웃을 뿐이었다.

"내려 달라고요!"

"싫다."

"……네?"

"뭐라고 적었는지 알려 주면 내려 주겠다."

"……."

순간 그녀가 망설이자 황제는 그대로 다연을 바다로 던지는 시늉을 했다. 찰나였지만 정말 몸이 허공에 떴다 내려온 것을 느낀 다연은 다급하게 소리를 질렀다.

"사랑한다고! 사랑한다고 적었어요!"

사랑한다고 버럭 외치며 다연은 황제의 멱살을 잡고 있었다. 이 박력을 본인은 전혀 모르는 눈치였기에 황제는 웃음을 참기 위해 안간힘을 써야 했다. 흠흠, 목소리를 가다듬던 그가 말했다.

"못 믿겠는데."

"와, 진짜거든요."

"일단 그것보단 적은 양이 훨씬 많지 않느냐."

"……."

역시 매 순간이 참으로 꼼꼼한 남자였다. 쓸데없이 예리한 지적에 다연의 말문이 막히자 황제는 어깨를 으쓱했다.

"뭐 몹시 의심스럽지만 그렇다고 해 두마. 아내의 말은 믿어 주어야지."

다연은 안도의 한숨을 내쉬었으나 황제의 뒤끝은 길기로 이름나 있었고 보복은 끝나지 않았다.

"그런데 너, 잘 생각해 보거라. 정말 여기서 내려 줘도 되겠느냐?"

황제가 결국 자신을 바닷물에 집어 던질 기세이자 다연이 요란한 비명을 내질렀다. 쉽게 듣기 힘든 황후의 우렁찬 고함에 조금 떨어져서 호위를 하던 기사들의 눈이 휘둥그레졌다.

다연이 버둥거리자 황제는 큭큭거리며 웃었다.

정말로 다연을 빠뜨릴 생각은 없었던 그는 그대로 물 밖으로 걸어 나왔다. 그리고 조심스럽게 그녀를 모래사장 위에 내려 주었다.

다연은 옷자락은 물론 머리카락 한 올도 젖은 곳이 없었다. 반면 자신과 달리 흠뻑 젖은 채로 물을 뚝뚝 흘리고 있는 황제를 보며 다연은 몹시 당혹스러워했다.

셔츠를 비틀어 짜다가 문득 다연의 얼굴을 본 황제는 픽 웃었다.

"바닷물이 아직 차다."

"……."

"내가 너를 빠뜨릴 리 있겠느냐?"

물 튀니까 조금 떨어지라며 대수롭지 않게 말한 황제는 다시 한 번 셔츠를 힘껏 비틀었다. 다연은 머리를 긁적이며 조금 붉어진 얼굴로 그 모습을 지켜봤다.

몇 번이나 그 동작을 반복하던 황제는 곧 포기했는지 아예 상의를 벗어 버렸다. 그리고 상의보다 훨씬 만신창이인 하의를 보며 혀를 찼다.

"일단 들어가자. 가서 식사도 하고 그런 뒤에 다시 나오든가 하자."

다연은 얼른 고개를 끄덕이며 그의 옆에 따라붙었다. 그녀는 온전히 드러난 그의 상체를 힐끔거렸다. 물론 매일 밤 보는 것이었지만 햇살 아래에서 보니 또 색다른 기분이 들었던 것이다.

황제가 아름다운 외모의 소유자라는 건 누구나 인정하는 사실이었다. 그리고 언젠가 본인 입으로 말했듯 다연은 외양에 큰 가치를 두는 사람은 아니었다. 미추를 구분하는 눈은 있지만 그것 때문에 누군가에게 반하거나 좋아한 적은 없었다.

그러나 황제의 몸에는 진심으로 감탄하게 된다. 저 단단한 몸이 얼마나 긴 수련과 인내, 부단한 노력으로 완성되었는지를 잘 알기 때문이다.

새삼스럽게 참 멋진 사람이라는 생각이 들어서 그녀는 자꾸만 황제를 힐끔거렸다.

"왜?"

다연이 자꾸 바라보자 황제가 의아해하며 물었으나 그녀는 헤헤, 웃으며 아무것도 아니라는 듯 고개를 저었다.

황제의 말처럼 사저는 바로 어제까지도 사람이 머물렀던 곳처럼 말끔하게 관리되고 있었다. 애초에 건물 자체가 휴식을 목적으로 지어진 듯 안에서 바라보는 전경마저 아름다웠다. 일종의 별장인 듯싶었다.

사용인들이 식사를 준비하고 황제가 옷을 갈아입으러 간 사이 다연은 저택 안을 이곳저곳 구경하는 중이었다.

돌아다니다 보니 발티온 영지 내의 사저에 갔을 때가 떠올랐다. 함께하는 여행이 이번이 겨우 두 번째라는 사실을 깨달았지만 그녀는 개의치 않았다. 앞으로도 기회가 있을 테고 어디에 있든 매일매일이 행복했기 때문이었다.

다연이 창밖을 내다보는 사이 어느새 다가온 황제가 다연을 뒤에서 스윽 끌어안았다. 반사적으로 움찔했던 그녀는 곧 긴장을 풀고 자신의 허리를 두른 황제의 팔을 매만졌다.

씻고 옷을 갈아입고 온 황제에게서는 좋은 향이 났다. 그 잠깐도 떨어져 있기 싫어서 같이 씻자고 해 보았지만 대꾸도 안 하고 돌아서는 다연 때문에 혼자 씻고 온 참이었다. 다연의 목덜미에 코를 파묻고 체향을 맡으며 그는 속으로 툴툴거렸다.

같이 씻으면 좀 좋아? 이 매정하고 귀여운 것 같으니라고.

"방 구경하고 있었어?"

"네, 네."

황제는 대답하는 다연의 뺨에 입을 맞추다가 그대로 귓가를 지분거렸다. 다연이 늘 그랬듯 몸을 심하게 떨자 황제는 음흉한 얼굴로 웃었다. 속내가 시커먼 웃음이었다.

그녀가 몹시 당황하며 주변을 살폈으나 황제가 들어서기 무섭게 사용인들은 모두 모습을 감춘 후였다. 결혼하면 나아질 줄 알았는데 신혼부부는 이제 정말 아무 때나 맥락 없이 불이 붙곤 했던 것이다.

그러나 보는 눈이 없음에도 다연은 황제를 밀쳐 내려 했다.

"왜 이래요!"

"뭘 왜 이래. 이 박정하고 귀여운 것아."

황제가 순둥한 망나니와 같은 망언을 제조하며 다연을 다시 부둥켜안았다.

그는 몹시 하고 싶어졌다. 신혼여행지에 와서 아내와 한방에 단둘이 있는데 첫날밤을 기대하는 것은 당연하지 않은가? 물론 실제적인 첫날밤은 한참 예전에 있었으나 그는 원래 뻔뻔했으며 이런 부분에 의미 부여를 잘하는 섬세한 남자였다.

첫날밤을 곰의 등 위에서 혼수상태로 보낸 신랑의 원한은 깊었다. 만약 다연이 그 속내를 알았더라면 이상한 부분에까지 집념을 불태우지 말라고 했을 것이다.

"다들 우리를 위해 자리를 피해 주었는데 기대에 부응해야 하지 않겠니?"

"……뭐라고요?"

다연은 수치스러워서 귀가 썩을 것 같았다. 그녀가 몹시 괴로워하며 황제의 입을 틀어막았지만 황제는 익숙한 듯 웃으며 손을 떼어 냈다. 침대로 끌려가던 다연은 창밖을 한번 바라보더니 얼굴을 찌푸리며 말했다.

"아직 밤 아니잖아요."

이번엔 황제가 몹시 얼굴을 찌푸렸다.

"그런 게 대체 왜 중요한 것이냐? 너는 나이도 어린 것이 사고방식은 어찌 이리 고루한 것이냐? 이건 고루한 정도가 아니라 아주 사고가 늙었다."

"뭐라고요?"

다연은 기가 막혀서 잠시 할 말을 잃었다.

"허, 고루한 게 아니라 평범한 상식이거든요."

"그럼 이제부터라도 비범한 사고를 하도록 노력해 보거라."

또 한 번 할 말을 잃었던 다연이 침대에 누우며 마지막으로 말했다.

"미하일, 저 아직 안 씻었어요."

황제는 기다렸다는 듯 바로 대꾸했다.

"그러니까 내가 아까 같이 씻자고 할 때 씻었어야지. 기회란 모름지기 왔을 때 잡아야 하는 것인데. 후회해 봐야 이미 늦었다."

뭐지? 이 대단한 논리력은? 설득력이 있는데?

다연은 결국 웃고 말았다.

한참을 침대 위에 머문 신혼부부는 결국 식사도 침소 안에서 했다. 그렇지만 다 먹기가 무섭게 그녀는 다시 침대 위로 끌려갔다.

황제는 오늘따라 집요했다. 본능적인 행위에만 몰두하며 탐하는 것이 짐승이 따로 없었다.

낯선 공간이 주는 흥분과 신혼여행의 설렘은 꼭 황제만 느낀 것은 아니었다. 그러나 둘 사이의 체력 차는 극명했고 먼 거리를 온 다연은 얼마 안 가 방전되고 말았다. 어느 순간 까무룩 정신을 잃었던 다연은 허리춤에 손이 들어오는 느낌에 화들짝 잠에서 깼다.

반사적으로 침대 끝으로 몸을 피하며 그녀가 말했다.

"아, 미하일. 제발, 제발요. 저는 진짜 더 못 해요."

다연은 거의 무릎을 꿇을 기세였다. 그녀가 지친 얼굴로 애원하자 황제는 몹시 무안하고 염치없는 표정을 지었다.

"아니, 나는 그냥 바로 눕혀 주려고……."

"아아."

그녀가 경계를 풀고 아무렇게나 풀썩 누웠다. 머리를 긁적이던 황제는 그런 다연을 조심스럽게 끌고 와 팔베개를 해 주었다.

"……."

그 뒤로도 한동안 잠이 오지 않아 황제는 그녀가 자는 모습을 구경했다. 머리를 쓰다듬기도 하고 색색거리는 숨소리를 귀 기울여 듣기도 했다.

내 귀여운 망나니. 내 고지식한 토마토.

애는 정말 숨 쉬는 간격도 예쁘네.

황제는 누가 들었으면 천인공노할 생각을 아무렇지 않게 했다.

코끝을 살짝 깨물어 보기도 하고 문득 손톱이 얼마만 한가 궁금해져서 하나하나 들여다본다. 뭐야, 손톱이 왜 이렇게 조그마하지? 평생 험한 일이라고는 해 본 적이 없는지 손바닥은 굳은살이 별로 없고 말랑말랑하다.

펜을 꽤 오래 쥐었나 보네. 다른 손가락보다 조금 딱딱하게 튀어나온 세 번째 손가락 마디를 그는 한참 동안 매만졌다.

이미 꿈나라로 떠나 버렸는지 황제가 아무리 치근덕거려도 다연은 미동조차 없었다. 그 평온한 얼굴을 보며 쿡쿡거리던 황제는 몇 번이고 뺨과 이마에 입 맞추었다. 그리고 아내의 귓가에 속삭였다.

"잘 자. 행복한 꿈 꿔야 해."

눈을 감고 그녀를 따라 잠을 청하는 황제의 얼굴에 미소가 가득했다.

황제는 그녀의 평안한 밤을 기원했으나 간밤에 다연은 악몽을 꿨다. 그녀가 헉! 하는 소리를 내며 눈을 떴을 땐 아직 날이 완전히 밝아 오기 전이었다.

"……."

한참 숨을 몰아쉬던 다연은 비어 있는 옆자리를 물끄러미 바라보았다. 심장이 빠른 속도로 뛰고 있었다.

사실 다연은 혼인 의식 이후 종종 악몽을 꾸곤 했다. 꿈의 내용은 한결같았다. 황제와 자신이 있는 동굴 안에 누군가가 들어오는 꿈이었다. 그래서 그를 지키지 못하고 결국 그도 자신도 죽는 꿈.

꿈에서도 어찌나 비통하고 처절한지 다연은 꿈을 꿀 때마다 끙끙거리거나 울곤 했다. 황제가 걱정스러운 얼굴로 깨우곤 했던 것이다. 그는 무슨 꿈을 꾸었는지 묻지 않았다. 그저 다연을 말없이 꼭 끌어안아 주었다.

그러면 다연은 빠른 속도로 마음이 편안해졌다. 따뜻한 체온과 심장박동을 듣고 있으면 감격스러울 만큼 행복해지곤 했다. 그가 살아 있고 건강하다는 사실에 감사하게 된다. 여전히 성실하고 변함없는 태도로 인생을 살아 주는 것에 엎드려 절이라도 하고 싶어졌다.

침대에서 일어난 다연은 커튼을 걷고 창가를 내다보았다. 아직 동이 트지 않았는데도 황제는 밖에 나가 검술 수련을 하고 있었다. 그리고 그 주변을 기사들이 호위 명목으로 맴돌며 힐끔거리는 중이었다.

문득 황제에게 가고 싶어진 다연은 침의 위에 주섬주섬 로브를 걸쳤다. 그리고 침소 문을 슬그머니 열었다.

방금 전까지 자다 일어난 머리는 정돈이 되지 않아 부스스했다. 그렇지만 그녀는 침소 밖에서 대기 중인 시녀들을 보며 애매한 표정을 지었다. 단장을 할 마음의 여유가 없었던 것이다. 빨리 황제에게 가고 싶었다.

결국 그녀가 개구쟁이처럼 달려 나가자 시녀들은 몹시도 당황했다. 뒤늦게 마리가 절규했다.

"아니, 머리라도 빗고 가시어요! 제발!"

다연은 그저 킥킥 웃음을 흘릴 뿐이었다.

그리고 머리를 풀어헤친 황후가 음침한 얼굴로 후원에 나타났을 때 기사들은 모두 흠칫했다.

누군가가 황후의 등장을 황제에게 알리려 했지만 다연은 한층 더 음침해진 얼굴로 입가에 손가락을 갖다 댔다. 황제의 수련을 방해하고 싶지 않았던 것이다.

그래서 그녀는 나무 기둥 뒤에 숨어서 쭈그리고 앉아 황제를 구경하는 중이었다. 혹시라도 들킬까 봐 먼발치에서 하염없이 보고 있는 게 애틋하기보다는⋯⋯ 많이 무서웠다.

막내 기사가 살금살금 다가와 그런 다연 옆에 같이 쭈그리고 앉았다.

"잘 주무셨어요?"

쾌활한 인사에 다연은 멍한 얼굴로 고개를 끄덕끄덕했다. 그렇지만 그 퀭하고 피로가 묻어 있는 얼굴이 조금도 잘 잔 사람 같지 않아서 기사는 흠흠, 헛기침을 했다. 이런 얼굴을 하고 나와 있을 거면 차라리 가서 더 주무시라고 하고 싶었다.

"폐하는 끝나려면 한참 남으셨을 텐데요."

다연이 조용히 하라며 다시 한 번 손가락을 입술 위에 갖다 댔다. 그러자 막내 기사가 목소리를 한층 낮추며 속삭였다.

"일단 머리라도 어떻게 하시면 안 될까요? 지금 조금 무서워요."

기사가 산발이 된 머리를 지적하자 황후는 고개를 끄덕이며 그 직언을 받아들였다. 쭈그리고 앉은 채 머리를 한껏 높이 틀어 올린 것이다.

그녀가 오랜만에 귀여운 남방 오랑캐로 변신하자 다른 기사들이 막내에게 비난의 눈길을 던졌다.

마침내 수련이 끝났는지 황제는 검을 검집 안에 넣었다. 그가 대기하던 기사에게 수건을 건네받아 땀을 닦을 때였다. 나무 기둥 뒤에 숨어 있던 용맹한 남방 오랑캐는 남편을 향해 돌진하기 시작했다.

지켜보던 기사들은 멈칫했다. 위험하다 싶었던 것이다.

황제는 기사였고 기민한 감각의 소유자였다. 등 뒤에서 누군가가 달려오더니 와락 덮치자 그는 반사적으로 그 팔을 잡아 메칠 뻔했다.

그러나 그는 기적적으로 이후의 연결 동작을 멈추었다. 익숙한 체향이라는 것을 알아챘기 때문이다.

"다연?"

측근들은 모두 안도의 한숨을 내쉬었다. 본인이 저 멀리 내동댕이쳐질 뻔했다는 사실을 모르는 다연만이 해맑은 얼굴이었다. 그녀는 황제의 등에 대롱대롱 매달려 얼굴을 비볐다.

흔치 않은 어리광에 황제는 웃음을 흘리고 말았다.

"왜 이렇게 일찍 일어났어? 뭐 안 좋은 꿈이라도 꾸었니?"

"아뇨, 아뇨."

황제는 눈치가 백 단이었다. 몹시 정확한 질문이었지만 그가 걱정하는 게 싫어서 다연은 부정했다. 그러나 그녀는 고개를 저으면서도 계속 황제에게 엉겨 붙어 있으려 했다. 황제는 결국 그런 그녀를 매단 채로 천천히 걸음을 옮겼다.

"왜 이래? 이러지 마. 나 땀났어."

그러면서도 내심 좋아 죽는 것이 모두의 눈에는 보였다. 절대 떼어내지 않는 것이 그랬다. 측근들은 저마다 메마른 눈빛을 하고 생각했다.

귀에 걸린 입이나 어떻게 좀 하고 말씀해 주십시오.

그녀가 떨어지지 않고 계속 어리광을 피우자 황제는 키득거리며 웃었다. 그러더니 내 망나니가 이런 애가 아닌데, 오늘 왜 이러지? 주변에 물었다. 명백한 자랑이었다.

측근들은 저마다 품 안에서 위장약을 찾기 시작했다. 새벽부터 저 꼴을 보고 있자니 심히 배가 아팠던 것이다. 황제는 예전에 비해 온화해졌으나 위장약은 이제 황궁에서 다른 용도로 인기를 끌기 시작했다. 측근들은 배알이 뒤틀리는 기분을 간혹 느끼곤 했다.

황제는 다연을 떼어 내더니 이번에는 익숙하게 앞으로 들어 안았다. 다연이 목에 팔을 두르자 내려다보는 황제의 눈이 한층 더 따뜻해졌다.

"입 맞춰 줘."

황제가 요구하자 그녀가 킥킥거리면서도 쪽, 입을 맞추었다.

위장약을 찾는 측근들의 손길이 몹시 다급해졌다. 너도나도 메스꺼운 표정을 지으며 황급히 입안에 약을 털어 넣기 시작했다.

황제가 다연의 귓가에 속삭였다.

"진짜 왜 이래? 정말 안 좋은 꿈이라도 꾼 거야?"

다연은 고개를 저었다. 그리고 귀엣말을 하려고 입가에 손을 모았다. 그러자 황제가 고개를 기울여 주었다.

"그런 거 아니야."

그녀가 반말을 하자 황제가 쿡쿡대며 웃었다. 별거 아니었지만 그의 눈에는 귀여운 애교처럼 느껴졌기 때문이다. 황제가 재미있어하며 웃자 다연이 다시 속삭였다.

"우리 밥 먹자."

대체 황후가 무슨 말을 했길래 황제가 저렇게 행복해하며 웃을까. 측근들은 괴로워하면서도 궁금함을 참을 수 없어 시선을 교환했다.

아 씨, 누가 음소거했어, 짜증 나. 이것은 마치 욕을 하면서도 끊을 수 없는 막장 드라마 같았다. 몹시 고통스럽고 손발이 곱아들어 가는데 위장약을 털어 넣으면서도 시청을 멈출 수가 없었다.

화사한 얼굴로 웃던 황제가 대답했다.

"그래, 그러자."

그리고 그녀를 소중하게 품에 안은 채 안으로 들어갔다.

아침 식사를 하고 둘은 못다 한 물놀이를 하기 위해 바다로 나왔다. 어제 그렇게 기겁을 하였으면서 그래도 물에 들어가고는 싶었는지 다연은 몹시 들뜬 얼굴이었다. 어제보다 한결 간편한 옷차림을 하고 있는 다연을 바라보며 황제가 물었다. 그의 얼굴에는 의구심이 떠올라 있었다. 정말 혹시나 하는 얼굴이었다.

"근데 너 수영은 할 줄 아느냐?"

"아니요. 못하는데요."

에라이, 그럼 그렇지.

황제가 쯧쯧 혀를 차자 다연이 원망스러운 얼굴로 물었다.

"미하일, 지금 제가 수영 못한다고 비웃는 거예요?"

"음, 부인하기 어렵구나."

다연이 몹시 충격받은 얼굴을 했다. 그녀가 분개하며 주먹을 쥐자 황제가 재빨리 그 손목을 낚아채며 웃었다.

"농담이다. 정말이다."

장난인 걸 알고 있는 다연 또한 구김살 없이 웃었다. 그리고 솔직하게 고백했다.

"음, 사실 전 물에 들어가면 맨날 가라앉아요."

이번엔 듣고 있던 사람들이 탄식했다. 정말 일관성이 있는 몸치였다. 이 정도면 황후가 성품이 더 비뚤어지지 않고 저 정도로 바르게 자라난 것을 칭찬하고 싶어질 정도였다.

그래도 곰은 타실 수 있어서 다행이에요. 황후 폐하 말고 누가 또 곰을 타고 다닐 수 있겠어요? 재능이 참으로 개성 있으십니다.

더불어 간이 이 세상 것이 아닌 것마냥 튼튼하신 것도 참 다행이고요. 아, 참, 정말로 이 세상 것이 아니셨죠? 그것 역시 참으로 개성적이십니다. 정말이지 멋있으세요!

다연이 주변의 탄식에 원망스러운 얼굴로 바라보자 다들 흠흠, 헛기침을 하며 시선을 피했다.

뭘 해도 귀엽기만 한지 다연을 따스하게 바라보던 황제가 물었다.

"내가 가르쳐 줄까?"

그러나 다연은 생각만으로도 오한이 이는지 몸을 부르르 떨었다. 황제가 가르친다면 분명 수영을 배울 수는 있을 것 같았다. 아마 반드시 그렇게 되겠지.

그렇지만 자신은 여가를 즐기러 온 것이지 병영캠프에 온 것이 아니었다. 다연은 필사적으로 고개를 저으며 거부했다.

"전 그냥 바다에 발만 담글 거예요."

황제가 몹시도 아쉬운 표정을 지었기에 다연은 다시 한 번 분명하게 말했다.

"정말이에요. 제발 포기해 주세요. 진짜 부탁인데 미하일 그런 건 생각도 하지 마세요. 상상도 하지 말라고요."

그 속사포 같은 거절의 말에 듣고 있던 모두가 웃음을 터뜨렸다.

그러나 다연의 고난은 따로 있었다. 분명 발만 담글 것이라 하였는데도 황제가 야무지게 준비운동을 시켰던 것이다.

"아니, 헉, 으헉, 왜 발만 담글 건데 이렇게까지 헉, 해야 돼요?"

모래사장을 몇 번이나 왔다 갔다 하며 뜀박질을 한 다연이 무척 고통스러워하며 황제에게 원망을 쏟아 냈다. 황제는 몹시 태연했다.

"물이 무척 차갑다. 네 골골대는 몸뚱어리를 과신하지 말거라."

거침없는 팩트 폭격에 다연은 그만 고개를 끄덕이며 수긍하고 말았다. 사람들은 그리 절절하게 사랑하면서도 봐주는 게 요만큼도 없는 황제의 모습에 오늘도 숙연해졌다.

정말이지 우리 폐하는 정확하기가 칼 같은 분이신 것 같다…… 그래도 황후 폐하가 저걸 다 알면서도 거두어 줘서 다행이다…….

막상 준비운동까지 하고 바다에 발을 담그자 다연은 의욕이 생겼다. 기분이 좋은지 연신 웃는 얼굴을 하고 있는 그녀를 황제는 귀엽다는 듯 바라보았다.

다연은 몇 발자국 더 전진했지만 확실히 물과 친하지 않은지 더 들어가지는 못하고 멈추었다. 물이 겨우 허벅지까지 오는 어정쩡한 깊이에서 머리를 긁적이며 황제를 바라보았다.

피식, 웃은 황제는 그녀의 손을 잡고 앞으로 조금 더 이끌었다. 다연은 머뭇거렸으나 황제에게 의존해 조금 더 깊은 곳으로 들어갔다.

물이 허리 조금 위까지 오는 곳에서 그들은 멈춰 섰다. 바다는 밖에서 보았을 때는 한없이 잔잔해 보였으나 막상 들어오니 그 일렁임이 온몸으로 느껴졌다.

"……."

다연은 황제를 바라봤다. 황제 또한 다연을 가만히 바라보고 있었다. 문득 장난을 치고 싶은 마음이 든 그녀는 그런 황제에게 물을 튀겼다.

방심하고 있다 물을 얻어맞은 황제는 하늘을 바라보며 기가 차다는 표정으로 한숨을 쉬었다. 약은 오르지만 내가 참는다, 하는 얼굴이라 다연은 키득거리며 웃고 말았다. 그리고 이 아내 바보는 아내가 웃자 결국 속없이 따라 웃었다.

그는 다연의 엉덩이를 받쳐 들고 품에 안았다. 그리고 조금 더 깊은 곳을 향해 걸어갔다. 수영은 배우기 싫어하니 이렇게라도 물 안에 들어가게 해 주고 싶었던 것이다. 그 다정함이 좋아 다연은 황제의 볼에 입을 맞추었다. 그러자 그가 미소 지으며 물었다.

"오후엔 뭐 할까?"

"오후에요?"

딱히 생각나는 것이 없어 다연은 고민에 빠졌다. 그런 다연에게 황제가 제안했다.

"항구에 가 볼래?"

"오, 근처에 있어요?"

"그래, 네가 볼만한 게 있을지는 잘 모르겠지만."

황제가 별로 확신이 안 서는지 말끝을 흐리자 다연은 빙긋 웃었다. 그의 세심한 배려가 느껴졌다.

황제는 사실 여가에 특별한 의미를 두지 않는 남자였다. 오히려 머릿속이 일로 가득 차 있어서 해야 할 일을 미뤄 두면 스트레스를 받았다. 그에겐 남들과 달리 쉬는 게 쉬는 것이 아니었다.

그럼에도 불구하고 그는 예전부터 다연을 좋은 곳에 데려가 주고 싶다는 이야기를 종종 했다. 아르제니아에 데려갔고, 야시장에 잠행했다. 어떻게든 시간을 내서 좋은 것들을 보여 주고 싶어 했다.

이 바닷가도, 사저도, 항구도 그가 이미 경험한 것들이었다. 그런데도 그가 이곳에 또 와 있는 것은 다연에게도 이곳을 경험하게 해 주고 싶었기 때문이다.

혼자서라면 더 깊은 바다에 갈 수 있다. 그렇지만 이곳에 멈춰 서 있는 것은 그녀와 같은 곳에 서 있고 싶기 때문이었다.

누군가와 좋은 것을 나누고 싶은 마음, 상대에게 좋은 것을 알려 주고 싶은 마음, 같은 경험과 같은 풍경을 공유하고 싶은 마음, 그것은 사랑이란 감정이 가진 눈부신 색채였다.

다연은 그의 목을 조금 더 꼭 끌어안고 어깨에 얼굴을 비볐다.

사람들은 황제가 날카롭고 오만한 사람이라고 생각하지만 다연은 안다. 그가 얼마나 따뜻하고 마음이 넓은 사람인지를. 그가 얼마나 자신의 인생과 주변을 사랑하는 사람인지를. 그의 틱틱거리는 말 속에 사실은 얼마나 애정이 가득한지를. 그가 누구보다 넓고 성숙한 세계를 가진 하나의 인간이라는 사실을.

당신이 너무 좋아, 당신이 살아가는 방식과 그 모습을 바라보기만 해도 나는 너무 좋아.

너무 행복해, 매일매일 눈 뜨는 것이 설레고 감사해.

다연은 언제부턴가 그런 말들을 아끼지 않았다. 하루하루 후회 없이 사랑하고 행복하고 싶었다. 자신이 행복해야만 사랑하는 사람을 행복하게 해 줄 수 있다는 그 간단한 인생의 진리를 그녀는 얼마 전 깨달았다.

"미하일."

"응?"

"저 지금 너무 행복해요."

그 말에 황제가 몹시 기분이 좋은 듯 눈을 휘며 웃었다.

"나도야."

그 얼굴이 또 감탄이 나오게 아름다워서 다연은 잠시 넋을 놓고 바라보았다. 아무튼 눈물 나게 잘생긴 남자였다. 얼굴이 빨개질 것 같아서 다연은 다시 그의 어깨에 얼굴을 파묻었다. 그리고 잠시 뒤 토마토가 된 얼굴을 겨우 들고 물었다.

"근데 제가 미하일 사랑하는 거 아니요?"

그녀의 물음에 그는 확신 어린 눈빛으로 고개를 끄덕였다.

"물론이다."

그리고 그녀를 몹시 사랑스럽다는 듯 바라보며 덧붙였다.

"그렇지만 나를 위해 매일매일 말해 줘. 지금처럼 늘 네 마음을 설명하고 나에게 알려 줘."

다연은 웃으며 고개를 끄덕였다.

영원히 둘만의 세계를 구축하고 있을 것 같던 황제 부처가 물 밖으로 나오자 측근들은 의아해했다.

어린 시종이 수건을 들고 다가왔으나 황제는 고개를 젓고 상의부터 탈의했다. 흠뻑 젖은 옷을 시종에게 건넨 그는 새 옷을 껴입으며 말했다.

"돌아가자."

사람들의 의문은 더욱 깊어졌다. 그리고 그들의 의문을 해소해 준 것은 다연이었다. 그녀는 어느덧 시녀들이 정성스레 싸맨 수건 지옥에 갇혀 있었다.

"비가 올 것 같대요. 소나기가요."

그녀의 말은 어딘가 괴이했다. 정보의 출처가 불분명했다. 그러나 측근들은 다연의 말에 하나같이 고개를 끄덕이며 돌아갈 채비를 했다. 이제 모두는 이런 상황이 익숙했다. 의심을 품는 자는 없었다. 황후가 비가 온다면 오는 것이었다.

제국의 황후는 헤르니야의 신녀였고 동물의 말을 알아듣는 기이한 능력의 소유자였다. 황제의 최측근만이 알고 있던 그 사실은 이제 더 이상은 비밀이 아니었다.

다연이 곰을 타고 아르제니아에 파격적으로 등장한 이후, 황후가 신녀라는 사실을 의심하는 자는 아무도 없었다.

심지어 그날의 일은 황궁을 넘어 지방 귀족 사회에까지 퍼지고 있는 듯했다. 그 자리에 유능하고도 입이 가벼운 내무대신이 있었기 때문이었다. 이야기는 점점 과장되고 있었으나 그 인상 깊은 현장을 목격한 이들은 아무도 내무대신의 호들갑을 탓하고 싶지 않았다.

원래도 다연을 좋아하던 기사 집단은 그날 이후 황후 옆을 맴돌고 싶어졌다. 가끔은 그냥 아무 이유 없이 황후에게 자신을 밟고 지나가 달라고 애원하고 싶었다.

흑곰의 목덜미에 손을 떡하니 올리고 왜 안 오냐고 소리를 지르던 그 모습.

정말로 당차셨다. 참으로 의젓하시었다. 용맹하시었다!

그 얇은 옷차림으로 눈보라를 뚫고 달려오셨다니, 그 와중에 폐하가 추울까 봐 본인의 로브를 벗어서 덮어 주셨다니! 우리 황후 폐하 진짜로 대장군감이시다! 의리를 아는 망나니시다!

다연앓이는 걸리기도 무척 힘든 병이었지만 한번 걸리면 낫기는 더 힘든 병이었다. 정신 나간 찬가를 쓰고자 하는 자들은 속출했다. 황제가 알았더라면 틀림없이 잡것들 운운했을 참혹한 발병의 현장이었다.

사저로 돌아온 그들은 비가 그칠 때까지 따뜻한 차를 한 모금씩 나누어 마셨다. 어느덧 황제와 다연 둘 다 즐기게 된 사르만의 전통차였다.

"미하일, 근데 안 바빠요?"

다연은 이제 막 말린 부스스한 머리를 풀어헤치고 황제의 무릎 위에 앉아 있었다. 바닷가에 다녀온 황제는 마침내 그녀와 함께 씻고 말겠다는 오랜 염원을 신혼여행지에서 실현시켰다.

물론 그녀는 이번에도 대꾸를 하지 않음으로써 거부 의사를 밝혔다. 그러나 인생이 이토록 덧없고 허망한 것이다, 장광설을 펼치는 황제 앞에 결국엔 무릎을 꿇고 말았다.

황제는 단어를 다채롭게 사용할 줄 아는 사람이었다. 보통 사람들이 하루에 사용하는 것보다 두세 배는 많은 단어들을 활용할 줄 알았다.

차라리 웅변가가 되지 그러셨어요.

다연은 잠시 생각했으나 이내 납득하고 말았다. 그래, 정치도 웅변도 결국엔 다 남을 설득하는 것이지. 쓸데없이 깊은 깨달음을 얻은 그녀의 표정이야말로 허망했다.

한편 고지식한 토마토를 뜨거운 물에 잘 삶아서 요렇게도 저렇게도 하고 나온 새신랑의 입은 찢어졌다. 그 날아갈 것 같은 황제의 표정을 보며 측근들도 인생의 덧없음을 체감하고 있었다. 황궁 노숙자를 그리 혐오하시더니 이제는 몸소 빡빡 씻기고 계시지 말입니다.

"바쁘지 않다."

그러나 다연도 측근들도 황제의 말에는 흠칫 놀라 의심스러운 표정으로 황제를 바라보았다. 황제는 황궁에 사는 유명한 시간의 요정이었다. 거의 분 단위로 시간을 쪼개 일정을 짜곤 했다. 바쁘지 않을 리가 없었던 것이다.

그러나 황제는 주변인들의 경악 어린 표정에도 태연한 얼굴이었다. 그는 이번 여행에서는 시찰을 할 생각도 알현을 받을 생각도 없었다. 오로지 여행에만 집중하기로 마음먹고 나온 것이다.

다연이 정신을 차리지 못할 때 그는 많은 것들이 후회가 됐다. 황제는 원래 지나간 일에 오래 마음을 쏟지 않는 사람이었다. 돌이킬 수 없는 일을 곱씹는 건 소득이 없는 행위라 여겼다. 그리고 일단 지나간 일에 오래 연연할 만큼 한가하지가 않았다.

그런데 다연이 눈을 뜨지 못하는 순간순간 그는 지나간 일에 대한 후회를 멈출 수가 없었다. 후회의 내용은 대단한 것이 아니었다. 그냥 일상적인 것이었다. 그러나 그 일상적이고도 사소한 것을 하지 못했다는 생각이 그를 더욱 후회스럽게 했다.

너와 더 많은 곳에 가지 못한 것, 우리가 더 많은 세상의 풍경을 함께하지 못한 것, 막연히 미래가 있을 것이라 생각하고 너에게 시간과 열정을 더 많이 쏟지 못한 것.

하지만 아내는 참으로 착한 사람이었다. 그녀는 깨어났고 변함없이 다정했으며 예전보다 더 많이 웃어 주었다. 더 많은 곳에 갈 수 있고 더 많은 추억을 쌓을 수 있는 오늘을 열어 주었다. 흉험한 일을 겪었음에도 몸도 마음도 상처 입지 않았다. 가끔씩 후련한 얼굴로 씩씩한 웃음을 짓는 것에 진심을 다해 감사를 표하고 싶었다.

황제는 의구심에 가득 찬 아내의 얼굴을 보며 웃기만 했다. 그러더니 내 망나니 웃거라, 뺨을 살짝 꼬집었다 놓았다.

비가 그치길 하염없이 기다리던 다연은 나중에는 빗소리 자체를 즐겁게 감상하기 시작했다. 그러나 그 감성적인 모습도 잠시, 황후는 찻잔을 손에 쥐고는 꾸벅꾸벅 졸기 시작했다. 찻잔 안의 연두색 물이 일렁거렸다. 그 위태로운 광경에 깜짝 놀란 황제가 얼른 손에서 찻잔을 뺏었다.

"……."

새벽같이 일어나더니 뜨거운 물로 목욕을 하고 나자 잠이 쏟아지는 모양이었다. 놀란 마음이 가라앉고 나자 황제는 다소 어이가 없었다.

아니, 너 분명 10초 전까지 창밖을 보며 노래를 흥얼거리고 있지 않았느냐?

뭐 이런 수면 욕구에 충실한 몸뚱어리가 다 있나.

그러나 그 모든 생각을 총망라하여 입 밖으로 튀어나온 결론은 모두의 예상을 벗어나 있었다.

"다연 하는 짓이 너무 귀엽지 않느냐?"

너희 모두 동의하지?

내 사랑스런 망나니, 내 고지식한 토마토.

황제가 찻잔을 테이블 위에 내려놓고 황후의 뺨에 계속 입을 맞추자 측근들은 일시에 굳었다.

황제의 맥락은 원래도 가끔 쫓아가기 어려웠다. 그러나 이번엔 정말 어떤 포인트에서 사랑스러움을 느끼셨는지 잘 모르겠다. 시종들은 눈살을 찌푸리며 골똘히 생각에 잠겼다. 황후의 용맹무쌍함에 얼큰하게 취해 있는 기사 집단들마저 흐린 눈을 했다. 어떤 면이요?

이것은 다연앓이의 시초이자 숙주만이 도달할 수 있는 경지로, 황제는 다연이 숨만 쉬어도 그걸 가지고 찬가를 1시간 정도는 가뿐히 쓸 수 있었다.

그러나 황후 또한 경지에 다다른 것은 마찬가지였다. 이제 황후는 황제가 어떤 잔소리를 해도 재밌어하며 웃었다. 심지어 그 잔소리를 멈추게 하는 것도 잘했다. 사람들은 잘 몰랐지만 다연은 요즘 들어 그런 황제를 약간 귀엽게 여기기까지 했다.

한동안 측근들을 고통스럽게 하던 황제는 함께 오수에 들겠다며 황후를 그대로 들고 일어났다. 몸이 붕 뜨자 다연이 잠이 덕지덕지 붙어 있는 얼굴로 힐끔 눈을 떴으나 귀찮은 듯 이내 눈을 감아 버렸다. 황제는 큭큭거리며 침소 안으로 들어갔다.

그리고 그 둘이 다시 밖으로 나온 것은 1시간여쯤이 지나서였다. 둘 다 묘하게 배부르고 나른한 얼굴이었다. 다연은 부족한 잠을 잠깐이나마 보충해서였고 황제는 곯아떨어진 토마토를 요렇게도 저렇게도 하고 와서였다.

구석구석 입 맞추고 한없이 치대다 나온 그의 얼굴은 몹시 개운해 보였으나 측근들은 애매한 얼굴로 웃었다. 저렇게 치근덕거리다가 토마토가 짓무르다 못해 갈아 없어져 버릴까 봐 걱정이었다.

어느덧 창밖의 날씨는 화창했다.

이 세계의 동물들은 대체로 다연에게 우호적이었다. 간혹 성질이 사납고 패악을 부리는 애들도 있었지만 부탁을 하면 대부분 들어줬다. 그중에 호기심이 많은 동물들은 신녀를 보면 먼저 기웃거리며 말을 걸고 싶어 하기도 했다. 하얀 갈매기도 그들 중에 하나였다.

바닷가에서 황제와 다연이 둘만의 세계에 빠져 있는 사이 날아든 갈매기는 다연에게 비가 올 것이라 말했다. 금방 지나갈 것이라고도 말했다. 그 말은 사실이었는지 잠들기 전까지만 해도 빗줄기가 거셌는데 지금은 또 구름 너머로 해가 천연덕스럽게 고개를 내밀고 있었다.

바닷가의 변덕스러운 날씨였다. 그러나 일동은 그 변덕에 안도하면서 천천히 채비를 하고 사저 밖으로 나섰다.

항구 근처까지 와 말에서 내린 황제는 곧이어 다연을 내려주고 말고삐를 시종에게 건넸다. 그는 품 안에서 손수건을 꺼내 꼼꼼한 태도로 손바닥과 손끝을 닦았다. 그러고는 다연의 손을 찾아 가볍게 쥐었다.

"여기서부터는 걷자. 괜찮니?"

"그럼요, 좋아요."

황제는 에메랄드빛 바다를 보여 주고 싶어 제국 서남부에 왔으나 다연이 항구를 재미있어할지에 대해서는 확신이 없는 듯했다. 그러나 그것은 기우에 불과했다. 황제의 손을 잡고 걸어가면서 다연의 눈은 점점 휘둥그레졌다. 그녀에게는 별천지였던 것이다.

다연은 범선을 실제로는 처음 보았다. 마주했을 때 드는 생각은 단 한 가지였다.

돛이 굉장히 크구나.

다른 어떠한 동력 없이 바람의 힘만으로 먼 거리를 오가는 배들은 하나같이 선체보다 커다란 돛을 달고 있었다. 그리고 항구에는 이국의 상선도 몇 척 와 있는 모양이었다. 정박해 있는 배들의 모양이 묘하게 조금씩 달랐다. 돛의 모양, 크기, 개수까지 모든 게 다양하고 개성적이었다.

실제로 그랬다. 이곳은 행정관들의 통제하에 소규모의 교역이 이루어지는 곳이었다. 다소 투박한 길을 걸으며 다연은 다양한 국적의 사람들을 종종 볼 수 있었다. 외양이 제국인들과 달랐던 것이다.

사람이야 원래 다 다르게 생긴 것이지만 그래도 굳이 말하자면 제국인들은 대체로 이목구비가 섬세한 편이었다. 미의식이라든지 복식의 유행 또한 그랬다. 노출이 있는 옷차림은 잘 하지 않았고 다양한 문양과 복잡한 수가 놓아진 옷을 입는 것을 좋아했다.

그러나 항구 근처를 돌아다니는 어떤 사람들은 생김부터 옷차림까지 모든 게 이국적이었다. 아무런 문양이 없는 흰 옷은 제국인들이 잘 입지 않는 것이었다. 지금 날씨에 입기엔 다소 노출이 과해 보이는 옷차림도 눈에 띄었다. 다연은 그들 모두를 신기해하며 조심스럽게 힐끔거렸다.

그리고 호기심 어린 얼굴로 걷던 다연이 마침내 머리를 호전적으로 틀어 올린 남방의 뱃사람들과 마주쳤을 때 기사들은 모두 움찔했다. 다연은 왜 그러냐는 듯 헛기침을 하는 기사들을 바라보았다.

한편 뜻밖에도 다연이 굉장히 호기심 어린 표정으로 주변에 집중하자 황제는 조금 뿌듯했다. 선박을 바라보며 감탄하는 시선이 굉장히 진지하고 세밀하다는 것을 황제는 느꼈다.

처음 다연이 이 세계에 적응하지 못하고 글자도 몰랐을 때는 알 수 없었다. 그러나 그녀와 대화를 해 나가기 시작하면서, 전쟁을 치르며, 서신을 주고받으며, 그녀가 만든 양식을 보면서 황제는 자연스럽게 알게 됐다.

황제 기준에도 다연은 지적 수준이 높았다. 어지간한 실무 관료보다 아내가 훨씬 유능하고 아내가 사고하는 방식이 훨씬 효율적인 것 같았다. 심지어 그녀는 거의 유일한 취미도 독서였다. 딱히 재미있어서라기보다는 그게 그녀가 시간을 보내는 방식인 것 같았다. 가끔 보면 거의 습관적으로 읽고 있었다. 여러 면모들이 누가 보아도 높은 수준의 교육을 받은 사람이었다.

사실이었다. 그녀는 원래도 차분하고 조용한 성격으로 학교 다닐 때에도 공부를 곧잘 하기는 했다. 수재는 아니었지만 적당히 모범적인 학생이었다. 다만 황제와 같은 높은 성취 욕구나 탐구심 같은 것은 타고나지 못했다. 그러나 눈앞의 광경은 그런 그녀에게마저 강한 지적 호기심을 자아낼 만큼 새롭고 또 생동감이 넘쳤던 것이다.

계속해서 주변을 두리번거리며 부둣가를 걷던 다연은 잠시 멈칫하며 발걸음을 멈추었다. 눈을 의심할 만큼 아름다운 외모의 여자를 보았기 때문이다. 미모로 제국을 평정할 수도 있을 것 같은 여자는 상단의 일원인 듯 화물 위에 앉아 장부를 보고 있었다.

세상에, 저 여자는 어느 나라 사람이길래 저렇게 요정처럼 생겼을까?

황제만큼 아름다운 사람을 볼 일은 없을 것 같았는데.

실례가 안 된다면 얼굴 빨개짐을 무릅쓰고 다가가 어디서 오셨냐고 국적을 묻고 싶어질 정도였다. 남의 얼굴을 이렇게 힐끔거리면 안 된다는 것을 알면서도 다연은 자꾸만 그쪽으로 눈길이 가는 것을 막지 못했다.

그와 동시에 황제는 기분이 급격하게 더러워진 듯했다. 외적인 것에는 매사 덤덤하던 그녀가 홀린 표정으로 누군가를 바라보자 엄청나게 짜증이 났던 것이다.

초록색 눈동자에 분노와 함께 깃들기 시작한 건 서운함이었다.

네가 어떻게 이럴 수 있어?

나도 한 번도 그런 눈으로 쳐다본 적 없으면서?

황제는 본인이 처음에 그녀를 바라봤던 눈은 생각지 못하고 무척이나 서러워했다.

사람들은 황후에게 제발 이러지 말아 달라고 고개를 조아리고 싶었다. 정신 차리고 지금 당신 남편 표정을 좀 보라고 말해 주고 싶었다. 지금 그렇게 멍 때리고 계실 때가 아닙니다! 저희들의 일상의 평화도 존중해 주십시오!

그리고 마침내 황제의 몹시 서운하고 언짢은 얼굴을 보게 된 다연은 멈칫했다. 화는 났는데 동시에 말을 걸어 달란 서러운 표정이었다.

"왜, 왜 그래요?"

"뭐가."

다연이 겨우 자신에게 관심을 주자 황제는 퉁명스럽게 대답했다. 다연은 뺨을 긁적이다가 눈치를 보며 말했다.

"……화났잖아요. 얼굴이 화난 것 같아요."

"……."

황제가 말이 없자 다연은 난처해하며 본인의 행동을 되돌아봤다.

설마 내가 다른 여자한테 한눈을 팔아서 그런가?

그래, 남편이 있는데 다른 여자를 그렇게 넋 놓고 바라보는 건 내가 잘못……한 게 확실히 맞는 거야? 뭐야, 정말 맞는 거야?

딱히 꼬집어 말할 순 없지만 본인의 추측에 위화감을 느꼈던 다연이 다시 조심스럽게 물어보았다.

"미하일, 근데 정말 왜 화났어요?"

황제는 그녀를 빤히 바라보며 말했다.

346

"그러니깐."

"네?"

"나도 내가 정확히 어떤 부분에 화를 내야 하는지 정리 중이니까 재촉하지 말거라."

다연은 킥킥거리며 웃었다. 남편은 화법이 독특하지만 동시에 굉장히 직설적인 사람이었다. 저렇게 길게 돌려 말하는 건 화나지 않았거나 화내지 않겠다는 뜻이었다.

다연이 꾸물거리며 황제에게 잡혀 있는 손을 뺐다.

아니, 이것 하는 짓 좀 보게. 황제의 눈썹이 크게 휘었다.

그러나 다연은 아까보다 더 안 좋아진 표정을 보고도 웃기만 했다. 그녀는 수줍은 얼굴로 황제의 팔에 대놓고 매달리듯 두 팔로 팔짱을 꼈다. 기분 나빠하지 말란 그녀 나름의 표현이었다.

그리고 다연이 몸을 기대 오자 황제의 표정은 바로 풀어졌다. 솔직한 말로 너무 좋아했다.

아니, 그깟 팔짱이 대체 뭐라고.

금세 또 화사한 웃음으로 이 구역 최고 미모는 네가 아니라 바로 나였다고 혼자 조용히 경쟁 중인 황제를 보며 측근들은 고개를 저었다.

남들이 그러거나 말거나 둘은 또 만지고 깨물고 쪽쪽거리고 둘만의 세계를 열어 가는 중이었다. 길을 걸으면서도 그야말로 미친 듯이 꽁냥대고 있었다.

아니, 아무리 신혼이시라지만 정말 너무하신 것 아닙니까!!

쪽쪽에서 그치지 않고 마침내 뭐가 왔다 갔다 하는 것 같자 측근들은 몹시 분노하며 품 안에서 위장약을 찾았다. 그러면서도 눈앞의 드라마에서 끝까지 시선을 떼지 못하는 게 이제 거의 중독자 같았다.

일행은 한가롭게 항구의 풍경을 감상했다. 그 와중에 황제의 얼굴을 알아본 행정관이 낯빛이 하얗게 질려 인사를 하러 오려 했지만 황제는 되었다고 손을 저었다.

행정관이 오지도 못하고 그렇다고 가지도 못하고, 고개를 숙이지도 못하고 들지도 못하고 그 자리에서 쩔쩔매자 다연은 웃으면서도 그를 안됐단 얼굴로 바라보았다.

모든 것이 신기하고 재미있었다. 바닷사람들은 어딘가 거친 느낌을 주었으나 또 그만큼 호쾌한 분위기를 풍겼다. 낯선 사람들도, 커다란 배들도, 다양한 물건들도 모두 다연의 시선을 사로잡았지만 정말 그녀의 시선을 사로잡은 건 따로 있었다.

한참을 걷던 다연은 다시 또 멈추어 서서 어딘가를 물끄러미 바라보았다. 그리고 그녀의 시선 끝이 머무는 곳을 확인한 사람들은 가지각색의 반응을 보였다.

뱃사람들이 모여서 왁자지껄하게 술판을 벌이고 있었다.

다연을 잘 모르는 사람들은 대부분 헤르니야의 징표가 동물 애호가라고 생각한다. 그러나 다연을 꽤 오래 지켜본 황제와 다연의 측근들은 모두가 알았다. 헤르니야의 징표는 동물 애호가가 아니라 애주가였다.

"오호."

그녀가 짧은 감탄사를 냈다.

낭만과 멋을 숭배하는 기사들은 이 순간 자신들의 심장이 거세게 박동하는 것을 느꼈다. 그들은 너도나도 황후 앞에 비장하게 무릎을 꿇고 싶었다.

황후 폐하, 유약하고 못난 저희를 밟고 지나가십시오. 그리고 저들과 대작해 주십시오! 저희 대신 무찔러 달란 말입니다! 다 발라 버려요! 황후 폐하의 튼튼한 간은 바다사나이들도 무찌를 수 있습니다!

반면 그 감탄사를 들은 황제의 표정은 뭐라 말할 수 없이 떨떠름해졌다.

"미하일."

다연이 부르기가 무섭게 황제의 입에서는 대답부터 나왔다.

"꿈도 꾸지 말거라, 이 망나니야."

다연은 흠칫 놀랐다.

아니, 아직 제가 할 말을 입 밖으로 안 꺼낸 것 같은데…… 어떻게 아셨죠?

그녀는 얼굴을 찌푸렸다.

"음음, 선원들은 어떤 술을 마시는지 궁금한데요. 다른 나라의 술도 궁금하고요."

"그걸 꼭 마셔 봐야 아느냐? 내륙 지방보다 독한 술을 마시겠지."

황제가 이해할 수 없단 얼굴로 말하자 이번엔 다연의 표정도 좀 이상해졌다. 그녀는 아무 말도 하지 않았으나 그 표정이 의미하는 바는 명백했다. 거참, 뭘 모르시네, 라고 생각하고 있었다.

그 표정을 본 황제는 어이가 없었다.

이 주정뱅이가 진짜.

"네가 그날 어떤 술주정을 부렸는지 알면 너도 다시는 술을 입에 대고 싶지 않을 것이다."

황제가 또 신년 연회의 일을 들먹이자 다연은 가만히 입을 다물었다. 무슨 실수를 했는지 모르겠지만 황제는 정확히 알려 주지도 않으면서 그날 이후 다연을 주정뱅이, 술망나니라고 놀려 대곤 했다.

다연은 솔직한 말로 의심스러웠다. 자신의 얼마 안 되는 장점 중 하나가 얌전하고 평소와 다를 바 없는 술버릇이라고 생각해 왔기 때문이다.

심지어 그녀는 안 좋은 모습을 보여 주고 싶지 않다는 강박관념 때문에 남들 앞에서는 잘 취하지도 않았다. 의식적으로 허리를 더 꼿꼿하게 세우고 말도 또박또박하곤 했다. 정말로 많이 취해 봐야 그냥 얌전히 조는 것이 전부였다.

그날 그녀가 주량을 넘는 양의 술을 마신 것은 침대가 바로 코앞이었고 그만큼 황제가 편했기 때문이었다. 양껏 마시고 얌전히 잘 생각이었다.

오늘 재미있었다고 말한 것까지는 기억이 나는데 그 뒤에 뭐가 또 있었나?

그럴 리가 없는데.

그녀는 여전히 의혹을 해소하지 못하고 황제를 의심스럽게 바라보았다. 그리고 그 의혹은 어느 정도 사실이었다. 그녀는 그냥 좋아한다고 두어 번 말했을 뿐이었다. 황제는 참지 못하고 다음 날 집무실에서 측근들에게 자랑을 늘어놓았다.

고것이 어제 술이 취해서 몇 번이나 나를 좋아한다고 말했다. 원래 취중에 진담이 나온다고 가장 하고 싶은 말이 나오는 것 아니겠느냐?

그것참, 그렇게 말하고 싶었으면 맨정신일 때 할 것이지, 쑥스러워서 그러는 것이 분명하다. 너희도 알겠지만 다연이 원래 부끄럼이 많지 않느냐? 잔망스러운 것 같으니라고.

그런데 걔는 왜 술주정마저 이리 귀엽고 선한 것이냐? 이건 순둥이가 따로 없지 않느냐?

며칠이나 그 일만 떠올리면 웃음이 나올 정도로 좋아했으면서 황제는 또 다연 앞에서 약을 팔았다. 거칠어 보이는 뱃사람들은 모두 거나하게 취해 있었다. 얼굴이 벌겋게 달아오른 사람들이 대부분이었고 조절 능력을 잃었는지 다들 언성이 높았다.

여간 독한 술이 아닌 모양이었다. 식도나 위장이 멀쩡할지가 의문이었다. 연약한 아내가 저런 끔찍한 걸 마신다니 말리고 싶어졌다.

황제는 고개를 설레설레 저으며 말했다.

"내가 그날 너 하는 짓 때문에 그만 깜짝 놀라고 말았다."

"……."

"어찌나 놀랐는지 심장이 막 두근거리고 잠이 오지 않아서 혼났다."

정말로 깜짝 놀랐고 심장도 두근거렸고 잠도 한참 후에야 이룰 수 있었다. 온전히 사실만 말하고 있는데도 받아들이기에 따라 전혀 다르게 느껴지는 말이었다.

측근들은 시선을 교환했다.

좋아한단 말에 두근거렸으면서 꼭 해괴한 짓거리에 심장이 놀랐다는 것 같잖아.

정말 언변은 타고나는 것인가 봐.

다연은 여전히 의심의 한 조각을 버리지 못했으나 원래 기억이 안 나면 이길 도리가 없는 것이다. 결국엔 취한 사람만 바보가 되는 것이 폭음의 결말이었다.

"……제가 뭘 어쨌는데요."

다연이 심란한 표정으로 물었다. 그러나 황제는 제대로 대답해 줄 생각이 없었다.

"아내의 술버릇을 남편 된 자가 들추어야 되겠느냐? 묻어 두겠다."

"……."

"너무 걱정하지 말거라. 나는 네 어떤 모습도 모두 사랑하니."

내막을 알고 있는 측근들은 황제의 뻔뻔함과 놀라울 정도로 매끄러운 사기 실력에 혀를 내둘렀다.

처음엔 그저 가볍게 놀리려던 황제는 점점 진지해지기 시작했다. 예전에 비해 많이 나아졌지만 평소 생각해 오던 부분인지라 이번만큼은 특유의 잔소리를 억누를 수 없었던 것이다.

"내가 늘 말하는 것이지만 너는 네 몸을 좀 더 소중히 다룰 필요가 있다. 너 앞으로 네가 살아온 인생보다 더 오랜 시간 그 몸을 써야 한다는 건 아니냐? 지금도 툭하면 골골대는데 대체 나중엔 그 허술한 몸뚱어리를 어쩌려고 그러는 것이니?"

다 맞는 말인지라 다연은 선선히 고개를 끄덕였지만 황제의 말은 끝나지 않았다.

"건강한 신체가 재산이라고 한다면 너는 지금쯤 얼마 되지도 않는 재산을 마구 탕진해서 빚더미에 앉았을 것이다, 요 맹랑한 빚쟁이 같으니라고."

황제는 혀를 차면서 다연의 뺨을 살짝 꼬집듯이 잡았다 놓았다.

기사들은 현란하기 짝이 없는 황제의 비유에 고개를 끄덕이면서도 황후를 동병상련의 시선으로 바라보기 시작했다. 잔소리가 시작되자 남일 같지 않았던 것이다. 황제는 황후 말고는 딱히 봐주는 사람이 없는 독설가였지만 기사들을 굴릴 때는 특히 그 독설이 절정에 다다르곤 했다.

황제의 말은 그 뒤로도 한참을 멈추지 않았다.

술은 정말로 백해무익한 것이다, 지금 괜찮다고 앞으로도 괜찮을 것이라 과신하지 말거라, 내가 노년에 네 병수발을 들고 살게 만들 셈이냐? 넌 어째 걱정이 그렇게 많으면서 네 몸 걱정은 전혀 하질 않느냐? 네 몸을 차별하느냐? 허이고, 이것아, 이 망나니야, 그래, 귀엽다, 귀여워. 내가 너 보는 맛에 산다, 그건 솔직히 참 고맙다.

점점 사용하는 단어가 다채로워지는 것은 물론 종잡을 수 없어지고 있었다. 모두가 넋을 놓고 듣고 있는 그 순간, 다연은 결국 크게 웃음을 터뜨리고 말았다. 그리고 그녀가 소리 내어 웃자 황제가 뚱한 표정으로 입을 다물었다.

다연은 황제가 너무 웃겨서 참을 수 없었다. 진짜 잔소리도 이 정도 수준이면 재능이었다. 가끔은 정말로 궁금해서 물어보고 싶을 때가 있었다. 그렇게 말 많이 하면 안 힘들어요?

웃긴 것은 둘째 치고 다연은 이제 종종 다섯 살 많은 남편이 귀엽기까지 했다. 계속 킥킥 웃던 다연은 결국 충동을 참지 못하고 황제의 입술에 입을 맞추었다.

그러자 주변인들은 술렁거리기 시작했다.

왜 이 타이밍에 입을 맞추시는 거야?

말을 멈추질 않으니까 그냥 물리적으로 입을 틀어막아 버리신 게 아닐까? 원래도 황후 폐하는 손으로 자주 틀어막으시잖아.

근데 왜 저렇게 폐하를 사랑스럽단 표정으로 보셔? 나 정말 혹시나 해서 물어보는 건데 방금 우리 폐하가 사랑스러우셨어?

여기저기 황후의 행동에 대한 추측이 난무했다. 요즘따라 맥락을 잃어가는 건 황제뿐만이 아니었던 것이다. 황후는 정말 아무도 생각하지 못한 순간에 황제를 애정 어린 눈길로 보고 끌어안곤 했다.

그런데 이건 사실 자연스러운 일이었다.

원래 누군가를 진심으로 사랑하게 되면 그 사람을 보는 시선이 조금 달라진다.

사랑에 빠지는 계기는 다양하다. 처음에는 잘생긴 얼굴과 단정함에 끌릴지도 모른다.

그러나 그 사람을 정말로 사랑하게 되면 삐죽 튀어나온 턱수염에 웃게 된다. 셔츠의 구김에 눈길을 주게 된다. 자고 일어났을 때 보여 주는 새집 진 머리가 사랑스러워진다.

점의 위치를 기억하게 되고 없었던 점이 생겼을 때 신기해한다. 그 사람 손가락 마디에 있는 별것 아닌 굳은살을 매만지게 된다.

남들은 느끼지 못하는 감정을 느끼는 지점들이 생겨나 버린다.

온 동네를 휘젓고 꼬질꼬질해진 강아지는 지나가는 누군가의 눈에는 지저분할 수도 있다. 그런데 어떠한 사람에게만큼은 차마 혼낼 수 없는 사랑스러움인 것이다.

다연이 입을 맞추고 눈꼬리를 곱게 접으며 웃자 황제는 갑자기 흠흠, 헛기침을 했다. 뻔뻔하기로는 둘째가라면 서러운 황제는 내성적인 아내가 어리광을 피우거나 조금만 활짝 웃어도 맥을 못 췄다.

몹시 멋쩍어하던 그는 급하지만 깔끔한 마무리를 했다.

"그냥 몸을 좀 생각하라는 뜻이었다."

"음, 네. 알아요."

"나는 너랑 오래 같이 살고 싶단 말이다."

뭐가 또 재밌었는지 다연은 하하, 소리 내어 밝게 웃었다.

황제는 온전히 여행에 집중하겠다는 마음으로 이곳에 왔다. 그런데 주변에서는 황제가 모처럼 마음먹은 일을 전혀 도와주지 않았다. 교역소의 행정관들과 인근의 지방 귀족들이 쭈뼛거리며 사저로 찾아오기 시작한 것이다.

이것은 어쩌면 당연한 결과였다. 황제는 자신과 황후의 사저 방문을 딱히 주변에 알리지 않았다. 물론 인근의 유력 인사들은 이곳이 황실의 사저라는 것을 모두 알고 있었다. 그들은 저택 근처에 기사들이 돌아다니기 시작하자 한바탕 뒤집어졌지만 어찌 된 일인지 황제는 마주칠 때마다 인사나 보고는 되었다고 꺼지라는 것이었다.

그리고 평소와 다른 황제의 태도는 관료들과 지방 귀족들의 불안을 가중시켰다. 황제의 깐깐한 성정은 그 명성과 업적이 하루 이틀 내에 이루어진 것이 아니었다. 오랜 경험에 의하면 자신들은 지금쯤 혼이 나다 못해 가루가 되도록 까이고 있어야 했다. 대성통곡을 하는 이 하나 정도는 나왔어야 할 시점이었다.

아니 대체 나중에 얼마나 모질게 후려 패시려고 이러시나.

그들은 차라리 먼저 매를 맞자, 라는 자학적인 심정으로 저택에 모여들기 시작했다. 그리고 이 시키지도 않은 행동에 황제는 당연히 짜증을 냈다.

아니, 이것들이 대체 왜 이러느냐? 오지 말라니깐? 그냥 꺼지란 말이다.

그러나 그는 행정과 영지 돌아가는 사정을 의논하기 위해 찾아온 신하들을 끝내 외면하지는 못했다. 시간을 내 틈틈이 접견을 시작한 것이다.

그리고 황제가 바쁜 틈을 타 다연은 새로운 빅딜을 진행하는 중이었다. 상대는 놀랍게도 황제의 최측근, 시종장이었다.

황후가 어울리지도 않게 비밀스러운 고갯짓을 하며 나오라고 눈치를 주자 시종장은 당혹감을 느꼈다. 그리고 황후를 따라 슬그머니 복도로 빠져나왔을 때 그는 예상치 못한 인생의 위기에 봉착하고 말았다.

"시종장님."

"어찌 부르십니까, 황후 폐하."

시종장이 의아한 기색을 감추지 못하고 다연의 얼굴을 바라보았다. 그 태도는 한없이 정중했다. 시종장은 원래도 점잖고 온화한 인품으로 이름 높은 자였지만 다연에게는 유독 더 정중하고 다정했다.

황제를 오랜 시간 모셔 온 그는 황제를 인간적으로 존경하고 좋아했지만 객관적으로 자신의 황제가 옆에 있기 편한 사람은 아니라는 사실을 잘 알았다. 황제의 측근들이라면 모두 아는 사실로 그들은 대부분 황후에게 고마움과 호의를 가지고 있었다.

그리고 다연은 자신에게 호의를 품고 있는 사람의 인생에 해맑게 폭탄을 던졌다.

"저 돈 좀 빌려주세요."

"……예?"

"많이는 아니고요."

시종장의 얼굴이 몹시 괴상해졌다.

다연은 사실 사고 싶은 것이 있었다. 그러나 그녀는 수중에 돈이 없었고 평상시에는 돈이 필요한 일조차 없었다. 황궁 안에는 모든 게 있었고 필요한 것은 말만 하면 언제든 그녀 손안에 쥐어졌기 때문이다.

다연은 잘 몰랐지만 황제는 사실 얼마 전 황후궁으로 갈 예산에 인가를 끝마친 참이었다. 이제는 본인이 생각하는 것처럼 빈털터리가 아니었다는 뜻이다. 물론 그렇다 한들 그녀의 주머니에 지금 당장 돈이 없는 것은 마찬가지였다.

그리고 다연은 어렵게 생각하지 않았다. 황궁 내에서 황제 다음으로 알부자인 것처럼 보이는 시종장에게 돈을 꾸기로 한 것이다. 그것은 놀랍게도 매우 정확한 안목이었다.

"황후궁에 돌아가면 드릴게요. 많이는 아니어도 빌려주신 것 이상으로는 드릴게요."

"……예?"

"음, 제가 바로는 못 갚을 수도 있는데 그래도 조금만 시간을 주시면 꼭 드리겠습니다."

뭐, 황후궁 안에 있는 거 아무거나 갖다 팔면 되겠지. 아니면 황후 앞으로 배정되는 활동비 같은 게 있지 않을까?

그녀는 나름 깊은 고민을 거쳐 이야기하고 있었으나 다연이 말을 하면 할수록 시종장의 얼굴은 점점 불쌍해져 갔다. 그리고 마침내 그

녀의 입에서 어떤 얘기가 나왔을 때 시종장은 벌벌 떨며 무릎을 꿇고
말았다.

"이건 시종장님과 저만의 비밀로 해요."

"저, 저에게 왜, 왜 그러시옵니까."

시종장은 다연의 신발 끝을 잡고 애원했다.

"뭐가요? 왜 이러세요. 일어나세요. 누가 보겠어요."

다연은 당혹스러워하며 시종장의 팔을 잡고 일으켰다. 그는 일어
나면서도 다연에게 사정사정을 했다.

"황후 폐하야말로 저에게 왜 이러십니까. 저, 저는 황후 폐하와 비
밀을 나누는 그런 사이가 되고 싶지 않습니다. 누구 경을 치게 하려고
그러십니까? 제가 황후 폐하께 뭐 잘못한 게 있습니까?"

"……."

"아니, 폐하가 얼마나 무서운 분인지 모르십니까? 저를 제발 제명
에 죽게 해 주시옵소서. 저 좀 봐주십시오. 저는 조금만 더 일하다가
안전하게 은퇴하고 싶단 말입니다!"

시종장의 애원에 다연의 표정은 몹시 이상해졌다.

"아니, 시종장님…… 저는 그냥 농담을 한 건데요."

딱히 동네방네 소문이 나길 바란 것은 아니지만 그렇다고 목숨을
걸어야 할 비밀스러운 사안도 아니다. 조만간 갚을 테니 이번만 넘어
가 달라는 민망함의 표현이었다.

근데 뭐가 이렇게 절박해. 그리고 내 남편이 뭐가 그렇게 무섭다고.
알고 보면 얼마나 착하고 다정한 사람인데. 다연은 목을 벅벅 긁었다.
시종장은 그녀 말에 조금 정신을 차린 듯 간절하게 부탁했다.

"그런 농담 부탁이니 앞으로는 하지 말아 주십시오. 황후 폐하는
잘 모르시겠지만 저 심장이 안 좋습니다. 나이 들어서 작은 일에 막
벌렁벌렁합니다."

"……그렇게 나이 안 많으시잖아요."

그러나 시종장은 고개를 저었다. 그러더니 비장한 얼굴로 허리춤에서 무언가를 풀어냈다. 고급스러운 천으로 만든 돈주머니였다.

그는 그것을 그대로 다연에게 내밀더니 다시 한 번 허리를 숙였다.

"부탁이온데 그 돈 다 가지시옵소서."

고지식한 토마토는 몹시 당황했다.

"……왜 그러세요. 갚을게요."

시종장은 절박한 태도로 고개를 저었지만 이번엔 그녀 또한 쉽게 물러서지 않았다.

"갚고 싶은데요. 저 남한테 돈 빌리고 떼먹는 그런 사람 아니에요."

"저도 황후 폐하 그런 분 아니신 거 잘 압니다."

지방 귀족한테 사과나무를 팔라고 사파이어를 내미신 분 아닙니까. 돈이 없으면 접시를 닦아서라도 갚으실 고지식한 분이란 거 잘 압니다.

그러나 시종장은 여전히 절박했다.

그는 다연이 무서운 게 아니었다.

네가 감히 이 나라 황후에게 빚을 지웠느냐? 두 눈을 시퍼렇게 뜨고 따져 물을 황제가 무서웠다.

"저는 황후 폐하와 어떠한 금전 관계도 갖고 싶지 않사옵니다. 그러니 제발 가지시옵소서. 그 돈은 이미 제 돈이 아닙니다. 길 가다 주웠다 생각하소서. 부탁드리옵니다."

"……."

다연은 주머니를 한 번, 허리를 숙인 중년의 시종장을 한 번 차례로 바라보며 고민에 빠졌다.

그녀는 결국 어쩔 수 없단 표정으로 고개를 끄덕이며 주머니를 받아 품 안에 넣었다.

그제야 시종장이 살았다는 표정으로 털썩 주저앉았다.

순둥한 양아치의 탄생이었다.

이른 아침, 황제 부처는 식사를 하다 말고 실랑이를 벌이고 있었다. 발단은 황후였다.

"미하일, 오늘도 접견 있어요?"

다연이 묻자 황제는 약간 미안한 표정을 짓더니 고개를 끄덕였다.

"교역소 행정관들과 의논할 것이 있어서."

오랜 습관은 단번에 바꿀 수 있는 것이 아니었다.

꺼지라고 하였음에도 황제는 한번 시작한 일을 도무지 멈출 수가 없었다. 더구나 황제는 본디 전쟁보다는 외교나 교류에 관심이 많은 사람이었다.

조선술은 답보 중이었고 해상 교역은 진척이 더뎠다. 그러나 황제는 행정관들의 보고를 빙자한 하소연을 무척이나 관심 있게 들었다.

각국의 상인들을 만나고 다양한 문물을 접하는 이곳의 실무 관료들은 대체로 합리적이고 실용적인 사람들이었다. 그리고 그들은 머지않아 자신들의 이야기를 귀 기울여 듣는 황제가 무척이나 생각이 트여 있는 사람이라는 것을 알았다.

격식을 별로 따지지 않았다. 그들의 미숙한 예법이나 행색에도 관심이 없었다. 가끔 날카롭게 따져 묻는 황제는 오로지 문제의 해결에만 관심이 있었다.

그들은 곧 중앙으로 올라가는 보고서에는 굳이 담지 않았던 매우 사소한 고민들까지 가져오기 시작했다.

하지만 신혼여행지에서까지 일이라니 최악의 남편이라고 비난받아도 할 말이 없었다. 아내에게 죄스러운 마음이 들었던 그는 무거운 얼굴로 말했다.

"그렇지만 오전에 두어 시간 정도면 끝날 것이다. 오후 시간은 함께 보내자. 그래도 될까?"

다연은 늘 그랬듯 대수롭지 않게 고개를 끄덕였다. 그녀 생각엔 미안할 것이 못 됐다. 황제가 일을 하는 것은 다연뿐만 아니라 모두에게 너무나 자연스러운 일이었다. 그녀가 말을 꺼낸 것은 다른 목적이 있기 때문이었다.

"그런 것은 괜찮아요. 하실 일 있으면 저 신경 쓰지 말고 편하게 하셔도 돼요. 그런데 미하일."

"응?"

"미하일 일할 때 저 어제처럼 항구에 다녀와도 될까요? 좀만 구경하다 올게요."

"……."

황제는 순간적으로 대답하지 못했다. 예상치 못한 물음이기도 했지만 선뜻 그러라고 하고 싶지가 않았기 때문이다. 그는 다연이 자신이 없는 곳에서 위험에 노출될까 봐 늘 필요 이상의 스트레스를 받았다. 다시는 정신을 잃고 누워 있는 모습을 보고 싶지 않았다.

결국 황제는 노골적으로 싫은 기색을 내비쳤다.

"끝나고 나랑 같이 가면 안 되겠느냐? 서두르겠다. 금방 끝낼 수 있다."

그러나 다연은 고개를 내저었다.

"저 때문에 할 일을 제대로 못 하는 건 싫어요."

"음."

황제는 할 말을 고르느라 잠시 침묵했다.

온갖 눈꼴사나운 광경을 연출하던 황제 부처가 갑작스런 의견 차이를 보이기 시작하자 측근들은 눈치만 살폈다. 혹여 다툼으로 이어질까 걱정이 됐기 때문이다. 여행지에서 커플이 싸우는 것은 어디에

나 존재하는 흔한 일이었던 것이다.

　물론 황제와 황후는 연애 시절부터 다른 커플들에 비해 자주 싸우는 편은 아니었다. 다연이 어지간한 건 황제의 의견에 다 수긍했기 때문이다. 그런데 황후는 조용하고 다정한 성격을 가졌으면서도 한 번씩 고집을 부리거나 꽉 막힌 사람처럼 굴 때가 있었다. 그리고 그럴 때면 황제는 어김없이 다연에게 양보하고 굽혀 주었다.

　그런데 둘은 어느 순간부터 그 가끔 있던 싸움이라 하기엔 민망할 정도의 말다툼도 하지 않았다. 서로가 무척 다른 성격의 소유자라는 것을 점차 이해하게 되었기 때문이다. 차이에 집중하기 시작하면 싸울 거리는 끝도 없어진다. 서로를 상처 입히고 싶지 않은 마음만큼은 둘 다 같았다.

　황제는 솔직하게 왜 싫은지 이유를 설명했다.

　"음, 사실은 네가 나 없는 곳에 가 있는 게 몹시 불안하고 위험할까 봐 걱정이 된다."

　순간 다연의 표정이 흔들렸다. 황제가 안쓰러워 갈등에 빠진 것이다. 그 표정을 읽은 황제가 조금 더 말을 보탰다.

　"항구에는 제국인들만 있는 것도 아니지 않느냐. 나는 너를 위험한 곳에 혼자 보내고 싶지 않다."

　황제의 말은 사실 어딘가 모순적이었다. 혼자 가는 것이 아니라 기사들과 함께 갈 것이고 그토록 위험한 곳이었다면 어제도 가지 말았어야 했으며, 여행 자체를 오지 말았어야 했다.

　그는 그냥 불안한 것이다. 자신이 없는 곳에서 다연에게 무슨 일이 생길까 봐 초조한 것이다. 그리고 그 지나친 걱정들이 어디서부터 기인했는지 알고 있는 다연은 복잡한 표정으로 황제를 바라보았다.

　두 사람이 침묵하자 측근들은 어색한 표정을 지었다.

　솔직히 말하면 황제는 다연을 애지중지하다 못해 가끔은 집착증 환자 같았다. 말을 혼자 타는 것도 싫다니 관심과 걱정도 이 정도면 병이었다. 이러다가 황후 폐하가 답답해서 어느 날 훌쩍 가출을 하시진 않을까 측근들은 걱정이 이만저만이 아니었다.

잠시 말문이 막혔던 다연이 식기를 내려놓고 황제의 측근들을 바라봤다.

너희 폐하를 어떻게 좀 해 봐, 도움을 바라는 표정이었다.

그러나 그들은 의리 없게도 딴청을 피우며 황후를 외면했다. 그들은 이미 소유권 이전을 일찌감치 끝마친 상태였다. 이분은 이제 저희 폐하이기에 앞서 당신 남편입니다.

황제가 이쯤 말하면 다연은 보통 고개를 끄덕이며 수긍했다. 그녀는 황제의 다정하고 솔직한 말들에 약했다. 너무나도 사랑하는 사람이었다. 상대를 애지중지하고 있는 것은 그녀도 마찬가지였다. 황제가 본인의 마음을 말하고 설득하면 뭐든 해 주고 싶은 기분이 되었던 것이다.

그러나 이번에는 달랐다. 다연은 마음을 정하고는 씩씩한 얼굴로 황제에게 말했다.

"걱정하지 마세요. 기사들을 많이 데려갈게요."

"……꼭 그래야겠느냐?"

황제가 미련을 버리지 못하고 물었으나 다연은 웃어넘겼다.

"안에 있어 봐야 뭐 하겠어요?"

아니, 항상 안에 계시잖아요? 그럼 이제까진 도대체 안에서 뭘 하셨는데요?

오늘도 서로 열심히 과거와 정체성을 부정 중인 황제와 황후를 보며 측근들은 메마른 눈빛을 했다.

"너는 너무도 무심하여 내 마음을 모른다."

황제가 나지막이 내뱉는 말에 다연은 희미한 미소를 지었다.

그의 말은 틀렸다. 그녀는 황제의 마음을 모르지 않았다. 그와 같은 위험을 겪었고 같은 마음이기 때문이다. 다연은 그를 안심시켜 주고 싶었다.

"걱정하지 마세요. 저는 위험하지 않아요. 저 친구들 많은 거 몰라요?"

사람들은 잘 몰랐지만 혼인 의식 이후 다연의 힘은 훨씬 강해졌다. 무리해서 능력을 사용하고 며칠이나 의식을 잃었지만 그날 이후 오히려 제약이 없어진 기분이 들었다. 이 능력이 원래 이런 거였어? 본인마저 놀랄 정도였다. 다만 평화로운 황궁에서 힘자랑을 할 일이 딱히 없었을 뿐이다.

황제는 피식 웃으며 고개를 끄덕였으나 그 얼굴에는 여전히 먹구름이 가득했다. 그런 황제의 눈치를 슬금슬금 살피며 그녀가 오른손 주먹을 불끈 쥐었다. 그리고 창가를 향해 슬그머니 뻗으며 해맑게 외쳤다.

"동물 친구들아!"

방심하고 있던 사람들은 빵 터졌다. 저건 대체 뭐야?

황제도 순간 터질 뻔하였으나 그는 초인적인 인내심으로 웃지 않고 버텼다. 어떻게든 이 심각함을 유지하여 같이 나가고 싶었던 것이다.

다연은 황제를 웃게 해 주고 싶었으나 웃음은 황제를 제외한 다른 사람들에게만 퍼져 나갔다. 측근들은 참지 못하고 여기저기서 몸을 떨기 시작했다.

야, 우리 황후 폐하 조용하다고 한 사람 나와 봐라.

그런 사람들 다 모이라고 해서 방금 그거 보여 주고 싶다.

기분이 울적할 때마다 황후 폐하한테 저거 힘차게 외쳐 달라고 부탁하면 들어주실까?

측근들은 황후의 낯을 가리는 고도의 개그가 애석할 뿐이었다.

그러나 표정 관리를 포기한 측근들도, 심각함을 유지 중인 황제도 머지않아 벌어진 사태에는 입을 벌릴 수밖에 없었다.

창밖의 하늘은 점점 새카매졌다. 인근에 사는 거의 모든 새들이 저택으로 몰려들고 있었다. 심지어 동네 개들도 모여들고 있는 것 같았다. 개 짖는 소리가 여기저기서 요란하게 들려오기 시작했다.

모여든 새들이 하늘을 뒤덮어 사방이 어둑해질 정도가 되자 황제는 골치가 아픈 듯 손으로 이마를 짚었다. 아예 온 나라의 동물들을 불러 모을 기세였다. 정말 망나니가 따로 없네. 그가 한숨을 내쉬며 다연에게 말했다.

"알았으니까 제발 아무 때나 부르진 말거라."

결국 그에게서 동의를 이끌어 낸 다연이 빙긋 웃으며 동물들을 돌려보냈다.

황제가 접견을 위해 자리를 뜨자 다연은 기사들을 주렁주렁 매달고 항구로 향했다. 다연이 데리고 간 기사들은 저택에 남아 있는 기사들의 수보다 훨씬 많았다. 황제의 안위가 최우선인 호위의 원칙에는 맞지 않았으나 황제는 불안해서 어쩔 줄을 몰랐고 다연은 잠자코 고개를 끄덕였다.

측근들은 사실 황후가 왜 저러나 싶었다. 이 외출이 무리하단 뜻은 아니었다. 평소에 안 하던 짓이라는 이야기였다. 황후는 평상시 누가 끌어내지 않으면 천년만년 방 안에만 있을 수도 있는 사람 같았다. 사람들 사이에서는 루머가 퍼져 나가기 시작했다.

역시 폐하의 과도한 관심과 속박이 답답하셨던 거야.

이 사달이 날 줄 알았지, 폐하가 요즘 좀 심하긴 하셨잖아?

아냐, 얘들아. 황후 폐하는 어제 못 마신 술 생각이 나서 밤잠을 이루실 수 없었던 거야.

어디선가 등장한 이 황후 음주 나들이설은 점점 힘을 얻기 시작하더니 나중에는 기정사실화됐다.

어제 그 술이 정말로 궁금하셨나 보다. 세상에 이 유례없는 능동적인 외출의 이유가 술이라니 우리 황후 폐하 진짜 대단한 분이시다.

측근들은 숙덕거리면서도 어딘가 우울해 보이는 황제의 눈치를 살폈다.

접견은 황제의 생각보다도 일찍 끝나서 겨우 1시간을 넘겼을 뿐이었다. 밖으로 나온 황제는 의자에 앉아 턱을 괴더니 창밖을 보며 생각에 잠겼다. 별로 대단한 생각에 빠져 있는 것은 아니었다.

데리러 갈까?

아니, 근데 고것은 이것 조금을 못 기다려서 혼자 가다니 이렇게 야박할 수가 있나.

황제는 속으로 조금 투덜거렸다. 사실 그를 몹시 서운하게 만드는 것은 따로 있었다. 황제는 원래도 눈치가 굉장히 빠른 사람이었다. 괜히 나이 많은 대신들이 젊은 황제에게 꼼짝 못 하는 것이 아니었다.

황제가 일할 때 방해하고 싶지 않아하는 것은 그녀의 일관된 태도였다. 그녀는 그런 것에 서운해하거나 토라지지 않았다.

도리어 황제가 그 문제로 미안해하는 것을 몹시 싫어했다. 일인데 어쩔 수 없지 않냐는 것이었다. 오히려 항상 그의 과로를 걱정하고 염려해 주었다.

황제도 그 배려심을 익히 알았다. 다만 그는 이번만큼은 다르다는 것을 알았다. 그런 차원을 떠나 다연이 정말로 혼자 가고 싶어 한다는 것을 느꼈던 것이다.

데리러 가고 싶었지만 망설여지는 것은 그 때문이었다.

365

왠지 자신이 환영받지 못할 것 같은 느낌이 들었던 것이다.

"내가 너무 귀찮게 했나?"

황제가 혼잣말을 하듯 중얼거리며 물었다. 측근들은 난처해하며 아무도 대답하지 못했다. 그런 경향이 있는 것은 부정할 수 없는 사실이었기 때문이다. 황후가 몹시 수더분한 성격이기에 망정이지 저 정도로 하루 종일 달라붙어서 물고 빨고 치근덕대면 보통은 주먹이 날아올 것 같았다.

측근들의 침묵에서 그 대답을 이해한 황제는 한숨을 쉬며 머리를 긁적였다. 그리고 황제 또한 고민 끝에 다른 사람들과 같은 가설에 도착했다.

얘가 어제 그 술을 마시러 갔나?

이럴 줄 알았으면 한 잔 정도는 마시라고 할걸, 아니 그냥 두고 마시게 한 병 선물할 것을 너무 고루한 사람처럼 굴었다며 황제는 뒤늦은 후회를 했다.

루머는 이제 걷잡을 수 없었다. 모함은 남편도 하고 있었다. 그러나 사람들은 그것 외에는 밖으로 잘 나가지 않는 황후의 외출 동기를 찾을 수 없었던 것이다.

사실 다연은 술을 자주 마시는 편은 아니었다. 그런데 무척 즐겁게 마시면서도 자주 찾지 않고 선을 지키는 모습이 오히려 그녀를 고도의 애주가처럼 보이게 했다.

마신 것은 몇 번뿐이었으나 그 몇 번에서 보여 준 주량이 하도 강렬하여 황후의 이미지는 심각하게 왜곡되고 있었다. 기사들 사이에선 술로 이 세계를 제패할 일인자마냥 추앙받고 있었다. 다연이 알았으면 몹시 억울해할 모함들이었다.

한편 황제가 오랜만에 연애할 때처럼 땅굴을 파기 시작하자 시종장은 끼어들 필요성을 느꼈다. 사실 그는 짐작되는 부분이 있었다.

그리고 그 짐작을 말해서는 안 된다는 것도 눈치로 깨달았다.

어제까지는 황후 폐하와 비밀을 공유하는 사이가 되고 싶지 않다고 빌었으면서, 시종장은 의도치 않게 이 순간 다연과 비밀을 공유한 사이가 되고 말았다. 그게 황제를 진정으로 위하는 것임을 깨달았기 때문이다. 어쩔 수 없는 충신의 본능이었다.

"폐하, 황후 폐하는 폐하께서 여유롭게 일을 보시라고 일부러 나가신 것입니다."

외출을 즐기시지 않음에도 말입니다. 원래가 그런 다정한 분이 아니십니까?

시종장이 다연을 치켜세우자 애처가는 고개를 크게 끄덕이며 동의를 표했다. 다른 시종들은 시종장이 보여 주는 연륜과 매끄럽다고밖에는 표현할 수 없는 상사의 정서 관리 능력에 감탄했다.

그렇게 모두를 당혹스럽게 한 황후의 외출은 오래 걸리지 않았다. 실로 짧은 시간이었으나 혼자 남은 황제가 어찌나 버림받은 사람처럼 고독해하는지 부인이 없는 사람들은 서러워서 살 수가 없었다.

황제의 한숨에 땅이 꺼지진 않을까 바닥을 노려보고 있던 측근들은 황후가 예상보다 훨씬 빨리 오자 구세주를 만난 듯 너도나도 반가운 얼굴을 했다.

안으로 들어오던 다연은 황제를 발견하고 빙긋 웃었다. 그리고 황제의 이름을 불렀다.

"미하일."

눈꼬리를 접으며 웃는 그녀는 기분이 좋아 보였다. 뭐가 저렇게 신날까? 황제는 다소 심술을 부리려 했었다. 그러나 다연이 활짝 웃는 얼굴로 그에게 다가오자 어쩌지 못하고 웃음을 흘리고 말았다.

황후 폐하가 오셨으니 이제 됐어! 황후 폐하 만세! 이제 더 이상 바닥이 꺼질까 봐 걱정할 일은 없을 거야!

알 수 없는 믿음으로 가득 찬 시종 집단과 기사 집단은 안도의 한숨을 내쉬며 자리를 피했다.

한편 즐거운 표정으로 뛰어온 다연은 황제가 앉아 있는 의자 뒤로 가더니 그를 꼭 끌어안았다. 황제는 피식 웃으며 자신의 몸을 감싼 팔을 매만졌다.

"······."

참 이상한 일이었다. 사람에게서 정말로 빛이 날 리는 없을 것이다. 신은 인간에게 그런 것을 허락하지 않았다. 그런데 그는 언제부턴가 아내가 웃으면 가슴속에 밝은 빛이 드리우는 듯한 기분을 느끼곤 했다. 그 안에 간지러운 봄바람이 불고 물줄기가 흐른다.

마음속에 남아 있는 어둠을 거두어 주고 싶다는 생각은 자신이 한 것이었는데 의외로 그 재능은 자신이 아니라 아내 쪽이 가지고 있는 듯했다. 저 웃는 얼굴을 보면 언제나 기분이 좋아졌다. 무리한 게 아니라면 계속 웃어 달라고, 그렇게 부탁하고 싶었다.

"잘 다녀왔어? 재미있었니?"

다소 서운해하였으면서, 조금의 내색도 하지 않고 그는 다연에게 다정히 물었다. 그리고 그녀는 굉장히 정답에 가까운 발언을 돌려주었다.

"아니요, 미하일이 없어서 별로 재미없었어요."

황제는 조금 이상하단 얼굴로 그녀를 돌아봤다. 얘가 왜 또 이렇게 예쁜 말을 하지? 싶었던 것이다.

그러나 그 시선을 이해하였으면서도 다연은 웃기만 했다. 그 웃음은 어딘가 조금 멋쩍어 보였다.

"되게 일찍 끝났네요? 전 미하일 끝나기 전에 오고 싶어서 서둘러 다녀왔는데."

"왜?"

그 말이 또 어딘가 이상하게 들렸던 황제가 의아해하며 물었지만 다연은 제대로 대답해 주지 않았다. 난처하게 웃으며 머뭇거리는 것이 무언가를 고민하는 사람처럼 보였다.

정말이었다. 그녀는 사실 황제를 놀라게 해 주고 싶었다. 시간이 있었다면 어떤 방식으로 전해 줄지 더 고민을 하였을 것이다. 그러나 그런 계산된 행동은 역시 그녀와 맞지 않았다. 이것 조금 숨기는 것도 그녀에게는 몹시 불편했다.

다연은 황제를 안고 있던 팔을 풀고 옆에 있는 의자를 끌어왔다. 그녀가 할 말이 있는 듯 자신을 마주 보고 앉자 황제는 이제 아예 인상을 찌푸리기 시작했다. 오늘도 새벽같이 일어나더니 아내는 오전 내내 이상한 짓만 하고 있었던 것이다.

대체 왜 이러는 거야?

아리송한 표정을 짓던 황제는 결국 참지 못하고 묻고 말았다.

"너 오늘 대체 왜 그러는 것이니?"

"……제가 뭘요?"

"그러니까 말이다."

"네?"

"뭔지 잘 모르겠지만 안 하던 짓을 하고 있지 않느냐."

다연은 곤란한 표정으로 뺨을 긁적였다. 그렇게 티가 났나 싶었던 것이다. 그러나 이어진 황제의 말에는 푸핫, 웃고 말았다.

"내가 뭔가 잘못한 게 있다면 그냥 말로 하거라."

"뭐예요. 그게. 그런 거 없어요."

한참을 웃던 다연은 웃음을 갈무리하고 황제에게 말했다.

"음, 사실은요."

그녀가 말을 시작하자 황제는 무척이나 진지한 표정으로 고개를 끄덕였다. 어떤 말을 하든 들을 준비가 되었다는 신호였다. 그러나 그녀가 품 안에서 무언가를 주섬주섬 꺼내자 그 표정은 다시 의아한 것으로 바뀌고 말았다.

"실은 미하일, 제가 사고 싶은 게 있어서 항구에 다녀왔어요. 외국 상인들이 오가는 곳이니 신기하고 좋은 물건들이 많을 것 같더라고요."

자신이 사기를 당할까 봐 같이 간 기사들이 사사건건 간섭하며 도 와줬다고 사족을 늘어놓는 다연은 좀 쑥스러운 얼굴이었다. 그 횡설 수설하는 말을 듣고 있는 건지 아닌 건지 황제는 이제 그녀가 손에 들 고 있는 것을 뚫어져라 바라보고 있었다.

"마음이 좀 급해서 생각만큼 꼼꼼하게 고르진 못했지만."

"……."

"저도 미하일한테 선물을 하고 싶었거든요."

다연이 황제에게 자신이 하고 있는 반지를 들어 보였다.

할 말을 잃은 듯한 황제의 얼굴을 보면서 그녀는 조금 서글퍼졌다. 그가 이제껏 자신에게 해 준 진귀한 것들에 비해 준비한 선물이 보잘 것없게 느껴졌기 때문이다. 이 대단한 남자에게는 해 줄 수 있는 게 별로 없다.

그러나 황제는 어차피 모든 것을 다 가진 남자였다. 부족한 것도 못 구할 것도 없을 터였다.

또한 어떠한 금은보화를 준비했다 하여도 그의 옆에 갖다 대면 자 신의 눈에는 다 누더기같이 보일 테지. 자신에게 그라는 사람보다 가 치 있는 건 세상에 존재하지 않기에. 그보다 찬란하게 빛나는 보석 같 은 건 자신의 세상에 없었기에.

중요한 건 원래 마음이잖아.

어떻게 주든, 무엇을 주든 이 남자는 기뻐해 줄 거야. 이 사람은 그 런 사람이잖아.

다연은 오전에 나가 사 온 선물을 조심스럽게 내밀었다. 금속 펜촉을 갈아 쓰는 필기구였다. 깃펜만큼 흔하지는 않았지만 황제가 못 구할 물건은 아니었고 없는 물건도 아니었다. 그는 일중독자였고 장비의 중요성을 아는 남자였다. 이미 엄청나게 다양한 필기구를 보유하고 있다는 뜻이다.

다연도 그 사실을 모르지는 않았다. 그런데도 그녀가 이것을 택한 이유는 그가 하루 중에 가장 많은 시간을 보내는 곳이 집무실 서류의 산 앞이기 때문이었다.

이 남자가 가장 오래 앉는 자리. 눈길이 자주 닿는 곳.

가장 쓰임이 많을 법한 물건. 평범하고도 일상적인 그런 물건.

아무렇게나 던져 놓아도 좋고 험하게 다루어 줘도 좋았다. 너무 많이 쓰인 나머지 빨리 낡고 손때가 탔으면 좋겠다. 흠집이 났으면 좋겠다. 어서 여기에 세월이 묻었으면 좋겠다. 그의 것이 되었으면 좋겠어.

그녀는 선물을 고르며 그런 생각들을 했다.

황제는 일단 고개를 끄덕였다. 그리고 조심스럽게 케이스를 열더니 그 안을 세심하게 바라보았다. 펜촉은 여러 개가 있었다. 모양은 조금씩 달랐다. 익숙한 구성이었으나 이국에서 건너온 것임을 증명하듯 펜대에선 어딘가 낯선 정취가 풍겼다.

다연이 황제의 반응을 살피더니 조심스럽게 덧붙였다.

"사실은 이거 제 결혼 선물이에요. 너무 늦었지만."

그 말에 황제는 놀란 표정으로 다연을 바라봤다. 그런 황제에게 다연은 부드럽게 웃으며 말했다.

"미하일, 나랑 결혼해 주어서 고마워요. 만나서 행복하고 내 옆에 있어 줘서 정말로 고마워요."

"……."

"별거 아니지만 일할 때 쓰라고요. 진짜 막 쓰세요. 망가지면 제가 또 사 줄게요."

그런데 그녀의 농담 섞인 말에도 황제는 아무런 대답을 하지 못했다. 망연히 다연의 얼굴을 보던 황제는 이번에는 심각한 표정으로 케이스 안의 펜대를 노려보았다. 어찌나 인상을 쓰고 있는지 거의 원수진 사람 같은 표정이었다.

뭐가 잘못됐나?

황제의 침묵이 길어지자 눈치를 살피던 다연이 선물의 이상 유무를 확인하기 위해 손을 뻗었다. 그러나 황제는 그녀의 손길을 피하듯 재빠르게 선물을 제 품으로 가져갔다. 뺏기지 않으려는 사람 같은 태도였다.

"내 거야."

난데없는 소유권 주장에 당황하던 다연이 곧 농담이라는 것을 알아채고 웃으면서 물었다.

"……혹시 감동받았어요?"

황제는 말없이 고개를 여러 번 끄덕였다.

그는 사실 다연에게서 처음 선물을 받아 보는 것이었다. 이런 걸 받을 거라고 생각해 본 적이 없어 그는 몹시 당황했지만 동시에 기쁘다는 감정을 느끼고 있었다. 이럴 때 어떤 말을 해야 할지 도통 알 수 없었다.

그 이상한 표정을 보며 다연은 드물게도 황제를 놀렸다.

"웃는 거예요, 우는 거예요?"

황제는 이 와중에 또 그 농담을 받았다.

"어떻게 할까. 어떻게 해야 이 기분을 표현할 수 있을지 고민 중이다. 네가 알려 주면 그대로 하겠다."

다연은 킥킥거리며 웃었다. 뭘 또 물어봐, 당연히 웃는 게 좋지.

다연은 대답하는 대신 직접 황제를 웃게 해 주기로 했다.

내가 다 웃게 하는 방법이 있지. 다연은 자신이 있었다.

그녀는 의자를 황제 쪽으로 바싹 당겨 아까보다 가까이에 앉았다. 그리고 손을 모아 그의 귓가에 속삭였다.

"우리 앞으로도 사이좋게 지내자."

꼭 어린아이 같은 말이었다. 애들이 다투고 화해를 하면서 우리 앞으로는 싸우지 말자, 하는 것 같았다.

그리고 다연의 바람처럼 황제는 그 말에 피식 웃고 말았다. 왜인지는 정확히 모른다. 남에게 반말을 들어 본 적이 까마득해서일까?

이름을 처음 불렀을 때도 흠칫 놀라던 황제는 다연이 존대어를 쓰지 않으면 생경해했다. 가끔씩 그녀가 잠결에 반말을 흘리면 더 해 봐, 시켜 놓고 가만히 듣고 있기도 했다. 그 느낌이 신기하고도 재밌는 모양이었다.

그러나 자주 해 주진 말아야지. 왜인지 구두쇠 같은 생각을 하고 그런 자신이 우스워서 다연은 흠, 헛기침을 했다.

하지만 지금은 아끼지 말아야 할 때였다. 다연은 황제의 손을 가만히 잡고 시선을 마주했다. 그리고 마음을 다해 말했다.

"내가 더 잘해 줄게. 우리 행복하게 살자."

그 진심을 다 바친 말에 황제는 귀를 발갛게 물들이고 고개를 끄덕이고 말았다.

외전 2.
황궁의 시간

혼인 의식 이후 황궁의 분위기는 초상집 같았다. 황후가 무의식을 헤매는 동안 황제는 웃음을 잃었다. 차가운 얼굴로 국무회의에 참석하여 일정을 소화하는 그들의 황제에게 대신들은 감히 어떠한 위로도 어떠한 직언도 올리지 못했다.

사람들은 생각하기 시작했다.

이 사건의 책임자는 과연 누구일까?

단순한 계산으로는 신전과 사제, 또 북부의 카이온 영주일 것이다. 그러나 이 순간 정말로 책임을 통감하는 이는 따로 있었다. 신전 건물에 모진 화풀이를 하고 한동안 두문불출하며 근무 태만을 실천하던 근위대장이었다.

그는 황후가 의식을 회복했다는 소식이 있은 지 하루 만에 황제의 집무실을 찾았다.

"뭐냐."

황제는 오랜만에 얼굴을 내비치는 근위대장에게 까칠하게 물었다.

황제는 근무 태만이나 무단이탈 같은 것에는 자비가 없었다. 측근들 중에 무능한 자는 없었으며 무책임한 자들은 아예 취급조차 하지 않았던 것이다.

그러나 어떤 나날을 보내고 있었는지 근위대장의 낯빛은 어두웠고 굉장히 초췌했다. 이 순간 시종들도, 기사들도 그저 숨을 죽이고 사태를 관망할 뿐이었다.

시종장은 오늘도 역시 칼잡이들은 눈치가 없다고 생각하고 있었다. 황제는 지난 며칠간 주변 사람들이 지켜보기에도 괴로운 하루하루를 보냈다. 갓 결혼한 아내가 평온한 얼굴로 의식을 잃은 뒤 그는 지옥을 헤맸다.

황후가 눈을 뜬 것은 겨우 어제였다. 황제는 아직도 불안한 마음이 채 가시지 않은 상태였다. 바로 조금 전까지도 아내가 식사를 제대로 하지 못한다며 궁의에게 성을 냈으며 안색이 좋지 못하다고 걱정을 내비쳤다. 그런데 근위대장은 잠깐의 여유도 두지 않고 황제의 집무실을 찾아온 것이었다.

그러나 꺼칠한 안색의 근위대장이 칼을 뽑아 들더니 바닥에 내려놓고 무릎을 꿇었을 때 시종장은 물론 지켜보던 모든 사람들은 당황하고 말았다. 차가운 얼굴을 하고 있던 황제의 눈썹이 크게 휘었다.

"황후 폐하가 의식을 회복하셨다는 소식을 들었습니다. 헤르니야의 은총에 진실로 감사드립니다."

"……."

"그러나 폐하, 근위대가 두 분을 제대로 호위하지 못하고 위험에 처하게 한 점, 황실의 명예를 실추했다는 것은 부인할 수 없는 과실입니다. 부디 근위대장인 제 목숨으로 그 죄를 처벌해 주십시오."

그는 헤르고니아를 수색하는 동안, 황제 부처의 행방을 알 수 없는 그 하룻밤 사이 지옥을 헤맸던 것이다. 황후가 정신을 차리지 못하는 사이 죄책감으로 괴로워했던 사람은 황제뿐이 아니었다.

지켜보던 사람들은 숨을 죽였다.

이것은 어떻게 보면 참 모순적인 일이었다. 황제와 황후가 위험에 처했다. 둘 다 무사한 것은 어찌 보면 기적이었다. 황후에게 만약 숨겨진 능력이 없었다면 그들의 목숨을 장담하기는 어려웠을지도 모른다.

그러나 황궁 기사단이 그 순간 완벽한 호위를 해내지 못했다고 해서 그들이 최선 또한 다하지 못했다고 말할 수 있을까? 어떠한 사람들은 그들을 비난하고 책임을 물어야 한다고 주장할 수도 있다. 그것이 틀렸다고 말하고자 함이 아니다. 그런 시각은 어디에나 존재한다는 것을 말하고 싶다. 그것은 결과론적인 사고였다.

그날 유능하고 앞날이 창창한 기사 여럿이 목숨을 잃었다. 자신들의 목숨보다는 황제의 목숨이 중요했기에 그들은 주저하지 않고 몸을 던졌다. 가장 먼저 사제에게 몸을 던진 기사는 시신이 너무 심하게 훼손되어 유가족에게 보이기가 힘들 정도였다.

사제는 주모자였고 경위 조사를 위해 생포가 필요한 인물이었다. 그러나 살릴 수 없었다. 그럴 만한 여유가 없을 정도로 격렬한 싸움이었던 것이다. 쟁쟁한 실력의 기사들은 결국 사제를 제압하여 그 자리에서 검을 꽂았다. 그러나 기사단은 그사이 다른 괴한들이 황제의 뒤를 쫓는 것을 허용하고 말았다.

수많은 이들이 목숨을 잃은 그 현장을 두고 무조건 그들이 최선을 다하지 못했다고 단정할 수는 없을 것이다. 어쩌면 그것은 능력 이상을 쏟아부은 최선이었을 수도 있다. 그러나 사람들은 때로 과정이 아닌 결과를 가지고 책임을 묻는다. 그것이 조직이었다. 그리고 조직 안에서 직책을 가진 자가 짊어져야 하는 무게였다.

책임을 질 정도로 잘못한 사람은 아무도 없다. 그러나 결과가 잘못

되었다면 반드시 누군가에게 책임을 지워 사태를 종결지으려 하는 것, 그런 다음에야 다른 의제를 시작하는 것, 그것은 바로 거대 조직이 가지고 있는 비열한 생태였다.

그래서 사람들은 이 순간을 안타까워하면서도 고개를 떨궜다. 그들도 근위대장이 면피를 할 수는 없다고 생각한 것이다.

"……."

한편 황제는 말없이 근위대장을 바라보고 있었다.

차가운 표정의 황제가 무슨 생각을 하고 있는지는 알 수 없다. 황제의 최측근인 시종장마저도 이 순간 황제의 내심이 무엇인지를 알기 어렵다고 생각했다.

근위대장의 목을 베어 달라는 청이 있은 지 한참 후 마침내 황제는 입을 열었다.

"근위대장."

"……예, 폐하."

"그날, 황궁 근위대는 왜 나와 황후의 지척에 있지 않고 멀리 떨어져 있었는가."

근위대장은 여전히 고개를 들지 못했다. 그 침묵의 시간 동안 황제는 여전히 알 수 없는 표정으로 근위대장의 대답을 기다리고 있었다.

그리고 한참 뒤 근위대장이 평소와 달리 몹시 작고 떨리는 목소리로 대답을 올렸다.

"……의식의 장소에는 대신관과 혼인의 당사자만이 들어가는 것이 관례이기 때문입니다."

황제는 깊은 한숨을 쉬며 천장을 쳐다봤다. 또 무척이나 스트레스가 밀려오는 듯 인상을 쓰고 있었다. 황제의 생각을 다 읽을 수는 없었지만 시종장은 저 표정만큼은 잘 알았다. 그가 신하들을 멍청이라고 생각할 때 자주 짓는 표정이었다.

황제가 몇 번 더 한숨을 내쉬더니 말을 이었다.

"그래. 그리고 그 관례는 내 부친 때까지 모두 지켜 왔던 것이다. 심지어 황실과 신전의 관계가 최악이었던 시기에도 말이지."

"……."

"그러면 다시 한 번 묻겠다. 내가 너에게 선대 황제들이 모두 지켜 온 황실의 관례를 깰 권한을 주었느냐? 너에게는 감히 그럴 권위가 있느냐?"

근위대장은 바로 대답하지 못했으나 황제는 재촉하지 않고 기다렸다. 그리고 머지않아 근위대장이 무릎을 꿇고 있는 바닥에는 얼룩이 생기기 시작했다. 사람들은 곧 그것이 무엇인지를 알아챘다. 그는 눈물을 뚝뚝 흘리고 있었다.

근위대장이 아까보다 더 작고 떨리는 목소리로 대답했다.

"……그렇지 않습니다."

그 대답에 황제는 들고 있던 종이를 바닥에 내던졌다. 참고 있던 화가 터진 듯했다. 실로 오랜만에 목격하는 황제의 분노였다.

그런데 사람들은 예전처럼 그 분노가 두려운 것이 아니라 근위대장의 심경을 이해하고 말았다. 이상하게 마음이 괴롭고 눈물이 나려 했던 것이다.

다른 것을 집어 던지려다가 화를 억누른 듯 황제는 다시 한 번 천장을 바라보았다. 이윽고 마음을 다스린 황제가 근위대장을 노려보며 말을 이었다.

"그래. 잘 아는구나. 너에겐 그럴 권한이 없지. 그것은 내가 허락하지 않았기 때문이다. 그런데 너는 왜 네 권한 밖의 일로 나에게 목숨을 거두기를 청하느냐? 너는 그 정도로 사리분별이 안 되는 머저리란 말이냐?"

근위대장은 이제 아예 고개를 바닥에 파묻고 흐느끼고 있었다. 그러나 마침내 그는 엉망이 된 얼굴을 들었다. 자괴감과 분노가 가득한 얼굴은 황제에게 항의하듯 말했다.

"그러나 다시 그런 순간이 온다면 저는 저에게 그럴 권한이 없다 하여도 규칙 따위는 어길 것입니다. 황실의 원칙이 무엇이 중요합니까? 두 분을 호위할 수 없을 만큼 멀리 있었던 것은 부인할 수 없는 저의 죄입니다. 그것이 부끄럽고 후회스러워 참을 수 없습니다."

다소 불온한 말이었다. 사실은 황실모독죄였다.

면전에서 그 말을 들은 황도의 유일한 황족은 기가 막힌 듯했다. 어처구니가 없는 듯 몇 번이나 피식거리며 웃었다. 그러나 끝내 그 무례함을 나무라지는 않았다.

"번복하지 않겠다. 이미 말했듯 너에게 물을 죄는 없다. 그러나 근위대장이 중요하지 않다고 생각할 정도로 잘못된 황실의 원칙은 없애거나 바로잡아야 하겠지. 그렇다면 그것은 황실이 할 일이다. 나는 이 시간 이후로 황궁 기사단이 나와 황후를 호위할 수 없을 정도로 멀어지는 것은 허용하지 않겠다. 후대 황제의 혼례 또한 그러할 것이다."

"……"

"너의 죄책감은 결국 사사로운 것이다. 그것은 앞으로 살아가면서 네 능력껏 열심히 갚든지 말든지 알아서 하고 너 따위가 감히 나에게 처벌을 강요하지 말거라. 나는 사사로운 감정을 가지고 황실에 충성해 온 사람을 죽이지 않는다."

근위대장이 바닥에 떨구는 눈물은 점점 많아졌다. 그것을 한심하게 바라보며 혀를 차던 황제는 고개를 돌렸다.

"더 말하고 싶지 않다. 이 이상 나를 귀찮게 하지 말고 썩 꺼지거라."

황제가 축객하자 한참을 머뭇거리던 근위대장은 결국 검을 집어 들더니 황제에게 허리를 숙여 인사를 올리고 물러갔다.

근위대장이 나간 집무실은 침묵만이 감돌았다. 안에 있는 사람들의 표정은 제각각이었다. 그렇지만 그들의 마음에 들어찬 감정은 비슷했다. 마음이 아프고 슬펐다. 이상하게 먹먹했다. 그들은 황제를 이상한 표정으로 바라보다가 고개를 숙이기를 반복했다.

역시 괴로운 얼굴을 하고 시립해 있는 시종장에게 손짓을 한 것은 황제였다.

멈칫하던 시종장은 우선 황제가 바닥에 집어 던진 종이부터 주웠다. 그가 다가오더니 책상 위에 종이를 가만히 올려놓자 황제가 말했다. 여전히 짜증이 가시지 않은 얼굴이었다.

"저것 좀 쉬다 오라 그래."

"……예, 폐하."

"두어 달 어디 가서 수련을 하든지 요양을 하든지 아무튼 정신은 꼭 차리고 오라고 전하거라."

"……그리 이르겠습니다."

황제는 변함이 없었다. 오늘도 신하들이 다 마음에 안 드는 듯했다. 연신 혀를 차면서 구시렁거리던 그는 시종장에게 언젠가 했던 것과 비슷한 요지의 말을 했다.

"근위대장은 능력은 출중한데 사람이 너무 한결같아. 좋기만 해. 둔하고 수가 없고 도무지 정치 감각이라는 걸 찾아볼 수가 없단 말이다."

왜 다들 조용한데 지가 나서서 목을 베어 달라고 난리인 것이냐, 나보고 대체 어떻게 해 달라는 것이냐, 저런 게 바로 진상이 아니더냐, 저것이 정말 미쳤느냐?

황제가 몹시 신경질을 내자 시종장은 잠시 침묵했다.

결국 시종장도 언젠가와 비슷한 답변을 올렸다.

"그는 근위대장이 아닙니까. 또한 아직 한창 젊은 나이입니다…….

그러나 이번 일로 그도 많이 달라질 것이라 생각합니다."

짜증 난 얼굴로도 고개를 끄덕이며 다시 서류에 집중하는 자신의 황제를 시종장은 먹먹한 얼굴로 바라보았다.

✤

신혼여행을 다녀온 뒤 황제는 모두의 예상처럼 미친 듯이 일에 몰두하기 시작했다. 황궁에서 일하는 자라면 아무도 이 순간을 피해 갈 수 없었다.

반복되는 일상에 모두가 괴로워했지만 그중 특히 고통받는 이는 근위대 부대장인 베른하르트였다.

"폐하, 신전 동향에 대한 정기 보고서입니다."

근위대장이 휴가를 간 사이 대행직을 맡고 있는 베른하르트의 눈 밑은 어둑어둑했다. 근위대장이 이렇게 많은 업무를 하고 있었나 존경심을 느낄 지경이었다. 그는 한때 황제가 보는 앞에서 다연에게 검술을 가르치며 시종장에게 위장약을 나눔 받았다. 당시에는 본인의 처지를 비관했으나 이제는 알았다. 그때는 호시절이었다.

그는 젊은 나이에 부대장으로 임명되었다. 동료들 사이에서도 인정받고 있었고 1년 새 그의 위상은 가파르게 상승했다. 명예와 부 또한 거머쥐었다. 그러나 얻는 것이 있다면 반드시 잃는 것도 있는 게 세상 돌아가는 이치였다.

예전보다 눈에 띄게 소박해진 그의 머리숱에 시종들은 그만 입을 틀어막으며 눈물을 흘렸다. 모두는 내심 분개했다. 남의 일이 아니었다. 이게 바로 참혹한 산업재해의 현장이었다.

그러나 황제는 아무런 동정심을 느끼지 못하는지 보고서를 넘기며 깊은 한숨을 내쉬었다. 정보의 수준이 몹시 빈약하고 형식적이었기 때문이다. 별반 건질 것이 없었다. 신전 고위직이 계속 교체되고 있고 관계 또한 애매해졌으니 아마 한동안은 이럴 것이다.

황제는 예전부터 신전을 몹시 경계하면서도 신전 안에 자신의 사람들을 만들고 싶어 했다. 정치는 일차원적인 게 아니었다. 겉으로는 으르렁거리면서도 물밑에서는 식사를 하고 손을 잡을 수 있어야 했다. 눈과 귀가 되어 줄 사람들은 많을수록 좋았다.

근위대장을 자주 왕래하게 한 것은 그런 의도의 일환이었다. 그런데 오며 가며 안면이나 익히라고 보내 놨더니 근위대장은 이번에 신전 건물을 파괴하며 신전과의 관계도 함께 파괴했다. 실로 황궁 기사단의 대표자다운 파괴력이었다.

그 눈치 없이 우직한 것 같으니라고.

황제는 고개를 설레설레 저으면서도 피식 웃었다. 황제는 보고서를 덮으며 베른하르트에게 이만 나가 보라는 손짓을 했다. 비교적 빠른 퇴실 명령이었다.

잔뜩 긴장하고 있던 베른하르트는 금세 밝은 얼굴을 했으나 측근들의 눈에는 이 모든 게 다 애잔하게만 보일 뿐이었다.

잠시 생각에 잠겨 있던 황제는 이번에는 시종들을 향해 황후의 위치를 물었다.

"다연은? 또 재무부 청사에 가 있느냐?"

미리 위치를 파악해 두었던 시종 하나가 재빨리 답변을 고해 올렸다.

"오전에 잠깐 재무부에 가셨다가 지금은 황후궁 후원에 계십니다."

황제는 고개를 끄덕이며 자리에서 일어섰다.

정신없이 일하다 보니 벌써 점심때였다. 요즘따라 바쁜 자신의 아내와 식사를 하고 싶었다.

다연은 후원에서 봄 햇살을 맞으며 휴식을 취하고 있었다.

양탄자에 모로 누워 턱을 괴고 있는 그녀의 자세는 편안해 보였으나 표정만큼은 어딘가 곤란한 기색이 역력했다.

요란스럽게 날개를 푸드덕거리던 까마귀는 다연에게 뭔가를 호소하듯 몇 번이나 까악거렸다.

「마음에 안 들어! 하나같이 마음에 안 든다구! 이게 뭐야! 다 개떡 같잖아!」

다연은 까마귀를 심란하게 바라보았다. 이젠 정말 자기도 지쳤다는 얼굴이었다.

까마귀는 한 달이 넘도록 이름을 받지 못하고 있었다. 이 정도면 괜찮지 않나 싶어서 그녀가 내민 이름은 언제나 퇴짜를 맞았다.

「아오! 잘 좀 해 봐! 넌 왜 다 그따윈데!」

다연은 까마귀에게 고마움을 가지고 있었다. 그래서 잘해 주고 또 잘 지내고 싶었다. 그렇지만 계속되는 패악에 그녀는 이 순간 솔직하게 새어 나오는 마음의 소리를 막을 수 없었다.

"너는 성격이 어쩌다…… 음, 아니다."

큰 한숨을 쉬고 심각한 얼굴로 고민하던 다연은 갑자기 좋은 생각이 났는지 아! 하는 탄성을 냈다.

몇 보 뒤에 서서 황후가 영물과 대화하는 것을 신기하게 바라보고 있던 시녀들과 기사들은 귀를 쫑긋 세웠다.

"루루는 어때?"

에라이.

혹시 모를 기대감에 차 있던 기사들은 일제히 침통한 표정으로 고개를 저었다.

대체 그 흑마 이름에선 앞으로 몇 개의 이름이 더 파생되는 겁니까? 아, 그래도 솔직한 말로 이제까지 나온 이름 중에는 루루가 제일 괜찮았다.

기사들이 나름 객관적인 점수를 매기며 수군댔다.

그러나 까마귀는 이번에도 마음에 차지 않는지 소리를 꽥 지르며 거절했다.

「싫어! 다른 애들이랑 비슷하잖아!」

계속되는 거부와 타박에 다연은 깊은 한숨을 내쉬며 고개를 설레설레 저었다. 문득 그녀가 원망스럽다는 듯 까마귀에게 말했다.

"넌 너무 까다로운 것 같아."

……정말 그래서입니까?

정말 까망이, 아니 까마귀가 까다로워서입니까?

혹시 다른 문제가 있었던 건 아니고요?

예, 귀엽긴 한데요…… 정말 영물 이름 계속 그렇게 본인 취향대로 지으실 겁니까?

듣고 있던 기사들이 하나같이 몸서리치며 믿을 수 없단 눈을 했다.

그러나 이 순간 황후의 작명 센스를 소리 내어 비난할 수 있는 직위를 가진 자는 아무도 없었다. 결국 까마귀는 답답했는지 푸드덕거리면서 다연을 맹렬히 비난했다.

「성의가 없잖아! 이 멍충아! 이 바보야! 악! 이 무식아!」

그리고 황제가 등장한 것은 바로 그때였다.

그는 신녀를 말려 줄 수 있는 유일한 위치의 사람이었다. 그러나 날짐승에게까지 친절한 남자는 아니었다.

"다연, 또 저것에게 괴롭힘을 당하고 있었느냐."

단순히 황제가 나타난 것만으로도 까마귀는 주춤거리며 경계 태세에 들어갔다. 황제는 특유의 오만한 표정으로 그런 까마귀를 비웃었다. 언제 그런 표정을 지었냐는 듯 다정한 얼굴로 돌아온 황제는 응? 하며 다연에게 다시 물었다.

머리를 긁적이던 다연은 결국 침울한 얼굴로 남편에게 일러바쳤다.

몇 번이나 거절을 당하고 쌍욕을 먹으니 그녀도 힘이 빠졌던 것이다.

"……얘가 저보고 멍청하대요."

"……."

황제는 아내의 말에 아주 잠시 침묵했다.

그의 시각으로 봤을 때 다연은 싸움의 기술이 요만큼도 없었다. 기본이라는 게 전혀 안 되어 있었다. 발끈하거나 타격받았음을 보이는 순간 지고 들어가는 것이었다.

아무리 그래도 그렇지, 곰도 아니고 맹금류도 아닌 고작 까마귀한테 기에서 눌려서 어찌할꼬. 그러니 저것한테 황궁 나무를 자그마치 스물세 그루나 털렸지.

내심 혀를 차던 황제는 곧바로 아내의 고자질에 반응했다. 그가 가소롭단 표정으로 까마귀를 바라보자 까마귀는 또 총총거리며 조금씩 멀어졌다. 황제는 중얼거리는 건지 들으라는 건지 알 수 없는 태도로 지나가듯 말했다.

"어디 새대가리 주제에……."

그는 친절하게도 새에게 너는 새의 머리를 가지고 있음을 알려 주었다. 오늘도 정확히 사실만을 적시함으로써 남을 때려 패고 있었다.

까마귀가 인간 사회의 욕에 몹시 분노하며 까아악! 울었으나 황제는 태연했다. 기분이 상쾌해 보이기까지 했다.

어디서 새가 음침, 아니, 아름답게 우짖는구나, 이게 다 봄이 왔음을 알리는 것 아니겠느냐, 다연, 그렇지 않니? 조만간 너와 또 여행을 가고 싶다. 그는 화사하게 웃으며 귀를 후볐다.

원래 싸움이라는 건 말이 안 통하는 상대에게는 이길 도리가 없는 것이다. 그리고 까마귀는 정말로 황제와 말이 안 통했다. 황제는 그 사실을 본인에게 유리하게끔 잘 활용했다.

황제가 종종 본인 할 말만 주구장창 늘어놓고 까마귀가 뭐라고 하는지는 전혀 관심이 없으니 까마귀는 그때마다 답답해서 미치려고 했다. 황제를 무서워해 날아가면서도 화를 못 이기고 가아아아악! 소리를 지르곤 했다.

한편 주저앉아 있던 다연은 초롱초롱한 눈으로 황제를 우러러봤다. 그 눈빛을 알아챈 황제는 의아한 얼굴로 물었다.

"갑자기 왜 그렇게 보는 것이냐?"

"……아무것도 아니에요."

다연은 오늘도 남편의 패배를 모르는 전투력에 감탄하고 있었다. 황제와 함께라면 절대 억울한 경우를 당할 일은 없을 것 같았다. 권력과 무력 때문이 아니었다. 말 몇 마디만으로 세상 모두를 무릎 꿇릴 수 있을 것 같은 공격력이었다.

와, 까마귀도 이겼다. 미쳤다. 내 남편은 진짜 최고다.

다연도 황제처럼 객관을 상실했다. 그리고 앓고 있었다.

"미하일, 밥 같이 먹을까요?"

아내가 평소와 달리 어딘가 감동한 표정으로 수줍게 식사를 청하자 황제는 영문을 몰라 의아해했다. 그러면서도 웃는 얼굴로 그래, 고개를 끄덕였다.

한편 황후가 남들이 예상하지 못한 지점에서 감동에 빠져 있을 때 까마귀는 눈치를 보며 다시 다가왔다. 황제가 근처에 있을 땐 잘 나타나지도 않는지라 금방 날아가 버릴 줄 알았으나 욕망은 두려움도 극복하게 하는 모양이었다.

황제의 눈치를 보며 다연 옆을 맴돌던 까마귀는 채근했다.

「야, 이름 꼭 생각해 와. 이번엔 멋진 걸로.」

다연이 목을 벅벅 긁으며 대답했다.

"그래, 노력해 볼게."

「꼭! 나랑 약속했잖아!」

"아니…… 근데 너는 내가 어떻게 지어 줘도 다 싫다고만 하잖아."

글쎄, 그건 까망이, 아니, 까마귀 탓이 아니라니까요.

황후의 말만으로도 대화의 맥을 파악한 기사들과 시녀들은 답답해 미칠 것 같은 얼굴을 했다.

황제는 까마귀가 또 아내 곁을 맴돌기 시작하자 넌 아직도 뭐 뜯어먹을 게 남았냔 얼굴로 바라보았다.

전시에 아내를 홀랑 털어먹고 사사건건 신경을 긁었다는 것을 안다. 그렇지만 혼인 의식 때 멀리까지 날아와 도와주었다는 것도 들었기에 괘씸함 같은 건 남아 있지 않았다. 어지간히 영악한 것을 보면 정말로 영물은 영물인가 보다 할 뿐이지.

사실 황제 딴에는 많이 귀엽게 보아 주고 있는 것이었다. 물론 아무도 그렇게 느낄 수 없었지만 말이다.

한편 다연의 하소연에 그건 너 때문이잖아, 툴툴거리던 까마귀는 갑자기 생각이 났는지 말했다.

「이왕이면 나도 황제처럼 긴 이름이 갖고 싶어.」

"……뭐?"

다연은 뜻밖의 말을 들었다는 듯 괴상한 표정으로 까마귀를 바라봤다. 그러나 까마귀는 근사한 생각이라 느꼈는지 신이 나서 요구했다.

「미하일 드나르 알티우스같이 긴 이름이면 좋겠다!」

"……."

이게 정말 가지가지 하고 있었다. 과일 욕심은 물론 명예욕까지 두루 갖춘 까마귀를 보며 다연은 헛웃음을 흘렸다.

그 이상한 반응에 황제가 까마귀를 한 번 노려보고는 다연에게 왜? 물었다.

"아아, 음…… 긴 이름을 갖고 싶대요. 근데 좀 많이 긴 이름."

그녀는 적당히 생략할 것은 생략하여 말을 전했다. 아무리 그래도 까마귀의 목숨은 지켜 주어야 했다.

그리고 다연의 말에 주변에 있던 측근들은 탄식했다.

까망이, 아니 까마귀 아직도 상황 파악 안 됐네. 걷지도 못하는 사람한테 뛰라고 하고 있구나.

황제는 뭐 또 그런 쓸데없는 얘기를 듣고 앉았느냐는 표정이었다. 어쨌든 그는 성심성의껏 아내의 고민을 해결해 주었다.

"뭐, 대충 일이삼사오육칠 이런 식으로 만족할 때까지 길게길게 지어 주거라."

……그게 뭐야? 나빴어. 진짜 나빴어.

이 중에서 폐하가 제일 나빴어.

어린 시종들은 여기저기서 눈물을 훌쩍였다.

종을 가리지 않는 언어 폭력자는 그럼 이제 밥이나 먹으러 가자며 아내의 손을 상냥하게 이끌었다.

둘은 내궁 후원의 연못가에서 함께 식사했다. 내궁에는 황제의 집무실이 있었고 황후는 예전부터 이곳 후원의 연못을 좋아했다. 날이 좋을 때면 둘은 꽤 자주 이곳에서 데이트를 즐기곤 했다.

바람이 불자 다연의 머리칼이 조금씩 흩날리기 시작했다. 그게 귀찮았는지 그녀가 살짝 콧잔등을 찌푸리는 것을 황제는 웃으며 바라보았다. 머리칼 위에 작은 꽃잎이 하나 내려앉자 그 미소는 더욱 짙어졌다. 그렇지만 그녀가 식사를 끝마칠 때까지 황제는 아무 말도 하지 않고 지켜보기만 했다.

황제보다 조금 늦게 식사를 마친 다연이 식기를 내려놓자 시종들은 기다렸다는 듯 차를 내어 왔다.

"오후에는 뭘 할 것이냐? 또 재무부에 가느냐?"

황제가 다연에게 일정을 물으며 맞은편에서 바로 옆으로 옮겨 앉았다. 그리고 아까부터 몹시 신경이 쓰였던 다연의 머리를 쓸어 올리며 귀 뒤로 넘겨 주었다. 꽃잎도 조심스럽게 떼어 냈다. 너무나 부드럽고 다정한 손길이었다.

다연은 네네, 대수롭지 않게 대답하며 고개를 끄덕였다.

그녀는 입가심으로 차를 마시려 했다. 그러나 황제가 뺨과 목덜미에 입을 맞추며 못살게 굴자 금방 포기하고 찻잔을 내려놓았다. 남편을 살짝 흘겨보면서도 입가는 부드러운 미소를 그리고 있었다.

한편 황제가 또 대낮에 바깥에서 토마토를 조몰락거리기 시작하자 측근들은 먼 산을 바라보며 한숨을 내쉬었다. 자리를 피해 드려야 하나, 그들은 고민에 빠졌다. 저러다 말기도 하였기에 다들 쉽사리 결정을 내리지 못하고 있었다. 정작 당사자들은 주변 반응은 아랑곳하지 않고 몹시도 태연하고 편안한 얼굴이었다.

"다연, 너 너무 무리하는 것 아니니?"

문득 걱정이 된 황제가 다연을 물끄러미 바라보며 물었으나 다연은 웃으며 고개를 저었다.

황궁에는 이제 두 명의 요정이 살았다. 시간의 요정과 마감의 요정이었다.

시간의 요정과 부부 사이인 마감의 요정은 그냥 좀 단정한 얼굴일뿐, 요정이라고 불리기에는 약간 거리감이 있는 외모를 가지고 있었다. 사실은 마감의 중독자, 마감하는 오랑캐 정도로 부르는 게 옳을 것 같았다.

하지만 남편 쪽이 요정이니 그냥 다 같이 요정이라고 불러 주기로 하자, 뭐 어때.

황궁 사람들은 융통성 있게 생각했다.

"그렇게 무리 안 해요."

다연은 아니라며 고개를 저었으나 황제의 걱정스러운 얼굴은 괜찮

390

아질 줄 몰랐다. 애처가의 눈에는 어쩐지 그녀의 안색이 안 좋게만 보였던 것이다.

황제가 다연의 두 뺨을 손으로 어루만지며 말했다.

"피곤해 보여."

하하, 웃으며 괜찮다고 몇 번이나 남편을 안심시킨 다연은 자리에서 먼저 일어섰다.

자리를 뜨기 전 아쉬워하는 황제를 꼬옥 끌어안고 그녀가 말했다.

"우리 저녁에 봐요. 미하일."

"……응."

결국 황제도 마주 안고 웃었다. 몹시 설렌 소년 같은 얼굴이었다.

황제 부처가 여행을 다녀온 뒤 황궁 사람들은 무서운 상황을 겪어야만 했다.

황제가 일에 몰두하며 미친 듯이 관료들을 털어 대는 건 예상된 일이었다.

그것까진 괜찮았다. 그들의 황제는 원래 그런 사람이었으니까.

그런데 대체 왜 황후 폐하까지 이러시는 거랍니까……?

그녀가 연말에 이어 다시금 재무부 건물에 왕림했을 때 재무부 관료들은 몹시도 그녀를 반겼다. 열광에 가까운 반응이었다. 어느덧 월 마감 시즌이었기 때문이다.

다연은 셈이 빨랐고 겉보기와 다르게 일할 때만큼은 굉장히 꼼꼼했다. 표정 변화 하나 없이 일거리를 해치웠고 이 업무에 익숙한 재무부 관료들보다도 실수가 없었다. 객관적으로 매우 유능한 일꾼이었다는 뜻이다.

예전과 달리 다연 님에서 황후 폐하가 되어 버린 그녀가 불편할 법도 하건만 재무부 관료들은 대체로 그녀에게 친근하게 굴었다.

황후의 일관된 태도가 그럴 수밖에 없게 만들었다.

황후 폐하는 여전히 예전처럼 소파에 드러누워 눈을 붙이곤 했고 관료들이 사 온 불량 식품에 가까운 야식을 맛있어 하며 먹었다. 띵띵 부은 얼굴로 일어나서 매번 사람들을 놀라게 만들었다. 역시 동류가 분명했다.

이미 한번 연말 마감을 해 본 다연은 무서운 속도로 마감 업무를 해치웠다. 그 놀라운 속도는 겸손은 한 번뿐이라고 말하는 듯했다. 자신들보다 이 업무를 잘하는 황후를 보며 재무부 엘리트들은 무안해 지고 말았다.

그런데 이 마감의 요정은 마감이 끝나도 재무부 청사에서 떠나지 않았다. 사람들이 당혹감을 느낀 것은 그때쯤이었다. 조금씩 업무 영 역을 넓히던 다연은 나중에는 재무부가 가지고 있는 몇 년간의 자료 를 다 파악하려 들었던 것이다.

물론 황후의 태도는 몹시도 정중하고 조심스러웠다. 심지어 재무 대신에게 가서 위아래가 잘못된 이상한 허가의 절차까지 밟았다.

— 재무대신님, 제가 재무부 자료들을 좀 보고 싶은데요. 안 될까요?
— …….

중앙 관료가 황후의 요청을 거절할 수 있을 리가 없었다.

그럼에도 무해한 얼굴로 허락을 구하는 황후는 말만 정중했지, 양 아치가 따로 없었다.

오늘도 구석 자리에서 온갖 자료를 다 파헤치고 있는 황후를 보며 관료 하나는 마침내 쭈뼛거리며 막내 기사에게 다가갔다.

활발한 막내는 재무부 관료들에게 깊은 거리감을 가지고 있었다. 그는 이 장소와 기운이 잘 맞지 않았다. 음침했던 것이다. 막내의 시각에 밤에만 일하는 이들은 이미 인간이 아니었다.

이 건물의 귀기 어린 지박령이 틀림없다 생각해 온 자가 말을 걸자 그는 낯을 찌푸리며 몹시 경계했다.

"저기, 그런데 말이에요."

"왜 그러십니까."

"음, 제가 예전에 듣기론 황후 폐하가 몹시 게으른 분이시라고⋯⋯."

"⋯⋯지금 무슨 말이 하고 싶으신 겁니까?"

순해 보이기만 하던 기사단 막내는 날카롭게 눈을 떴다. 옆에서 귀를 쫑긋하고 있던 마리도 그랬다.

그들뿐만이 아니었다. 황후가 일을 하는 동안 있는 듯 없는 듯 숨을 죽이고 있던 황후의 측근들 모두가 그를 노려보고 있었다. 입 한번 잘못 놀렸다가 세상 하직해야 할 것 같은 분위기였다.

황제에게 깊은 영향을 받은 탓일까. 본인도 모르는 사이 깊게 앓게 된 사람들은 다들 어미새가 되어 있었다.

물론 그들은 내심 다연의 흉을 보기도 하고 혀를 차기도 했다. 그렇지만 까더라도 우리가 깔게. 우리 황후 폐하가 어떤 분인지 알지도 못하는 남이 까는 꼴은 이제 절대 못 본다.

다연이 겉보기처럼 마냥 순한 사람이 아니라는 것을 측근들은 다들 알고 있었다. 사실은 그 안에 꺾이지 않는 엄청난 고집이 있었고 당하기만 할 사람은 아니었다.

그렇지만 그녀는 보통의 황궁 사람들과는 접근 방식이 달랐다. 처음부터 권위를 내세워서 남의 무릎을 꿇리는 사람이 아니었고 우선은 선의를 가지고 사람을 대하려고 했다.

자기를 남들 앞에서 치켜세우고 싶지 않아 했고 과시하고 그런 체하는 것을 유치한 행동이라 여겼다. 그 결과가 좋지 않을 수 있다는 것을 뼈저리게 경험했으면서도 그 방식을 좀처럼 버리지 못했다. 그런 면에서 굉장히 고루한 성품의 사람이었다.

그런데 냉정한 이야기지만 대부분의 사람들은 그런 사람을 우습게 본다. 황궁에선 그렇게 행동해서는 안 됐다. 선의를 가지고 허허 웃으면 답답한 이라 여기고 짓밟고 비난하고 비수를 꽂으려 드는 사람들은 흔했던 것이다.

있는 듯 없는 듯 주변의 조형물처럼 자리를 지키던 사람들이 모두 세모눈을 뜨고 자신을 노려보자 관료는 크게 당황하며 헛기침을 했다.

"아니, 저는 그런 게 아니라…… 그냥 들었던 이야기와 성향이 너무 다르신 것 같아……."

"……지금 우리 황후 폐하의 성향을 논하십니까?"

막내는 까칠했다. 사실은 이런 게 다 텃세였다.

측근은 너희가 아니라 우리야, 이것들아.

말을 꺼냈던 재무부 관료는 깨갱 하더니 아까보다 훨씬 더 큰 헛기침을 하며 물러났다.

원래도 재무부와 기운이 맞지 않았던 막내는 괜히 자기 혼자 마음이 상하여 뚱한 얼굴을 했다. 그는 몹시 투덜거렸다.

여기, 정말 기분 나빠.

그런데 사실 지나친 의문 제기는 아니었다. 황후가 의욕적으로 일을 하기 시작하자 당황했던 것은 측근들도 마찬가지였던 것이다. 가끔은 그 열정이 황제에 버금가는 것 같았다.

우리 황후 폐하가 원래 이런 분이셨어?

모두는 종이를 쌓아 놓고 깊은 고뇌에 빠져 있는 황후를 메마른 눈빛으로 바라보았다. 황제와 닮아 보여서 무서웠다.

월루, 월루, 세루, 세루 노래를 부르며 살아오던 그녀는 진짜 거물 세금루팡이 될 수 있는 자리에 오르자 난데없이 건실한 삶을 살기 시작했다. 사실 남의 돈으로 호의호식하면서 살기에는 다소 양심적인 성격이었다.

이미 몇 번 그 능력을 증명해 보였지만 황후는 자료를 가공하는 데 특출한 능력을 가지고 있었다. 두서없이 나열된 날것의 숫자들을 가지고 현황과 문제점을 파악하는 데 탁월했다.

그녀는 가끔 숫자와 표가 가득한 종이 몇 장을 들고 황제의 집무실을 찾았다. 전부 다 본인이 만든 것이었다.

- 감소 폭이 매년 커져요. 하향세가 너무 뚜렷한데…… 이건 투입한 예산만큼의 효과가 없어요. 내년엔 올해보다 더 크게 감소할 거예요.
- 여긴 성장세가 무서울 정도인데 너무 지원이 없는 것 같아요. 조금만 증액해 보아도 괜찮지 않을까요?

그녀는 몹시 신중한 태도를 유지하면서도 거시적인 사회 흐름에 대해서는 어느 정도 확신을 갖고 있는 듯했다. 가끔은 발전 방향을 내다보는 사람 같았다. 단지 그 생각을 뒷받침할 만한 근거 자료를 찾기 위해 애쓰고 있을 뿐이었다.

그런데 숫자만을 가지고 말하려 들다가도 가끔은 스스로 회의감이 가득한 표정을 지었다.

- 왜 그런 표정이야?
- 이런 시각으로 접근하면 늘 강한 사람만 살아남아요. 약한 사람은 계속 배제된다고요.

현명한 황제는 아내가 무슨 고민을 하는지 대번에 알아들었다.

다연은 황실이 최소 비용으로 최대 효율을 낼 수 있는 부분들을 찾아 주고 있었다. 국고가 낭비되는 부분들을 찾으려 애썼다. 그리고 그 과정에서 소외되고 피해를 보는 사람들이 생기는 걸 걱정하는 것이었다.

황제는 그때마다 아내의 고민에 진지하게 답해 주었다.

－ 사람의 생각은 원래 다 다른 것이다. 많은 얘기를 들려줘. 결정권은 나에게 있고 책임도 내가 질 것이다. 또한 황실은 잘못된 결정을 수습할 여력이 있다.

황후가 자료를 하나 만들어서 가지고 오면 황제는 그걸 바탕으로 사람들을 화려하게 갈궜다. 원래도 대신들을 잘 조졌던 황제는 황후가 만들어 주는 아이템을 장착하고부터는 그야말로 무적이었다.

각 부처에서는 곡소리가 났다. 황제가 혼인을 하면 좀 나아질 거라 생각했는데 큰 오산이었다. 구원자라 생각했는데 복병이었다. 그게 바로 황후였다.

기사들과 시녀들은 머리를 쥐어뜯으며 서류를 보고 있는 황후를 딱하고도 또 따뜻한 시선으로 바라보았다.

"황후 폐하, 야식 드실래요?"

같이 야근 중이던 관료 하나가 근처에 다가오더니 인상을 쓰고 있던 황후를 꼬셨다. 황후가 금세 헤헤, 웃으며 고개를 끄덕이자 사람들은 터져 나오는 웃음을 참느라 애썼다.

그 사람이 어떤 사람인지 쉽사리 평가하고 단정하지 말라. 사람은 오래 겪어 봐야만 아는 것이다.

한편 황제는 똑똑한 아내를 몹시 자랑스러워했다. 그 사고의 깊이가 남다르다며 입이 마를 지경으로 칭찬하곤 했다.

다연이 알았더라면 입을 틀어막을 정도로 부끄럽고 팔불출 같은 광경이었지만 자랑은 대부분 다연이 없는 곳에서 이루어졌다. 대신들은 국무회의에 참석할 때마다 귀에 딱지가 앉을 지경이었다.

폐하, 외람된 말씀이지만 저희도 다 사랑하는 아내가 있습니다. 아, 내무대신 빼고요. 그리고 저희도 다 신혼 있었습니다. 저희가 폐하보다 결혼 생활 훨씬 오래했고요.

계급이 깡패라고 나이 든 대신들은 하고 싶은 말을 묻어 둔 채 그저 듣기만 하며 영혼 없이 고개를 끄덕였다.

그러나 이런 다연을 몹시 자랑스러워하면서도 아내가 일중독자가 되자 아쉬워진 것은 황제였다. 같이 보내는 시간이 자꾸만 줄어들었던 것이다.

어떤 생각 하나에 꽂히면 다연은 만족할 만한 자료가 만들어지기 전까지는 처소로 잘 돌아오지 않았다. 아무리 업무에 치여도 내일 일정을 생각하여 적당한 시간에 일을 끊고 정리하는 황제와 달랐다. 둘은 원래 생활 방식이 다른 사람들이었다.

걱정스럽기도 하고 서운하기도 하여 황제는 재무부 청사에 자주 난입했다. 재무부 관료들은 대뜸 들이닥친 황제가 자신의 아내를 납치하는 광경을 종종 목격할 수 있었다.

황제는 한번은 소파에 대충 구겨져서 잠든 황후를 보고 주변에 있는 측근들에게 무시무시하게 화를 내기도 했다.

– ……이렇게 둔단 말이냐? 황후를 말리지 못하겠으면 나를 부르든지, 하다못해 이불이라도 덮어 주거라. 황후가 사람이 좋으니 너희 요즘 일하는 게 편하지? 이 망할 것들이 정말 다 죽고 싶으냐?!

황제는 매번 한계치까지 화가 난 것 같은데 어쩐지 남들 눈에는 몹시 부럽고 배알이 뒤틀리는 광경이었다.

그 무렵이었다. 재무부 관료들도 궁의에게 부탁하여 위장약을 복용하기 시작했다.

그리고 황제는 이번에도 재무부에 들이닥쳤다. 어제, 저녁에 보자고 웃으며 자신을 설레게 했던 다연이 이틀이나 처소로 돌아오지 않자 마침내 화가 폭발하고 만 것이다.

"너 진짜 이래도 되는 것이냐?"

바닥에 주저앉아서 입가에 벌겋게 국물을 묻히고 야식을 먹던 다연은 당황한 얼굴로 황제를 올려다봤다. 제국의 황후와 겸상을 하고 있던 관료들은 어떻게 반응해야 할지 몰라 다들 허둥지둥 입을 닦으며 점잖은 척 헛기침을 했다.

"오늘도 안 올 거야? 잠은 집에서 자야 할 것 아니야."

눈앞에서 생중계되는 가감 없는 부부 싸움에 사람들은 눈을 동그랗게 떴다. 황제와 다연의 측근들은 그런 재무부 관료들을 보며 혀를 찼다.

이것은 달콤하면서도 막장 같은 드라마였다. 너희도 빠져들었구나, 한번 발을 담그면 끊을 수 없을 것이야.

다연이 말을 잇지 못하자 황제는 깊은 한숨을 쉬었다. 그리고 다연의 앞에 쭈그리고 앉아 엉망이 된 입가를 닦아 주었다. 시종 하나가 얼른 손수건을 내밀었다.

"너, 내가 이런 걸로 식사 때우지 말라고 했지."

황제는 손수건으로 손을 닦으며 다연에게 면박을 주었다. 그리고 반대쪽으로 다연의 입가를 다시 닦았다. 늘 이런 걸로 식사를 해 온 재무부 관료들의 얼굴은 처량해졌다.

이게 어때서요! 이게 황도에서 얼마나 핫한 길거리 음식인데요! 늦게 가면 줄이 길어서 사 오지도 못한다고요!

황제는 황후를 데리러 왔으나 본의 아니게 음식에 꽂혀 버린 듯했다. 그의 눈에는 그냥 다 불량식품일 뿐이었다.

결국 황제는 내궁 요리사에게 황후는 물론 야근 중인 재무부 관료들이 요기할 거리를 준비하도록 명했다.

"오늘은 꼭 처소로 돌아오거라. 기다리고 있을 것이다. 알았지?"

황제가 신신당부를 하자 다연은 고개를 숙이고 웃었다. 그 웃음이 하도 철이 없어 보여 황제는 아내의 뺨을 꼬집었다.

"밤샘 같은 것은 자주 하면 반드시 몸이 상하고 만다. 보통 사람들이 일할 때 일하고 잘 때 자거라. 저 이상한 것들이 하는 거 보고 배우지 말고."

잔소리가 시작될 것 같자 다연은 알았다고 고개를 몇 번이나 끄덕였다.

한편 황후 폐하 덕분에 예기치 않게 내궁 요리장이 조리한 음식을 먹게 된 관료들은 숙연해졌다. 인생에 이런 것을 먹게 되다니.

물론 엄청나게 대단한 것은 아니었다. 애매한 시각이었고 갑작스러운 명이었기에 준비된 것은 그냥 샌드위치에 과일 디저트 정도가 전부였다. 그렇지만 질적으로 달랐다. 어쩐지 황송해서 무릎을 꿇고 씹어야 할 것 같았다.

그렇지만 저것도 나름의 맛이 있는데.

황제가 불을 뿜으며 노여워한 덕에 손대기가 애매해진 야시장 음식을 사람들은 물끄러미 바라보았다. 망설이던 관료 하나가 빵을 우물거리는 황후에게 말했다.

"폐하는 길거리 음식의 묘미를 모르시는 것 같아요."

황후는 입에 든 것을 간신히 삼키더니 웃으며 대답했다.

"폐하는 황족이시니까요. 귀하게 자라신 폐하가 저런 음식을 좋아하는 것도 좀 이상하지 않아요?"

사실 폐하 같은 분이 이런 음식을 좋아하신다고 말씀하시면 그건

가식인 거죠. 저는 맛있지만요.

가재는 게 편이라고 황후는 무심결에 황제 편을 들었다.

측근들은 침통한 표정을 지었다. 예전에는 하나의 팔불출만 감당하면 됐는데 이제는 황후도 황제 못지않았다. 남들의 침통함을 아는지 모르는지 다연은 멈추지 않았다.

"그렇지만 전쟁터에 나가면 험한 곳에서 더 험한 음식을 드실 걸 알면서도 늘 앞장서서 참전하시잖아요. 그럴 땐 전혀 개의치도 않으시고요. 정말 다 괜찮다고만 하세요."

정말 솔직하고 좋은 분이세요.

안색 하나 변하지 않고 남편자랑을 늘어놓는 황후를 보며 사람들은 여기저기서 얼굴을 붉히며 헛기침을 했다. 부끄러움은 언제나 남의 몫이었다.

황제가 신신당부를 했기에 다연은 오늘 밤만큼은 내궁 침소로 돌아왔다. 다연이 종종 내궁으로 돌아오지 않는 데는 다 이유가 있었다. 사실 그녀 딴에는 배려한 것이었다.

황제는 잠귀가 무척이나 예민한 사람이었다. 작은 소리에도 눈을 떴고, 그 예민함이 다연과 비할 바가 아니었다. 그리고 남들보다 훨씬 이른 시각에 일어났다. 일이 너무 늦은 시간에 끝나면 그의 수면을 방해하고 싶지 않아 황후궁으로 가곤 했는데 황제는 그것이 몹시 불만스러운 듯했다.

다연이 돌아온 시간이 너무 늦은 시각이라 둘이 나눈 대화는 많지 않았다. 팔베개를 해 주고 다연을 뒤에서 끌어안은 황제가 나무랐다.

"신혼에 남편을 이렇게 냉대하는 아내는 너밖에 없을 것이다."

다연은 대답하지 않고 킥킥 웃기만 했다. 그는 이내 장난을 거두고 걱정스럽게 말했다.

"무리하지 말라니까."

"이러다 말 거예요. 전 미하일처럼 꾸준한 사람 아니에요. 그냥 하고 싶을 때만 바짝 하는 거야⋯⋯."

"그래도."

"알았어⋯⋯ 안 그럴게⋯⋯."

졸린지 점점 말이 짧아지는 다연 때문에 황제는 숨죽여 웃었다. 볼수록 신기한 몸이었다. 베개에 머리를 댄 지 얼마나 되었다고 아내는 벌써 또 잠을 자려 하고 있었다.

황제는 그녀에게 더 말을 걸지 않았다. 피곤했지, 내 망나니, 중얼거리며 관자놀이에 입을 맞추었다. 그리고 그녀와 함께 잠을 청했다.

너무 신체와 정신이 피곤했던 탓일까.

다연은 그날 밤도 꿈을 꾸었다.

혼인 의식 이후로 몇 번이나 꾼 악몽이었다. 너무 많이 보아서 이제는 이곳이 어디인지 바로 깨닫고 말았다.

익숙한 동굴이었다. 남편은 피를 흘리고 쓰러져 있었고 눈보라가 몰아치고 있는 밖은 어두웠다. 괴롭고 어두운 장소였다.

늘 겪던 공포, 두려움, 무력감, 자괴감.

여기 있으면 누군가 들어올 것이다. 그럼 모든 게 다 끝이 나 버려.

그런데 그 순간 다연은 평소와는 무척이나 다른 생각을 했다.

이럴 필요 없잖아. 걱정할 거 없잖아.

– 괜찮아. 나 이 남자를 구할 수 있잖아.

그렇지 않나? 처음에는 반신반의하는 정도의 생각이었는데 그 생각은 점점 확신이 되고 나중에는 신념이 됐다.

– 나가서 이 남자를 치료해 주고 난 또 신나게 놀아야지.

미하일과 같이 놀 생각을 하니 몹시 기분이 좋아졌다. 이 남자는 같이 있으면 재밌는 사람이었다. 어떤 농담을 해도 되받아 주고 같이 신나게 웃어 준다.

빨리 나가야겠다. 심장이 쿵쿵 뛰었다. 기분 좋은 울림이었다. 그녀는 헤헤, 웃으면서 마음속으로 친구들을 불렀다.

한편, 그 시각 황제는 끙끙거리며 땀을 흘리는 다연을 몹시 안쓰럽게 내려다보고 있었다. 황제의 표정이 심란하고 착잡했다.

다연이 안 좋은 꿈을 꾸기 시작한 건 정확히 혼인 의식 이후부터였다. 무슨 꿈을 꾸고 있는지, 왜 그러는지도 알 수밖에 없었다.

다연은 자신이 생각한 것보다 훨씬 더 곱게 자란 사람인 것 같았다. 한번은 조심스럽게 물어보았는데 그녀는 솔직하게 대답해 주었다. 사람이 눈앞에서 죽는 것을 이제껏 본 적이 없었다고 했다. 심지어 누가 자상을 입는 광경도 처음 보았다고 했다.

어떻게 그럴 수가 있나. 황제는 당혹스러웠다. 자신이 전장에 갈 때 그토록 힘들어했던 건 그럴 만한 이유가 있었던 것이다. 그런데도 곤혹스러워하는 자신에게 늘 괜찮다고만 했다. 그래서 이 순간은 더욱 자신을 괴롭게 했다.

어서 깨워야겠다, 그가 언제나처럼 생각했을 때였다.

황제는 흠칫하며 물러났다.

"……."

끙끙거리던 그녀가 갑자기 히죽히죽 웃었기 때문이다. 그리고 피식대던 그녀가 마침내 '동물 친구들아!' 외치기까지 했을 때 황제는 굳어 버리고 말았다.

이 기괴한 잠꼬대는 남들보다 기가 센 편인 황제의 눈에도 무척 공포스러웠다. 황제는 당황스러워하며 다연을 내려다봤다.

그렇지만 이내 그는 마음을 굳게 먹었다. 사랑은 두려움도 이기게 만들었다.

"······다연, 지금 자는 거야?"

돌아오는 대답은 없었다. 대신 색색거리는 숨소리만이 들렸다. 황제는 허탈함에 헛웃음을 지었다. 이 와중에 악몽이 아닌 듯하니 정말 다행이라 생각하는 황제는 진실된 세기의 사랑꾼이었다.

그러나 머지않아 황제는 다시 한 번 입을 벌릴 정도로 당황하고 말았다.

지금은 한밤중이었다. 그런데 뭔가 엄청난 것들이 황궁으로 몰려오는 것이 황제의 기민한 감각에는 느껴졌다. 그리고 창밖을 바라본 그는 그게 무엇인지 알아채고 말았다.

아르제니아에서 새 떼가 날아오고 있었다. 누구 때문인지는 너무도 명확했다. 요즘따라 힘이 강해졌다고 말하는 아내가 잠결에 불러들인 새 떼는 무서울 정도였다.

이 독창적인 잠꼬대가 기가 막혔던 황제는 황당함에 이마를 짚고 말았다.

"다연."

황제는 다시 한 번 아내의 이름을 불렀으나 그녀는 답이 없었다. 곤히 자는 그녀를 차마 흔들어 깨우지는 못하고 그는 애원하듯 말했다.

"······이것아. 일어나서 동물들은 집에 돌려보내고 자거라."

그러나 깊게 잠든 아내가 대답은 하지 않고 마침내 도롱도롱 코를 골기 시작하자 황제는 결국 어깨를 들썩이며 웃고 말았다.

너 진짜 나한테 왜 이러는 거야. 내가 다 잘못했으니까 이젠 제발 그만 웃겨 달라고 애원하고 싶었다. 얼굴을 찡그리며 웃고 있는 그는 너무 웃긴데 소리를 내지 못해 괴로워 보였다.

꾹꾹거리던 그가 다연의 뺨을 손으로 문대며 입을 맞추었다.

"내가 진짜 너 보는 재미에 산다."

그는 그 뒤로도 빙긋 미소 지으며 다연을 따뜻한 시선으로 바라보았다. 시선에서 달콤함이 뚝뚝 떨어졌다.

너 무슨 꿈을 꾸길래 그렇게 웃었니.

왜 갑자기 친구들을 불렀어?

황궁은 한바탕 난리가 날 것이다. 벌써부터 밖이 술렁거리는 게 그에게는 느껴졌다.

그렇지만 이 순간 왠지 그녀를 깨우고 싶지 않았다.

어떻게든 되겠지.

인생에서 손꼽힐 정도로 내일이 없는 생각을 하며 황제는 아내 옆에 다시 누워 잠을 청했다.

그녀의 꿈에 초대받고 싶었다.

외전 3.
한여름 밤의 꿈

　다연은 오늘도 재무부 청사에 나와 심각한 얼굴로 서류를 들여다보고 있었다. 서류를 독파하는 속도가 무서웠다. 가끔씩 이유 없이 자기 머리를 쥐어뜯는다는 것만 빼면 무서울 정도로 황제를 연상시키는 모습이었다.

　그러나 잠시 뒤 황후는 앉은 자리에서 그대로 꾸벅꾸벅 졸기 시작했다. 인상을 쓰면서 종이를 넘긴 게 조금 전이었다. 황제의 말처럼 수면 욕구에는 무척이나 충실한 몸이었다.

　예의 바른 황궁 사람들은 그런 황후를 모른 체하며 딴청을 피웠다. 저러다 일어나시겠거니 생각했던 것이다.

　그러나 사람들의 기대가 무색하게도 황후는 깨어나지 않았다. 오히려 점점 더 무지막지하게 고개를 흔들고 있었다. 급기야 황후가 책상에 고개를 처박을 기세이자 시녀들과 기사들은 난처한 얼굴로 웃고 말았다. 결국 보다 못한 마리가 다가가서 조심스럽게 황후의 어깨를 흔들었다.

"황후 폐하, 피곤하시면 처소에 가서 주무셔요."

다연은 지켜보던 사람들이 깜짝 놀랄 정도로 움찔하며 눈을 떴다. 어리둥절해하던 그녀는 곧 상황 파악을 했는지 깊은 한숨을 내쉬었다. 요즘 들어 자주 이랬다. 그녀는 이제 처소까지 가기도 귀찮았다. 끔찍할 정도로 잠이 쏟아졌던 것이다.

황후가 익숙하게 구석에 있는 소파로 향하자 측근들은 다시금 난처한 얼굴을 했다.

다연은 어렵지 않게 그 기색을 알아챘다. 늘 재무부 관료들을 이불도 없는 거지들이라며 까 대던 황제는 자신의 아내가 정확히 그 꼴로 자고 있자 목에 핏대가 설 만큼 분개했다. 가끔씩 대수롭지 않은 것에도 까다롭게 구는 남편 때문에 주변 사람들이 고생이었다.

다연은 아까보다 훨씬 깊은 한숨을 내쉬며 머리를 긁적였다. 결국 재무부를 나서 황후궁으로 향하는 그녀의 얼굴에 졸음과 피로가 가득했다.

다연이 사람 떼를 이끌고 황후궁에 들어섰을 때였다. 멀리서부터 거대한 털뭉치가 맹렬한 기세로 달려오기 시작했다. 원래는 분명 새하얀 털을 가지고 있는 이 대형견은 오늘도 잿빛인지 흙빛인지 구분하기 어려운 털 상태를 자랑하고 있었다.

좀 깔끔한 성향의 황제는 아내가 개와 뒹구는 걸 말리지는 못했지만 종종 탐탁지 않은 눈빛으로 바라보곤 했다. 눈치 하나로 먹고살아 온 궁인들은 팔자에도 없는 개 목욕을 시켜야 했다. 물론 다 헛수고였다. 개의 활동량이 인간의 노력을 가볍게 압도했던 것이다.

「다연이 왔다아!」

지난 1년간 한계에 도전하듯 무럭무럭 자라난 삼식이는 이제 그 몸집이 무서울 정도였다. 황제의 표현처럼 허술한 몸뚱어리를 가지고

406

있는 황후는 개가 달려들면 추풍낙엽처럼 뒤로 쓸려 넘어갔다.

위협적인 기세에 기사들이 다연 앞을 막아서자 삼식이는 더 다가오지 못하고 주변을 맴돌았다. 그러면서도 다연이 반가워서 꼬리를 흔들면서 계속 짖었다.

격한 환영이 귀여워서 조금 웃던 다연은 기사들에게 말했다.

"그냥 장난치는 거예요."

그러자 기사들이 여기저기서 대답했다.

"저희도 장난인 건 압니다."

"그런데 몸집이랑 힘은 장난이 아니라서요."

그 또한 맞는 말이었기에 다연은 킥킥대며 웃었다.

곧이어 그녀는 기사들 사이를 헤치고 나와 혀를 내밀고 헥헥거리는 삼식이의 얼굴을 쓰다듬었다. 여기저기를 어루만지던 손이 목덜미에 닿자 개는 곧바로 배를 보이고 누웠다.

「더 긁어 줘! 더 해 줘.」

"어휴, 이 꼬질이. 꼬질아, 너는 왜 지치질 않니."

타박을 하면서도 다연은 삼식이가 무척이나 사랑스럽다는 얼굴이었다.

그리고 다연이 쭈그리고 앉아서 개와 놀기 시작하자 시녀들은 눈치 있게 깔고 앉을 것을 가져왔다. 다연은 그 위에 털썩 주저앉으며 아이고, 앓는 소리를 냈다. 너무 책상 앞에만 앉아 있었는지 삭신이 다 쑤셨다. 그녀는 허리를 두드리며 생각했다. 진짜 다시 검술 수련이라도 해야 할까 봐.

매우 발전적인 사고의 전개였으나 격무에 시달리는 베른하르트가 알았더라면 몸서리를 칠 법한 생각이었다.

한편 다연이 손을 떼자 슬그머니 일어난 삼식이는 온순하게 앉아 다연을 보고 있었다. 사람들 틈에서 자란 개는 믿을 수 없는 체력으로 황궁을 헤집고 다닐지언정 가끔은 하는 짓이 꼭 사람 같았다.

다연을 빤히 바라보던 삼식이는 고개를 갸웃했다. 왼쪽으로 갸웃하며 귀를 나풀거리고 코를 킁킁거리더니 이번엔 다시 오른쪽으로 갸웃했다. 어딘가 사람 같은 행동이었다.

「이상해.」

"뭐가?"

「모르겠어. 이상해.」

사람들은 그 광경을 흥미롭게 바라보았다. 황후가 동물과 대화를 나누는 광경은 언제 보아도 신기했다.

사실 처음에 황후는 그 모습을 측근들에게도 보이고 싶지 않아 했다. 정신 나간 사람 같다고 괜히 무안해했다. 머지않아 측근들이 편해졌는지, 아니면 포기한 것인지 이제는 그다지 신경 쓰지 않는 덕에 사람들은 종종 이런 기이한 구경을 할 수 있었다.

주저앉아 있던 다연은 또 앓는 소리를 내며 모로 눕더니 턱을 괴었다. 그녀가 편한 자세가 되자 개도 따라 하려 했다. 사람 하나 잘 물어서 본인의 운명을 개척한 이 늠름한 개는 당당하게 양탄자 위로 올라오더니 황후의 옆에 누웠다.

그리고 머지않아 다연은 웃음이 터져 나오는 것을 참아야 했다. 하루 종일 뛰어다닌 삼식이는 피곤했는지 금방 잠이 들어 버린 것 같았다. 그런데 꿈에서도 달리고 있는지 네 발이 자꾸만 움찔움찔했던 것이다.

"또 어딜 뛰어다니는 거야. 그만 뛰어, 쫌."

그러나 다연은 한동안 개가 사랑스러워 눈을 떼지 못했다. 힝, 귀엽다 중얼거리는 그녀의 얼굴이 약간의 열감으로 상기되어 있었다.

한편 다연이 황후궁으로 향했다는 소리를 듣고 식사를 하기 위해 찾아온 황제는 할 말을 잃고 말았다. 현장을 목격한 그의 얼굴엔 어이 없어하는 기분이 고스란히 드러났다.

황제는 이 파격이 기가 막힌 듯했다.

"서고 바닥에서도 자고, 관청 소파에서도 자더니 이제는 심지어 길바닥에서도 자는구나."

길바닥이라기보단 황후궁 앞마당 정도라고 해야 옳았다. 그러나 시녀들과 기사들은 입이 열 개라도 할 말이 없었다.

황제가 좀 까탈이 있긴 했지만 사실 황후도 대단한 사람이었다. 역시 황궁 노숙자는 아무나 하는 게 아니었다. 우리 용맹하신 황후 폐하는 그 배포가 남다르시다, 기사들은 오늘도 엇나간 찬가를 불렀다.

한편 개는 사람보다 먼저 일어났다. 동물적 감각이란 말은 괜히 있는 게 아닌 모양이었다. 이 황궁에서 가장 자유로운 영혼인 삼식이는 유독 황제의 눈치를 봤다. 그렇지만 다연이 곁에 있을 때만큼은 누구의 눈치도 보지 않는다는 점이 진정으로 동물의 감각을 자랑하는 부분이었다. 그러나 지금은 다연이 자신을 지켜 줄 수 있는 상황이 아니라는 것을 깨닫고 삼식이는 재빨리 줄행랑을 쳤다.

쯧쯧, 혀를 차던 황제가 이번에는 주변 사람들에게 물었다.

"언제부터 이러고 있었느냐."

속으로 망했다고 침통하게 생각하고 있던 마리가 앞으로 나서 고해 올렸다.

"폐하께서 오시기 바로 전에 잠드셨습니다. 피곤해하시길래 처소로 모시던 참이어요."

그 말은 조금 변명처럼 들리긴 했지만 한 치의 거짓 없는 사실이었다. 황제는 참으로 딱하다는 표정으로 다연을 내려다보더니 그녀 옆에 주저앉았다. 곤하게 잠들어 있는 그녀의 동그란 이마와 머리칼을 살살 쓰다듬는 손길이 다정했다.

"아니, 그래도 밥은 먹고 자야 하지 않겠느냐."

주변인들에게 하는 건지, 자기 자신에게 하는 것인지, 그도 아니면 자고 있는 사람에게 하는 것인지가 모호한 말이었다.

"다연."

결국 황제가 그녀의 어깨를 조심스럽게 흔들자 다연은 무거운 눈을 떴다.

"……미하일."

"많이 피곤하니? 들어가서 자거라. 일단 식사는 하고."

재무부 청사에서보다 훨씬 더 잠에 찌든 다연은 얼굴을 심하게 찡그렸다.

"왜 이렇게 인상을 써."

웃으면서 얼굴을 매만지던 황제는 그녀의 양쪽 팔을 잡더니 익숙하게 상체를 일으켜 세웠다.

다연은 으으, 하며 일어나는 것 같았다. 그러다 쓰러지듯이 남편을 꼭 끌어안았다. 그리고 체중을 실어 그를 그대로 반대쪽으로 밀어 눕혔다.

"……다연?"

황제는 당황해서 눈을 깜빡였다. 그는 물론 넘어가지 않고 버틸 수도 있었다. 그렇지만 아내가 몸을 기대 오니 차마 힘주어 밀어내진 못하고 그녀 하는 대로 눕고 말았다. 황제를 덮친 채 그 위에 엎드려 있던 다연이 몹시 괴로워하는 목소리로 말했다.

"……그냥 자자."

어머, 세상에, 이건 또 무슨 일이야? 뭔진 모르겠지만 일단 감사합니다!

시녀들은 오늘도 비명을 집어삼킨 채 서로를 꼬집고 때리고 신나게 구타하고 있었다.

양탄자 위에 누워서 잠시 당황스러워하던 황제는 곧 어이가 없어

410

서 웃었다. 그렇지만 그 표정은 황당할지언정 무척이나 즐거워 보였다.

갈 곳을 잃고 허공을 배회하던 그의 손은 곧 다연의 몸을 감싸 안았다. 그는 다연의 허리께를 두어 번 토닥이더니 옆구리를 주무르듯 매만졌다. 자신도 모르게 나오는 습관 같았다.

본의 아니게 낯 뜨거운 장면을 목격하고 있는 시종장과 기사들은 정신을 차리곤 헛기침을 하며 눈을 돌렸다. 그러나 당사자들은 남은 안중에도 없었다. 황후는 잠과 사투하는 것만으로도 버거워 보였고 황제는 원래가 저런 이였다.

"그렇게 졸려?"

황제의 물음에 다연은 말없이 고개를 끄덕끄덕했다.

내가 그러니까 무리하지 말라고 했잖아, 제발 그 이상한 것들하고 너를 동일선상에 놓지 말거라.

황제는 또 끝도 없이 투덜거리고 나무랐다. 그러나 그녀가 미동도 없자 이내 난처해하며 속삭였다.

"……진짜 안 일어날 거야?"

다연은 다시 잠이 든 것인지 잠든 척하고 싶은 것인지 대답이 없었다.

그는 새파란 하늘을 바라보며 잠시 고민에 잠겼다.

사실 별로 어렵지 않았다. 다연이 황제를 웃게 하는 방법을 아는 것처럼 황제도 이 순간 그녀를 일어나게 하는 법을 알고 있었다.

"날씨가 너무 좋아서, 너와 후원에서 같이 식사하고 싶다."

밥을 먹으라고 하면 하염없이 잘 테지만 함께 먹고 싶다고 하면 꾸역꾸역 일어날 것이다.

넌 뭘 먹고 커서 이렇게 사랑스럽니.

황제는 눈을 내리뜨며 물끄러미 품 안의 그녀를 바라봤다.

"……."

그러자 갑자기 품 안에 있는 그녀가 숨죽여 웃는 것 같았다.

아무 소리도 들리지 않았지만 그는 알았다. 그녀가 얼굴을 파묻고 있는 가슴팍에서, 그녀의 몸을 끌어안고 있는 자신의 두 팔에서 작은 떨림이 느껴졌기 때문이다.

눈을 내리뜨고 아내를 바라보고 있던 황제는 주변 사람들이 감탄할 만큼 아름다운 미소를 지었다. 어쩐지 행복하여 자신도 모르게 환하게 웃던 그는 눈을 찡그리며 파란 하늘을 바라보았다.

좋은 날이었다.

아는지 모르겠다. 오늘도 너 하나로 하루가 이렇게 좋아진다.

그는 품 안의 등을 조금 더 꽉 끌어안았다.

다연은 침대에 앉아 생각에 빠져 있었다.

한동안 건실한 생활을 하던 그녀는 컨디션 난조에 시달리고 있었다. 지난밤 남편이 하도 격렬하게 달려드는 통에 피곤할 만하였으나 그녀는 요즘 들어 자신의 몸 상태가 평소와 다르다는 것을 직감했다.

배가 약간 아프기도 했고 감기 기운이 온 것 같기도 했다. 사실은 그보다 훨씬 더 확실한 증상이 있었다.

"마리, 잠깐만."

다연이 부르자 마리는 의아한 표정으로 다가왔다.

마리는 시녀들 중에서도 나이가 어린 편이었으며 사실은 출신 또한 변변치 않았다. 그러나 이제는 부인할 수 없는 시녀 집단의 실세였다. 순전히 황후가 아끼기 때문이었다.

다연은 몹시 신중한 태도로 물었다.

"궁의에게 가고 싶은데 괜찮을까?"

마리가 화들짝 놀라며 물었다.

"……어디 아프세요?"

"아니, 그런 건 아니고. 내가 사실 궁의한테 물어보고 싶은 게 있는데 시끄럽게 하고 싶지가 않아서 그래. 근데 그래도 되는 건가?"

마리는 금세 납득했다. 그리고 섣부른 추측도 하지 않으려 애썼다. 모시는 여인이 은밀하게 의원을 찾는다면 아랫사람이 왈가왈부해서는 안 될 영역이었다.

그러나 기사들은 반대했다.

"그곳은 황후 폐하께서 가실 만한 곳이 아닙니다. 차라리 저희가 궁의를 황후궁으로 불러오겠습니다."

기사들의 말은 오해의 소지가 다분했다. 납득하기 어려운 말에 다연은 얼굴을 찌푸리며 물었다.

"……그래도 명색이 황궁에서 일하는 의원인데 거처가 누추한가요?"

"그런 뜻은 아닙니다."

기사들은 왜인지 엄숙한 표정으로 고개를 저었으나 그녀는 어깨를 으쓱했을 뿐이다. 답답하여 조금 걷고 싶다는 말은 반대를 물리치기에 충분했다. 그리고 마침내 궁의의 거처에 도착했을 때 다연은 기사들이 했던 말을 좀 더 구체적으로 이해할 수 있었다.

"방이 좀…… 많이 좁은 것 같네요."

다연은 오묘한 얼굴로 주변을 둘러봤다.

그 온건한 평가에 사람들은 여기저기서 헛기침을 했다. 특히 예상치 못한 황후의 방문을 받은 궁의는 무릎을 꿇을 지경으로 쩔쩔매고 있었다.

남에게 독설을 하기에는 너무도 마음이 약한 황후는 방이 좁다고 포장해 주었으나 사실 방은 넓었다. 순전히 물건이 너무 많은 거였다.

이곳은 혼란 그 자체였다. 책과 약재가 방 안도 부족해서 복도까지 쏟아져 나와 있었다. 그런데도 하루가 다르게 늘어만 가고 있었다. 궁의는 문을 열어 놓고 산 지 오래였다.

이 사람 진짜 열의 있는 학자구나. 대체 이 나라 사람들은 다 왜 이런 거지?

다연은 할 말을 잃고 몇몇 사람의 얼굴을 차례로 떠올렸다. 재무부에도 요주의 인물들이 있었지만 가장 심각한 사람은 역시 자신의 남편이었다.

한편 황후의 갑작스러운 방문에 조금 창피해하던 궁의는 점점 낯빛이 어두워졌다. 황후의 방문 목적에 생각이 미쳤기 때문이다. 사람들이 의원을 찾는 목적이 무엇이겠는가. 궁의는 침통한 얼굴로 다연을 바라보았다.

황후가 혼절하였다가 의식을 회복한 게 오래전도 아니고 겨우 한 계절 전의 일이었다.

그런데 또 아프시단 말입니까?

헤르니야여, 한 인간의 생에 불운이 이렇게까지 자주 찾아와도 되는 것입니까?

신을 원망하던 궁의의 표정은 다연이 사람들을 물리자 진짜로 불쌍해졌다.

다른 사람들이 들으면 안 될 정도로 심각하십니까?

궁의는 마침내 글썽글썽하며 황후의 팔을 덥석 잡았다. 다연이 깜짝 놀라 반사적으로 그 손을 뿌리치려 하였으나 그는 목숨줄을 부여잡듯 다연의 팔을 잡고 늘어졌다.

"황후 폐하, 어디 아프신 거 아니죠."

"……."

"설마 많이 안 좋으신 겁니까? 진짜 저 좀 살려 주십시오. 편찮으

414

신 걸 불평하는 게 아니라…… 폐하께 제 얘기 좀 잘해 주십시오."

다연은 난처해하며 웃었다. 언제부턴가 자신에게 살려 달라고 구
명을 요청하는 사람들은 수도 없이 많았다. 이게 다 남편의 유난 때문
이었다. 쓴웃음을 흘리던 다연이 일단은 부정했다.

"그런 게 아니에요."

의아해하는 궁의에게 다연은 곧바로 찾아온 용건을 말했다. 궁의
가 전혀 예상하지 못한 용건이었다. 깜짝 놀란 그는 대답하는 것도 잊
고 입을 벌렸다.

"제가 아이를 가진 건지 진단을 받고 싶어요."

좀 앉을까요? 궁의에게 묻는 다연의 표정은 한없이 덤덤하고 차분
했다.

황제가 국무회의장에서 나오자 복도에서 음침하게 웅크려 있던 황
후는 살금살금 그를 향해 걸어갔다. 그러다 본인도 모르게 신이 나서
용맹하게 돌진하기 시작했다.

앞을 향해 걷던 황제의 일행들은 모두 미소 짓기 시작했다. 꼭 기
사들이 아니더라도 황제의 측근들은 기본적으로 호위를 위한 무예를
익힌 사람들이었다. 그들은 작은 기척에도 민감했는데 운동신경 없는
황후는 언제나 남들은 모두 알지만 본인만 모르는 급습을 하곤 했다.

측근들은 뒤를 돌아보지 않으려 애쓰며 황제의 얼굴을 바라보았
다. 황제는 이미 눈꼬리를 접고 화사하게 웃고 있었다.

사람들은 모두 황후가 평소처럼 황제의 뒤를 덮치고 대롱대롱 매
달릴 것이라 생각했으나 이번엔 달랐다. 다연은 황제의 허리를 부여
잡더니 불쑥 그의 옆구리와 팔 사이로 고개를 내밀었다.

"미하일, 바빠요?"

황제는 입이 헤벌쭉했다. 사랑스러워 못 견디겠다는 얼굴이었다.

415

너 왜 이래, 정말 이러지 마. 그렇지만 바쁘진 않아.

황제는 이럴 때마다 행복해서 어쩔 줄 몰랐다. 사람들은 황제의 기분이 어떤 건지 가끔은 알 것도 같았다.

황후는 낯을 심하게 가리는 사람이었다. 처음에는 훨씬 심했지만 지금도 여전히 그랬다. 그런데 황제에게만큼은 여과가 없었다. 잘 웃었고 가끔은 찡그리기도 했다. 세상 무뚝뚝해 보이면서도 황제에게는 장난도 잘 쳤고 어리광도 잘 피웠다. 보는 사람들이 괜히 질투가 날 정도로 황제를 특별하게 대했다.

황제는 옆구리에서 고개를 내밀고 빙글빙글 웃고 있는 황후를 내려다봤다. 이글거리는 시선에 사람들은 낯빛을 붉히며 눈을 돌렸다. 너무 즐겁지만 이 귀여운 것을 정말 어떻게 해 버리고 싶다는 사나운 표정이었다.

황제가 욕망을 꾹 누르고 그녀의 물음에 답했다.

"바쁘지 않다. 왜?"

그는 늘 일이 있었으나 아내가 일정을 물어볼 때는 자주 한가한 사람이 되곤 했다. 다행이라는 듯 다연이 안도하는 표정을 지었다. 저녁에도 만날 것이었으나 바로 얘기해 주고 싶어서 앞뒤 가리지 않고 달려왔기 때문이었다.

"저 할 말 있는데 시간 조금만 내주면 안 될까요?"

안 될 리가 없었다. 그는 다연을 덥석 안아 들었고 다연도 아무렇지 않게 황제의 목에 팔을 둘렀다. 그 손길이 기분 좋은 듯 황제는 해사하게 웃었다.

"근데 진짜 바쁜 거 아니에요?"

문득 걱정이 된 다연이 소심하게 속삭였으나 황제는 분위기 깨지 말고 입을 다물라고 키스 세례를 퍼부었다. 처소로 향하는 그의 발걸음은 점점 급해졌다.

사지가 멀쩡한 황후가 황제에게 매달려 가거나 안겨 가는 것은 이제 황궁에서 놀랄 일도 아니었다. 측근들은 물론 지나가며 마주치는 궁인들마저 모두 그러려니 하고 있었다.

황제의 목적지는 내궁 안 자신의 침소였다. 황제가 서두르기 시작하자 뒤따르던 사람들은 하나둘씩 사라졌다. 마침내 황제 부처가 침소 안으로 들어가자 기사들은 호위를 위해 그 앞을 지키고 섰다. 그들이 조용히 문을 닫자 방 안에는 다연과 황제뿐이었다.

오는 동안 황제는 본래의 목적을 잊고 말았다. 그가 다연을 침대 위에 내려놓더니 성급하게 입을 맞추려 들자 다연은 기겁하며 물러났다.

"아니 아니, 나 할 말 있다고요."

아, 참 그랬지.

음욕에 잠깐 정신을 잃을 뻔했던 황제는 금방 이성을 회복했다. 그는 다연의 다리를 잡고 다시 쭉 끌고 와 가볍게 입을 맞추었다. 그리고 자신은 전혀 잊은 적이 없다는 뻔뻔한 얼굴을 하고 말했다.

"입을 맞추고 나서도 이야기는 얼마든지 할 수 있지 않느냐. 자, 이제 해 보렴."

다연은 뻔한 거짓말에 그를 조금 흘겨보며 웃었다.

그러나 막상 황제가 자리를 깔아 주자 그녀는 잠시 머뭇거렸다. 아내가 할 말이 있다고 하더니 불편한 얼굴로 머리를 긁적이는 것을 황제는 의아하게 바라보았다. 그 의아함이 걱정으로 변모하려 할 때쯤 다연이 결심한 듯 입을 열었다.

입을 뗀 그녀는 조금 어색해하고 있었다. 그렇지만 수줍게 웃는 얼굴이었다.

"미하일, 우리 엄마 아빠 된 것 같아요."

다연은 사실 황제가 별로 좋아하지 않을 수도 있다는 생각을 했다.

서운해하지 않겠다고 다짐하기도 했다. 자신도 처음 겪는 일에 기쁨보다 얼떨떨함이 컸기 때문이었다.

게다가 그는 자신과 조금 다른 사람이었다. 황족으로 자라 사회적 관계가 남들보다 대단히 복잡하고 정치적이었다. 친인척을 대하는 태도를 보면 정중하긴 했지만 혈육에 대한 정이 특별한 것 같지도 않았다.

그런데 황제의 반응은 다연의 예상과는 전혀 달랐다. 그는 눈을 동그랗게 뜨더니 몇 번이나 깜빡였다. 입술을 모아 놀란 표정을 짓던 그는 조심스럽게 속삭였다.

"……정말?"

그 표정이 하도 귀엽고 어여뻐서 다연은 웃고 말았다.

뭐야, 요정이세요?

원래도 아름답다고 자주 느끼곤 했지만 저렇게 예쁜 표정을 지으니 정말 황궁요정님이 따로 없었다.

다연이 대답 없이 계속 푸흐흐, 웃기만 하자 황제가 다시 한 번 속삭였다.

"다연, 웃지 말고 대답해 줘. 정말이야?"

그러나 다연은 이번에는 더 크게 웃었다.

"대체 왜 이렇게 속삭여요? 듣는 사람도 없는데요."

황제도 몰랐다. 그냥 아내가 아이를 가졌다고 생각하니 자신도 모르게 태도가 조심스러워졌다. 사실은 숨도 조용하게 쉬어야 할 것 같은 기분이었다.

그는 그 뒤로도 계속해서 다연을 웃겼다. 눈을 깜빡이면서 여전히 작은 목소리로 다연에게 물었다.

"어디? 여기?"

미하일은 머뭇머뭇하며 조심스럽게 다연의 배에 손을 올려놓았다.

다연은 이제 몸을 들썩이며 웃고 있었다. 너무 웃어서 괴로웠다. 고통스러워하던 그녀가 황제를 놀리듯 물었다.

"그럼 대체 어디?"

그녀가 대놓고 놀리는데도 황제는 헤벌쭉 웃었다. 그리고 몇 번째일지 모를 물음을 반복했다. 정말 믿어지지 않는 모양이었다.

"진짜야?"

"네, 근데 좋아요?"

"그럼, 우리 아인데."

황제의 말에 다연의 마음은 따뜻해졌다. 그는 항상 사람의 마음을 따뜻하게 만들고 상황을 긍정적으로 바라볼 수 있게 도와준다. 본인은 의도하지 않았지만 그가 사는 법은 늘 남에게 용기와 힘을 주었다. 시선 자체가 열정적이고 긍정적인 사람이었다.

태어날 아이가 남편을 닮았으면 좋겠다는 생각이 들었다. 남편을 닮으면 틀림없이 주변을 밝게 비추고 남의 마음을 따뜻하게 하는 그런 사랑스러운 아이가 태어날 것이다.

다정한 얼굴로 자신을 바라보는 다연을 황제는 울컥해하며 조심스럽게 끌어안았다.

고마워, 정말 고마워. 다연, 사랑해.

몇 번이나 같은 말을 반복하며 감격해하는 남편을 그녀 또한 감사한 마음으로 마주 안았다.

그리고 같은 말을 돌려주었다. 나도 정말 고마워.

황제와 침대 위에 누워서 도란도란 이야기를 나누던 다연은 문득 황제의 어린 시절이 궁금해졌다.

남편의 외모를 닮았으면 분명 요정이 태어날 것이다. 그런 생각을 하다 보니 황제가 어린아이였을 때의 얼굴 또한 궁금했던 것이다.

자신의 남편이라서 하는 생각이 아니었다. 정말 사랑스러운 황자님이었을 것 같았다.

그 꼬마 요정 같은 얼굴로 너 미쳤느냐? 여기저기 그러고 다닌 건 아니겠지? 만약 그랬다면 정말 미쳐 버리게 귀여웠을 거야.

지금은 괜찮다고 하지만 남들이 넌 검에 재능이 없다고 해서 어린 마음에 시무룩하진 않았을까? 이 사람도 검이 무겁게 느껴질 때가 있었겠지? 그렇지만 분명 자존심에 무겁다고 하진 않았을 거야.

객관성을 심하게 잃은 다연은 건방진 어린 미하일을 상상하고 혁혁거리며 호흡곤란에 시달렸다.

사진이 없는 시대라는 것이 아쉽기만 했다. 그렇지만 황족이니까 어린 시절 초상화 같은 건 있을지도 몰랐다.

시종장에게 물어보아야겠다고 생각하며 이 순간 다연은 결심했다. 태교는 우리 황궁 요정님 초상화로 해야겠다. 나는 다 필요 없어, 그게 최고야, 남편 얼굴이면 충분해.

둘은 그 뒤로도 한참 동안 꼭 끌어안고 침대 위를 뒹굴거렸다.

황제는 사실 이후에 중요한 일정이 있었다. 신전의 비밀스러운 접견 요청이 있었던 것이다. 황제는 이미 몇 차례나 뜸을 들이며 그들의 간절한 요청을 거절해 왔다. 더 애간장을 태울 생각은 없었으나 본의 아니게 일정은 지연되고 있었다. 사랑하는 사람과 이 소중한 순간을 조금 더 함께하고 싶은 인간적인 감정 때문이었다.

그리고 황제의 팔에 머리를 올려놓고 무언가를 골똘히 생각하던 다연은 물었다. 벅찬 감동에 젖어 있던 그가 미처 생각하지 못했던 영역이었다.

"그런데 미하일, 아이 이름이 있어야 하지 않을까요?"

황제는 다연의 코를 살짝 깨물며 웃었다.

"남자아이인지 여자아이인지도 모르는데 어찌 이름부터 짓느냐?"

그러나 다연은 머리를 긁적이며 얼굴을 찌푸렸다.

"음, 여긴 태명 같은 거 안 짓나요? 뭐, 아가야, 라고 불러도 괜찮을 것 같긴 하지만요."

아아, 고개를 끄덕이던 황제가 돌연 무슨 생각을 했는지 안색을 굳혔다. 그가 갑자기 굉장히 심각해져서는 다연에게 말했다.

"이름은 내가 짓겠다."

그 말은 확고하게 들렸다. 다연이 의아한 얼굴로 쳐다보자 황제가 서둘러 덧붙였다.

"황족의 이름은 되도록 황제가 지어 주는 것이 황실 전통이다."

그런 전통은 없었다. 미하일의 이름도 모후가 지은 것이었다. 그러나 아직 태어나지도 않은 자식에게 벌써부터 엄마를 원망할 거리를 만들어 줘선 곤란했다. 다연이 크게 의심하지 않고 고개를 끄덕이자 황제가 안도의 한숨을 쉬었다.

측근들은 메마른 표정으로 황제를 바라보고 있었다.

조용한 황후의 성향을 배려하여 경사스러운 사실의 공표는 미루어졌다. 그러나 황제는 측근들에게까지 그 사실을 숨기진 않았다. 측근들은 모두 황제의 수족이었고 사실을 숨기는 것 자체가 불가능했다.

서적을 들여다보는 황제의 표정이 심각해질수록 측근들의 눈빛은 더더욱 메말라 갔다. 벌써 몇 권째인지 몰랐다.

황제가 보통 사랑꾼에 애처가가 아니었기에 다들 어느 정도는 예상하고 있었다. 좀 웃기지만 위장약을 남용할 각오도 하고 있었다.

황제는 아내에게 정말로 잘했다. 되도록 식사를 함께하려고 노력했으며 아내가 잠이 드는 것을 보고서야 잠을 청했다. 아침마다 하루도 빼놓지 않고 꽃을 선물했다. 다정한 말과 함께였고 직접 전하지 못할 때에는 전언이나 쪽지를 남겼다. 내용은 거의 비슷했는데 매일 같은 요지였기 때문에 오히려 더 진심이 있었다. 나는 오늘도 네가 꼭 좋은 하루를 보내기를 바란다는 내용이었다.

여신의 가호가 함께하기를. 너는 나에게 가장 소중한 사람이다. 오늘도 건강해 줘, 오늘도 행복해 줘, 많이 웃어.

그리고 그 정도는 측근들의 예상 범위 안에 있는 행동들이었다. 그러나 황제는 어느 날부터 갑자기 임신과 출산에 관한 서적들을 독파하기 시작했다. 궁의를 불러 주의 사항에 대해 세세하게 물었고 그걸로 부족했는지 경험 많은 산파들을 황궁 안으로 불러들이기 시작했다.

산파들은 제국에서 제일 고귀한 이가 부르고 비밀 엄수를 명하자 긴장된 얼굴로 황궁에 들어왔다가 뜻밖의 구체적인 물음에 하나같이 입을 벌렸다. 그때마다 부끄러워서 한 개의 점이 되어 사라지고 싶었던 것은 황제가 아니라 주변 사람들이었다.

그는 다가오지 않은 앞날을 미리 불안해하고 걱정하는 성격이 아니었으나 아내에게만큼은 잔걱정이 많은 남자였다. 아이를 가진 여인은 극심한 감정 기복을 겪기도 한다는 책의 서술은 그를 더욱 걱정스럽게 했다. 그의 눈에 아내는 원래도 마음이 여린 이였다. 사소한 것에도 마음 아파할 때가 있었다.

황제가 두어 시간 전부터 읽던 책을 마침내 독파하고 새로운 책을 펼쳤을 때였다. 황제는 깨달음을 얻은 표정으로 고개를 끄덕였으나 어디선가는 깊은 한숨이 새어 나왔다. 황제는 오늘도 자상한 남편과 피곤한 남편 사이를 오가고 있었다. 이러다 임신과 출산의 전문가가 될 기세였다.

사실 황후는 아무렇지 않아 보였다. 오히려 규칙적으로 생활하려고 애쓰는 모습이 안정되어 보였다. 뭐든 먹으려고 노력했고 산책도 꾸준히 하는 것 같았다. 예전만큼 무리하지는 않았으나 여전히 가끔은 재무부 청사에 나가기도 했다. 그녀는 현대 의학을 경험한 사람이었고 굳이 궁의가 주의 사항을 말해 주지 않아도 상식적인 행동을 할 수 있었다.

동요 없이 일상을 영위해 나가는 황후보다 유난스러운 것은 애처가 쪽이었다. 사람들은 이제 모두 황후가 바람이 불면 날아가는 사람이자 혼자서는 식사를 못 하는 참으로 가엾은 이라고 생각하기에 이르렀다. 그렇게 생각하지 않고서는 황제의 유난을 눈뜨고 보기가 힘들었던 것이다.

기사들은 서류의 산 옆에 비슷한 높이로 쌓여 있는 관련 서적의 산을 몹시 메마른 표정으로 바라보았다.

사람은 원래 남이 겪는 감정을 완벽하게 이해할 수 없다. 똑같은 상황을 겪는다 해도 그 자극은 사람마다 다르게 받아들이기 마련이다. 같은 상황도 그러한데 평생 가도 겪지 못하는 경험은 더욱 그러할 것이다.

그러나 애처가는 이 신체적 차이와 자연법칙의 벽을 죄다 공부와 노력으로 극복하려 들었다. 그리고 사람들은 점점 이 애처가가 무서워졌다.

우리 폐하는 정말 더 크게 되실 분이시다. 아내는 가끔 남편에 대한 공감 능력이 심하게 떨어지는 것 같은데 남편의 공감 수치는 거의 일심동체, 자웅동체 수준이었다. 감탄과 피곤함 사이를 넘나들던 기사 하나가 참지 못하고 여쭈었다.

"폐하, 궁의와 경험 많은 산파들이 있는데 이렇게까지 하셔야 됩니까?"

솔직히 황후 폐하는 지금 너무나 괜찮아 보이시는데요.

시종장은 오늘도 평소와 같은 생각을 했다. 기사들은 왜 다 저 모양일까, 하는 생각이었다.

황제는 역시나 곧바로 한심하단 표정을 지었다.

기사들은 그 누구보다 황제에게 강하게 굴려지는 이들이었다. 황제는 대련을 빙자하여 그들을 말로 검으로 쥐어 패곤 했다. 그런데 기사들은 그렇게 모질게 얻어맞으면서도 황제를 좋아했고 혼이 날 걸알면서도 궁금하면 참지 않았다. 하는 짓이 다 근위대장 같았다. 점잖은 시종장은 기사들이 모두 변태라고 생각하기에 이르렀다.

책에서 시선을 뗀 황제가 말했다.

"궁의와 산파가 다 해 줄 것이라 하여도 가장 가까이서 이야기를들어 주는 것은 남편이 해야 하는 일 아니겠느냐? 아내가 힘든 부분을 신체적으로는 같이 못 느껴도 머리로는 알고 있어야 대화가 되지않겠느냐, 이 인정머리 없는 것아."

황제는 별 모자란 것을 다 본다는 듯 연신 혀를 찼다.

"나도 모르는 일이고 평생 가야 느껴 볼 일 없는 변화이지만 내 아내도 처음 겪는 일이다. 얼마나 무섭겠느냐? 너는 네 애를 가진 여자가 무섭다고 하면 전문가와 상의하라고 말할 것이냐? 이 시정잡배 같은 놈을 보았나."

이 싹퉁머리 없는 것 좀 보소.

황제는 천하의 잡놈이라는 듯 기사를 힐난했다. 애인이 없을뿐더러 애인이 있었던 과거조차 없는 기사는 호기심에 말 한 마디 잘못 꺼냈다가 세상에 둘도 없는 쓰레기가 됐다.

그러나 황제는 자비가 없는 이였다. 여기저기서 사람들이 주먹으로 입을 틀어막으며 오열했다.

폐, 폐하…… 저희가 다 잘못했으니 제발 그다음 말만은……!

모두가 간절한 표정으로 바라봤으나 황제는 오늘도 망설임 없이남의 뼈를 후려쳤다.

"네가 그러니까 애인이 없는 것이다."

"폐, 폐하…… 제발 자비를……."

한동안 회복이 불가능한 폭행을 당한 기사가 심장을 부여잡았다.

✤

황제는 정말로 황후가 손발이 없다고 생각하고 있는지도 몰랐다. 그는 오늘도 맞은편이 아닌 옆자리에 앉아서 황후의 식사 시중을 자청하고 있었다.

음식을 놓아주고 연신 다정하게 말을 걸었다. 먹는 모습을 바라보며 행복해했다. 너무 익숙해진 나머지 시종들과 시녀들은 이제 아무도 송구함을 느끼지 않았다. 때로 둘은 정말 사랑하는구나, 보기 좋다, 그런 생각이 들 뿐이었다.

황제는 원래도 다연이 먹는 것에 각별하게 신경을 썼다. 그는 본디 규칙적인 생활과 식사를 가장 중요하게 생각하는 사람이었다. 그가 부족한 재능으로도 검의 경지에 이를 수 있었던 원천은 꾸준함과 근성이었다. 지치고 괴로운 순간에도 먹고 쉬어야만 다음이 있었다. 그는 누구보다 규칙적인 생활의 중요성을 아는 사람이었다.

그리고 황제는 다연이 아이를 가진 뒤로는 더욱 식사에 신경을 쓰기 시작했다. 식사에 어려움을 겪는 것은 산모 대부분이 겪는 증상이라는 것을 들었기 때문이다. 좋아하던 음식에 역함을 느끼는 것은 물론 구토를 하는 것조차 특별한 일이 아니라는 끔찍한 말을 들었다.

그런데 아내는 딱히 식사를 하는 데 어려움은 없어 보였다. 가끔은 식사량이 예전만 못해서 모두를 걱정스럽게 만들었으나 음식을 가리지도 않았고 특별히 먹고 싶은 게 있다는 말도 하지 않았다.

결국 혼자 초조해진 황제는 고민하다가 조심스럽게 말했다.

"뭐 먹고 싶은 건 없니?"

425

"맛있는데요."

다연이 수더분하게 말했으나 황제는 고개를 저었다.

"갑자기 음식이 역하게 느껴지는 것도, 어떤 음식이 갑작스럽게 먹고 싶은 것도 모두 자연스러운 현상이라 했다. 남에게 폐가 된다 생각해서 미련하게 참지 말고 못 먹겠다 싶은 것은 못 먹겠다고 말하거라. 먹고 싶은 게 있다면 한밤중이라도 좋으니 말하고. 알겠니?"

황후는 요즘 들어 증세가 심각해진 황제가 아무리 유난을 떨어도 그냥 잔잔하게 웃으며 고개를 끄덕였다. 생각나면 말할게요, 라고 하는 것이 전부였다.

그러나 오늘만큼은 생각나는 게 있는 듯했다. 그녀가 민망하게 웃으면서 망설이는 것을 모두는 느꼈다. 이 순간 모두는 긴장하고 말았다. 그게 무엇이든 어떻게든 구해 와야 했다. 측근의 도리였다. 뭔가를 더 못 해 줘서 안달이 난 남편 또한 조용히 눈을 빛내고 있었다. 그렇게 모두가 비장한 마음으로 주먹을 불끈 쥐었을 때였다.

머리를 긁적거리던 다연이 마침내 입을 열었다.

식사를 준비하는 사람들의 태도는 평소와 다름없었다. 황제 부처의 호위를 책임지는 기사들도 마찬가지였다. 늘상 하던 일을 수행하는 그들의 모습은 각이 잡혀 있었으며 궁인들답게 우아했다.

그러나 이 순간 모두는 사실 긴장하고 있었다.

– 매운 음식이 먹고 싶어요. 근데 좀…… 많이 매웠으면 좋겠어요.

남편의 다정한 물음에 머리를 한참 긁적거리던 황후가 내놓은 대답은 쓸데없이 비장해져 있던 사람들을 조금 김빠지게 했다.

이곳은 황궁이었다. 각 영지에서 올라온 진상품들이 넘쳐났다. 황제의 식사를 책임지는 내궁 요리장은 언제나 최상급의 식재료만을 취급했으며 당연히 그 실력 또한 뛰어났다.

그리고 애처가는 남들보다 조금 더 만반의 준비가 되어 있었다. 혹시 몰라 이국의 음식들을 구해 올 빠른 방도를 생각하고 있었다. 그녀가 좋아한다면 아예 요리사를 초빙해 올 수도 있었다.

그런 와중 다연이 내어놓은 대답은 너무도 무난한 나머지 사람들을 허탈하게 하였던 것이다.

그러나 그녀는 몹시 진심이었다. 다연은 이 세계에 온 뒤 본인의 기준으로는 한 번도 매운 음식을 먹어 본 적이 없었다. 이야기를 하고 나자 그때부터는 더욱 간절해졌다.

마침내 황후가 식사를 시작하자 사람들은 신경 쓰지 않는 척하면서도 그 모습을 힐끔거렸다. 맞은편에 앉아 있는 황제 또한 그녀를 관찰하느라 본인의 식사에 집중하지 못하고 있었다.

조심스럽게 몇 입 떠먹으며 맛을 본 다연은 황제를 바라보며 살짝 웃었다. 그리고 고개를 두어 번 끄덕였다. 모두가 자신을 신경 쓰고 있다는 걸 아는 눈치였다.

사람들은 다연의 반응을 액면 그대로 받아들였지만 다연앓이의 숙주는 무언가 잘못되었다는 것을 깨달았다. 어딘가 실망스러운 표정이라는 건 그의 눈에만 보였다.

결국 식사를 멈춘 황제가 물었다.

"너무 맵니?"

요리장은 황후가 매운 음식을 먹고 싶어 한다는 말에 최선을 다했다. 그러나 알티우스는 기본적으로 매운 음식이 발달한 식문화가 아니었다.

그 결과 요리는 맛의 균형이 다소 파괴되어 있었다. 건강한 입맛을 가진 황제의 취향에도 잘 맞지 않았다.

그러나 사실 다연은 정반대의 이유로 불만족해하고 있었다. 기대했던 것과 달리 전혀 맵지 않았던 것이다.

근데 별로인 게 그렇게 티가 났나?

다연이 무안해하며 손바닥으로 본인의 뺨을 꾹꾹 누르자 황제가 딱하다는 듯이 웃었다.

이어 황제는 가만히 시종장을 바라보았다. 그리고 시종장은 황제가 굳이 입을 열지 않아도 알아들었다. 다시 만들어 올리라는 뜻이었다.

다연이 어색하게 웃으며 끼어든 것은 바로 그때였다.

"음…… 저기……."

황제는 인상을 찌푸렸다. 다연이 만류한다고 생각했기에 그는 한숨을 쉬며 쓴소리를 하려고 했다.

아니, 이 정도도 폐가 된다고 생각하느냐? 너는 황후다, 그리고 바로 이런 일을 하라고 궁에 요리사들을 두는 것이다.

그러나 다연은 황제가 생각한 것과 전혀 다른 말을 내뱉었다.

"어, 음, 그냥 요리장님을 잠시만 불러 주시면 안 될까요?"

"……왜?"

사람들은 의아해지고 말았다.

황제도 아닌 황후가 찾는다는 소리에 정말 큰일이 났구나 싶었던 내궁 요리장은 허겁지겁 달려왔다. 그런 그에게 다연이 부탁한 것은 이 음식에 들어간 매운 향신료였다.

다연은 우선 소스를 조금 덜어 맛부터 보았다. 요리장이 직접 만든 것으로 매운 맛을 내는 액상 소스였다. 맛을 본 그녀는 무슨 생각인지 흠, 하며 머리를 긁적였다.

그리고 잠시 뒤 황제와 내궁 요리장을 포함한 사람들은 황후가 씩씩한 얼굴로 남은 음식에 소스를 들이붓는 광경을 목격할 수 있었다. 마무리로 매운 향을 내는 분말까지 탁탁 털어 넣는 태도에는 자신감이 넘쳤다.

그 모습을 보고 있는 모두의 표정은 괴이해졌다. 가장 표정이 안좋은 것은 내궁 요리장이었다. 그는 갑작스럽게 불려왔을 때보다 더 식은땀을 흘리고 있었다. 그는 일평생 요리를 해 왔으며 저 소스는 자신이 만든 것이었다. 요리에 조예가 없는 황제의 측근들과 달리 그는 이 순간 저 매운 맛의 강도를 가장 현실적으로 가늠할 수 있는 사람이었다.

한편 망설임 없이 음식을 입 안으로 가져간 다연은 황제를 바라보며 살짝 눈꼬리를 접었다. 아까처럼 고개도 두어 번 끄덕였다. 다연 앓이의 숙주는 이번에는 정말로 그녀가 만족했다는 것을 알았다.

"맛있어?"

사람들은 이번에는 황제도 이상하게 쳐다봤다. 대체 저 표정이 아까랑 다른 건 뭐죠?

이것은 입문자들은 아직 구현할 수 없는 고급 기술로, 숙주만이 도달해 있는 경지였다.

"음, 네. 매운 게 먹고 싶었거든요."

다연은 황제의 물음에 조용하게 고개를 끄덕였다.

사실 다연이 느끼기에도 맛있지는 않았다. 맛의 균형은 아까보다 훨씬 더 파괴되어 있었다. 단지 매운맛에 충실했을 뿐이다. 그러나 다연은 음식을 먹으며 계속해서 피식거렸다. 자꾸 뭐가 생각나는 모양이었다.

황제는 그런 다연을 오묘한 표정으로 바라보았다. 한참 동안 아내의 얼굴에 고정되어 있던 시선이 다음으로 향한 곳은 문제의 그 음식이었다.

"……."

저게 정말 맛있나?

궁금했다. 그런데 동시에 꺼림칙했다. 벌건 소스를 흠뻑 뒤집어쓴 모습은 어딘가 불길해 보였다.

그러나 사랑스러운 아내가 너무 아무렇지 않게 먹었기에 황제는 의심스러운 얼굴을 하면서도 손을 뻗고 말았다.

모두 황제의 반응을 호기심 어린 얼굴로 지켜봤다. 눈을 질끈 감은 것은 맛을 상상할 수 있었던 내궁 요리장뿐이었다. 폐하, 그건 사람이 못 먹는 것이옵니다! 드시면 안 되시옵니다!

그는 조심스럽게 음식을 씹었다. 표정이 생각보다 괜찮아 보였다. 먹을 만한 모양이네, 기사들이 안심했을 때였다. 황제는 돌연 우욱! 소리를 내더니 입을 가렸다.

깜짝 놀란 시종이 눈앞의 냅킨을 내밀자 황제는 재빨리 넘겨 받아 그 위에 내용물을 뱉어 냈다. 황족답지 않은 식사 예절이었으나 그는 몹시도 괴로워했다. 연신 콜록댔다가 헛구역질을 반복했다.

시종이 이번에는 물잔을 올렸다. 황제는 이번에도 재빠르게 받아 들더니 순식간에 벌컥벌컥 비워 냈다. 사람들은 모두 인상을 썼다. 그냥 황제를 보기만 하는데도 그 고통이 어느 정도인지가 느껴졌던 것이다.

그렇다면 저걸 먹으며 방금까지 웃고 계셨던 우리 황후 폐하는 대체 무엇……?

다연은 몹시 난처해하며 황제를 바라보았다. 말렸어야 했구나.

그간 제국의 음식을 먹으며, 특히 건강하기 짝이 없는 황궁의 음식을 먹으며 어느 정도 예상은 했지만 그래도 설마 이 정도까지 매운맛에 취약할 줄은 몰랐던 것이다.

"……괜찮아요?"

다연이 미리 경고하지 못한 것을 미안해하며 물었으나 황제는 여전히 괜찮지 않아 보였다. 쿨럭대는 것으로도 모자라 속이 아픈지 헛구역질을 했다. 걱정이 됐는지 자리에서 일어난 다연이 황제의 옆으로 와 등을 쓸어 주었다.

그리고 측근들은 그 모습을 묘한 표정으로 바라보았다.

사람들은 사실 이름난 사랑꾼인 황제가 황후 대신 입덧을 하지 않을까 예상했었다. 황후는 매사 덤덤한 사람이니 유난스러운 황제라면 이런 것도 대신할 것 같았다.

결과적으로 황제는 아내 대신 헛구역질을 하긴 했다. 뭔가 그것과 많이 다른 것 같았지만 어쨌든 황후 폐하를 대신하여 괴로워하고 계시니 아름답게 후세에 전하기로 하자며 궁인들은 먼 산을 바라보았다.

"그렇게 매웠어요?"

황제는 이제 좀 괜찮아졌는지 이마를 짚은 채 깊은 한숨을 내쉬고 있었다. 지옥불을 경험하고 온 그가 다연을 보더니 말했다.

"너…… 미각 괜찮은 것이냐?"

차마 귀애하는 아내에게 너 미쳤느냐, 라고 묻지는 못하고 황제는 애써 돌려 말했다.

황제의 반응에서 고통의 크기를 짐작한 사람들도 황후를 신기하게 바라봤다.

다연 님은 간만 튼튼하신 게 아니라 위도 튼튼하셨어!

간도 위도 미각도 다 이 세상 것이 아니셨어!

모두는 내심 걱정이 되는 듯했다. 조심해야 하는 시기에 저런 걸 먹고 탈이라도 나면 어쩌나 싶었던 것이다. 그러나 본인이 저렇게나 평온한데 말릴 수도 없는 노릇이었다.

그리고 이 순간 황제만이 조금 다른 생각을 했다.

431

애가 설마 그동안 음식이 입맛에 안 맞았던 건가? 황제는 당혹스러운 표정으로 아내를 바라봤다.

물론 그렇지는 않았다. 다만 아주 가끔은 맵고 자극적인 음식들이 생각날 때가 있을 뿐이었다.

다연은 자신을 향한 모든 시선들에 말없이 웃기만 했다. 그녀는 굳이 설명하지 않고 다시 본인의 자리로 돌아왔다.

사실 이 정도는 고국에서 매운 음식의 축에도 못 꼈다. 그래서 계속 웃음이 나왔다.

거참 김치를 먹으면 큰일 날 사람들이로세.

황제를 마주 보며 싱긋 웃어 준 그녀는 묵묵히 남은 음식을 비웠다.

오월의 어느 오후, 황제 부처는 침대 위에 붙어 앉아 있었다.

황제는 다연을 다리 사이에 앉혀 놓고 그녀의 정수리에 턱을 올려놓고 있었으며 다연은 그의 상체에 등을 비스듬히 기대고 있었다. 둘 다 매우 편안한 자세였으나 황제의 심기는 몹시 불편해 보였다.

어느 날 아내가 어린 시절 초상화는 없냐고 묻자 황제는 몹시 좋아했다. 미하일 어렸을 때가 궁금해요, 라고 말하니 설레기까지 했다. 어린 시절이 궁금하다는 게 그만큼 자신에게 애정이 있다는 말처럼 들렸던 것이다.

사실 꽤 많은 사람들은 보여 주는 것을 부끄러워한다. 다듬어지지 않은 모습은 어쩐지 쑥스럽고 또 조금은 싫을 때가 있으니까. 귀여운 게 아니라 미숙해 보일 수도 있으니까. 너무 오래된 과거는 자신에게조차 낯설 때가 있으니까.

그러나 황제는 남들에 비해 부끄러움을 잘 모르는 사람이었다. 무엇보다 태어나서부터 지금까지 단 한 번도 못생겨 본 적이 없는 재수없는 사람이었다. 아내가 초상화를 찾자 그는 입꼬리가 바로 귀에 걸려서는 그 부탁을 들어주고 말았다.

그리고 다연은 그 초상화를 침실 벽에 걸어 두고 시간이 날 때마다 하염없이 감상했다. 자기 전에도 보다 잠들었고 일어난 뒤에도 한참을 바라보며 얼굴이 빨개질 정도로 좋아했다.

남편의 어린 시절은 상상보다 훨씬 근사했다. 지금과 달리 살짝 통통하고 상기된 뺨이 사과 같았다. 화가가 일부러 그렇게 그렸는지도 모르지만 저렇게 어렸을 때에도 차가운 표정이 있었다. 그런데 어린아이라고 생각하니까 그 차갑고 오만한 표정이 다연에게는 그저 깜찍하게 느껴졌던 것이다.

"진짜 너무 귀엽다."

다연이 몇 번째인지 모를 감상평을 늘어놓자 그녀를 뒤에서 끌어안고 있는 황제의 얼굴은 조금 더 뚱해졌다.

황제의 어린 시절을 아는 나이 지긋한 대신들이 이 감상평을 들었더라면 황후에게 말하고 싶었을 것이다.

죄송하지만 생각하시는 것처럼 꼭 귀엽지만은 않으셨습니다.

귀여움의 척도가 꼭 얼굴에만 있는 건 아니지 않습니까?

얼굴은 지금도 아름다우시지만 폐하는 사실 요정보다는 언어폭력배에 가깝…….

황제는 요즘 내 망나니의 안정이 지상 최대의 목표인 사람처럼 살았다. 항상 아내의 기분을 살폈고 뭐라도 더 해 주지 못해 난리였다. 그러나 기뻐하던 황제는 다연이 몇 날 며칠 그림만 바라보자 어느 순간부터 짜증을 느끼기 시작했다. 결국 다연과 함께 본인의 초상을 보고 있던 그는 툴툴거리고 말았다.

"대체 왜 실재가 옆에 있는데 그림만 보는 것이냐? 이 매정한 것 아."

나 좀 봐 달란 얘기였다.

그 말에 다연은 웃으며 뒤를 돌아봤다. 남편이 또 몹시 서운한 표정을 짓고 있었다. 다연은 속으로만 생각했다. 지금도 내 눈에는 너무 귀여워. 사실은 지금이 더 귀여워.

다연이 조금 웃다가 몸을 돌려 다시 앞을 바라보자 황제는 그냥 다연의 눈을 가려 버렸다. 몹시 유치한 행동이었다. 다연은 킥킥 웃으며 황제의 손을 떼어 냈다.

"저거 다른 사람 아니고 본인인 건 알고 있죠?"

자기 초상화에 질투를 하다니, 이게 자신과의 싸움이 아니면 무엇이란 말인가. 말 그대로 어린 미하일과 어른 미하일의 싸움이었다.

그러나 황제는 묻는 말에는 대답하지 않고 다연이 더 보지 못하게 심통을 부렸다. 그녀를 꼭 끌어안고 침대에 누워 버린 것이다.

"어쨌든 그만 봐."

다연은 그의 가슴팍에 얼굴을 묻고 잠시 킥킥거렸다. 곧이어 다연이 고개를 들고 바로 누우려 하자 그는 익숙하게 머리 뒤로 손을 넣어 팔베개를 해 주었다.

그녀의 시선은 또다시 그림 쪽으로 향했다. 황제는 이번에도 눈을 가리려고 했으나 다연의 말이 먼저였다. 그녀가 몹시 행복하다는 듯 말했다.

"자꾸 보고 있으면 미하일처럼 예쁜 아기가 나올 것 같아요."

"……."

"저 볼 통통한 것 좀 봐요. 어떻게 저렇게 사랑스럽죠? 근데 미하일 어릴 땐 직모였나 봐요. 지금은 완전 생머리는 아니잖아요."

자신에 대해 묻는 다연의 눈이 너무 따뜻하게 빛나서 황제는 금방 또 마음이 수런거리고 말았다. 아내는 오늘도 아무렇지 않게 자신을 갖고 놀고 있었다.

"⋯⋯응, 뭐 그랬다."

흠흠, 헛기침을 하던 그가 다연에게 살짝 입을 맞추더니 말했다.

"나도 네 어릴 때가 보고 싶은데."

말을 꺼내 놓고도 자신이 괜한 말을 한 것인가 황제는 눈치를 보았다. 이곳에서 어린 시절을 보내지 않은 사람에게 괜히 추억과 그리움을 자극하는 건가 싶었기 때문이다.

그러나 다연은 전혀 그런 기색 없이 웃어 보였다. 황제가 물으니 열심히 설명하고 알려 주고 싶었다.

"음음, 전 미하일처럼 저렇게 예쁜 애는 아니었어요. 성격도 소심하고 그래서 눈에 잘 안 띄었어요."

"⋯⋯."

"아니, 뭐 비하하는 건 아니고. 사실이 그렇다고."

혹시 오해할까 싶어 다연이 열심히 부연하자 황제가 알아들었다는 듯 고개를 끄덕였다. 그리고 분명한 어조로 말했다.

"그래도 넌 틀림없이 귀여웠을 것이다."

내가 보았다면 어디가 예쁜지 하나하나 알려 주었을 텐데.

그는 다연의 배를 쓰다듬으며 속삭이듯 말했다.

"아기 토마토야, 부디 엄마 토마토를 닮거라."

그 말에 한참을 웃던 다연이 반대했다.

"안 돼요! 아기 요정아, 아빠 요정을 닮아야 해. 에휴, 너희 아빠는 평생 저 얼굴로만 살아서 외모가 주는 혜택과 불이익을 잘 모르나 봐."

태명은 통일되지 않고 있었다. 다연은 우리 요정, 내 아기 요정이라고 불렀으나 황제는 틈만 나면 다연의 배에다 대고 아기 토마토, 어린 토마토라고 불렀다. 서로 태어날 아기가 누구를 닮기를 염원하는 지가 명확한 지칭이었다.

황제는 다연이 웃는 모습을 물끄러미 바라보았다. 눈꼬리를 접으며 밝게 웃는 그녀를 보고 있는 그의 마음도 한없이 행복했다.

내 토마토와 우리의 아기 토마토.

아내의 배를 조심스럽게 쓰다듬던 그가 조금 웃으며 물었다.

"안 잘 거야?"

원래도 잠이 많은 편이었던 다연은 요즘 들어 더욱 잠이 쏟아지는 듯했다. 아예 오후에 1시간 정도씩 규칙적으로 낮잠을 자기 시작했다.

국무회의를 가기 전 잠시 들른 황제는 다연을 재우러 온 참이었다. 가끔은 너무 자면 밤에 잠을 설친다고 손수 깨우러 올 때도 있었다.

황제가 말하자 안 그래도 수면 욕구를 느끼고 있었던 다연은 눈을 비비며 고개를 끄덕였다.

"잘래요. 이제 졸린 것 같아요."

"그래, 조금 자."

몸을 일으킨 그는 틈이 살짝 벌어진 커튼을 당겨 방 안을 어둡게 했다. 그 섬세한 배려에 다연은 조금 웃더니 냉큼 눈을 감았다.

두 사람이 입을 다물자 방 안은 금세 조용해졌다. 한없이 고요하고 평화로웠다.

아내는 쉽게 잠이 드니 내버려 두면 이대로 꿈나라로 가 버리겠지. 그 잠들기 직전의 편안한 얼굴을 내려다보던 황제는 충동적으로 물었다.

"다연, 우리 어디 바람 쐬러 갈까?"

그녀가 눈을 깜빡이며 의아하게 물었다.

"갑자기 왜요?"

"그냥. 요즘 너무 안에만 있었으니까."

"어디로요?"

"글쎄, 어디 가고 싶은 데 있어?"

"음……."

충동적으로 한 말이었으나 뱉고 보니 제법 괜찮은 생각인 듯싶었다. 아름다운 곳에 데려가 기분 전환을 시켜 주고 싶었다. 다연 또한 꽤나 진지하게 고민하는 듯했다. 그리고 한참 뒤 그녀가 황제에게 물었다.

"헤르고니아는 어때요?"

"……헤르고니아?"

뜻밖의 장소에 황제는 당황해하며 되물었다.

물론 헤르고니아는 아름다운 장소였다. 황궁의 아르제니아와 함께 알티우스에서 가장 아름다운 숲으로 꼽히는 곳이었다. 그렇지만 그들에겐 아름답기만 한 장소는 아니었다. 황제에게는 아프기도 하고 쓰라리기도 한 장소였다. 지난 겨울 그곳에서 겪었던 일 때문이었다.

그런데 헤르고니아라니. 얘는 대체 무슨 생각을 하고 있는지 모르겠다. 곤혹스러워하는 황제에게 다연이 중얼거리듯이 말했다.

"아직 인사를 못 해서. 우릴 도와줬잖아요."

그는 그녀의 머리칼을 조심스러운 손길로 쓸어 넘겼다.

황제는 말이 없었다. 선뜻 그러자는 말이 나오지 않았다. 그날 이후 아내는 며칠이나 의식불명 상태였다. 그 일이 너무 충격이었는지 건강을 회복한 이후로도 한동안은 악몽에 시달렸다.

잊혀진 것일까, 아니면 이제는 괜찮아진 것일까. 다행히 그녀는 어느 순간을 기점으로 더 이상은 악몽을 꾸지 않았다.

자신은 해 준 게 아무 것도 없었다. 그런데도 시간을 주면 반드시 극복해 내는 이 씩씩함이 미안하고 감사했다. 신께, 또 아내에게 천번만번 감사하다고 말해도 모자랐다.

그는 복잡한 마음을 내색하지 않고 조금 걱정스럽게 물었다.

"그렇게 멀리 가면 너 힘들지 않을까."

"그러려나."

괜히 애틋한 마음이 들었던 황제는 그녀의 얼굴과 머리칼에서 손을 떼지 못했다. 그가 자꾸만 건드리면서 잠을 방해하자 결국엔 참지 못하고 다연이 말했다.

"미하일…… 미안한데, 나 좀만 잘게요. 너무 졸려……."

그녀가 어린아이처럼 잠투정을 부리자 황제가 얼른 손을 뗐다.

"응, 미안, 얼른 자거라."

서서히 잠에 빠져드는 그녀를 바라보는 황제의 시선이 따뜻했다.

그들이 바람을 쐬러 궁 밖으로 나갈 수 있었던 것은 그 뒤로 두 달이 지난 여름이었다. 황제는 안정기에 접어들 때까지 조금만 기다리라는 전문가의 조언을 진중하게 받아들였다.

임신한 아내와 나들이를 가기 위해 그는 만반의 준비를 갖추었다. 얼마 전 복귀한 근위대장의 경우 그 열의가 황제보다 더했다. 위험에 대비하는 그들의 자세는 나들이 준비가 아니라 마치 전쟁을 준비하는 장수의 자세와 같았다.

헤르고니아 방문 일정을 신전과 조율하는 과정에서 황제는 몇 번 욱할 때가 있었다. 그러나 그는 놀랍게도 열이 받으면 펜을 집어 던지는 오랜 습관을 고쳤다. 사용하고 있는 펜이 차마 집어 던질 수 없는 귀중한 것이었기 때문이다. 사람들은 황후 폐하의 혜안에 감탄하며 어긋난 찬가를 불렀다.

출발하기 며칠 전부터 다연은 엄청나게 설렌 모습이었다.

곰을 만나면 선물할 거라고 사람들에게 부탁해 먹을 것도 챙겼다.

과일, 곡물, 꿀 같은 것들이었다.

직접 흑곰을 보았던 기사들은 몹시 회의적이었다.

곰이 그걸 준다고 먹겠습니까? 한번 타고 다니셨다고 잊으신 것 같은데 걔는 야생에서 자란 맹수인데요. 하루에 다섯 끼를 먹는 황궁의 해맑은 멍멍이가 아니란 말입니다!

그리고 나들이 당일, 출발은 예정보다 훨씬 늦어졌다. 일행이 황궁을 나설 수 있었던 것은 점심이 훌쩍 넘은 시각이었다. 황후가 거하게 늦잠을 잤기 때문이었다.

전날 미하일이 아무리 자라고 핀잔을 주어도 다연은 쉽게 잠을 이루지 못했다. 그녀는 원래 여행을 앞두고 이렇게까지 들뜨는 사람이 아니었다. 그런데 이번엔 왜 이렇게 신나 하는 걸까. 황제가 늦잠을 자는 황후를 깨우지 않고 사랑스럽게 바라보는데, 거기다 대고 재촉할 수 있는 사람은 아무도 없었다.

늦은 시각, 출발 준비를 마친 황제 부처는 아르제니아에 준비되어 있는 마차로 향했다. 그리고 황궁이 소란스럽자 어김없이 까마귀가 날아들었다.

「어디 가!」

"음, 헤르고니아에 가."

까마귀는 결국 다연에게서 이름을 받아 냈다. 동물이지만 성도 있었다. 헤시 라오노르라고 성서에 나오는 의로운 사람의 이름이었다. 그 이름이 성서 속에서 얼마나 명예로운 이름인지를 다연이 열심히 설명하자 까마귀는 무척이나 흡족해하며 받아들였다.

그렇지만 까마귀를 헤시라고 부르는 것은 다연 한 명뿐으로 궁인들은 이미 모두 까망이라고 부르고 있었다.

부르다 보니 입에 착착 붙는다며 사람들은 황후의 작명 실력을 재평가했다. 그리고 사람들에게 까망이라고 불리는 순간 까마귀의 이미

지는 영물이 아닌 황후 폐하의 애완조가 되고 말았다.

주변을 얼쩡거리는 까마귀에게 다연은 물었다.

"같이 갈래?"

「나도?」

까망이는 솔깃한 듯했다. 그러나 다연 옆에서 차가운 웃음을 짓고 있는 황제가 부담스러웠는지 쳇, 하며 그냥 날아가 버렸다. 까마귀는 날아가면서 다연을 타박하듯 까악거렸다.

「야! 이번엔 조심해서 다녀와!」

사실은 걱정하는 것이 분명했다. 다연은 빙긋 웃으며 저 멀리 날아가는 까마귀를 바라보았다.

황후가 먼저 마차에 오르자 황제는 그 뒤를 따랐다. 처음엔 나란히 앉았으나 황제는 이내 다연을 자신의 다리 사이에 앉혔다. 이제는 불룩해진 다연의 아랫배에 그는 꼼꼼하게도 담요를 덮었다. 그리고 다연의 손을 찾아 가만히 쥐었다.

이렇게 하고 있으니 꼭 혼인하던 날 같았다. 그때도 황제는 다연을 이렇게 뒤에서 꼭 끌어안고 있었다. 그날은 모포를 몇 장이나 뒤집어쓰고도 추워서 오들오들 떨었었는데.

황제에게 등을 기댄 다연이 뒤를 힐끔 바라보며 말했다.

"오늘은 안 추운데요."

"내가 춥다."

표정 하나 안 변하고 대꾸하는 남편이 웃겨서 다연은 또 고개를 숙이고 웃었다. 황제 또한 함께 웃으며 가만히 다연의 손을 주물렀다. 세심한 황제는 아내가 얼마 전부터 종종 자기 손을 주무르는 것을 알아챘다. 벌써부터 손발이 저린 모양이었다.

그는 결혼 전에도 다연의 발을 주물러 주겠다고 해서 몇 번이나 다연을 당황시켰다. 목표한 것은 그냥 지나가는 법이 없는 그는 결국 이렇게 본인의 오랜 소망을 실현했다. 손도 주물러 주고 또 밤에는 발도 주물러 주는 자상한 남편을 다연은 고마워하며 바라보았다.

그녀는 감사의 표시로 입을 맞추었으나 황제는 그 입맞춤을 조금 더 오랜 시간 되돌려 주었다.

여름의 헤르고니아는 겨울과는 또 다른 운치가 있었다.

겨울에 왔을 때는 이보다 조용하고 쓸쓸한 분위기가 있었으나 시간이 지나 울창해진 숲에는 그때와 달리 생명들이 뿜어내는 강렬한 기운이 가득했다.

기사단은 숲의 한복판에 그들이 가지고 온 것을 내려놨다. 다연이 부탁해서 챙겨 온 여러 종류의 과일들과 꿀이 든 단지였다.

황후는 평범한 사람이 아니었다. 기사들도 그 사실을 잘 알고 있었다. 그녀는 원하기만 하면 동물들을 시도 때도 없이 불러낼 수 있는 사람이었다. 요즘은 국경에도 새를 날려 보내 감시와 정찰 목적으로 활용하고 있었다.

그러나 황후가 정말로 흑곰을 불러냈을 때 그들은 식은땀을 흘리고 말았다.

어쩌지. 나타나고 말았어.

다시 보는 흑곰의 위용에 모두는 시선을 회피하고 싶어졌다.

"우와아, 왔어?"

모두가 당혹스러워하는 와중에 다연만이 반가운 얼굴을 했다. 그리고 그 순간 그녀가 뛰쳐나가려고 하자 황제는 재빠르게 손목을 낚아챘다. 그는 놀란 나머지 화가 난 것 같았다.

"너, 너 이…… 겁도 없이!"

헤르고니아에서 오랜 시간을 살아온 동물은 현명해 보였다. 다연이 부르자 어슬렁어슬렁 나타났지만 무장을 하고 있는 무수한 인간들

441

을 보고는 그 이상 다가오지 않았다.

거리를 좁히고 싶다면 다연이 다가가는 수밖에는 없었다.

다연은 일단 황제를 안심시키며 웃었다.

"괜찮아요. 쟤가 무뚝뚝해 보이지만 사실은 반가워하고 있어요."

아뇨, 무뚝뚝해 보이는 게 아니라 포악해 보이는데요. 다시 한 번 잘 보세요.

듣고 있던 기사들은 창백한 얼굴로 황후에게 비난의 시선을 던졌다.

다연은 의심스러워하는 황제의 손을 잡고 두어 걸음 앞으로 다가갔다. 그렇지만 호위하는 사람들이 난처할 것을 생각해 더 가까이 가지는 않았다. 다연의 몸을 보호하듯 감싸고 있는 황제는 만약을 대비해 경계를 늦추지 않았다.

다연은 다시 만난 곰에게 상냥한 목소리로 인사를 건넸다.

"오랜만이야."

「……」

"있지, 인사를 하고 싶어서 왔어. 그때 나를 도와줘서 정말로 고마웠어. 덕분에 나도 이 사람도 무사할 수 있었어."

과묵한 흑곰은 대답하지 않았으나 원래 말수가 없는 것을 알기에 다연은 개의치 않았다.

오히려 가만히 있는 남편에게 말했다.

"쟤가 우릴 아르제니아까지 안전하게 데려다줬어요."

"……."

황제는 얘가 새삼스럽게 왜 이러나 싶어서 의아하게 바라보았다. 그러나 다연은 싱긋 웃으며 황제를 재촉했다.

"그러니까 미하일도 빨리 고맙다고 해요!"

"……뭐?"

"빨리요."

"……."

사랑하는 아내의 청에 황제는 먼 하늘을 바라보았다. 그리고 깊은 한숨을 내쉬었다. 오늘도 내가 참겠다는 얼굴이었다.

이젠 정말 하다 하다 별짓을 다 하는구나. 역시 사랑은 인내의 연속이 분명했다. 그는 허공에 시선을 고정한 채 영혼 없이 내뱉었다.

"……고맙다."

다연은 고개를 숙이고 키득키득 웃었다.

야, 웃냐. 지금 이게 웃기냐.

황제는 배신감이 가득한 얼굴로 다연을 바라보았다. 어차피 곰은 알아듣지도 못하는데 괜히 놀림당한 기분이었다.

다연은 그런 황제의 허리를 끌어안고 좋아서 그래요, 그니깐 삐치지 마요, 말갛게 웃었다.

그녀는 고개를 돌려 다시 흑곰을 바라보았다. 그리고 다정한 목소리로 말을 붙였다.

"이제 겨울잠은 다 잤겠다, 그치."

사람들은 그런 다연을 조금 이상하게 바라보았다. 이미 여름이 온지 한참인데 뜬금없는 소리였다. 그러나 말을 꺼내는 다연의 얼굴은 조심스럽고 또 걱정스러워 보였다.

"혹시 혼자 지내니?"

흑곰은 대답하지 않았다. 그러나 다연은 머지않아 그 질문에 대한 대답을 알게 되었다. 또 다른 곰들이 나타났던 것이다.

"와, 세상에."

아직 어린 새끼 곰들은 어딘가 걸음걸이가 불안정했다. 열심히 뛰어다니고는 있는데 둥글둥글하고 새카만 공들이 굴러다니는 느낌이었다. 사실은 엄청나게 귀여웠다.

그러나 그들 뒤로 엄마 곰으로 보이는 또 다른 흑곰이 나타나자 기사들은 이제 머리를 쥐어뜯기 시작했다. 스트레스가 극에 달한 그들은 황후를 애절하게 바라보았다.

황후 폐하, 제발 그만 불러요.

무서워요. 이건 너무 무섭다고요!

기사들은 엉엉 울 것 같은 표정으로 황후를 바라보았지만 그녀는 눈치채지 못하고 그저 새끼 곰들을 귀여워하고 있을 뿐이었다.

새끼 곰들은 엄마 곰의 만류에도 불구하고 기사들이 가져다 놓은 과일 앞까지 뛰어왔다. 그들은 과일보다 그 옆의 꿀단지에 더욱 호기심을 보였다. 그러나 단지는 너무 커다랬고 새끼 곰들은 단지 안의 꿀을 먹으려고 매달리다가 결국 그 단지를 넘어뜨리고 꿀을 온몸에 뒤집어썼다.

귀여워서 숨이 멎을 것 같은 광경에 다연은 눈을 찡그리며 웃었다.

엄마 곰은 사람들을 경계하면서도 새끼들을 챙기기 위해 다가왔다. 그리고 새끼 곰들을 데려가며 호되게 야단치는 잔소리는 오직 다연의 귀에만 들렸다.

남들이 두려워하는 곰의 포효를 보고도 다연은 킥킥거렸다. 그리고 그녀는 이내 다시 자신을 도와주었던 현명한 짐승을 따뜻한 눈으로 바라보았다.

"너 가족이 있었구나. 정말 다행이다."

– 나는 추울 때면 동굴에 들어가 잠시 쉬거나 잠을 자곤 해.

– 그렇지만 정말로 추울 때는 누군가와 함께 있어야 해.

마음이 추운 날. 나를 위로해 준 네가 동굴 안에 혼자 있는 것은 아닐까, 가끔은 걱정이 되곤 했어. 혹시 네 곁에는 아무도 없을까 봐.

그렇지만 곰은 본디 혼자 사는 동물이었다. 너는 또 무리에서 떨어져 나와 앞으로도 오랜 시간을 홀로 살아야 하겠지.

갑자기 다연이 울컥하며 눈물을 글썽글썽하자 황제가 몹시 당황해하며 그녀의 얼굴을 들여다봤다. 그녀의 뺨을 움켜쥔 황제가 걱정스럽게 물었다.

"……다연, 너 왜 울어."

"안 울어요."

다연은 고개를 저었다.

그냥 제가 지금 기분이 좋고 행복해서 그래요.

그녀는 금세 웃으면서 자신의 배에 손을 올려놓고 곰에게 말했다.

"나 나중에 또 놀러 올게. 아이랑 같이 올게. 너도 혹시 내가 보고 싶으면 아르제니아에 와도 돼."

황후의 독단적인 결정에 기사들은 사색이 됐다.

또요? 제발 그러지 마세요. 이러다 어느 날 갑자기 황궁에서 저 곰을 마주칠까 봐 저희 너무 무서워요.

그러나 사람들의 동요에도 아랑곳하지 않고 황후는 변함없이 따뜻한 눈으로 흑곰을 바라보았다. 곰 또한 고요한 눈동자로 한참 동안 다연을 응시했다. 그리고 그는 이내 육중한 몸을 천천히 돌렸다.

「그래. 그럴게.」

짧은 대답만을 남겨 놓고 헤르고니아의 현명한 포식자는 사라졌다.

흑곰 가족이 사라지자 다연은 빙긋 웃으며 바닥에 주저앉았다. 한결 편안해진 얼굴로 여기저기를 둘러보는 게 더할 나위 없이 즐거워 보였다.

혀를 차던 황제는 일단 그녀를 일으켰다. 심란한 표정으로 바닥을 둘러보던 그는 자신이 먼저 앉고 그녀를 그 위에 앉혔다.

"제발 아무 데나 덜컥 앉지 좀 마."

"응, 응."

"대답만 하지 말고."

"알겠어요."

측근들은 황제 부처가 참 한결같은 걸로 아웅다웅하신다고 생각했다. 그러나 세상의 어느 연인도 어느 부부도 마찬가지일 것이다. 그들은 또 금세 입을 맞추고 키득거리며 둘만의 세상에 빠져 있었다.

"미하일, 흑곰 귀엽죠?"

"……저게 귀엽다고?"

황제는 이제 다연에게 미각에 이어 네 시각은 괜찮은 것이냐고 묻고 싶었다.

보통 숲에서 곰을 만나면 어지간한 사람들은 다 죽은 목숨이었다. 뛰어난 실력의 기사도 혼자서는 목숨을 자신하기 어려운 게 곰이었다. 그러나 다연은 정말로 저 흉포한 생물이 귀엽다고 생각하는지 무척이나 상기된 얼굴이었다.

"완전 귀엽지 않아요? 쟨 그냥 걷기만 해도 너무 귀여워요."

"뭐…… 새끼는 나름 귀여웠다. 아무튼 위험하니 절대로 너 혼자 만나지는 말거라."

황제가 아내의 말에 적당히 동조해 줄 때였다. 저 멀리서 붉은 여우들이 기웃기웃하며 하나둘 모습을 드러냈다. 다연은 열광했다.

"우와아, 얘들아, 안녕? 이리 와!"

그날 다연이 발자국을 지워 달라고 동굴로 불러들였던 여우들이었다. 붉은 여우들은 흑곰이 무서워서 주변만을 맴돌다가 곰이 사라진 틈을 타 모습을 드러낸 것이었다.

"그날 우리 때문에 많이 뛰어다녔지? 인사하러 늦게 와서 미안해."

붉은 여우들은 다연에게 칭찬을 받고 싶은 마음에 우르르 몰려들었다. 황제는 이마를 짚으며 깊은 한숨을 쉬었다.

아이고, 이것아, 이 망나니야.

황제는 몹시 난처한 기색이었다. 다연은 안심하라고 했으나 그의 눈에는 예측할 수 없는 야생의 짐승들일 뿐이었다. 혹시라도 아내가 해를 입을까 봐 그는 노파심에 어쩔 줄 몰라 했다.

하지만 황제의 걱정과는 달리 여우들은 정말로 애교가 많았다. 이 래서 여우, 여우 하는구나.

예쁨을 받고 싶어서 아내 앞에서 눈웃음을 치는데 지켜보는 황제 도 어이가 없어서 웃음이 나올 지경이었다. 아내는 이미 잔뜩 홀려 버 린 것 같았다.

그리고 한참을 여우들과 놀아 주던 다연은 의아해하며 하늘을 올 려다보았다. 마침내 새들까지 이곳으로 날아오는 모양이었다. 아직도 뭐가 남아 있냐며 이 동물 난장판에 괴로워하는 황제를 보며 다연은 킥킥거리며 웃었다.

사실 그녀는 너무나 즐거웠다. 좋아하는 사람과 함께 생을 감사할 수 있는 이 순간이 못 견디게 행복했다.

"……."

파란 하늘을 수놓은 구름들과 새들의 힘찬 날갯짓을 보며 다연의 얼굴에는 많은 감정들이 스쳐 지나갔다.

문득 그녀는 정말로 많은 것이 달라졌다고 생각했다. 다른 세상에 왔고 새로운 사람을 만났으며 이제껏 해 보지 못한 무수한 경험들을 했다. 없었던 힘을 가지게 됐고 사랑이라는 감정을 배웠다. 새로운 가족을 가지게 됐다.

언제부터 이런 생각을 하게 되었을까? 그것은 잘 모르겠다.

그런데 아주 가끔 아무런 이유가 없어도 행복해도 된다고 말하고 싶을 때가 있었다. 존재 자체로 행복할 수 있음을 무한히 긍정하고 싶었다. 그리고 그때마다 다연은 달라진 것은 자기 자신이라는 사실을 깨달았다.

삶을 파괴하는 불우한 사고방식과 당신의 일상을 좀먹는 염세주의에 있는 힘껏 저항하라고, 그런 과격한 말을 하고 싶지 않다.

그냥 나는 지금의 너를 좋아한다고 슬그머니 그 사람의 손을 잡아 주고 싶다. 좋은 하루를 보내라고 기원해 주고 싶다.

기대하지 못한 순간에 주어졌던 위로. 가장 힘들었던 순간 누군가가 주저 없이 내밀어 준 손. 지나가던 누군가가 무심결에 두드려 준 어깨.

너무나 상냥해서 어떤 날은 눈물이 날 수밖에 없었던 그 위로를 그녀도 가끔은 다른 사람들에게 해 주고 싶었다.

다시 찾은 헤르고니아. 숲 안에 살아 숨 쉬는 모든 생명들에게 그녀는 웃으며 다정한 감사의 인사를 건넸다.

"고마워."

외전 4.
토마토 요정

흑곰이 아르제니아에 모습을 나타낸 건 초가을 무렵이었다. 새들은 이 포식자의 등장에 대해 다연에게 재잘거렸다. 황후는 곧 무척이나 반가워하며 아르제니아로 향했다.

뒤늦게 국무회의장에서 이 소식을 접한 황제는 불을 뿜었다. 수많은 기사들이 동반했다는 보고도 애처가의 오랜 불안 증세를 잠재우진 못했다. 회의 중단이라는 전례 없는 사태를 남기고 황제는 곧바로 황후를 쫓아갔다.

다연의 호위 기사들은 여전히 위풍당당한 흑곰의 모습에 놀라고, 뒤늦게 도착한 황제의 흉흉한 표정에 또 한 번 놀라야 했다. 여러모로 황궁 사람들을 충격과 공포로 몰아넣은 사건이었다.

그러나 흑곰의 방문은 그 뒤로도 몇 차례나 반복됐다. 황후는 헤르고니아에서 흑곰에게 자신이 보고 싶으면 언제든 놀러 와도 좋다고 말했다.

그때만 해도 반신반의하던 기사들은 이제 인정하지 않을 수 없었다. 황후와 흑곰은 절친이었다. 아내 걱정에 불을 뿜던 황제도 이제는 맹수와 다연이 각별한 사이라는 것을 받아들인 듯했다.

밖으로 나온 황후는 사람들이 출발 준비를 하는 것을 지켜보고 있었다. 가만히 있어도 숨을 쉬는 게 버거운지 가끔은 한숨을 쉬며 얼굴을 찡그리기도 했다.

막내 기사는 그런 황후에게 다가가 말을 붙였다.

"어디 불편하세요?"

"아니에요. 그냥 잠깐 답답해서."

임신 후기의 흔한 증상이었으나 막내 기사는 궁의를 불러와야 하나, 고민하는 눈치였다. 다연은 웃으면서 그러지 말라고 손을 내저었다. 이때 옆에 있던 또 다른 기사가 다연에게 말했다.

"폐하께는 방금 알렸습니다. 회의가 끝나는 대로 오시겠다고는 하셨는데 아마 오래 걸리시지 싶습니다. 일단은 조심히 다녀오라고 하셨습니다."

"바쁜 분한테 뭘 또 알리고 그래요."

"워낙 황후 폐하를 걱정하시지 않습니까. 조금이라도 늦게 보고하면 저희가 혼이 납니다."

소리 없이 웃던 다연은 이번에는 옆에 있던 마리에게 물었다.

"과일 챙겼어?"

"예, 내궁 주방에 일러 준비하게 했어요."

다연은 곰이 아르제니아에 올 때마다 꼼꼼하게도 먹을 것을 챙겼다. 행동거지가 몹시 신중한 곰은 자주 오지도 않았다. 그런 친구가 먼 길을 왔는데 어떻게 빈손으로 가냐며 이것저것 챙기는 다연의 모습은 매번 신나 보였다.

그렇지만 솔직히 융통성이 없어 보이기도 했다.

사실은 다 부질없는 짓이었다. 야생의 곰은 단 한 번도 황후가 준비해 간 음식을 먹지 않았던 것이다. 결국 가장 용감한 기사단의 막내가 모두를 대표하여 문제를 제기했다.

"황후 폐하, 이런 말씀 드리기 죄송하지만…… 이번에도 안 먹지 않을까요?"

음음, 하며 고개를 끄덕이는 것이 황후도 알긴 아는 모양이었다. 그러나 말갛게 웃는 그녀는 별로 아쉬워하는 기색이 없었다.

"원래 시간이 필요한 사람도 있고 다 그런 거죠, 뭐."

어떻게 다 같은 속도로 친해지겠어요, 나도 그런 사람이 아닌데.

황후는 천진난만하다가도 이럴 때면 세상을 다 산 사람 같았다. 그녀는 쓸데없이 털털하게 중얼거렸으나 그 말을 들은 측근들은 하나같이 할 말이 가득한 눈빛을 했다.

죄송한데 황후 폐하, 걔는 사람이 아닌데요.

그러나 측근들은 황후의 말에 반박하지는 못하고 눈치만 봤다. 황후는 정말로 저 맹수를 벗으로 생각하는 모양이었다. 황후의 절친한 벗이라면 궁인들의 입장에선 국빈이나 다름없었다. 어쩌다가 짐승이 국빈급이 되었는지 모르겠지만 궁인들은 이제 받아들이려고 노력했다. 황후를 보좌하다 보면 앞으로도 자주 일어날 일이었다.

시간이 지나 흑곰에 대한 기사들의 경계심은 옅어졌다. 황후는 평소에도 곰이 귀엽다는 말을 입에 달고 살았다. 계속 보다 보니 황후의 말처럼 커다란 등과 엉덩이가 귀여운 것 같기도 했다. 물론 이것은 신녀인 황후가 옆에 있을 때나 가능한 관점으로, 곰이 맹수라는 것은 변하지 않는 사실이었다.

황후의 호위 기사들은 이제 나날이 용맹해지고 있었다. 황제가 '수련은 하고 있는 것이냐?' 한심해하며 후려 팰 때보다 극한이었다. 이쯤 되니 기사들은 황궁 안에서 또 다른 맹수를 만난다 해도 놀랄 것 같지 않았다. 그들은 믿는 구석이 있었다.

우리 그냥 황후 폐하 옆에만 잘 붙어 있자. 황후 폐하가 우릴 지켜 주시겠지. 우리 황후 폐하가 그래도 의리가 있으신 분이시다! 곰이 후려치는 발바닥에 남이 비명횡사하게 내버려 둘 그럴 분이 절대로 아니시다!

기사도 정신이 심각하게 훼손되어 있었다. 호위의 주객이 전도된 느낌이었으나 황후에 대한 기사단의 신뢰는 굳건했다.

아르제니아에 도착한 다연은 발밑을 조심하며 느릿느릿 걸었다. 그녀가 앉기 전 시녀들은 재빨리 바닥에 양탄자를 깔았다.

다연은 그 위에 올라가 나무 기둥에 등을 기대고 앉았다. 황제가 별궁 후원의 나무 대신 맞바꾸어 준 까마귀 소유의 나무였다.

기사단은 가지고 온 과일을 그녀 앞에 한 무더기 내려놨다. 그리고 그들이 몇 걸음 떨어지자 흑곰은 어슬렁어슬렁 다연 근처에 나타났다.

편안하게 앉아 있던 다연은 흑곰을 보더니 킥, 웃었다.

"오느라 안 힘들었어? 별일 없었지?"

「……」

곰은 별다른 말 없이 그녀의 옆에 있는 또 다른 나무에 육중한 몸을 기대앉았다. 그런 곰을 보며 문득 생각난 듯 다연이 말했다.

"아, 이 나무 헤시 거다?"

「……」

"근데 헤시가 너는 언제든 앉아도 된대. 꼭 말해 달래."

다연은 뭐가 웃긴지 혼자 킥킥거리며 웃었다. 이 자리에 있는 어떤 누구도 이해할 수 없는 웃음코드였다. 황후는 그 뒤로도 한참 동안 재잘재잘 떠들었다.

아기가 나오려면 얼마 남지 않은 것 같아, 어떤 사람들은 잠이 안

온다는데 나는 매일매일 졸려. 나도 겨울잠을 자고 싶어. 남편이 내가 자는 걸 보고 있으면 자기도 가끔 잠이 온대. 요즘 헤르고니아는 어때? 가을엔 한 번도 가 보지 않은 것 같아.

한참 동안 이런저런 이야기를 떠들던 다연은 조금 피곤한 얼굴을 했다. 그러다 문득 자기 앞에 놓인 과일들을 바라보았다. 황궁 안에는 언제나 다양한 과일이 있었다. 지방에서 올라온 진상품은 물론 국경을 넘어온 이국의 것들도 있었다.

한동안 식사량이 줄어 모두를 걱정시킨 다연은 어쩐 일로 조금 식탐 어린 얼굴을 했다. 그것을 누구보다 빨리 인지한 마리가 깎아 드릴게요, 말했지만 다연은 귀찮은 얼굴이었다.

뭘 또 그래, 하며 옷자락으로 껍질을 두어 번 닦은 그녀는 이국의 과일을 한입 크게 베어 물었다. 그리고 조금 애매한 얼굴을 했다.

"음, 별로 안 달다."

실망스러워하던 다연은 이번엔 다른 과일을 향해 손을 뻗었다. 밀고 먹는 발티온 지방의 사과였다. 그리고 머뭇거리던 흑곰이 바닥에서 엉덩이를 뗀 것은 그때였다.

딴청을 피우고 있던 기사들은 긴장했다. 그러나 황후의 부탁이 있었기에 기사들은 몹시 경계하면서도 다가가지 않았다.

곰은 육중한 체구에 비해 움직임이 엄청나게 민첩했다. 어슬렁거리며 다가와 과일 하나를 집어 들더니 굉장히 빠른 속도로 자신의 자리로 돌아갔던 것이다.

이 순간 모든 사람들은 황후의 심미안을 재평가했다. 커다란 앞발로 소중하게 과일을 쥐고 있는 모습은 정말로 귀여웠던 것이다.

곰은 손안의 과일을 물끄러미 바라보았다. 먹고 싶은 모양이었다. 아닌 척하면서도 사람들은 그 광경을 보고 싶어 조금씩 힐끔댔다. 그리고 마침내 곰은 그 과일을 흉포하게 씹어 먹었다. 한입이었다.

측근들은 살뜰하게 먹을 것을 챙겨 온 황후가 뛸 듯이 기뻐하지 않을까 생각했다. 그래서 웃는 얼굴로 황후 쪽을 바라보았다.

그런데 다연은 왜인지 멍한 표정이었다. 자신이 먹은 뒤에야 과일에 손을 대는 흑곰을 보고 그녀는 무언가를 깨달은 듯했다. 울컥하며 고개를 숙이더니 한참 뒤 자리에서 일어난 다연은 곰에게 다가갔다.

곰의 바로 옆에 가서 앉은 다연은 새카만 털을 몇 번이나 쓰다듬으며 말했다.

"네가 맞아."

「……」

"사람이 주는 걸 함부로 먹으면 안 돼."

곰은 고요한 눈동자로 다연을 바라보았다. 그 눈빛을 마주한 다연은 조금 우울해 보였지만 다정한 목소리로 물었다.

"내 말이 무슨 뜻인지 알아?"

그녀는 그냥 잘해 주고 싶다고 생각했다. 친구가 되고 싶다고. 정말로 호의이고 선의였을 뿐이다.

그런데 누군가를, 그 처지를, 그 입장을 완벽하게 이해하고 배려한다는 건 어려운 일이었다.

그런데도 매번 와 줘서 고마워, 내가 미안해, 중얼거리며 다연은 곰을 끌어안았다.

한참 동안 그런 다연을 물끄러미 바라보던 흑곰은 말했다.

「알았어. 울지 마.」

그 그르렁거리는 소리에 사람들은 당황했으나 황후는 훌쩍이면서도 여러 번 고개를 끄덕였다.

사람의 팔 안에는 절대 다 들어오지 않는 그 커다란 몸을 끌어안고 한참 동안이나 곰과 붙어 있었다.

한편 황제는 이 청천벽력 같은 소식을 국무회의가 끝난 후에야 접했다.

사실 별일은 아니었다. 아무런 위협도 없었고 누가 다친 것도 아니었다. 황후가 그냥 좀 복잡한 얼굴을 하다가 훌쩍거렸을 뿐이다. 그렇지만 요즘 들어 내 망나니의 안정을 최우선으로 생각하며 살고 있는 황제는 하늘이 무너진 얼굴을 했다.

보고를 하는 황후의 기사들도 큰 죄를 지은 양 인생이 끝난 얼굴이었다. 그들은 근위대장처럼 칼을 뽑아 들고 너도나도 목을 베어 달라고 하고 싶었다. 사실은 그게 기사단의 유행이었다.

– 왜?

세상 끝난 얼굴로 보고를 듣고 있던 황제는 마침내 물었다.

깐깐한 황제는 원래도 불분명한 보고를 싫어하는 사람이었다. 육하원칙이 부재된 보고를 싫어했다.

그러나 처음부터 끝까지 황후와 동행한 기사들은 당혹스러웠다. 그 물음에 답을 올릴 수가 없었기 때문이다.

황후 폐하는 대체 왜 우신 거지?

황제는 평소보다 일찌감치 일정을 마치고 침소에 와 있었다.

그사이 또 재무부에 들러 일을 하고 온 다연은 황제를 보고 빙긋 웃었다. 밝은 표정이었으나 들은 얘기가 있는 황제는 그 얼굴을 액면 그대로 받아들이지 않았다.

황제는 직설적인 사람이었다. 연애 시절부터 변화구는 모르는 사람처럼 직구만을 던져 대는 사내였던 것이다.

다연을 한 번 보고, 천장도 한 번 보고, 어떻게 말을 꺼내야 하나 잠시 고민하던 황제는 뜬금없이 물었다.

"……울었어?"

저게 뭐야, 다연은 킥킥 웃었다. 그러자 성큼성큼 다가온 황제가 다연을 침대로 이끌어 앉게 했다. 그리고 다연의 얼굴을 뚫어져라 바라보더니 물었다.

"왜?"

그렇게 바로 물으면 그녀도 몰랐다. 황제보다 말주변이 없는 그녀는 횡설수설했다.

"그냥 제가 요새 감정 기복이 좀 심한가 봐요. 미안해요. 별거 아닌데 아깐 갑자기 눈물이 나서. 근데 나도 내가 왜 그러는지 솔직히 잘 모르겠어요."

그녀는 별일 아니라는 듯 말갛게 웃어 보였다.

그렇지만 아직도 눈동자에 슬픔의 여운이 남아 있는 아내를 보며 황제는 먹먹한 얼굴을 했다.

내 마음 약한 망나니, 내 소심한 토마토. 얼마나 힘들까, 의지할 가족이 나밖에 없는데.

황제가 말없이 끌어안자 다연은 그 품 안에 가만히 안겨 있었다. 그러다 그를 밀어내더니 조금 웃으며 물었다.

"저 때문에 놀랐어요?"

"……."

이걸 솔직하게 놀랐다고 할 수도 없고, 아니라고 거짓말을 할 수도 없고.

잠시 고민하던 달변가는 또 최선의 답변을 찾아냈다.

"원래 아이를 가졌을 땐 많이들 그렇다고 했다."

"……."

다연은 딱히 부정도 긍정도 하지 않았다. 그냥 좀 기운 없는 얼굴

456

로 웃고 있을 뿐이었다. 황제는 그런 아내를 계속 위로해 주고 싶은 모양이었다.

안절부절못하던 그가 불쑥 말했다.

"내가 미안해. 내가 무심했다. 앞으로 더 잘하겠다."

다연은 그 말에 흠칫 놀라며 당황했다. 뜬금없는 소리였다. 그게 무슨 말이냐며 웃어야 했는데 그녀는 또다시 울컥하고 말았다. 정말로 감정이 들쑥날쑥하는 모양이었다.

이번엔 다연이 그를 끌어안았다. 그가 속상할까 봐 고개를 파묻고 내색하지 않으려 했지만 한편으론 얘기하고 싶기도 했다.

이런 말을 해도 좋을지 몰라 고민하던 그녀는 입을 조금 삐죽거리다가 말했다.

"나는 미하일이 잘못한 게 없는데 미안하다고 할 때 마음이 좀 속상해. 별로야."

그는 다행히도 듣기에 나쁘지 않은 모양이었다. 오히려 기분이 좋은 것 같았다. 그녀의 머리 위에서 몇 번이고 웃음을 흘렸다.

"그래, 알았다."

황제가 몹시 사랑스럽다는 얼굴을 하며 그녀의 뺨을 움켜쥐었다. 진심으로 행복한 듯 보이는 초록 눈동자를 바라보며 다연은 명랑하게 내뱉었다.

"빨리 미하일 닮은 예쁜 아기 요정이 나왔으면 좋겠다."

그러나 이 와중에도 고개를 젓는 황제는 양보가 없었다. 아내의 배에 대고 엄숙하게 말하는 그는 정말로 주관이 강한 사람이었다.

"아기 토마토야. 엄마 토마토를 그만 고생시키고 얼른 나오거라."

다연은 그냥 킥킥 웃으며 이번엔 부정하지 않았다.

누구를 닮으면 어때. 우리 아기는 분명 사랑스러울 텐데.

황제는 산실 앞을 서성거리고 있었다. 황제 외에도 수많은 사람들이 그 앞을 지키고 있었으나 애처가만큼 초조해하는 사람은 없었다.

사실 황제는 울고 싶은 기분이었다. 다연이 산실로 들어가기 전 무척이나 괴로워하는 것을 본 뒤로 쭉 이랬다.

애써 참고 있던 그는 문밖까지 비명 소리가 들리기 시작하자 사람들을 닦달해 댔다. 몇 번이고 시녀들을 불러내어 안의 상황을 물었으며 자꾸만 참지 못하고 들어가려고 했다.

당연한 말이지만 그런 황제의 존재는 사람들에게 심하게 방해가 됐다. 산파는 경험이 많은 이였다. 온갖 유형의 남편들을 봐 왔다는 뜻이었다. 어지간한 건 귓등으로 듣고 무시할 수 있는 내공이 있었지만 황제는 그러기 힘든 위치의 사람이었다.

결국 몹시 곤란해하는 산파를 대신하여 망측하게도 측근들이 황제를 만류했다.

"폐하, 폐하께서 여기 계시면 안에 있는 이들이 집중하기 힘들지 않겠습니까? 황후 폐하는 초산이시고, 산파도 아직은 멀었다고 하였고요. 차라리 집무실에서 일을 보고 계시면 임박하였을 때 저희가 기별하겠습니다."

황제는 참으로 무도한 말을 들었다는 듯 충격 어린 얼굴을 했다. 너희들이 인간이냐며, 마치 금수를 바라보는 표정이었다.

"다연 저것이 저렇게 아프다고 비명을 지르는데…… 나보고 지금 어디 가서 뭘 하라고?"

그 말을 끝으로 모두는 입을 다물었다.

다연이 황자를 출산한 것은 산실로 들어간 지 8시간 만이었다. 그 사이 황제는 밖에서 본인이 출산을 하는 것처럼 괴로워했다.

산모도 아기도 모두 건강했다. 한참 뒤에야 출입을 허락받은 황제는 드디어 산실 안으로 들어갈 수 있었다.

누군가가 얼른 아기의 얼굴을 보이려 했으나 그의 발걸음이 향한 것은 다연이 누워 있는 침대 앞이었다.

누워 있는 다연의 입술이 하얗게 부르터 있었다. 창백하고 힘없는 얼굴이었다. 그런 얼굴을 하고도 황제가 오자 다연은 웃어 보였다. 그게 너무 안쓰러웠던 황제는 다시 한 번 그렁그렁하고 말았다. 그러자 다연의 미소는 더욱 짙어졌다.

결국 다연은 참지 못하고 이제까지 머릿속으로만 생각해 오던 단어를 당사자에게 내뱉고 말았다.

"울보야."

듣고 있던 측근들은 크게 헛기침을 했다. 뭐랄까, 그들의 황제를 부르는 호칭치고는 너무 귀여운 표현이었다.

모두는 생각했다. 폐하도 폐하지만, 황후 폐하의 표현력도 평범하진 않으셔.

그러나 아내가 대놓고 자신을 놀리는데도 황제는 그저 애달프다는 얼굴이었다. 그는 다연의 손을 꼭 붙잡고 다른 한 손으로는 얼굴을 매만졌다.

"내 망나니, 힘들었지."

듣고 있던 사람들은 이번에도 헛기침을 했다. 산파는 해괴한 걸 보았다는 표정이었다.

이것이 제국 최고의 권력자들이 서로를 부르는 애칭이란 말인가. 처음 듣는 이의 충격은 깊었다.

측근들은 오늘도 당사자들을 대신하여 부끄러워하며 고개를 숙였다.

✤

국무회의 후 황제가 먼저 일어서자 대신들은 하나같이 미소 띤 얼굴을 했다. 황제가 회의 후 대신들보다 먼저 일어나는 경우는 딱 한 가지밖에 없었다. 아내를 보러 갈 때였다.

"황후 폐하께 가십니까?"

더없이 기분 좋아 보이는 황제를 보며 내무대신이 슬쩍 물었다. 황제는 웃으면서 고개를 끄덕였다.

"아내가 황자와 함께 또 그놈의 동물 친구들을 만나고 있는 모양이야."

황제는 무척이나 골치 아프다는 표정을 지었지만 말투만큼은 농담조였다.

빡빡한 성격의 황제는 황후를 만나고부터 조금씩 여유를 갖춘 사람이 됐다. 황궁 사람들은 그것만으로도 숨통이 트이는 기분을 느끼곤 했는데 황자의 탄생은 황궁에 또 다른 종류의 웃음꽃을 가져왔다.

"황자가 황후 하는 것을 보고 곰을 제 친구로 여길까 봐 걱정이야."

황제의 농담 섞인 걱정에 대신들은 결국 웃음을 터뜨리고 말았다.

말에서 내린 황제는 저 멀리 보이는 아내와 아들의 모습에 미소를 지었다. 다연은 오늘도 까마귀 소유의 나무 기둥에 기대앉아 아기를 안고 있었다.

겨우내 뜸하던 흑곰이 몇 달 만에 아르제니아에 찾아와서 몹시도 반가워하더라는 얘기를 들었는데 곰은 이미 방문을 마치고 가 버린 모양이었다.

조금 떨어진 거리에서 아내의 모습을 감상하던 황제는 조용히 그 이름을 불렀다.

"다연."

"미하일!"

다연이 아기 때문에 벌떡 일어나지는 못하고 앉은 자리에서 남편을 불렀다. 그러자 얼른 다가온 황제가 다연의 뺨에 입을 맞췄다. 다연은 갑자기 나타난 남편을 반가워하면서도 습관처럼 물었다.

"금방 갈 건데 왜 이렇게 멀리까지 왔어요."

황제는 또 대번에 서운한 표정을 지었다. 그는 다연 대신 아들에게 본인의 섭섭함을 토로했다.

"아기 토마토야, 엄마 토마토가 하는 짓 좀 보거라. 정말 너무하지 않느냐?"

그러자 다연이 화들짝 놀라며 부인했다.

"아니 아니, 나는 미하일 힘드니까 그렇지."

"넌 너무 쓸데없는 걱정이 많다."

황제 부처는 참 한결같았다. 아옹다옹하긴 하는데 여전히 서로가 없으면 못 사는 사람처럼 애달프게 굴어서 주변인들을 외롭게 만들었다.

황제는 다연 쪽으로 팔을 내밀었다. 그리고 벙싯벙싯 웃고 있는 아들에게 말했다.

"엄마 힘드니까 이쪽으로 오거라."

그렇게 말하면 알아들어요? 다연은 푸흐흐, 웃으면서도 황제의 품에 아기를 안겨 주었다. 익숙한 자세로 안아 든 황제는 다연에게 걱정스럽게 물었다.

"괜찮아? 아침에 어깨 아프다고 했었잖아."

"아아, 아침에 잠깐 그런 거죠 뭐."

별걸 다 기억한다는 듯 다연이 대수롭지 않게 말했다.

황제 부처는 그 뒤로 산책이라도 하듯 아르제니아를 한가롭게 거

널었다. 그들 뒤로 기사들을 비롯한 무수히 많은 인원이 따랐다.

주변의 풍경은 무척이나 아름다웠으나 미하일과 다연은 약속이라도 한 듯 아기의 얼굴을 들여다보고 있었다.

검은 머리에 초록 눈을 갖고 태어난 황자는 유순한 얼굴로 곧잘 웃어 사람들을 즐겁게 했다. 꽃같이 화사하게 생긴 아빠의 얼굴이 좋은지 평소보다 더 헤픈 웃음이었다.

황제는 오늘도 신기하다는 듯 말했다.

"웃을 때마다 네 얼굴이 보여."

"그래요?"

황제는 진지한 얼굴로 고개를 끄덕였다. 그는 오늘도 아내를 닮은 아들에게서 시선을 떼지 못하고 있었다.

황제와 황후는 원래도 대화를 굉장히 자주 하는 부부였다. 황제가 원래 대화하는 걸 즐기는 사람이었고 황후와 이야기하는 것은 더더욱 즐거워했기 때문이다.

둘은 굉장히 다양한 주제로 대화를 나누었지만 최근에 가장 많은 시간을 차지하는 주제는 아이였다. 그리고 얼마 전, 부부는 오랜만에 심각한 가치관의 갈등을 겪었다.

태어난 지 얼마 되지도 않은 아기를 두고 황제가 황족은 강하게 키워야 한다는 발언을 하였기 때문이다.

– ……지금 나온 지 얼마 되지도 않은 우리 애한테 무슨 말을 하는 거예요?

– 황족은 날 때부터 제국민들에 대한 책임을 어깨에 지고 태어난다. 당연히 강하게 키워야지. 나약한 정신머리로 어찌 많은 사람의 인생을 책임질 수 있겠느냐.

애가 말만 알아들어도 바로 정신교육을 시작할 것 같은 어조였다.

그날 이후 다연은 남모를 고민에 빠졌으나 황제는 시간이 지남에 따라 자연히 누그러졌다. 하루하루 쑥쑥 커 가는 아기의 얼굴에서 아내의 얼굴을 발견했기 때문이다.

아기가 한 번 헤에, 하고 웃어 버리면 황제는 자신도 모르게 얼굴이 풀어져서 아기 토마토야, 부르곤 했다.

카일이라는 번듯한 이름을 지어 주었으면서 아직도 종종 황자를 아기 토마토라고 부르는 황제 때문에 다연은 발을 동동 굴렀다.

애가 자기 이름이 토마토인 줄 알면 어떻게 해요? 그리고 그때마다 황제는 엄마 토마토가 너무 귀여워서 큭큭거리며 웃었다.

한편 아들을 안아 들고 따뜻한 눈빛을 하고 있는 남편을 보며 다연은 남다른 감상에 빠져 있었다.

남편을 닮은 도도한 딸도 보고 싶다. 남편을 닮으면 엄청 박력 있는 미인으로 자랄 텐데. 가족계획을 구상하던 다연은 자신도 모르게 중얼거리듯 말했다.

"둘째가 있으면 좋을 것 같아요."

이미 몇 차례 들은 바 있는 황제는 또 그 소리야? 하는 얼굴을 했다. 그는 어처구니가 없는 듯했다.

"너, 그렇게 고생을 하고도 그런 말이 나와?"

"동생이 있으면 카일한테도 좋지 않을까요?"

황족으로 나고 자란 황제로서는 동의하기 어려운 이야기였다.

그러나 그는 반박하는 대신 아내를 따뜻한 눈빛으로 바라보았다. 그러다 무슨 생각을 했는지 돌연 음흉한 얼굴을 했다.

"그래서…… 지금?"

"……네?"

"네가 자꾸 둘째 갖고 싶다고 하잖아."

황제의 사고를 쫓아가지 못한 다연은 순간적으로 반문했다가 뒤늦게 이해하고는 얼굴을 붉혔다.

오랜만에 토마토로 화한 다연이 당황하며 뒤를 돌아봤으나 측근들은 이제 프로였다. 모두는 익숙하게 하늘과 나무를 바라보며 시선을 멀리 둔 지 오래였다.

"미쳤어, 진짜 미쳤나 봐. 사람들 다 있는데 또 무슨 소리를 하는 거예요."

다연이 눈을 흘겼으나 황제는 몹시 태연하고 뻔뻔했다.

"아니, 시작은 네가 먼저 하지 않았느냐. 너는 왜 항상 불은 먼저 지펴 놓고 나한테만 뭐라고 하느냐? 날 갖고 노는 것이냐? 나는 정말 너를 좋아한 죄밖에 없다."

아내를 계속 놀리다 보니 정말로 끌어안고 싶어진 황제는 뒤따르는 시종장에게 황자를 떠넘겼다.

얼떨결에 황자를 품에 안게 된 시종장의 얼굴이 몹시 복잡했다. 왠지 지금의 상황이 본인 미래에 대한 암시 같았다.

그런 시종장을 뒤로한 채 황제는 황후의 손목을 붙잡고 어디론가 즐겁게 이끌었다. 아까 전에 말을 매어 둔 곳이었다. 황후부터 말 위에 태운 그는 재빨리 그 뒤에 올라탔다.

그리고 말이 숲을 달리기 시작하자 아르제니아에는 비명 소리와 웃음소리가 함께 울려 퍼졌다. 그 모습을 지켜보는 궁인들의 만면에도 행복한 미소가 가득했다.

- The End -